Liebe Kolleginnen und Kollegen im Sortiment,

wenn Sie mal wieder schön schmökern möchten, halten Sie mit ›Flammen im Wind‹ genau das Richtige in der Hand. Tauchen Sie ein in das alte New Orleans, diese Stadt des Blues und der Leidenschaft, in der die Geheimnisse wuchern wie das Schilf am Fluss.

Adrenalingeladen erzählt Penelope Williamson eine Geschichte von Menschen, die zwischen Jazz, Sex, Familien- und Rassentragödien die große Liebe suchen. Mit ›Flammen im Wind‹ hat Penelope Williamson ein mitreißendes Epos geschaffen und in den USA ihren bisher größten Erfolg gefeiert.

Wir wünschen Ihnen viel Freude beim Schmökern.

Silke Reutler
Programmleiterin

Susanne Halbleib
Lektorin

Penelope Williamson

Flammen im Wind

Roman

Aus dem Amerikanischen von
Gabriele Haefs

Krüger Verlag
Frankfurt am Main

Die Originalausgabe erschien 2000 unter dem Titel
›Mortal Sins‹ im Verlag Warner Books, Inc., New York

Deutsche Ausgabe:

Satz: Pinkuin Satz und Datentechnik, Berlin
Druck und Einband: Clausen & Bosse, Leck
Printed in Germany 2002
ISBN 3-8105-2342-9

Für Tracy Grant, geliebte Freundin

Prolog

Er stand nackt auf der eingesunkenen Veranda der alten Sklavenhütte und im Mondschein glänzte seine Haut im Elfenbeinton eines marmornen Grabsteins. Er hätte auf seine Geliebte warten können.

Die Nacht roch nach Tod, drückend und stickig. Es war Sommer in New Orleans. Die Straßen dampften am Morgen und der Regen brach am Abend herein, wenn der braune Fluss sich trübe und lehmbraun dahinschleppte und die Sümpfe einen urzeitlichen Geruch von verrottenden Seerosenblättern und Krebsen absonderten. Auf den alten Friedhöfen von St. Louis, wo die Mausoleen Risse warfen und im Boden versanken, umspielte Wasser die zerfallenden Gebeine, sodass süßlicher Verwesungsgestank aufstieg und wie wieder auferstandenes Leben zu atmen schien. Sommernacht in New Orleans, übel riechendes Leben und reifer Tod, und immer – die Hitze.

Die Veranda, auf der er stand, zeigte auf den Bayou St. John hinaus, obwohl man diesen durch die riesigen Eichen nur ahnen konnte. Moosgirlanden hingen von den knotigen Ästen, hingen schlaff in der bewegungslosen, drückenden Luft. Das Wasser wand sich wie eine träge silberne Schlange um den tief stehenden Mond.

Wenn er sich umschaute und über den Hofplatz blickte, würde er das Herrenhaus sehen können. Ein Erbstück mit schlanken weißen Säulen und breiten Galerien, das so sehr zu ihm gehörte wie seine Knochen und sein Atem.

Wenn er sich umschaute, würde er das Schlafzimmerfenster seiner Frau sehen können, aber er brauchte sich nicht umzuschauen, um sie in seiner Erinnerung zu sehen. Leinenlaken wickelten sich um ihre nackten Beine, das Lampenlicht fiel auf ihren Bauch. Ihre Wimpern lagen wie gespreizte Schatten über ihren Wangenknochen.
Er holte Atem und die schwüle Luft keuchte mit ihm zusammen auf. Er stellte sich vor, wie sie aus ihrem Fenster schaute und ihn nackt in der Nacht dastehen sah.
Er drehte sich um und ging in die Hütte. Die Tür ließ er offen. Sein Schatten huschte in der Lichtflut der Gasleuchter aus Messing vor ihm her. Schon vor Jahren hatten sie eine Stromleitung in die Hütte legen lassen, aber er liebte das Gaslicht. Früher, zur Zeit seines Großvaters, hatten hier Sklaven gelebt. Natürlich war der Boden damals aus festgetrampeltem Lehm gewesen, ein verfaulender Tisch und ein oder zwei Schemel hatten als Möbel gedient und die Sklaven hatten auf groben, stechenden Säcken voller Moos und Moorgras geschlafen. Ganz bestimmt hatte es keine grünen Ledersessel, keine vergoldete Kommode, kein breites Messingbett gegeben. Für ihn und seinen Bruder hatten diese beiden kleinen Zimmer früher als eine Art Junggesellenwohnung fungiert. Hier draußen, wo ihre Mutter es nicht zur Kenntnis nehmen musste, hatten er und Julius sich in teurem Bourbon und billigen Frauen gesuhlt. Doch, wirklich, damals war hier ziemlich gesündigt worden, vor allem von ihm.
Vor allem von ihm, ja, aber nicht nur. Nicht nur.
Bewegt durch seine Erinnerungen schaute er durch einen Vorhang aus blauen Glasperlen in das schattige Schlafzimmer. Er sah im Silberschein des Mondlichts, der durch das hauchdünne Insektennetz trieb, die süße Kurve einer Frauenbrust.
Er atmete schneller und eine Welle heißen Schauders ergoss sich über seine nackte Haut. »Bist du's, Liebling?«, fragte er.
Er trat einen Schritt vor und das Netz kam zur Ruhe, der Schat-

ten verschwand. Seine Erregung starb ab und hinterließ nur einen wehmütigen Schmerz. Plötzlich hätte er alles gern hinter sich gehabt. Er wollte ein Leben ohne Sehnsüchte führen, befreit von Vergangenheit und alten Sünden. Alten Sünden und Chaos und Schmerzen, die in ihm wüteten.
Er hob seinen Seidenschlafrock vom Boden auf und streifte ihn über. Er ging zur Kommode und seine Hände zitterten, als er die flache Silberdose öffnete, die keine Zigaretten enthielt, sondern geschnittenes Kokain. Mit der Klinge eines Taschenmessers schob er die feinen weißen Flocken zusammen und streute sie sich dann auf den Handrücken. Er hielt die Hand an seine Nase, atmete tief ein, kniff die Augen zusammen.
Seine Lippen wichen von seinen Zähnen zurück und er riss die Augen weit auf, als der Rausch ihn traf. Hinter der offenen Tür bewegten sich die messerscharfen Blätter des Bananenbaums, was in seinen Ohren wie ein Hurrikan klang. Er konnte sein Herz jetzt heftig schlagen hören.
Er zog ein Seidentaschentuch aus der Schlafrocktasche und putzte sich die Nase. Dann füllte er ein Glas mit Absinth und würzte es mit noch mehr Kokain. Er kippte einen Großteil des Cocktails mit einem langen Schluck hinunter. Wieder traf ihn der Rausch – diesmal härter – und ließ ihn erzittern.
Die Zeit wirbelte für ihn davon und er ließ los. Er schwankte, trieb dahin, war in den sich auflösenden Fäden eines Traums gefangen. Etwas holte ihn zurück, ein Geräusch. Die Heuschrecken in den Zuckerrohrfeldern, die ihren Paarungsgesang angestimmt hatten. Er holte tief Luft und spürte, wie seine Brust sich dabei weitete, spürte, wie der Sauerstoff seinem Blut Nahrung gab. Sein Blut pulsierte jetzt im Rhythmus des rauen Gesangs der Heuschrecken.
Und dann verstummten sie.
Draußen auf der Veranda knarrte ein geflochtener Schaukelstuhl. Er lief los, stolperte fast, um durch die offene Tür zu bli-

cken. Der Stuhl bewegte sich nicht. Der Perlenvorhang klirrte leise und wieder fuhr er herum. Er hielt jetzt den Atem an, horchte, aber er hörte nur das Brummen des Ventilators unter der Decke und die Regentropfen in den Bananenblättern. Und das rhythmische Hämmern seines eigenen Herzens.
Ein kalter Schauer jagte ihm den Rücken hinab, trotz der drückenden Hitze. Diese Nacht hatte etwas Gefährliches, er hatte das Gefühl, dass uralte Raubtiere leise durch das hohe Gras schlichen oder auf lautlosen Schwingen zwischen den Bäumen einherflogen.
Er lachte.
Wieder bewegte sich das Moskitonetz im Nebenzimmer, wie ein weißer Blitz in einem Augenwinkel. Der Vorhang öffnete sich, und eine Frau erhob sich vom Bett. Eine nackte Frau, deren Leib silbern leuchtete, wie vom Mondlicht beschienener Schnee. Ein Schneetraum, sagte er sich. Sie ist nur ein Traum.
Er trat trotzdem einen Schritt zurück – auch wenn sie nur ein Traum war – und sie kam weiter auf ihn zu. Der Perlenvorhang teilte sich um sie, klirrte und klimperte. Dicke Würmer krümmten sich in ihren Haaren und ihr Gesicht war leer und tot, es hatte die Farbe der alten Gebeine, die auf dem Friedhof unten an der Straße verrotteten.
Sie hob den Arm, hielt ein Rohrmesser in der Hand. Die lange, funkelnde Klinge blutete ein rotes, flüssiges Feuer.
»Nein«, sagte er, obwohl er gar nicht wirklich glaubte, was er hier sah.
Sie kam näher, die Schneefrau mit dem entsetzlichen toten Gesicht, und dann ging ihm auf, was er sah, und wieder lachte sie.
»Remy«, sagte er, lächelnd, lachend. »He, willst du mich holen, Baby?« Er trat noch einen Schritt zurück, schwenkte jetzt ein wenig die Hüften, wie bei einem Tanz, und sie folgte ihm. Sie spielte gern, seine Remy, aber alles blieb eben doch nur ein Spiel. »Na komm, komm schon, hol mich.«

Das Rohrmesser wurde über seinen Bauch gezogen.
Er grunzte und schaute nach unten, sah, wie sein Fleisch auseinander klaffte und wie das Blut dick und schwarz hervorquoll. Er staunte darüber, dass es nicht wehtat, und dann schrie er auf.
Wieder traf ihn das Messer, diesmal weiter unten, und sein Schrei wurde zum Geheul. Weglaufen, er musste weglaufen; er rannte los, aber das Messer folgte ihm, zielte diesmal auf seine Augen und er hob die Hände, um es aufzuhalten. Die Klinge zerschnitt seine Handflächen und er sah einen Finger davonfliegen, aber das konnte doch nicht sein, und deshalb lachte er, dann schrie er, dann wimmerte er. »Bitte«, sagte er, als das Messer wieder zustieß. Er öffnete den Mund und seine Schreie füllten ihn, sodass er nicht atmen konnte, die Schreie stiegen in seiner Kehle auf und füllten sie mit riesigen feuchten Blasen.
Er konnte in der nassen Finsternis, die jetzt von Schmerz erfüllt war, ihr lautes Keuchen hören. Er wollte sie aufhalten, um wieder atmen, um schreien zu können. Er wollte sie um Entschuldigung bitten. Er wollte ihr klarmachen, dass er mit Sterben noch nicht an der Reihe war.
Aber er fiel zu Boden und sie setzte ihm noch immer nach. Um ihm mit ihrem Messer das Herz aus dem Leib zu schneiden.
Er fiel jetzt immer tiefer, tief hinab in einen heißen, schwarzen Kokon, seine Brust barst, brannte. Seine Augen füllten sich mit einem schwarzen Licht, dann wurde das Licht zu einem hellen Weiß und die Welt war neu und wieder gut. Noch immer tropfte der Nachtregen von den Bananenblättern, aber die Kamelien vor dem Fenster dufteten nach dem Sonnenschein des kommenden Tages. Sie küsste ihn, heiße, schmachtende Küsse, ihre Lippen baten ihn zu bleiben und er wollte ja auch gar nicht weg.
Langsam drehte er den Kopf und schaute in ihr Gesicht. Die

Schreie waren noch immer in seiner Kehle gefangen, sie flatterten herum wie Motten gegen Glas. Er öffnete den Mund, um ein letztes Mal ihren Namen zu sagen.

Und der wurde mit einem heißen Blutschwall herausgespült.

Erstes Kapitel

Wände und Möbel waren von Blut bespritzt. Das Blut bildete dunkle Lachen auf dem geölten Holzboden und war unter der zerschlitzten Kehle des Mannes zusammengeströmt, glitzernd und zähflüssig, wie Brombeerwein.

Daman Rourke stand unmittelbar vor der offenen Hüttentür und versuchte, nicht diesen harschen Gestank einzuatmen. Er fuhr zusammen, als die Magnesiumexplosion eines Blitzlichts für einen obszönen Moment die Wunden im weißen Fleisch des Toten und dessen hervorgequollene, glasige Augen zeigte.

»Großer Gott«, sagte Rourke.

Der Bulle mit der Kamera schaute ihn kurz an, beugte sich dann vor und richtete den Apparat auf ein Rohrmesser, das in einer Blutpfütze auf dem Boden klebte. »Day, mein Guter. Willkommen zur Party«, sagte er, als das Blitzlicht abermals weiß aufleuchtete. »Wo hast du dich denn rumgetrieben? Ich hab dich in jeder Gin- und Vögelbude auf diesem Ufer suchen lassen.«

Rourke widerstand dem Drang, sich mit den Händen das Gesicht zu reiben. Es war nach Mitternacht. Ein langer Tag lag hinter ihm, das Hemd unter seinem Leinenjackett klebte wie nasses Papier an seinem Rücken, hinter seinem linken Auge pochte ein Whiskeykopfschmerz und er hasste den Geruch von Blut.

Er steckte die Hände in die Taschen und lächelte. »Was soll ich sagen? Ich nehme an, ihr habt nicht in den richtig miesen Löchern nachgeschaut.«

Die dicken Schultern des anderen, die dieser bis zu den Ohren

hochgezogen hatte, entspannten sich. Das Lächeln tat seine Wirkung, wie immer. Daman konnte alle Welt bezaubern und das wusste er auch. Manchmal tat er es, weil er einen Grund hatte, manchmal einfach, um nicht aus der Übung zu kommen.
Rourke blieb stehen, wo er war, und ließ seinen Partner auf sich zukommen. Dessen locker sitzender Anzug aus Rohseidenimitat war zerknittert und schweißdurchtränkt, seine schütteren braunen Haare ragten auf wie Büschel aus Salzgras auf einer Sanddüne. In diesem Jahr des Herrn 1927 war Fiorello Prankowski in der Stadt der einzige nichtirische Bulle bei der Mordkommission, aber er war in Des Moines geboren und aufgewachsen und bei Yankees musste man eben Zugeständnisse machen, sie wussten es ja nicht besser.
»Das da ist Charles St. Claire«, sagte er. Fio hatte ein trauriges, verhärmtes Gesicht. Er schien sich verpflichtet zu fühlen, an alle Sorgen zu denken, die New Orleans vergessen hatte. »Aber ich nehme an, das brauche ich dir nicht zu erzählen, wo ihr doch wahrscheinlich zusammen in St. Adolphus Messdiener wart und samstagsnachmittags in der Sakristei zusammen gewichst habt. Deine Mama erzählt gern, wie sie sich bei der Hochzeit seiner Mama einen kleinen Schwips geholt hat, und du, du Arsch, hast mal versucht seine Schwester zu vögeln.«
»Charles St. Claire hat keine Schwester.«
»Kennst ihn also gut, was?«
»Nein«, sagte Rourke, was nicht dasselbe war wie zu behaupten, er habe den Mann überhaupt nicht gekannt.
Er wusste, es trieb Fio zum Wahnsinn, dass in einer Stadt von einer halben Million Einwohnern alle irgendwie miteinander verbunden waren, durch Blut oder Heirat, durch gemeinsame Geheimnisse und gemeinsame Begierden. Diese vielen Verbindungen formten konzentrische und einander überlappende Kreise, die niemand von außen jemals durchdringen oder durchschauen könnte.

Weder Leben noch Tod in New Orleans waren jemals das, was sie zu sein schienen, aber alles, was dazugehörte – die Traditionen, die Rituale –, wurde durch einen kollektiven Glaubensakt geschützt und beschirmt. Man begrub die Familiengeheimnisse in der Tiefe und spann komplizierte, unsichtbare Gewebe, um die eigenen Sünden vor sich und vor der Welt zu verbergen. Und manchmal, dachte Rourke, war es auch besser, dass die Sünden verborgen, die Geheimnisse in Sicherheit blieben.

»Der Leichenfresser ist da«, sagte Fio und zeigte mit dem Kinn auf die Leiche und auf den Mann, der daneben hockte.

Nicht, dass irgendwer ihn hätte übersehen können, denn er besaß die dicke, schwabbelige Körperfülle eines Walrosses. Die Bullen nannten ihn den »Leichenfresser«, weil er immer nach verwesendem Fleisch stank. Er verbrachte sein Leben in den Eingeweiden der Hauptwache, wo er Leichen aufschnitt und ekelhafte Proben unter dem Mikroskop untersuchte, um dann so wilde Schlüsse zu ziehen, dass sie niemals vor Gericht zugelassen wurden.

Die Gefühle von Misstrauen und Abneigung waren gegenseitig. Moses Mueller war noch kein Jahr als Leichenbeschauer für den Bezirk New Orleans Parish tätig, aber er war schon zu der festen Überzeugung gelangt, dass die kollektive Intelligenz sämtlicher Fahnder der Truppe die einer Molluske nur geringfügig überstieg.

»Und was meint er also?«, fragte Rourke, als er sich widerstrebend dem Leichnam näherte. Er hasste den Anblick toter Dinge.

»Das fragst du mich?«, erwiderte Fio und rollte mit den Schultern wie ein vom Juckreiz geplagtes Pferd. »Du kennst doch den Leichenfresser – von dem kriegen wir nichts. Er hat gesagt, das hier sei Mord, als ob ich jetzt losstürzen und die Presse anhalten sollte. Meine Fresse, da musste ich doch tatsächlich meine Theorie an den Nagel hängen, dass der Kerl sich selbst durch die Bude gejagt und mit einem Rohrmesser auf sich eingehackt hat.«

Der Leichenfresser hatte sich über den Toten gebeugt, um an dessen weit aufgerissenem, blutverkrustetem Mund zu riechen.
»O Mann«, sagte Fio. »Warum macht er bloß so was?«
Rourke gab sich alle Mühe, nicht in die Blutlachen zu treten. Das Blut war an einigen Stellen getrocknet, wie glänzende schwarze Pflaster lag es dort auf dem Boden, aber anderswo war es noch feucht und er hatte sich vom Renngewinn der letzten Woche gerade erst sündhaft teure Schuhe aus Alligatorenleder zugelegt. Wie tief er auch sinken mochte, immer bewahrte er dabei Stil.
Charles St. Claire hatte beim Sterben keinen Stil bewahrt. Sein Schlafrock mit dem Paisleymuster klaffte offen und zeigte nacktes Fleisch, das im wahrsten Sinne des Wortes ausgeblutet war. Seine Kehle war aufgeschlitzt worden, sein Brustkasten zerfetzt, seine Gedärme quollen aus einem Schnitt in seinem Bauch. Ein Hieb gegen sein Becken hatte dafür gesorgt, dass sein Penis nur noch an einem dünnen Faden aus etwas hing, das wie Knorpel aussah.
Der Leichenfresser schnupperte jetzt an den Haaren des Toten. Asche aus seiner brennenden Zigarette, die in seinem Mundwinkel hing, rieselte in Charles St. Claires offene, glasige Augen.
Rourke hätte fast aufkeuchen mögen, er rechnete im Grunde mit einem Zwinkern dieser Augen. Der Tote schien mit seiner zerschnittenen Kehle und seinen weit offenen, milchig überzogenen Augen fast lachende Überraschung zu zeigen. *Tod: die einzige Gewissheit im Leben. Also was ist das Problem, Charlie St. Claire? Warst du noch nicht so weit?* Dumm ist nur, dachte Rourke, dass wir so leicht vergessen, was der gute alte Tod für ein Spaßmacher ist. Dass er wie eine nackte Frau, die aus unserem Geburtstagskuchen springt, uns trotz allem mit strahlenden Augen und dämlichem Lächeln erwischen kann.
Der Leichenfresser hatte die Hand des Toten gehoben und un-

terzog sie einer genauen Musterung. Eine tiefe Schnittwunde zog sich über die Handfläche, der Mittelfinger fehlte, doch im Licht der flackernden Gasleuchter funkelten eine goldene Uhr und an seinem Finger ein dicker Diamantring.

»Irgendeine Vorstellung, wann das passiert sein kann?«, fragte Rourke, als er sich neben die Leiche hockte.

Der Leichenbeschauer wischte sich den Schweiß von der Oberlippe. Zigarettenrauch quoll als gleichmäßiger Strom aus seinen Nasenlöchern. »Auf keinen Fall während der letzten ein oder zwei, vielleicht sogar drei Stunden – leider können wir das nicht genauer sagen.« Seine Worte waren, wie immer, sehr präzise, wenn auch mit einem Hauch von Alter Welt. »In Augenlidern und Wangenmuskeln setzt schon die Totenstarre ein.«

»Er spricht mit dir«, sagte Fio. »Wieso spricht er nur mit dir?«

»Er mag mich.« Rourke beugte sich vor, um sich das Messer genauer anzusehen. Es war schwer und hatte eine breite, gekrümmte Klinge, bestimmt zum Schneiden von Zuckerrohr. »Na, diddy-wah-diddy«, sagte er und stieß einen leisen Pfiff aus. Denn ein Fingerabdruck war, grell wie eine Neonreklame, ins Blut oben an der Klinge gepresst worden.

»Wenn diese seltsame Redensart Erstaunen zum Ausdruck bringen soll«, sagte der Leichenfresser, »dann muss ich da durchaus zustimmen.« Er richtete sich wieder auf, wobei er am ganzen umfangreichen Leib bebte. »Was für hervorragende Schlingen und Kurven und Linien, und alle klar genug, um mit dem bloßen Auge gesehen zu werden. Aber ehe wir uns zu sehr freuen, sollte ich darauf hinweisen, dass sie auch vom Opfer stammen können, das vielleicht versucht hat, seinem Angreifer die Waffe zu entreißen. Aber Spekulationen sind natürlich immer gefährlich.«

»Ach was? Aber ich spekuliere vielleicht trotzdem, dass sie dem Mörder gehören. Einfach so aus Jux.« Nicht, dachte Rourke, dass das vermutlich eine Rolle spielen würde. Viele Geschworene in New Orleans hielten Fingerabdrücke immer noch für ausgemachten Humbug.

»He, sieh dir das an«, sagte Fio. Er war in die Knie gegangen, um sich die Unterseite eines grünen ledernen Ohrensessels anzusehen, und jetzt kam er lachend wieder auf die Beine. »Das ist der Finger dieses armen Arschs. Sein Zappelfinger!« Er lachte wieder und ließ das abgetrennte Glied zwischen die gespreizten Beine des Toten fallen. »Wickel das besser mit dem Rest zusammen ein. Wo sein Schwanz doch nur noch an einem dünnen Faden baumelt, braucht er für die Nutten in der Hölle etwas mit mehr Knochen.«

Moses Mueller starrte den riesigen Bullen an und kniff die Augen zusammen, weil Zigarettenrauch vor seinem Gesicht in der Luft hing. »Du redest hier von einem Menschen.«

»Hä?«, fragte Fio und Rourke musste den Kopf senken, um sein Lächeln zu verbergen.

Das Lächeln verging ihm dann aber, als er seinen Blick auf das Gesicht des Toten richtete, auf dessen blicklose Augen. Noch vor nicht allzu langer Zeit hatten manche Bullen geglaubt, die Netzhaut fange den letzten Anblick im Leben ein wie ein Foto. Daman Rourke hätte gern geglaubt, dass diese sterbenden Augen alle Wahrheiten erfasst hätten, für die der Lebende blind gewesen war, aber er wusste, dass das nur eine trügerische Hoffnung war. Wenn in den Augen der Toten überhaupt etwas haften blieb, dann ihre letzte Empfindung. Überraschung, Angst, vielleicht, und grenzenloses Bedauern, weil diesmal sie sterben mussten und weil nun endgültig alles zu spät war.

Er hob den Kopf und stellte fest, dass die Augen des Leichenbeschauers, klein und hart wie grober Schrot, ihn musterten. »Du hast mich noch nicht gefragt, wie er gestorben ist, Lieutenant.«

Fio schnaubte durch seine krumme Nase. »Himmel. Vielleicht könnten uns das Rohrmesser und das breite rote Grinsen auf seinem Hals eine Art Hinweis geben.«

»Er ist ertrunken«, sagte Rourke.
Fio lachte, aber die buschigen Augenbrauen des Leichenfressers hatten sich ein wenig gehoben. Er nahm sogar lang genug für ein Fast-Lächeln die Zigarette aus dem Mund. »Du überraschst mich«, sagte er.
Er trat hinter den grünen Ledersessel, über dessen Rückenlehne er seinen altmodischen Gehrock gelegt hatte, der an manchen Stellen schon speckig war. Er streifte den Rock über und ließ seinen Blick einmal langsam durch das Zimmer wandern, ehe er endlich die beiden Polizisten wieder ansah.
»Jemand oder etwas, böse oder verzweifelt, hat einen langen, scharfen Gegenstand genommen, aller Wahrscheinlichkeit nach ein Rohrmesser, und mit abgewandtem Handrücken damit die Kehle des Opfers aufgeschlitzt – und dabei die Drosselader, die Halsschlagader und die Luftröhre zerfetzt, weshalb der Luftgang sich mit Blut gefüllt hat.« Er zündete sich an der Kippe der alten eine neue Zigarette an, dann stülpte er sich einen ramponierten schwarzen Filzhut auf den Kopf. »Charles St. Claire ist im wahrsten Sinne des Wortes in seinem eigenen Blut ertrunken.«
Auf dem Weg zur Tür blieb er stehen, um noch einen letzten Blick auf den Leichnam zu werfen. »Das war kein schneller Tod, musst du wissen. Nicht einmal in den letzten Momenten, nachdem seine Kehle aufgeschlitzt worden war. Er hat sicher drei oder vier sehr lange Minuten gebraucht, um zu sterben, und diese Zeit war vermutlich eine einzige schmerzhafte Qual für ihn.«
Er machte einen Schritt, hielt dann wieder inne und drehte sich halb um. Die baufällige Veranda ächzte unter seinem Gewicht. »Und er war vermutlich ein Rechtshänder. Der Mörder, meine ich.«
»Er?«, fragte Rourke.
Der Leichenfresser ging zur Straße hinüber, wo sein Chauffeur ihn schon in seinem grünen Packard erwartete. Seine Zigarette

schien im Takt mit seinen Gedanken rot zu pulsieren, dann zuckte er mit den Schultern und machte sich auf seinen langsamen, gewichtigen Weg über die steile, enge Treppe. Seine Stimme wurde durch die Nacht zu ihnen herübergetragen. »Es könnte auch eine Frau gewesen sein.«

»Na, la-di-da und leck mich doch an meinem wunden Arsch«, sagte Fio, sowie sie hörten, dass der Motor des Packard angelassen wurde und dass dessen Räder über den mit Austernschalen bestreuten Weg knirschten. Er fischte eine Zigarre aus seiner Hemdentasche und riss an seinem Daumennagel ein Streichholz an. Er drehte sich um, grinste und zwinkerte seinem Partner zu, als er die Lippen um das Ende der Zigarre schloss und heftig daran zog, um sie zum Brennen zu bringen. »Ertrunken, ja?«

Der Tabak fing Feuer und Fio nahm die Zigarre aus dem Mund. Er schwenkte sie durch die Luft und hinterließ dabei eine Rauchspur. »Jesus, ich weiß nicht, was ärger stinkt – der Tote oder der Leichenfresser.«

Der Rauch konnte den harschen Gestank immerhin mildern, denn Fio gönnte sich nur die feinsten Havana Castle Morros. Sie gehörten zu dem Saft, den er dafür erhielt, dass er nicht wusste, was sich im Hinterzimmer eines gewissen Tabakladens an der Ecke Rampart und Bienville abspielte.

Rourke schwieg. Er schob die Hände in die Hosentaschen und wanderte durch das kleine Zimmer. Er zwang sich, alles anzusehen, zu denken und nicht zu fühlen, und es war wirklich unmöglich, nicht ins Blut zu treten. Er fragte sich, ob ein Ort wie diese alte Sklavenhütte ein Gedächtnis besitzen könne. Ob leblose Dinge wie Holz und Stein wie ein Schwamm Schmerz, Trauer und Angst aufsaugen könnten. Und wenn, dachte er, dann müssten diese Wände schon seit langer, langer Zeit weinen.

Er ertappte sich dabei, dass er die Oberfläche einer vergoldeten Kommode betrachtete. Er sah ein umgekipptes Glas, ein Ta-

schenmesser und ein silbernes Zigarettenetui – allesamt bedeckt mit Aluminium und Kohlenpulver. Fio suchte auf diese Weise weitere Fingerabdrücke. Fio, sein Partner, der, wie er nicht vergessen durfte, viel cleverer war, als er aussah.
Rourke tunkte die Finger in die im Glas verbliebene Neige, leckte daran und schmeckte Absinth und kaltes, betäubendes, beißendes Kokain.
Er schloss für einen Moment die Augen und ballte die Faust.
Dann wandte er sich abrupt von der Kommode ab und lief durch einen Glasperlenvorhang ins Nebenzimmer. Die Perlen klirrten noch einmal, als Fio ihm folgte. Fio, sein Partner, der jetzt aussah wie einer, der endlich die Pointe eines Witzes loswerden darf, den er schon so lange dringend erzählen wollte.
Es war ein kleines Zimmer, das von einem Messingbett gefüllt wurde. Das Moskitonetz hing offen da und die Tagesdecke war ein wenig zerknittert, als habe jemand für einen Moment hier gesessen oder gelegen. Ein kleiner Flickenteppich lag schief auf dem Boden und wirkte fehl am Platze, aber er hatte ja auch nicht immer hier gelegen.
Wenn er ihn hochhöbe, dann wusste Daman Rourke, was er finden würde. Denn manche Flecken, manche Verbrechen, können niemals weggewaschen werden.
Also ging er lieber ans Fenster.
»Du weißt ja«, sagte Fio hinter ihm, »dass der Spruch oft zutrifft, dass die Person, die die Leiche gefunden hat, auch die Person ist, die für sie verantwortlich ist …«
Das Fenster war offen, doch die Luft draußen war heiß und stickig. Man konnte nicht viel sehen, denn hinter der Hütte drängten sich Bambus- und Bananenbäume aneinander. Man konnte jedoch hinter diesem grünen Vorhang stehen, vor den Blicken anderer geschützt, und beobachten, was sich in diesem Zimmer abspielte, in diesem Bett. Das wusste er, weil er das einmal gemacht hatte.

»Und wer hat ihn also gefunden?«, fragte Rourke endlich, obwohl er auch das wusste. Gott helfe ihm, aber das wusste er.
Fio nahm die Zigarre aus dem Mund. Er bewegte die Kiefer, wie um seine Gedanken zu zerkauen, dann öffnete sich sein zerschlagenes Gesicht zu einem breiten Grinsen.
»Die neue Cinderella.«

Sie wurde als die schönste Frau der Welt bezeichnet.
Ihr Bild war überall zu sehen, in Groschenheften und Zeitschriften, auf Pralinenschachteln und Postkarten. Es flimmerte über die silbernen Leinwände der Lichtspielhäuser und über die mitternächtlichen Bühnen einer Million von erotischen Träumen.
Auch die Zeitungen nannten sie manchmal »die neue Cinderella«. Das lag an ihrem ersten Film, *Der gläserne Pantoffel*, einer düsteren, schwülen Variante des klassischen Märchens. Diese Rolle hatte eine junge Frau mit dem unwahrscheinlichen Namen Remy Lelourie an den Himmel der Zelluloidstars katapultiert. Die Welt hatte vorher oder nachher keine wie sie gekannt. Denn es war nicht nur ihre Schönheit – eine ohnehin seltsame Art von Schönheit, weil ihre Augen zu weit auseinander standen, ihr Gesicht zu knochig war und ihr Mund zu breit. Sie verführte auf eine Weise, die man nicht zuzugeben wagte, nicht einmal im Beichtstuhl. Man sah sie an und sah brutalen Hunger und verzweifelte Sehnsucht nach Leben, nicht nach Erlösung oder Rettung, sondern Leben. Nach dem miesen Drecksleben, das sich in einer heißen, feuchten Nacht abspielt, in einem schäbigen Zimmer, wenn Whiskey und Verlangen im Blut brennen. Man sieht sie an, dachte Daman Rourke, und sieht Sünde. Gefährliche, hinreißende, unaussprechliche Sünde.
Er stand mitten auf dem Hof und schaute das alte französische Kreolenhaus an. Er war noch nicht in ihre Nähe gelangt und spürte doch schon ihre Anziehungskraft. »Remy«, sagte er, weil

er wissen wollte, was es für ein Gefühl wäre, nach all den Jahren wieder ihren Namen zu nennen.
Er blieb dort stehen, bewegte sich nicht und schaute zum Sumpf hinüber. Ein Wind war aufgekommen, der die Bananenbäume schüttelte und den Geruch von stinkendem Schlamm und totem Wasser mitbrachte. Er sah das Licht von zwei Laternen zwischen den toten Zypressen umherschweben, wo schwarze Jungs nachts oft auf Frösche Jagd machten.
Vor hundert Jahren war das hier eine Zuckerrohrplantage gewesen, später hatte die wachsende Stadt die Gegend erreicht und umzingelt. Nur einige Dekar und das Haus waren noch übrig, doch das Haus besaß noch immer Schönheit und Charme mit seinen hohen, eleganten Fenstern, den fein gestalteten Säulen und Balustraden. In den weiten Galerien, die sie umzogen wie die wirbelnden Röcke einer Südstaatenschönheit. Der Erbauer des Hauses hatte es *Sans Souci* genannt. Ohne Sorgen, ohne Kummer.
Der Zauber wurde gebrochen, als der Leichenwagen über den Weg geholpert kam, um die irdischen Überreste von Charles St. Claire zu holen. Eine Traube von Reportern mit Kameras über den Schultern stand auf dem Trittbrett. Bei ihrem Anblick rannte Rourke über den Hof zum Haus und hinauf zu der schattigen Galerie. Das Lampenlicht ließ die Uniformknöpfe eines Revierbullen aufleuchten, der als Wache vor der Haustür postiert war. Rourke zeigte ihm sein goldenes Dienstabzeichen. »Verdammt heiße Nacht für so was«, sagte er und lächelte.
Der Streifenpolizist, der gerade erst die Schule verlassen zu haben schien, las den Namen auf dem Abzeichen. »Lieutenant Rourke, Sir«, sagte er und in seiner Stimme lagen Staunen und Vorsicht. Sein rundes, sommersprossiges Gesicht unter der runden Dienstmütze war rot und schweißnass.
Rourke drehte die Wattleistung seines Lächelns noch nach oben. Er bildete sich durchaus nicht ein, die Bewunderung des

jungen Mannes könne etwas mit Lieutenant Daman Rourkes eisenhartem Ruf als Starermittler zu tun haben. Nicht einmal die Tatsache, dass jemand Ire und Sohn eines Bullen war, führte ihn von der Streife zum Dienstabzeichen des Ermittlers, noch ehe er dreißig war. Doch Beförderungen können sich rasch und mühelos einstellen, wenn man einen Schwiegervater hat, der beim New Orleans Police Department den Posten eines Superintendenten bekleidet.

»Bist du heute in großzügiger Stimmung?«, fragte Rourke.

Der Streifenpolizist schluckte so stark, dass der Adamsapfel in seinem Kragen verschwand. »Sir, ich … Sir?«

Die Reporter sprangen jetzt von den Trittbrettern, während der Fleischerwagen zum Halten kam. Sie würden zuerst zur Sklavenhütte gehen, um den Leichnam zu fotografieren. Die Bilder würden zu brutal sein um gedruckt zu werden, aber nicht zu brutal, um sie herumzureichen und in der Redaktion Witze darüber zu reißen.

Rourke schob sich an dem jungen Bullen vorbei und strahlte ihn dabei noch einmal an. »Also sei ein Kumpel«, sagte er, »und versprich ihnen alles, abgesehen von einer Nacht mit deiner Schwester, aber halte mir diese Pressefritzen vom Hals.«

Der Junge entspannte sich endlich und grinste. »Ich hab ja gar keine Schwester, aber ich weiß, was Sie meinen. Sir?«

Rourke blieb stehen, seine Hand lag auf der offenen Schwingtür aus Zypressenholz.

»Sie kann es doch nicht getan haben. Nicht Remy Lelourie. Das ist doch nicht möglich?«

Rourke überschritt die Schwelle. Er schwieg. Er erreichte eine Halle, die unter einem an der hohen Decke befestigten Ventilator weit und kühl dalag und die den süßen Geruch geölten Holzbodens ausströmte. Die Schiebetüren zwischen den beiden Salons waren offen und er konnte in Zimmer hineinsehen, die für den Sommer in geblümte Überwürfe und Schilf-

matten gekleidet worden waren. Die Fenstertüren standen offen und der Nachtwind ließ die langen, safrangelben Vorhänge erzittern.
Eine kleine, schlanke Frau in einem grauen Seidenkleid stand vor einem gelben Marmorkamin. Sie hatte den Kopf gesenkt und kehrte der Tür den Rücken zu. Sie trug einen Bubikopf, der ihren langen Hals entblößte. Auch ihre Füße waren nackt, sie waren von getrocknetem Blut verkrustet und verklebt.
Rourke musste einen Moment stehen bleiben und sich an den Türpfosten lehnen. Ihr Anblick und der Blutgeruch, die seinen Kopf füllten, weckten in ihm ein seltsames Rauschgefühl. So stark wie das, das einem Glas Absinth und Kokain entspringen kann.
»Hallo, Remy«, sagte er. »Wie geht's dir, Mädel?«
Langsam drehte sie sich um und hob den Kopf. Der leicht tragische Gesichtsausdruck schien ihr mit dem Messer eingekerbt worden zu sein. Für einen Moment stiegen ihm die Erinnerungen wie ein Kloß in die Kehle, dass er fast daran erstickt wäre.
»Day«, sagte sie. Das war alles, aber dieses Wort löste in ihm etwas aus.
Er ging auf sie zu und hielt sie mit seinen Blicken fest. Sie wartete auf ihn, ließ ihn schauen, forderte ihn dazu heraus, hinter ihre Augen zu blicken. Ihr Kleid schien vorn mit einem Eimer Blut begossen worden zu sein. Sogar in ihren Haaren klebte Blut.
Ihre rechte Hand hielt sie zwischen die Brüste gepresst, als habe er sie erschreckt. Ihre Finger umklammerten ein blutverschmiertes Taschentuch, das sie schon längst zerfetzt hatte. Er nahm ihre Hand und sie wehrte sich nicht. Die ganze Zeit schaute sie ihm dabei ins Gesicht. Ihre Augen sahen genauso aus wie in seiner Erinnerung, weit auseinander stehend und an den Ecken nach oben geschwungen. Dunkelbraun mit goldenen Punkten, wie winzige explodierende Sonnen.

Er wickelte den provisorischen Verband ab. Eine gezackte Wunde zog sich vom kleinen Finger bis zum Daumen über ihre Handfläche.
»Warum hast du das gemacht, Remy?«, fragte er.
Sie entriss ihm ihre Hand und wandte sich ab. Dabei umfasste sie mit blutverschmierten Händen ihre Ellbogen. Offenbar hatte sie unter ihrem besudelten dünnen Seidenkleid nichts an.
Rourke lehnte sich an den Kamin und bohrte die Hände in die Taschen. Der Raum zwischen ihnen wurde zu einem harten Schweigen, das nicht mit Worten gefüllt wurde. Fio hatte sie erzählt, sie sei im Bett gewesen und habe geschlafen, als sie von Schreien aus der alten Sklavenhütte geweckt worden sei. Dann sei sie hinübergelaufen, um den letzten Atemzug ihres Mannes miterleben zu müssen, den dieser durch eine Wunde in seiner Kehle ausstieß.
»Das soll so gegen neun gewesen sein, weißt du«, hatte Fio gesagt. »Aber ganze zwei Stunden später kommt Miss Beulah, die Farbige, die für die Familie kocht, in die Küche und will irgendwas holen, und sie schaut aus dem Fenster und merkt, dass in der Hütte irgendwas nicht stimmt. Also schaut sie mal nach, und stell dir vor, da sitzt die neue Cinderella blutüberströmt neben dem Märchenprinzen hier, wiegt sich immer wieder hin und her und sagt ihm, wie Leid ihr das alles tut.«
Rourke trat dichter an sie heran. »Sagst du mir, was passiert ist?«
Sie hob den Kopf, wie um sich seiner Herausforderung zu stellen, doch ihre Stimme klang trocken und spröde, als habe sie die ganze Nacht lang geweint. Oder geschrien.
»Warum? Was hilft das denn noch, wenn du ohnehin schon entschlossen bist, mir nicht zu glauben?«
»Betrachte es doch einfach als eine Kostümprobe für die Jury. Die Sache sieht wirklich nicht gut für dich aus, Baby. Du sagst, du hättest die ganze Zeit lang die klaffende Wunde am aufge-

schlitzten Hals deines Mannes angesehen und ansonsten keinen Finger gerührt.«
Die Wanduhr suchte sich diesen Moment, um einmal zu schlagen, und die Frau zuckte zusammen, als sei der leise Gong ein Schlag gewesen. »Er war … er stieß dieses schreckliche Gurgelgeräusch aus, Day, und das viele Blut quoll ihm aus dem Mund. Ich hatte das Gefühl, dass er mit mir sprach, dass er mir etwas sagen wollte, aber ich konnte ihn nicht … konnte nicht … Und dann weiß ich erst wieder, dass Beulah losschrie.«
»Ja, ich nehme an, dass dir da einfach zwei Stunden entglitten sind. Kommt ja manchmal vor, nach einem Cocktail aus Absinth und Glücksschnee.«
»Das war Charlies Gift. Und deins, wie ich gehört habe.« Wieder hob sie den Kopf, erwiderte seinen Blick.
Ihr Mund zitterte und verzog sich zu einem Lächeln, aber es war ein verzerrtes Lächeln, erfüllt von Erinnerungen und Schmerzen. »Wir waren ja immer schon bereit, voneinander das Schlimmste zu glauben, nicht wahr, Day?«
Er brachte nur ein Kopfschütteln zustande.
Sie hielt seinen Blick noch für einen Moment fest, dann verschwand das Lächeln aus ihrem Gesicht und sie wandte sich ab.
Er sah schweigend zu, wie sie eine Rauchgarnitur aus Perlmutt vom Kaminsims nahm. Er wartete, bis sie eine Zigarette in den Halter geschoben und sich Feuer gegeben hatte, dann sagte er: »Mit wem außer dir hat dein Mann noch geschlafen?«
Die Flamme zitterte leise, aber das war alles. »Aber wozu hätte Charles denn noch eine andere brauchen sollen, wo er doch schon die schönste Frau der Welt besaß?«
Er musterte sie, als eine wilde Selbstverachtung abrupt und hell in ihren Augen aufloderte. Dieser grausame, verführerisch wilde Impuls, der sie vor langer, langer Zeit beide dazu gebracht hatte, zu weit zu gehen.
Jesus, rette mich, dachte er.

Er räusperte sich. »Aha. Und wie oft hat er dich geschlagen?«
Ihre Hand jagte so schnell nach oben, dass sie das nicht verhindern konnte, obwohl sie einen Versuch machte. Sie erreichte ihren Hals und presste die Handfläche schützend dagegen. Ihre Wange entfärbte sich und der Bluterguss zeichnete sich wie ein Rußflecken von der Haut ab.
»Ach, das da ... weißt du noch, wie heute Abend plötzlich der Wind so heftig eingesetzt hat? Ich wollte die Fenster schließen und da hat der Wind eine Blende erfasst und mir damit voll ins Gesicht geschlagen.« Sie hauchte ein weiches, mädchenhaftes Lachen hin, und er hätte fast selbst lachen müssen über diese Vorstellung von Remy Lelourie, die sich plötzlich in eine Südstaatenschönheit mit Baumwolle statt Gehirn verwandelt.
»Red kein Blech, Remy«, sagte er. »Eine Magnolienblüte bist du nun wirklich nie gewesen.«
Sie legte die Zigarette in einen Aschenbecher, ohne daran gezogen zu haben, und schlang sich wieder die Arme um den Leib. »Und du warst schon immer ein mieser, harter Arsch, oder was?«
»Solche muss es auch geben. Und hier ist noch etwas, was dich sicher interessiert: Der menschliche Körper enthält an die acht Liter Blut, und Charles St. Claire hat seines größtenteils auf Boden, Decke und Wände einer alten Sklavenhütte verteilt, als er mit einem Rohrmesser zu Tode gehackt worden ist. Gott weiß, dass ich den armen Charlie nie besonders innig geliebt habe, aber diese Art von letztem Moment möchte ich doch für meinen ärgsten Feind aufsparen. Und ich habe so ein ekelhaftes Gefühl ganz unten im Gedärm, dass dieser dicke, fette, saftige Fingerabdruck auf dem Messer sich als deiner erweisen wird. War er dein ärgster Feind, *Mrs.* St. Claire?«
Ihre Augen waren jetzt weit aufgerissen, ihr Blick starr. »Vielleicht habe ich es angefasst – das Messer. Es steckte in seiner Brust. Ich wollte es herausziehen, aber es saß fest ... irgendwo ...

und dann wurden wir beide von Blut bespritzt, und dann ... dann sprudelte plötzlich alles auf einmal aus seinem Hals.« Ihre Hände senkten sich und sie schaute an sich herunter. Erst jetzt schien sie plötzlich zu begreifen, wie übel sie aussah. »Ich bin ja ganz voll davon.«

Sie hob den Kopf und sah ein wenig verletzt aus. Rourke fragte sich – wie er sich schon immer gefragt hatte –, welche der vielen Remys auf der Welt die wirkliche sein mochte. »Sie wollten mich nicht baden lassen«, sagte sie. »Warum darf ich nicht baden?«

»Du musst alles vor deiner Zofe ausziehen, damit sie es an uns weiterreichen kann. Dann kommst du morgen früh zu uns auf die Wache und wir nehmen dir die Fingerabdrücke ab.«

»O Gott, Day! Du bist einfach nicht ... du glaubst wirklich, ich ...« Er sah, wie ihre Augen vor Tränen glänzten und feucht wurden. Obwohl er wusste, dass sie nur spielte, glaubte er doch, dass sie nun vielleicht endlich einige Tatsachen erfasste. Dass sie zwar Remy Lelourie und die schönste Frau der Welt sein mochte, dass es in dieser Stadt New Orleans aber doch Menschen geben würde, die glaubten, dass sie dieses schreckliche Verbrechen begangen habe.

Er presste die Schulter gegen den Kaminsims, um sie nicht berühren zu müssen. Sie war noch immer das gefährlichste Moment in seinem Leben. Sie hatte ihn belogen und benutzt und verlassen, hatte ihn auf unaussprechliche und unermessliche Weise verletzt, aber er hatte sich immer nach ihr gesehnt. Er würde nie aufhören, sich nach ihr zu sehnen.

»Weißt du noch, wie ich damals im Sommer im Hafen gearbeitet und Bananenboote gelöscht habe? Wie meine Arme und Beine immer von Wunden übersät waren, weil ich von den Ratten und Spinnen gebissen wurde, die in den Bananendolden hausten?«

»Day.« Sein Name klang wie ein Seufzer.

»Ich weiß das nämlich noch. Ich weiß auch sonst noch allerlei aus diesem Sommer«, sagte er. Schwielen an den Händen und Schwielen auf dem Herzen. »Wie du am letzten Nachmittag geweint hast. Dicke, fette Krokodilstränen, so wie jetzt.« Er nahm ihr Gesicht in die Hände und fing ihre Tränen auf, wie um sie zu behalten.

»Ich habe dich geliebt«, sagte sie. »Ich habe dich so sehr geliebt, dass es mich fast umgebracht hat.«

»Du hast dir in den Slums einen Jux gemacht. Und – das ist wirklich komisch, aber das weiß ich noch am besten –: Du warst diejenige, die gegangen ist.«

Sie schlang die Finger um sein Handgelenk und hielt seine Hand so, dass sie den Kopf senken und seine Handfläche mit ihren Lippen streifen konnte. Die Feuchtigkeit ihres Mundes vermischte sich mit ihren Tränen. »Ich hatte Angst. Vor dir, Day. Ich glaube nicht, dass du dir auch nur vorstellen kannst, welche Angst ich vor dir hatte.«

Angst vor *ihm*. Das war doch zum Lachen. Er beugte sich tiefer über sie, bis nur ein Atemhauch ihre Lippen trennte. »Du warst immer schon gut, Liebling, die Beste, die ich je gesehen habe, jeden Bruchteil von den zehn Riesen wert, die sie dir in Hollywood jede Woche bezahlt haben.« Ihre Finger pressten sich auf seinen Puls und sein Blut schien in ihres zu fließen. »Aber wie jede billige Nutte in den Krallen eines betrügerischen und brutalen Zuhälters hattest du die Sache eines Tages satt und hast ihn umgebracht.«

Er trat einen Schritt zurück, befreite sich von ihr, ließ sie los. Sein Gesicht erschien ihm wie aus Blei, aber er atmete schnell und hart.

»Du hast ihn umgebracht, Remy, Mädel. Und dafür werd ich dich ans Kreuz schlagen.«

Zweites Kapitel

Ein Gespenst, das allgemein der »Gowman« genannt wurde, ging angeblich im Zypressensumpf hinter dem Faubourg St. John um. Ganz in Weiß gekleidet lauerte der Gowman in der Nacht und lockte seine Opfer in einen schrecklichen Tod. Er ermordete die Unschuldigen, doch was er danach tat, war noch schlimmer: Er stahl ihre Körper. Und deshalb gab es für Verwandte und Bekannte keinen Leichnam, den sie bei der Totenwache ansehen konnten, sie konnten keinen neuen Sarg in ihr Mausoleum stellen. Für die alten kreolischen Familien wie die St. Claires und die Lelouries, die Familien, deren Namen wie ihre Zypressenhäuser für immer überleben sollten, war das ein unerträgliches Schicksal.

Aber an diesem Mord ist der Gowman immerhin nicht schuld, dachte Daman Rourke, als er zusah, wie der Leichenwagen sich wieder in Bewegung setzte. Diesmal würde es eine Totenwache und einen Sarg und eine Witwe geben.

Er beugte sich über die Balustrade der oberen Galerie und sah zu, wie der Wind neue Wolken vor den Mond blies. Ehe er ihr erlaubt hatte, nach oben zu gehen und ihr blutiges Kleid abzulegen, hatte er sich ihr Schlafzimmer angesehen. Das große Himmelbett mit seinem Himmel aus Rosengirlanden und herumtollenden Cupidos. Und die Spermaflecken auf den zerwühlten Laken.

Ihren Glockenhut und ihre Perlen, die auf ihrer Frisierkommode lagen, ein Paar Strümpfe, das über einem Stuhlrücken hing, ihre Schuhe, die daneben standen. Ihre mit Kleidern voll gestopfte Gobelintasche, die in solcher Eile gepackt worden war, dass eine Schnalle nicht geschlossen war – so, als habe sie aufbruchsbereit sein wollen, ehe sie ihn umbrachte. Die Menschen ändern sich nie, sie war auch früher schon davongelaufen.

Die alten Bodenbretter aus Zypressenholz knackten unter Fiorello Prankowskis schwerem Schritt, als er zu Rourke ans Galeriegeländer trat. Fio lehnte sich mit der Hüfte an das abgegriffene Holz, verschränkte vor der Brust die Arme und starrte seinen Partner an.

»Wir müssen annehmen, dass die Frau es war«, sagte er.

»Ja.« Dieses Wort hinterließ einen schlechten Geschmack in Rourkes Mund. So, wie er sich ihr gegenüber verhalten hatte – wie der verschmähte Liebhaber, der er einst gewesen war und der sie jetzt so verletzen wollte, wie sie ihn verletzt hatte, der sie leiden lassen wollte, auch wenn jeglicher Schmerz, den er ihr schuldig war, elf Jahre zu spät kam.

Fio warf seinen Zigarrenstummel in die Nacht hinaus. »Ganz und gar mit Blut verschmiert, die fehlenden zwei Stunden, die Köchin findet sie bei der Leiche und sie weint, weil ihr alles so Leid tut. Ja, sie war es, ganz bestimmt, so wahr ich ein armer Italo-Polacke aus Des Moines bin. Und sind es nicht immer die, die uns doch am meisten lieben sollten«, fügte er hinzu und nannte eine alte Binsenweisheit. »Ihre Geschichte ist reichlich bescheuert, aber sie könnte damit durchkommen. Ich meine, es wird nicht leicht, eine Jury zu finden, die Remy Lelourie zum Braten den Fluss hochschicken wird, nicht einmal dafür, dass sie ihren Alten umgebracht hat.«

»Und es wird noch härter, wenn genug Leute der Meinung sind, er hätte es nicht besser verdient.«

»Und hat er das?«

Von ihrem Standort auf der Galerie im zweiten Stock konnten sie über den Sumpf hinweg die Lichter des City Parks sehen, wo siebzig Jahre zuvor in einem Eichenwäldchen ein St. Claire ei-

nen Lelourie in einem Duell, bei dem es um verlorene Ehre und eine Faro-Partie ging, erschossen hatte.
»Ich habe einmal eine Runde *bourrée* mit dem Herrn gespielt«, sagte Rourke. »Charles St. Claire kannte keine Furcht und keine Grenzen.«
»Hm, was du nicht sagst. Und wer hat gewonnen?«
»Ich.«
Fio lachte schnaubend. »Da hast du's ... aber alle haben irgendwas. Wenn er keine Furcht hatte, was dann?«
»Geld, Stolz, Gier, Lust. Und Geheimnisse.« Rourke lächelte. »Die üblichen Todsünden der Südstaaten.«
»Ach, Mann, erzähl mir das doch nicht. Was für Geheimnisse?«
»Er hatte einen sehr guten Namen und war mit allen hohen und mächtigen Stellen verbandelt, aber er hing schon seit Jahren an den Drogen und führte ein wüstes Leben. Er benutzte gern Menschen – Männer, aber vor allem Frauen. Und er ließ sie für den Vorzug bezahlen, von ihm benutzt zu werden.«
Fio hatte den Kopf gedreht, um ihn anzusehen, und Rourke spürte die sezierende Schärfe im Blick seines Gegenübers.
»Und er war«, fuhr Rourke fort, »der einzige weiße kreolische Anwalt in dieser Gegend, der unverschämt genug war, um vor Gericht Neger zu verteidigen, und ein seltenes Mal hat er sogar gewonnen. Dass Charles St. Claire ein paar arme schwarze Ärsche vor einem Leben als Batatenhacker und Rohrschneider in einer Kettenbande in Angola retten konnte – ja, manche werden das als seine ärgste Sünde bezeichnen.«
»Und was wäre in ihren Augen Remy Lelouries ärgste Sünde?«
»Dass sie uns damals vor vielen Jahren verlassen hat. Oder es zumindest versucht hat.«
Fio wartete zwei langsame Herzschläge ab, dann sagte er: »Ich weiß, du wünschst dir, dass sie unschuldig ist, aber vermutlich ist sie das nicht, also ...« Er unterbrach sich und stieß die Luft durch seine Zähne aus.

»Was also?«
»Lass dir davon nicht wieder das Herz brechen.«
»Wieder?« Für einen Moment fragte Rourke sich, wie viel sein Partner wohl wusste – ob er irgendwo etwas gehört haben könnte, ein Tuscheln, ein Gerücht. Aber das war doch unmöglich. Die wahren Geheimnisse, die Sünden, waren zu tief vergraben. Nur er und Remy wussten, was sich vor elf Jahren in der Sklavenhütte zugetragen hatte, und Remy würde niemals darüber reden.
Fio zuckte mit den Schultern. »Ich meine ja bloß, sie ist jung und schön und es ist eine grässliche Vorstellung, dass sie für diese Schweinerei dahinten verantwortlich sein soll.« Er zeigte zur Sklavenhütte hinüber. »Aber du machst dir immer viel zu viele Gedanken über sie, über die Ermordeten und ihre Mörder – du machst dir zu viele Gedanken, und das bricht dir am Ende das Herz.«
Rourke starrte den anderen Bullen an und ließ ein gereiztes Schweigen zwischen sie treten. »War das alles?«
»Ja, das war alles.«
Rourke starrte Fio noch weiter an, dann lächelte er und schüttelte den Kopf. Er wartete, bis Fio sein Lächeln erwidert hatte, dann sagte er: »Jesus, Prankowski, du steckst ja vielleicht voll Scheiße.«
Er stieß sich von der Balustrade ab und kehrte dem Sumpf den Rücken zu. Seine Kopfschmerzen stachen immer heftiger und seine Arme und Beine kamen ihm schwerelos vor, unsichtbar, als verschwinde er in der Vergangenheit, in der sie einst gelebt hatten, er und Remy.
»Weißt du«, sagte Fio, als sie das Haus über die Treppe der hinteren Galerie verließen, »was ich an dieser Sache einfach überhaupt nicht kapiere? Sie hatte doch alles – verdammt, sie war ein Filmstar, zum Henker. Warum ist sie also zurückgekommen und hat einen Mann wie St. Claire geheiratet?«

»Das war vielleicht wahre Liebe.«
»Ach? Dann hält wahre Liebe wahrlich nicht lange vor. Wann sind sie vor den Traualtar getreten – irgendwann im Februar? Das macht fünf Monate.«
Sie überquerten den Hofplatz und erreichten die Eichen an der Auffahrt, wo Rourke sein Big Indian Chief Motorrad abgestellt hatte. Es regnete jetzt wieder, in großen, fetten Tropfen.
Er hatte sich schon rittlings auf den Ledersattel gesetzt und den Motor angetreten, als Fios Pranken den Lenker packten und er sich vorbeugte, bis dicht an Rourkes Gesicht heran. »Irgendwas dagegen, mir zu sagen, wo du hinwillst, Partner?«
Rourke starrte ihn seinerseits an, aber seine Antwort fiel dann recht sanft aus. »In eine Kneipe.«
»Wenn du was trinken willst, ich habe einen Flachmann in der Tasche.«
»Ich will eine Frau. Hast du von der Sorte auch welche in der Tasche?«
Fio atmete aus. Im weißen Licht des Motorradscheinwerfers sah sein Gesicht ebenso blutleer aus wie vorhin das von Charles St. Claire. »Was weißt du und willst es mir nicht erzählen?«
»Nichts«, log Rourke und lächelte, um der Lüge den Weg zu ebnen.
Er fuhr über die Auffahrt und folgte der Sumpfstraße, um dann in die Esplanade Avenue abzubiegen, wo er den Motor der Indian aufheulen ließ und über das regenglatte Pflaster jagte. Das Motorrad bebte zwischen seinen Beinen und der heiße, nasse Wind schlug ihm ins Gesicht, während in seinen Gedanken ein Saxophon »Runnin' wild« jammerte.

Drei Jahre zuvor hatte ein Prohibitionskontrolleur – natürlich nur aus dienstlichem Interesse – feststellen wollen, wie lange ein Durstiger brauchte, um sich in verschiedenen Städten des trockengelegten Landes ein Glas Schnaps zu kaufen. In Chicago hatte es ganze einundzwanzig Minuten gedauert, diesen illegalen Einkauf zu tätigen. In Detroit hatten drei Minuten genügt. In New Orleans reichten fünfunddreißig Sekunden.

In dieser nassen, blutigen Sommernacht verschwendete Daman Rourke noch weniger Zeit, aber er wusste ja auch, wohin er wollte.

Die illegale Kneipe lag in der Dumaine Street und gab sich als Wäscherei aus, weshalb ab und zu auf dem Hinterhof einige Hemden in riesigen Kupfergefäßen gekocht wurden. Und das oft genug, um den Gestank von Tabak und Schnaps mit einem schwachen Geruch von Seife und Stärke anzureichern.

Rourke stützte seine Ellbogen auf den voll geregneten Tresen und bestellte einen Scotch bei einem Mann mit hängenden Schultern und schlaffen Lippen, der eine speckige Schürze trug. Als der Mann den Drink brachte, legte Rourke einen Dollar hin. Der Barmann hielt ihn für einen Bullen und ließ das Geld deshalb liegen, aber Rourke rührte es nicht wieder an, denn so tief er auch sank, er tat es immer mit Stil und blieb dabei niemandem etwas schuldig.

Der Schnaps war gut, frisch vom Boot aus Honduras, und er brannte noch, als er in Rourkes Magen eintraf. In dieser Nacht wirkte die Kneipe traurig und still. Aus dem Hinterzimmer waren das Klicken von Billardkugeln und das Gemurmel der Männer beim Kartenspiel zu hören. Ein Mann in einer rot gestreiften Weste hing bewusstlos über einem Klavier, seine schwarzen Hände hatte er wie zum Gebet auf den stummen Elfenbeintasten gefaltet.

Doch unter dem trüben Licht einer Lampe mit Kupferschirm tanzte ein Paar, verloren in einer Musik, die nur die beiden hören konnten. Füße wurden langsam hin und her gezogen, Bäuche aneinander gepresst, Hüften rieben sich in einer Liebesparodie aneinander. Das schrille gelbe Kleid der Frau war am Saum aufgegangen, ihre rötlichen Haare hatten dunkle Wurzeln, sie

hatte die Augen zusammengekniffen. Als sei nicht hinsehen so gut wie nicht wissen.
Als der Barmann sich erkundigte, ob er noch einen wolle, nickte Rourke, obwohl seine Kopfschmerzen jetzt draufloshämmerten wie eine Karnevalskapelle. »Als ich zuletzt hier war«, sagte er, »das muss so vielleicht vor einer Woche gewesen sein – da hat eine Kleine so verdammt toll und herzzerreißend Blues gesungen. Da kriegt man richtig Lust, mit einer vollen Flasche und einer willigen Frau ins Bett zu kriechen und seine Sorgen tief in beiden zu ertränken.«
Rourke unterbrach sich und ließ seinen Finger in den Wasserpfützen ein Muster zeichnen. Als er aufblickte, zeigte er ein naives, freundliches Lächeln mit einem leisen Hauch von Verlegenheit, als habe er es mit diesem Spiel noch nie versucht und wolle wissen, wie weit er gehen könne. »Und, na ja, seither hab ich dieses Lied der Kleinen einfach nicht vergessen können.«
Der Barmann wischte vage mit seinem Schürzenzipfel über das zerschrammte Holz, sog seine fette Unterlippe ein und versuchte zu entscheiden, ob der Bulle, der hier an seinem Tresen lehnte, gevögelt oder auf die Schmiergeldliste gesetzt werden wollte. »Sie denken vermutlich an Lucille. Bloß, heut Abend hat sie sich nicht so toll gefühlt und ich hab gesagt, sie sollte sich frei nehmen.«
»Was für eine elende Schande«, sagte Rourke. Innerlich war ihm schlecht und er fror vor Angst vor den Problemen, die er auf sich zukommen sah. Und auf Lucille. Lucille, die hier in dieser Kneipe stehen und Blues singen sollte und die das nicht tat und deshalb vermutlich kein Alibi hatte für den Zeitpunkt, zu dem Charlie St. Claire draußen in der Hütte in seinem eigenen Blut ertrunken war.
Der Barmann kaute weiter auf seiner Lippe herum und sein Blick wanderte überall umher, nur Rourkes Gesicht wurde von

ihm gemieden. Endlich beugte er sich vor und senkte seine Stimme zu einem heiseren, whiskeydurchsättigten Flüstern.
»Wenn Sie auf Brombeeren stehen, dann gibt's um die Ecke auf der Burgundy einen Laden. Suchen Sie nach einer braunen Tür, die zur Farbe von Besoffenenpisse verblichen ist. Da gibt's alles von grün bis reif und in jeder Farbe dazwischen.«
Rourke leerte sein Glas und legte einen weiteren Dollar auf den Tresen. Er lächelte noch einmal, aber dieses Lächeln hatte nichts Naives oder Verlegenes. Es war das Lächeln eines Jungen, der mit einem ewig betrunkenen Vater im Irischen Kanal aufgewachsen war, dessen Eckkneipen diese hier aussehen ließen wie ein Sonntagsschulzimmer und dessen Barmänner mit Ziegelsteinen und langen Messern für Ordnung sorgten.
»Ich wünsche Ihnen eine gute Nacht«, sagte er. Der schlafflippige Mann gab keine Antwort und nickte auch nicht, er drehte sich einfach um und ging mit vorsichtigen Schritten zum anderen Tresenende.
Draußen war der Regen gekommen und gegangen, doch die Hitze hatte er nicht mitgenommen. Rourke war schon losgegangen, als er eine Frau sah, die an einer trüben Straßenlaterne lehnte. Die Frau trug nur ein verschossenes blaues Negligé und ein altmodisches Korsett.
Obwohl sie im Schatten stand, konnte er sehen, dass ihre Waden glatt und kohlschwarz funkelten, dass ihr Gesicht jedoch ein teigiges Rosa aufwies. Manchmal kauften Mädchen vom Lande, die neu im Geschäft waren und noch nicht gelernt hatten, was Männer sich wirklich wünschten, rosa Kreide, feuchteten sie mit Parfüm an und schmierten sie sich ins Gesicht, um weiß auszusehen.
Diese hier hatte die Tricks immerhin schon raus. Sie schwenkte Bauch und Hüften und schmatzte laut und feucht mit den Lippen. »Hallo, Daddy. 'n bisschen Geschäfte machen?«
Rourke schüttelte den Kopf und sagte »nein, danke«, um seine

Ablehnung zu mildern. Danach musste er lachen, weil er gedacht hatte, für sie spiele das eine Rolle. Sie war jung, aber nicht so jung. Doch als er an ihr vorüberging, glaubte er, dass unter ihrer rosa Kreide eine steckte, die er kannte.
Er ging durch die Dumaine, über einen vom Regen glitschigen und silbernen Bürgersteig und weiter zu der Gasse, in der er die Indian abgestellt hatte. In der Ferne spielte jemand Trompete. Wer immer es sein mochte, alles Elend seines Lebens und alle Trauer seiner Seele strömten aus diesem Horn. Daman Rourke blieb unter einem tropfenden Balkon stehen und hörte zu, wie die Trompete den letzten Ton weinte, wie sie so süße Musik machte, dass es wehtat, wie ein Herz, das von einem Rohrmesser zerfetzt wird.

Er hatte nicht nur gelogen, als er zu Fio gesagt hatte, er brauchte eine Frau.
Die Erinnerung konnte wie eine Lokomotivenpfeife in der Nacht sein, die uns ganz tief in den Blues hineinzieht. Manchmal ließ sich mit Alkohol oder Drogen dagegen ankämpfen, aber für ihn war es doch das Beste, sich in den Armen einer Frau zu verlieren, wenn sie die eigene Frau war, vielleicht. Wenn sie einen noch nicht verlassen hatte, wenn sie einen nicht belogen hatte, gestorben war oder einen ganz einfach aufgegeben hatte.
Keine Trompete weinte sich in dieser besseren Gegend mit Doppel- und Einzelhäusern mit Pultdach das Herz aus der Seele. Rourke würgte den Motor ab, als er vor Bridey O'Maras Vorderveranda zum Halten kam. Schatten huschten über eine von lila Wein erstickte Veranda. Eine Hollywoodschaukel knackte.
Er blieb unten vor der Treppe stehen und schaute zu der Frau auf der Schaukel hoch. Zu seiner Frau, vielleicht. Sie hatte die Knie bis ans Kinn hochgezogen und die Arme um ihre Knie geschlungen. Ihr Kopf war gesenkt, wie um sich hinter ihren langen irischroten Haaren zu verbergen.

»He, Baby«, sagte er. »Es ist nach zwei Uhr morgens. Wieso bist du noch auf?«
Sie hob den Kopf und der Vorhang ihrer Haare teilte sich. Das Licht der Straßenlaternen blutete durch die dicken Weinranken und auf ihr Gesicht. Ihre Wangen glänzten feucht, vor Schweiß oder vielleicht vor Tränen.
Er blieb unten vor der Treppe stehen und starrte zu ihr hoch. Sie erwiderte seinen Blick für einen Moment, dann wandte sie sich abrupt ab. »Ein paar Bullen haben dich gesucht. Ich musste ihnen sagen, dass ich dich seit über einer Woche nicht gesehen habe.«
Ihre Stimme klang rau und spröde. Sie umfasste ihre Beine fester und schaukelte ein wenig. Die Schaukel jammerte. »Ich dachte an die Nacht, in der Sean nicht nach Hause gekommen ist. Großer Gott, wie es da geregnet hat – weißt du noch? Donner und Blitz und ein Wolkenbruch, der überhaupt kein Ende zu nehmen schien.«
Rourke stieg die Treppe hoch und setzte sich neben sie auf die Schaukel. Ihre Augen waren hell und durchdringend.
»In der Nacht habe ich auch hier auf der Schaukel gesessen«, sagte sie. »Und darauf gewartet, dass er nach Hause kommt, während der Sturm um mich herum tobte. Ich hatte das Gefühl, in ein langes, schwarzes Schweigen zu stürzen. Ich glaube, so muss Sterben sein, Day, meinst du nicht? Wir stürzen durch ein langes, schwarzes Schweigen.«
Er wollte sie berühren, tat es dann aber doch nicht. »Ich werde nicht so einfach verschwinden, Bridey.«
Sie ließ ihre Beine los und lehnte sich an ihn, ihre Schulter presste gegen seine. Sie trug nur einen dünnen Baumwollmorgenrock und er konnte die Hitze ihres Körpers spüren.
Die Erinnerung konnte wie eine Lokomotivenpfeife in der Nacht sein und manchmal fühlte man sich von ihrem Ruf angezogen, trotz aller guten Vorsätze und tiefsten Überzeugun-

gen. Er dachte an Charles St. Claire, der mit im Tod weit offenen Augen in seinem Blut gelegen hatte. Er fürchtete, nur zu gut zu wissen, welches entsetzliche Bild diese Augen in ihren letzten Augenblicken gesehen hatten, denn vor langer Zeit hatten seine eigenen Augen Remy Lelourie töten gesehen.

Und an dieser Stelle blieben seine Gedanken immer wieder hängen, wie auf einer zerkratzten Schallplatte: Wenn sie es einmal getan hat, einmal, einmal, dann kann sie es wieder tun. Aber schon jetzt wusste er, dass sie die Macht hatte, ihm diese Überzeugung zu nehmen. Oder dafür zu sorgen, dass ihm das alles egal war.

»Ich weiß, dass er tot ist«, sagte die Frau, die neben ihm auf der Schaukel saß, und Rourkes Gedanken machten einen benommenen Sprung, als er dachte, dass auch sie den zerschlitzten Leichnam in der Sklavenhütte sah. Dann ging ihm auf, dass ihre Gedanken in einer anderen Regennacht weilten und auf einen Mann warteten, der nie zurückkommen würde.

»Ich weiß, dass sein Boot bei diesem Sturm untergegangen ist«, sagte sie. »Ich weiß, dass das passiert ist. Aber manchmal ...«

Manchmal ...

Rourke drehte sich zu ihr um und zog sie an sich, sodass er seinen Kopf zwischen ihre Brüste legen durfte, was ein wunderschönes Gefühl war. Er glaubte schon, ihre Lippen in seinem Haar zu spüren, aber dann entzog sie sich ihm und stand auf. Sie nahm seine Hand und führte ihn in ihr Schlafzimmer.

Ihre Augen zeigten die goldgraue Farbe von Zinn bei Kerzenlicht. Ihre Brüste, die jetzt von seiner Zunge feucht waren, waren mit Sommersprossen bestäubt. Er legte sich auf sie, und als sie zu ihm aufschaute, zeigte ihr Gesicht so viele Gefühle und Erinnerungen, von denen er nichts wissen wollte. Er wollte in ihr aufgehen, sich in ihr verlieren, für immer.

Immer hatte gegolten: wir gegen den Rest der Welt, als sie arm,

zäh und wild in der Rousseau Street im Irischen Kanal aufgewachsen waren. Daman Rourke, Casey Maguire, Sean O'Mara und Bridey Kinsella. Mit zwölf Jahren gingen sie in einem Sommer zu Mamma Rae, der Voodoopriesterin, und für einen Dollar tätowierte sie ihnen jeweils einen achtzackigen blauen Stern innen aufs Handgelenk. Sie sprach einen Zauberspruch und umrundete dreimal entgegen dem Uhrzeigersinn bei abnehmendem Mond ein frisch aufgeworfenes Jungfrauengrab. Danach erklärte sie sie für Blutsbrüder für ihr ganzes Leben. Dass Bridey ein Mädchen war, spielte keine Rolle, sie gehörte dazu. Sie waren alle drei halbwegs in sie verliebt gewesen, damals schon.
Am Ende hatte sie dann Sean geheiratet und das hatte bis zu einem Sonntag vor zwei Monaten gedauert, als er mit seinem kleinen Fischkutter auf den Lake Pontchartrain hinausgefahren war, um an diesem Frühlingsabend ein wenig zu fischen. Danach hatte ihn niemand mehr gesehen oder von ihm gehört. Wer Sean O'Mara nicht kannte, mochte ihn für einen Bullen halten, der auf die schiefe Bahn geraten war, für einen Säufer und Versager, der bei seinem Schnapsdealer und seinem Buchmacher zu hohe Schulden aufgehäuft hatte. Und mochte sagen, dass immer wieder Boote und Züge New Orleans verließen und dass die einzige Rettung bisweilen aus einem neuen Anfang bestand.
Doch wer zusammen mit ihm in einer rücksichtslosen, wüsten Gegend im Irischen Kanal aufgewachsen war, wo der eine dem anderen den Rücken gedeckt hatte, wusste, dass Sean O'Mara es zwar bisweilen arg toll trieb, dass er aber niemals weglaufen würde.
Zumindest sagte er sich das in den Nächten, wenn er mit Sean O'Maras Frau in Sean O'Maras gedrechseltem Bett lag. Wenn Strähnen ihres langen Haares über seine Brust strichen und er ihren heißen Atem in seinem Gesicht spüren konnte.

»Bridey«, sagte er.
Sie seufzte als Antwort und drückte ihre Hüfte gegen seinen Bauch und ein Gefühl, dem er keinen Namen geben konnte, füllte seinen Hals.
Er hatte damals die ganze Nacht und noch viele weitere Nächte bei Bridey gesessen, während der See und die Kneipen und Puffs der Stadt nach Sean abgesucht worden waren. Er hatte sie nicht berühren wollen, nicht einmal dann, als sie weinte und ihn bat, sie in den Arm zu nehmen, nicht einmal dann, als sie in einem verzweifelten Kuss seinen Mund mit ihrem bedeckte. Für sie, das wusste er, war diese Berührung nur der Versuch, bei einem alten Freund Trost zu finden. Für ihn war es eine andere Art Trost – auf süße Weise einsam und mit Schmerz unterlegt, wie das Klagen eines Saxophons. Seine eigene Frau war seit fast sieben Jahren tot. Er hatte Fotos, die ihn daran erinnerten, wie sie ausgesehen hatte, aber schon längst hatte er die Musik vergessen, die in ihrer Stimme lag, wenn sie seinen Namen sagte.
Er berührte die Frau, die jetzt neben ihm lag, berührte die Innenseite ihres Handgelenks, wo das verblichene blaue Sternchen nur ein Schatten war, wie ein Muttermal. »Bridey«, sagte er noch einmal.
Langsam trat ein Lächeln in ihre Mundwinkel und ihre Augen, als das Telefon schellte.
Er sah, wie ihr Gesicht sich änderte, sah in ihren Augen für einen Moment Hoffnung aufflackern wie ein eben angerissenes Streichholz, und er wandte sich ab. Für immer, dachte er, würde sie draußen auf dieser Schaukel sitzen und warten.
»Das ist wahrscheinlich nur Mama«, sagte sie, als es zum dritten Mal geklingelt hatte. »Seit Daddy gestorben ist, kann sie nachts kaum noch schlafen.«
Er sah zu, wie sie sich nackt aus dem Bett erhob und in die Diele ging, wo das Telefon auf einem schmalen Mahagonitisch stand.

Sie nahm mit einer Hand den Hörer ab und fasste mit der anderen in ihrem Nacken ihre Haare zusammen. Diese Bewegung beugte ihren Rücken nach hinten und hob ihre Brüste. Im Licht der Dielenlampe mit ihrem roten Lampenschirm schienen ihre Brüste rosa zu glühen, wie seltene Muscheln.
Er hörte, wie sie sagte: »Ja, er ist hier, einen Moment, bitte.«
Er stand auf und warf im Vorübergehen einen Blick auf die rundgeschwungene Uhr auf der Kommode. Es waren noch einige Stunden bis zur Morgendämmerung.
Er ging zu ihr, ihre Körper streiften einander und trennten sich dann wieder. Er nahm ihr den Hörer ab und fragte: »Ja?«
Fiorello Prankowskis Stimme, geladen mit atmosphärischen Störungen, erreichte ihn durch die Nacht: »Day? Wir haben noch einen.«

Drittes Kapitel

Der Tote lag nass und aufgedunsen mit dem Gesicht nach unten in einem Nest aus grünen Algen und allerlei Sumpfabfällen am Rand des Bayou. Rourke musste sich seinen Weg durch saugenden, stinkenden gelben Schlamm, Katzenschwänze, Schwertgras und die Überreste eines verfaulten Kanus suchen. Er hasste den Anblick toter Dinge und diese Nacht bedeutete einfach den Ruin für seine neuen Schuhe.

Er hockte sich neben den Leichnam und bedeutete dem jungen Streifenpolizisten, der eine Lampe hielt, näher zu kommen. »Fertig?«, fragte er Fio, der Fotos gemacht hatte. »Ich möchte ihn umdrehen.«

Das Blitzlicht von Fios Kamera loderte noch einmal über dem schwarzen Wasser und den gespaltenen Zweigen der toten Zypressen auf. »Ja, ja, mach schon«, sagte er. »Christus.« Er trat einige Schritte zurück und rieb sich die Nase. Es war wirklich ein übler Gestank, satt und grau und faulig.

Rourke packte den Toten am linken Arm und an der Schulter und zog. Der Bursche war seltsam leicht, aber schwabbelig, er schien den Sumpf wie ein weicher Schwamm in sich aufgesogen zu haben. Mit nassem Plopp landete er auf dem Rücken.

»Scheiße!«

Eine kleine Mokassinschlange, deren schwarzer Kopf hin- und herjagte, schlüpfte aus dem weit aufklaffenden Mund des Toten. Rourke fuhr zurück, rutschte im nassen Schlamm aus und

wäre fast auf den Hintern gefallen. Die Schlange glitt aus dem Mund über den Hals des Toten, um dann im dicht stehenden Zuckerrohr zu verschwinden.
»Jesus«, sagte Fio.
»Hol dahinten noch mehr Licht«, sagte Rourke zu dem Jungbullen, dem die Lampe in den Matsch gefallen war. Rourke beugte sich über den Leichnam. Er glaubte zuerst, dem Mann sei die Kehle aufgeschlitzt worden, doch dann fiel der Lichtstrahl auf eine tief im weißen, aufgedunsenen Fleisch eingesunkene Klaviersaite.
»Hier hat ein Profi zugeschlagen«, sagte Fio. Im Gewirr von Seetang und alten Schleppleinen, die sich um die Beine des Toten wickelten, war auch ein Tau mit zerfasertem Ende zu sehen. Das andere Ende des Taus war mit einer Schleife um einen dünnen, verdrehten Knöchel gebunden. »Scheint schon ein paar Wochen hier im Dreck zu liegen, vielleicht mehr. Erkennt ihr ihn oder das, was von ihm noch übrig ist?«
Dem Gesicht sah man die lange Zeit im Wasser deutlich an, es war aufgedunsen, grotesk, hatte die Farbe von gelblichem altem Wachs angenommen. Aber ein grelles Muttermal von Größe und Umriss eines Blumenkohls flammte am Hals und auf der rechten Wange des Mannes auf, und in Rourkes Gedanken setzte die Erinnerung ein: an ein rundes, kinnloses Gesicht, entstellt durch dieses schreckliche lila Zeichen und durch die platte Nase mit den Aknenarben, von den kleinen, zementfarbenen Augen noch hässlicher gemacht. Unmöglich zu sagen, ob diese Augen im Moment ihres Todes irgendeine Wahrheit gesehen hatten, denn die Flusskrebse hatten sich an ihnen gütlich getan.
Rourke durchsuchte die Vergangenheit nach einem Namen. »Könnte ein Kerl aus dem Irischen Kanal sein, McGinty. Vinny McGinty. Wenn das hier der Richtige ist, dann hat er es vor ein paar Jahren als Boxer versucht, aber er hatte Bleifüße und einen Glaskiefer – konnte nicht mal bis zum ersten Gong durchhal-

ten. Nachdem er aus dem Ring ausgestiegen war, hing er dann immer noch im Irischen Boxclub herum und versuchte die Leute zu ein paar Runden aufzufordern. Hat sein Fick- und Saufgeld damit verdient, dass er für die Maguires Schutzgelder eintrieb.«

Fio schnaubte durch seine dicke Nase. »Wunderbar, einfach wunderbar. Casey Maguire hat so viel Macht, der kann nicht mal pissen, ohne dass der Bürgermeister angerannt kommt und ihm den Schwanz halten will ... Himmel, was für eine Scheißnacht. Zuerst lässt sich so ein blaues Blut der oberen Zehntausend von der neuen Cinderella in Stücke schneiden, dann kommt einer von Maguires Schlägern mit von den Krebslein ausgelutschten Augen aus dem Moor geschwommen. Wir sind am Arsch, Partner. Am Arsch. Wir haben eine Mordverdächtige, die Filmidol und berühmter ist als Babe Ruth. Und einen Mordverdächtigen, der sich für den Al Capone von New Orleans hält.«

Casey Maguire war wirklich in New Orleans eine Größe von Orkanausmaß. Er war das, was von der Boulevardpresse als »Gangster« und vom Rathaus als »Geschäftsmann« bezeichnet wurde. Er besaß eine Zuckerraffinerie und einen Schlachthof und dazu die üblichen lichtscheuen Unternehmen, aber die Volstead Act hatte ihn dann wirklich zum König gemacht. Er besaß das Monopol auf allen Schnaps, der in den zahlreichen illegalen Kneipen der Stadt verkauft wurde; ihm gehörten die Schmugglerschiffe, die die Markenprodukte aus Mexiko und Südamerika brachten, ihm gehörten die Fabrikhallen, in denen die Ware verdünnt und in Flaschen gefüllt wurde. Ihm gehörten die Gerichte und die Zollstellen und die Polizei der Stadt, die geschworen hatte, die Gesetze zu verteidigen, die fast alle seiner Tätigkeiten für illegal erklärten.

Nur sehr wenige wussten jedoch, dass unter seiner gestärkten weißen Hemdenmanschette in die Haut seines linken Handgelenks ein achtzackiges Sternchen eintätowiert war. Noch weniger kannten dessen Bedeutung. Die Voodoofrau hatte ihnen gesagt, in diesem Sommer, als sie zwölf waren, dass sie alle verloren wären, wenn auch nur einer jemals den Blutseid bräche.

»Ich denke, wir brauchen nicht anzunehmen, dass er hier draußen versenkt worden ist«, sagte Fio, der den Leichnam mit gerunzelter Stirn betrachtete. »Der hat doch eine ganze Weile durch die Gegend treiben können, nachdem das Tau erst mal gerissen war.«

Rourke richtete sich auf und wischte sich die Hände ab. »Wer hat ihn gefunden?«

»Ein Tanzmädel, das in dieser Negerbutze unten an der Straße arbeitet. Sie sagt, sie wollte mal kurz frische Luft schnappen. Wahrscheinlich hatte sie sich einfach von ihrem Kunden abgesetzt, aber wer immer das gewesen sein mag – der ist verduftet.«

Die Frau hatte geglättete braune Haare und eine kaffeebraune Haut. Sie saß auf dem Trittbrett der Limousine, ihre dünnen Schultern beugten sich über das Marmeladenglas voll *spotioti* in ihren Händen.

Sie legte den Kopf langsam in den Nacken, als Rourke auf sie zukam. Ihre dunkelbraunen Augen wirkten glasig vom Alkohol, aber sie war noch nicht weggetreten genug, um nicht zu wissen, dass sie das Gesetz des weißen Mannes vor sich hatte. Er sah, wie Angst und Wachsamkeit ihr Gesicht füllten, sie schien in einem vom Sturm bedrohten Haus die Fensterblenden vorzulegen.

Er nickte ihr zu. »Nett, dass Sie gewartet haben, Miss …«

Sie stieß einen tiefen Seufzer aus, der nach Muskateller und Whiskey roch. »Sugar. Na ja, eigentlich heiße ich Dora, aber alle hier nennen mich Sugar. Sugar Baudier.« Sie versuchte zu lächeln, aber das Lächeln verschwand gleich wieder. »Ich bin Tänzerin. Ich arbeite in Jack's Place, weiter da unten.«

Sie zeigte auf die Straße, die eigentlich nur aus einer doppelten

Karrenspur durch das Schwertgras bestand. Die Straße führte zu einer Zeile aus verwitterten Hütten mit eingefallenen, auf Pfosten errichteten Veranden, die der Bahnlinie den Rücken kehrten und auf die Sümpfe blickten. Am Ende der Zeile stand eine Hütte, die noch baufälliger war als die anderen. Sie war aus Bretterresten und Blech zusammengehauen und der Lärm, der durch die verrotteten Fensterblenden drang, sagte Rourke, dass es sich um Jack's Place handeln musste. Lachen, ein brüllendes Saxophon und eine Frau, die den »Mean Lovin' Man Blues« säuselte.

Die Sängerin legte in jede Note den Schmerz eines blutenden Herzens. Rourke ging erst auf, dass er nur noch zuhörte, als Sugar, verängstigt durch sein drückendes Schweigen, ihm die Fragen zu beantworten begann, die er noch gar nicht gestellt hatte.

»Ich wollte kurz spazieren gehen, da drin war's nämlich so heiß und der Rauch macht mir Probleme, weil ich Asthma hab, und da lag er, am Ufer, mitten im Matsch, und er sah aus, als wär er schon sehr lange tot, deshalb dacht ich mir, jetzt sagst du Jackson, dass er zu Mr. Morgans Lebensmittelladen gehen und die Polizei anrufen muss, und das ham wir getan. Hat er getan.«

»War jemand bei Ihnen oder hat hier einfach irgendwer am Sumpf rumgehangen, als Sie den Spaziergang machten?«

Sie schüttelte so energisch den Kopf, dass er sich fragte, wieso ihre Ohren dabei nicht klirrten. »Nein, Sir. Hm-mm. Nein, Sir.«

»Und wenn Sie ein paar Wochen zurückgehen? Haben Sie da hier am Sumpf oder in Jack's Place irgendwas Außergewöhnliches gesehen oder gehört?«

»Nichts gesehen, nein, Sir.«

Ihr verschossenes Kleid hing an ihrem mageren Leib herunter und war erstarrt vom vertrockneten Schweiß. Obwohl sie das Marmeladenglas voll *spotioti* fest umklammert hielt, zitterten ihre Hände noch immer. Wenn sie auf den Strich geht, dann kann sie damit nicht viel verdienen, dachte Rourke; sie sah halb verhungert und auf miesen Fusel angewiesen aus. Aber die Männer, die in Jack's Place verkehrten, konnten sicher nicht mehr als einen Vierteldollar für das ausgeben, was sie zu verkaufen hatte.

»Miss Baudier«, sagte Rourke. »Das wissen Sie vermutlich nicht, aber die Stadt New Orleans bezahlt jedem Bürger, der der Polizei bei Ermittlungen in zweifelhaften Todesfällen behilflich ist, eine Belohnung.« Er zog die Geldscheine, die er in der Tasche hatte, hervor, insgesamt fünf Dollar, und hielt sie ihr hin. Sie starrte ihn an und er konnte sehen, dass sie ihm nicht glaubte. Das Geld nahm sie aber trotzdem.

»Mal wieder Belohnungen verteilen, wie ich sehe«, sagte Fio, als Rourke neben ihn trat. Er wartete am Ufer auf den Leichenfresser in seinem grünen Packard mit Chauffeur. »Setz das mal auf die Spesenrechnung und der Chef schreit nach deinem Arsch.«

Rourke starrte auf den Bayou hinaus. Eine falsche Morgendämmerung ließ den Himmel knochenweiß werden und an den Zypressen stieg Nebel hoch. Er glaubte, die »Smoky Mary« auf sie zukommen zu hören, sie polterte über die Gleise hinter den Hütten.

»Dieser Jack's Place – das ist nicht gerade ein Klasseladen«, sagte Fio jetzt. Nach fast einem Jahr gemeinsamer Arbeit war er an Rourkes Schweigen gewöhnt, hatte gelernt, einfach weiterzureden. »Sind da nicht neulich mal ein paar arme Trottel blind geworden, weil sie einen Fusel aus Holzgeist und Ingwer getrunken haben?«

Das kann durchaus möglich sein, dachte Rourke. Vielleicht war es aber auch in einer anderen Kneipe gewesen. Die Sängerin hatte das Ende ihres Liedes erreicht. Er stellte sich vor, wie er hinüberging und fragte, ob irgendjemand irgendetwas gesehen habe. Niemand würde etwas gesehen oder gehört haben; das hier war kein Stadtviertel, wo man es sich erlauben konnte, auf das zu achten, was um einen herum geschah.

Es war nicht einmal ein wirklicher Stadtteil von New Orleans – dieser weite Bereich von Buchten und Kanälen und überfluteten Zypressen und Weiden, aus dem das sumpfige Ödland im Nordosten des Flusses bestand. Früher war diese Gegend als »das feuchte Grab« bezeichnet worden, aber daran war das gelbe Fieber schuld gewesen, nicht die Tatsache, dass hier ermordete Schläger versenkt wurden.

Das graue Licht zeigte den Leichnam von Vinny McGinty, der am Bayouufer lag, aufgedunsen, verwesend, tot. So tot wie Charles St. Claire. Charlie St. Claire war der strahlende, gut aussehende Sohn einer vornehmen alten Familie aus New Orleans gewesen – reich, liederlich und mit der schönsten Frau der Welt verheiratet. Vinny dagegen war nur ein hässlicher Immigrantenbalg aus dem Irischen Kanal gewesen, der vom Ruhm im Ring geträumt und dann später seinen Lebensunterhalt mit Knieschüssen verdient hatte. Keine zwei Männer hätten ein unterschiedlicheres Leben führen können und doch hatten sie in ihrem letzten Moment, in ihrer Überraschung und Angst und Qual, das Gleiche erlebt.

Vielleicht hat Fio Recht, dachte Rourke, vielleicht nehme ich mir das alles zu sehr zu Herzen. Aber diese Ermordeten haben zumindest Anspruch darauf, dass die Welt erfährt, warum sie gestorben sind und wer sie umgebracht hat. Die Verantwortlichen müssen bezahlen und sei es nur dadurch, dass ihre Schuld ans Licht kommt.

Fio hob die Hände zum bleicher werdenden Himmel und ließ seine Knochen knacken. »Mann, ich bin mehr als todmüde. Aber weißt du, sowie ich zu Hause einrolle, wird die Frau mich anpöbeln, weil ich mich die ganze Nacht herumgetrieben habe.«

»Remy Leloure hat freundlicherweise angeboten, uns ihre Fingerabdrücke nehmen zu lassen«, sagte Rourke. »Sie wird uns gleich morgen früh besuchen.«

»Ach, reizend«, sagte Fio, als die »Smoky Mary« hinter ihnen über die Schienen donnerte und ihre Flöte ausgiebig und schrill und einsam aufheulen ließ.

Das Haus in der Conti Street, in dem Daman Rourke wohnte, hatte einst seiner Mutter gehört. Seit einigen wenigen Jahren konnte er es ansehen, ohne daran zu denken, aber in dieser Nacht – oder besser gesagt, an diesem Morgen – war das nicht der Fall.

Die gelben Latrinenwagen ratterten über die Pflastersteine, nachdem sie die Häuser aufgesucht hatten, die noch einzeln stehende Plumpsklos besaßen, als Rourke endlich nach Hause kam. Er ging durch den Torweg des wunderschönen alten kreolischen Hauses und dann über den Hof. Im trüben Morgenlicht ließen wilder Wein und Begonien blaue Schatten auf die Pflastersteine fallen. Alles roch nass, nach regenfeuchten Blättern und schwarzer Erde.

Der Hof war eine Oase des Friedens in einem weiteren rauen Stadtteil. Der Faubourg Tremé war jetzt bekannt für seine Kneipen, für Jazzschuppen und Bordelle. Hundert Jahre zuvor jedoch hatten die weißen Plantagenbesitzer und ihre Söhne in diesen Häusern ihre kaffeefarbenen Geliebten untergebracht.

Damals hatten im Faubourg Tremé auch die *gens de couleur libres* gelebt, freie Farbige also, keine Sklaven. Einige von ihnen hatten sogar ihrerseits Sklaven besessen. Sie arbeiteten als Schneider, als Schmiede und als Schreiner. Manche wurden reich und bauten sich Häuser im kreolischen Stil, wo sie dann Mahagonimöbel aufstellten, Seidentapeten anbrachten und ihr vornehmes, aber abgeschiedenes Leben lebten.

Sie sprachen Französisch und ließen ihre Söhne in Paris studieren. Die, deren Haut hell genug war, wurden in den Norden geschickt, um im Leben des weißen Mannes abzutauchen. Manche ließen ihre Töchter auf Quarteronenbällen in Satinkleidern und mit bloßen Schultern durch die Säle paradieren, in der Hoffnung auf einen Beschützer mit Geld, Grundbesitz und einem weißen Gesicht. Denn in die Waagschale geworfen, wog das Wort *farbig* mehr als das Wort *frei*, und wenn einer von ihnen einem weißen Mann auch nur widersprochen hätte, wäre er Gefahr gelaufen, am nächsten Laternenpfahl aus grünem Eisen aufgeknüpft zu werden.

Das war jedoch lange her und einiges hatte sich geändert. Jetzt war ein Großteil der Gegend nicht viel mehr als ein Slum, wo jede Art Sünde zu kaufen war. Die schmiedeeisernen Balkons der alten Stadthäuser sackten ab wie zerfetzte Spitzenborten; Ratten und Hunde kämpften in den von Abfall übersäten Innenhöfen um Knochen. Aber trotz allem hatten die alten Häuser und die gepflasterten Straßen auf irgendeine Weise Charme und Romantik bewahren können, zusammen mit ihren Geheimnissen und ihrer nie erwähnten Schande.

Daman Rourke, der von den Schauplätzen zweier brutaler Morde zurückkam, stand auf dem leeren, heruntergekommenen Innenhof und schien nicht so recht zu wissen, wie er dorthin gelangt war. Einen Moment lang glaubte er, es regne wieder, doch dann ging ihm auf, dass er nur das Wasser aus dem eisernen Brunnen gehört hatte.

Licht sickerte durch die Blenden vor den Fenstern des kleinen, nach hinten gelegenen *cabinet*, in dem die Haushälterin seiner Mutter schlief. Augusta stand immer im Morgengrauen auf, denn sie war davon überzeugt, dass der Tag nicht ohne sie anfing, und niemand hatte jemals das Gegenteil beweisen können. Seine Wohnung, die *garçonnière* über der alten Küche, lag im Dunkeln.

Er dachte an das Messingbett im alten Sklavenschuppen draußen in Sans Souci und daran, wie es Charles St. Claire empfunden haben musste, dort seine Geliebte zu empfangen, so dicht bei Heim und Herd und Ehefrau. Ein wenig Schnee zu schnup-

fen, ein wenig Wermut zu trinken und am Rande des Mondes einen kleinen Tanz zu wagen.
Und dann kommt sie, die Frau, und sie sieht …
Vielleicht war es die wahre Liebe, hatte er zu Fio gesagt und dabei geglaubt, er lüge. Aber vielleicht hatte er sich auch nur gewünscht, dass es eine Lüge sei.
Wenn du liebst, verzweifelt, leidenschaftlich liebst, und die, die du liebst, liebt einen anderen, würdest du dann im Namen deiner Liebe einen Mord begehen? Vielleicht. Wahrscheinlich.
Ja.
Das Wiedersehen mit ihr nach der langen Zeit, im selben Zimmer, ihr so nah zu sein, dass er sie berühren, sie riechen konnte, hatte ihm das Gefühl gegeben, seine Faust um Glasscherben zu schließen. Früher einmal hätte er sie vielleicht ermordet, nur um sie zu behalten.
Er machte eine plötzliche Handbewegung, wie um diesen Gedanken abschütteln zu können. Eine Schar von Staren hob in einer schwarzen Wolke aus flatternden Flügeln vom Dach ab. Er drehte sich um, um sie davonfliegen zu sehen, und sah seine Mutter.
Sie saß auf einer Bank, tief im Schatten beim Brunnen. Er musste an ihr vorbeigegangen sein, als er durch den Torweg gekommen war. Jede andere hätte etwas gesagt, aber nicht Maeve Rourke. Manche Menschen benutzen Schweigen als Waffe, sie nahm es als Schild. Er hatte längst aufgegeben, Erklärungen von ihr zu erwarten.
Im Licht der Dämmerung war ihr Gesicht so weiß und ätherisch wie Nebel. Sie trug ihr weinrotes Negligé und ihre langen dunklen Haare umschlossen ihr Gesicht wie ein Nonnenschleier. Er ging auf sie zu und dann sah er, dass sie nicht allein war. Seine Tochter lag auf der Bank, ihr Kopf lag auf dem Schoß seiner Mutter. Die Kleine trug ein Nachthemd aus weißer Baumwolle, besetzt mit Klöppelspitzen, und eine Baseballmütze mit

dem Emblem der Pelicans. Den Fanghandschuh, den er ihr zum sechsten Geburtstag geschenkt hatte, presste sie an sich wie einen Teddybären.

»He, Mama«, sagte er, als er in die Knie ging und die Wange seiner Tochter küsste, die weich und klebrig war und nach Wassermelone roch. »Was macht ihr denn so früh am Morgen schon hier?«

»Sie ist wieder schlafgewandelt und dann hatte sie auch noch einen bösen Traum. Wurde von ihrem eigenen Weinen geweckt, die arme Kleine. Ich dachte, ein wenig frische Luft würde ihr gut tun.«

Seine Mutter bewegte mit langsamer, träger Bewegung einen Palmenfächer vor dem Gesicht des Kindes hin und her. Maeve Rourke war in Irland geboren und aufgewachsen, im County Kerry, aber jetzt war sie Südstaatendame durch und durch. Als habe sie ihr Südstaatenwesen von diesem Haus und dem Faubourg Tremé und von dem Mann, der sie hergebracht hatte, eingesogen.

»Sie hat geträumt, der Gowman wolle sie holen«, sagte seine Mutter mit weicher Stimme. Dann lachte sie, und auch ihr Lachen klang sanft im Zwielicht der Dämmerung. Trotzdem überraschte es ihn, denn sie lachte nur selten. »Ich nehme an, es war entweder der Gowman oder zu viel Wassermelone nach dem Abendessen.«

Unendlich behutsam ließ er den Finger am dicken braunen Zopf seiner Tochter entlangwandern, der sich über ihre Schulter und ihren Rücken schlängelte, und er befreite sich ein wenig von den Schmerzen in seiner Brust, indem er ihren Namen flüsterte: »Katie …«

Etwas streifte seine Wange, so leicht, dass er es sich vielleicht nur eingebildet hatte. »Du hast eben so traurig ausgesehen«, sagte Maeve. »Was ist passiert?«

»Nichts. Na ja, nur das Übliche. Zwei Morde.«

»Und du hast es zu deiner persönlichen Aufgabe gemacht, die Schuldigen vor Gericht zu bringen. Du darfst dir das alles nicht so sehr zu Herzen nehmen, Day.«
Er musste lächeln. »Was habt ihr und Fio vor – gemeinsam für mich ein Drehbuch zu schreiben?«
»Ich weiß wirklich nicht, worüber du redest.« Sie schwieg für einen Moment, dann stieß sie einen leisen Seufzer aus. »Die Menschen werden einander immer Schlimmes antun, einander Schmerzen zufügen.«
Er sagte es nicht, obwohl er es hätte sagen können: dass sie die Erste gewesen war, die ihm Schlimmes angetan und Schmerzen zugefügt hatte, und das schon in frühen Jahren. Sie hatten ihre eigenen Familiengeheimnisse, er und Maeve Rourke. Sie hatten ihre eigenen begrabenen Sünden.
Seine Mutter bewegte den Fächer zwischen ihnen hin und her, während der Himmel langsam aschgrau wurde. Er dachte, er müsse ihr von Charles St. Claires schrecklichem Tod erzählen und davon, dass Remy Lelourie ihn vermutlich umgebracht hatte.
»Gib sie mir mal«, sagte er stattdessen. »Ich bringe sie wieder ins Bett.«
Seine Tochter fühlte sich schwer in seinen Armen an, als er sie hochhob. Eine solide und doch befriedigende Wärme, wunderbar lebendig. In der Tür drehte er sich zu seiner Mutter um, die noch immer auf der Bank saß. Er wusste, dass es nur an den Schatten lag, die die Weinblätter über ihr Gesicht warfen, aber in diesem Moment kam sie ihm seltsam verhärmt und traurig vor.

Viertes Kapitel

Als Maeve Rourke zum ersten Mal in die Augen des Mannes schaute, der zu ihrem Liebhaber werden sollte, trafen beider Blicke sich über dem liegenden Leib der Jungfrau Maria.

Später entschied sie dann, dass es dieser absurde Moment gewesen sein musste, der sie verführt hatte. Denn bisher hatte sie ihr Leben immer so eingerichtet, wie es sein sollte; hatte sich eine Straße gezeichnet, gerade, gut ausgeschildert und leicht zu verfolgen. Sie war neunzehn an diesem Tag, an dem ihr Herz ihr einen Streich spielte und ihr klarmachte, dass es einen freien Willen und einen ganz eigenen Richtungssinn hatte.

Mit sechs Jahren hatte sie beschlossen, ihr Leben sorgfältig zu planen, sonst würde vermutlich alles schief gehen. Sie lebte damals in Irland, und obwohl sie später nur wenige Erinnerungen an jene Zeit hatte, konnte sie sich an jedes Detail dieses besonderen Morgens erinnern.

In ihrer Erinnerung steigt Rauch vom Feuer in der kleinen *sibín* mit ihren soliden Lehmwänden und dem Strohdach auf. Sie sitzt auf einem Schemel und hält eine Schale Kartoffelbrei auf dem Schoß, Brei, so dünn, dass sie leichter durch ihn hindurchsehen kann als durch das Wasser, das sie in der Regentonne hinter dem Haus sammeln.

Und immer kommt in ihren Erinnerungen ihre Mem barfuß über den festgetrampelten Lehmboden geschlurft und öffnet die Tür, sodass der Sonnenschein warm und weiß in die fensterlose Hütte eindringt. Und Dunkelheit und Rauch und die anderen brutalen Erinnerungen an die vergangene Nacht vertreibt.

Das Leben ihrer Mutter spielte sich im Dunkeln ab. Es lastete auf ihrer Seele wie ein Turm aus schweren Steinen, die einer nach dem anderen dort abgelegt worden waren. Schon mit sechs Jahren wusste Maeve, wie die Steine zusammengekommen waren. Einer für jeden Trauerflor, mit dem die Tür verhangen wurde, wenn wieder ein Kind geboren und begraben worden war. Einer für jeden Tag, an dem ihre Mutter auf einem Stoppelfeld nach Kartoffeln grub, mit schwerem Leib, in dem ein weiteres Kind auf seinen Tod wartete. Einer für jede Winternacht, in der kein Torf im Kamin brannte und der Wind kalt über die kargen Moore und die schwarzen Felsen wehte. Stein um Stein für die anderen Nächte, in denen ihr Da auf dem Strohhaufen in der Ecke sich grunzend auf dem Körper der Mutter bewegte und die Mutter weinte.

Stein um Stein, einer nach dem anderen, und deshalb suchte ihre Mutter immer das Sonnenlicht, sogar an den kältesten Tagen.

Doch an diesem Morgen hatte Da nichts von der Sonne wissen wollen. Er starrte die Lichtflut an, die durch die Tür spülte, seine Mundwinkel hingen schlaff herab, seine roten Augen zwinkerten.

»Mach die Scheißtür zu«, hatte ihr Da gesagt, mehr nicht, aber ihre Mem gehorchte mit hängenden Schultern und verkniffenem Mund. In der Sekunde, ehe sich die *sibín* ein weiteres Mal mit düsterem Rauch füllte, hatte Maeve die große Hand ihres Vaters angeschaut, mit der er seinen *poitín*-Krug umklammerte. Sie sah die drahtigen roten Haare, die sich auf seinen dicken Fingerknöcheln kräuselten, und die dunklen Sommersprossen auf seiner Haut, die auch Blutspritzer ihrer Mutter hätten sein können.

Und sie dachte, niemals werde ich einen rothaarigen, sommer-

sprossigen Mann mit so großen, schweren und dicken Händen wie Torfbriketts heiraten, die immer bereit und willens dazu sind, sich zur Faust zu ballen.
Nein, das hatte sie nicht wirklich gedacht, nicht in konkreten Worten – dazu war sie zu jung gewesen. Aber auf jeden Fall hatte das Versprechen, das sie sich an jenem Morgen gemacht hatte, in ihrem Herzen Wurzeln geschlagen. Schon damals hatte sie die Kraft und die Ausmaße ihres Willens gekannt.
Niemals würde sie das Leben ihrer Mutter leben.

An dem Tag, an dem Maeve Rourke zum ersten Mal in die Augen des Mannes blickte, der ihr Liebhaber werden sollte, war sie in die St. Louis Kathedrale gegangen, um der sengenden Sommersonne zu entkommen. Sie hatte Irland schon vor vier Jahren verlassen, hatte bereits vier Sommer in New Orleans verbracht, aber noch immer hatte sie sich nicht an die entsetzliche Hitze gewöhnen können.
Sie setzte sich in der Nähe des Altars der Allerseligsten Jungfrau vom Rosenkranz in eine Bank, nicht um zu beten, sondern weil ihre Füße geradezu teuflisch wehtaten. Sie betete allerdings einige *Gegrüßet seist du, Maria,* sozusagen als Buße für das, was sie vorhatte. Kaum war das letzte »Amen« über ihre Lippen geglitten, als sie auch schon ihre neuen hoch geknöpften Schuhe öffnete und sie zusammen mit ihren schwarzen Baumwollstrümpfen abstreifte.
Sie wackelte mit den nackten Zehen, als sie sich vorbeugte, um die Schmerzen aus ihren Blasen zu reiben, und dabei sah sie ein Paar Gipsfüße, die aus der Bank vor ihrer hingen.
Sie erhob sich halbwegs und lugte über den hohen, gerundeten Endpfosten der Bank. Die Allerseligste Jungfrau vom Rosenkranz lag der Länge nach auf der Bank, als sei sie vorübergehend von ihrem Marmoraltar gestiegen, um ein kleines Nickerchen zu halten.

Ein Absatz kratzte über Stein und Maeve schaute auf. Ein Mann stand im Mittelgang und auch er starrte die in der Bank liegende Statue an. Er hob den Kopf, ihre Augen begegneten einander und sie teilten ein langsames Lächeln.
Maeves Blick wanderte zurück zu der liegenden Jungfrau. Deren weiße Gipshände waren auf ihrer Gipsbrust zum Gebet gefaltet, ihre blauen Gipsaugen starrten zum Deckengewölbe empor. Sie hatte, wie Maeve jetzt sah, wo sie sie aus nächster Nähe betrachten konnte, einen reichlich rosa und prüden Mund, aber sicher hatte sie nie unter Blasen gelitten.
Bei diesem Gedanken hätte Maeve fast lachen müssen. Sie biss sich in die Lippe und schluckte energisch. Dann presste sie die Hände wie zum Gebet aneinander und bedeckte ihr Gesicht.
Der Mann im Mittelgang lachte wirklich und versuchte im letzten Moment, es wie ein Husten klingen zu lassen. Maeve schnaufte.
Sie schnappte sich ihre Schuhe, ihre Strümpfe und ihre Einkaufstasche und rannte los, wobei sie so hart mit der Hüfte gegen die Bankkante schlug, dass sie dort später einen Bluterguss entdeckte und nicht begreifen konnte, woher der stammen mochte. Sie lachte dermaßen, als sie den in der Sonne brütenden Platz wieder erreichte, dass sie sich nicht mehr auf den Beinen halten konnte, sondern sich auf eine schmiedeeiserne Bank setzen und die Hand auf ihre stechende Seite pressen musste.
Er folgte ihr; aber sie hatte gewusst, dass er das tun würde. Sein Gesicht war gerötet und ein wenig feucht. Seine Augen, die auf sie herabblickten, als sie da auf der Bank saß, glänzten durch seine Lachtränen. So witzig konnte er eigentlich auch wieder nicht gewesen sein, der Anblick der Jungfrau Maria, die in einer Kirchenbank ein Nickerchen machte. Maeve konnte nicht begreifen, warum sie beide noch immer dermaßen lachten, zwei Fremde, miteinander.

Er lächelte, als er mit der Hand auf die Kathedrale hinter ihnen deutete. »Was glauben Sie wohl, wie sie …«

Maeve schüttelte den Kopf und presste ihre Lippen aufeinander, um ihn nicht anzulächeln. »Ach, die Heiligen mögen uns beschützen. Sicher war der Anblick meiner nackten Füße einfach zu viel für sie.«

Er lachte und schon prustete auch sie wieder los, und ihr Lachen mischte sich unter das Klingeln der Straßenbahnglocken, das Klappern von Maultierhufen auf Pflastersteinen, den Lärm der Schiffe, die im Hafen Bananen löschten.

Als ihr Lachen verklungen war, schien auch die ganze Welt verstummt zu sein. Die jetzt folgende Ruhe besaß ein Gewicht, das aus der Intimität stammte, die sie eben geteilt hatten.

Sie schaute verstohlen zu ihm auf. Er war lässig gekleidet in ein enggeknöpftes Leinenjackett mit hohem Kragen. Er sah kreolisch aus, mit seinen dunklen Haaren und Augen sowie durch seine Haltung – altes Blut, altes Geld, alter Name.

Sie saß auf einer Bank neben einem blühenden Magnolienbaum. Die Luft, die sie umgab, war fast unangenehm süß. Unter ihren bloßen Füßen brannten die Pflastersteine im Sonnenlicht. Dieses Gefühl gefiel ihr, es war beruhigend und erregend zugleich. »Sie haben nicht zufällig einen Schuhknöpfer bei sich?«, fragte sie.

Er griff sich wirklich in die Taschen, als bestehe die Möglichkeit, einen zu finden, dann schüttelte er lächelnd den Kopf.

Diesmal erwiderte sie sein Lächeln, und das länger, als richtig gewesen wäre. »Macht nichts. Ich hab schon Blasen auf den Blasen, so ist das.«

Sie erhob sich und strich die frische weiße Schürze gerade, die sie sich am Morgen umgebunden hatte, ehe sie auf den French Market gegangen war. In diesem Moment war ihr Lächeln auch schon wieder verflogen. Jetzt kratzte ihr Hals, und ihre Nase war zu. Sie war aus einem Grund, den sie nicht benennen konnte, den Tränen lächerlich nahe. Er sah sie an und schien zu wissen, was sie dachte, was unfair war, da ihre Gedanken für sie selbst ein Geheimnis waren.

»Ich muss noch einkaufen«, sagte sie.

Er tippte seinen Strohhut an, doch statt sich abzuwenden, trat er dichter an sie heran. So dicht, dass seine Schulter ihre fast berührte und sie die Lachfältchen an seinen Mundwinkeln und ein kleines Muttermal von der Größe einer Aschenflocke über seinem Wangenknochen sehen konnte.

»Darf ich Sie begleiten?«, fragte er. »Ich kann Ihre Schuhe für Sie tragen.«

Er streckte die Hand aus. Es war eine schöne Hand. Schlank und langfingrig, und er trug einen Trauring. Aber auch ihr Finger wies einen Ring auf, und den konnte er sehr gut sehen, da sie die Handschuhe ausgezogen hatte, um ihre Schuhe aufknöpfen zu können. Sie wollte ihm danken und ihn dann wegschicken. Sie drückte ihm ihre Schuhe in die Hand.

Der Himmel über ihnen war hart und von der erbarmungslosen Sommersonne fast ausgebleicht. Sie gingen zusammen über den Markt, im Schatten der Laubengänge, vorbei an Kisten voller Warzenmelonen und Erdbeeren und dicken kreolischen Tomaten. Vorbei an Sträußen von Schalotten und großen silbernen Knoblauchzöpfen. Vorbei an Krabben auf Eis und Austernpyramiden und Körben voller blauscheriger Krebse. Sie trug ihre kleine Einkaufstasche über dem Arm, aber er ging neben ihr, und deshalb war sie zu verwirrt, um etwas zu kaufen.

Seine Anwesenheit neben ihr beunruhigte sie, nicht, weil es sich nicht schickte – sie, eine verheiratete Frau, barfuß mit einem fremden Mann auf dem Markt. Seine Anwesenheit beunruhigte sie, weil er sie dazu brachte, sich etwas von ihm zu wünschen, doch was das war, konnte sie nicht einmal in Gedanken erfassen. In Worte kleiden konnte sie es schon gar nicht.

Er schaute nicht immer wieder verstohlen zu ihr hinüber, so, wie sie das machte; er musterte sie ganz offen. Sie wusste, was er war, und sie wusste, was er wollte.

Sie erreichten das Ende des Laubengangs, wo eine Schwarze auf dem Boden saß und einen großen Korb frittierter Reiskuchen auf ihrem Kopf balancierte. »Bels calas«, rief sie mit der Stimme einer Opernsängerin. »Bels calas, tout chauds.«

Er kaufte für alle einen Reiskuchen, sogar für die Cala-Frau selbst. Maeve bedankte sich und lächelte, und dann, als sei ihm diese Idee eben erst gekommen, als habe es bisher keine Rolle gespielt, fragte er nach ihrem Namen. Sie stotterte, als sie ihn nannte, als gehöre er nicht wirklich ihr oder solle zumindest nicht ihr gehören.

»Maeve«, wiederholte er und ließ ihren Namen über seine Zunge rollen, wie um ihn zu kosten. »Wie wunderschön.«

Sie spürte, wie bei diesem Kompliment ein weiteres seltsames Lächeln über ihr Gesicht huschte.

Auf dem Fluss tutete ein Schlepper und eine große Schar Möwen erhob sich vom Ziegeldach über dem Markt. Maeve und der Mann warfen die Köpfe in den Nacken und sahen zu, wie die Vögel zwischen den Türmen der Kathedrale davonflogen. Sie wollte ihm sagen, sie müsse jetzt nach Hause, komme ohnehin schon zu spät.

»Manchmal nach dem Einkaufen«, sagte sie, »mache ich auf dem Deich einen Spaziergang.«

Der Deich faszinierte sie schon seit ihrem ersten Moment in New Orleans. Von der Straße her konnte man zu dem hohen, mit Gras bewachsenen Hang hochblicken und Masten und Schornsteine am Himmel vorbeiziehen sehen, als sei der Himmel selbst ein Fluss.

Sie gingen eine Weile über die Deichkrone, dann setzten sie sich in den lindgrünen Schatten einiger Weiden, zwischen vereinzelt stehenden Butterblumen. Er hatte seine Jacke ausgezogen, damit sie sich darauf setzen konnte. Dann krempelte er sich die

Hemdsärmel auf und legte die Unterarme auf seine angezogenen Knie. Er hatte auch den Hut abgenommen und ließ ihn von seinen langen Fingern baumeln.
Seine Haare glänzten lila und schwarz wie ein Krähenflügel. Sein Mund sah weich und füllig genug aus, um einer Frau zu gehören.
Sie wandte den Blick von ihm ab und betrachtete die grauen Lehmufer des Flusses. Diese waren übersät mit Hunderten von kleinen Erdschornsteinen, die die Lehmtaucher gebaut hatten – diese hässlichen, harten Käfer, die sich in Heuschrecken verwandelten und solchen Lärm machten, dass sie nachts nicht schlafen konnte. Zwischen Zuckerrohr und Schornsteinen waren Häuser aus Treibholz errichtet worden. Es musste seltsam sein, in diesen Treibholzhäusern zu leben. Sie hätte sich niemals dafür entschieden.
Seine Stimme durchbrach ihre Gedanken. Er fragte, was sie sehe, wenn sie den Fluss anschaute.
Und sie antwortete ohne nachzudenken: »Ich sehe einen Himmel für Lehmtaucher.«
Er warf den Kopf in den Nacken und lachte. Sie starrte seinen Hals an, die Bewegungen der starken Muskeln und den auf seiner Haut glitzernden Schweiß. Seine Haut war nicht olivenfarben, wie die so vieler Kreolen, sondern tiefgold wie Apfelwein, der in der Sonne funkelt.
Sie freute sich darüber, dass sie ihn zum Lachen gebracht hatte, und als er damit fertig war, erzählte er ihr, was er sah, wenn er den Fluss anblickte. Seine Worte klangen wie Poesie und sie versuchte nicht, darin irgendeinen Sinn zu erkennen.
Als er sich nach ihrem Mann und ihren Kindern erkundigte, erzählte sie ihm von Mike und den beiden Söhnen, als sei ihr das alles überhaupt nicht peinlich. Sie wusste, was sie war und was er von ihr wollte, und sie ließ ihn ihre Unschuld und ihre Ehre stehlen, obwohl er sie noch nicht einmal angerührt hatte.

Er sagte: »Meine Frau und ich bekommen bald unser erstes Kind. Ich hoffe natürlich auf einen Sohn.« Er lächelte und seine Zähne leuchteten weiß und ebenmäßig in seinem dunklen Gesicht. »Aber ich bin mit allem zufrieden, was sie mir schenkt.«

Maeve wickelte ihren Rock fester um ihre angezogenen Beine. Sie wusste, dass sie aufstehen, ihm noch einen schönen Tag wünschen und weggehen müsste. Sie hatte es auch vor, tat es aber dann nicht.

Als sie nach Hause kam, war die Stillzeit schon so lange vorbei, dass ihre Brüste schmerzten und Milch austrat. Aber trotzdem blieb sie noch einen Moment auf der Vortreppe stehen. Am Himmel hatten sich dunkle Regenwolken zusammengezogen, aber das Haus glühte golden, als habe es den Sonnenschein des Morgens nur für sie aufbewahrt. Die rote Bougainvillea, die sich am Spalier über ihrer Haustür anklammerte, zitterte im Wind.

Ihr Mike verdiente gut bei der städtischen Polizei und war stolz darauf, wie ausgezeichnet er sie versorgte. Er hatte ihr ein Heim geschenkt, die eine Hälfte eines neuen Doppelhauses. Sie verdankte ihm so neue Schuhe, dass sie davon Blasen bekam, und ein farbiges Mädchen namens Tulie, das ihr beim Kochen und Putzen half und auf ihre Kinder aufpasste, wenn Maeve mit einem anderen auf dem Deich spazieren ging.

In ihrer Hand hielt sie einen Schlüssel, der sich wie ein Brenneisen in ihr Fleisch bohrte. Es war der Schlüssel zu einem Haus in der Conti Street. Sie dachte, sie hätte ihn dem Mann eigentlich ins Gesicht schleudern müssen. Sie beschloss, auf die Rückseite des Hauses zu gehen und den Schlüssel in den Regenwasserspeicher zu werfen, wo er für immer verloren sein würde.

Sie steckte den Schlüssel in die Tasche.

Sie ging durch das Haus und dann in die Küche. Ihr älterer Sohn, Paulie, war in den Geschirrschrank gekrabbelt und schlug Topfdeckel gegeneinander. Auf irgendeine Weise schaffte Tulies

frisch geborenes Baby es, trotz des Lärms zu schlafen, in einem Korb, der oben auf dem Eisschrank stand. Auf dem Herd blubberte ein Topf mit roten Bohnen.
Tulie saß am Kiefernholztisch mit der blau karierten Wachstuchdecke, dem gelben Schmalztopf und dem Salzstreuer, die immer in der Mitte standen. Das Mädchen stillte Daman für sie, und die rosa Lippen des Kleinen zogen an der Brustwarze der Kleinen. Seine winzige Hand griff nach ihrer Brust, die rund und braun und weich war wie ein Bratapfel.
»Tut mir Leid, dass ich so spät komme«, sagte Maeve. »Ich hoffe, er hat nicht zu sehr geschrien.«
Tulie lächelte. Sie hatte eine breite Lücke zwischen ihren Vorderzähnen, und eines Tages hatte sie Maeve vorgeführt, dass sie wie ein Junge hindurchpfeifen konnte. Und sie hatte schöne dunkle Augen, wie Brunnen, die immer sorgfältig ausgeleert worden zu sein schienen, ehe sie ihre dichten Wimpern hob, um andere hineinblicken zu lassen. Maeve dachte, dass die Sklaven vermutlich das Starren ihrer Herren mit einer solchen Leere in ihren Augen beantwortet hatten.
»Ach, egal, lassen Sie sich Zeit, Miss Maeve«, sage Tulie. »Ich habe genug Milch für unsere beiden Jungs.«
»Ich war in der Kathedrale«, sagte Maeve. »Und dann habe ich einen Spaziergang auf dem Deich gemacht. Barfuß.« Sie hob die Schuhe vor Tulie hoch. Sie hätte sie fast vergessen, hätte sie fast auf dem Deich liegen lassen. Er war zu den Weiden zurückgelaufen, um sie zu holen.
Tulie lächelte beim Anblick der Schuhe, ihre Gedanken aber behielt sie für sich.
Maeves Brüste taten jetzt schrecklich weh und verloren Milch. Sie hätte Tulie gern ihren Sohn abgenommen, hätte ihn in den Armen gehalten und sein Nuckeln gespürt, seinen Babygeruch nach Milch und Talcum und weichem, feuchtem Fleisch eingeatmet. Doch sie blieb stehen, schwieg, sah zu, wie seine Lippen

sich bewegten, als er an Tulies Brust saugte, wie seine Fäustchen sich ballten und wieder öffneten. Paulie kam nach ihr, doch Day war der Sohn seines Vaters; blond, mit diesem bereitwilligen Lächeln und den Grübchen. Auch seine Augen hatte er vom Vater geerbt. Mitternachtsblau, so wurden sie bezeichnet, aber Maeve hatte diesen Ausdruck nie verstanden, denn alle Mitternachtshimmel, die sie je gesehen hatte, waren pechschwarz gewesen.

Später an diesem Abend, als Mike zum Essen nach Hause kam, sah sie, dass seine Augen fast dieselbe Farbe hatten wie seine Polizistenuniform, und sie fragte sich, warum ihr das nie zuvor aufgefallen sei.

Als sie ihm seinen Teller mit roten Bohnen, Reis und gebratenem *sac-à-lait* hinstellte, erzählte sie ihm von ihrem Spaziergang auf dem Deich. Sie fragte ihn, was er sehe, wenn er den Fluss anschaute.

Mike Rourke schüttelte den Kopf. »Was ist das denn für eine Frage«, sagte er mit dem Mund voll Bohnen. »Ich sehe Wasser. Trübes Wasser.«

Sie starrte ihn an und hasste sich für ihre Gedanken, ihre Gefühle. Er war ein guter Versorger und ein guter Mann, war fast immer nett zu ihr und lieb zu seinen Söhnen. Immer wieder nahm er die Kinder in den Arm und schmuste mit ihnen.

Wortlos wandte sie sich von ihm ab und ging ins Schlafzimmer. Sie legte sich aufs Bett, sprang dann aber wieder auf. Sie ging ins Badezimmer, ließ kaltes Wasser ins Waschbecken laufen und bespritzte sich damit das Gesicht.

Mikes Rasiersachen lagen ordentlich im Regal über dem Becken: Porzellanbecher, Dachshaarpinsel, das Perfection Rasiermesser mit Garantie.

Sie starrte das Rasiermesser ihres Mannes an und dachte daran, wie sie manchmal nachts wach wurde, wenn ihr Mann neben ihr schlief, und wie sie dann eine schmerzhafte, widerhallende innere Leere empfand. Heiße Tränen quollen aus ihren Augen und kullerten über ihr Gesicht, in ihre Ohren, und sie fragte sich, wann Mike Rourke, ohne Vorwarnung und ohne Grund, dieses Ding geworden war, vor dem sie davonlaufen wollte wie vor ihrem Vater.

Sie griff zum Rasiermesser ihres Mannes, wog es in der Hand, um sein Gewicht zu spüren. Ihre Mutter hatte sich mit Das Rasiermesser umgebracht. Mike hatte ihr einmal gesagt, dass die meisten Leute das nicht richtig machten – sie schnitten seitwärts, statt von oben nach unten. Aber ihre Mem hatte gewusst, was sie zu tun hatte.

Maeve klappte das Messer auf und ließ ihren Finger über die Klinge fahren. Ihre Haut platzte, und der Schmerz und das rasch und dunkel hervorquellende Blut versetzten ihr einen Schock. Das Rasiermesser rutschte ihr aus der Hand und fiel klirrend zu Boden.

Sie schaute in den Spiegel über dem Becken und sah eine fremde Frau mit dunklen Haaren, dunklen Augen und einem dunklen Gesicht. Sie nannte den Namen der fremden Frau, so, wie er ihn am Morgen auf dem Markt ausgesprochen hatte, ließ ihn über ihre Zunge rollen.

»Maeve ... Maeve ... Maeve ...«

Als sie in die Küche ging, tropfte Blut von ihrem Finger.

»Gütiger Jesus«, schrie Mike, als er sie sah. Er sprang auf, riss sich die Serviette vom Hals und wickelte sie um die kleine blutende Wunde. »Was hast du denn gemacht?«

»Ich wollte wissen, wie sich das anfühlt«, sagte sie, aber das stimmte nicht ganz. Sie hatte wissen wollen, ob sie überhaupt etwas fühlen würde.

Er starrte sie an. Er sah verängstigt aus.

»Es tut weh«, sagte er.

»Ach, Liebling.« Er versuchte, sie zu küssen, aber sie wandte

sich ab. Einen Moment lang glaubte sie, sich ergeben zu müssen. »Ich möchte allein sein«, sagte sie.
Sie ging wieder ins Schlafzimmer und legte sich aufs Bett. Sie zog die Knie bis an die Brust an. Sie zog den Schlüssel aus der Tasche und presste ihn zwischen ihre Handflächen, dann presste sie ihre gefalteten Hände zwischen ihre angezogenen Knie. Sie beschloss, später aufzustehen, auf den Hof zu gehen und den Schlüssel in den Regenwasserspeicher zu werfen, wo er für immer verloren sein würde.

Fünftes Kapitel

Aus der New Orleans *Times-Picayune,* Sonderausgabe, Mittwoch, 13. Juli 1927:

Prominenter Anwalt ermordet
Ehefrau findet Leichnam in Blutlache

Mr. Charles St. Claire, Rechtsanwalt, bekannt für seinen eifrigen – wenn auch unorthodoxen – Einsatz für seine Mandanten, wurde in der vergangenen Nacht brutal ermordet in einem Nebenhaus seiner Plantage Sans Souci im Faubourg Bayou St. John aufgefunden.

Mr. St. Claire, 30, war verheiratet mit dem berühmten Filmstar Remy Lelourie St. Claire. Mrs. St. Claire hörte als Erste die Schreie aus der alten Sklavenhütte am Ende des Grundstücks und ging hinüber, um sich Klarheit zu verschaffen. Dort fand sie Mr. St. Claire in einer Blutlache, das Blut stammte aus einer Schnittwunde in seiner Kehle. Die Polizei konnte die Mordwaffe, angeblich ein ganz normales Rohrmesser, am Tatort sicherstellen. Bisher ist kein Motiv für dieses Verbrechen bekannt, es wurden noch keine Verhaftungen vorgenommen.

Trauernde Witwe

Mrs. St. Claire, die heute am frühen Morgen kurz ihre Zurückgezogenheit unterbrach, sprach mit tapfer zurückgehaltenen Tränen in den Augen mit der Presse. »Ich, diese Stadt und die

Welt haben mit Charles St. Claire einen großen Mann verloren«, sagte sie. »Ich habe ihn aus ganzem Herzen geliebt und kann nicht glauben, dass er nun nicht mehr da ist.«
Remy St. Claire, 29, Tochter von Mrs. Heloise Lelourie und dem verstorbenen Mr. Reynard Lelourie, stammt aus New Orleans und hat in den letzten Jahren als Filmschauspielerin beträchtlichen Erfolg gehabt. Im Februar dieses Jahres kehrte Mrs. St. Claire aus ihrem Haus in Hollywood, Kalifornien, zur Premiere ihres letzten Films »Jazz Babys« nach New Orleans zurück und erneuerte dabei ihre Bekanntschaft mit Mr. St. Claire, einem Großvetter dritten Grades und Jugendfreund. Nach einer stürmischen Romanze wurden sie in der Kirche der Unbefleckten Empfängnis während einer kleinen, stillen Feier getraut. Sie wohnten bis zu Mr. St. Claires Tod zusammen auf Sans Souci.
»Sie waren ein so glückliches Paar«, sagte Remy St. Claires Schwester, Belle Lelourie. »Und jetzt ist dieses Schreckliche passiert.«

Alle Steine umdrehen

Bürgermeister Arthur J. O'Keefe senior und der Superintendent der Polizei, Mr. Weldon Carrigan, fordern gemeinsam eine tatkräftige Ermittlung in diesem Mordfall.
»Wir werden jeden Stein umdrehen«, versprach Superintendent Carrigan. »Ich möchte den Mitbürgern von New Orleans versichern, dass der Schuldige an dieser grausamen Tat mit größtmöglicher Eile vor den Richter gebracht werden wird.«
Das Mordopfer, Mr. Charles St. Claire, stammte aus einer der ältesten und bedeutendsten kreolischen Familien von New Orleans, doch die St. Claires wurden in den vergangenen Jahren vom Unglück buchstäblich verfolgt. Mr. Charles St. Claires Eltern, Jacques St. Claire und Annabel Devereaux St. Claire, kamen vor sieben Jahren bei Paris durch ein Zugunglück ums Leben. Der ältere Bruder, Mr. Julius St. Claire, beging vor elf

Jahren im Alter von zweiundzwanzig Jahren Selbstmord, und die einzige Schwester starb während der Grippeepidemie des Jahres 1918. Außer seiner Frau und deren Zweig der Familie hinterlässt Mr. Charles St. Claire, abgesehen von entfernten Vettern in Mobile, keine überlebenden Verwandten.

Daman Rourke ließ die *Times-Picayune* auf seinen Schreibtisch fallen und trat vor das vergitterte und verdeckte Fenster, um einen Blick auf die laute, überfüllte Straße drei Stock tiefer zu werfen.

Die Sonne war an diesem Morgen rot und heiß aufgegangen und brannte mit solcher Wut auf Straßen und Bürgersteige herab, dass man befürchten konnte, das Straßenpflaster könne jeden Moment platzen und brechen wie ausgedörrter Flusslehm. Charles St. Claires Leichnam war erst vor wenigen Stunden gefunden worden, doch schon schienen sich sämtliche Presseleute des Staates vor dem Criminal Courts Building, in dem Hauptwache und Kriminalpolizei untergebracht waren, versammelt zu haben. Das riesige Gebäude aus rostroten Ziegeln und Sandstein sah mit seinen Erkern und dem Glockenturm aus wie eine mittelalterliche Burg, die nun von der Presse belagert wurde. Neben einem brutalen Mord sorgte vor allem ein saftiger Skandal, in den ein schönes Hollywood-Starlet verwickelt war, für Umsatzsteigerung. In diesem Fall hatten sie sogar beides.

Auch der Dienstraum der Kriminalpolizei im Haus war heiß und überfüllt. Die meisten Ermittler, auch die, die schon Feierabend hatten, lungerten noch herum und hofften darauf, der neuen Cinderella persönlich vorgestellt zu werden. Sie kam angeblich aus freien Stücken, um sich die Fingerabdrücke abnehmen zu lassen und über ihren Aufenthaltsort und ihre Handlungen zu der Zeit auszusagen, in der ihr Mann sich hatte ermorden lassen. Fiorello Prankowski hatte die Aufgabe übernommen, seine Kollegen während des Wartens zu unterhalten.

»Also kamen mir die Leichen heute Nacht schon aus den Ohren raus«, sagte er. »Und dann schleppe ich meinen wehen Arsch um vier Uhr morgens nach Hause, und dann knallt die Frau mir das hier vor den Latz. Sie hat sich eine Kimball-Zimmerorgel gekauft. Also, da frag ich mich doch – was, zum Teufel, ist eine Zimmerorgel, und was will sie damit? Sie kann nicht mal ein Lied summen, ohne sich wie eine Katze anzuhören, deren Schwanz in der Terrassentür eingeklemmt ist, und doch erzählt sie mir, dass im Wohnzimmer eine Zimmerorgel steht, die nach vierzig einfachen kleinen Raten uns gehören wird. Verdammt, ich zahle schon einfache kleine Raten für alles andere im Haus – den Eisschrank, die Waschmaschine, die Schlafzimmermöbel. Sogar für den Staubsauger zahle ich einfache kleine Raten.«

»Ich hab gerade erst einen Artikel über so was gelesen«, sagte Nate Carroll. Er war der jüngste Ermittler bei der Truppe und sah aus wie eine Struwwelpeterpuppe. Er hatte orange Locken, ein rundes, weißes Gesicht mit zwei blauen Knöpfen als Augen und zwei rosa Knöpfen für Nase und Mund. Den ganzen Morgen hatte er über einem Hochglanzmagazin gehangen, das Bilder von Remy Lelouries heißesten Liebesszenen zeigte. Auf einem schmachtete sie im Zelt eines Scheichs und trug dabei nur einen Schleier, aber bisher hatte Nate das als Einziger gesehen. Die anderen waren schon sauer, weil er nicht teilen wollte.

»Was ich meine«, sagte Nate, »ist eine von diesen neuen Theorien von – wie heißt der Kerl noch? Ihr wisst schon, Freud? Wenn Frauen das tun – wenn sie sich Kram kaufen, den sie nicht brauchen –, dann bedeutet das, dass sie sexuelle Bedürfnisse haben, die auf andere Weise nicht befriedigt werden …«

Er verstummte und die anderen versanken in beeindrucktes Schweigen angesichts der Tatsache, dass soeben Fiorello Prankowski, ein unberechenbarer Yankee mit schinkengroßem Bizeps und hammerharten Fäusten, erlebt hatte, wie seine Männlichkeit beleidigt worden war.

Fio war bisher träge mit seinem Stuhl herumgewippt, doch nun ließ er ihn nach vorn fallen und stand langsam auf. Er stapfte zu Nate Carrolls Schreibtisch hinüber. »Willst du sagen, dass die neue Zimmerorgel meine Frau an mein Organ erinnert?«

Irgendwer schnaubte und verstummte dann sofort. Nate schluckte so hart, dass seine Kehle klickte. Er starrte die Zeitschrift auf seinen Knien an, als enthalte die ein Rezept zu seiner Rettung. »Das war doch bloß … du weißt schon … Gerede.«

»Du hättest nämlich Recht«, sagte Fio. »Beide machen lange, tiefe Töne. Und pochen. Vibrieren.« Er stieß einen leisen Pfiff aus und entriss Nate die Zeitschrift. »Mann, hat die wirklich das in der Hand, was ich glaube?«

Rourke lächelte jetzt auf seinem Wachtposten beim Fenster. Eine Zuckerwespe hatte sich ebenfalls dort eingefunden und flog immer wieder gegen die Glasscheibe. Unten fuhr jetzt ein Taxi vor und die Presseleute stürzten darauf zu.

Da ist sie also wirklich, dachte er. Er sah zuerst ihre Beine, als sie sie aus dem Taxi schwang. Lang und schlank und bleich. Dann kam die Oberseite eines schwarzen Strohhutes. Der Hut hatte eine aufgeschlagene Krempe und eine lange Fasanenfeder, die die Schulter der Trägerin berührte.

Sie schaute hoch, als wisse sie, dass er sie beobachtete.

Presseleute und Neugierige hatten bei ihrem ersten Anblick für einen Moment gezögert, jetzt aber umdrängten sie sie. Sie riefen Fragen und ließen vor ihrem Gesicht die Kameras klicken, aber niemand rührte sie an. Sie bewegte sich gelassen durch die Menge, wie eine Elritze, die flussaufwärts schwimmt und hinter sich kleine Wirbel auslöst. Sie behandeln sie, dachte Rourke, als strahle sie einen Zauber aus. Aber wenn sie stürzt, werden sie sie in Stücke reißen.

Alle warteten schon im Gemeinschaftszimmer auf sie – sogar

Captain Malone war aus seinem Zimmer aufgetaucht – und die Erwartung hing wie ein Summen in der schweren, heißen Luft. Rourke wandte sich vom Fenster ab und lehnte sich mit den Händen in der Tasche an die Wand. Er schaute zur Tür hinüber. Der Sergeant, der gerade Wachdienst hatte, führte sie herein. Sie trug ein schlichtes, gerade geschnittenes schwarzes Kleid, das ihr einen Hauch von Tragik gab. Ihre Hutkrempe berührte, zusammen mit der geschwungenen Fasanenfeder, ihr eines Auge. Sie schaute Rourke an und ihr Gesicht wurde noch bleicher. Dann wandte sie sich ab, gerade als Captain Malone auf sie zukam.

Sie bedachte den Hauptermittler mit einem scheuen, vorsichtigen Lächeln, bei dem ihre weißen Zähne für einen Moment ihre Unterlippe berührten. Die Hand, die sie ihm hinstreckte, sah unvorstellbar zerbrechlich aus und hatte rot lackierte Nägel.

Für einen Moment fragte Rourke sich, ob sie sich da wohl verrechnet hatte. Keine Dame in New Orleans malte sich die Fingernägel an, und schon gar nicht blutrot, wenn sie als trauernde Witwe auftreten musste. Remy dagegen hatte immer schon voller Begeisterung mit der Katastrophe geflirtet. Jeder Mann auf der ganzen Welt sollte an ihre Unschuld glauben, aber nur, wenn es ihn ein Stück seiner Seele kostete.

Ihr Blick wanderte nun zu jedem Mann im Zimmer, außer ihm, und Rourke sah, wie sie einen nach dem anderen für sich gewann. Sie schien in ihnen etwas zu suchen, das sie brauchte, begehrte, forderte.

Sein Captain, der ein wenig verwirrt aussah, hielt noch immer ihre Hand und schien nicht zu wissen, ob er sie schütteln oder an seine Lippen ziehen und küssen sollte. Captain Daniel Malone hatte das lässige gute Aussehen eines Südstaatengentleman und die lässigen guten Manieren desselben: strubbelige sandfarbene Haare, ein Grübchen im Kinn und schläfrige braune Augen, die ihn immer traurig aussehen ließen, auch wenn er lächelte. Seine Frau war die Kusine des Bürgermeisters und das hatte ihm seinen Rang eingebracht, aber so war New Orleans. Er war ein guter Polizist und seine Männer mochten ihn gern. Jetzt murmelte er etwas über die nötigen Formalitäten und führte Remy Lelourie zu einem schlichten Holzstuhl.

Sie nahm dort mit graziösen Bewegungen Platz, faltete die Hände mit den rot lackierten Nägeln auf ihrem Schoß und stellte die Füße nebeneinander auf den Boden. Ihre Schuhe, das sah Rourke, hatten schwarze Riemchen an den Knöcheln.

Der Captain setzte sich neben sie. »Miss Lelourie ... ich meine, Mrs. St. Claire ... können wir Ihnen etwas anbieten? Kaffee? Ein Glas Wasser?«

»Sie sind zu gütig«, sagte sie so leise, dass alle sich große Mühe geben mussten, um das zu hören. »Aber ich brauche nichts, wirklich nicht.«

Captain Malones Hand schwebte für einen Moment über ihrer Schulter, als hätte er sie gestreichelt, wenn er sich nur getraut hätte. Wenn sie auch vielleicht nicht die schönste Frau der Welt war, überlegte Rourke, so war sie doch sicher die meistfotografierte. Sie lebten seit Jahren mit ihrem Bild, diese Bullen, sahen es überall und hatten deshalb geglaubt, sie zu kennen, vielleicht sogar ein kleines Stück von ihr zu besitzen. Jetzt, wo sie sie sahen, wussten sie, wie sehr sie sich da geirrt hatten.

»Mrs. St. Claire, ich weiß, dass das nicht leicht ist«, sagte Malone und seine Worte zerrissen die Spannung dermaßen, dass sie grausam und obszön wirkten. »Aber wenn Sie uns noch einmal erzählen könnten, was letzte Nacht passiert ist, nachdem Sie Ihres Mannes ... als sie ihn gefunden haben. Bitte, denken Sie nach und lassen Sie nichts aus, so unwichtig es auch erscheinen mag. Das kleinste Detail kann am Ende der Hinweis sein, der uns den Fall lösen lässt.«

Sie nickte langsam und ihre Schultern strafften sich tapfer, doch ihre Augen richteten sich weiterhin züchtig auf die Hände in ihrem Schoß. »Ich war schlafen gegangen und gerade weggenickt, als ich von Schreien geweckt wurde, die aus der alten Sklavenhütte hinter dem Haus kamen. Da Charles sich häufig dort aufhielt, wenn er allein sein wollte, um nachzudenken und zu lesen, hatte ich sofort Angst um ihn. Aber ich schlafe immer nackt, wissen Sie, und deshalb musste ich erst ein Kleid überstreifen, ehe ich hinüberlaufen konnte.«

»Haben Sie …« Die Stimme des Captains brach, während jeder Mann im Zimmer noch immer zitterte, weil er eine nackte Remy Lelourie vor sich sah, die sich auf seidenen Laken räkelte. »Haben Sie jemanden gesehen? Jemanden, der die Hütte verließ?«

»Nein, niemanden … nur Charles. Er lag auf dem Boden und überall war Blut und in seiner Brust steckte ein Messer. Vielleicht habe ich es herausgezogen – das Messer. Charles atmete noch, wissen Sie. Er hatte eine schreckliche Wunde im Hals, aber er atmete noch und die Wunde in seinem Hals machte dieses schreckliche gurgelnde Geräusch und spuckte Blut. Er versuchte, etwas zu sagen … meinen Namen, glaube ich. Er versuchte, mich um Hilfe zu bitten, aber das konnte ich nicht, ich konnte nicht …« Sie schloss die Augen, doch eine einsame Träne konnte entkommen und rollte langsam eine makellose Wange hinunter.

Irgendwer keuchte auf, ein anderer seufzte. Sie spielte auf ihnen wie Satchmo auf seinem Kornett, fand Rourke, sie weinte diese letzte traurige Note und schnitt ihre Zuhörer damit bis auf die Knochen.

»Er starb … mein Charlie starb in meinen Armen«, sagte sie und ihre Stimme blutete so, wie Charles St. Claire geblutet hatte. Irgendwer, dachte Rourke, müsste jetzt applaudieren. Dann hob sich langsam ihre Hutkrempe, als sie den Kopf bewegte, und sie schaute ihm ins Gesicht, dass er fast in ihren Augen versunken wäre.

Der wachhabende Sergeant rettete ihn, indem er vor ihn trat und ihm den Blick versperrte. »Der Super hat eben angerufen«, sagte der Sergeant. »Er will dich sehen, pronto. Ich soll dir sagen, dass er heute im Boston Club frühstückt.«
Rourke stieß sich von der Wand ab. »Wenn Mrs. St. Claire hier fertig ist, dann lass sie nicht zu dem Mob da unten rausgehen. Bring sie in den Keller und zeig ihr den Weg durch die Gasse hinter dem Haus.«
»Alles klar, Loot«, sagte der Sergeant und zwinkerte Rourke grinsend zu, als der sich an ihm vorbeidrängte und auf die Tür zuhielt.
Ihre Stimme – leise, traurig, süß – folgte ihm. »Ich nehme an, ich habe einen Schock erlitten, denn als Nächstes weiß ich dann erst wieder, dass Beulah schrie. Und dass Charles' Leib kalt und schwer in meinen Armen hing.«

Er hatte die Treppe hinten in der Halle fast erreicht, als Roibin Doherty aus der Toilette kam und seinen Hosenschlitz zuknöpfte. Rourke wollte einen Bogen um ihn machen, aber Doherty vertrat ihm den Weg, und als Rourke einen weiteren Versuch unternahm, ihm auszuweichen, bewegte sich auch Doherty und stellte sich abermals vor ihn. Die rotgeäderten Wangen des Mannes waren ausgebeult vom Kautabak, er strömte Whiskeydämpfe aus wie eine heiße, geteerte Straße und Hass loderte in seinen geschwollenen, wässrigen Augen. Ein Hass, der schon seit langer Zeit schwelte.
»Pardon«, sagte Rourke und gab sich Mühe, sein eigenes Gesicht leer und ausdruckslos zu halten.
Mit einem übel riechenden Lachen beugte Doherty sich zu ihm vor und Rourke wäre fast erstickt an einem Reflex des Widerwillens und einer alten, erinnerten Angst.
»Von mir gibt's kein Pardon, Junge«, sagte Doherty mit einer Stimme, die so grob war wie ein Stecheisen. »Und vom Gouver-

neur gibt's auch keins, wenn endlich in Angola dein Arsch gebraten wird.«

Dohertys offizieller Rang war der eines Detective Sergeant, aber er ermittelte nicht mehr sehr viel. Er sollte sich um die Asservatenkammer kümmern, die Archive in Ordnung halten und nur ab und zu einen Fall betreuen, wenn die anderen überlastet waren. Meistens vertrank er seinen Arbeitslohn, wartete auf den Tag seiner Pensionierung und brütete darüber nach, dass Daman Rourke eigentlich in einer Häftlingsgruppe an Ketten Baumwolle pflücken müsste, statt ein polizeiliches Dienstabzeichen zu tragen. Zumeist gelang es Rourke, ihm aus dem Weg zu gehen, oder Dohertys eigener Überlebensdrang brachte ihn dazu, seine Abneigung für sich zu behalten.

Rourke trat einen Schritt zurück und musterte den älteren Mann langsam von Kopf bis Fuß, als wolle er den zerknitterten, mit Schweiß- und Kautabaksflecken übersäten Baumwollanzug, dessen feuchte Stelle vorn auf der Hose und die schütter werdenden, schmutzigen, zerzausten Haare katalogisieren.

Rourke lächelte und zeigte seine Eckzähne. »Jesus, Sarge. Du siehst aus wie ein wandelnder Spucknapf.«

Doherty fing einen Schweißtropfen auf, der ihm von der Nasenspitze gefallen war, und feixte. »Schiss, was, Junge? Hast den totalen Schiss, weil ihr diesmal nicht so leicht durchkommen werdet, du und sie. Für den armen alten Charlie St. Claire werden sie nicht auf Selbstmord befinden, nix da, Mann. Lässt sich nicht so darstellen, als hätte der Kerl sich mit einem Rohrmesser die eigene Gurgel aufgeschlitzt.«

Rourke lächelte noch einmal, und er lächelte noch immer, als er seine Faust tief in Dohertys Säuferbauch pflanzte. Er hatte dabei das Gefühl, in ein Kissen zu schlagen.

Der Mann krümmte sich, keuchte nach Luft und röchelte. Rourke ging um ihn herum. Er hatte die Treppe fast erreicht, als Doherty rief: »He, was ist das dreckige kleine Geheimnis, Junge?«, und Rourke den Fehler machte, sich wieder umzudrehen. Doherty stand schwankend mitten in der Halle, in seinen Augen brannte ein gequältes, böswilliges Licht. Hinter ihm lehnte Fiorello Prankowski in der offenen Tür des Gemeinschaftszimmers.

»Was ist das Geheimnis, hä?«, fragte Doherty noch einmal. Er wischte sich mit seinem fetten Daumen Tabaksaft vom Mund und grinste. »Was wussten diese armen St.-Claire-Knaben eigentlich über deine kleine Hexe, diese Remy Lelourie?«

Rourke schwieg. Dohertys Lächeln verbreiterte sich und entblößte einen Mund voller brauner Zähne und grauem Zahnfleisch. Er spuckte einen Strom Tabaksaft auf den braunen Linoleumboden und trottete dann durch die Halle zur Asservatenkammer.

»Der Arsch hängt schon so lange an dem Zeug, dass sein Gehirn zu Brei geworden ist«, sagte Fio. Aber Rourke hatte die scharfe Berechnung in den Augen seines Partners bereits gesehen, als der diese mit einem Lächeln und einem Kopfschütteln überspielen wollte. »Vielleicht solltest du das nicht so persönlich nehmen.«

Rourke zuckte mit den Schultern. In der Halle war es vermutlich an die hundert Grad heiß, die Luft war so nass, dass man sie auswringen und als Badewasser benutzen könnte, und doch war ihm innerlich kalt. »Ich muss zum Super«, sagte er. »Ich erwisch dich nachher noch.«

Fio tippte zu einem spöttischen Salut seine Stirn an. »Ja, klar. Mach das, erwisch mich nachher noch.«

Draußen knallte die gelbe Sonne auf die Straße. Stadtgerüche – Benzin, Müll, Staub – schwammen auf der dicken, bewegungslosen Luft wie Algen auf Brackwasser.

Rourke ging zur Canal Street hinüber, wo der Boston Club dem Süden mit klassischer weißer Eleganz seine Anwesenheit aufzwang. In einer Stadt, wo zwei oder mehr Menschen, die sich an einer Straßenecke versammelten, durchaus einen Club bilden konnten, war das hier noch immer der älteste und stolzeste Versammlungsort für Männer. Wenn jemand eine Einladung wünschte, diese schlichte, aber geheiligte Eingangstür zu passieren, dann war es eine große Hilfe, wenn sein Vater Mitglied war, wie zuvor auch schon sein Großvater. Es gab jedoch immer Möglichkeiten, die Tatsache, nicht aus der richtigen Familie zu stammen, zu umgehen. Eine dieser Umgehungsmöglichkeiten war Geld.

An diesem Morgen stand vor dem Club eine grüne Pierce-Arrow-Limousine, ganz funkelndes Messing, Leder und Chrom. Im Schatten der oberen Galerie des Clubs stand der offizielle Alkoholschieber der Stadt und schnappte mit zwei Mitgliedern des Stadtrates und einem Staatsanwalt frische Luft. Geld und Saft. Casey Maguire mochte arm und als Ire geboren worden sein, aber er hatte immer über ein solides Wissen über die Privilegierten und Mächtigen verfügt, das ihnen selbst kaum bewusst war: Er wusste alles darüber, auf welche Weise jemand käuflich war.

Rourke wartete darauf, dass das Gespräch ein Ende nahm und dass der Alkoholschieber zu seinem Wagen ging, dann tat er, was der betrunkene alte Sergeant eben erst mit ihm gemacht hatte – er stellte sich in den Weg.

Nur waren die Kräfte diesmal gleicher verteilt. Casey Maguire boxte täglich im New Orleans Athletic Club; er war schnell, mager und muskulös. Er war jedoch längst nicht so groß wie Rourke und musste sich auf die Fersen zurücklehnen und den Kopf heben, um Rourke in die Augen schauen zu können.

»Morgen, Day«, sagte er. Ein kleines Lächeln umspielte seinen breiten Mund. Er schien zu wissen, was passieren würde, und das nur komisch zu finden. »Wir haben ja schon lange nicht mehr miteinander gesprochen. Ich hoffe, es geht dir gut.«

Casey Maguire hatte den Irischen Kanal weitgehend aus seiner Aussprache verbannt, seine Manieren poliert und die Kleidung verfeinert, aber an seinen Augen hatte er nichts ändern können: Sie waren fast farblos, wie Spucke. Wenn jemand aus einer Gegend kommt, wo man früh lernt, anderen etwas anzutun, ehe man selbst zum Opfer wird, dann zeigt sich das in den Augen. Maguire konnte beängstigend sein, auch für die, die nicht aus derselben Gegend stammten.

Als Rourke schwieg, versuchte Maguire, um ihn herumzugehen. Rourke verlagerte sein Gewicht und stand ihm wieder im Weg.

Maguire stieß aus spitzen Lippen einen leisen Seufzer aus, wie in milder Resignation. »Wenn wir tanzen wollen, Detective, dann sollten wir das vielleicht mit Musik tun.«

Rourke lächelte und sein Lächeln, das wusste er, konnte ebenso beängstigend sein wie Casey Maguires Augen, sogar für die, die aus derselben Gegend kamen. »Hast du Vinny McGinty in letzter Zeit mal gesehen?«, fragte er.

Maguires Gesicht verzog sich bedauernd. Es war ein seltsam düsteres Gesicht, wie das der Märtyrer in den Gebetbüchern, mit denen sie als Jungen in die Schule gegangen waren – auf strenge Weise gut aussehend, feinknochig, verhärmt. Das Gesicht eines Mannes, der beim Töten weinte und dessen Traurigkeit, dachte Rourke, vielleicht niemals echt gewesen war.

»Der arme Vinny«, sagte Maguire. »Immer redete er davon, dass er nach Chicago wollte, er wollte wissen, ob er es dort im Ring zu etwas bringen könnte. Als er vor ein paar Wochen verschwunden ist, habe ich angenommen, er sei unterwegs dorthin. Jetzt höre ich, dass er tot im Sumpf aufgetaucht ist. Was ist passiert? Ist er ertrunken?«

»Er wurde mit einer Klaviersaite erwürgt.«

Maguires Gesicht stellte eine wunderschöne Überraschung zur Schau. »Ach, wirklich?«

»Ja, wirklich.«

Maguire seufzte noch einmal. »Ich habe ihn nicht umbringen lassen, Day, obwohl ich weiß, dass du mir das wohl kaum glauben wirst. In letzter Zeit scheine ich für dich zum Leibhaftigen geworden zu sein.« Jetzt war das Lächeln wieder da, ein selbstironisches Lächeln, das Rourke aufforderte, auch über den Witz zu lachen. »Ich werde dafür sorgen, dass Vinny den besten Abschied bekommt, der für Geld zu haben ist. Er gehörte im Grunde ja zur Familie.«

Unter den Gangstern war es seit einiger Zeit Brauch, anderen Bandenmitgliedern Begräbnisse zu spendieren, die mit ihren Blumen und reich verzierten Särgen Rekorde aufstellten. Die Italiener hatten damit angefangen, aber jetzt machten es alle.

»Bestimmt wird das eine schöne Beerdigung«, sagte Rourke. »Und ich möchte doch sagen, dass wir ganz schön viele besucht haben, du und ich. Ich denke im Moment viel an die alten Tage, erinnere mich an so allerlei.«

Woran er sich plötzlich erinnerte, war eine Sommernacht, in der er und Case einander gegenüber neben dem Körper von Rourkes Altem knieten, der in der Gosse seinen Rausch ausschlief, während der Regen auf sie herabströmte, ihre Augen und Münder füllte und die Straße in einen Fluss verwandelte. Case brüllte, sie müssten den Vater auf den Rücken drehen, damit er nicht ertrank, und einen Moment lang wollte Rourke das nicht, einen Moment lang dachte er, ertrink, du Hurensohn, ertrink, und deshalb hatte Case ihn umgedreht und Rourke hatte einfach zugesehen. Hatte im strömenden Regen auf der Straße gekniet und seine Hände hatten leer und schwer nach unten gehangen.

Was Rourke sagte, war: »Ich dachte daran, wie wir samstagsabends durch die Gegend gezogen sind und wie du dann allen alten Pennern und Säufern die Münzen aus der Tasche gezogen hast, auch, wenn du gar keinen Hunger hattest. Auch, wenn du Geld hattest. Dir ging es einfach um die Übung.«

Maguire ließ einige Sekunden schweigend verstreichen, dann sagte er: »Ich sage dir, ich hatte keinen Grund, den Kerl umzubringen, Day.«
»Aber du hast es trotzdem getan. Dir ging es einfach um die Übung.«
Maguire ließ seinen Blick zum Verkehr auf der Straße weiterwandern. Ein Kohlwagen und eine uralte Kutsche waren auf der Kreuzung zusammengestoßen, ein Model T versuchte ihnen auszuweichen und hupte wütend.
»Wenn du wissen willst, wer Vinny umgebracht hat«, sagte er, »dann solltest du mit dieser Niggerschwanzqueen reden, die ihm die Flocken verkauft hat, die er sich in den letzten Monaten in die Nase gestopft hat. Der Junge war so weit, dass er seine Seele dagegen eingetauscht hätte.« Er schaute jetzt wieder Rourke an und das Feuer in seinen Augen drohte Rourkes Haut zu verbrennen. »Aber damit kennst du dich ja wohl aus, oder, Day?«
Rourke kannte sich aus. Kokain und das Bedürfnis, das es in einem weckt, konnte zu einer schweren dunklen Wolke werden, die man überall mit sich herumschleppte. Jeden Tag regnete sie auf einen herab, aber man konnte sie einfach nicht abschütteln. Maguire drängte sich an ihm vorbei und diesmal ließ Rourke ihn gehen. Er sah zu, wie der Alkoholschieber, der einst sein Freund gewesen war, in seinen schönen und teuren Pierce-Arrow stieg und losfuhr, und der Geschmack in Rourkes Mund war rau und bitter.

Geld und Saft. Die Bibliothek des Boston Club roch nach beidem. Römische Büsten ruhten in Marmornischen, zwischen Vitrinen voller in grün und gold gepunztes Kalbsleder eingebundener Bücher. Perserteppiche in gedämpften Farben bedeckten das Parkett und grüne Samtportieren rahmten die Fenstertüren ein, die auf die Galerie führten, wo ein einsamer Mann stand wie ein General, der das Schlachtfeld betrachtet. Die Hände waren hinter seinem geraden Rücken verschränkt, sein ergrauender Löwenkopf war erhoben, seine Augen strahlten eiserne Entschlossenheit aus.

Weldon Carrigan, Superintendent des New Orleans Police Department, besaß sehr viel Geld und Saft, aber das war nicht immer so gewesen. Als zehnter Sohn eines reisenden Schuhverkäufers war er mit zwei Talenten und einem Ehrgeiz geboren worden. Seine Talente waren subtil und doch trügerisch einfach. Er begriff ganz genau, wie die menschliche Natur beeinflusst werden konnte und wie er dort Sympathie erweckte. Er konnte dafür sorgen, dass er gemocht wurde, sogar von denen, die wussten, dass sein einziger Ehrgeiz der Macht galt und dass er so viel davon wollte, wie er bekommen konnte, koste es, was es wolle und wen es wolle.

Doch in New Orleans kam Macht aus zwei sich häufig überlappenden Quellen: Familie und Politik. Also begann Weldon Carrigan, der Sohn eines Niemands, seine Karriere damit, die Maschinerie der Demokratischen Partei zu seiner Familie zu machen, was für beide Seiten von Nutzen gewesen war. Doch nicht einmal die Politik, dachte er, hatte so viel für ihn tun können wie seine Heirat mit Rose Marie Wilmington, Erbin eines der ältesten und stolzesten amerikanischen Namen der Stadt. Mit ihr hatte er vierzehnkarätige Respektabilität, ein Herrenhaus im Garden District und drei Millionen Dollar geerbt.

Er hatte niemals die Ironie des Schicksals erkannt, durch die er zwanzig Jahre später Daman Rourke fünfzigtausend der Dollars seiner Frau angeboten hatte, falls der auf die Hochzeit mit seiner Tochter verzichtete.

Doch trotz dieses problematischen Anfangs hatten Rourke und sein Schwiegervater im Laufe der Jahre füreinander eine widerwillige Toleranz entwickelt, die bisweilen in eine vorsichtige Achtung überging. Sie wussten beide, dass Weldon Carrigan als Superintendent die Macht hatte, die Karriere seines Schwieger-

sohns zu fördern oder zu ruinieren. Das war sein Einfluss. Rourke dagegen hatte Katie, die einzige Hinterlassenschaft von Jo, der geliebten und einzigen Tochter der Carrigans.
Jetzt jedoch war Weldon Carrigans fein gemeißeltes Gesicht so steinern wie die Gesichter der römischen Büsten, als er seinen Schwiegersohn das Zimmer betreten sah. »Ich habe gesehen, dass du mit Casey Maguire gesprochen hast«, sagte er, noch ehe Rourke die Zeit gehabt hatte, ihm einen guten Morgen zu wünschen. »Wenn es sich nicht bewegt, Day, dann rühr es nicht an.«
Rourke warf seinen Strohhut auf einen Marmortisch in der Nähe und setzte sich in einen braunen, mit Fransen versehenen Ledersessel. Er streckte die Beine aus und faltete die Hände über seinem Bauch. »Wenn sich herausstellt, dass er den Jungen mit einer Klaviersaite hat erwürgen und in den Bayou werfen lassen, dann werde ich seinen Arsch festnehmen. Und dann hat er die Gelegenheit, aus euch allen unten in der City Hall rauszuholen, was er für sein Geld kriegen kann.«
Unter seiner Hecke aus schwarzen buschigen Augenbrauen wiesen Weldon Carrigans Augen das dumpfe Glänzen von Gewehrmetall auf. Er starrte Rourke hart und drohend an, dann lächelte er.
»Du bist heute Morgen offenbar müde. Sonst schaffst du es besser, deine verdammte Unverschämtheit zu verbergen.«
Rourke erwiderte das Lächeln und brachte den älteren Mann damit dazu, leise zu lachen und den Kopf zu schütteln, als er seinen umfangreichen Körper in einem Ohrensessel unterbrachte, der zu klein für ihn aussah. Er hatte die breiten Schultern und Hände eines Arbeiters, obwohl er niemals harte körperliche Arbeit geleistet hatte. Im Moment war er mit gemusterten langen Strümpfen, einer weiten Knickerbockerhose und einer Fliege zum Golf gekleidet. Später an diesem Morgen würde er, wie jeden Mittwoch, mit dem Bürgermeister achtzehn Löcher spielen.

»Dieser Bayouschwimmer war doch schon eine Minute, nachdem es passiert war, Schnee von gestern«, sagte er. »Wir sollten uns über Charles St. Claires zu frühes Ableben grämen.« Er zeigte auf die Extrablätter dieses Morgens, die vor ihm auf dem Kaffeetisch verteilt waren. »Hast du schon Zeit gehabt, dir diesen Dreck anzusehen? Ich sag dir, dieser gottverdammte Wylie T. Jones von der *Morning Trib* hat die Geilheit auf neue Höhen getrieben. Der Leichnam ist noch kaum kalt und schon schreibt er, dass die neue Cinderella vielleicht im Verfahren des Jahrhunderts vor Gericht gestellt wird.«

»Ich hab sie mir angesehen«, sagte Rourke. Die *Morning Tribune*, das übelste Boulevardblatt, brachte ein Foto des in ein blutiges Laken gewickelten Leichnams, der zum Leichenwagen getragen wurde. Die anderen Zeitungen – die *Times-Picayune*, die *States* und die *Item* – brachten Bilder der trauernden Witwe. Sie war an diesem Morgen kurz nach Morgengrauen auf die Galerie von Sans Souci getreten, um mit den versammelten Presseleuten zu reden. Auf den Fotos, die von ihr gemacht worden waren, sah sie schön und tragisch aus. Die verratene Unschuld.

»Ich will ganz ehrlich zu dir sein, Day«, sagte sein Schwiegervater. »Dieser Mord der letzten Nacht wird Boulevardzeitungen aus aller Welt aufrütteln und ihre Schmierer wie Wylie T. Jones aus dem Urwald holen. Wenn wir Remy Lelourie wegen Mordes an ihrem Mann anklagen müssen, dann werden wir uns in einem Zirkus mit drei Manegen wiederfinden, wo wir am Schwanz und ohne Netz am Trapez baumeln. Denn erstens gibt es in diesem Land keine Jury, die sie verurteilen würde, selbst wenn sie auf frischer Tat ertappt worden wäre …«

»Das wurde sie mehr oder weniger. So sieht es jedenfalls aus.«

Der Superintendent knallte mit der flachen Hand auf den Tisch. »Und ich sage dir, wenn die Sache vor Gericht kommt, werden Gerechtigkeit und Schuld nicht die geringste Rolle spielen. Andererseits darf es auch nicht so aussehen, als ließen wir den Mord an einem Mann wie Charlie St. Claire einfach so durchgehen.« Er zeigte auf die Zeitungen. »Ich will nicht, dass irgendein Arsch schreibt, dass meine Bullen ein Haufen von Schlappschwänzen sind, die nicht mal den Weg zum Klo finden, wenn nicht schon ein Weg durch den Dreck freigeschaufelt worden ist. Wir müssen aus dieser St.-Claire-Geschichte so sauber und mit so wenig Aufsehen herauskommen, wie das überhaupt nur möglich ist.«

Rourke richtete seinen Blick auf die Türen zur Galerie, durch die er den hitzeflimmernden Himmel sehen konnte. Weldon Carrigan war Politiker, kein Bulle. Er sah zwar Blutvergießen, Schmerzen und Leiden, allerdings betrachtete er es nur als politisches Spiel, das in den Zeitungen und auf dem polierten Parkett der City Hall breitgetreten wurde, wo der eine Tod eine Rolle spielte, der andere nicht und wo die Gerechtigkeit, die sich leicht herstellen ließ, die beste war.

»Eine Verhaftung würde also helfen, solange es nicht um Mrs. St. Claire geht«, sagte Rourke.

Der Superintendent hatte eine Havanna aus einem silbernen Futteral genommen und schnitt nun mit einem schmalen Silbermesser, das unten an seiner Uhrkette hing, die Spitze ab. »Ein anderer Verdächtiger wäre nicht unwillkommen.«

»Denkst du an einen bestimmten? Oder könnte es jeder sein?«

»Ich habe gehört, dass St. Claire eine farbige Geliebte hatte. Weißt du davon?«

»Nein«, log Rourke. Die Kälte, die er in der Halle des Criminal Courts Building empfunden hatte, war wieder da, schlimmer als zuvor. Es war eine tiefe, knochenzerbrechende Kälte.

»Und zwar nicht irgendeine beliebige Nutte«, sagte sein Schwiegervater. »Angeblich ist sie verheiratet. Und auch wenn sie eine Niggerin ist, soll St. Claire sie aufrichtig geliebt haben.«

Carrigan gab sich mit einem hölzernen Streichholz Feuer und

starrte dabei Rourke an, der seinen Blick erwiderte, aber schwieg.
»Findest du das nicht interessant?«, fragte Carrigan, als seine Zigarre brannte.
Rourke beugte sich vor und stützte die Ellbogen auf seine Oberschenkel, doch er schaute weiterhin ins Gesicht des älteren Mannes. »Was ich interessanter finde, ist Mrs. St. Claire, die blutverschmiert mit einem Rohrmesser und neben dem ermordeten Leichnam ihres Mannes sitzt. Erzähl der Presse was von einer farbigen Geliebten und du gibst ihnen ein Motiv, das wir der Ehefrau ebenso sicher anhängen können wie ein Paar Handschellen.«
Der Superintendent war aufgesprungen. »Stell fest, wer Charlies Freundin ist, Day. Schleif ihren schwarzen Arsch zum Verhör und hol irgendwas aus ihr raus. Etwas, das uns weiterhilft.« Er ging zur Fenstertür und drehte sich dann wieder um. Sein Gesicht wirkte jetzt sanfter, aber vielleicht lag das am Zigarrenrauch, der seine Augen umwogte. »Kommst du am Samstag mit Katie zu meinem Fest?«, fragte er. Weldon Carrigan wurde am kommenden Samstag fünfundfünfzig, aber was Geburtstage anging, so war er in seinem Herzen immer noch ein Kind. Er gab sich selbst jedes Jahr eine große Party mit Kuchen, Eis und Feuerwerk.
»Ich weiß nicht, ob ich Zeit haben werde«, sagte Rourke und kam sich gemein vor. »Mir scheint, ich werde vollauf damit beschäftigt sein, mit dem Gummischlauch aus passenden Personen Geständnisse herauszuprügeln.«
Carrigans Zähne schlossen sich um seine Zigarre. »Was immer etwas bringt.«
Er nahm die Zigarre aus dem Mund, starrte die brennende Asche an und seufzte. »Jo hat mir einmal gesagt – ich glaube, einmal, als sie mir mal wieder zu erklären versuchte, warum sie unbedingt dich wollte. Da sagte sie, für dich sei die Arbeit des

Bullen wie die eines Priesters, eine Art heilige Berufung von Gott. Und dass du auf einem straffen Seil zwischen der Welt, so wie sie ist, und der Welt, so wie du sie dir wünschst, balancierst und unter dir nur Finsternis und weit und breit kein Land siehst. Meine Tochter konnte sich keinen größeren Mut vorstellen, als dass deine Ehre dich an diesem Seil festhalten lässt, wenn alle anderen schon längst losgelassen haben.«

Weldon Carrigan schaute auf und verzog seinen Mund zu etwas, das einwandfrei kein Lächeln war. Rourke wusste, dass etwas von ihm verlangt werden würde, was er nicht liefern konnte. »Ich habe ihr gesagt, dass Märtyrer in der Regel auf dem Scheiterhaufen landen. Ich möchte, dass du diesen Vinny – wie immer er sonst noch heißt – begräbst und nicht mehr daran denkst. Die Stadt New Orleans wäre außerdem sehr dankbar, wenn du den Mord an Charlie St. Claire klären könntest, ohne uns zu einem gottverdammten Jahrhundertprozess zu zwingen. Du kannst damit anfangen, dieses Niggermädel ausfindig zu machen, das er angeblich gefickt hat.«

»Und zur Hölle mit Wahrheit und Gerechtigkeit«, sagte Rourke und hätte sich gleich darauf treten können. Ehre, Wahrheit und Gerechtigkeit. Scheiße.

Das Lächeln, mit dem Rourke sich beim Aufstehen selbst bedachte, war von Selbstverachtung erfüllt. Er griff zu seinem Strohhut und schlenderte aus dem Zimmer. Dabei sang er gerade laut genug, dass der Superintendent es hören konnte: »Und bis dahin, und bis dahin, wird doch alles lustig sein.«

Sechstes Kapitel

Sie kam aus der schattigen, mit Abfall übersäten Gasse, eine geheimnisvolle Frau in schwarzer Seide.

»Ich habe ein Hühnchen mit dir zu rupfen, Lieutenant Daman Rourke«, sagte sie, mit einer Stimme, die sich so atemlos und gebrochen anhörte, wie er sich fühlte. »Dein Captain sagt, dass du mir einen verlogenen, miesen Streich gespielt hast. Offenbar gibt es gar kein Gesetz, wie du behauptet hast, das mich zwingt, herzukommen und meine Finger auf das Stempelkissen zu drücken. Und jetzt wirst du versuchen, mich mit diesem blöden alten Daumenabdruck an den Galgen zu bringen.«

Er lächelte. »Auf den elektrischen Stuhl.«

Sie lachte, wie er erwartet hatte. Sie hatte sich nie vor der Sünde oder vor dem Tod gefürchtet.

»Tot ist tot, und Hölle ist Hölle, und wie du hinkommst, spielt keine große Rolle«, sagte sie und ihr Mund schien diese Worte zu singen. Ihr Mund war unvergesslich. Er hatte niemals den Geschmack ihres Mundes vergessen. »Aber versuch doch nicht, mich vor dir hinzuschicken, Day.«

Sie war inzwischen zu ihm gekommen. Er lehnte am schnittigen Flügel seines Stutz Bearcat Roadsters und sie trat so dicht an ihn heran, dass sie ihn fast berührte. Sie hob die Hände an seinen Hals, wie um ihn ganz sanft zu erwürgen. »Das ist nicht fair.«

»Du kennst doch die Redensart, dass alles erlaubt ist.«

»Aber was spielen wir diesmal, Liebling – Liebe oder Krieg?«

Er konnte seinen Puls gegen ihre Hand pochen hören. Früher einmal hatten sie ihre Hände nicht voneinander lassen können.
»Für dich Krieg«, sagte er. »Aber wir können es auch noch mal mit der Liebe versuchen, wenn du dich traust.«
Ihre Finger folgten einer Sehne an seinem Hals bis zu seiner Halsgrube, hielten dort inne und drückten ein wenig. »Soll das eine Wette sein?«
Jesus, o Jesus.
Ihre Hand fiel hinab und sie trat einen Schritt zurück. »Ich wette, du nennst sie Baby«, sagte sie.
»Was?«, fragte er. Noch immer konnte er den Puls in seinem Hals hämmern hören.
Sie trat zurück, fuhr mit der Hand über die lange, sexy Motorhaube des Automobils und streichelte den kanariengelben Lack mit den rot lackierten Fingernägeln.
Sie lachte, als sie sein Gesicht sah. »Du nennst sie wirklich Baby. Ich wette, du fährst mit ihr über die Old Shell Road und sagst: Na, komm schon, Baby. Zeig mal, wie schnell du fahren kannst.«
Rourke musste einfach in ihr Lachen einstimmen, denn sie hatte Recht. Er hatte den exorbitanten Preis von dreihundertfünfzigtausend Dollar für den Bearcat mit seinen *bourrée*-Gewinnen bezahlt und er fand, den sechszylindrigen Franklinmotor mit Luftkühlung voll aufzudrehen war fast so gut wie Sex.
Remy stand jetzt wieder vor ihm, dicht genug, um ihn zu berühren, was sie diesmal aber nicht tat. »Also nimm mich doch mit, Day. Und lass sie schnell fahren.«
Er hatte die ganze Zeit vorgehabt, mit ihr loszufahren. Deshalb hatte er den wachhabenden Sergeant gebeten, sie durch den Hinterausgang zu führen, weg von den vielen Presseleuten und hingebungsvollen Fans. Er wollte mit ihr an einen Ort fahren, wo er sehen konnte, wie sehr sie sich geändert hatte. Wenn überhaupt.

Er öffnete die Beifahrertür und sah zu, wie sie einstieg und dabei ihre langen Beine zeigte. Als sie sich auf dem niedrigen Sitz aus handgearbeitetem spanischem Leder niederließ, schob sich ihr schwarzes enges Kleid hoch und entblößte die Kanten ihrer Strümpfe und ihre knallrosa geschminkten Knie.

»Die Trauer steht dir gut«, sagte er.

Sie schaute aus großen, harmlosen Augen zu ihm auf. »Bin ich zu raffiniert gekleidet, was meinst du? Hätte ich mich in schwarze Taftröcke und einen Schleier hüllen sollen?«

Er konnte ihre Energie wie heiße Blitze pulsieren spüren. Er wusste, woher diese Energie stammte. Selbst in der kurzen Zeit, die er im Gemeinschaftszimmer verbracht hatte, hatte er zusehen können, wie sie Besitz von ihnen ergriff. Erfahrene, müde Bullen, die alles gesehen hatten und es besser wissen müssten, waren in diesen großen, katzenhaft schrägstehenden Augen versunken und ihre Seelen waren elektrisch geladen worden.

Und sie hatte sich von ihnen ernährt, ernährte sich noch immer von ihnen.

Rourke setzte sich hinter das Lenkrad und ließ den Motor an, doch ehe er den Rückwärtsgang einlegte, zog er einen Flachmann mit Scotch aus der Tasche und hielt ihn ihr hin. »Um die zerfransten Nerven der trauernden Witwe zu besänftigen.«

»Auf Liebe und Krieg«, sagte sie und nahm die Flasche, wobei sie nur kurz seinen Handrücken berührte. Er verachtete sich deshalb, aber er spürte ihre Berührung tief unten in seinem Bauch brennen.

Rourke ließ den Bearcat in einer Wolke aus Staub und einem Wirbel aus öligem Kies aus der Gasse schießen.

Er fuhr über die Tulane Avenue nach Claiborne und bog dann nach Osten ab. Sie fragte nicht, wohin er wollte, nicht einmal, als sie auf dem St. Bernard Highway auf den Fluss und die offene Landschaft zuhielten. Er ließ dem Bearcat freien Lauf, brachte den Tacho auf achtzig Meilen die Stunde, was doppelt so schnell war, wie irgendein vernünftiger Mann auf dieser Straße fahren würde.

Sie trank immer wieder aus dem Flachmann, vermutlich mehr als ratsam war für jemanden, der in kurzer Zeit von einem Mordermittler durch die Mangel gedreht werden sollte. »Du bist so gemein, Daman Rourke«, sagte sie nach einiger Zeit.

»Bin ich das?«

»Da komme ich in Todesangst auf eure Wache und dann schaust du mich so an. Wie irgendein fieses altes Ungeheuer bevor es sich an die Verfolgung der Frau macht und brüllt: ›Ich krieg dich schon!‹«

Er lachte und sie antwortete mit einem Lächeln. Sie musste im Fahrtwind ihren Hut festhalten und er konnte die blauen Adern auf der Innenseite ihres Arms sehen. Ihr Gesicht strahlte wie eine weiße Rose.

Das ist wie eine Szene aus einem ihrer Filme, dachte er. Illegaler Whiskey in einem schnellen Flitzer, mit dem Wind in ihren Haaren. Das muntere, verantwortungslose Nach-uns-die-Sintflut-Zelluloidleben.

In der vergangenen Nacht, als sie von Kopf bis Fuß mit dem Blut ihres ermordeten Mannes bedeckt gewesen war, war sie ihm so verängstigt und verletzlich vorgekommen. So unschuldig, falls man sie nicht kannte. In der vergangenen Nacht hatte sie versucht, ihn mit ihrer Unschuld zu verführen.

Sie versuchte noch immer, ihn zu verführen. Aber an diesem Morgen zeigte sie eine Reizbarkeit, eine nervöse Verzweiflung. Und sie kam ihm auf irgendeine Weise glaubhafter vor, diese Remy.

Er wandte seinen Blick von der Straße ab und schaute sie wieder an. Sie hatte dieses Leuchten, das auf der Filmleinwand so deutlich wurde, ein Glitzern wie ein Eiszapfen, der in der Sonne schmilzt, aber sie umklammerte den Flachmann so fest, dass ihre Fingerknöchel weiß wurden. Er konnte auf dem Flachmann schwache schwarze Fingerabdrücke sehen.

»Solltest du dir nicht einen Rechtsanwalt zulegen?«, fragte er.

Sie nahm abermals einen großen Schluck Scotch. »Das hat Mama mir auch gesagt – na ja, Mama hat es nicht direkt gesagt, weil wir nicht miteinander reden. Belle hat heute Morgen auf ihren Wunsch hin angerufen und mir diese Weisheit übermittelt: Dass ich mir einen Anwalt besorgen soll. Natürlich hat Mama weniger Angst vor einer Verhaftung als davor, dass ich das Haus vielleicht nicht bekomme. Du weißt doch, wie sehr Mama an Sans Souci hängt.«

»Du bekommst also das Haus? Steht das in St. Claires Testament?«

»Du bist durch und durch zum Bullen geworden, Day. Jetzt glaubst du, ich hätte ihn wegen des Hauses umgebracht.«

Sie zog einen leichten Schmollmund, spielte mit ihm und kümmerte sich auch nicht darum, dass er sie ganz und gar durchschauen würde. Ihr war es egal, wenn er wusste, dass sie Sans Souci ihr ganzes Leben lang begehrt hatte.

Er stieg auf die Bremsen und der Bearcat kam mit kreischenden Bremsen und dem Gestank von brennendem Gummi zum Stehen. Er starrte sie an und sie erwiderte seinen Blick ohne mit der Wimper zu zucken. Sie atmete nicht einmal schwer.

Dann sah er, wie sich ihre Augen langsam mit Tränen füllten. Sie wandte den Kopf ab und blickte über eine leere Weide auf einen alten Kuhstall. Der Stall, der früher rot gewesen war, hatte jetzt einen rostigen Farbton angenommen. Mit einiger Mühe konnte man noch das verblasste Bild einer gefleckten Kuh auf dem steilen Schrägdach erkennen.

Er fasste sie am Kinn und drehte ihr Gesicht zu sich hin. »Aber, aber, sieh dich doch bloß an – ganz plötzlich die trauernde Witwe. Aber wem gelten diese Tränen, Baby? Dir selbst oder ihm? Soll ich glauben, dass du seinen Tod bedauerst?«

Sie schüttelte den Kopf und einige nasse Tropfen fielen auf seinen Handrücken. »Sei nicht so, Day, bitte«, sagte sie so leise, dass er sie kaum hören konnte. »Hass mich doch nicht so sehr.«

Er ließ sie so abrupt los, als habe er sich an ihr verbrannt. Sie machte ihn fertig, stülpte sein Inneres nach außen mit ihren Wahrheiten und ihren Lügen. Er wusste, wenn er ihr lange genug zuhörte, würde er eine Möglichkeit finden zu glauben, was immer sie ihm erzählte.

Er hörte ihr eine Zeit lang beim Weinen zu. Schließlich waren ihre Wangen geschwollen und nass und ihre Nase war rot. Er hatte sie auch früher schon so weinen sehen, in Wirklichkeit und in ihren Filmen – harte, brutale Tränen, die sie so menschlich wirken ließen, dass sie fast hässlich wurde. Dass sie nicht so schön war, wenn sie weinte, machte es leichter, ihr zu glauben. Aber vermutlich wusste sie das auch selbst.

»Charles tut mir Leid«, sagte sie. »Weil er tot und auf diese schreckliche Weise gestorben ist und weil wir einander in den letzten Monaten so wehgetan haben.«

Sie sah ihn an, mit leicht geöffneten Lippen und so feuchten, dunklen und tiefen Augen. Wie ihre Tränen konnte auch alles andere an ihr eine Lüge sein. Er umklammerte das Lenkrad, hart, um sich daran zu hindern, sie zu berühren, verließ die Straße und folgte einem Weg, der über die Weide zu dem alten Kuhstall führte. Der Stall war zu einem Flugzeugschuppen umgebaut worden, in den einige Spad-Kampfflieger und ein Jenny-Schulflugzeug als überzählige Hinterlassenschaften des Krieges verbannt worden waren. Ein Teil der Weide war zur Startbahn geworden, auf der sich im Moment jedoch außer Katzenschwänzen und Krähen nichts bewegte. Sogar der Windsack hing lustlos in der dicken, übellaunigen Luft.

Er war in den Krieg gezogen, nachdem sie ihn in jenem Sommer verlassen hatte, dem Sommer 1916. Den »Großen Krieg« hatten sie ihn genannt, und groß war er gewesen, als er schützengrabenweise Blut und Fleisch und Knochen verschlungen hatte. Die USA beteiligten sich damals noch nicht an dem Gemetzel, aber es hatte ein aus Freiwilligen bestehendes Fluggeschwader gegeben, die Lafayette Escadrille. Daman Rourke war in der Hoffnung auf den Tod nach Frankreich gegangen, hatte aber stattdessen seine Liebesaffäre mit der Gefahr in Form von Leuchtspurgeschossen, die aus der blendenden Sonne herausjagten, erneuert. Er hatte in sich neue und schreckliche Talente entdeckt, die Begabung, am Himmel zu kämpfen und zu töten.

Bei Kriegsende hatte er aufhören müssen zu töten, aber das Fliegen hatte er nicht aufgeben können. Es war so leicht, hatte er festgestellt, und einfach wunderschön, mit einem Flugzeug bis ins Letzte zu gehen und zu tanzen.

Meistens flog er eins der Spads, aber diesmal holt er die Jenny aus dem Stall und machte sich an die Überprüfung vor dem Flug, ließ seine Hände über die Streben fahren, testete die Spannung der Drähte, zog Nuten und Bolzen an. Remy wanderte um das Flugzeug herum wie zuvor um den Bearcat, berührte es, musterte die zerbrechliche Konstruktion aus Holz und Draht und Stoff.

»Willst du mit mir in diesem Ding losfliegen?«, fragte sie endlich.

»Na ja, du hast doch zugegeben, dass du Tempo liebst, Prickeln garantiert und dein Geld zurück, wenn du ums Leben kommst.« Er steckte eine Menge Herausforderung und einen kleinen Hauch Gemeinheit in sein Lächeln. »Das ist eine doppelte Wette, Remy Lelourie.«

Sie lachte nur.

Er half ihr, Fliegerbrille, Helm und eine seiner alten Lederjacken anzulegen, und dann hob er sie auf den abgenutzten Rohrsitz im Cockpit. Obwohl sie das Flugzeug nicht lenken würde, musste sie dort sitzen, weil sie so viel leichter war als er und das Flugzeug sonst vorn zu schwer geworden wäre.

Sie saß im Cockpit, sah ihm zu und er glaubte, ihre Erregung zu spüren, ihre Spannung, wie ein Vibrieren, das die Flugdrähte der Jenny durchlief. Sie behielt jede seiner Bewegungen im Blick, als er überprüfte, ob der Zündschalter geschlossen und Luft- und Benzintank geöffnet waren, ehe er mit der Hand Luftdruck in den Benzintank pumpte. Er trat vor das Flugzeug und drehte den Propeller viermal im Uhrzeigersinn um, dann ging er zum Cockpit zurück, schloss langsam die Luftventile und legte den Magnetschalter um. Er ging wieder nach vorn, legte die Handflächen auf den Propeller und hob ihn an.

Der Motor hustete und erwachte brüllend zum Leben, als Day sich mit einem Sprung vor den Propellerflügeln rettete. Er schwang sich auf die Tragfläche, als das Flugzeug sich in Bewegung setzte.

Er stieg ins Cockpit und zog die Jenny nach oben. Der Horizont war besetzt von grauen Wolkenfetzen wie schmutzige Federn, der Himmel über ihnen jedoch glühte in einem weichen, safrangelben Licht. Sie stiegen höher und höher, sie flogen dahin, bis Palmen, Wassereichen und Weiden allesamt zu grünen Tupfen auf brauner Erde geschrumpft waren und die Austern- und Krabbenboote auf dem Wasser klein wie Krähenspuren aussahen. Sie flogen, jagten der Sonne entgegen und er riss seine Augen auf, um die ganze Welt unter, über und um ihn herum sehen zu können.

Er kreuzte eine Zeit lang hin und her, entwickelte ein Gefühl für das Flugzeug und wärmte sich dann mit einigen Rollen und mehreren Loopings auf. Nach dem letzten Looping ließ er die Maschine ein Stück weit sinken, drehte den Motor dann voll auf und stellte das Flugzeug auf den Kopf. Auf dem höchsten Punkt des Kreises drosselte er den Motor nicht, um sinken und einen weiteren Looping vollenden zu können, sondern blieb auf Vollgas, machte eine halbe Drehung nach links, kam dann wieder in aufrechte Stellung und jagte mit dem Flugzeug eine lange gera-

de Strecke immer weiter nach unten, und weiter, weiter, weiter, während der Boden ihnen entgegenschoss.
Er wartete bis zur letzten möglichen Sekunde, um die Maschine hochzureißen, wartete, bis er nur einen Herzschlag vom Ende entfernt war, griff nach dem Magen verkrampfenden, atemlosen Ort zwischen geöltem Blitz und der wunderschönen Stelle, wo alles trifft.
Jede andere Frau auf der Welt hätte geschrien. Der Tod kreischte ihnen im Druck des Windes entgegen, doch Remy Lelourie lachte.
Sie hatte sich nicht geändert.

Als sie vom Flugplatz zurück in die Stadt fuhren, hielten sie am Straßenrand an, wo ein Mann von der Rückklappe eines mitgenommenen alten Pritschenwagens scheibenweise Wassermelonen verkaufte. Sie setzten sich zum Essen nebeneinander auf das Trittbrett des Bearcat, spuckten Kerne in den Dreck und hatten am Ende klebrige Hände und Gesichter.
Nadelstiche aus Sonnenlicht durchbohrten ihren schwarzen Strohhut, malten Sommersprossen auf ihr Ohr und ihre Wange. Ihre Lippen waren nass vom Wassermelonensaft. Er dachte daran, wie es früher gewesen war, als sie eigentlich noch Kinder gewesen waren, und doch hatte in der Wut ihrer Liebe etwas Reines, Klares gelegen, wie die blaue Flamme eines Streichholzes, ehe es ausbrennt. Danach war er in den Krieg gezogen, hatte eine andere geheiratet, mit ihr ein Kind gezeugt und sie dann begraben – er hatte gelebt und geglaubt, über Remy Lelourie hinweg zu sein.
»Was machst du hier?«, fragte er laut. »Du hattest die ganze Welt als Spielplatz, weshalb bist du also zurückgekommen?«
Ihr Mund verzog sich zu etwas, das nicht ganz ein Lächeln war. »Es fällt dir vielleicht schwer, das zu glauben, aber es gibt Grenzen dafür, wie viel man vertragen kann – und das gilt sogar für

Champagnerbäder, Tangotanzen und Knutschpartys in der lila Morgendämmerung.«
Er spuckte einen Kern gegen einen Zaunpfosten. »Ja, in letzter Zeit ist es mir genauso gegangen – des Guten zu viel. Zu viele Whiskeys und *bourrée*-Partien, die um zwei Uhr nachts noch immer nicht zu Ende sind. Zu viele Leichen.«
Sie wandte den Kopf und begegnete seinem Blick, doch ihr Gesicht behielt ihre Geheimnisse für sich. Er hatte einmal gelesen, dass die Kamera jeden Gedanken einfängt, den Schauspieler beim Spielen denken. Aber wenn diese Gedanken Lügen sind – was sieht das Publikum dann wirklich?
»Ich wollte nach Hause, Day«, sagte sie. »Na ja, vielleicht nicht für immer, aber doch für eine Weile. Manchmal kann die Vergangenheit uns fest im Griff halten, viel mehr, als irgendeine Zukunft sich das je erhoffen kann. Ich wollte einfach für eine Weile nach Hause. Ist das so schwer zu verstehen?«
»Nein«, sagte er, aber auch das war eine Lüge. Er verstand das nicht, wenn er daran dachte, wie ihre Zukunft davon zerstört worden war, was sie elf Jahre zuvor an einem Sommerabend getan hatte. Er hatte immer gewusst, warum sie gegangen war. Was er nicht wusste, war, wie sie – so tapfer, so rücksichtslos sie auch sein mochte – es gewagt hatte zurückzukehren.
»Das war eine Doppelwette für Remy Lelourie«, sagte sie mit sanfter Stimme, als habe sie seine Gedanken gelesen.
Er nahm ihre Melonenschale und warf sie, zusammen mit seiner, in den von Unkraut überwucherten Straßengraben. Er reichte ihr sein Taschentuch, damit sie sich den Saft von Mund und Händen wischen konnte. »Wir sollten dich jetzt wohl nach Hause schaffen«, sagte er.
Auf der Fahrt nach New Orleans sprachen sie nur noch einmal. Er fragte sie, wohin sie in der vergangenen Nacht mit ihrer gepackten Reisetasche habe fahren wollen, in der Nacht, in der ihr Ehemann sich soeben mit einem Rohrmesser hatte aufschlitzen

lassen, und sie sagte: »Es war so heiß in letzter Zeit, ich wollte einfach für ein paar Tage an den See.« Aber er wusste, dass auch das gelogen war.
Er setzte sie am Anfang der Austernschalenauffahrt ab und sah zu, wie sie unter den von Moos überwucherten Eichen von ihm fortging, sah zu, wie sie durch Sonnenschein und Schatten ging, zu dem Haus mit seinen schlanken weißen Säulen und weiten, großzügigen Galerien. Obwohl sie eine durch und durch moderne Frau war mit ihrem Bubikopf und ihren lackierten Fingernägeln, ihren Seidenstrümpfen und ihren geschminkten Knien, schien sie nur zu diesem Haus, zum Süden und zur Vergangenheit zu gehören.
Einmal, vor Jahren, als sie noch ein Liebespaar gewesen waren, hatte er mehr als alles andere gefürchtet, sie könne alles, sogar ihn aufgeben, um Sans Souci zu besitzen. Und sie hatte ihn ja auch verlassen, nur hatte sie dazu auch noch das Haus verloren. Am Ende aber, dachte er, war sie nach Sans Souci zurückgekehrt, nicht zu ihm.
Ihre Mama hatte Remy diese besondere Besessenheit in den Kopf gesetzt. Vor Generationen hatte die Plantage den Lelouries gehört. Sie hatten sie bei einer Kartenpartie oder durch ein Duell verloren, aber vielleicht logen diese alten Geschichten auch und es war einfach verkauft worden, um dringende Schulden zu begleichen – wie es passiert war, hatte ohnehin nie eine Rolle gespielt. Für die Lelouries war es immer darum gegangen, Sans Souci zurückzubekommen. Man musste aus New Orleans stammen, um zu begreifen, dass ein Haus wie Sans Souci mehr war als Zypressenholz und Ziegelsteine. Es war ein Zeugnis vergangener Größe und alter Sünden, ein in Stolz, Ehre und Unsterblichkeit gehülltes Vermächtnis. Ein Erbe von Ehrgeiz, Gier und Betrug. Es war *la famille.*
Rourke konnte sie verstehen, diese Besessenheit von Vergangenheit und *la famille.* Seine und Remys Vergangenheit – die

war wie eine gemeinsame Sünde, nicht vergessen, aber niemals gebeichtet. Denn einst, vor vielen Jahren, hatte seine Mutter ihn, seinen Vater und seinen Bruder verlassen, um zu ihrem Liebhaber in das Haus in der Conti Street zu ziehen.

Zu ihrem Liebhaber, dessen Name Reynard Lelourie gewesen war.

Siebentes Kapitel

Als Kind hatte Daman Rourke stundenlang vor einem bestimmten Haus in der Esplanade Avenue herumgelungert. Einem kleinen, auf Pfählen errichteten Haus, das größtenteils hinter einem hohen schwarzen und mit Geißblatt überwucherten Eisengitter versteckt war.

Während dieser vielen Stunden dieser vielen Tage hatte er gehofft, sich die beiden kleinen Mädchen genauer ansehen zu können, deren Vater der Liebhaber seiner Mutter war. Er dachte, wenn er sie nur oft genug sehen könnte, beobachten, wie sie sich verhielten, hören, ob sie den Nonnen Widerworte gaben, ertappen, wenn sie ihre Butterbohnen unter ihren Tellern versteckten oder in Mr. Paglianis Eckladen Lakritzschnecken stahlen – wenn er sie oft und sorgfältig genug beobachten könnte, würde er begreifen, warum der Vater der kleinen Mädchen sie verlassen hatte.

Dann vielleicht, wie der Polizist, der er heute war, hätte er alle Stücke zu einem Bild zusammenfügen können, eins nach dem anderen, und endlich erkannt, welch schreckliches Verbrechen er begangen hatte, um seine Mutter dazu zu bringen, ihn zu verlassen.

Sie hatten sich wenigstens gegenseitig, diese beiden Töchter Reynard Lelouries, doch ihre Mutter war das, was die Leute eine »überzeugte Einsiedlerin« nannten. Als Heloise Lelouries Mann sie verlassen hatte, um ganz offen mit seiner Geliebten – Damans Mama – in dem Haus in der Conti Street zusammenzuleben, hatte sie angefangen Trauer zu tragen als sei er gestorben. Seitdem setzte sie ihren Fuß nur noch vor das Eisentor, um sonntags zur Messe zu gehen. Nur als Reynard Lelourie dann wirklich starb – nachdem er an seinem fünfzigsten Geburtstag einen Teller verdorbenes Krabbengumbo gegessen hatte –, da erregte Heloise Lelourie nun ihrerseits ziemliches Aufsehen, als sie zuerst zur Totenwache ihres Mannes ging und sich dann auf dem Friedhof davon überzeugte, dass er wirklich sicher und endgültig im Grab lag.

Sans Souci und das Haus der Louries in der Esplanade Avenue waren weniger als eine halbe Meile Luftlinie voneinander entfernt. Rourke fuhr jetzt dorthin. Er hielt im Schatten einer riesigen Palme, deren dicke grüne Wedel in der feuchten, schweren Brise raschelten, die vom Fluss her wehte. Der Sonnenschein ließ die wenigen Pfützen funkeln, die vom Regen der letzten Nacht noch übrig waren.

In den frühen Jahren der Stadt war die Esplanade Avenue mit ihren von Wurzeln durchbrochenen Bürgersteigen nur ein Lehmweg gewesen, der sich vom Fluss bis zum Bayou St. John durch die Plantagen der französischen Kolonisten gewunden hatte. Im Laufe der Zeit wurden die Plantagen parzelliert, der Lehmweg mit belgischen Steinplatten gepflastert und von eleganten kreolischen Villen und Pfahlhäusern umkränzt. Im weiteren Laufe der Zeit starben einige der hier wohnenden Familien aus oder zogen ins Stadtinnere und viele Villen wurden zu Logierhäusern. Andere wurden einfach dem Verfall überlassen. Doch in New Orleans änderte sich nur das Äußere, dachte Rourke. Der Rhythmus des Lebens blieb immer derselbe.

Das eiserne Gitter fühlte sich heiß an, als er es öffnete. So viele Stunden hatte er vor diesem Tor herumgelungert und erst heute ging er zum ersten Mal hindurch.

Der Garten war üppig und schön, überall wuchsen Oleander, Azaleen, Kamelien und Rosen. Ein streunendes Tier hatte sich allerdings über die Blumenbeete am Flussufer hergemacht. Zerfetzte Blüten und Reste von Blättern lagen in den tiefen Furchen in der feuchten, zerwühlten Erde.

Das Haus war ebenfalls in einem traurigen Zustand, die Farbe blätterte ab und die Stellen in den Fenstern, wo Bleiglasscheiben zerbrochen waren, waren mit Pappe ausgebessert. Die Lelouries waren niemals so reich gewesen wie die St. Claires und in den letzten Jahren hatte ihre Lage sich noch verschlechtert, aber ihr Blut war ebenso blau wie das der anderen. Ihr Name war so alt wie Louisiana selbst.

Rourke stieg die Treppe zu einer eingesunkenen Galerie empor und zog am Klingelstrang. Ein langer Spalt zog sich durch das Oberlicht über der Tür, wie er sah.

Er wusste, dass sie zu Hause waren. Aber trotzdem dauerte es einige Zeit, bis die Tür geöffnet wurde, lang genug, um einen Wäschepfahlverkäufer und einen Obstkarren vorbeifahren zu lassen. Die beiden Männer machten aus ihren Warenausrufen ein melodisches Lied.

»Wäschepfähle, ich habe Wäschepfähle, die Damen, verkaufe Wäschepfähle für einen Nickel und einen Dime.«

»Ich habe Wassermelonen, rot bis zur Schale.«

Als endlich die Tür geöffnet wurde, tippte Rourke seinen Strohhut an und lächelte. »Morgen, Miss Belle.«

Sie versuchte, ihm die Tür vor der Nase zuzuschlagen, aber er streckte die Hand aus, um das zu verhindern.

»Was für eine Unverschämtheit – dieses Haus aufzusuchen, Daman Rourke«, sagte sie. Ihre Stimme klang trocken und brüchig.

Aus dem Inneren des Hauses rief eine Frau eine Frage und Belle drehte sich halb um, um zu antworten. »Es ist der Sohn dieser Frau, Mama … nein, nicht der Priester. Der Polizist.« Sie fuhr wieder zu ihm herum, ihre Wangen waren rot, ihre Augen funkelten. Sie hatte immer strahlende Augen gehabt, fiel ihm jetzt ein – goldbraun, von der Farbe einer durch ein Glas Whiskey betrachteten Kerzenflamme. »Ich wollte ihm gerade sagen, wo er sich hinscheren kann.«

»Nein. Lass ihn hereinkommen.«

Mrs. Heloise Lelourie löste sich aus der Dunkelheit der Diele und trat klein, schmal und hoch erhobenen Hauptes hinter ihre jüngere Tochter.

Rourke hatte noch nie mit ihr gesprochen, mit dieser verlassenen Frau des Liebhabers seiner Mutter. Aber ihr Anblick war ihm vertraut – als Kind hatte er oft die Messe in ihrer Kirche besucht, einfach, um sie zu sehen, sie und ihre Töchter. Sie hatte ein französisches Gesicht, klein, markant und zeitlos, mit grauen Augen und blonden Haaren, die jetzt zum Farbton von altem Wachs verblichen waren.

Für einen Moment hielt Belle die Tür noch immer halb geschlossen und die Hand, die die Tür hielt, zitterte. Unter ihren kurzen Fingernägeln saß schwarzer Schmutz und ein Band von Sonnenbrand zog sich an der Stelle um ihr Handgelenk, wo ihr Gärtnerhandschuh aufhörte und ihr Ärmel anfing. Sie sah, dass er ihre Hand betrachtete, ihre Nägel, und sie ließ die Tür los und trat zurück in die düstere Diele.

Mrs. Lelourie führte ihn in einen Salon, der in schwarzem Walnussholz und rotem, jetzt zu braunrot verblichenem Samt eingerichtet war. Der große vergoldete Spiegel über dem Kamin war von Mehltauflecken übersät. Der Teppich war so fadenscheinig, dass an einigen Stellen der Fußboden hindurch zu sehen war. Ein trockener, muffiger Geruch hing im Zimmer wie der eines so alten Grabes, dass selbst die Knochen schon vor langer Zeit zu Staub zerfallen sind.

Mrs. Lelourie deutete auf ein schwarzes Roßhaarsofa, das hier und dort kahl war. »Bitte, nehmen Sie Platz«, sagte sie, wobei ihre Worte von einem leichten Akzent verschliffen wurden, aber sie hatte in ihrer Kindheit ja auch echtes Französisch gesprochen. Zu ihrer Zeit hatte man selten Außenstehende geheiratet und den Familienvätern war es nicht einmal recht gewesen, wenn ihre Kinder in der Schule Englisch lernten.

»Belle«, sagte sie, nachdem sie sich mit altmodischer Grazie in einen Sessel mit geschwungenem Rücken gesetzt hatte. »Wenn du für unseren Gast bitte den *café* zubereiten und einschenken könntest.«

Belle starrte ihre Mutter an und eine Regung huschte brennend heiß über ihr Gesicht, so schnell, dass Rourke sie nicht deuten konnte. Sie machte auf dem Absatz kehrt und verließ das Zimmer. Der Rock ihres billigen blauen Baumwollkleides, zu lang, um noch modisch zu sein, seufzte, als er ihre Beine streifte.

Mrs. Lelourie faltete ihre weißen, geäderten Hände auf ihrem Schoß und hob stolz den Kopf. Sie sagte kein Wort, und auch er schwieg. Vor langer Zeit hatte Daman Rourke gelernt, dass das Herz der Menschen keine Leere ertragen kann, und ein stummes Zimmer ist Leere von der schlimmsten Sorte. Das Herz sehnt sich dann schmerzhaft danach, dieses Schweigen zu füllen. Und er brauchte nur zu warten und zu lauschen.

Das Haus war so still, dass er hören konnte, wie Belle hinten in der Küche den Kaffee zubereitete. Er nahm an, dass seit Jahren kein Gast mehr diesen Salon betreten hatte. »Meine Mama lebt in einem Grab und dafür hasse ich sie«, hatte Remy einmal zu ihm gesagt, aber schon damals hatte er gewusst, dass sie keinen wirklichen Hass empfand. Er begriff die verworrenen Schichten aus Scham und Stolz, die für Heloise Lelourie aus diesem Haus ein Mausoleum gemacht hatten, aber er fragte sich jetzt, warum Belle sich dafür entschieden hatte, hier zusammen mit ihrer Mutter lebendig begraben zu sein.

Doch in New Orleans gab es viele Frauen wie Belle, überlegte Rourke sich dann – Frauen, die eines Tages aufwachen und feststellen, dass sie übrig geblieben sind, die sich um alternde Eltern kümmern und ihr Leben hinter verschlossenen Vorhängen in verschlossenen Zimmern verbringen, wo antike Uhren die Zeit in Jahren messen, nicht in Minuten, und wo zu vieles ungesagt bleibt.

Der scharfe Zichoriengeruch des Kaffees erreichte zuerst den Salon, gefolgt von Belle, die ein angelaufenes Silbertablett trug, das sie mit einer großen grauen Achat-*cafetière* beladen hatte, aus deren Tülle Dampf quoll.

Der Kaffee war dick und schwarz wie Teer. Er sah zu, wie Belle ihn zusammen mit heißer Milch in Porzellantassen gab. Er erinnerte sich an sie als an ein hübsches Kind, mit langen Locken in der Farbe von Spätsommeraprikosen, die beim Gehen auf ihren Schultern hin und her tanzten. Sie hatte sich die Haare nicht kurz schneiden lassen, wie alle anderen Frauen ihrer Generation, und sie hatte sie nun zu einem üppigen weichen Knoten hoch gesteckt. Die leuchtende Farbe ihrer Haare war jedoch ein wenig verblasst, wie ein Band, das zu lange in der Sonne gelegen hat.

Als sie sich vorbeugte, um ihm seinen *café au lait* zu reichen, rutschte ein Medaillon an einer schweren Silberkette aus ihrem Ausschnitt. Das Medaillon zeigte den heiligen Josef, den Schutzpatron der unverheirateten Frauen, was annehmen ließ, dass sie trotz allem doch noch auf eine Fluchtmöglichkeit hoffte.

Belle setzte sich aufs Sofa und Mrs. Lelourie nippte an ihrer Tasse. Die ältere Frau begegnete Rourkes Blick, wandte sich dann aber ab. Sie strich die Serviette auf ihren Knien gerade. »Alle wissen, dass diese Hollywoodfilmleute zu allen möglichen üblen, unnatürlichen Dingen fähig sind, wie niemand sonst sie begehen würde.«

»Ach, Mama, so etwas darfst du einfach nicht sagen«, meinte Belle, aber ihre Mahnung klang verkrampft, so, als sei sie ihr auf dem Weg nach oben im Hals stecken geblieben und müsse nun aus ihr herausgehustet werden. »Mr. Rourke muss doch glauben, du wolltest damit sagen, dass Remy ihren Mann umgebracht hat.«

Mrs. Lelourie nippte wieder an ihrem *café au lait.* »Was für ein Unsinn. Er weiß, dass ich von dieser schändlichen Tat spreche, die meine Tochter nach dem Tod ihres Mannes begangen hat. Dass sie gestattet hat, dass er in diesem schrecklichen Haus zerschnitten, zerstückelt wird. Und deshalb kann es keine richtige Totenwache geben, keinen offenen Sarg.«

Die Hand der älteren Frau verriet sie für einen kurzen Moment, indem sie zitterte und Kaffee auf die Untertasse schwappen ließ, und Rourke musste seinen Blick abwenden. Sie tat ihm schmerzhaft Leid. Sie konnte ihre Tage, ihre Jahre nur mit den Ritualen des Lebens und den Erinnerungen füllen, die sich dabei ergaben – den Totenwachen und Hochzeiten, den Geburten und Beerdigungen. Doch Reynard Lelouries Frau musste jetzt das Gefühl haben, dass sogar die Rituale sie immer wieder von neuem betrogen.

»Ich wünschte, der Schmerz einer Obduktion hätte Ihnen erspart bleiben können«, sagte er. »Aber diese Prozedur ist heutzutage bei Morden einfach vorgeschrieben.«

»Bei Morden.« Wie sie es sagte, klang es wie ein Zwischending zwischen einem vornehmen kleinen Schnauben und einem Seufzer. »Charles St. Claire hat sich seinen Tod selbst zuzuschreiben. Das liegt in der Familie, diese Art von Wahnsinn.«

»Aber, Mama, das darfst du nicht sagen … Mr. Rourke muss doch denken, dass du hier diejenige bist, die ein wenig verrückt geworden ist.«

Mrs. Lelourie zuckte ganz leicht mit den Schultern, als spielten Mord und Verrücktheit ohnehin kaum eine Rolle. »Wichtig ist doch, *bien sûr,* dass Sans Souci jetzt wieder an die Lelouries fallen wird.«

»Das Gesetz von Louisiana«, sagte Rourke, »schreibt nicht vor, dass der Besitz des Ehemannes immer an die Frau geht. Schon gar nicht, wenn sie ihn ermordet hat, um diesen Besitz an sich zu bringen.«

Ein haarfeines Lächeln bewegte Mrs. Lelouries Mundwinkel und ihr Blick wanderte zu einem Ölgemälde des Hauses, das in einem reich verzierten, vergoldeten Rahmen über dem Kamin hing. »Gott wird uns nicht enttäuschen.«

Belle sprang plötzlich mit einer ruckhaften Bewegung auf. Sie ging zum Fenster und starrte durch altersgelbe Spitzengardinen in ihren schönen Garten.

Sie verschränkte die Arme und wiegte sich hin und her. »Wie Sie sehen, war unsere Mama überaus glücklich, als Remy geheiratet hat – nicht, dass Mama das Remy gegenüber jemals zugeben würde, und die Hochzeit hat sie auch nicht besucht. Aber später an dem Abend kam Remy mit ihrem neuen Mann zu Besuch und ließ ihren Trauring auffunkeln. Jetzt war sie nach all den Jahren endlich Mrs. St. Claire, aber Mama wollte noch immer nicht mit ihr sprechen. Arme Remy. Sie hätten sie an diesem Abend sehen sollen, Mr. Rourke. Sie hätte Ihnen so Leid getan. Sie hatte gedacht, sie hätte die eine Möglichkeit gefunden, Mamas Liebe neu zu erwecken, aber Mama vergibt nicht so leicht. Oder was sagst du, Mama?«

»Sich selbst in Schande zu bringen bedeutet, die Familie in Schande zu bringen. Meine Tochter hat den Namen Lelourie entehrt.«

Belle fuhr zu ihrer Mutter herum. »Sie hat unseren Namen entehrt, Mama? *Sie?*«

Rourke erhob sich und sah sich das Bild über dem Kamin genauer an. Der Künstler hatte sein Werk signiert: Henri Lelourie. Das Bild schien schon sehr alt zu sein. Sans Souci war auch heute noch wunderschön, aber damals, in seinen Glanzzeiten, musste es noch schöner gewesen sein.

Auch Mrs. Lelouries Blick haftete an dem Gemälde. Ihre Stimme schwebte durch das staubige Schweigen des Zimmers, als komme sie aus einem Traum. »Sans Souci. Remy versteht das, und Belle auch. *Mon trisaïeul,* mein Ururgroßvater, hat es erbaut. Es war einmal die schönste Plantage in ganz Louisiana. Sie hat einmal uns gehört und jetzt wird sie uns wieder gehören.«

Ihr Blick wanderte liebevoll über das Gemälde, dann richtete er sich auf Rourkes Gesicht. Selbst hier, auf der anderen Seite des Zimmers, konnte er das harte Glitzern ihrer Augen sehen, die glasiert und in einem Brennofen gehärtet worden zu sein schienen.

»Haben Sie eigentlich je gehört«, fragte sie, »wie wir Lelouries unser Sans Souci verloren haben?«

»Es war die Rede von einem Duell zwischen einem Lelourie und einem St. Claire und von einer Partie mit gezinkten Karten.«

Sie starrte ihn noch einen Moment an, dann wandte sie den Blick ab. Er hatte das Gefühl, dass sie jetzt etwas sagte, was sie eigentlich nicht hatte sagen wollen.

»Ja, das wird erzählt. Jemand hat falsch gespielt, Sans Souci wurde verloren und es gab auch ein Duell, bei dem der junge Lelourie sein Leben verlor, während der junge St. Claire weiterlebte. Aufgrund der bösen Gier eines St. Claire können wir uns seit so vielen Jahren nicht mehr um unser geliebtes Plantagenhaus kümmern und mein Mann hat seinen Großvater niemals kennen gelernt. Also was spielt es für eine Rolle, wer ihn umgebracht hat und ob er selbst daran schuld war? Charles St. Claires Tod hat nun endlich die Gerechtigkeit wieder hergestellt.«

»Sie glauben also, dass die Söhne für die Sünden der Väter büßen müssen? Aber es ist eine sehr lange Zeit, um diese Sünden noch immer nachzutragen. Ihr Mann ist selbst seit Jahren tot und hat nichts mehr davon.«

Ihr Gesicht blieb gelassen, aber er konnte ihren Stolz und ihren

Schmerz daran erkennen, wie sie sich aufrichtete. »Ich bin als Lelourie geboren, habe einen Lelourie geheiratet, unsere Kinder sind Lelouries. Wir sind eine Familie und daran kann nichts etwas ändern, auch nicht das, was später passiert ist – dass mein Mann mich und unsere Mädchen verlassen hat, um mit Ihrer Mutter, dieser irischen Hure, in Sünde zu leben, und schon gar nicht sein Tod. Aber ich würde niemals erwarten, dass ein Junge wie Sie, der aus der Gosse stammt, ein Sohn *dieser Frau*, so etwas verstehen kann.«

Dann erhob sie sich, als sei das ihr letztes Wort zu diesem Thema gewesen. Sie nickte ihm zu. »Ich wünsche Ihnen einen guten Tag, Sir.«

Er wartete, bis sie die Tür erreicht hatte, dann sagte er: »Mir ist aufgefallen, dass die Regenschirme im Ständer in der Diele noch ein wenig nass sind. Ich hoffe, Sie sind nicht in diesen schrecklichen Wolkenbruch gestern Nacht geraten.«

Sie blieb einen Moment stehen und legte die Hand an den Türpfosten. Sie drehte sich zu ihm um, aber er glaubte, dass ihr Blick für einen Moment zu ihrer Tochter gewandert war. Belle saß bewegungslos da.

Dann huschte abermals ein haarfeines Lächeln über den Mund der älteren Frau. »Alle unsere Nachbarn werden Ihnen zweifellos gern bestätigen, dass ich vor Scham mein Gesicht verstecke und dieses Haus seit siebenundzwanzig Jahren an keinem Abend mehr verlassen habe. Aber die Wahrheit ist, dass meine Tochter und ich den Trost der Mutter Kirche und ihrer Sakramente auch an anderen Tagen als nur am Sonntag in Anspruch nehmen. Belle, würdest du den Herrn bitte zur Tür führen?«

Heloise Lelourie machte kehrt und verließ hoch erhobenen Hauptes und mit geradem Rücken das Zimmer. Ihr langer schwarzer Rock aus einer anderen Zeit streifte flüsternd den Boden. Rourke sah ihr nach und begriff mehr, als sie glaubte. Er verstand, wie sie darum gekämpft hatte, die Vergangenheit am Leben zu halten, indem sie sie mit den Hoffnungen und Träumen und Begierden ihrer Kinder gefüttert hatte. Er verstand das, weil er selbst niemals seine Besessenheit von Remy von der Schande hatte trennen können, die sie wegen einer Vergangenheit teilten, unter der sie gelitten hatten, an der sie jedoch nicht Schuld waren.

»Arme Mama«, sagte Belle. »Aber Sie wissen ja, warum sie so ist. Und wie geht es Ihrer eigenen lieben Mama?«

Rourkes Lächeln enthielt mehr als nur einen Hauch von Gemeinheit. »Sie ist wie immer. Schön, dunkel und geheimnisvoll. Und sie trägt noch immer Schwarz, wie die Ihre.«

Er wandte sich wieder dem Gemälde zu und starrte es an, bis Belle sich veranlasst fühlte, vom Fenster wegzutreten und sich neben ihn zu stellen. »Wird das für Ihre Mama Befriedigung genug sein?«, fragte er. »Ein schönes Bild über dem Kamin? Selbst wenn Remy am Ende Sans Souci erbt, dann glaube ich doch nicht, dass sie Sie auffordern wird, zu ihr zu ziehen.«

»Was wird aus meiner Schwester?«, fragte Belle nach kurzem Schweigen. »Werden Sie sie verhaften?«

Rourke gab keine Antwort. Er sah, dass die beiden Frauen eine Vitrine in einen Altar verwandelt hatten. Sie hatten eine Häkeldecke daraufgelegt, auf der eine Gipsstatue des heiligen Michael thronte, des Schutzpatrons von *les familles.* Betet zu ihm, dann beschützt er eure Lieben.

Die Statue war von Dutzenden von Votivkerzen umgeben, manche brannten noch, andere waren schon längst zu Wachsklumpen zerschmolzen. An St. Michaels zum Gebet ausgestreckten Arm baumelte ein Rosenkranz. Er war aus kleinen roten Erbsen hergestellt worden, die aussahen wie blutige Tränen.

Sie hatten in letzter Zeit sehr viel gebetet, die beiden Frauen in diesem Haus.

Neben einem der braunroten Samtsessel stand ein mit gerahmten Fotografien voll gestellter Tisch aus Walnussholz. Viele Bilder zeigten Belle als Kind. Remy war nicht zu sehen. Dann fiel ihm auf, dass in einem Rahmen aus Blattgold gar kein Foto steckte, sondern eine auf rosa Samt angebrachte schwarze Locke.
Er starrte diese Locke für einen Moment an, dann hob er einen reich verzierten Silberrahmen mit einem Foto von Belle hoch. Sie war ein so hübsches Kind gewesen, dass alle Welt sie Belle genannt hatte. Schließlich war dies ihr Name geworden. Diese vollen aprikosenfarbenen Locken, die runden Wangen mit den Grübchen, der Rosenknospenmund. Remy war ein dunkles Kind gewesen, in Aussehen und Temperament. Sie war reizbar und wild gewesen, und die einzelnen Teile ihres Gesichtes – ihre Augen, ihr Mund, ihr Kinn, ihre Wangenknochen – schienen allesamt zu groß gewesen zu sein, um ein harmonisches Ganzes zu ergeben.
Rourke stellte das Foto von Belle wieder hin und griff zu einem anderen. Es zeigte einen jungen Charles St. Claire und dessen Bruder Julius, Arm in Arm in Seglerkluft auf der Galerie von Sans Souci.
»Man kann sie nicht auseinander halten, finden Sie nicht?«, fragte Belle und schaute über seine Schulter mit ihm zusammen das Foto an. »Aber es war nur eine rein äußerliche Ähnlichkeit. Julius war doch schließlich der personifizierte Gentleman.«
»Und Charles?«
Sie lächelte, erfreut über diese willkommene Frage. »Auch er konnte charmant sein, aber er hatte seine gemeinen Seiten. Nun, das wissen Sie ja.«
Das wusste er jetzt, nahm er an, doch zu der Zeit, als dieses Foto aufgenommen worden war, hatte Rourke kaum je an Charles gedacht.

Julius dagegen hatte er gehasst.
»Mama hat immer erklärt, Julius wäre der Liebere und Schwächere der beiden«, sagte Belle jetzt. »Aber er war auch der Ältere und er hätte Sans Souci geerbt, wenn er nicht gestorben wäre – aber für Remy hat das damals keine wirkliche Rolle gespielt. Sie hat Julius um seiner selbst willen geliebt.«
Sie streckte den Arm an ihm vorbei und fuhr mit dem Finger über Charles St. Claires lächelndes Gesicht. »Bestimmt wird es Leute geben, die behaupten, dass sie ihn deshalb umgebracht hat, wissen Sie. Dass Remy Charles deshalb umgebracht hat. Um das Haus zu bekommen, und weil sie Julius viel mehr geliebt hat. Und dann feststellen musste, dass sie Charles nicht so wie seinen Bruder um den Finger wickeln konnte. Sie hat sicher festgestellt, dass Charles wirklich nicht wie Julius war und es auch niemals sein würde, so ähnlich er ihm auch sah.«
Rourke stellte das Foto wieder auf den Tisch und griff noch einmal zu dem von Belle. Er drehte es um und hielt es ihr hin. »Sie waren so ein hübsches kleines Ding, Miss Belle. Damals. Hübsch genug für den Film.«
Ihr Gesicht zuckte, als habe er sie geschlagen. Sie riss ihm das Bild aus der Hand und knallte es auf den Tisch. Dann beugte sie sich zu ihm vor, so dicht, dass er die feinen Fältchen um ihre Augen sehen und den leichten Mehltaugeruch ihres Kleides wahrnehmen konnte. »Sie hat Julius geliebt. Ihn wollte sie in jenem Sommer heiraten. In dem Sommer, in dem er gestorben und sie weggelaufen ist.«
Rourke verließ das Zimmer und ging durch die Diele. Er ließ sich nur die Zeit, seinen Hut vom Sofatisch zu nehmen und aufzusetzen.
»Ja, ich weiß noch, wie wir darüber geredet haben, Remy und ich. Wie aufgeregt wir waren. Wir haben ihre Hochzeit geplant, ihr Kleid, die Blumen und den Champagnerspringbrunnen für den Empfang.« Sie hatte ihn zur Haustür und auf die Galerie

mit der abblätternden grauen Farbe begleitet. Ihr Gesicht hatte sich gerötet und der Zorn in ihrer Stimme schien einem in ihr lodernden Feuer zu entspringen. »Remy hat Julius geliebt. Niemals Sie, und auch nicht Charles.«
Der Wäschepfählemann war längst verschwunden, der Obstverkäufer jedoch war ein Haus weiter stehen geblieben und tätigte einen Handel.
Er trug einen ramponierten Zylinder, sein Maulesel hatte einen schlaffen Strohhut. Eine große Waage pendelte an ihrer Kette hin und her, als der Karren weiterruckelte, und funkelte im Sonnenschein silbern auf.
»Immer hat sie Julius geliebt.«
Rourke hob den Kopf und bedachte sie mit seinem besten Südstaatengentleman-Lächeln. »Das soll ich Ihnen zumindest glauben, Miss Belle. Aber wir haben alle unsere eigenen Geheimnisse und Pläne.«

Rourke verließ das Haus der Lelouries und kehrte nach Sans Souci zurück, diesmal jedoch zu Fuß. Er überquerte die Avenue und passierte das verschnörkelte schmiedeeiserne Tor des St. Louis Cemetery Nr. 3, wo einige der zerfallenen alten Mausoleen noch von der vorletzten Jahrhundertwende stammten. Über hundert Jahre waren Lelouries und St. Claires hier in dieser Stadt der Toten zur letzten Ruhe gebettet worden.
Die Grabstätte der Familie Lelourie war im Stil eines griechischen Tempels gehalten, auf dem Dach tanzte eine Marmorputte. Die Särge wurden in Gewölben hinter einem verschnörkelten schmiedeeisernen Tor aufbewahrt, aber die Namen der toten Lelouries waren im Laufe der Jahre in die von Flechten überwucherte Tempelwand eingeritzt worden. Einer der Namen, dachte er, musste dem jungen Lelourie gehören, der Sans Souci bei einer Kartenpartie verspielt hatte und dann bei einem Duell ums Leben gekommen war.

Eine Folge von tief eingravierten Buchstaben wirkte größer als die anderen: REYNARD LELOURIE. Es folgte keine weitere Inschrift, kein »Geliebter Gatte von Heloise«, kein »Geliebter Vater von Remy und Belle«. Und schon gar kein »Geliebter Liebhaber von Maeve Rourke«. Doch über dem Namen stand noch eine kleinere Buchstabenfolge: MAUREEN, GELIEBTE TOCHTER VON REYNARD.

»Maureen«, sagte er, und der Name kam ihm vor wie ein Wort aus einer fremden Sprache, dessen Bedeutung er nur zur Hälfte erfasste.

In seiner Erinnerung gab es einen warmen Frühlingstag, an dem Rourke sieben Jahre alt war. Die Sonne war schon untergegangen, der Tag hielt ihr Licht jedoch noch fest. Der Himmel erschien wie von staubigem Gold, umwunden von schwarzen Wolkenbändern, und Rourke spielte auf einem verlassenen Hafengrundstück in der Tchoupitoulas Street mit anderen Jungen Baseball. In seiner Erinnerung kam sein Vater aus einer Kneipe getorkelt und gerade in dem Moment auf ihn zu, als er als Fänger agierte oder vielleicht auch als Vorstopper.

Sein Vater war an diesem Abend sternhagelvoll gewesen, sein Gesicht war rot und schweißnass. Er stank. Rourke wusste nicht, wodurch er den Zorn seines Alten erregt hatte, und es war ihm auch egal. Er wollte nur weg von dort und von den anderen Jungen, denn die Schande, einen stolpernden, stinkenden Säufer zum Vater zu haben, war schlimmer für ihn als seine Angst vor den Schlägen, die ihn erwarteten.

Die Schande brüllte ihm in die Ohren, so laut, dass er nicht hören konnte, was sein Vater sagte. Dann hörte er es doch und er wusste, was immer noch käme, würde schrecklich sein, denn es war immer schrecklich, wenn sein Vater über sie sprach.

»... so ein zäher kleiner Arsch, immer so verdammt zäh. Weil du Religion hast. Du hast den Glauben, nur betest du nicht zu Gott, sondern zu ihr. Du bist davon überzeugt, dass sie dich eines Tages holen wird, dass sie deinen feinen kleinen Arsch retten wird. Na, Junge, heute kann ich dir das Gegenteil beweisen.«

Das sagte sein Vater zumindest in Rourkes Erinnerung und der Griff um seinen Arm war wie eine eiserne Fessel, unzerbrechlich, aber auch das stimmte wahrscheinlich nicht. Er hätte sich mit Leichtigkeit von einem torkelnden Betrunkenen losmachen können, der sich nur mit Mühe auf den Beinen hielt.

Aber in seiner Erinnerung wird er zu einem Haus in der Conti Street geschleift, durch die Haustür, durch ein fremdes Wohnzimmer und weiter in ein Zimmer, wo seine Mama und ein Mann ohne Kleider auf dem Bett liegen. Sein Vater und Reynard Lelourie schreien einander an, aber er kann die Worte nicht verstehen und ihre Gesichter nicht sehen. Für ihn gibt es in diesem Zimmer nur seine Mutter. Sie kniet auf dem Bett und sie weint und streckt ihm ihre Hand hin und ihr nackter Bauch ist geschwollen, verquollen, riesig.

Er wollte weglaufen, aber er konnte seinen Blick nicht von ihrem Bauch abwenden. Obwohl er stumm blieb und kaum atmete, hörte er sich schreien, weil sein Daddy Recht gehabt hatte – ein kleiner Teil von ihm hatte wirklich geglaubt, sie werde eines Tages wieder nach Hause kommen. Er war ihr Sohn und sie musste ihn doch zu sehr lieben, um für immer fortzubleiben.

Einige Monate später hörte er, dass das Baby, ein kleines Mädchen, nur etwa eine Woche gelebt hatte und dann still gestorben war. Noch lange Zeit später, wenn er sich vorstellte, wie das Baby in seinem Sarg lag, hatte er immer das Gesicht seiner Mutter vor Augen.

Bis zu diesem Tag aber hatte er niemals die Gruft der Lelouries aufgesucht und deshalb auch nie gewusst, dass seine kleine Halbschwester Maureen geheißen hatte.

Rourke verließ den Friedhof und ging durch einen grünen Tunnel aus Eichen, Ulmen und Platanen über Gehwege, die von den Wurzeln der alten Bäume und den Jahren uneben und holprig geworden waren.
Er blieb stehen, um sich mit den Menschen zu unterhalten, die ihm begegneten; den unverheirateten Tanten, die die toten Blüten von den preisgekrönten Rosensträuchern ihrer Mutter schnippten, den jungen Ehefrauen, die sich gegenseitig zum Bridge und zum Mahgong besuchten, den farbigen Mädchen, die Veranden fegten und Babys auf dem Schoß wiegten. Den Männern, die Eis und Kohle und Klatsch aus anderen Mündern und Orten brachten.
Die Nachbarschaft lebte auf ihren Galerien, vor allem in den heißen Sommern – sie bewegten sich in knackenden Schaukelstühlen hin und her und beobachteten den Lauf des Lebens. Manche dieser Familien wohnten schon seit Generationen hier. Sie glaubten, die Lelouries und die St. Claires ebenso gut zu kennen wie sich selbst, aber sich selbst kannten sie durchaus nicht immer besonders gut. Sie sahen alles, aber sie sahen es nicht immer auf die richtige Weise.
Im Gehen hielt Rourke zwischen den vielen Hausierern und Straßenhändlern Ausschau nach einem Scherenschleifer, denn die Mordwaffe schien erst kürzlich geschliffen worden zu sein und um diese Jahreszeit wurde kein Zuckerrohr geschnitten. Am Ende fand er den alten Mann und seinen Karren einen Block vom Lebensmittelladen an der Ecke entfernt.
Der Scherenschleifer hatte knotige, zittrige Hände und viele Leberflecken auf seinen Wangenknochen, wie Löwenzahnsamen, und er nickte feierlich, als Rourke seine Frage stellte. Er erinnerte sich daran, dass er vor etwa einer Woche ein Rohrmesser geschliffen hatte, wusste aber nicht mehr viel über den farbigen Jungen, der es gebracht hatte. »Ich kenne alle Familien hier in der Gegend und die Leute, die für sie ar-

beiten«, sagte er. »Aber diesen Jungen hatte ich noch nie gesehen.«

Rourke gab ihm fünf Dollar als Belohnung dafür, dass er der Polizei bei ihren Ermittlungen geholfen hatte, und ging dann weiter zu Paglianis Feinkostladen. Mr. Pagliani wusste immer als Erster, wer ein Baby erwartete, wessen Großmutter gestorben war und wessen Kind die Masern hatte.

Sein Laden hatte eine lange, breite Galerie mit uralter, abblätternder Farbe, die aussah wie getrocknete Fischschuppen. Im Schatten eines Fieberbaums saßen Männer auf Kisten und spielten Domino für einen Nickel pro Runde und tranken saure Maische aus in braunes Papier eingewickelten Flaschen. Der Laden hatte sich seit Rourkes Kindheit nicht verändert, nur war die Coca-Cola-Reklame inzwischen elektrisch.

Das Ladeninnere roch nach Bananen, Kaffee und nach den Baguettes, die auf dem Tresen aufgestapelt waren. Wie immer, wenn er den Laden betrat, schaute Rourke auf, um festzustellen, ob der große Papierregenschirm noch immer zwischen den Ketten aus italienischem Käse und den verwobenen Wurstringen von der Decke hing. Der Schirm war mit rosa Kirschblüten und einem blauen Drachen verziert. Schon als Kind hatte Rourke sich immer gefragt, wie der Schirm dorthin gelangt war und warum.

Neben der Kasse brüllten zwei riesige Lautsprecher aus einem aus einer leeren Quaker-Haferflockendose hergestellten Kristalldetektor ein Baseballspiel. Die Pelicans spielten draußen im Heinemann-Park und Jack Halliday schilderte das Spiel so, wie es aus dem Fernschreiber quoll.

Rourke hörte Hallidays kratzige Stimme sagen: »Dieser Wurf hat die Außenecke haarscharf gestreift – macht zwei«, und eine Erinnerung packte sein Herz wie eine Faust. Er hatte seiner Katie versprochen, mit ihr zu diesem Spiel zu gehen, doch dann war Charles St. Claire ermordet worden und er hatte alles ver-

gessen. Das tat er dem armen Kind immer an: Er gab Versprechen ab, die er am Ende brach, oft, ohne überhaupt weiter darüber nachzudenken.
Er schaute auf und sah den eleganten alten Mr. Pagliani neben der Kasse stehen, wie um sie zu bewachen. Die dunklen Augen des Mannes hatten einen bohrenden Blick und der Mund zwischen seinem schwarz gefärbten und gewichsten Schnurrbart war unwillig verzogen. Daman Rourke hatte als Kind Unmengen von Lakritzschnecken aus diesem Laden gestohlen und Mr. Pagliani konnte noch immer nicht ganz glauben, dass aus dem Jungen, den er als geschickten Dieb gekannt hatte, ein Bulle geworden war und kein Zellenbewohner in Angola.
Rourke lächelte. »Abend, Mr. Pagliani. Wie steht es denn?«
Die Stimme aus dem Kristalldetektor kippte vor Erregung um. Irgendwer hatte gerade ein Doppel gegen die rechte Kante gesetzt. Vielleicht könnten er und Katie noch das Spielende erreichen, doch er wusste schon, als er sich über diesen Gedanken freute, dass es eine Notlüge war. Katie hatte vermutlich auf der Treppe vor dem Haus gesessen, ihre Pelicanskappe auf dem Kopf und den Fanghandschuh im Schoß, und sie hatte darauf gewartet, dass er sie abholte und mit ihr zum Stadion fuhr. Während des ersten Wurfes und des ersten Treffers hatte sie sicher weiter dort gesessen und dann, als die Würfe kamen und gingen, begriff sie endlich, dass ihr Daddy nicht kommen würde. Rourke wusste, dass sich diese Art von Vergesslichkeit nie wieder gutmachen lässt.
»Sie sind weit in der neunten«, sagte Mr. Pagliani mit seinem schweren sizilianischen Akzent. »Und die Pels, die liegen sechs Runs vorn. Glaubst du, dass sie vielleicht dieses Jahr wieder den Siegerwimpel gewinnen werden?«
»Kann doch nicht anders«, sagte Rourke und lächelte noch einmal, obwohl Mr. Pagliani sich von ihm längst nicht mehr täuschen ließ. Er bückte sich, um eine Cola aus einer großen Blech-

tonne zu fischen, die neben dem Gurkenfass stand und mit zerstoßenem Eis und Limonadenflaschen gefüllt war. Der alte Mann musste sich weit vorbeugen, um Rourkes diebische Hände im Auge behalten zu können.

Als Rourke eine Münze auf das abgeschabte und rissige Holz des Tresens gelegt hatte, entspannte der Lebensmittelhändler sich ein wenig. Er bot sogar an, die Flasche zu öffnen. »Du schnüffelst in der Gegend rum, weil letzte Nacht in Sans Souci dieser Mord passiert ist, was? Hm. Als Kind warst du auch immer hier und hast lauter Unfug angestellt.«

Rourke trank einen Schluck Cola. Sie war eiskalt und köstlich. »Ja, aber jetzt werde ich dafür bezahlt. Eine schlimme Sache, dieser Mord.«

Mr. Pagliani ließ einen langsamen, verstohlenen Blick durch seinen Laden wandern. Dann beugte er sich vor und stützte sich auf die Ellbogen, als wolle er ein tiefes, düsteres Geheimnis preisgeben. »Die Frau, die war das. Hat ihren Mann in Scheiben geschnitten wie eine Salami. Sie war immer schon eine Wilde – diese kleine Lelourie. Hatte nur Unsinn im Kopf …« Seine Worte verhallten. Ihm schien soeben eingefallen zu sein, dass Remy Lelourie bisweilen mit Daman Rourke zusammen gewesen war, wenn sie mal wieder Unsinn im Kopf gehabt hatte.

Er betrachtete Rourke stirnrunzelnd, richtete sich dann auf und zeigte mit dem Daumen auf die Zeitungsstände unter der Kasse. »Hier in der *Trib* steht ja ganz offen, dass ihr Bullen glaubt, dass sie es war.«

Rourke kaufte sich noch eine Cola und ging dann auf die Rückseite des Ladens, wo die Hühnerkäfige standen und wo der alte Schwarze, der sie schlachtete und der den Laden fegte, herumlungerte und ihn, seit er durch die Tür gekommen war, mit großen Augen ansah.

»Hallo, Jackie Boone«, sagte Rourke.

»Hallo, Mr. Day«, antwortete der alte Mann und stieß dabei zischend die Luft aus. Er nahm seinen zerfetzten Strohhut gerade lange genug ab, um sich den Schweiß von der Stirn zu wischen. »Ganz schön heiß mal wieder heute Abend, was?«

»Mmh. Wie wär's mit einer Cola? Fetzt nicht so wie Gin, ist aber schön kalt im Hals.«

Jackie Boone zeigte ein Lächeln, dem fast sämtliche Zähne fehlten. »Danke, Sir.« Er wischte sich die Hände an seiner blutverschmierten Schürze ab und nahm die Flasche, die Rourke ihm angeboten hatte. Er trank ausgiebig, dann wischte er sich mit dem Rücken seines Handgelenks den Mund. »Schrecklich, das mit Mr. Charles, was? So eine grausige Art zu sterben.«

»Ich nehme an, hier in der Gegend gibt es im Moment kaum einen anderen Gesprächsstoff.«

Der Blick des alten Schwarzen wanderte von seinem Boss zu den Männern, die die Vordergalerie besetzt hielten. Er kratzte sich zwischen den grauen Locken auf seiner Brust und senkte die Stimme: »Aber was die Zeitungen und ein paar andere Leute hier sagen, dass Miss Remy es gewesen sein soll ... so was würde sie nie tun, nie im Leben. Wahrscheinlich hat das *gris-gris* den Anfang gemacht und der *loup-garou* für das Ende gesorgt.«

Überall in New Orleans wurden die *gris-gris* genannten Voodoozauber verkauft, aber nur die mächtigsten Voodoopriesterinnen behaupteten, im Besitz des Geheimnisses zu sein, sich in einen Werwolf zu verwandeln und natürlich für den gebührenden Preis den Tod eines Feindes zu verursachen.

»Hat irgendeine Juju-Frau Mr. St. Claire verzaubert? Eine Juju-Frau wie Mamma Rae?«

Jackie Boone trank seine Cola aus. »Mmh.«

»Für wen hat sie das getan?«

Der Blick des alten Mannes entzog sich seinem. »Darüber weiß ich wirklich nichts, Mr. Day. No, Sir.«

Rourke ließ zu, dass sich zwischen ihnen Schweigen ausbreite-

te, und leerte seine eigene Flasche. Die Hühner gackerten und scharrten in ihren Käfigen. Durch die offene Tür wehte ein Wind herein und brachte den Papierschirm ins Trudeln.
Endlich seufzte Jackie Boone, zog die Schultern hoch und den Kopf ein, als rechne er mit einem Schlag. »Ich weiß nicht, wer Mr. Charles mit dem Todesfluch belegt hat, ich schwöre, dass ich das nicht weiß. Aber ich habe gehört, dass seine Kehle zerfetzt war, und der *loup-garou* macht sich immer über den Hals her. Irgendwer hat ein Kreuz aus nassem Salz auf der Galerie im Herrenhaus angebracht und dann im Bett des alten Schuppens, wo er umgebracht worden ist, ein *gris-gris* hinterlassen. Es war ein böses *gris-gris:* Erde aus dem Grab von einem erwürgten Kind, der Kopf von einer einäugigen Kröte und Blutstropfen von einem Gehängten. Hat ihm aber keine Angst gemacht, dieser ganze Kram. Nein, Sir, nicht Mr. Charles. Ich hab ihm gesagt, er braucht ein Brathuhn für seinen Hof, das jeden Zauber rauskratzt, der da vergraben ist, aber er hat nur gelacht. Und jetzt sehen wir ja, was ihm das gebracht hat. Dass der *loup-garou* ihm die Kehle zerfetzt hat.«

Als Rourke den Laden verlassen hatte, ging er weiter nach Sans Souci, und zwar den längeren Weg über die Straße, die am Sumpf entlangführte. Die Sonne brannte unerbittlich und ihr grelles Licht traf sein Gesicht wie ein Schlag. Sie knallte auf gärenden Schlamm und totes Brackwasser und ließ den Gestank von Verwesung aufsteigen.
Er bog gerade um eine Straßenecke, als ein riesiger Nadelfisch aus dem Sumpf hochjagte. Seine Kiemen und sein Bauch leuchteten in der Sonne weiß auf. Der Fisch saß am Ende einer Zuckerrohrstange fest und die Stange steckte in den Händen eines mageren schwarzen Jungen, der eine Latzhose mit aufgekrempelten Beinen und einen großen Strohhut trug.
Der Junge griff nach dem zappelnden Fisch. Als er aufschaute

und Rourke entdeckte, weiteten sich seine Augen. Er ließ seine Stange fallen und rannte los, wobei sein schweißnasser Rücken dabei wie Ebenholz glänzte.

»He, LeBeau, stehen geblieben!«, rief Rourke hinter ihm her, aber der Junge war schon im Gestrüpp zwischen den Eichen verschwunden.

Rourke schaute auf seine glänzenden zweifarbigen Oxfords und seine hellbeige Leinenhose hinunter und seufzte. Aber er verließ trotzdem die Straße, kletterte auf den Deich und dann hinunter zum Wasser.

Stechmücken und Moskitos wurden aus Schwertgras und Zuckerrohr herausgekocht. Seine Augen brannten in der feuchten Hitze. Am Ufer, wo der Junge geangelt hatte, lag ein umgedrehtes Kanu. Das Boot war gut in Schuss. Es war kalfatert worden und unter dem Kiel hatte man die Algen entfernt. In der Nähe waren einige kleine, grobe Holzspeere in den Boden gebohrt worden und in den Zweigen einer toten Zypresse hing eine Schlinge, von der schwarze Haken baumelten wie Perlen an einem Halsband. Alles, was ein Junge zum Fröschefangen brauchte.

Rourke hob eine der Miniékugeln aus dem Bürgerkrieg auf, die der Junge beim Fischen als Gewicht benutzt hatte. Er rollte die Kugel kurz in seiner Hand hin und her, dann ließ er sie über das Wasser springen. Er schaute sich nach Sans Souci um. Von hier aus, vor allem vom Wasser her, waren die Sklavenhütte und die breite, mit Bäumen bestandene Rasenfläche zwischen Hütte und Haus zu sehen.

Er dachte an die Laternenlichter, die er in der vergangenen Nacht draußen auf dem Sumpf gesehen hatte – Jungen, die im Mondlicht Frösche jagten. Jungen, die vielleicht auch einen Mörder hatten kommen und gehen sehen.

Er kletterte über den Deich zurück auf die Straße und betrat das Grundstück der St. Claires. Er ging durch den Schatten, der von den Eichen geworfen wurde. Seine Schuhe zertraten die getrockneten Schalen, die unter den Pecanussbäumen lagen. Die scharfen Blätter der Bananenbäume hingen schlaff in der schweren Luft.

Er ging von der Sklavenhütte über den Rasen auf das Herrenhaus zu. Auf der dem Sumpf zugekehrten Seite des Hauses stand in einem überwucherten Beet voller Farn und wilder Lilien ein großer Regenwasserspeicher. Er hatte die Form einer großen Biertonne, obwohl er mindestens so groß war wie zwei Gemüsebeete – größer als die meisten anderen Regenwasserspeicher, aber nicht so hoch. Das Wasser war nicht mehr für das Haus bestimmt, seit drinnen Wasserleitungen gelegt worden waren, aber es wurde noch immer zum Wässern des Gartens genutzt. Die Dauben waren vor langer Zeit einmal dunkelgrün gewesen und die großen Metallreifen rosteten an einigen Stellen. Obenauf saßen ein Aufklappdeckel und ein Sieb, das Blätter und Ratten aussperren und dafür sorgen sollte, dass die Katzen der Nachbarschaft nicht hineinfielen.

Rourke blieb vor dem Speicher stehen. Sein Herz hämmerte wie nach einem schnellen Lauf.

Die Angeln des Speicherdeckels kreischten, als er ihn öffnete und hineinschaute, aber natürlich sah er nur Wasser, schwarzbraun wie Zichorienkaffee. Als er mit zusammengehaltenen Händen einen Schluck daraus schöpfte, war es jedoch klar und kalt. Der Deckel kreischte noch einmal auf, als er ihn wieder schloss.

Eine harte Stille überkam ihn, als er da neben dem Speicher stand. Ein Gefühl von angehaltenem Atem, von gespanntem Warten. Er hatte sie nicht kommen hören, wusste aber, dass sie da war.

»Suchen Sie noch weitere Leichen, Lieutenant Rourke?«

Achtes Kapitel

Einen Moment lang konnte er sie einfach nur anstarren. Er hatte immer die leichte Befürchtung gehabt, sie könnte mehr als nur ein wenig verrückt sein.

»Noch vor wenigen Stunden hast du mich dazu verführen wollen, an deine Unschuld zu glauben«, sagte er schließlich. »Und jetzt könntest du mich auch gleich dazu auffordern, das Haus nach weiteren Mordopfern abzusuchen.«

»Nein.« Remy Lelourie kam auf ihn zu und legte ihm die Hand an die Wange. »Wenn ich dich verführen wollte, dann würde ich das hier machen.« Sie drückte ihren Mund in einem fast jungfräulichen Kuss auf seinen, um dann in letzter Sekunde ihre Zunge über die Innenseite seiner Unterlippe huschen zu lassen, und er empfand die Sinnlichkeit dieser Berührung bis tief in sein Knochenmark hinein.

Sie ließ ihre Hand sinken und trat einen Schritt zurück. Sie lächelte nicht. »Du siehst erhitzt aus«, sagte sie. »Komm ins Haus, ich mache dir etwas Kühles zu trinken.«

Er folgte ihr die Treppe zur Galerie hinauf und dann in die Küche.

»Wenn ich diesen Regenwasserspeicher trockenlegen würde«, sagte er, »was würde ich dann wohl finden?«

Sie schaute ihn über ihre Schulter hinweg an. »Keinen weiteren Leichnam, Lieutenant Rourke. Du musst doch wissen, dass das nur ein Scherz war.«

Sie hatte das ganz ruhig gesagt, aber er glaubte, sie würde zittern, wenn er sie anrührte.

»Als ich von deiner Mama aus hierher gekommen bin … weißt du, dass ich bei deiner Mama war?«

»Natürlich weiß ich das. Belle hat angerufen und mir von meiner baldigen Verhaftung erzählt. Ist es jetzt so weit?«

»Noch nicht.«

Sie lächelte. »Ich bin fast enttäuscht.«

»Der Tag ist jung«, sagte er. »Auf jeden Fall dachte ich über trauernde Witwen und Filmidole nach und mir fiel dieser Film ein, in dem du dich in das Leichenfeuer deines Liebhabers gestürzt hast. Dabei hat jeder Mann auf der Welt sich gewünscht, eine Frau zu kennen, und sei es nur für eine Nacht, die bereit wäre, mit ihm zu sterben.«

»*Die heimliche Frau des Radscha.* Eine so mächtige Liebe, dass sie Tod und Feuer überlebte, und der Regisseur wollte ausnahmsweise mit dem Hauptdarsteller ins Bett und nicht mit mir.« Sie lachte leise und schüttelte den Kopf. »Dieser Film wäre fast mein Tod gewesen. Einer meiner Schleier hatte Feuer gefangen, ich bekam Rauch in die Lunge und danach eine Lungenentzündung. Aber immerhin hat das Studio dann Blumen ins Krankenhaus geschickt.«

»Und ich dachte die ganze Zeit, dass du da draußen in Hollywood ein Glanzleben führst. Champagnerbäder, Tangotanzen und Knutschpartys in der lila Morgendämmerung.«

Wieder lachte sie und ihm ging auf, dass er sie anlächelte und dass ihm das von Herzen kam. Er zwang sich dazu, damit aufzuhören.

Remy nahm eine Kristallkaraffe aus der Anrichte und schenkte genug Bourbon ein, um ihnen beiden einen gewaltigen Schwips zu verpassen. Sie bewegte sich auf eine schmachtende, knochenlose Weise, die Millionen von Frauen in aller Welt zu kopieren versucht hatten. So, wie sie mit Schminke und Augenbrauenstift versucht hatten, die scharfen Knochen, die schräg stehenden Augen, den üppigen Mund zu kopieren.

Dann gab sie Zucker, ein wenig Wasser und Pfefferminzblätter in den Bourbon. Mit einem scharfen Pickel hackte sie ziemlich wütend auf das Eis im Schrank ein. Er beobachtete, wie sich die Muskeln in ihrem bloßen Arm verkrampften und wieder entspannten, und das Lächeln, das ihren Mund umspielte, verriet ihm ihre Gedanken.
Sie füllte das zerstoßene Eis in zwei am Rand versilberte Schwenker und gab den Julep dazu. Dann reichte sie ihm das eine Glas und sorgte dabei dafür, dass ihre Finger einander begegneten.
Sie berührte sein Glas mit ihrem. »Auf noch mehr Liebe und Krieg.«
Er nahm einen kleinen, vorsichtigen Schluck und selbst dabei drohte der scharfe Schnaps ihn zu erwürgen. Sie starrte ihn jetzt wieder mit diesen weit aufgerissenen Augen und diesem verletzlichen und verzweifelten Blick an, der ihn immer fasziniert hatte, sogar wider besseres Wissen.
Sie lächelte traurig und schüttelte den Kopf. »Ich habe die letzten zehn Jahre meines Lebens zwischen schönen Männern verbracht, aber keiner davon warst du.«
»Aber du hast dich auch mit den anderen zufrieden gegeben«, sagte er.
Wieder schüttelte sie den Kopf und er dachte, ihr Mund habe vielleicht ein wenig gezittert. Aber das wollte er nicht sehen, denn er fürchtete, dass sie noch immer mit ihm spielte.
»Belle hat mir manchmal geschrieben«, sagte sie. »Sie hat mir ganz bewusst von deiner Hochzeit erzählt. Es tat mir Leid, als ich hörte, dass deine Frau gestorben ist.«
Es hatte ihr Leid getan. Tut mir Leid. Das sagten alle, und was es für eine Tragödie war, dass Gott sie so jung zu sich geholt hatte. Als er kam, war sie schon tot gewesen. Er hatte ihren Mund geküsst, ihren Hals, ihr Ohr und dann wieder ihren Mund. Er hatte sie nicht loslassen können, nicht einmal dann, als sie in seinen Armen schon kalt zu werden begann.

Er merkte, dass Remy ihn wieder anstarrte, und schaute auf das Glas in seiner Hand, um seine Gedanken zu verbergen.
»Du hast sie geliebt«, sagte Remy.
Hatte er Jo geliebt? Er dachte, er müsse sie geliebt haben, aber Umfang und Tiefe der Beziehung zu seiner Frau konnte er nicht mehr wirklich ermessen. Damals hatte er geglaubt, dass sie ihn vor allem retten würde, sogar vor sich selbst, aber sie war zu früh gestorben.
Er spürte Finger, die behutsam seine Wange berührten, und dann ging Remy Lelourie von ihm fort, in die Diele und weiter in den Vorderteil des Hauses. Sie war immer fortgegangen und hatte erwartet, dass er ihr folgen würde. Und das hatte er immer getan.
Sie führte ihn die Treppe hoch in den Salon, in dem sie sich in der vergangenen Nacht aufgehalten hatten. Um diese Tageszeit waren in den meisten Häusern die Jalousien heruntergelassen, um die Hitze auszusperren. Sie aber hatte sie offen stehen lassen und Sonnenlicht ergoss sich wie Honig durch die Fenster.
Rourke blieb stehen und schaute sich um, betrachtete die hohe Decke mit ihren Randleisten, die Wände aus *faux marbre*, den polierten Boden aus Kiefernholz. »Deine Mama«, sagte er, »scheint sich auf den schönen Tag zu freuen, an dem dieses Haus wieder in den Besitz der Louries übergeht. Vielleicht wird sie dir dann verzeihen können, dass du Julius sterben ließest, ehe ihr Mann und Frau und du die Herrin von Sans Souci werden konntet. Dein Schwesterchen Belle aber glaubt, dass du Charles nicht so sehr wegen des Hauses geheiratet hast, sondern weil du noch immer in Julius verliebt warst und gehofft hast, sein Bruder wäre die zweitbeste Lösung – nur um dann später festzustellen, dass er die allerschlechteste war.«
Sie hatte ihm zugehört, mit leicht schräg gelegtem Kopf und diesem weichen Lächeln, das ihren Mund umspielte. »Meine

Güte«, sagte sie. »Was hast du für hektische Detektivarbeit geleistet. Kein Wunder, dass du so erschöpft aussiehst.«

Er starrte sie an, bis ihr Lächeln zu verblassen begann und sie sich von ihm abwandte. Dann ging er zu ihr und fragte mit seiner Bullenstimme: »Warum hast du ihn geheiratet, Remy?«

Sie trat vor eins der hohen, schmalen Fenster, die auf die mit Moos umwundenen Eichen und die Auffahrt aus zerstoßenen Austernschalen blickten. Die langen Musselinvorhänge bewegten sich langsam über die grauen Bodenbretter, als wollten sie sich Remys Seufzer anpassen.

»Charles war New Orleans«, sagte sie. »Wie dieses Haus New Orleans ist, und ich hatte so schreckliches Heimweh. Ich kam zu dieser Filmpremiere hierher und hatte vor, eine Weile zu bleiben. Er kam auf die Party und als Nächstes ging mir auf, dass er mich umwarb. Und das auf ziemlich niedliche Weise, altmodisch und sanft. Er schien nicht ...« Sie unterbrach sich und umschloss ihre Ellbogen mit ihren Händen. »Ich dachte, dass wir uns doch schon als Kinder gekannt hatten und dass er auch wissen würde, wer ich bin, einfach die alte kleine Remy Lelourie, seine Kusine dritten Grades, die oben an der Straße wohnt. Ich dachte, er könne mich um meiner selbst willen lieben.«

Sie drehte sich um und sah ihn wieder an. Ihre scharfen Wangenknochen waren gerötet, in ihren dunklen Augen brannten ungeweinte Tränen. Die verratene Unschuld. »Wir waren noch keinen Monat verheiratet, als mir aufging, wie sehr ich mich da geirrt hatte.«

»Du hast einen Fehler gemacht, aber deshalb hättest du doch nicht versuchen müssen, damit zu leben.«

Ihr Mund verzog sich zu einer Miene, die vielleicht Bedauern zum Ausdruck bringen sollte. »Deine Mama kann dir das bestätigen – wir Lelouries halten nichts von Scheidung.«

Und deshalb hast du ihn lieber umgebracht. Das hätte er sagen können, tat es aber nicht. Und doch wartete er darauf, dass sie

das abstritt. Ihm ging auf, dass sie weder in der vergangenen Nacht noch bisher an diesem Tag gesagt hatte, ich habe ihn nicht umgebracht, Day. Ich habe meinen Mann nicht umgebracht.
Er hätte gern die Wahrheit aus ihr herausgewürgt, selbst wenn es eine brutale, hässliche Wahrheit gewesen wäre. Er hätte sie gern in die Arme genommen und an sich gezogen. Früher hatte er das einmal getan. Früher.
Früher hatte er ihren Namen vor sich hingeflüstert, einfach wegen seines magischen Klangs.
Diesmal war er derjenige, der sich von ihr abwandte. Sie mochte das Gefühl haben, dass er ziellos durch das Zimmer wanderte, aber er wusste, was er suchte. Er hatte es gesehen, als er in der vergangenen Nacht hereingekommen war. Einen vergoldeten Revolver, der über einem hohen Tisch mit einer schlichten Glasvase voll blutroter Rosen an der Wand befestigt war. Einen französischen Zündnadelrevolver, über siebzig Jahre alt, doch immer noch wunderbar in Schuss.
Er stellte sein Julepglas auf den Tisch und nahm den Revolver von der Wand.
Er hatte diese Waffe schon einmal in der Hand gehalten, hatte ihr Gewicht und den Respekt gespürt, den sie ihm eingab, den Respekt vor dem Tod und dem Wissen, dass der Tod für immer dauerte. Der Griff der Waffe lag jetzt kalt in seiner Handfläche, glatt vom Öl und von dem klebrigen Schweiß erinnerter alter Ängste.
Er hörte das Klicken ihrer Absätze hinter ihm auf dem Boden. Er drehte sich mit dem Revolver in der Hand um und sah sie an.
»Das ist die Waffe, mit der Julius sich umgebracht hat«, sagte sie. »Charles hat sie kurz nach unserer Hochzeit da oben befestigt. Er sagte, er wollte sich damit daran erinnern, dass er jetzt seinen Bruder ganz und gar übertrumpft habe – weil er lebte und mich hatte, während Julius tot war.«

Sie log. Er wusste ganz genau, dass sie zumindest beim wichtigsten Teil dieser Geschichte log, aber das war ihm egal. Er hatte einen scheußlichen Geschmack im Mund, als könne er den Schweiß sogar auf seiner Zunge spüren und als habe er den Geschmack eines Revolverlaufs im Mund, kalt und bitter, den Geschmack des Todes. Dem Tod ins Auge schauen und ihn schlagen – einen besseren Rausch hatte er nie finden können.
Durch das Hämmern seines Herzens, das seine Ohren füllte, glaubte er Remys Stimme so zu hören, wie er sie damals gehört hatte, wie er sie für sein Seelenheil viel zu oft gehört hatte: Tu es, Day. Das ist eine Wette. Sie hatte ihn bis an den tiefsten Abgrund geführt und er hatte jede düstere Sekunde dabei geliebt.
»Für dich würde ich es tun ...«
Für einen Moment wusste er nicht, ob er ihre Stimme jetzt hörte oder sich das nur einbildete, sich daran erinnerte. »Für dich würde ich mich in ein Leichenfeuer stürzen. Ich würde mit dir sterben, Day.«
Ohne dass er es bemerkt hatte, hatte sie seine Hand, die die Waffe hielt, mit ihren beiden Händen umschlossen und richtete den Revolver jetzt auf sich, auf ihr Gesicht, so dicht, dass der Lauf sich in ihre Wange bohrte. Er blickte ihr in die Augen und sah, dass ihre Wildheit zurückgekehrt war. Und er dachte daran, dass er nicht überprüft hatte, ob die verdammte Knarre geladen war.
»Nicht«, sagte er. »Wir sind keine Kinder mehr und das hier ist kein Spiel. Dein Mann hat einen üblen Tod gehabt und wenn sich herausstellt, dass du es warst, dann möge dir der Himmel helfen, Liebling, denn ich gewinne und du verlierst, schlicht und ergreifend. Diesmal bist du die Einzige, die diesen miesen Preis bezahlen wird.«
Langsam schüttelte sie den Kopf und der Revolverlauf rutschte über ihre Wange, bis die Mündung ihre Lippen liebkoste. »Nichts zwischen uns war jemals schlicht und ergreifend.«
Er ließ den Revolver los und überließ ihn ihr. Er erkannte sei-

nen Fehler, als er sah, dass ihr Daumen den Hahn zurückzog und dass der Lauf sich drehte und hob, bis er auf die Stelle genau zwischen seinen Augen zeigte.
Er lächelte.
Sie drückte ab und die Zündnadel traf mit einem leisen, sanften *Klick* auf die leere Kammer auf. Dieses Klicken hallte wider wie das Geräusch eines Herzens, das zwischen zwei Schlägen plötzlich stehen bleibt.
»Das ist eine Wette, Day«, sagte sie. »Das ist eine doppelte Wette.«

Nachdem er sie verlassen hatte, ging er weiter am Sumpf entlang über die Straße und wünschte sich dabei, bis ans Ende der Welt gehen zu können. Und wenn er dort angekommen wäre, wollte er tanzen, o ja, er wollte an der Kante der miesen alten Welt tanzen und sich Mühe geben, nicht hinunterzufallen.
Ein Spieler hat das Problem, dachte Daman Rourke, dass er nie zufrieden ist. Wenn er verliert, muss er weiterspielen, um die sinnlose Hoffnung zu füttern, dass das Glück sich jeden Moment wenden kann. Wenn er gewinnt, muss er auch weiterspielen, denn ein Spieler weiß, dass die Fahrt nur eine gewisse Zeit andauert, und wenn er mitfahren will, muss er bis zur Endstation im Zug bleiben, muss er bleiben, bis er wieder verliert. Ein Ende kommt erst, wenn er alles verloren hat, wenn alles verkauft oder verpfändet oder eingetauscht ist, sogar seine Seele.
Im Weitergehen sagte er sich, dass sie genau gewusst hatte, dass der Revolver nicht geladen war. Dann bezeichnete er sich selbst als Lügner, weil er sie zu gut kannte, auf die Weise, in der ein Spieler einen anderen kennt. Sie hatte auf die wilde Fahrt aufspringen wollen und es war ihr absolut egal gewesen, ob in der Kammer eine Kugel steckte, so, wie es ihr egal gewesen war, in welche Richtung der Lauf zielte, als sie abgedrückt hatte. Er kannte sie. Er kannte sie besser, als er sich selbst kannte.

Er hatte die vornehme Welt jetzt hinter sich gelassen. Die Straße war in dieser Gegend in einem schlechten Zustand und man kam nur noch zu Fuß darauf weiter. Sie war zu löchrig und holprig, um Gummireifen das Vorwärtskommen zu ermöglichen, aber die Menschen, die hier lebten, brauchten keine glatte Fahrbahn für Automobile, die sie niemals besitzen würden.
In diesem Teil der Stadt waren die Katzenschwänze in den Gräben und die Mittagsblumen am Straßenrand immer von einer Staubschicht überzogen. Zerfallene Hausboote trieben auf dem Sumpfwasser, Hütten aus Teerpappe und Treibholz hockten auf dem Deich, als wollten sie einen heftigen Sturm herausfordern, herzukommen und sie hinunterzuwerfen. Männer mit Hautfarben zwischen ziegelrot, olivbraun und kohlschwarz saßen auf ihren Veranden und Decks, pichelten selbst gebrautes Bier aus Talgkrügen und fragten sich, was ein weißer Mann hier am Arsch der Welt zu suchen haben mochte. Sie gingen davon aus, dass sein Auftauchen für irgendeine arme Seele eine schlechte Nachricht bedeuten würde.
Er blieb unter der Eisenbahnbrücke stehen und kaufte drei in Wachspapier eingewickelte lange heiße *boudins.* Einige Jungen angelten von der Brücke aus Flussbarsche. Von der Schwarzen Brücke, wo Remy ihm vor langer Zeit gezeigt hatte, dass der heiße, kreischende Atem des Todes einen mächtigeren Kick herbeiführen kann als Kokain.
An einer Stelle im Sumpf, wo die Zypressen dicht an dicht wuchsen und das Wasser von tiefem Moosgrün war, schwamm auf rostigen Ölfässern ein Haus. Rourke erreichte es über eine Laufplanke, die über dem grünen Lehmufer lag, wo Krebse aus ihren Löchern lugten und Libellen durch das Zuckerrohr schnellten.
Die junge Frau, die die Tür öffnete, wandte sofort ihr Gesicht ab, aber er hatte doch schon gesehen, dass ihre Wangen geschwollen und ihre Augen rot gerändert waren. Sie hatte hier draußen auf dem Hausboot kein Telefon, niemand in dieser Ge-

gend hatte eins, aber die Buschtrommel war sicher genauso effektiv.
»Schau mich nicht so an«, sagte sie. »Ich bin krank.«
Sie drehte sich um und ging ins Haus zurück. Die Tür ließ sie für ihn offen stehen.
Seine Augen brauchten eine Weile, um sich nach dem grellen Sonnenlicht an die Dunkelheit zu gewöhnen. Er legte die *boudins* auf den Spülstein der Küche, wo die Schüssel mit dem Couscous, das sie zum Frühstück gegessen hatte, von glitzernden Ameisen übersät war. Im Raum roch es nach Marihuana und saurer Maische.
Sie hatte ihm den Rücken gekehrt und schwankte ein wenig hin und her. Sie hatte eine weiche, ganz hellbraune Haut wie ein sepiagetöntes Foto. Ihre Haare glänzten kupferrot und fielen in dichten, dunklen Locken bis zu ihrer Hüfte.
»Luce«, sagte er sanft. Trotzdem zuckte ihr Rücken wie nach einem Peitschenhieb. »Ich muss dich fragen, Liebes ... was hast du letzte Nacht gemacht?«
»Ich hab in einer Kneipe in der Dumaine Street gesungen. Das weißt du.«
Er packte sie am Arm, drehte sie um und fasste ihren Kopf mit beiden Händen. Ihre Augen starrten ihn an, rund und glänzend wie gelbe Porzellanmurmeln.
»Hör auf damit. Hör einfach auf damit«, sagte er, und obwohl er das ruhig und leise gesagt hatte, war die darunter liegende Leidenschaft nicht zu überhören. »Ich bin heute vorne und hinten und überall belogen worden und langsam reicht mir das.«
Er hatte sie zu grob angefasst und deshalb ließ er sie jetzt los. Sie trat einen Schritt zurück und verschränkte die Hände vor der Brust. »Ich habe die letzte Nacht hier verbracht. Ich war krank, das hab ich dir doch schon gesagt. Was wirst du als Nächstes behaupten? Dass ich ihn umgebracht habe?«

Sie schaute ganz schnell weg, als ihr aufging, dass sie schon zu viel gesagt hatte. Vielleicht hatte sie alles gesehen, aber das würde er jetzt wohl nie aus ihr herausholen können, da machte er ihr gar keinen Vorwurf. Sie müsste doch wahnsinnig sein, sich mit dem Mord an einem Weißen in Verbindung zu bringen. Wenn sie sich dieser Sklavenhütte auch nur auf eine Meile näherte, dann würden als Nächstes die Richter, die Bullen, die Staatsanwaltschaft allesamt das Rohrmesser in ihrer Hand gesehen haben wollen.

Ein Tonkrug mit saurer Maische stand neben einem Bett, das vor allem aus miteinander verwickelten Laken bestand. Sie bückte sich danach, geriet aus dem Gleichgewicht, taumelte und wäre fast ins Bett gefallen. Er schlang den Arm um ihre Taille, hielt sie fest, und sie sank ihm entgegen. Sie trug ein altes rosa Negligé aus Satin, dem der Gürtel fehlte, und darunter hatte sie nur einen dünnen Baumwollunterrock. Er konnte ihre brennendheiße Haut spüren, als sie sich an ihn drückte.

»Er ist tot, Day«, sagte sie. »Mr. Charlie ist tot.«

»Das weiß ich, Liebes. Komm, wir gehen an Deck, da gibt's immerhin Luft.«

Sie befreite sich aus seinem Griff, versuchte allein zu gehen, schaffte das aber nicht sonderlich gut. Sie war von Whiskey und Marihuana ein wenig benebelt, aber das war nicht alles, glaubte er. Sie bewegte sich, als versuche sie, alle zerbrochenen Teile ihrer selbst zusammenzuhalten.

Er half ihr auf einen Stuhl und ging wieder hinein. Dort öffnete er ein Fenster und warf die von Ameisen übersäte Schale in den Sumpf. Im Regal über dem Spülbecken registrierte er ein Päckchen mit grobem gelbem Pulver, von der Art, wie man sie bei einer Voodoopriesterin kaufen konnte. Daneben lagen drei mit einem Moosbüschel zusammengebundene Eulenfedern.

Er wusste, wozu dieser Zauber diente; er hatte ihn in dem Sommer, als er neunzehn gewesen war und zu jeder sich bietenden

Gelegenheit mit Remy Lelourie Sex gehabt hatte, oft genug gesehen. Der Zauber sollte eine Schwangerschaft verhindern.

Er hielt Ausschau nach LeRoys Harmonika, fand sie und steckte sie in die Tasche. Er spülte einige Zinnbecher, holte den Krug mit der sauren Maische und ging zu ihr an Deck. Sie saßen nebeneinander auf Holzstühlen und lehnten sich ans Schott. Goldene und scharlachrote Mittagsblumen öffneten sich im Schatten am Ufer. Einer der Jungen auf der Brücke hatte sein Abendessen am Haken.

Der Schnaps war bitter und stark, er sang in seinem Blut wie eine gezupfte Gitarre. Er ließ ihn bei ihnen beiden seine Wirkung tun, dann fragte er: »Hat Charlie St. Claire dich je in diese alte Sklavenhütte hinten auf seinem Grundstück bestellt?«

Ihre Brust hob und senkte sich zu einem fast lautlosen Seufzer. »Reitest du schon wieder darauf herum? Ich hab dir doch gesagt, dass ich die ganze Nacht hier auf dem Boot war. Ich wette, du trägst sogar dein Polizeiabzeichen, wenn du mit einer Frau ins Bett steigst. Was machst du damit – steckst du es an dein Ding?«

Er zog die Harmonika aus der Tasche und wiegte sie in seiner Hand hin und her. »Rede mit mir, Luce. Und dann spiele ich für dich.«

»O Herrgott«, sagte sie mit müdem, abgehacktem Lachen. »Als ob ich davon mehr Lust kriege, meinen Hals in die Schlinge des weißen Mannes zu stecken.« Sie beugte sich vor, stützte ihre Ellbogen auf ihre Oberschenkel und fuhr sich mit den Fingern durch die zerzausten Haare. »Na gut … manchmal, ja, da hat er mich in die Hütte kommen lassen. Aber nicht letzte Nacht. Ich war letzte Nacht weit weg von dem Mann.«

»Aber wenn du in der Hütte warst, war dann auch seine Frau da, oben, im Herrenhaus?«

Ihre runden Schultern hoben sich zu einem kurzen Zucken. »Das weiß ich wirklich nicht.«

»Hatte er in letzter Zeit neben dir noch eine andere?«
Sie ließ die Hände sinken, ließ sie locker zwischen ihren gespreizten Beinen baumeln. Sie sah zu, wie ein Wasserfloh über das Wasser tanzte, und sagte dann: »Vor ein paar Monaten hat er es noch mit einer anderen gemacht. Ich weiß nicht, wer das war, aber sie war weiß, denn er hat damals immer so Sachen gesagt. Ich sei noch immer sein bester Fick und Brombeeren hätten immer den süßesten Saft.« Sie verzog angewidert den Mund und sah dadurch älter aus als ihre vierundzwanzig Jahre. »So was sagte er gern, er wusste, wie weh mir das tat. Man hätte schwören können, er sei aus Stein, dieser Charlie St. Claire.«
Das Boot wiegte sich ein wenig, weil die Strömung sich geändert hatte, und setzte den durchdringenden Geruch verrottender Algen frei. Das konstante Brummen der Insekten im Schilfgras wurde plötzlich lauter.
»Sie werden sagen, dass ich es war. Deshalb bist du hergekommen, oder? Du bist hier, weil sie sagen, ganz bestimmt hat seine Niggernutte ihn umgebracht.«
Rourke betrachtete die Harmonika in seiner Hand. Er rieb mit dem Daumen über das Mundstück, hin und her. Hinter ihnen sprang ein Fisch hoch, doch sie schauten sich nicht um. »Das Beste, was du für dich tun kannst, Luce«, sagte er endlich, »ist, die Wahrheit zu sagen.«
»Hm. Es gibt das, was passiert ist, und das, was der weiße Mann hören will. Welche dieser Wahrheiten wird mich vor dem Gefängnis retten, was meinst du?«
Sie hob den Kopf, damit er sehen konnte, wie sich in ihren Augen Tränen bildeten und dann hervorquollen, wie sie über ihre Wangenknochen liefen und dann fielen, wobei sie feuchte Flecken auf ihrem rosa Negligé hinterließen. »Meinst du vielleicht, ich hätte das alles gern getan … was er wollte? Auf die Knie fallen und sein Dings lutschen, meine Beine breit machen, da-

mit er ihn reinstecken kann? Aber er hat mir etwas versprochen, weißt du das nicht? Er hat mir versprochen, wenn ich ihm gebe, was er will, dann würde er dafür sorgen, dass LeRoys Fall noch einmal untersucht wird – seit zwei Jahren hat er mir das versprochen. Vielleicht hat Mr. Charlie mich wie eine Nutte benutzt, aber es war die einzige Hoffnung, die ich und LeRoy hatten. Was soll ich jetzt machen, wo er nicht mehr da ist? Was soll ich machen?«

Er streckte die Hand aus, schob sie unter ihre Haare und umfasste ihren Nacken. Alles, was sie zu verbergen versuchte, brachte sie jetzt zum Zittern.

»Schsch, ganz ruhig jetzt. Das kommt schon in Ordnung«, sagte er.

»Ich schwöre bei Jesus, ich war letzte Nacht nicht in der Nähe dieser Hütte.«

»Das kommt schon in Ordnung.«

Sie schniefte ein wenig, wie ein Kind, und wischte sich mit den Fingerspitzen die Tränen von der Wange. »Wir werden getrennt alt, ich und LeRoy. Er oben in Angola und ich hier unten, und ich tue Dinge, über die meine Mama weinen würde und die Gott dazu bringen, sein Gesicht von mir abzuwenden. Jeden Abend vor dem Schlafengehen frage ich Gott, womit wir das alles verdient haben. Warum der weiße Mann kommen und ihn für etwas einsperren musste, das er gar nicht getan hat. Fünfzig Jahre. Hätten ihn auch gleich umbringen können. Hätten uns auch beide gleich umbringen können.«

Er ließ ihren Nacken los, doch sie packte sein Handgelenk, ehe er es zurückziehen konnte. Er spürte ihre Verzweiflung daran, wie tief ihre Finger sich in sein Fleisch bohrten. Sie nahm seine Hand und drückte sie nach unten, drückte seine Handfläche auf die nackte Haut ihrer Brust.

»Ich bin keine Nutte«, sagte sie.

»Das weiß ich.«

»Aber ich tue, was ich tun muss.« Sie rutschte auf ihrem Stuhl hin und her, spreizte die Beine sehr breit, ließ den Unterrock zu ihren Hüften hochrutschen und machte ihren Mund weich und einladend. »Ich würde dein Ding lutschen, Day, wenn das helfen könnte.«

Er konnte das Zittern, das ihn durchlief, nicht unterdrücken. Ein Teil von ihm hatte sie immer begehrt, obwohl ihm auch immer bewusst war, dass es bei diesem Begehren bleiben musste. Das lag nicht nur daran, dass LeRoy Washington sein Freund und dass sie LeRoys Frau war. Er war weiß und Bulle, und das gab ihm eine Macht über sie, die er niemals ausnutzen würde.

Behutsam befreite er seine Hand aus ihrem Griff, beugte sich dann vor und nahm ihren Mund mit einem sanften, langsamen Kuss.

Er berührte sie an keiner anderen Stelle, nur auf dem Mund. Er beendete den Kuss vorsichtig und wartete noch einen Herzschlag, dann ließ er sich zurücksinken. »Du bist jetzt von allem befreit, Luce. Du bist von ihm befreit.«

Sie versuchte zu lachen, aber ihr Lachen klang wie gebrochen. »Befreit. Ja, ich bin wirklich von ihm befreit. Während mein Mann oben in Angola Zuckerrohr hackt und niemals wieder frei sein wird …« Ihr Lächeln, langsam und traurig, erreichte ihn wie aus weiter Ferne. »Klingt wie der Text eines ganz traurigen Blues, was?«

Er erwiderte ihr Lächeln und liebte sie. In gewisser Hinsicht hatte er sie immer geliebt. »Dann sing ihn für mich, Luce.«

Sie sang, ein Lied mit tiefen, gedehnten Tönen, ein dunkles Lied, das aus ihrem tiefsten Inneren kam. Ein rohes, abgehacktes Lied mit dem Echo von Feldrufen, von Sklaven, die Baumwolle pflückten und Zuckerrohr hackten. Ein Lied über Unglück und Gefängnis und die Liebe zu einem Mann, der nicht da war.

Die Sonne ging unter und der Schweiß, den die Hitze und die Begierde verursacht hatten, erstarrte und trocknete auf seiner Haut. Die Sonne ging unter und ließ noch eine Weile ein rosa Licht am Himmel spielen, das sich in den Wipfeln der Zypressen und im gebrannten Kupfer ihrer Haare fing. Die Sonne ging unter, während Lucille Durand sich das Herz aus dem Leib riss und ihre Stimme blau blutete.

Als die Sonne endlich ganz verschwunden war, tauchten die Glühwürmchen auf. Tausende von winzigen, funkelnden Sternen schienen vom Himmel gefallen zu sein. Auf den nahe gelegenen Hausbooten wurden die Kerosinlaternen angezündet und sanfte Stimmen riefen einander über das Wasser. Er hob LeRoys Harmonika an seine Lippen und spielte für Lucille ein Lied, bis das Lied sein eigenes wurde, bis es aus seinen eigenen, dunklen Tiefen kam und die Einsamkeit in ihm löste.

Den Blues zu spielen hatte große Ähnlichkeit damit, eine Frau zu lieben: Beides nimmt etwas, von dem man nicht wusste, dass man es hatte, und jedes verdammte Mal tut es weh. Es tut wunderbar weh.

Neuntes Kapitel

Lucille Durand hatte einen Großteil ihrer Kindheit in einer Hütte verbracht, die von Teerpappe und Maschendraht zusammengehalten wurde und in einer schlammigen Straße namens Pailet Lane lag. Ihre Mama war Wäscherin, ihr Daddy war verschwunden. Aber viele der Kinder aus der Pailet Lane hatten Daddies, die verschwunden waren. In den Norden, auf Arbeitssuche. Den Fluss hoch, um in Angola ihre Haftstrafe abzusitzen. Zu Jesus in den Himmel heimgegangen. Verschwunden.

Also lebten sie beide allein in der Hütte in der Pailet Lane, nur Lucille und ihre Mama. Mama stand im Morgengrauen auf und fuhr mit der Straßenbahn in die Stadtviertel, in denen die Weißen lebten, sie wusch deren Kleider in deren Hinterhöfen, in einer großen Zinkwanne über einem kleinen Kohlenofen, für fünfundsiebzig Cent pro Tag sowie Fahrtkosten und Essen. Sie waren arm, aber Lucille wusste das nicht, denn in der Pailet Lane waren alle arm.

Viele Verwandte ihrer Mama lebten in der Gegend und deshalb waren immer Leute da, die sich um Lucille kümmern konnten. Sie hatte jede Menge Vettern und Kusinen zum Spielen. Die anderen Mädchen mochten sie nicht sehr, aber Mama sagte, sie seien nur eifersüchtig, weil sie so klug und hübsch sei. Die Jungen scherzten mit ihr und zogen sie an den Zöpfen. Sie jagten sie über den Hof, aber wenn sie sie einfingen, wussten sie nicht, was sie mit ihr anfangen sollten, abgesehen von Jimmie Moe Jones, der eines Tages versuchte, ihr die Unterhose nach unten zu streifen.

Lucille trat Jimmie Moe Jones vors Schienbein und rannte los, um seiner Mama Bescheid zu sagen. Alle Tanten und Mamas waren an diesem Tag bei Tante Josie. Sie knackten Pecanüsse, weil sie Kuchen für den Kirchenbasar backen wollten, und sie dachten sich Zahlenkombinationen für die Lotterie aus.

Tante Josies Schwägerin, die aus Mobile zu Besuch war und lesen konnte, hatte ein Traumbuch mitgebracht. Die anderen erzählten, was sie in letzter Zeit geträumt hatten, und Miss Celestine schlug die Träume in ihrem Buch nach, um festzustellen, welche drei Glückszahlen die Träume ihnen nannten. Lucilles Mama nahm immer nur die Wäscherinnenzahlen – vier, elf, vierundvierzig – und obwohl diese Zahlen noch nie gezogen worden waren, ging Lucille davon aus, dass das nur eine Zeitfrage war. Deshalb nahm sie Traumbücher nicht so richtig wichtig; sie wartete höflich in der Küchentür, bis Miss Celestine fertig war und Luft schnappen musste, um sich ins Gespräch einzuschalten.

Dann ging ihr auf, dass Miss Celestine nicht mehr über Träume oder Zahlen sprach, sondern über ein ganz anderes Thema, und dieses Thema war Lucille selbst.

»Hab ich vorhin auf dem Hof nicht Augustas Kleine gesehen? Meine Güte, die wird ja richtig hell.«

Tante Josie ließ eine Hand voll Pecanüsse in eine Zinnschüssel fallen und wischte sich die Handgelenke ab. »Hm, ja, stimmt schon. Blut kommt eben immer durch.«

»Das tut es, Schwester, das tut es. Mit der Farbe könnte sie durchgehen, wenn diese Nase und dieser Mund nicht wären. Und Kräuselhaare hat sie auch, aber die könnte sie ja glätten lassen. Schade, dass sie diese Nase und diesen Mund hat.«

Tante Josie griff zu einem der Papierfächer, die von Beerdigungsunternehmen verteilt werden, und bewegte damit die Luft vor ihrem Gesicht. Dann sagte sie den Satz, der in der Pailet Lane alle Diskussionen und Meinungsverschiedenheiten beendete und alle Geheimnisse des Lebens erklärte: »So isses eben.«

Die anderen Damen nickten und räusperten sich zustimmend. So isses eben. Nur einen einzigen Satz hatte Lucille von Mamas und Tanten noch häufiger gehört als diesen. Nämlich: »Sitz gerade.«
Sie ging wieder hinaus auf den Hof und hob ihre nackten Arme in den Sonnenschein. Die waren von der Farbe des *café au lait*, den ihre Mama ihr morgens zu trinken gab, nur ein wenig Zichorienkaffee und ganz viel gekochte Milch. Lucille war noch nie aufgefallen, dass sie von allen schwarzen und braunen Kindern in der Pailet Lane das hellste war. Genauer gesagt, sie hatte es registriert, aber es hatte keine Rolle gespielt. Jetzt aber war sie stolz und kam sich vor wie etwas Besonderes. Ich werde hell, sagte sie. Blut kommt eben immer durch.
Einige Jahre später jedoch, als sie alt genug war, um allein Straßenbahn zu fahren, passierte etwas, das eigentlich ihre Gedanken nur vorübergehend hätte beschäftigen sollen. Doch in diesem Moment begriff sie endlich, was ihre Tante Josie gemeint hatte, als sie gesagt hatte, dass Blut immer durchkommt.

Lucille stieg in die Straßenbahn ein und blieb ganz hinten, sie stand da wie ein Seemann auf einem schlingernden Deck, während der Boden unter ihren Füßen schaukelte und ratterte. Sie konnte sich leicht merken, wo sie sitzen musste, denn es gab einen Trennschirm – ein etwa einen Meter langes und vielleicht zwanzig Zentimeter hohes Brett –, das in den Vertiefungen der Sitzrücken befestigt wurde und das die Farbigen von den für Weiße reservierten Plätzen trennte.
Sie saß auf dem zweiten Sitz hinter dem Schirm, auf der linken Seite, denn die schönsten Häuser, fand sie, standen auf dieser Straßenseite. Ihre schweißnasse Hand umklammerte die sieben Cent Fahrgeld. Sie war aufgeregt, aber es machte ihr auch ein wenig Angst, so ganz allein unterwegs zu sein. Aber sie war jetzt zehn Jahre alt und kein kleines Mädchen mehr

und sie wollte ihrer Mama auf gar keinen Fall Schande machen.
Vor ihr saß eine riesige Frau mit kohlschwarzer Haut. Diese Frau trug einen breiten Strohhut, dessen Krempe mit einer Wagenladung von Gänseblümchen aus Stroh besetzt war. Sie und ihr Hut nahmen soviel Platz ein, dass Lucille immer wieder den Kopf in den Mittelgang halten musste, um nachzusehen, ob der Schaffner bald das Fahrgeld einkassieren würde. Deshalb war sie froh, als die Frau bei der nächsten Haltestelle aufstand, auf den Knopf drückte und ausstieg.
Lucille bemerkte den weißen Mann, der nun eingestiegen war, erst, als er genau vor ihr stand. Dann sah sie, dass alle anderen Plätze im Wagen besetzt waren, mit Ausnahme eines Farbigenplatzes – dem, auf dem die Frau mit dem Gänseblümchenhut gesessen hatte. Aber der weiße Mann legte einfach sein Einkaufsnetz hin, hob den Schirm hoch und setzte ihn eine Reihe weiter, wo er sich mit lautem Klicken in die Vertiefungen einfügte. Dann setzte er sich auf den freien Platz vor Lucille.
Sie starrte über den Schirm den Nacken des Mannes an und versuchte, das alles zu verstehen. Wie war es möglich, dass der Platz so einfach von einem für Farbige zu einem ausschließlich für Weiße bestimmten geworden war? Der Holzsitz war sicher noch warm vom Körper der schwarzen Frau. Auf der Armlehne aus Messing vor dem Fenster, wo ihre Hand mit der schwarzen Haut geruht hatte, lag jetzt die weiße Hand. Was würde passieren, überlegte Lucille, wenn jetzt jemand käme und den Schirm vor ihr wegnähme und hinter ihr anbrächte? Plötzlich würde sie dann auf einem Platz für Weiße sitzen. Sie könnte dafür ins Gefängnis gesteckt werden, und ihre Mama würde nie erfahren, was aus ihr geworden war. Der Fahrer würde anhalten, der Schaffner würde sie der Polizei zeigen und sie würde verschwinden. In der Pailet Lane kam das manchmal vor; manche Leute dort bekamen in der Welt der Weißen Ärger und verschwanden.

Lucille betrachtete ihre Hände, die sie auf ihrem Schoß zur Faust geballt hatte. Ihre Hände, die einen oder zwei Löffel Zichorienkaffee dunkler waren als die des weißen Mannes, dieses weißen Mannes, der auf dem Sitz vor ihrem auf der anderen Seite des Trennschirms saß.

Ich werde hell, sagte sie sich. Aber diesmal machten diese Worte ihr Angst, sie kamen ihr bedrohlich vor, und dann machten ihre Gedanken Klick, wie vorher der Trennschirm, als er umgesteckt worden war und wie durch Zauberhand einen Platz von farbig in weiß verwandelt hatte. Der Daddy, über den ihre Mama niemals mehr sagen wollte, als dass er verschwunden sei, war ein Weißer, und dahin war er bestimmt auch gegangen. Zurück in die für Weiße reservierte Welt, aus der er gekommen war, nachdem er mit ihrer Mama sein Vergnügen gehabt hatte.

In dem Sommer, in dem Lucille dreizehn wurde, passierte etwas, das noch überraschender und erstaunlicher war als ein Lotteriegewinn mit der Wäscherinnenkombination. Mama wurde von einer weißen Frau, die im Faubourg Tremé in der Conti Street wohnte, als Haushälterin angestellt und sollte dort auch wohnen.

Die Conti Street lag damals mitten in Storyville, dem Teil von New Orleans, den das Gesetz für eine Zeit lang als die Gegend freigestellt hatte, in der Dirnen und ihre Luden und Puffmütter mit vollem Recht ihr skandalöses Leben führen durften. Die weiße Frau hatte selbst auch ein überaus skandalöses Leben geführt. Sie hatte Mann und Kinder verlassen, um mit ihrem Liebhaber zusammenzuleben.

Mama hatte schon seit Jahren für diese weiße Frau gewaschen, schon vor Lucilles Geburt sogar. Doch Lucille sah sie zum ersten Mal an dem Tag, an dem sie und Mama zu ihr ins Haus zogen. »Du kommst ins Wohnzimmer und sagst Mrs. Rourke guten Tag«, befahl Mama, bauschte die Ärmel von Lucilles neuem weißen Kleid und zog die Schärpe fester. »Aber sonst hast du in dem Zimmer nichts zu suchen, wenn du nicht eingeladen bist. Und denk ja an deine guten Manieren, solange wir in diesem Haus wohnen.«

An diesem ersten Tag in ihrem neuen Leben trug Mama eine lange weiße Schürze, die sie von ihren Zehen bis zu ihrem üppigen Busen bedeckte und so steif gestärkt war, dass sie bei jedem Atemzug knisterte. Mama war so groß, dass sie immer beeindruckend aussah, doch in dieser Schürze sah sie aus wie eine Fähre, die den Mississippi hoch dampft. Als sie sich an diesem Morgen angezogen hatte, hatte sie neben der Schürze auch ein rotes *tignon* angelegt. Sie hatte sich den Schal so häufig um den Kopf gewunden, dass ihre Haare und die Spitzen ihrer Ohren bedeckt waren. Vor langer Zeit, in den Tagen der Sklaverei, hatte es ein Gesetz gegeben, das *tignon*-Gesetz, das festlegte, dass farbige freie Frauen auf dem Kopf nur schlichte Baumwolltücher tragen durften statt der Federn und der funkelnden Schmuckstücke, die sie vorgezogen hätten – als reiche ein solcher Erlass, um sie unattraktiv zu machen. Wenn Mama also ihr rotes *tignon* anlegte, dann machte sie damit ihre ganz eigene Aussage.

Mama sagte immer, wenn Lucille sich darüber beklagte, wie ungerecht das Leben sei: »Das kannst du vergessen, du kannst ja doch nichts daran ändern.« Doch wann immer Augusta Durand sich ihr rotes *tignon* um den Kopf wickelte, um in die ungerechte Welt hinauszusegeln, dann verkündete sie: »Ich kann zwar nichts daran ändern, aber trotzdem habe ich meine Würde. Ich habe meinen Stolz.«

Seltsamerweise war »Stolz« gerade das Wort, an das Lucille dachte, als sie durch ihre Augenwimpern hindurch die weiße Frau in dem hohen Sessel mit dem geschwungenen Rücken musterte. Die Frau trug schwarze Trauerkleidung und ihr Gesicht war vor Kummer verhärmt, aber Mama hatte ja gesagt, dass der Liebhaber der Frau erst vor wenigen Wochen gestorben

sei. Doch trotz ihrer tiefen Traurigkeit brannte in ihren Augen ein stolzer Trotz. Es war der Trotz einer Frau, die ihr Leben nach ihren eigenen Regeln gelebt und dafür bezahlt hatte.
Lucille schwieg unter dem Blick der weißen Frau. Als diese dann etwas sagte, war ihre Stimme, wie ihr Gesicht, vom Kummer verhärmt. »Du hast ein feines Mädchen aufgezogen, Augusta.«
Auf den Rippenstoß ihrer Mutter hin machte Lucille noch einen Knicks. »Danke, Ma'am«, murmelte sie den Rosen im Teppich zu.
Danach führte Mama sie aus dem Wohnzimmer, obwohl Lucille sich die vergoldeten Spiegel und die Tischplatten aus Marmor, die riesigen Töpfe mit Palmen und Aspidistra und die Vitrine in der Ecke mit der Sammlung von Ballerinas aus Porzellan gern näher angesehen hätte. Sie wusste, dass Weiße glotzende Neger nicht leiden konnten, und deshalb richtete sie ihre Augen fest auf ihre frisch geschwärzten Schuhe, als sie Mama zur Tür folgte.
Später an diesem Tag stieß sie dann aber mit der weißen Frau zusammen. Sie lief voll in sie hinein, als sie aus ihrem neuen Schlafzimmer kam. Sie hatte das Gefühl, vor Aufregung zu platzen, weil sie das Bett gesehen hatte, in dem sie schlafen würde, mit dem gedrechselten Kopfende und der weichen weißen Bettwäsche. Die Frau packte sie und fing sie auf und für einen Moment hielten die Hände der weißen Frau Lucille so fest, dass ihre Finger sich in Lucilles Fleisch bohrten. »Gefällt dir dein Zimmer, Lucille?«, fragte sie, als sie sie losließ.
Lucille machte einen Knicks. »Ja, Ma'am.« Sie starrte den Fußboden an und versuchte, sich an der Frau vorbeizudrängen, in die Sicherheit der Küche, aber die Frau hielt sie zurück, indem sie gelassen und vorsichtig ihren Namen nannte.
»Lucille.«
Langsam und widerwillig hob Lucille ihren Kopf. Ein Lächeln huschte über das Gesicht der Frau und ließ sie jünger aussehen.

»Wenn du jedes Mal, wenn unsere Wege sich kreuzen, einen Knicks machst, dann sind deine armen Knie bestimmt bald verschlissen.«
»Ja, Ma'am«, sagte Lucille und hätte fast wieder einen Knicks gemacht.
»Und nenne mich Miss Maeve. Bitte.«
»Ja, Ma- Miss Maeve«, sagte Lucille und fragte sich, wie sie je überleben sollte in diesem Haus.
Langsam jedoch ging die Verlegenheit der ersten Tage in die angespannte Vertrautheit über, die sich einstellt, wenn Menschen ihr Leben teilen, aber in unterschiedlichen Welten leben. Miss Maeve sagte kaum jemals etwas, wenn sie Mama nicht mitteilte, was sie kaufen sollte und was im Haushalt zu erledigen war, und ihre Befehle waren immer aufs Höflichste formuliert. Natürlich aßen sie getrennt: Miss Maeve allein im Esszimmer, am langen, auf Glanz polierten Tisch aus Nussbaumholz; Mama und Lucille am Eichentisch in der Küche. Wenn Miss Maeve Mama sprechen wollte, dann trat sie auf einen Knopf im Fußboden oder klingelte, und Mama lief, wohin sie befohlen war. Lucille hielt sich nur in der Küche, ihrem eigenen und dem Schlafzimmer ihrer Mama auf.
Eines Morgens jedoch kam Miss Maeve mit einer Liste von Dingen, die auf dem Markt gekauft werden sollten, in die Küche und ging dann nicht wieder. Sie setzte sich an den Eichenholztisch und trank eine Tasse Kaffee, während Mama das Frühstücksgeschirr spülte und die beiden über nichts Besonderes sprachen. Danach geschah es immer öfter, dass Miss Maeve stundenlang bei Mama in der Küche saß und ihr manchmal sogar beim Kochen half. Eines Tages schließlich wurde Mama von Miss Maeve zum Tee ins Wohnzimmer gebeten und seitdem wurde der Tee für die beiden zum gemeinsamen täglichen Ritual, auch wenn sie nicht ein einziges Mal zusammen an dem langen, glänzenden Tisch aus Walnussholz aßen.

Einmal kam Lucille in die Küche, als Miss Maeve gerade eine Schüssel voller Schnippelbohnen auf dem Schoß hatte, während Mama vor dem Spülbecken stand und saure Dickmilch herstellte. Mama erzählte von irgendeinem Skandal in der Pailet Lane und brachte Miss Maeve dermaßen zum Lachen, dass sie fast erstickt wäre. Ein anderes Mal schaute Lucille aus ihrem Schlafzimmerfenster und sah Mama und Miss Maeve unten auf dem Hof. Miss Maeve schien bitterlich zu weinen, denn ihre Schultern hoben und senkten sich. Dann drehte sie sich um und fiel Mama um den Hals und Mama drückte sie an sich und streichelte ihren Rücken. Obwohl Lucille nicht hören konnte, was sie sagte, wusste sie doch, dass es tröstlich sein musste, denn Miss Maeve sah nicht mehr so verzweifelt aus.

Es war ein seltsames Arrangement, zu dem diese beiden Frauen da gekommen waren, und wie so vieles in New Orleans war es eine große Illusion. Auf irgendeine Weise hatten Mama und Miss Maeve ihre eigenen Regeln erfunden und festgelegt, und diese Regeln konnten jeder von ihnen das geben, was sie brauchte, ohne gegen die Sitten ihrer getrennten Welten zu verstoßen. Vielleicht wäre das zwei anderen Frauen nicht gelungen, doch Mama und Miss Maeve, die in vielen anderen Dingen so unterschiedlich waren, waren doch gleichermaßen starrköpfig. Wenn sie sich erst einmal auf einen bestimmten Weg begeben hatten, wichen sie nicht mehr davon ab, egal, ob es regnete, die Sonne schien oder Jesus auferstand.

Eines Tages ging Lucille auf, dass Miss Maeve einsam war und dass Mama für sie in jeder Bedeutung des Wortes, wenn auch nicht für die Öffentlichkeit, zur Freundin geworden war. Sie war zu sehr Dame, um sich mit dem Abschaum aus dem Viertel abzugeben, aber schon seit Jahren hatte keine ehrbare Frau mehr mit ihr ein Wort gewechselt. Als ihr Liebhaber noch am Leben gewesen war und sie in diesem Haus zusammengelebt hatten, hatte ihr das gereicht. Aber dann war ihr Mann gestorben und hatte sie allein gelassen.

Es war die Art von Einsamkeit, die die Mamas und Tanten in der Pailet Lane alle verstanden hätten. Die Art von Einsamkeit, die ins Haus eindringen kann, selbst wenn es dort von plappernden Verwandten und hungrigen Kindern nur so wimmelt. Die Art von Einsamkeit, die eine Frau dann überkommt, wenn ihr Mann nicht mehr da ist.

Lucille machte eine harte Zeit durch, als sie größer, aber nicht umfangreicher wurde und nur aus Ellbogen, Knien und Gefühlen bestand. Doch in dem Sommer, in dem sie sechzehn wurde, geschah alles auf einmal: Sie bekam Hüften und einen Busen und stürzte sich Hals über Kopf in ihre erste heftige Schwärmerei.

Miss Maeve hatte mit dem Ehemann, den sie vor vielen Jahren verlassen hatte, zwei Söhne. Der ältere, Mr. Paulie, besuchte das Priesterseminar und stand kurz vor der Weihe. Der jüngere, Mr. Day, war seit einiger Zeit bei der Polizei. Er war sechs Jahre älter als Lucille. Während des Krieges war er ein Flieger-As gewesen, und er war absolut ein Mann im Vergleich zu den albernen Jungen, die sie kannte.

Keiner von Miss Maeves Söhnen hatte je mit ihr in dem Haus in der Conti Street gelebt, aber Mr. Day besuchte sie ab und zu, nachdem ihr Liebhaber gestorben war, und seit seiner Rückkehr aus dem Krieg kam er häufiger als früher. Lucille war nicht töricht genug, um sich einzubilden, er wolle sie sehen, aber immerhin schien er sich über ihre Gesellschaft zu freuen. Wenn er sie sah, blieb er immer stehen, um eine Weile mit ihr zu plaudern. Er erkundigte sich nach ihren Freunden und der Schule, zog sie ein wenig auf und ihr Herz hämmerte dann so stark, dass sie sich fragte, ob er es vielleicht hören konnte.

Obwohl Mama nicht mehr als Wäscherin arbeitete, war Montag weiterhin Waschtag und Bettwäsche und Handtücher im Haus in der Conti Street mussten weiterhin gesäubert werden. Diese Aufgabe hatte Mama Lucille bereitwillig übertragen. Sie blieb derweil in der Küche und kochte zum Abendessen rote Bohnen mit Reis.

Bereits in den frühen Morgenstunden war es an diesem Montag glühend heiß und die Holzkohlenpfanne, die hinten auf dem Hof brannte, ließ weitere Hitzewellen in die Luft aufsteigen. Auf der Pfanne kochte und blubberte eine alte Kupferwanne und Lucille hatte die Wäsche mit einer langen, triefenden Holzstange umgerührt, bis ihre Arme wehtaten. Sie nahm ihren Strohhut ab, um sich Luft ins Gesicht zu fächeln, als sie aus dem Augenwinkel eine Bewegung wahrnahm.

Er lehnte im offenen Torweg, um die leichte Brise aufzufangen, die an diesem Tag vom Fluss herwehte. Er trug seine blaue Polizistenuniform, hatte aber seinen Hut abgenommen. Seine Haare funkelten in der Sonne wie warmer Honig.

Sie wusste, dass er sie gesehen, dass er beobachtet hatte, wie ihre Hüften sich beim Umrühren der Wäsche bewegten, doch sie gab vor, ihn nicht zu bemerken. Sie beugte sich zurück, hob die Arme und schob ihre Brüste damit nach oben. In dieser Pose verharrte sie einen Moment, dann drehte sie sich um. Sie riss die Augen weit auf und griff sich mit gespreizten Fingern an die Brust.

»Herrgott, Mr. Day. Sie haben mir ja einen Höllenschreck eingejagt.«

Er lächelte sie an und wusste, dass sie gelogen hatte und ihn aufreizen wollte. Er hatte das hinreißendste Lächeln, das sie jemals an irgendjemandem gesehen hatte.

Es spielte auch keine Rolle, ob er sie durchschaut hatte, denn sie bekam, was sie wollte. Er stieß sich von der Wand ab und ging zu ihr auf den Hof. Er war groß und hatte einen lässigen Gang, wie eine träge Katze an einem heißen Tag, der Frauen einfach auffallen musste.

Er trat dicht an sie heran, so dicht, dass sie seine goldenen Bartstoppeln und die Müdigkeit sehen konnte, die nach dem Nachtdienst seine Augen erfüllte. Seine Augen waren blauer als seine Uniform.

»Hallo, Luce«, sagte er. »Kann ich dir dabei helfen, diesen nassen Kram aufzuhängen?«

Sie lachte, zufrieden mit sich selbst, und reichte ihm den Beutel mit den hölzernen Wäscheklammern. Sie stemmte sich den Korb mit dem sauberen Bettzeug auf die Hüfte und führte ihn zu der Stelle, wo die Wäschepfähle in den weichen Boden am Rand des Blumenbeetes gerammt worden waren.

Sie nahm einen Kissenbezug aus dem Korb und schüttelte ihn und dabei wurden die Pflastersteine mit Tropfen bespritzt und der kleine Zwischenraum zwischen ihnen füllte sich plötzlich mit dem Geruch von erkaltendem Staub.

Sie schaute verstohlen zu ihm hoch. Die Messingknöpfe seiner Uniform und das Dienstabzeichen des Crescent-City-Polizisten strahlten heller als die Sonne, aber nicht heller als seine Haare. Sie dachte, er könne ihr sicher ansehen, wie sehr sie ihn bewunderte, aber das war ihr egal. »Sie sehen heute einfach umwerfend aus«, sagte sie. »Haben Sie einen miesen, fiesen Gangster geschnappt, Mr. Polizist?«

»Kaum. Ich hab die Nacht über alle Puffmuttis und Zuhälter besucht und die Schmiergelder für den Bezirkscaptain einkassiert.«

»Ja, so isses eben.«

Sie sagte diese Worte, die Pailet-Lane-Worte, ohne weiter nachzudenken, aber sie sah gleich darauf, wie sein Mund sich verzogen und seine Augen sich verdunkelt hatten, als leide er an schrecklichen Schuldgefühlen. Es war ihr schon früher an ihm aufgefallen, dass er nicht nur unglücklich darüber war, wie es auf der Welt zuging, sondern dass er sich für alle ihre Unzulänglichkeiten verantwortlich fühlte.

Er schien eine Berührung zu brauchen, und sie wollte ihn berühren und deshalb legte sie ihm die Hand auf den Arm. »Das machen doch alle anderen auch.«
Sein Arm erstarrte unter ihrem, aber er lächelte. »Sicher, das weiß ich. Mein Daddy war der Typ Bulle, der alles versoffen hat, was die Stadt ihm bezahlte. Mein Bruder und ich wären verhungert, wenn unser Alter kein Schmiergeld kassiert hätte.«
Er nahm ihr den Kissenbezug aus der Hand und drehte sich zur Wäscheleine um. Dabei wandte er sein Gesicht ab und schenkte ihr das Vergnügen, ihn ansehen zu dürfen.
Seine Haut war sonnengebräunt, aber immer noch seltsam durchscheinend, sogar für einen Weißen. In jüngeren Jahren war er leicht errötet, doch nun hatte er seine Gefühle besser unter Kontrolle. Sein Mund zeigte eine Härte und seine Augen eine Spannung, die es vor dem Krieg nicht gegeben hatte. Sie hatte Miss Maeve zu Mama sagen hören, er sei in den Krieg gezogen, weil das Mädchen, in das er verliebt gewesen war, durchgebrannt war und ihm das Herz gebrochen hatte. Mama meinte, Männer litten unter einem gebrochenen Herzen mehr als Frauen. Mama meinte, ein Männerherz breche wie ein alter Hickorystock, langsam und schwer und mit einem Geräusch wie ein Schrei.
Lucille nahm einen weiteren Kissenbezug aus dem Korb, schüttelte ihn und warf ihn über die Leine. Dabei geriet sie ganz bewusst aus dem Gleichgewicht und stieß mit ihm zusammen. Seine Arme schlossen sich um sie, um sie aufzufangen, doch sie drückten sie auf jeden Fall fester an sich, als unbedingt nötig gewesen wäre. Sie legte den Kopf in den Nacken und schaute zu ihm auf, schaute in seine Augen, und langsam, so langsam, dass sie glaubte, aus Atemnot ohnmächtig zu werden, senkte sich sein Kopf, bis seine Lippen ihre berührten.
Seine Lippen berührten ihre nur für einen Moment, dann öffneten seine Arme sich wieder und er trat einen einzigen Schritt zurück, fort von ihr.

Sie hob die Finger an seinen Mund und verhinderte seine Worte, noch ehe er überhaupt daran gedacht hatte, sie auszusprechen. »Fühlen Sie sich nicht schuldig wegen etwas, das ich wollte.«

Er packte sie am Handgelenk und presste ihre Hand nach unten, drückte sie jedoch einmal sanft, ehe er losließ. »Deine Mama würde mich mit dem Besenstiel verjagen, wenn sie mich dabei erwischte, wie ich dich küsse.«

»Aber mir hat es gefallen, Mr. Day. Sehr sogar.«

»Mir auch«, sagte er und schenkte ihr sein hinreißendes Lächeln.

Doch obwohl er ihr auch weiter beim Wäscheaufhängen half, küsste er sie nicht wieder und er ging, sobald sie fertig waren.

Lucille nahm den leeren Weidenkorb und ging zurück ins Haus. Sie ging durch die Küchentür und lief voll in Mamas flache Hand hinein, die sie hart mitten ins Gesicht schlug.

Der Schlag schleuderte sie gegen den Kohlenkasten und ließ ihr Tränen in die Augen steigen. Daran hatte weniger der Schmerz Schuld als der Schock – Mama hatte noch nie die Hand gegen sie erhoben.

Lucille hielt sich den Handrücken vor ihren pochenden Mund. »Warum hast du das getan?«

Mama zeigte mit starrem Finger auf das Fenster mit den fröhlichen, mit Gänseblümchen bedruckten Vorhängen, das auf den Hof blickte. »Weil du dich da draußen mit Mr. Day so aufgeführt hast – hast deinen Busen in die Luft gestreckt und wie ein billiges Flittchen mit dem Hintern gewackelt. Ein Segen, dass er dich bloß geküsst hat.«

Wieder berührte Lucille ihren Mund und musterte dann ihren Handrücken, als erwarte sie, dort Blut zu sehen. »Wenn du uns ausspioniert hast, dann musst du doch gesehen haben, dass das kein großer Kuss war. Wir waren einfach nur nett zueinander.«

Mama knallte so hart mit der Hand auf den Eisschrank, dass das Geschirr im Regal darüber klapperte. »Komm mir bloß nicht so.

Ich hab doch gesehen, wie du den ganzen Sommer Kuhaugen für ihn gemacht hast, und ich hab genau gewusst, sowie er seine eigenen Augen aufmacht und etwas bemerkt, dann gibt's Ärger.«
»Du meinst die Sorte Ärger wie zwischen dir und meinem Daddy?«
Mamas Gesicht wurde unter ihrer Farbe grau und für einen Moment schwankte sie, wie kurz vor einer Ohnmacht. Dann schien sie sich zusammenzureißen, atmete tief durch und richtete sich gerade auf. Es war nur eine neue Version der Frage, die Lucille schon ihr ganzes Leben lang stellte, und sie wusste, dass es auch diesmal keine Antwort auf sie geben würde.
»Du wartest auf einen netten farbigen Jungen«, sagte Mama. »Und lässt dich nicht mit weißen Männern ein. Die brechen dir bloß das Herz.«
»Aber was ist mit meiner Nase und meinem Mund, Mama? Farbige Jungen wollen farbige Mädchen, die weiß aussehen. Was ist, wenn dein netter farbiger Junge meinen Niggermund und meine Niggernase nicht leiden kann?«
»Ach, Lucille, Herzchen«, sagte Mama und nahm sie in die Arme. »Du bist so ein hübsches Kind, das weißt du. Aber lass die Finger von Mr. Day. Tu das deiner Mama zuliebe. Bewahr dein Herz für einen netten farbigen Jungen.«
Sie drückte ihr Gesicht an Mamas Hals und sog den süßen Talcumgeruch aus ihrer Kindheit in sich auf. Aber jetzt war sie eine erwachsene Frau und deshalb befreite sie sich bald wieder aus den Armen, die sie umfingen.
»Na los, Herzchen«, sagte Mama und Lucille sah die zurückgehaltenen Tränen in ihren Augen glitzern. »Setz dich an den Tisch und dann mach ich dir einen Teller Krabbeneintopf warm.«
»Ich hab keinen Hunger«, sagte Lucille und verließ die Küche in dem Bewusstsein, dass nichts ihre Mama so sehr verletzte, wie ihr Essen abzulehnen.

Der farbige Junge, der Lucille Durands Herz erbeuten sollte, trat schon einen knappen Monat später in ihr Leben, und Mama war er überhaupt nicht recht.

Lucille fühlte sich einsam und allein, als sie ihn zum ersten Mal sah, bei einem Tanz, der eines Sonntagnachmittags in einem kleinen Park namens Congo Square stattfand. Hundert Jahre zuvor hatten sich am Sonntagnachmittag die Sklaven der Stadt in diesem Park versammelt, um zum Klappern von Rinderknochen und dem Dröhnen der Bambustrommeln Calinda und Bamboula zu tanzen. An diesem Tag jedoch wurde laute und blecherne Musik aus New Orleans gespielt. Irgendwer hatte auf einem Lastwagen ein Klavier herbeigefahren und spielte Ragtime. Später sollten rivalisierende Jazzbands miteinander darum wetteifern, wer den besten Boogie-Woogie spielte.

Er fiel ihr auf, weil er auf eine Weise durch die Menge und die Platanen stolzierte, als gehöre ihm die ganze Welt. Sie wollte einen solchen Gockelhahn nicht bewundern, musste jedoch zugeben, dass er in seinem weißen Anzug und dem schwarzen Hemd ungeheuer gut aussah. Sein Gesicht schien aus Ebenholz gemeißelt zu sein. Seine Haut war so schwarz, dass sie im Sonnenlicht funkelte.

Sie glaubte schon, ihn aus den Augen verloren zu haben, als er ihr plötzlich den Arm um die Taille legte und sie auf die Tanzfläche wirbelte. »Du siehst LeRoy Washington, Kleine«, sagte er, als müsse sie von ihm gehört haben, und das hatte sie tatsächlich. Er war ein Boxer, der sich in New Orleans schon einen gewissen Namen gemacht hatte. Er kämpfte für die überwältigende Summe von fünf Dollar pro Abend – soviel verdienten die meisten anderen Neger in einer Woche.

»LeRoy was?«, fragte sie.

Seine Zähne waren strahlend weiß und er hatte die beiden Vorderzähne in Gold einfassen lassen, deshalb funkelten sie, wenn er lächelte.

In dieser ersten Nacht ging er mit ihr auf sein Hausboot auf dem Bayou St. John, legte sie auf sein Bett und zeigte ihr, wie ein Mann eine Frau liebt, hart und grob und hungrig. Er war der erste Mann, der sie gehabt hatte, und sie wusste von diesem Moment an, dass sie keinen anderen wollte.
Danach ließ sie im silbernen Mondlicht ihre Finger über die Adern und Arterien seiner Arme wandern, wo sie dicht unter seiner wunderschönen dunklen Haut zu spüren waren. Seine Muskeln waren wie aus schwarzem Eisen.
Er machte ihr jedoch auch Angst, denn er dachte anders als alle, die sie kannte. Seine Gedanken waren wie seine Kleidung: grell. Er war stolz und hatte etwas von einem Rebellen und er sagte immer seine Meinung, was für einen Neger gefährlich war. Der weiße Mann wollte, dass Neger nur etwas sagten, wenn er sie etwas gefragt hatte, und dabei sollten sie demütig ihren Blick abwenden.
Als sie einmal durch den Zoo im Audubon Park spazierten, geriet ihr ein Stein in den Schuh. Aber sie konnte sich nicht auf eine Bank setzen, um ihn herauszuschütteln, denn die Bänke waren für Weiße reserviert, und das erinnerte sie an den Tag in der Straßenbahn und den beweglichen Wandschirm, der wie durch Zauberhand die Farbe der Dinge ändern konnte. Sie sagte: »Ich könnte es vielleicht schaffen, für eine Minute auf der Bank zu sitzen, wenn du nicht bei mir wärst. Wo ich doch so hell bin und es schon dunkel wird.«
Sie waren nebeneinander gegangen und er hatte ihr einen Arm um die Taille gelegt, aber nun zog er sich so heftig zurück, dass sie ein wenig ins Stolpern kam. »Komm mir ja nicht mit diesem hochgestochenen Scheiß«, sagte er. Er brüllte nicht, aber sie hatte noch nie eine dermaßen harte Stimme gehört. »Du bist genauso sehr Nigger wie ich, Kleine. Bildest du dir vielleicht ein, du wärst dem Himmel einen Schritt näher, weil du das Blut von irgendeinem weißen Massa abbekommen hast?«

Sie wandte sich ab, denn er sollte nicht die Tränen sehen, die ihr in die Augen gestiegen waren, weil sie ihn so sehr liebte, mit einer so wunderbaren und schrecklichen Liebe, dass es ihr Ende sein würde, ihn jetzt zu verlieren.
»So, wie du das sagst, müsste ich mich schämen«, sagte sie ganz leise und glaubte, er habe es nicht gehört, doch dann legten seine Hände sich sanft auf ihre Schultern.
»Komm her, Baby.« Er drehte sie um und drückte sie an seine Brust. »Nicht über den Nigger in uns müssen wir uns schämen, sondern für das, was wir uns von ihnen antun lassen. Solange wir nicken und tun und sagen, ja, Massa, nein, Massa, drei Säcke voll, Massa, so lange wir dem weißen Mann diesen Müll glauben, dass wir irgendwie weniger *menschlich* sind als er, verdienen wir alles, was sie uns überhaupt nur antun können.«
Sie begrub ihr Gesicht an seiner Brust und behielt ihre Gedanken für sich. Aber du kannst die Welt nicht ändern, dachte sie. Du vergisst sie einfach, weil du ja doch nichts machen kannst.

Dann kam der Tag, an dem Lucille wusste, dass sie ihn ihrer Mama vorstellen musste, und das machte ihr größere Angst als alles bisher in ihrem Leben. Eine ihrer Kusinen hatte einen Jungen mit schwarzer Haut geheiratet und seither hatte niemand aus ihrer Familie mit ihr oder ihrem Mann auch nur ein Wort gewechselt. Lucille wollte sich nicht zwischen ihrer Mama und ihrem Mann entscheiden müssen.
Sie hatte ihn zum Sonntagsessen ins Haus in der Conti Street eingeladen und Mama hatte zu seinen Ehren ein Hähnchen gebraten. Sie saßen am runden Eichenholztisch in der Küche und Lucille sah die Abneigung im Gesicht ihrer Mutter, als diese seine Größe, seine schwarze Haut und seine wolligen Haare registrierte.
Mama stellte ihm allerlei Fragen, wollte wissen, wovon er lebte, was seine Familie machte, woher sie kamen. Je mehr Mama

bohrte und drängte, umso unwilliger verzog sich sein Mund, und kaum war er aus der Tür, da erklärte Mama ihn auch schon für einen »Nigger, der sich für etwas Besseres hält«, das schlimmste Urteil, das sie überhaupt nur fällen konnte.
Lucille stellte schweigend die Teller ineinander und trug sie zum Spülbecken, aber Mama war noch längst nicht fertig.
»Du hast eine helle Haut und helle Augen und du kommst aus einem guten Stall, Kind. Du willst dich doch nicht an so einen hergelaufenen Kerl wegwerfen.«
Lucille hätte ihre Mama gern gefragt, aus welchem Stall ihr Daddy gekommen sei, welchem Stall ihr heller Teint und ihre hellen Augen entstammten, aber sie wusste, dass das zu nichts führen würde. Und es spielte ja auch keine Rolle, denn sie wusste, was sie wollte: LeRoy Washington, auch wenn sie nicht begründen konnte, warum sie unbedingt ihn wollte.
Später an diesem Abend holte LeRoy sie zu Hause ab und wieder gingen sie zum Sonntagstanz auf dem Congo Square. Er stolzierte noch immer durch die Menge, doch diesmal hing sie an seinem Arm und war stolz und glücklich und verliebt. Er blieb unter einer Platane stehen und küsste sie so innig und leidenschaftlich, dass sich alles in ihr zusammenkrampfte.
Er liebkoste ihren Hals, presste seine Lippen an die Stelle, an der ihr Puls schlug. »Möchtest du eine Portion Gelee, Baby? Möchtest du das? Sag ja.«
»Ja.«
Er lachte und legte ihr den Arm um die Taille und dann verließen sie den Tanz, obwohl sie gerade erst angekommen waren, und steuerten sein Hausboot und sein Bett an. Sie gingen durch Villere, um die Straßenbahn zu nehmen, und waren viel zu sehr ineinander vertieft, um zu bemerken, dass die Straße menschenleer war, abgesehen von einer Bande von Mulatten, die aus dem Nichts aufgetaucht zu sein schien und sie umringte, noch ehe Lucille Atem holen und aufschreien konnte.

Es waren fünf Männer. Krabbenfischer, so wie sie aussahen und rochen, und sie waren dermaßen betrunken, dass sie Whiskeydämpfe ausatmeten.
Sie konnte nur zwei von ihnen wirklich sehen. Der eine hatte einen Kopf von der Größe einer Wassermelone und leere, steinharte Augen. Der andere hatte türkise Augen und eine Haut von der Farbe alter Ziegel. Er spitzte die Lippen, als er sie ansah, und stieß ein feuchtes, schmatzendes Geräusch aus.
Einen Moment lang war alles seltsam ruhig und still. Der heiße, fest getrampelte Lehm unter ihren Füßen roch nach Öl und Rost. Sie glaubte, ein Banjo spielen hören zu können, aber das schien sehr weit weg zu sein.
Dann griff sich der Mann mit den türkisen Augen in den Schritt, bewegte seine Hüften vor und zurück und lachte, und sein Lachen traf sie wie eine harte Faust. »Was macht ein so feines Stück Hintern wie du mit diesem riesigen schwarzen Nigger?«
»LeRoy«, versuchte sie mit angehaltenem Atem zu sagen. »Wehr dich nicht.«
»Herzchen, ich glaube, sie lassen mir keine andere Wahl.«
Der Krabbenfischer lachte noch einmal. »Müssen dir wohl beibringen, dass du deine Niggerpranken von unseren Frauen lässt, Junge. Ja, ja.«
»Lauf!«, brüllte LeRoy und stieß sie von sich fort, als ein Wirbel von Faustschlägen über ihn hereinbrach.
LeRoys harter Stoß schleuderte sie zum Bürgersteig, wo sie über den Bordstein kippte und auf allen vieren zu Boden ging. Der Schrei, der ihr in der Kehle gesteckt hatte, seit die Krabbenfischer sie angehalten hatten, kam aus eigener Kraft heraus.
Ihr Schrei ließ LeRoy in dem Moment herumfahren, als einer der Krabbenfischer mit einer Zaunlatte ausholte wie mit einem Baseballschläger und LeRoy damit voll ins Gesicht traf. Er fiel schwankend auf die Knie, Blut strömte aus einer langen Wunde

in seiner Stirn und lief ihm in die Augen. Er versuchte, die Fäuste in klassischer Boxermanier zu heben und wieder auf die Beine zu kommen, aber die anderen traten ihn jetzt mit fünf mit Eisen besetzten Stiefelpaaren und aus allen Richtungen.
»LeRoy«, schrie sie und versuchte, auf Händen und Knien zu ihm zu kriechen.
Ein Mann kam um die Ecke gerannt, er schrie und schwang eine lange, doppelgliedrige Kette über seinem Kopf. Sie glaubte zuerst, ein Weißer wolle den Krabbenfischern beim Niggerklatschen helfen, aber dann verlor er seinen Hut und sie sah das gelbe Leuchten seiner Haare.
LeRoy kämpfte wie im Boxring und Mr. Day griff zu miesen Tricks. Er hatte sich das eine Ende der Kette um die Faust gewickelt und zielte auf die Augen der Angreifer. Das Gesicht des einen Krabbenspritzers löste sich zu Blut auf, der Mann schrie und taumelte zur Seite. Ein anderer wurde zwischen den Beinen von einem Tritt getroffen, der ihn die saure Maische hervorwürgen ließ, die er den ganzen Tag in sich hineingegossen hatte. Als ein dritter das Bewusstsein verlor, nachdem die Kette ihn mit voller Wucht hinter dem Ohr getroffen hatte, stürzten die beiden übrigen davon und wirbelten dabei Kieselsteine auf wie Schrotkugeln.
Lucille wurde von einer starken Hand auf die Füße gezogen.
»Alles in Ordnung, Luce, Herzchen?«
Sie nickte, ihr Atem wurde in ihrem Hals zum Schluchzen.
»LeRoy?«
»Dem ist nichts passiert. Ist nur ein bisschen benebelt. Komm schon, gehen wir, vielleicht haben die ja Freunde.«
Sie schleppten LeRoy zwischen sich fort und erreichten mit Mühe den neutralen Boden der Esplanade Avenue. Sie lehnten LeRoy gegen eine Palme und der starrte Mr. Day aus geschwollenen Augen an.
»Wo, zum Teufel, sind Sie denn hergekommen?«, fragte er.

Lucille ging davon aus, dass eine Vorstellung der beiden nicht nötig gewesen wäre, selbst wenn sie dafür genug Atem gehabt hätte. Sie waren einander im Haus in der Conti Street zweimal begegnet und beide Male hätten zwei Straßenkater sich freundlicher verhalten.

»Ich wollte gerade mein Rad abstellen«, sagte Mr. Day, »als ich den Lärm hörte.« Vorsichtig wickelte er sich die Kette von der Faust, ließ die schweren Glieder durch seine Hände hin und her gleiten und starrte sie mit verdutzter Miene an. Seine Fingerknöchel waren zerschrammt und bluteten. »Scheiße. Ich hab dieses Mistding ja abgekriegt, aber wie mach ich's wieder fest?«

LeRoy stieß sich von der Palme ab. Er schwankte hin und her. »Ich hab nie um Hilfe von einem weißen Bullen gebeten.«

Mr. Day atmete noch immer so schwer, dass er fast schon röchelte, aber er konnte seine absolute Verachtung durch das Heben einer Augenbraue vermitteln. »Ich bitte um Verzeihung. Mir ist offenbar nicht aufgefallen, dass Sie die Auseinandersetzung schon so gut wie gewonnen hatten.«

»Na, jetzt ist sie gewonnen. Also können Sie machen, dass Sie weiterkommen.«

Mr. Day spuckte einen Blutklumpen ins Gras. »Ich wollte zum Boogie-Woogie-Wettbewerb, aber mein Mund ist total zugeschwollen, und das verdanke ich euch. Wie soll ich denn mit zerschundenem Mund mein Sax spielen?«

LeRoy lachte und spuckte seinerseits einen Blutklumpen aus. »Vermutlich mit derselben Finesse, die Sie beim Kampf gezeigt haben.«

»Finesse? Und diese Kritik stammt von dem Mann, der nicht mal eine Runde gegen Catfish Pruittie durchhalten konnte, als der einen schlechten Tag hatte?«

»Hm.« LeRoy versuchte, tödlich beleidigt auszusehen, aber Tatsache war, dass er in seinem Leben erst einen einzigen Kampf verloren hatte, den gegen den Cajun Mulatten, und dass Catfish ihn windelweich geprügelt hatte. »Ich könnte dir an einem meiner *schlechtesten* Tage den Arsch vollhauen und nicht mal ins Schwitzen kommen.«

»Meinst du.«

»Weiß ich.«

Mr. Day lächelte und schüttelte den Kopf, und dann versetzte er LeRoys Mund einen Hieb, der Spucke und Blut in die Luft aufstieben ließ.

Der überraschende Treffer schickte LeRoy nicht zu Boden, brachte ihn aber ins Schwanken. Und was dann kam, war eine Art Kampf zwischen Hinterhofskötern und dauerte auch so lange. Am Ende knieten sie im sonnenbraunen Gras des neutralen Bodens, starrten einander an und bluteten am ganzen Leib, was ihnen recht geschah. Zuerst glaubte Lucille, sie erstickten, doch dann ging ihr auf, dass sie lachten.

Sie wusste nicht, wie es passiert war, aber danach endeten alle drei auf LeRoys Hausboot. Lucille briet auf dem Herd einen Katzenwels, während die beiden Männer am Tisch saßen. Lucille musste immer wieder an diese Mulatten-Krabbenfischer denken. Die LeRoy zusammenschlagen wollten, weil er mit einem hellhäutigen Mädchen zusammen war. Sie dachte daran, welchen Hass die Männer ausgestrahlt hatten und dass ihr Hass sich sicherlich vor allem auf den weißen Mann und auf ihre eigene braune Haut und das Negerblut in ihren Adern richtete. Aber da sie weder mit dem weißen Mann noch mit sich selbst kämpfen konnten, verlegten sie sich aufs Niggerklatschen.

Die Männer wechselten kein Wort, sondern machten sich über den Fisch her und tranken aus grünen Viertelliterflaschen Bier. Als LeRoy seinen Teller saubergekratzt hatte, sank er auf seinem Stuhl zurück, rieb sich den Bauch und ließ seine Zunge über seine schwarzen, geschwollenen Lippen wandern. »Mann, diesen Scheißniggern haben wir's aber gezeigt. Denen haben wir ihre Scheißniggerhintern vollgegeigt.«

Ungefähr eine Stunde nach dem Kampf war Lucille endlich wieder zu Atem gekommen. Sie klopfte ihm gegen den Hinterkopf. »Pass auf, was du da sagst, LeRoy Washington.«

»Oho! Hör dir dieses selbstgerechte Mädel an.« Er rieb sich die Stelle und drehte sich dann um, um sie anzugrinsen. »Könnte denken, wir wären verheiratet, so wie sie sich aufführt.«

»Das solltet ihr auch sein«, sagte Mr. Day mit ernstem Gesicht und in einem Tonfall, den sie nicht benennen konnte. Allerdings ging sie davon aus, dass er LeRoy sofort wieder aufs hohe Roß jagen würde.

Aber die beiden Männer tauschten ein langsames Lächeln, und dieses Lächeln war wie ein Händeschütteln. Oder ein Versprechen.

Mr. Day spielte in dieser Nacht nicht Saxophon, weil sein Mund so wund und geschwollen war, aber er kam in anderen Nächten zurück und brachte sein Instrument und Eimer voller gebratener Krabben und Kartons voll von Reis mit kleinen Nierenstücken mit. Wenn vor den schwarzgrünen Bäumen die Glühwürmchen tanzten und die Brassen aus den dunklen Wassern des Bayou brachen, dann tranken er und LeRoy Wein aus großen Glastöpfen mit Porzellandeckel und ließen einen Joint hin- und herwandern. Nach einer Weile spielte Day dann für sie, und jede tiefe, klagende Note erzählte von Schmerz. Er schien alles Elend und alle Verwirrung aus ihrem Leben genommen zu haben, alles, was sie jemals falsch gemacht hatte, alles, was ihr angetan worden war, um es in seine Musik zu stecken.

»Wo lernt ein weißer Junge so spielen?«, fragte LeRoy eines Nachts, und er erzählte ihnen, dass er von den schwarzen Musikern, die in den Saloons und Bordellen von Storyville spielten, und von Schallplatten gelernt hatte. Sie dachte, die Musik müsse schon vorher in ihm gesteckt haben, und wenn er spielte, dann kehre er nur an einen Ort zurück, den er schon kannte,

einen verwunschenen Ort der Sehnsüchte nach verlorenen oder unvollendeten Dingen. Nach einer Liebe und einem Leben, die es hätte geben sollen, die es aber nie gegeben hatte.
LeRoy besaß eine Mundharmonika und stimmte manchmal ein. Lucille hatte kein Instrument, aber eine Stimme. Und auf diese Weise lernte sie, den Blues zu singen.

Zehntes Kapitel

Aus der New Orleans *Morning Tribune*, Abendausgabe, Mittwoch, 13. Juli 1927.

Das skandalöse Leben und Ende von Charles St. Claire
von Wylie T. Jones

Die Blutlachen sind nun größtenteils getrocknet, der Leichnam ist weggebracht worden, doch die Frage, wer Charles St. Claire ermordet hat, ist weiterhin offen.

Auf welch grausame und brutale Weise Mr. St. Claire ums Leben gekommen ist, ist bekannt: Sieben tiefe Wunden mit einem Rohrmesser, darunter der tödliche Schnitt durch die Halsschlagader. Doch was jeder Mann, jede Frau und jedes Kind sich fragen sollte, wenn heute über dieser Stadt die Sonne untergeht, ist: warum?

Die Antwort auf diese Frage muss natürlich die Polizei finden, aber wir müssen uns doch überlegen, ob das Motiv für Charles St. Claires Tod vielleicht in seinem Leben liegt. Vor nur wenigen kurzen Stunden hat unser Berichterstatter einige trübe Tatsachen über das Opfer des heimtückischen Mordes in der letzten Nacht in Erfahrung bringen können. Seien Sie bitte vorgewarnt, ein dermaßen ausschweifendes Leben kann nicht für erbaulichen Lesestoff sorgen.

Mr. Charles war Jurist von Beruf. Er verteidigte vor Gericht bei Kriminalprozessen die Angeklagten, und um seine riesengroße Eitelkeit zu befriedigen, das sagen sogar seine Freunde, versuchte er oft, durch juristische Tricks und theatralisches Gehabe beeinflussbare Jurys auf seine Seite zu bringen. So gelang es ihm, eine Anzahl von Männern und Frauen – in manchen Fällen verstockte Kriminelle – in die Gesellschaft zurückzubringen, wo sie Jagd auf andere unschuldige Opfer machen konnten. Wir möchten auch darauf hinweisen, dass viele der so genannten Mandanten Mr. St. Claires der Negerrasse angehörten.

In späten, späten Nächten, wenn ehrbare Männer sich schon längst zur Ruhe begeben hatten, wurde Mr. St. Claire häufig in den verrufensten Kneipen der Stadt gesichtet, wo er sich an schamlosen Taten und wilden Trinkereien beteiligte. Sein Lieblingscocktail bestand angeblich aus Absinth und Kokain.

Ganze Familien könnten ein Jahr lang von den Summen leben, die Mr. St. Claire an einem einzigen Tag beim Rennen oder in einer Nacht am *bourrée*-Tisch aufs Spiel setzte.

Es heißt überdies, Mr. St. Claire habe in Nachahmung der Tage des *plaçage* des vergangenen Jahrhunderts in einer Wohnung in der Rampart Street eine farbige Mätresse ausgehalten, auch dann noch, nachdem er im Februar den berühmten Filmstar Remy Lelourie geheiratet hatte.

Das war das Leben des Charles St. Claire.

Wir fragen uns, ob in seinen letzten, entsetzlichen Momenten, als das Rohrmesser das zarte Fleisch seiner Kehle durchtrennte und sein rotes Blut Boden und Wände der alten Sklavenhütte auf dem Grundstück von Sans Souci bespritzte – ob Charles St. Claire endlich begriffen hat, dass die Sünden des Fleisches mit dem Tod bezahlt werden müssen …

Aus der New Orleans *Times-Picayune,* Nachtausgabe, Mittwoch, 13. Juli, 1927:

Leichnam im Sumpf gefunden

Der Leichnam eines Mannes wurde heute kurz vor dem Morgengrauen im Sumpfgelände im Osten von New Orleans entdeckt. Der Polizei zufolge hat der Tote seit mindestens zwei Wochen im Wasser gelegen. Als Todesursache wird Erwürgen mit Hilfe einer Klaviersaite angegeben. Der Tote wurde unter Vorbehalt identifiziert als Vincent McGinty, 20 Jahre, Bewohner eines Logierhauses in der Tchoupitoulas Street.

Daman Rourke schaute sich am Ende der Laufplanke noch einmal um. Sie saß auf dem Deck ihres Hausbootes, fast verschluckt von der aufsteigenden Dunkelheit, und niemals hatte ein Mensch einsamer auf ihn gewirkt. Dieser Anblick tat ihm so weh, dass er laut ihren Namen nannte.

»Lucille.«

Sie überraschte ihn dadurch, dass sie antwortete, mit kehliger Stimme, wie um die Worte zu singen. »Geh jetzt nach Hause, Mr. Day. Ich komm schon zurecht.«

Er ging zurück zur Esplanade, wo er den Bearcat geparkt hatte. Seine einzige Gesellschaft waren die Serenade der Laubfrösche und die der Heuschrecken. Er fuhr nicht direkt nach Hause, sondern begab sich an die Stelle am Sumpfufer, wo in der vergangenen Nacht der Leichnam des erwürgten Vinny McGinty gefunden worden war.

Büschel von Zitronengras und Tabak brannten vor Jack's Place, aber sie schienen nicht viel gegen die Moskitos ausrichten zu können, die wie Dampfwolken aus dem Sumpf gekocht wurden. Drinnen war der Dampf noch dichter, durchtränkt vom Geruch von Schweiß, Wein und Rippchen, die fetttriefend auf dem Grill gebraten wurden.

Jack Jackson, der hinter seinem eigenen Tresen stand, war ein großer, drahtiger Mann mit einem Kopf wie ein Billardstoßball und blassgelben Augen, die sofort Gedanken und Gefühle verloren, als Rourke durch die Tür trat. Er tat alles, um in die Rolle des Schwarzen zu schlüpfen, so, wie der Weiße Mann ihn sich vorstellte, und beantwortete Rourkes Fragen mit der Vorsicht eines Menschen, der durch vermintes Gelände geht und weiß, dass jederzeit eine falsche Bewegung alles um ihn herum in die Luft jagen kann.

Es überraschte Rourke nicht weiter, dass er dem Mann keine brauchbare Information entlocken konnte.

Die Musiker, die Sänger, die Bauchtänzerinnen, die Kundschaft der Kneipe – sie alle waren vorsichtig und höflich und hatten der Geschichte von Vinny McGintys betrüblichem Ableben ebenfalls nichts hinzuzufügen. Sugar war nicht anwesend und niemand schien zu wissen, wo sie steckte.

Nach Verlassen der Kneipe ging er zum Sumpf hinunter, fand aber nur einige zerbrochene Zuckerrohrstangen und verfilztes Schwertgras. Das Wasser stand und stank nach totem Nadelfisch oder vielleicht auch nach totem Vinny McGinty.

Man würde nicht sehr weit in den Sumpf hinauswandern müssen, dachte Rourke, um eine Wanne mit gärenden Kartoffeln und einen Destillierapparat zu finden. Möglicherweise hatte Vinny ein Stück von Jacksons Brennerei-Geschäft an sich bringen wollen oder er war hergekommen, um Schulden zu kassieren. Aber Rourke glaubte nicht wirklich, dass irgendwer hier draußen etwas mit dem Mord an Casey Maguires Laufburschen zu tun haben könnte.

Er ging wieder durch die Gasse, vorbei an Jack's Place und einem Wassermelonenfeld, zu einer Hütte, wo eine alte Frau in der Dunkelheit auf einer von Ranken mit lila Trompetenblüten überwucherten Veranda in einem Schaukelstuhl aus Weidengeflecht saß.

»Ich weiß, dass du das bist, Mr. Day«, sagte die alte Frau mit der Stimme eines Jungen im Stimmbruch. »Also kannst du auch zum Haus raufkommen und guten Abend sagen und einen Teller von meinem *filé gumbo* essen.«

Rourke ging über ein Laufbrett, das einen unbeweglichen Regenwassergraben überquerte, der von Moskitos geradezu belagert war. Ein alter, arthritischer Hund empfing ihn und begleitete ihn auf die schattige Veranda.

»'n Abend, *tante* Adenise«, sagte Rourke.

Die alte Frau kam mit Hilfe eines Bambusstocks auf die Füße, ihr Körper entfaltete sich so langsam wie die Blätter eines Fächers. Ihre krummen Beine trugen sie mit Mühe über die Schwelle ihrer offenen Tür. »Komm rein und setz dich, du.«

Im Haus roch es gut, nach *boudin* und Gumbo und Zichorienkaffee, dessen Dampf aus einem Topf auf dem Holzofen mit den vier Platten quoll.

Sie wollte eine Lampe anzünden, doch er hielt sie zurück. »Lass das, *tante*. Heute Nacht hat die Dunkelheit etwas Süßes.«

Die beiden Fensterchen der Hütte hatten keine Glasscheiben und auch keine Pappe, und ausreichend Mond- und Sternenlicht fanden ihren Weg ins Hausinnere, um die Einrichtung mit einer seltsamen silbernen Patina zu überziehen: ein schwarzes Eisenbett, ein Schränkchen mit nur drei Beinen, einen Waschtisch mit Kreosotvorhängen. Ein Bild von Abraham Lincoln besetzte den Ehrenplatz über dem knotigen Esstisch aus Pinienholz. Neben dem Präsidenten war ein gewelltes Foto angebracht, das LeRoy Washington in seidenen Boxershorts und Strümpfen zeigte, die Boxhandschuhe in klassischer Boxermanier erhoben.

Als die vier Washington-Jungen noch klein gewesen waren, hatte Adenise Treebaut behauptet, einen nach dem anderen hinten auf ihrem Wassermelonenfeld gefunden zu haben. Den Jungen gefiel diese Geschichte, obwohl sie wussten, dass sie sie alle auf einmal bekommen hatte, nachdem ihre Tochter, die Mama der Jungen, mit einem Trompeter nach Chicago durchgebrannt und ihr Daddy in Angola gestorben war. Mit vier Jahren bei einer Scharlachepidemie erblindet, hatte Adenise die Mägen ihrer Enkel gefüllt, indem sie in Jack's Place auf Händen und Knien schuftete und jeden Morgen den Boden von der Hinterlassenschaft der Nacht und der Sufflaune der Kunden befreite.

Sie war stolz auf die vier stattlichen Jungen, die sie großgezogen hatte, aber am stolzesten war sie auf LeRoy. Sie hatte geglaubt, er werde es weit bringen, bis zum Mond, hatte sie oft zu ihm gesagt. Doch stattdessen war er dort gelandet, wo auch sein Daddy geendet war: im staatlichen Zuchthaus von Louisiana.
Niemand konnte in New Orleans ohne Club und Sponsor als Boxer Karriere machen, weshalb LeRoy dem Boxing Irish beigetreten war, der Casey Maguire gehörte. Der Boxing Irish hatte die beste Trainingshalle in der Stadt, für die Maguires kleiner Bruder Bobby Joe verantwortlich war. Zwischen LeRoy und Bobby Joe Maguire hatte es immer schon Spannungen gegeben. Bobby Joe hielt LeRoy für einen hochnäsigen Nigger, der einen Stiefel im Nacken brauchte, um sich daran zu erinnern, wo sein Platz war. LeRoy hatte seine Gedanken nicht laut werden lassen, hatte aber nicht verhindern können, dass sie in seinen Augen zu lesen waren. Eines Tages fehlte in der Portokasse der Trainingshalle Geld und Bobby Joe bezichtigte LeRoy des Diebstahls.
In der folgenden Nacht war Bobby Joe mitten im Boxring gefunden worden. Er lag dort mit ausgestreckten Armen und Beinen, nachdem jemand ihm wie einem Hähnchen den Hals umgedreht hatte. Die Polizei wurde gerufen und nahm LeRoy Washington fest. Der Prozess dauerte einen Tag, und der Richter – dessen Herz und Gehirn gleichermaßen als zu weich bekannt waren – gab ihm statt des elektrischen Stuhls fünfzig Jahre. Das war die einzige Chance, die LeRoy gehabt hatte.
Lucille und Adenise hatten immer an seine Unschuld geglaubt. Rourke als Bulle hätte nicht so sicher sein dürfen – denn LeRoy Washington war ein stolzer und jähzorniger Mann, der sich von niemandem, auch nicht von einem Weißen, als Dieb hätte bezeichnen lassen. Nur hatte am Morgen nach seiner Festnahme ein übel zusammengeschlagener LeRoy in einer Zelle im Untersuchungsgefängnis gesessen, Rourke voll in die Augen ge-

schaut und gesagt, er sei es nicht gewesen. In den beiden seither vergangenen Jahren hatte Rourke so oft wie möglich in seiner Freizeit nach anderen Spuren Ausschau gehalten, nach einem anderen Verdächtigen, nach einem anderen Motiv für den Mord an Bobby Joe Maguire. Doch er hatte nur ein großes Nichts gefunden und LeRoy steckte noch immer in einer Zelle und würde dort wohl auch sterben. Niemand überlebte fünfzig Jahre in Angola.

LeRoys Großmutter stellte eine Schüssel Gumbo und eine Tasse teerschwarzen Zichorienkaffee auf den zerschrammten Esstisch und winkte Rourke zu einem Stuhl. Beim ersten Löffel dieses dicken Okra-Krabben-Eintopfs schloss Rourke die Augen. »O himmlische Gnade. Ich glaube, du kochst das beste *filé gumbo* auf dieser Seite des Himmels.«

»Hm. Meinst du nicht, ich merke es, wenn ich wie ein heißer Keks mit Butter beschmiert werde«, sagte die alte Frau, freute sich aber trotzdem.

Sie wollte sich nicht zu ihm an den Tisch setzen, deshalb wartete Rourke, bis sie zu ihrem Schaukelstuhl zurückgekehrt war. Dann nahm er Teller und Tasse und ging zu ihr auf die Veranda. Die Nacht war still und drückend und das Gemurmel der Insekten im Sumpf schien die schwüle Stimmung noch zu betonen.

Tante Adenise zog an einer kalten Maispfeife und schaukelte, während Rourke aß. »Du hast LeRoy besucht?«, fragte sie nach einer Weile.

»Nicht, seit ich zuletzt mit dir gesprochen habe.«

Sie nickte, summte, schaukelte. »Ich weiß auf jeden Fall, wozu du herkommst, und du willst nicht diese blinde alte Frau besuchen, no Sir. Du willst mehr über diesen armen toten Jungen hören, der letzte Nacht aus dem Sumpf gefischt worden ist. Ist er ertrunken?«

»Er wurde erwürgt.«

»Das hab ich mir gedacht. Ich hab mir schon gedacht, dass der

Junge nicht ertrunken ist, oder höchstens in einer Badewanne.« Sie nickte und nuckelte an ihrer Stummelpfeife. »Aber hier draußen ist er nicht erwürgt worden, das auch nicht. Er wurde mitten in der Nacht hergebracht und da war er schon tot, und zwar am Sonntag vor zwei Wochen.«

»Was meinst du mit hergebracht? In einem Kanu?«

»In einem Lastwagen von zwei weißen Männern. Es war ein Ford, der hatte Krabben gefahren und erst dann tote weiße Männer.«

Die Krabben hatte sie sicher auch über diese Entfernung hinweg gerochen, sie hatte eine ungeheuer scharfe Nase. Und das galt auch für ihre Ohren – LeRoy sagte immer, sie könne nicht nur die Engel singen hören, sondern wisse auch immer, welcher den Ton nicht hielt.

Sie schnaubte laut, um Rourke klarzumachen, dass sie keinen Zweifel an ihrem Bericht dulden würde. »Ich hab meine Landohren und meine Nase, weißer Junge, nicht deine verstopften Stadtohren und deine Stadtnase. Die Leute sehen diese alte Frau und denken, blind sei gleich dumm. Aber an meinen Ohren und meiner Nase war nie etwas auszusetzen. Die kriechen herum, diese weißen Männer, und bilden sich ein, sie wären leise, aber sie machen einen Krach wie wenn sie auf dem French Market Krabbenkörbe abladen. Weiße Männer aus dem Irischen Kanal, so wie du.«

Rourke lächelte in der Dunkelheit. »Vermutlich mehr wie ich, als ich zugeben möchte.«

Sie schnalzte mit der Zunge. »Sie kennen dich auf jeden Fall. Einer hat was darüber gesagt, wie verrückt es ist, das so zu machen, statt den armen toten Jungen einfach wie einen Stein untergehen zu lassen. Und dann hat der andere was über dich gesagt. Hat gesagt, dass dieser niggerliebende Bulle Rourke einen Knochen braucht, sonst wirst du weiterbuddeln, bis du das ganze Skelett gefunden hast.«

Rourke hörte auf zu kauen und dachte für einen Moment darüber nach. »Sie haben meinen Namen genannt?«
»Hm-ja. Ich hab deinen Namen deutlich gehört. Klang so, als solltest du allerlei Kram zusammenzählen und dann eine Lüge erhalten, statt der Wahrheit. Meinst du, das kann etwas mit LeRoy zu tun haben?«
»Ich weiß es nicht.« Rourke machte sich in Gedanken an den Stücken des Puzzle zu schaffen und versuchte, sie zusammenzufügen. LeRoy saß seit zwei Jahren wegen des Mordes an Casey Maguires kleinem Bruder, Bobby Joe, im Gefängnis. Wenn er keine Schutzgelder für die Maguires eingetrieben hatte, dann hatte Vinny McGinty im Boxing Irishclub herumgehangen – also, verdammt, er konnte sogar ein paar Runden mit LeRoy geboxt haben, ehe der eingebuchtet worden war.
Charles St. Claire war LeRoys Anwalt gewesen und hatte angeblich an der Revision des Falles gearbeitet, während er als Vergütung seiner Ausgaben LeRoys Frau pro Woche mehrere Male gefickt hatte.
»Du hast gesagt, mitten in der Nacht am Sonntag vor zwei Wochen?«
»Ich hab ja keine Uhr, aber mir kam's vor wie eins, halb zwei. Und ich bin noch nicht so alt, dass ich mich an die Tage nicht mehr erinnern kann.«
Vinny McGinty wurde vor zwei Wochen mit einer Klaviersaite erwürgt und dann hergebracht und in den Sumpf geworfen; letzte Nacht hat jemand in wilder Wut Charles St. Claire mit einem Rohrmesser zu Tode gehackt – zwei unterschiedliche Morde an zwei sehr unterschiedlichen Männern, deren einzige Gemeinsamkeit darin bestand, dass sie beide LeRoy Washington kannten. Doch wir leben in New Orleans – wer immer sich aufs Geratewohl zwei Menschen herausfischt, wird schließlich zwischen beiden eine Verbindung feststellen können. Nach Rourkes Erfahrungen mit Leben und Versprechen spielten wil-

de Zufälle oft eine größere Rolle, als logisches Denken jemals zugeben würde. Was jedoch offenbar von Bedeutung war, war die Tatsache, dass Vinny McGintys Leichnam ganz bewusst hier abgelegt worden war, und »hier« bedeutete das Haus von *tante* Adenise und den Washington-Brüdern.

Die blicklosen Augen der alten Frau richteten sich auf den feuchten, schwarzen Sumpf; ihre Konzentration dagegen galt Rourke und war so greifbar wie das Streicheln einer Hand über ein Gesicht. »Du bist ein guter Mann, Mr. Day«, sagte sie. »Du kannst unter die Haut der Menschen blicken und ihre Seele sehen. Aber du solltest dir keine Vorwürfe machen für das, was du dort findest.« Sie hob den Kopf und schnupperte wie ein Hühnerhund in die Nacht hinaus. »Überleg dir genau, was du mit diesem Knochen anfängst, den sie dir zugeworfen haben. Ich hab da meine bösen Ahnungen. Ich sehe Fledermäuse vor dem Mond vorbeifliegen und der Sumpf ist rot wie Blut.«

Rourke lächelte nicht, er brachte Adenises bösen Ahnungen tiefen und dauerhaften Respekt entgegen. »*Tante*, ich möchte dich um einen Gefallen bitten«, sagte er. »Schick deinen LeBeau zu mir, je früher, desto besser.«

Sie schwieg einen Moment lang und ihre Hände, die die Armlehnen ihres Schaukelstuhls umfassten, verkrampften sich. »Was hat der angestellt?«

»Ich weiß nichts Sicheres, aber vielleicht gibt es doch etwas. Eine Kleinigkeit, die dick aufgeblasen werden könnte. Ich glaube auch, dass er vielleicht etwas gesehen hat, und es könnte schlimm für ihn ausgehen, wenn er mit dem Falschen darüber spricht.«

»Ich weiß nicht, wovon du da redest. LeBeau ist noch ein Kind.«

Rourke ließ die Sache zunächst auf sich beruhen. Er aß sein Gumbo und die Dunkelheit der Nacht vertiefte sich. Draußen im Sumpf tauchte ein Alligator auf. »Habt ihr hier draußen gehört, was mit Charles St. Claire passiert ist?«, fragte er endlich.

»Die Welt gehört dem weißen Mann. Farbige kommen durch, weil sie wissen, was sie wissen müssen. Natürlich haben wir das gehört.«

»Dann weißt du sicher auch, wenn ein Mann wie Mr. St. Claire mit einem Rohrmesser zerstückelt wird, macht das gewissen Leuten arge Schwierigkeiten – vielleicht suchen sie dann einen Weg, um diese Schwierigkeit auf die einfachste Weise zu beheben. Und wenn sie die Möglichkeit haben, das Messer einem Sündenbock in die Hände zu drücken, na ja, dann finden sie vielleicht auch eine Möglichkeit für ihr gemeinsames Gewissen, genau das zu tun.«

Sie saß jetzt ganz still da, schaukelte nicht mehr und ihre Angst war so greifbar wie die Feuchtigkeit der Nacht. Ihre beiden ältesten Enkel waren aus New Orleans in die Fabriken des Nordens geflohen und LeRoy saß im Gefängnis. LeBeau war das Einzige, was sie noch hatte. »Macht es besonders leicht«, sagte sie, »für gewisse Leute, ihre Schwierigkeiten zu beheben, wenn dieser Bock schwarz ist.«

In diesem Moment stieg der Mond über dem Dach auf, tauchte die Veranda in silbernes Licht und Rourke sah die Tränen auf den eingefallenen Wangen der alten Frau glitzern.

»Mein LeBeau«, sagte sie, »der wollte Mr. Charlie mit dem Voodoo nur ein bisschen Angst machen. Mit dem Rohrmesser hatte er nichts zu tun.«

Sie rieb ihre knotigen Fingerknöchel aneinander. »Er ist noch ein Kind.«

»Das weiß ich. Schick ihn zu mir, *tante.*«

»Damit du ihn ins Gefängnis stecken kannst?«

»Nein.«

»Hm.«

»Und was ist mit Lucille?«

»Der passiert schon nichts.«

Sicher würde ihr etwas passieren. Schon längst wusste der

Klatsch, dass Charles St. Claire im Quarter eine Wohnung gehabt hatte, in der er sich mit seiner farbigen Geliebten traf. Ihr Name war noch nicht bekannt, denn bisher hatte sich niemand weiter dafür interessiert; aber jetzt war das Interesse erwacht, die Boulevardpresse hatte sich bereits über den Skandal hergemacht und deshalb würde Lucille bestimmt irgendetwas passieren.
Tante Adenise schaukelte wieder und sang leise im Rhythmus der Kufen auf dem zerschrammten Boden das Lied, aus dem sie ihre Kraft schöpfte: *Were you there when they crucified my Lord?* Plötzlich warf sie den Kopf in den Nacken und stieß einen scharfen kleinen Schrei aus wie ein sterbender Vogel. »O Gott, o Gott. Ich kann wohl das Elend nicht aus diesem Haus vertreiben, egal, wie viel Mühe ich mir gebe.«

Er verließ Adenise, beladen mit ihren bösen Ahnungen.
Er wollte nicht nach Hause gehen, wo er die Nacht allein verbringen müsste. Nein, das stimmte nicht. Seine Tochter und seine Mama warteten darauf, ihm Gesellschaft leisten zu können. Er jedoch wollte seine Fäuste in Bridey O'Maras lange rote Haare wickeln.
Er war sich nicht sicher, ob sie ihn wollte. Sie arbeitete abends im Warenhaus Krauss als Handschuhverkäuferin und aß danach dann oft bei ihrer Mutter. An diesem Abend wollte sie dort noch beim Abwasch helfen und deshalb musste er auf der Vorderveranda ihrer Mutter auf sie warten. Weil sie diese Sünde begingen, er und Bridey, weil sie ohne den Segen der Heiligen Kirche miteinander schliefen, hasste ihre Mutter sogar die Luft, die er einatmete, und er respektierte ihre Gefühle, indem er ihr Haus nicht betrat.
Bridey lächelte jedoch, als sie herauskam und ihn auf der Treppe sitzen sah. Er erhob sich, legte ihr den Arm um die Taille und zog sie an sich. Er konnte das süße Puder riechen, das sie nach dem Baden benutzt hatte.

Sie gingen langsam nach Hause und blieben bei einer Kneipe stehen, um einen Eimer kaltes, schäumendes Bier zu kaufen. Im Haus zogen sie sich aus. Er legte Gershwin aufs Grammophon und sie tanzten zu »Someone to watch over me«, während das Verlangen und die Hitze der Nacht ihre Haut wie feuchter Atem berührten. Er hielt sie in den Armen und dachte, die hingebungsvolle Wärme ihres Körpers durch ihren dünnen Unterrock sei das, was er in seinem Leben schon so lange vermisste.
Als die Schallplatte in kratzendem Schweigen endete, berührte sie seinen Handrücken und ihre Augen lächelten ihn an.
Er ging mit ihr ins Schlafzimmer und legte sie auf das Bett mit dem geriffelten Rahmen. Er küsste ihre Augen, ihre Nase, ihren Mund und schließlich die Sommersprossen auf ihren Brustspitzen. Er berührte ihre Haare und wünschte sich, auf irgendeine Weise ihr Herz berühren zu können.
Er liebte sie, und danach versuchte er, den Moment festzuhalten, so, wie wir uns an den Schlaf anklammern, um einen süßen Traum nicht loslassen zu müssen. Doch der Augenblick verging wie ein Traum und er erhob sich von ihrem weichen Leib und setzte sich auf die Bettkante.
Sie legte die Hand an seinen Rücken und ließ sie dort liegen. Erst als er hörte, wie ihr Atem im Schlaf gleichmäßig wurde, entzog er sich ihrem Griff und stand auf. Er zog Hose und Hemd an, ließ das Hemd offen und ging hinaus in die Nacht.
Er ging bis zur Mitte der Straße und schaute hoch. Der Mond war schmal und scharf wie eine Sichel, der Himmel schien vor Sternen zu bersten. Die Stille hatte etwas Scharfes, das alle Geräusche verstärkte: die Palmenkäfer, die die Straßenlaternen umschwirrten, das Knacken der Baumzweige vor Brideys Vordergalerie, die Schiffssirene unten auf dem Fluss.
Als er Jo geheiratet hatte, hatte er gehofft, niemals mehr einsam sein zu müssen. Aber dann war sie gestorben. Er konnte

nicht an seine Frau denken, ohne dass sein Herz sich verkrampfte, aber wie sehr konnte man eine Frau wirklich lieben, die man nur ein Jahr gekannt hatte? Er nahm an, dass er jetzt, wenn er an Jo dachte, vor allem den Verlust der Hoffnung betrauerte, die sie ihm geschenkt hatte, und dass Trauer sich in einen Menschen hineinbohrte und dort häuslich niederließ. Er wollte den Schmerz nun schon so lange loslassen, aber der Schmerz kam ihm so vertraut und behaglich vor wie ein altes Bluesstück. Er wollte loslassen, fürchtete sich aber auch davor.
Ein Auto bog um die Ecke. Ein schwarzer Lincoln, dessen vordere Scheinwerfer plötzlich erloschen, und Rourke spürte hinten in seiner Kehle eine ängstliche Vorahnung.
Der Lincoln schoss mit brüllendem Motor und kreischenden Reifen vorwärts. Zuerst glaubte Rourke, der Wagen werde ihn überfahren, doch im letzten Moment steuerte er auf das Haus zu und pfefferte Rasen und Laterne mit Kieselsteinen. Etwas kam aus dem Seitenfenster des Wagens geflogen – ein schwarzer Metallgegenstand von der Größe eines Baseballs, der jedoch von Form und Aussehen her einer Ananas ähnelte. Der Gegenstand traf auf den Boden der Galerie auf und rollte unter die Hollywoodschaukel, als Bridey aus der Tür herausstürzte und Rourkes Namen rief.
Rourke rannte jetzt, rannte auf das Haus und die Granate zu, die dampfend unter Brideys Hollywoodschaukel lag.
Der Lincoln fuhr wieder an. Die Kühlerhaube versetzte Rourke einen harten Stoß und er glaubte, eine Rippe brechen zu hören, als ein Schmerz wie flüssiges Feuer durch seine Brust jagte. Der Stoß schleuderte ihn rückwärts durch die Luft, auf die Mitte der Straße. Sein Kopf knallte auf festen Lehm und Kies auf und vor seinen Augen loderte ein blendend weißes Licht.
Bridey schrie.
Das Licht explodierte und wurde zu Flammen und fliegenden Splittern von Holz, Glas und Metall.

Er kehrte in eine Welt des Lärms zurück. Zu knisterndem Feuer, heulenden Sirenen, Rufen. Zu seinem eigenen Atem, der in seiner Kehle ein- und ausjagte.
Jemand kniete über ihm, berührte seine Schulter, sagte etwas, das er durch den Lärm hindurch nicht hören konnte. Blut strömte aus seiner Nase über seinen Hals und sein Hemd. Er schien einfach nicht genug Luft holen zu können.
Ein Leichnam lag vor dem, was von Brideys Vordertreppe noch übrig war. Jemand hatte eine Decke darüber geworfen, doch ein ausgestreckter Arm war zu sehen, gebadet in pulsierendem Rotlicht des Krankenwagens. Das Licht ließ die blaue Tätowierung auf der Innenseite ihres linken Handgelenkes aussehen wie verschmiertes Blut.
Rourkes Kopf sank nach hinten. Er schaute zum Nachthimmel hoch und der Sichelmond zitterte, verschwamm und zerbrach in tausend Stücke.

Elftes Kapitel

Er hatte sich nichts gebrochen. Eine Beule am Kopf, ein paar angeknackste Rippen, doch gebrochen war nichts. Er lebte, hatte nicht einmal etwas gebrochen und die Sonne war zu einem weiteren Morgen aufgegangen.

Während der letzten Stunde war jedoch ein Gewitter heraufgezogen und der Himmel hing jetzt schwer und grau über ihm, wie eine Decke aus feuchter Ofenasche. Doch noch immer stieg die Hitze in brutalen Wellen von den von der Sonne gebackenen Treppenstufen vor dem Central Hospital hoch, wo Daman Rourke stand und zitterte.

Fiorello Prankowski wartete auf der Straße auf ihn, er lehnte an einem Streifenwagen. Rourke blieb, wo er war. Er bewegte sich nicht und richtete seinen Blick auf die Kreppmyrthen, die sich über den Gehsteig hinzogen. Donner grollte, die Wolken wurden immer dunkler und bedrückten ihn, schwer und heiß, doch innerlich war ihm kalt und er konnte nicht aufhören zu zittern.

»Alles in Ordnung mit dir?«

Rourke kniff die Augen zusammen. Er hatte nicht gesehen, dass Fio die Treppe hochgekommen war. Die Zeit schien ihn in die Irre geführt, er schien ihren Rhythmus verloren zu haben.

Fio musterte ihn von Kopf bis Fuß und kniff die Augen in seinem hageren Gesicht zusammen. Das, was er sah, schien ihn zu beunruhigen. »Angeblich hast du eine Gehirnerschütterung und ein paar gebrochene Rippen oder so. Bist du sicher, dass du nicht im Bett liegen solltest?«

Rourke war nicht direkt aus dem Krankenhaus entlassen worden; er war einfach aufgestanden, hatte die Kleidungsstücke angezogen, die seine Mama ihm geschickt hatte, und war gegangen. Und jetzt stand er hier, und hier stand Fio, aber er sagte noch immer nichts, er starrte einfach weiterhin die Kreppmyrthe an. Vor Brideys Vordergalerie hatte eine Kreppmyrthe gestanden. Die Granate hatte Kleinholz daraus gemacht.

»Nichts gebrochen«, sagte er endlich zu Fio, denn anders als Bridey atmete er zumindest theoretisch noch, und deshalb gab es keine Entschuldigung für schlechtes Benehmen. »Ich bin nur ein bisschen zerschrammt und steif, das ist alles. Nett, dass du einen Wagen mitgebracht hast.«

Fio verlagerte sein Gewicht auf den anderen Fuß und zog die Schultern hoch. Seine Hände hingen hinab, groß, schlaff und hilflos. »Jesus, Day. Du hast Glück, dass du nicht total klein gewichst worden bist ...« Plötzlich verfärbte sich Fios Gesicht. Er nahm den Hut ab und fuhr sich mit der Hand durch seine widerspenstigen Haare. Er räusperte sich energisch. »Mann, das mit Bridey tut mir Leid. Was, zum Teufel, läuft hier eigentlich ab?«

Rourke holte Atem. Seine zerschundenen Rippen taten dabei weh, er spürte, wie sein Mund sich öffnete, aber er konnte einfach nicht genug Luft bekommen. Auf der ganzen Welt war nicht genug Luft übrig.

»Ich weiß nicht«, sagte er oder hätte er gern gesagt. Er konnte sich nicht vorstellen, wie er reden sollte, solange er nicht atmen konnte.

»Jesus, ich weiß nicht, was ich sagen soll. Bridey ... Mann, das tut mir Leid.«

Rourke spürte, wie die Muskeln seines Gesichts sich zu einem Lächeln verzogen. Er wusste, dass es sein fieses Lächeln war, das sagte ihm Fios Blick. Das Lächeln, das er zeigte, wenn er seine Spad voll auf den Feind zu lenkte, wenn seine Finger hart und erbarmungslos auf den Abzughahn seiner Kanonen drückten.

»Eine Granate braucht ungefähr zehn Sekunden, bevor sie explodiert«, sagte Rourke. »Sie hatte noch Zeit, um zu wissen, dass sie sterben musste.«

»Das kannst du nicht wissen.«

»Sie hat geschrien.«

Rourke setzte sich in Bewegung. Fio starrte ihm einen Augenblick hinterher und stieg dann ebenfalls die Treppe hinunter.

Rourke ging zum Beifahrersitz des Wagens und stieg ein. Fio zögerte für einen Moment und schaute sich auf der Straße um, als hoffte er auf das Eintreffen der Kavallerie. Dann seufzte er, öffnete seine Tür und manövrierte seinen umfangreichen Leib hinter das Lenkrad.

Er ließ den Motor an und wandte sich dann Rourke zu. »Also, haben wir ein besonderes Ziel oder möchtest du einfach spazieren fahren?«

In der vergangenen Nacht war der Tod in einem eleganten schwarzen Lincoln gekommen, ein Mann war gefahren, ein anderer hatte geworfen. Mond und Straßenlaternen hatten das Wageninnere in Schatten getaucht, und beide Männer hatten ihre schwarzen, weichen Filzhüte tief in die Stirn gezogen, um ihre Gesichter zu verbergen. Es war ein professioneller Anschlag gewesen, durchgeplant, glatt und unpersönlich, und aller Wahrscheinlichkeit nach für Rourke bestimmt. Bridey hatte einfach nur im Weg gestanden.

Wenn er die Augen schloss, konnte er sie noch immer sehen, in der Sekunde vor der Explosion des weißen Lichtes und der umherwirbelnden Splitter aus Holz, Metall und Glas. Er gab sich große Mühe, nicht die Augen zu schließen. Gegen den Schrei, den er in Gedanken immer wieder hörte, konnte er jedoch nichts machen.

»Ich habe Hunger«, sagte Rourke. »Hast du Hunger?«

Fio musterte ihn langsam und nachdenklich. »Kann schon sein.«

Rourke spürte, wie sein Mund sich wieder zu diesem entsetzlichen Lächeln verzog. »Ich hab richtig Lust auf eins von Tio Tonys Austernsandwiches.«

»Ach, Mann!« Fio stieß keuchend seinen Atem aus. Tio Tony betrieb einen billigen Imbiss samt Wettbüro unten am Flussufer im Irischen Kanal, zwei Blocks entfernt von Casey Maguires Schlachthof, in dem der Alkoholschieber noch immer seine Büros hatte. Maguire ging seit zehn Jahren jeden Tag zum Mittagessen zu Tio Tony.

Fio packte das Lenkrad, dann fluchte er und ließ los. »Typen wie Maguire legen keine Bullen um. Das passiert einfach nicht. Und schon gar nicht in New Orleans.«

In New Orleans war das seit 1890 nicht mehr passiert. Damals hatte die sizilianische Mafia den beliebten Superintendent David Hennessy ermordet, weil er sich in ihre Geschäfte eingemischt hatte, und die empörten Bürger der Stadt hatten im Gegenzug sieben Mafiosi auf dem Hof des alten Parish Prison gelyncht ... Danach war das organisierte Verbrechen zwar nicht ganz und gar aus New Orleans verschwunden, seine Vertreter jedoch waren dazu übergegangen, den Bullen Schmiergelder zu zahlen oder sie in Ruhe zu lassen.

»Fährst du?«, fragte Rourke. »Mir wird richtig heiß hier in der Karre.«

»Vielleicht war diese Chicago-Ananas ja gar nicht für dich bestimmt. Vielleicht ist ihr Mann wieder aufgetaucht und ...«

»Der ist tot.« Sean war tot.

»Vielleicht auch nicht. Oder vielleicht hat er, als er noch im Job war, jemanden den Fluss hoch geschickt, der jetzt entlassen worden ist und nichts von O'Maras Verschwinden weiß.«

Sean O'Mara war tot, und Rourke fragte sich jetzt wirklich, ob er auf irgendeine Weise und durch irgendeinen Zufall fast über die Antwort auf die Frage gestolpert war, wie und warum Sean den Tod gefunden hatte. Vielleicht bestand die Verbindung nicht zwischen Vinny McGinty und LeRoy Washington, sondern zwischen Vinny und Sean. Der Überfall auf Brideys Haus war professionell durchgezogen worden, so professionell wie der Mord an Vinny. An Vinny, seinem Knochen. Das ganze stank einfach nach Casey Maguire.

Aber um das glauben zu können, musste er auch glauben …

An einem Sommerabend, mit dreizehn Jahren, hatten sich die vier in die Sakristei von St. Alphonsus geschlichen und etwas von dem Wein gestohlen, der für die Messe und das Sakrament der Heiligen Kommunion bestimmt war. Sie waren damals alle in St. Alphonsus Messdiener gewesen – abgesehen von Bridey natürlich – und deshalb hatten sie gewusst, wo der Messwein aufbewahrt wurde. Dunkelgrüne Flaschen mit handbekritzelten Etiketten waren hinten in einem Schrank in Monsignor McAuliffes Büro verstaut. Danach, trunken vom Wein und den schändlichen Sünden des Diebstahls und der Blasphemie, waren sie mit der Straßenbahn zum City Park gefahren, wo ein reisender Rummelplatz mit dem angeblich größten transportablen Riesenrad auf der ganzen Welt sein Lager aufgeschlagen hatte.

Das Riesenrad schien über hundert Meter oder mehr in den vor Hitze dunstigen, kobaltblauen Himmel zu ragen. Es war mit vielen weiß glühenden Lampen besetzt und drehte sich in der Dämmerung wie eine riesige, mit Sternen besetzte Windmühle. Knallrot und gelb angestrichene Gondeln hingen lockend an dicken Eisenspeichen. Ach, fliegen!

Sie bezahlten ihre fünf Cent und waren gerade auf die Plattform unter dem Riesenrad geklettert, als eine leere rote Gondel auf sie zukam. Als Südstaatengentlemen ließen sie Bridey zuerst einsteigen, dann stritten Sean und Casey sich handgreiflich darüber, wer neben ihr sitzen dürfe. Sean gewann und legte grinsend den Arm um Brideys Taille.

Als die Gondel vom Erdboden abhob, ließ Sean seinen Preis jedoch los und packte mit beiden Händen die Sicherheitsstange, und die anderen zogen ihn heftig wegen seiner Höhenangst auf.

Sie schwebten über dem Park, über den Eichen, dem Säulenpavillon, den Lichtern, die am neuen Eisenbogen des Pizatti-Tores funkelten. Gerüche und Lärm stiegen vom Boden auf, blubberndes Lachen und Rufe und freudiges Kreischen, geröstete Erdnüsse und platzendes Popkorn.
Ihre Gondel hatte die halbe Höhe des Riesenrades erreicht und blieb dann schaukelnd stehen, und Rourke fühlte sich ein wenig leichtsinnig. Der Wein war zu süß gewesen und das Stehlen eine so wundervolle Todsünde. Wenn sie jetzt stürben, würden sie in die Hölle kommen, verdammt in alle Ewigkeit. Es war ein beängstigender Gedanke, und diese Angst erregte Rourke und berauschte ihn noch mehr als der Wein.
Er entdeckte, dass Bridey ihn anstarrte. Ihre Augen glühten in ihrem Gesicht und ein Mundwinkel zitterte. Sie sah verängstigt aus, aber sie spürte es immer, wenn ihn Hunger, Sehnsucht nach Ärger überkam. Sie wusste, dass es ihm an diesem Abend nicht reichen würde, die Heilige Kirche bestohlen zu haben.
Rourke lächelte. Bridey riss ihren Blick von ihm fort und schlang sich die Arme um den Leib.
Das Riesenrad setzte sich ächzend wieder in Bewegung, sie stiegen und stiegen und die vertrauten Merkmale ihrer Welt breiteten sich unter ihnen aus. Fluss und See und Sumpf. Die Herrenhäuser des Garden District und die Hütten am Flussufer – Manna und Korruption. Die Türme der St.-Louis-Kathedrale und die weiß getünchten Gräber der vielen Friedhöfe der Stadt – Tod und Erlösung.
Die Gondel kam genau am Höhepunkt der Radumdrehung langsam zum Stillstand. Sie hingen mitten in der Luft. Es war sehr, sehr weit nach unten. Der sichere Tod, zweifellos, bei einem Sturz.
Rourke stand auf.
Die Gondel schaukelte heftig und Bridey unterdrückte einen kleinen Schrei. Sean brüllte: »Hinsetzen!«

Rourke beugte sich über die Gondelwand und schaute nach unten. Er sah einen weißen Fußweg aus Austernschalen und das spitze Dach eines rotblau gestreiften Zeltes, wo Haremstänzerinnen den Tanz der sieben Schleier aufführten. Die Gondel bewegte sich wie von einem Windstoß erfasst, obwohl die Luft heiß und still war.

»Ich wette mit euch allen um einen Dollar, dass ich von dieser Gondel in die nächste springen kann«, sagte Rourke.

Sean lachte schallend los. »Ist doch bloß Angeberei. Und außerdem, wer hat hier schon einen Dollar?«

»Day, bitte nicht«, sagte Bridey, die ihn besser kannte.

»Du könntest es schaffen«, sagte Casey Maguire nach kurzem Nachdenken. »Aber wenn wir uns in Bewegung setzen, wenn du losgesprungen bist, dann bist du tot.«

Rourke stieg auf den Sitz und packte eine der dicken Speichen des Rades. Wieder schaukelte die Gondel, diesmal so heftig, als könne sie jeden Moment umkippen. Sean schrie auf und drohte, ihn für eine Woche ohnmächtig zu schlagen, wenn er sich jetzt nicht wieder setzte.

Rourke spürte die Dampfmaschine durch das mit Nieten besetzte Metall vibrieren. Wenn er sein Gewicht nur um weniges verlagerte, konnte er die Gondel schaukeln lassen wie eine Wiege. Die nächste war mindestens fünf Meter entfernt, aber der Winkel war nicht unmöglich. Solange – wie Case gesagt hatte – das Rad sich nicht in Bewegung setzte.

Wenn du es schaffst, dann wirst du leben. Wenn nicht, dann wirst du sterben, mit dem schwarzen Makel der Todsünde auf deiner Seele.

Stirb, und du kommst in die Hölle. In die Hölle, zur ewigen Strafe.

Ja.

Er konnte tief unten in seiner Kehle die Angst schmecken. Die Angst ließ ihn aufkeuchen und verwandelte sein Blut in Feuer und seine Haut in Eis. Er ging in die Knie, presste sein Gewicht auf die Fußballen und sprang.

Wäre gesprungen, wenn Casey Maguires starke Finger nicht in dem Moment, in dem das Rad sich wieder in Bewegung setzte, Rourkes Gürtel gepackt hätten.

Rourke ließ sich auf den Sitz zurückfallen. Die Gondel schaukelte und kippte hin und her und kam dann endlich zur Ruhe, als es nach unten ging. Im atemlosen Schweigen, das jetzt folgte, konnten sie das Ächzen und Stöhnen der Speichen und die türkische Musik aus dem Zelt der Tänzerinnen hören. Jemand lachte, und dann lachten alle vier, außer sich vor Angst und Erleichterung, und alle waren noch ein wenig betrunken vom gestohlenen Messwein.

Und dann, als ihr Lachen allmählich verhallte, hatte Casey Maguire es gesagt. Ganz laut hatte er gesagt: »Gott, ich liebe euch, Leute.«

Sie hatten ihn überrascht angeblickt, ein wenig verlegen angesichts der Ladung von Gefühl, die in seiner Stimme gelegen hatte. Dann hatte Sean gelacht, sich vorgebeugt, ihm mit der Faust leicht gegen die Schulter geboxt und Bridey hatte ihm eine Kusshand zugeworfen. Rourke hatte die Stelle angestarrt, wo der Horizont aus Bäumen und Dächern ihnen entgegenstieg, und hatte geschwiegen, denn für einen kurzen Moment hatte er in Casey Maguires Gesicht geblickt und Casey hatte seinen Blick mit unverhohlener und ängstlicher Liebe erwidert. Und das, dachte Rourke jetzt, hatte mehr brutalen Mut erfordert, als er selbst jemals haben würde.

Tio Tony's Hafenimbiss lag in der Tchoupitoulas Street, eingeklemmt zwischen einem aus Verschalungsbrettern gebauten Lichtspielhaus für Farbige und einem langen Speicher aus Ziegelsteinen. Das Lokal schaute auf den Hafen, wo Bananenschiffe auf das Löschen und mit Fässern voll Zucker beladene Lastwagen auf die Verschiffung flussaufwärts warteten. Der Geruch von gerösteten Kaffeebohnen und kochender Melasse hing schwer in der Luft.

Fio ließ sich ausgiebig Zeit, als er seinen Wanst aus dem Streifenwagen bugsierte. »Du wirst noch dafür sorgen, dass unsere Ärsche beide gefeuert werden«, sagte er. »Jawohl. Nur wirst du nicht gefeuert, weil der Opa deiner Tochter der Superintendent der Polizei in dieser lieblichen Stadt ist. Und deshalb werden sie dir eins von diesen netten Büros in der City Hall geben, wo du den ganzen Tag Papiere hin und her schieben und zwischen deinen Zehen Fussel rauspflücken kannst. Ich dagegen werde gefeuert und werde die vierzig leichten kleinen Raten für meine neue Zimmerorgel nicht blechen können.«

Rourke starrte ihn über das zerschrammte und von der Sonne verblichene Wagendeck hinweg an. »Fertig?«

»Ja, ich bin fertig. Willst du irgendwen umbringen?«

»Heute nicht.«

Fio verdrehte die Augen und flehte den von Gewitterwolken bedeckten Himmel um einen Aufschub an. »O selig sind die geistig Armen und alle, die reinen Herzens sind.«

Tio Tony's bot keinen großen Komfort. Man konnte vor dem verdreckten, mit Fliesen besetzten Tresen auf einem Barhocker sitzen oder in einer der Nischen mit ihren Sitzen aus zerschlissenem rotem Leder Platz nehmen. Fotos von Boxern hingen zusammen mit Heiligenbildern an den bleichgelben Wänden des Lokals. Unter der Blechdecke ächzte ein Ventilator und rührte in den schwebenden Schichten aus Zigarettenrauch. Es roch nach gebratenen Austern und gebranntem Kaffee und auch ein wenig nach Schnaps. Denen, die wussten, wie hier Bestellungen aufgegeben wurden, servierte Tony erstklassigen Scotch und so ungefähr den besten Ramos Gin Fizz in der ganzen Stadt.

Hinten im Lokal führte eine Schwingtür mit einer Luke als Fenster in die Küche. Eine Tür in der Küche wiederum führte ins Wettbüro und in einen Raum mit Holzbänken, Sägespänen auf dem Boden und einem Boxring, in dem freitagsabends Schaukämpfe stattfanden. In Tio Tonys Hinterzimmer konnten junge aufstrebende Talente zu Bekanntheit gelangen, indem sie gegen alle Herausforderer antraten.

Obwohl es schon fast Mittagszeit war, war das Lokal ruhig und ziemlich leer. Ein Mann mit kahlem Kopf von Form und Größe einer Wassermelone saß am Tresen und reinigte sich mit einem offenen Rasiermesser mit Perlmuttgriff die Fingernägel. Er unterhielt sich mit dem Mann hinter dem Tresen, der unter seiner mit Fett bespritzten Schürze nur ein ärmelloses Unterhemd trug. Der Koch – falls es der Koch war – sah nicht bewaffnet aus, aber Rourke zweifelte nicht daran, dass ein Thompson Maschinengewehr in Reichweite unter dem Tresen verstaut war.

Als sie das Lokal betraten, stieß die Tür eine Kuhglocke an und der Mann mit dem Rasiermesser drehte sich neugierig um, wobei sein Barhocker unter seinem Gewicht aufschrie. Zehncentstückgroße Augen leuchteten kurz auf, als sein überdimensionaler Kopf den Anblick verarbeitete. Dann zuckte er mit den Schultern und drehte sich wieder um. Vermutlich hielt er Rourke und Fio einfach für zwei weitere Bullen, die ihre Schmiergelder abholen wollten. Er sagte leise etwas zu dem Koch und der Koch lachte, während sein Blick zu den Nischen hinten im Lokal hinüberglitt.

In diesem Lokal war es so heiß und stickig wie überall sonst. Dunkle, feuchte Kreise malten sich in den Armlöchern des Unterhemdes ab, das der Koch trug, und feuchte Tropfen klebten wie Regen an der Stirn des Kahlen. Im Vorübergehen konnte Rourke den Schweiß der beiden riechen.

Nur eine Nische war besetzt. Dort saßen zwei Männer, ein dritter stand vor ihnen; er hielt in der einen Hand seinen Hut und in der anderen einen mit Klebeband verschlossenen braunen Briefumschlag.

Der Mann legte den Briefumschlag zwischen Casey Maguires Hand und die Überreste eines Sandwichs auf den Tisch. Er zog den Kopf ein und wandte sich zum Gehen. Beim Anblick von Rourke und Fio erbleichte er. Er setzte seinen Hut auf und hielt die Hand an der Krempe, um sein Gesicht zu verbergen, als er sich an den beiden vorbeidrängte.

Casey Maguire hob die Hand, griff jedoch nicht nach dem Briefumschlag. Er nippte an einem Glas mit einer Flüssigkeit, die aussah wie Eistee mit Minzblättern, was sie aller Wahrscheinlichkeit nach auch war. Während der letzten Jahre war der offizielle Alkoholschieber der Stadt zum Abstinenzler geworden.

Ihm gegenüber saß Maguires Vertrauensschläger und leerte einen Teller Reis, rote Bohnen und gebratenes *sac-à-lait.* Paddy Boyle hob den Kopf, als die beiden näher kamen, und seine verwaschenen blauen Augen musterten sie langsam. Seine dünnen Lippen verzogen sich zu einem Feixen und er kratzte sich den Hals an der Stelle, wo seine Haare sich wie Bronzedraht über seinem offenen Hemdenkragen lockten.

Rourke lächelte und tippte seine Wange in der Nähe des Mundwinkels an, wo die des anderen von einer tiefen V-förmigen Narbe durchfurcht war. Diese Narben wurden »Rattenzeichen« genannt. Im Gefängnis ritzte man sie mit einem Messer Denunzianten in die Haut.

Paddy Boyles Narbengesicht errötete und seine rechte Hand bewegte sich unwillkürlich auf sein Kreuz zu, wo er zweifellos einen Revolver hatte, vermutlich eine grobe Cowboywaffe.

Dann schaute Maguire auf, sah die beiden und schlüpfte aus der Nische. Sein Gesicht wirkte dünner und wie verhärmt von einem entsetzlichen Schmerz. Er breitete die Arme aus, wie um Rourke zu umarmen, dann ließ er sie langsam wieder sinken.

»Day, ich habe es gehört – Jesus, wie grauenhaft!«, sagte er dann. »Die arme Bridey, ich kann es noch immer nicht glauben.«

Rourkes Lächeln zeigte jetzt allen typischen Südstaatencharme.

»Na, dann versuch es doch einfach noch mal. Du solltest wirklich glauben, dass sie tot ist, schließlich hast du sie doch umgebracht.«
»Day.« Blutwellen jagten durch Maguires blasses Gesicht. Er schloss die Augen und schüttelte den Kopf, aber Rourke glaubte, dass er sich in seinem tiefsten Inneren wand.
»Ich habe sie geliebt«, sagte Maguire mit dicker, belegter Stimme. »Ich war der Einzige von uns, der sie nie gehabt hat, aber wahrscheinlich habe ich sie tiefer geliebt als ihr beiden Ärsche.«
»Das glaube ich gern, Case. Ich glaube, dass du sie geliebt hast, nur hast du sie eben trotzdem umgebracht. Na ja, vielleicht war die Granate ja für mich bestimmt und nicht für sie, aber wenn es nun eben anders gekommen ist, dann ist das dein Pech, denn sie ist tot. Und ich lebe.«
Maguire wandte sich ab und winkte mit der Hand. »Wie gefällt dir dieser Knabe? Wir waren früher die besten Freunde, haben uns nahe gestanden wie Brüder, und jetzt behandelt er mich wie einen Spuckeklumpen auf dem Bürgersteig.«
In Rourke wurde etwas aufgerissen. Vielleicht hatte der Riss auch schon die ganze Zeit geklafft und er bemerkte ihn erst jetzt. Sein Bauch sagte ihm, dass Casey es gewesen sein musste, aber sein Herz flehte, alles möge ein Irrtum sein. Diese Schwäche ekelte ihn an und machte ihn wütend.
Seine Hand jagte hervor und packte Maguires rechtes Handgelenk. Aus dem Augenwinkel heraus sah er Paddy Boyle zum Revolver greifen. Hinter ihm hörte er Fio dessen 38-Special ziehen. Die Schläger am Tresen entsicherten ihre Waffen und Tio Tony's klang plötzlich wie eine Grillenversammlung im Juli.
»Ganz ruhig, Jungs«, rief Casey und starrte Rourke ins Gesicht. »Alles in Ordnung hier.«
Rourke drehte Maguire das Handgelenk um und schob seinen Hemdsärmel nach oben, wodurch der kleine achtzackige Stern sichtbar wurde. »Du hast den Eid gebrochen.«

Rourke spürte, wie die Sehnen in Maguires Handgelenk sich verzogen, als dieser die Faust ballte. »Ich nicht, Day«, sagte er langsam mit leiser, trauriger Stimme. »Du.«
Langsam, sanft befreite er sich aus Rourkes Griff. »Wir waren früher eine Familie, mehr als die Familien, die Gott uns gegeben hatte. Meinst du, ich wüsste nicht mehr, wie das bei dir war? Du warst immer wilder als wir anderen zusammen – Jesus, ich schwöre, manchmal dachte ich, du wärst reif fürs Irrenhaus. Aber wir haben zusammengehalten, wir vier, Blutsbrüder fürs ganze Leben. Aber dann hast du dir ein Abzeichen angesteckt und eine Debütantin aus dem Garden District geheiratet, und plötzlich bist du Sankt Daman und deine Scheiße stinkt nicht mehr. Sean ist auch Bulle geworden, aber so was hat er nie getan.«
»Was immer Sean getan hat, er hätte es besser wissen müssen.«
»Sean hat es besser gewusst. Im Gegensatz zu dir hat er sich keine großen Illusionen über sich selbst gemacht. Ehe er sich aus dieser Stadt verpisst hat, war Sean O'Mara einfach ein Mann wie dein Daddy, ein besoffener Bulle, dessen Seele den Wucherern gehörte und der in den Bordellen seine Bestechungsgelder abgeholt hat.«
Das alles stimmte und es tat weh, es zu wissen, es zugeben zu müssen. Rourke trat einen Schritt vor, dichter an den anderen heran. Er hörte Maguire nach Luft schnappen, sah, dass sich dessen Augen ein wenig weiteten. Seine eigenen Augen, das wusste Rourke, hatten jetzt schwere Lider und waren kalt.
»Zuerst«, sagte er und ließ seine Stimme leise und sanft klingen, »wollte ich dich für dreißig Jahre nach Angola bringen, weil du Vinny ermordet hast. Aber wenn ich feststelle, dass du auch Bridey auf dem Gewissen hast, werde ich dir dein verlogenes Mörderherz aus dem Leibe reißen.«
Die Haut um Maguires Augen verspannte sich, aber er atmete langsam und sorgfältig aus. »Bridey zuliebe, in ihrer Erinnerung, habe ich überhört, was du gerade gesagt hast.«

Paddy Boyle stieß ein Geräusch aus, das in letzter Minute in ein Lachen umkippte. Er hatte seinen Revolver auf den Tisch gelegt, als ihm aufgegangen war, dass sein Boss nicht in Lebensgefahr schwebte. Jetzt steckte er sich eine Zigarette an und ließ das ausgebrannte Streichholz auf seinen halb leeren Teller fallen. Er schaute zu Rourke auf, blauer Rauch quoll ihm aus der Nase.
Er öffnete den Mund, wie um etwas zu sagen, schaffte das aber nicht mehr. Rourke packte ihn an seinem pomadisierten Schopf und schlug sein Gesicht auf den Tisch. Zigarette, Lippen und Zähne knallten auf den Teller, und das billige Stück Geschirr brach in Stücke.
Rourke verschärfte seinen Zugriff auf die glitschigen Haare und riss den Kopf des Mannes wieder hoch. Fischstücke, Reis und Bohnen lösten sich aus Paddy Boyles Gesicht und seine Beine bewegten sich unter dem Tisch wie zu einem Fluchtversuch. Rourke hielt ihn noch immer am Schopf und landete ein paar harte Schläge auf der Nase und dem zerschundenen, blutenden Mund des Mannes. Rosa Speichel troff von Boyles Lippen und Blut strömte aus seiner Nase wie Wasser aus einem gesprungenen Rohr. Rourke knallte das blutige Gesicht wieder zwischen die Scherben, immer wieder, in einer Explosion von Trauer und Wut. Er hörte Fio rufen, spürte, wie Fios Hände ihn wegzerrten. Er ließ Paddy Boyles Haare los und trat zurück, schnappte nach Luft, schnappte noch einmal nach Luft und nickte zu allem, was Fio sagte, obwohl er ihn nicht hören konnte, da das Blut in seinen Ohren wütend aufbrüllte.
Paddy Boyle versuchte, den Kopf zu heben, seine Augenlider flatterten, als er sich an einen Bewusstseinsfaden anklammerte, dann fiel das Gesicht zurück auf den zerbrochenen Teller. Blut hatte sich in fächerförmigen Mustern über Nische, Wand und Boden ergossen.
Rourkes Blick wanderte von dem geschlagenen Mann und den

Überbleibseln des Tisches zu Casey Maguire. Der Alkoholschieber starrte ihn an, seine bleichen Augen bebten vor Zorn, aber seine Hände hingen ruhig an seiner Seite.
Rourke lächelte. »Sag deinem Müllhaldenköter, wenn er noch einmal eine Knarre zieht, wenn ich dabei bin, dann ramm ich sie ihm in seinen Scheißhals.«

Rourke glaubte, eine Frau schreien gehört zu haben, doch dann ging ihm auf, dass es eine läutende Kirchenglocke war. Er holte tief Luft, stöhnte auf, als er seine wehen Rippen bewegte. Er roch den Schlamm des Flusses und die feuchten Ziegel hinter seinem Rücken. Er war draußen, lehnte an einer Speicherwand und konnte sich nicht erinnern, wie er dorthin gelangt war.
Fio stand vor ihm, sein Hals loderte wütendrot, in einer Wange zuckte ein Muskel. »Da hast du mich ganz schön angewichst, Partner.«
Rourke wandte seinen Blick ab. In einer unbenutzten Ecke gegenüber spielten einige Jungen mit einem Ball. Der Knall von Ball gegen Leder hallte in der schweren Luft wider. Einer von den Kleinen – ein magerer Wicht in zerfetzter Unterhose – trug eine Pelicans-Kappe.
Katie.
Rourke schloss die Augen, doch was er dann sah, war so entsetzlich, dass er sie wieder aufriss. In seinen Ohren hallte Brideys Schrei wider und sein Gesicht fühlte sich plötzlich kalt an. Die Menschen, die er liebte, hatten immer schon dazu geneigt, ihn zu verlassen oder ihm wegzusterben, aber er wusste einfach nicht, wie er ohne Katie leben sollte.
Noch immer brodelte das Blut in seinem Hals, seine Hände hingen jedoch nutzlos und dick an seinen Seiten. Er ballte die Fäuste, öffnete sie wieder, ballte und öffnete, ballte und öffnete, und atmete.

Er würde die Nachricht verbreiten, mit seinen Kontakten auf der Straße sprechen, in Erfahrung bringen müssen, ob jemand eine Vorstellung hatte, wer die Filzhüte im schwarzen Lincoln gewesen sein könnten. Er konnte die Kollegen in Chicago fragen. Die Gangster da oben bewarfen sich gegenseitig ununterbrochen mit dem Zeug. Und Lincolns waren die Lieblingsfahrzeuge von Al Capone und dessen Jungs. Vielleicht war Sean nicht tot. Vielleicht war Sean in den Norden gegangen, hatte Ärger bekommen und der Ärger war ihm nach Hause gefolgt.
Rourke ging diesen Moment in Gedanken immer wieder durch. Der schwarze Lincoln, der vor dem Haus vorfuhr, die fliegende Granate. Bridey. Die Jungs in den weichen Filzhüten hatten sicher grobe Cowboyrevolver gehabt und außerdem Maschinengewehre. Er hatte ungeschützt dagestanden, mitten auf der Straße, aber trotzdem hatten sie nicht einen einzigen Schuss auf ihn abgegeben.
Der schwarze Lincoln, der vor dem Haus vorfuhr, die fliegende Granate, Bridey, die schreiende Bridey. Die sterbende Bridey. Bridey.
Nein, er musste noch immer glauben, dass der Angriff ihm gegolten hatte und dass Bridey einfach an seiner Stelle umgekommen war.
Und damit war er wieder bei Casey Maguire und Vinny, dem Knochen, angelangt.
Oder vielleicht bei Charles St. Claire.
»Partner«, sagte er laut. Er richtete seinen Blick wieder auf Fio. »Hast du es gestern eigentlich noch geschafft, dich mit St. Claires Kompagnon zu unterhalten?«
Fios Gesichtshaut war noch immer vor Zorn straff gespannt. »Himmel, machen wir uns jetzt wieder an die Ermittlungen? Und ich dachte schon, wir wollten den lokalen Schurken den Krieg erklären.«

Rourkes Hand tat weh. Wieder ballte er die Faust und betrachtete die Stelle, wo die Haut über seinen Fingerknöcheln geplatzt war. »Gott soll mir helfen, aber es hat wirklich gut getan«, sagte er.

Fio kniff die Augen zusammen. »Du glaubst, ich wüsste nicht, was du vorhast. Scher dich zum Teufel.«

»Alles klar«, sagte Rourke. Er stieß sich von der Mauer ab und steuerte den Streifenwagen an.

»Du musst dich waschen und umziehen, ehe wir einen Oberklassenanwalt aufsuchen können«, rief Fio hinter ihm her. »Du scheinst in dem Blut dieses Schlägers geradezu gebadet zu haben.« Er wartete noch einen Moment, dann folgte er Rourke und klimperte mit den Münzen in seiner Hosentasche. »Ermittlungen. Ja, ja, das ist das wahre Leben. Warum hat meine Mama nicht am Tag meiner Geburt allen Ärger vorausgesehen und mich lieber gleich ertränkt?«

Zwölftes Kapitel

Flaschendeckelgroße Regentropfen schlugen auf Motorhaube und Windschutzscheibe, als sie vor Charles St. Claires Anwaltskanzlei in der Napoleon Avenue hielten. Rourke fühlte sich steif nach der langen Fahrt und stieg vorsichtig aus. Er stöhnte, denn seine zerschlagenen Rippen meldeten sich zu Wort, als er sich in den sauberen Anzug hineinquälte, den sie unterwegs bei ihm zu Hause mitgenommen hatten.

Es war eine kleine Kanzlei, nur betrieben von St. Claire und einem anderen Kreolen namens Jean Louis Armande, wie die diskrete Messingplatte neben der Tür mitteilte. Sie arbeiteten in einem umgebauten Queen-Anne-Haus, das mit gerillten Säulen, gedrechselten Holzgeländern, mit Schnitzereien verzierter Täfelung und einem Erker mit Fischschuppendach prunkte.

Während eine Sekretärin sie anmeldete, warteten Rourke und Fio in einem Raum, der Ähnlichkeit mit den mit Möbeln voll gestopften, zu üppig dekorierten Räumlichkeiten der eleganten Herrenclubs hatte. Fio ließ sich auf einem grünen Plüschsofa nieder und blätterte in einer Zeitschrift. Rourke trat vor die Wand und sah sich die Bilder an, eine Serie von Currier-und-Ives-Lithographien, die die schlimmsten Katastrophen der Weltgeschichte zeigten, den Untergang der *Titanic*, den Brand von Chicago, den Ausbruch des Vesuvs. Vielleicht, dachte Rourke, brachte der Anblick von schlechten Nachrichten von solch kosmischen Ausmaßen den Betrachter zu der Erkenntnis, dass der Zusammenbruch seines eigenen Lebens ja doch nicht so schrecklich sei. Rourke betrachtete gerade eine Lithographie, die das vollständig zerstörte, brennende San Francisco nach dem Erdbeben von 1906 zeigte, als der überlebende Sozius der Firma erschien, um seine Besucher persönlich in sein Büro zu führen. Jean Louis Armandes Aussehen widersprach seinem altehrwürdigen kreolischen Namen. Er war ein sommersprossiger Mann mit schütteren Haaren von der Farbe toter Blätter, stumpfer Nase, dickem Mund und buschigen Augenbrauen, die wie kriechende Raupen über seinen meerblauen Augen und der randlosen Brille hingen.

Seine lässigen Manieren jedoch waren pures altes New Orleans. Er bot ihnen Ledersessel an, erkundigte sich nach ihrer Gesundheit und kommentierte das Wetter. Er ließ Kaffee kommen und schenkte selbst aus einer mit Rosenzweigen gemusterten Kanne ein. Als er die eleganten Tassen und Untertassen herumreichte, sah Rourke auf den Rückseiten seiner sommersprossigen Hände wütendrote Kratzer.

Armande sah Rourkes Blick, errötete und öffnete dann seine schmalen, spitzen Lippen zu einem überraschend charmanten Lächeln. »Meine Tochter hat ein neues Kätzchen, das sich für einen Tiger hält.«

Armandes geräumiges Büro blickte auf den Garten. Ein Fenster, das eine mit Moosgirlanden umwobene Eiche einrahmte, bildete einen südlichen, ländlichen Hintergrund für einen Schreibtisch aus Walnussholz, auf dessen glänzender Oberfläche sich eine Tiffanylampe, ein Tintenfass aus Kristall und eine Briefmarkendose aus Onyx befanden – aber keine Papiere oder Dokumente irgendwelcher Art.

Der Anwalt setzte sich hinter den Schreibtisch und faltete die Hände. Obwohl Rourke ihm noch nie begegnet war, wusste er, dass Jean Louis Armande als Jurist galt, der sich um die prosaischen, aber lukrativen Zivilprozesse seiner Firma kümmerte, während sein quecksilbriger Partner sich damit amüsiert hatte, vor Gericht den Drachentöter zu spielen und für hoffnungslose Fälle zu kämpfen.

»Es wäre mir lieb«, sagte Armande in dem weichen, singenden Tonfall mancher Kreolen, »wenn ich die Polizei bei ihren Untersuchungen über das unselige … Verscheiden meines Partners so weit wie möglich unterstützen könnte. Aber da ich die meisten von Mr. St. Claires Fällen übernehmen werde – falls die Mandanten das wünschen, natürlich –, weiß ich nicht, wie viel Auskunft ich über seine beruflichen Verhältnisse geben kann, ohne das vertrauliche Verhältnis zwischen Anwalt und Mandant zu verletzen.«

»Was ist mit seinen schwarzen Mandanten?«, fragte Rourke. »Übernehmen Sie die auch?«

»Ich glaube kaum.« Die schmalen Lippen des Anwalts spitzten sich und zuckten, als belustige ihn diese Vorstellung. »Ich habe nichts gegen *pro bono publico,* falls Sie verstehen, aber im Gegensatz zu Charles habe ich nie begriffen, wieso es dem öffentlichen Wohl dienen könnte, einen weiteren wertlosen Nigger vor dem Gefängnis zu bewahren.«

»Schwarze Haut scheint in Ihren Augen also das Zeichen der Erbsünde zu sein?«, fragte Rourke. Er lächelte, aber es war sein aasiges Lächeln und sein Blick zwang Armande nach und nach dazu, seine gefalteten Hände anzustarren.

»Mr. St. Claire arbeitete am Wiederaufnahmeverfahren für einen schwarzen Boxer namens LeRoy Washington«, sagte Rourke. »Mr. Washington wurde vor zwei Jahren schuldig gesprochen, er soll seinen Manager erwürgt haben. Klingelt es jetzt bei Ihnen irgendwo?«

Armande blies seine Wangen auf und dachte nach oder gab das zumindest vor. »Nein, ich fürchte, nicht.«

»Wo waren Sie Dienstagnacht zwischen, sagen wir, acht Uhr und Mitternacht?«

Armande sah bei dieser Frage überrascht auf. »Zu Hause. Zusammen mit meiner Familie.«
»Sind Sie sich da sicher?«
»Natürlich bin ich mir sicher.« Die Stimme des Anwalts war umgekippt und langsam breitete sich Röte über seine Wangen. »Wir hatten unsere Meinungsverschiedenheiten – das gebe ich gern zu –, aber ich würde wohl kaum einen Mann umbringen, weil wir nicht immer die Welt oder das Gesetz aus derselben philosophischen Perspektive betrachtet haben. Charles St. Claire war nicht nur mein Sozius, er war außerdem mein Freund.«
Rourke konnte den Blick seines eigenen Partners spüren, wollte aber nicht zu Fio hinüberblicken. Gespanntes Schweigen senkte sich über das Zimmer und wurde vom Summen des Fensterventilators und vom Trommeln der Regentropfen noch betont.
Fio kratzte sich im Nacken und räusperte sich. »Mr. St. Claire soll regelmäßig ein farbiges Mädel gevögelt haben, das ihm angeblich sehr am Herzen lag. Wissen Sie zufällig etwas darüber?«
»Ach, du meine Güte.« Armandes Lippen spitzten sich zu einem herablassenden Lächeln und er gewann seine alte Haltung zurück. »Sie verstehen das nicht: Der Klatsch hat sich immer an Charles geheftet wie Ameisen an einen Picknickkorb. Er mochte Frauen gern, und weil sie ihn ihrerseits auch mochten, hat er bisweilen zugegriffen. Hat zugegriffen und sie dann wieder fallen lassen. Und wie immer ihre bemitleidenswerten Hoffnungen auch aussehen mochten, ich kann mir nicht vorstellen, dass das Schicksal dieser Lucy am Ende anders ausgefallen wäre.«
»Lucy?«, fragte Fio. »Sie kennen sie also?«
»Natürlich nicht. Ich habe nur einmal zufällig gehört, wie Charles mit ihr telefoniert hat. Er nannte sie Lucy.«
»Nur Lucy?«
Armandes dicke Augenbrauen hoben sich über seiner Brille. »Sie ist doch bloß ein Stück schwarzes Fleisch. Seit wann hat so was einen Nachnamen?«

Rourkes Hand tat weh. Er senkte den Blick, entdeckte, dass er die Faust geballt hatte, und öffnete sie langsam wieder. Das Trommeln des Regens an den Fensterscheiben klang in seinen Ohren wie Gebrüll, das dann zu einem Zischen und Klopfen wurde. Er hörte Armandes gedehnte kreolische Sprechweise und merkte, dass Fio offenbar eine weitere Frage gestellt hatte. Wieder hatte die Zeit ihn auf diese seltsame Weise in die Irre geführt.

»Ich habe übrigens sein Testament aufgesetzt«, sagte Armande. »Seine Frau bekommt alles, auch Haus und Grundstück. Sans Souci.«

Sein Blick hob sich zu Rourke und wandte sich dann wieder ab, diesmal, um am Fenster auf und ab zu wandern. Er sah zu, wie die Regenbäche an der Fensterscheibe ihren Wettlauf veranstalteten.

»Ich möchte noch eins erwähnen«, sagte er. »Obwohl ich noch zögere, denn vielleicht ist es nicht weiter wichtig oder hat nichts mit unserer Angelegenheit zu tun, und solche aus dem Zusammenhang gerissenen Bemerkungen können durchaus unselige Folgen haben und in die Irre führen.« Er holte tief Atem, wie um sich zu wappnen, ehe er weiterredete. »Aber vor einigen Wochen bin ich morgens im Foyer auf Charles gestoßen und er lachte vor sich hin. Als ich fragte, was denn so erheiternd sei, sagte er, dass er und Al Capone die ›gute alte Crescent City wieder auf die Füße schütteln würden‹, aber ich …«

»Al Capone?«, fragte Fio und setzte sich ein wenig gerader hin.

»Wie ich gerade sagen wollte, ich nahm an, dass das einfach nur typisch Charles sei – er machte sich einen kleinen Scherz mit mir, wie das so seine Art war. Erst im Nachhinein denke ich …« Er wandte sich ab, sein Blick entglitt Rourke und richtete sich auf Fio. »Es gab einfach so viele Dinge, die Charles dazu bringen konnten, irrational zu reden oder sich zu verhalten, und deshalb hatte ich gelernt … Vielleicht eine neue Frau – und es gab immer eine neue Frau, auch nach seiner Hochzeit noch. Eine Partie *bourrée*. Und dann … na ja, er gönnte sich gern einen gelegentlichen Cocktail.«

»Zusammen mit der gelegentlichen Prise Kokain?«, fragte Rourke.

Armandes Augenlider flatterten hinter seinen Brillengläsern. »Davon weiß ich nun wirklich nichts.«

»Das kann ich mir denken, Sir«, warf Fio dazwischen und strahlte selbst ein wenig Südstaatencharme aus. Er beugte sich vor, stützte die Ellbogen auf seine Oberschenkel und spielte mit seinem Hut. »Die Frauen, das Trinken, das Spielen – das ist natürlich bedauerlich, doch ich gehe davon aus, dass das alles Mr. St. Claires ganz normales Verhalten war. Aber ist Ihnen bekannt, ob es im Leben Ihres Partners in letzter Zeit auch ungewöhnliche Ereignisse gegeben hat?«

»Ungewöhnliche?« Wieder flatterten Armandes Augenlider und sein Hals zeigte einen neuen Farbfleck. »Nein. Es sei denn, Sie … ach, das ist vermutlich alles einfach nur töricht und harmlos, aber vor ungefähr einer Woche hat Charles einen Voodoozauber mit hergebracht, er hat gesagt, den habe er in seinem Bett gefunden. Er schien zu glauben, dass seine Frau dahintersteckte – er sagte, es würde ihn nicht überraschen, eines Nachts aufzuwachen und einen *loup-garou* in den Armen zu halten. Aber dabei hat er gelacht. Sie haben immer solche Spiele miteinander getrieben, er und Rem – Mrs. St. Claire.«

Fio riss seinen Blick von seinem Hut los. »Würden sie ihn also als glücklichen Ehemann bezeichnen?«

Die Röte verbreitete sich jetzt über Armandes ganzes Gesicht, bis zu seinen Geheimratsecken, und sein Blick jagte von Fio zurück zum Fenster. »Auf seine Weise ja, so kam er mir vor. Sie forderte ihn heraus, und das brauchte er. Charles verlangte Aufregung in seinem Leben. Er hatte andere Frauen, aber er wäre keiner Frau jemals treu gewesen, egal, welche er geheiratet hätte. Und obwohl ich keine Namen nennen kann, hatte ich immer das Gefühl, dass sie auch andere Männer hatte. Ich glaube nicht, dass Charles das gestört hat – ich glaube sogar, dass er gern davon hören wollte. Das brachte wieder Aufregung ins Leben. Das alles gehörte zu ihrem Spiel.«

»Vielleicht haben sie es dann satt gehabt«, sagte Fio. »Diese ewigen Spielchen.«

Armande erhob sich. Er kehrte seinen Besuchern den Rücken zu und ging ans Fenster. Er beugte sich vor und presste seine Fäuste auf die Fensterbank. Diese Bewegung spannte das feine Leinen seines weißen Sommeranzugs über seinem Rücken und seinen Schultern. Hinter dem Walnussschreibtisch hatte er nicht so groß gewirkt.

»Das ist eine unangenehme Situation für mich«, sagte er. »Aber Mrs. St. Claire hat ihren eigenen Anwalt und deshalb verstoße ich nicht gegen das Berufsethos, wenn ich Ihnen sage ...« Sein Gesicht war jetzt nicht mehr so rot, aber unter seinem rechten Auge zuckte ein Muskel. »Am Abend vor der Nacht, in der er ermordet wurde – am Dienstagabend – Herrgott, ist das wirklich erst zwei Tage her?« Er unterbrach sich und fuhr sich mit der Hand durch die Haare, dann ließ er die Hand sinken. »Charles war den ganzen Tag nicht im Büro gewesen, doch dann kam er noch, gegen fünf, und kam mir vor wie ein Besessener. Er ging die Gesetzesbücher in der Bibliothek durch, warf sie auf den Boden, als er das Gesuchte nicht finden konnte, und fluchte und schimpfte laut. Wie gesagt, Charles war leicht erregbar, aber es sah ihm nicht ähnlich, sich so ... so vulgär und geradezu hysterisch aufzuführen.«

Armandes Stimme verstummte, wurde vom Regen, der weiterhin gegen die Fensterscheiben schlug, aufgesogen. Es goss jetzt wirklich, die Eiche im Garten ragte verschwommen aus der nebligen Nässe heraus.

»Was suchte er denn?«, drängte Fio mit sanfter Stimme.

Armande holte tief Luft und stieß sie dann langsam wieder aus, zusammen mit seiner Antwort. »Annullierungsregeln und Präzedenzfälle. Er sagte, seine Ehe mit Mrs. St. Claire sei beendet und er wolle sich daraus befreien. Nein, er drückte das stärker aus. Er sagte, er *müsse* sich daraus befreien, und zwar sofort.«

Rourke hatte das Gefühl, dass in ihm eine riesige Leere explodiert sei, als säße er wieder in der Jenny, der Wind drücke gegen seine Ohren und er fliege durch diesen weißen, leeren Raum, während Remy hinter ihm lachte, über die Vergangenheit sprach, Lügen erzählte und ihn auf irgendeine Weise dazu brachte, wieder an sie zu glauben, trotz allem.

»Vielleicht war also die Vorstellung, dass sie auch andere Männer hatte, für ihn schwerer zu ertragen, als er zugeben mochte«, sagte Fio, doch Armande schüttelte den Kopf. Rourke sah, wie der Mann seinen Mund öffnete, und er hatte das Gefühl, dass die Wörter aus einem weißen, leeren Raum zu ihm kamen wie ein Windstoß.

»Ich weiß, dass sich das komisch anhört, nach allem, was ich über sein Fluchen und alles andere gesagt habe – aber ich glaube, Charles war an diesem Abend eher verängstigt als wütend. Seine Angst war ihm deutlich anzusehen. Sie zeigte sich in seinem Gesicht, in seinen Augen – ich sage Ihnen, ich konnte sie fast riechen. Nackte Angst.«

»Wer ist LeRoy Washington?«

Sie standen im Schutz der Veranda und sahen dem Regen zu, der auf dem Straßenpflaster hin und her tanzte. Er ergoss sich wie ein Wasserfall aus der Balustrade über ihren Köpfen. Er strömte durch die Napoleon Avenue, überflutete den Rinnstein und bildete Pfützen, die in manchen Staaten als Seen durchgegangen wären.

Rourke glaubte, Fio habe etwas gesagt, ein Teil von ihm hatte

die Worte sogar erfasst – aber wieder lief die Zeit für ihn hin und her. Die Kopfschmerzen hinter seinen Augen brannten weiß glühend, die Bretter der Veranda fühlten sich unter seinen Füßen an wie Treibsand.
»Day?«
»Wie ich gesagt habe. Ein schwarzer Boxer, der ins Gefängnis musste, weil er seinen Manager umgebracht haben soll. Er sagt, dass er es nicht war.«
Wieder schwiegen sie und sahen abermals eine Weile dem Regen zu. Die Luft hatte sich endlich ein wenig abgekühlt und roch nach nassen Bäumen und zerfetzten Blättern.
»Na gut«, sagte Fio. »Also hat St. Claire vielleicht neues Material entdeckt, das diesem jungen LeRoy helfen könnte. Aber wen interessiert es denn eigentlich, ob irgendein Neger für etwas eingebuchtet wird, das er nicht getan hat?«
»Mr. Washington ist ein enger Freund von mir«, sagte Rourke. Seine Stimme war ruhig, seine Augen nicht. »Mich interessiert das.«
Fio starrte ihn einen langen, harten Moment an, dann zuckte er mit den Schultern. »Von mir aus.«
»Der ermordete Manager«, sagte Rourke jetzt, »war Casey Maguires kleiner Bruder, Bobby Joe.«
Fio stieß ein leises Geräusch aus, das entweder Überraschung oder Verärgerung zum Ausdruck bringen mochte. Rourke fragte sich, ob jetzt der richtige Moment gekommen sein könne, um seinem Partner von Lucille zu erzählen. Von der süßen verletzlichen Lucille *Durand Washington,* die dieses Schwein von Anwalt »regelmäßig gevögelt« hatte und die für die Nacht, in der dieser Mann ermordet worden war, kein richtiges Alibi vorweisen konnte.
Er wusste allerdings nicht so recht, wie weit er Fio vertrauen konnte. Die ganze Stadt würde entzückt sein, wenn der Mord an Charles St. Claire dessen farbiger Mätresse angeheftet wer-

den könnte. Als Verdächtige würde sie wie gerufen kommen, und das würde die Tatsache, dass ihr Liebhaber ihre einzige Hoffnung gewesen war, ihren Mann aus dem Gefängnis zu holen, einfach überschatten.

»Ich weiß nicht«, sagte Rourke deshalb. »Der Überfall auf Vinny McGinty vor einigen Wochen und dann letzte Nacht der auf mich – zwei Typen in einem schwarzen Lincoln, die eine Chicago-Ananas werfen. Und jetzt schmeißt Armande uns diesen Al-Capone-Knochen hin. Alles scheint irgendwie miteinander zusammenzuhängen, ich begreife nur nicht, wie.«

Fio dachte eine Weile nach, während der Regen strömte und Wasser aus den Regenrinnen spritzte und auf der Straße um weitere sechs Zentimeter anstieg.

Endlich rieb er sich seine krumme Nase und schüttelte den Kopf. »Ich weiß es auch nicht, Day. Das hier ist New Orleans. Du lernst einen Typen kennen, und dann stellt sich raus, dass seine Mama deine Mama kennt, oder er kennt einen, der mal für deinen Bruder gearbeitet hat, oder ihr habt Kusinen, die Tür an Tür in Slidell wohnen. Ich glaube, du hast es auf Casey Maguire abgesehen und lässt davon dein Urteil beeinflussen. Du solltest vorsichtig sein – und das sag ich dir in allem Ernst. Der Mann hat Freunde ganz hoch oben.«

»Ja. Ich bin sicher, dass er sich eine Menge Freunde gekauft hat.«

Fio biss so fest die Zähne zusammen, dass Rourke sie knirschen hören konnte. »Ich weiß, dass du dabei nicht an mich gedacht hast«, sagte Fio. »Ansonsten hätte ich zugeschlagen, und dir geht's ja ohnehin nicht so gut.«

Rourke lächelte. Er sprang von der Veranda und rannte hinaus in den Regen.

Sie waren durch und durch nass, als sie ihren Wagen erreichten. Die Fenster waren beschlagen und der Regen hämmerte auf das Dach.

Fio versuchte, wütend auszusehen, aber das gelang ihm nicht so ganz. Er rieb die Windschutzscheibe mit seiner breiten Handfläche ab, stieß den Zündschlüssel ins Schloss, seufzte und schaltete den Motor wieder aus. Er drehte sich auf seinem Sitz um, um Rourke anschauen zu können.

»Wie immer deine Theorie auch aussehen mag, Remy Lelourie scheint nirgendwo hineinzupassen. Ich nehme an, dass du mit deinen Gedanken woanders warst, als Mr. Armande über die anderen Männer und die Annullierung gesprochen hat. Du kannst mich als verrückt bezeichnen, aber der Grund, aus dem sich der gute alte Charlie St. Claire plötzlich in den Kopf gesetzt hatte, dass die neue Cinderella aus seinem Leben treten musste, war derselbe Grund, der sie zu dem Mord getrieben hat. Ich weiß es nicht. Das ist nur eine Theorie.«

Zusammen mit ihren vielen anderen Lügen hatte sie auch gesagt, sie habe nach Hause gewollt. Jesus möge uns beschützen, dachte Rourke, aber sie hätte auch gleich auf den St.-Louis-Friedhof Nr. 3 spazieren und die Türen sämtlicher Mausoleen aufreißen können – hinter denen die alten Sünden noch immer lebten, nicht gebeichtet und niemals vergessen.

»So, wie ich das sehe«, sagte Fio, der nicht auf Rourkes Schweigen achtete, »hütete Remy Lelourie so ein richtig fieses Geheimnis, von dem der Rest der Welt nichts wissen sollte, und auf irgendeine Weise hat ihr Mann das spitzgekriegt, und deshalb hat sie ihn umgebracht. Das ist das älteste Motiv aller Zeiten; davor käme nur noch, wenn sie ihn mit einer anderen Sause im Bett erwischt hätte. Die Angst, entlarvt zu werden.«

Fio ließ den Motor an und schaltete. »Diese kleine Vampnummer, die sie gestern Morgen auf der Wache durchgezogen hat – Mann, das war unheimlich. Wie ein Traum, den du unten in einer Whiskeyflasche findest, durch und durch Geheimnis, Feuer und Sünde. Sie hat jeden einzelnen Bullen im Raum verführt und ausgewrungen, und als sie mit ihnen fertig war, konnte kei-

ner mehr seine Seele sein Eigen nennen. Sie hätten alles für sie getan. Wären für sie gestorben, hätten für sie gemordet.«
Fios Atem war jetzt laut und schwer und ließ die Windschutzscheibe wieder beschlagen. Schweißbäche liefen an seinem geröteten Gesicht hinunter und wurden von seinem Kragen aufgesogen. Rourke musste lächeln, obwohl er innerlich vor Angst fror. »Und du bist immun?«, fragte er.
Fio riss an der Kupplung und der Wagen schoss in einer Wolke von aufstiebendem Wasser vorwärts. »Scheiße. Ich müsste tot sein, um dagegen immun zu werden. Aber sie macht mir Angst. Ihr beide macht mir eine Höllenangst.«

»Du machst mir Angst«, sagte Maeve Rourke zu ihrem Sohn. Sie schaute sich in der Conti Street um und betrachtete die beiden uniformierten Polizisten, die auf den Seiten des Blocks postiert waren. Dann drehte sie sich zu dem dritten Polizisten um, der im Torweg zu ihrem eigenen kleinen Kreolenhaus stand. Ein weiterer Bulle lungerte hinter ihrer rechten Schulter herum. Er sollte sie in die Abendmesse begleiten und gab sich alle Mühe, nicht fasziniert auszusehen. Maeve Rourke war immer eine der berüchtigtsten und schönsten Sünderinnen von New Orleans gewesen, eine Frau, die es gewagt hatte, die Liebe allem anderen vorzuziehen. Und sie war noch immer schön.
»Das ist nur eine Vorsichtsmaßnahme, Mama«, sagte Daman. »Bis wir wissen, was sich gestern Abend vor Brideys Haus abgespielt hat.«
Er hatte sobald wie möglich nach dem Überfall vom Krankenhaus aus seinen Schwiegervater angerufen, denn er wusste, dass Weldon Carrigan in Minutenschnelle das Haus in der Conti Street unter Schutz stellen konnte. Dann hatte er Maeve informiert und sie gebeten, im Haus zu bleiben und sich in den hinteren Zimmern aufzuhalten, bis er bei ihnen sein konnte. Er wusste, dass das nicht ganz rational war, aber er wollte nicht,

dass seine Familie ins Freie ging, wenn er nicht in der Nähe war – obwohl gerade seine Anwesenheit sie vermutlich wirklich in Gefahr brachte.

Seine Mutter starrte ihn an und ein leichtes Stirnrunzeln verdüsterte ihren Blick, als sehne sie sich vergeblich danach, ihn zu verstehen. Was zur Abwechslung nur gerecht wäre, da er sein ganzes Leben lang vergeblich versucht hatte, sie und ihre Entscheidungen zu verstehen. »Na ja, wenn du darauf bestehst«, sagte sie dann endlich. »Obwohl ich ein wenig das Gefühl habe, eine Parade anzuführen.« Er glaubte zu sehen, wie ihr Mund sich zu einem flüchtigen Lächeln verzog, dann griff sie an ihren Hut und zog sich den schwarzen Netzschleier vors Gesicht.

Rourke sah ihr nach, als sie, gefolgt von dem Polizisten, die Straße entlangging. Eine Frau in Trauer für den Liebhaber, den sie vor elf Jahren verloren hatte. Sie hatte zu Lebzeiten Reynard Lelouries keinen Fuß in eine Kirche gesetzt, doch in den Jahren seit seinem Tod hatte sie fast jeden Tag die Messe besucht. Rourke hatte sich oft gefragt, worum sie beten mochte – um Vergebung sicherlich nicht. Seit er und Katie zu ihr gezogen waren, hatte er von ihr nicht ein Wort des Bedauerns über alles gehört, was sie ihm, seinem Vater und seinem Bruder angetan hatte. Oder über das, was Mrs. Lelourie und ihren beiden kleinen Mädchen angetan worden war.

In diesem Moment hörte er einen Schrei und die Straße schien vor seinen Augen zu explodieren, zu weißem Licht und Feuer und heulenden Sirenen, und Bridey schrie, schrie … und dann ging ihm auf, dass er Katies Lachen gehört hatte.

Er drehte sich um, zwang sich, ruhig zu atmen, zwang sich dazu, nicht mehr zu zittern, und sah seiner kleinen Tochter beim Spielen zu.

Er hatte sich von Fio zu Hause absetzen lassen, damit seine Familie für ein paar Stunden aus dem Haus kam, und Katie spielte jetzt mit einigen Jungen aus der Nachbarschaft eine Hockeypartie, die auf Rollschuhen ausgefochten wurde. Palmzweige dienten als Schläger, eine fest zusammengeknüllte Zeitung als Puck. Mit ihren sechseinhalb Jahren war sie einige Jahre jünger als die anderen, aber die schienen nichts dagegen zu haben, dass sie sich ihnen anschloss.

Sie stürzte sich mit einer Intensität ins Spiel, bei der Rourkes Herz wütend loshämmerte. Er sah zu, wie seine Kleine und ein wuschelhaariger Junge, der fast doppelt so groß war wie sie, gleichzeitig den Puck entdeckten und hinstürzten. Der Junge erreichte ihn als Erster, doch Katie griff ihn an und hob den Ellbogen, um ihn dem Jungen in den Mund zu rammen. Der Junge jammerte, als seine Rollschuhe unter ihm davonschossen und er auf dem Hintern landete. Jetzt gehörte der Puck Katie und sie flog auf das Tor und die umgedrehte Mülltonne zu, die als Netz diente.

Sie schwenkte ihren Schläger zum Schuss, als sie mit dem einen Rollschuh in einen Spalt zwischen den Zementplatten auf dem Boden geriet. Der Rollschuh verdrehte ihren Fuß und sie stürzte auf Hände und Knie.

Rourke trat einen Schritt vor und blieb dann stehen, als er sah, wie sie von selbst wieder auf die Beine kam. Sie lachte, als sie auf ihn zulief, wobei sie auf ihrem einen Rollschuh hin und her hüpfte. Sie ließ sich auf die Veranda vor dem Haus fallen, wo Augusta schon mit einer Schürzenladung Schnippelbohnen beschäftigt war.

Rourke nahm den Rollschuh und den Schlüssel, den Katie an einem Gummiband um die Taille trug, und hockte sich vor sie hin, obwohl diese Bewegung seine schmerzenden Rippen verzerrte. Er brachte den Rollschuh wieder an ihrem Stiefelchen an. Es war noch ein so kleiner Stiefel, fand er. Schon immer hatte der Anblick ihrer winzigen Schuhe ihn vor Angst eiskalt werden lassen. Er hatte niemals jemanden so geliebt wie Katie – so ganz und gar und bedingungslos. Aber sie war so klein und hilflos, so ganz und gar auf ihn angewiesen, und er hatte solche Angst, hatte immer Angst, sie irgendwann im Stich zu lassen. Oder vielleicht, dachte Rourke mit einem Lächeln der Selbstverachtung, hatte er nur Angst, dass sie ihm entwachsen und ihn zurücklassen könnte.

Auf jeden Fall zitterten seine Hände ein wenig, als er versuchte, den Rollschuhschlüssel auf den Bolzen zu schieben. Er drehte den Schlüssel und zog den Rollschuh um die Gummisohle ihres Stiefels fest, während Katie durch einen Riss in ihrem schwarzen Baumwollstrumpf eine Schramme an ihrem Knie betrachtete. Er schaute gerade rechtzeitig auf, um Augustas Blick aufzufangen, einen so strengen Blick, dass davon Milch sauer werden konnte.

»Ich weiß nicht, was Sie sich davon versprechen«, sagte sie, »dass Sie dieses Kind zu einem Raufbold erziehen.«

»Hast du mich gesehen, Daddy?«, fragte Katie und achtete nicht auf den Ärger, den er sich hier vielleicht zugezogen hatte. »Ich hab dem Ernie Parker meinen Ellbogen in die Fresse gehauen und er hat gequiekt wie ein gestochenes Schwein. Ernie Parker ist ja so ein Schlappschwanz.«

Augusta stieß ein Geräusch aus, das aus der Tiefe ihres Busens stammte und durch ihre Nase ausgestoßen wurde. »Wie dieses Kind redet! Das schnappt sie aus dem Radio auf. Sie sollten sie nicht Radio hören lassen. Man weiß doch nicht, was sie da für einen Gaunerslang aufschnappt.«

Rourke grinste zu Katie hoch. »Heilige Makrele, jetzt stecke ich aber im Dreck.«

Katie kicherte, dann legte sie Augusta den Arm um die Taille und zog sie an sich. Die Frau stieß wieder ein Geräusch aus, diesmal ein leiseres, und wechselte mit Rourke ein Lächeln.

Er stand auf und zog Katie mit sich. Sie hielt sich mit beiden Händen an seinen Armen fest, um das richtige Gleichgewicht zu finden, warf den Kopf in den Nacken und schaute zu der Stelle hoch, wo die Sonne durch ein Loch in den Wolken schien und trübe und sanft auf Bäume und Dächer fiel. Vor Einbruch der Nacht würde es wieder regnen, und Sonne und Wolken warfen Schatten über ihr Gesicht, das dadurch auf seltsame Weise unheimlich wirkte.

»Daddy? Wird es bald dunkel?«

»Das dauert noch eine Weile. Du hast noch Zeit für eine weitere Runde mörderisches Hockey, ehe wir ins Haus müssen. Aber wie wär's, von jetzt an mit dem armen Ernie ein wenig glimpflicher umzugehen?«

Sie klammerte sich noch immer an ihn und ließ ihre Rollschuhe hin und her über den Ziegelboden rollen, so energisch, dass von den Metallrädchen Funken sprühten. »Sollen die Polizisten dafür sorgen, dass der Gowman nicht kommt?«

»Es gibt keinen Gowman, Katie, das weißt du.« Er hätte ihr gern von der wirklichen Gefahr erzählt, die er in ihr Leben gebracht hatte, wollte ihr sagen, wie viel sie ihm bedeutete und wie verzweifelt er sich danach sehnte, für ihre Sicherheit zu sorgen, aber er brachte kein Wort heraus. Sie hing an seinen Armen und schaute zu ihm auf, aber noch immer brachte er kein Wort heraus. Stattdessen fühlte er die vielen ungesagten Worte, die wie Sandkörner durch seine Finger liefen.

»Der Gowman kommt nicht, wenn du hier bist«, sagte sie jetzt, »kannst du also heute Abend bei uns zu Hause bleiben?«

Er fasste nach ihren Schultern und hielt sie fest. »Ich muss kurz auf die Wache und später am Abend muss ich noch einen Besuch machen, aber lange, ehe du ins Bett gehst, bin ich wieder da, und wenn es nicht zu spät ist, dann mache ich uns eine Runde Eiscreme. Du kannst dir ja schon mal überlegen, welchen Geschmack du haben willst.«

Sie schob schmollend ihre Unterlippe vor, aber er hatte schon gespürt, wie die Spannung aus ihren Schultern gewichen war. »Was ist denn das für ein wichtiger Mensch, den du besuchen musst?«

Er wollte schon sagen, dass er einen Leichenfresser aufsuchen müsse, nahm sich aber noch rechtzeitig zusammen. »Das ist ein Mann, mit dem ich zusammenarbeite, eine Art Arzt. Ehe du schlafen gehst, bin ich wieder hier, das verspreche ich.«
Sie schaute zu ihm auf und in ihren Augen, ihren wunderschönen dunklen, graugrünen und goldgesprenkelten Augen mischten sich Liebe und Anklage. Es waren die Augen ihrer Mutter. »Du hältst deine Versprechen aber nicht immer.«

Dreizehntes Kapitel

Rourke saß an seinem Schreibtisch im leeren Gemeinschaftsbüro. Er presste die Handflächen auf das alte, zerfetzte und tintenfleckige Löschpapier, presste sie ganz fest darauf, um sie am Zittern zu hindern. Er starrte seine Hände an. Er spreizte die Finger, so weit, dass Adern und Knochen gegen die Haut drückten. Er hatte Angst, dass nur eins übrig bleiben würde, wenn er aufhörte, sich zu bewegen, zu denken, nämlich der Klang von Brideys Schrei. Seine Brust schien über seinem Herzen eine schwache Stelle entwickelt zu haben, Fleisch und Knochen schienen entfernt worden zu sein, nur eine hauchdünne Hautschicht war noch vorhanden, dünn wie ein Eisfilm, und wenn er sie berührte, wenn etwas sie auch nur streifte, dann würde er zerbrechen.

Er hörte im Foyer Schritte und ließ eine Hand nach seinem Füllfederhalter greifen; die andere zog einen Bestellschein aus der Schublade und legte ihn vor sich auf den Tisch.

Nate Carroll kam hereingeschlendert; er pfiff und bei jedem Schritt tanzten seine orangen Struwwelpeterlocken.

Rourke zwang sich zu einem Lächeln. »Hallo, Nate.«

Der junge Mann schien von seiner Anwesenheit überrascht zu sein. »Hallo, Rourke«, sagte er.

Er stieß das Schwingtor in der Absperrung auf, die das Gemeinschaftsbüro vom Bereich des Dienst habenden Sergeants trennte. Er ging zu seinem eigenen Tisch, nahm Platz, steckte sich eine Lucky Strike an, griff zum Telefonhörer, versuchte einige

Male ein Amt zu bekommen und legte den Hörer dann wieder auf die Gabel.

Er stand auf, kam zu Rourkes Schreibtisch herüber und beugte sich über Rourkes Schulter. »Was machst du denn da?«, fragte er.

»Wonach sieht das wohl aus, um Himmels willen? Ich fülle einen Scheißbestellschein aus.« Rourke malte ein Kreuz in das Kästchen für »Autorisierte Ausgaben« und fälschte die Initialen des Captains. »Wir haben eine Scheißverbrechenswelle und ich muss meine wertvolle Zeit damit vergeuden, dass ich um jeden Bleistift und jede Scheißheftzwecke einzeln betteln muss.«

»Ja, Scheißzeitverschwendung«, sagte Nate. »Aber wieso bist du nicht drüben im Parish-Gefängnis?«

»Sollte ich dort sein?«

»Außer wenn es dir egal ist, ob der Boss den Eindruck kriegt, dass die St. Claires Mörderin ohne dich erwischt haben.«

Die Spitze von Rourkes Füllfederhalter riss ein gezacktes Loch ins Papier. Er holte vorsichtig Atem und hob langsam den Kopf. Trotzdem schien sich etwas Böses in seinem Gesicht widerzuspiegeln, denn der andere lächelte schwach und trat einen Schritt zurück.

»Wen?«, fragte Rourke.

Der angehende Polizist räusperte sich. »Ach, das kleine Niggermädel, das St. Claire angeblich gevögelt hat. Roibin Doherty hat sie aufgespürt – wer hätte das gedacht, was? Er und Prankowski haben sie dann einkassiert.«

Das Parish-Gefängnis stieß gegen die Rückseite des Criminal Courts Building und Rourke erreichte es durch die Verbindungsgänge im Untergeschoss.

Er ging durch eine abschüssige Halle, an deren Seiten die Untersuchungszellen lagen, feuchte, dunkle Käfige voller Kakerlaken und erbärmlicher Menschen, die ihn anbrüllten, schluchzten oder Obszönitäten schrien. Die Hälfte der kahlen Glühbirnen war trübe oder schon ausgebrannt und die Wände, deren Anstrich seit dem vergangenen Jahrhundert nicht mehr erneuert worden war, hatten die Farbe alter Kotze angenommen. Sie stanken nach Angst und Schweiß und den überlaufenden Pisseimern vieler Jahre.

Am hinteren Ende der langen Halle befand sich ein einzelnes Verhörzimmer. Rourke hatte erlebt, dass erwachsene Männer schon zusammengebrochen waren, noch ehe sie dort eintrafen, und dass sie die Prügel, die ihnen eine Entschuldigung für ein Geständnis liefern würden, fast willkommen hießen.

Im Verhörzimmer gab es keinerlei Möbel, abgesehen von einem Schemel auf dem nackten Zementboden. Der Schemel stand über einem Abflussloch, das angebracht worden war, weil der Raum ab und zu mit Schläuchen ausgespült werden musste. Die Schemelbeine waren abgesägt worden, was die darauf sitzende Person zu einem würdelosen und verletzlichen Kauern zwang.

Fiorello Prankowski hatte die Hände in die Hosentaschen gesteckt und lehnte neben der Tür an der Wand, als Rourke hereinkam. Roibin Doherty umkreiste den Schemel, und auf dem Schemel saß Lucille. Ihre mit Handschellen gefesselten Hände hingen zwischen ihren Beinen und waren mit einer Kette an einem Ring im Boden befestigt. Ihr Rücken war zu einem gespannten Bogen verzogen, ihr Kopf hing nach unten, ihr Kinn lag auf ihrem Brustkasten. Ein Ärmel ihres billigen gelben Baumwollkleides war an der Schulter zerrissen. Durch ihre langen kupferroten Locken konnte er ihr Gesicht nicht sehen, aber er konnte die Nässe in ihrem Hals hören, wenn sie atmete und schluckte.

»Na, wenn das nicht Lieutenant Rourke ist«, sagte Doherty. »He, Junge, diese Niggerfotze behauptet, dich zu kennen. Stell dir das vor. Und jetzt kommst du gerade rechtzeitig, um dir anzuhören, wie sie sich mit einem Messer auf Charlie St. Claires Schwanz und Eier gestürzt hat.«

Rourkes Atem blieb ihm in der Kehle stecken. »Schaff ihn raus«, sagte er zu Fio.
Als der nicht reagierte, drehte er sich langsam um, schaute seinem Partner in die Augen und log.
»Ich war in dieser Nacht bei ihr.«
Doherty lachte abgehackt. »Was? Willst du behaupten, auch du hättest sie gefickt?«
»Schaff ihn hier raus«, sagte Rourke.
Fios Mund hatte sich so fest geschlossen wie eine Faust, seine Zähne knirschten, als er ihn öffnete. »Die ganze Nacht?«
»Bis du Leute auf die Suche nach mir geschickt hast, nachdem der Leichnam entdeckt worden war. Aber es ist nicht so, wie du denkst.«
»Er denkt, dass du voller Scheiße steckst«, sagte Doherty.
Lucille hob den Kopf. Ihr Gesicht war nass und vom Weinen geschwollen und aus einem Schnitt in ihrem Mundwinkel sickerte Blut. »Mr. Day … sagen Sie ihnen, dass ich es nicht war.«
Doherty fuhr herum, trat zu und rammte seine Stiefelspitze in Lucilles Bauch. »Niggermiststück!«
Rourke merkte erst, dass er auf den Mann einschlug, als er unter seiner Faust Knochen und Knorpel splittern fühlte. Fio hatte sich zwischen sie geworfen, rief irgendetwas und Rourke versuchte, ihn zu umgehen. Doherty stolperte rückwärts und griff nach der Tür.
»Der ist doch scheißverrückt.« Doherty riss seinen Hemdenzipfel aus der Hose, um sich das Blut vom Gesicht zu wischen. »Jesus, hast du gesehen, was er gemacht hat? Er hat mir die Nase gebrochen, Scheiße.«
»Sergeant, geh zurück ins Gemeinschaftszimmer«, sagte Fio. »Wir sind hier fertig.«
»Hör auf mit der Dreckscheiße.« Doherty schüttelte Schleim und Blut von seinen Fingerspitzen auf den Boden. »Du hast kein Recht …«

»Hab ich wohl. Ich mache meinen Rang geltend.«

Fio schob den älteren Bullen aus der Tür und zog sie ins Schloss. Er drehte sich um und starrte Rourke eine lange, bittere Minute lang an. Dann warf er ihm den Schlüssel der Handschellen zu. »Rede«, sagte er.

Rourke fing den Schlüssel in der Luft auf. Er kniete sich neben Lucille und öffnete die Metallfesseln um ihre Handgelenke. Lucille hatte sich erbrochen, nachdem Doherty sie in den Bauch getreten hatte. Sie atmete noch immer schwer und konnte den Mund kaum schließen. Er wollte nicht, dass sie etwas sagte, und deshalb schwieg er. Sie wich seinem Blick aus.

Statt zu ihr sagte er dann etwas zu Fio. »Du kennst doch die Haushälterin meiner Mutter, Miss Augusta? Lucille ist ihre Tochter. Als wir an dem Abend gehört hatten, dass Lucille sich nicht wohlfühlte, hat meine Mutter mich mit einer Schüssel Gumbo zu ihrem Hausboot geschickt. Wir haben uns dann an Deck gesetzt, geredet, ein bisschen saure Maische getrunken und Musik gemacht. Das war alles, was wir getan haben, und wir haben es getan, während Charles St. Claire aufgeschlitzt wurde.«

Lucille versuchte aufzustehen, fiel aber gegen ihn und jagte einen scharfen Schmerz durch seine zerschundenen Rippen. Er legte ihr den Arm um die Taille und zog sie mehr oder weniger wieder auf die Füße. Sie war barfuß, ihre Beine waren verdreckt und zerkratzt. Er fragte sich, wie sie sie in diesen Raum und auf diesen Schemel geschafft hatten, ob sie schreiend und um sich tretend durch die lange, scheußliche Halle geschleift worden war.

»Lass mich los«, sagte sie, aber er hielt sie fest. Er festigte seinen Griff und wünschte sich, sie hochheben und wie ein Kind davontragen zu können.

Sie mussten einen Bogen um Fio machen, um die Tür zu erreichen.

»Kümmer dich nicht um mich«, sagte der andere Bulle. »Ich bleibe einfach noch eine Weile hier stehen und lass mir das alles durch den Kopf gehen. Du weißt schon, ich werde daran herumfummeln wie an einem lockeren Zahn und mich immer wieder fragen, wo und warum du mich angelogen hast.«

Rourke zwang sich dazu, einmal und dann noch einmal Atem zu holen. Er hatte das Gefühl, kurz vor einem Mord zu stehen.

»Ich wollte sie aus der Sache raushalten.«

»Scheiße. Wie hast du dir bloß einbilden können, du könntest sie da raushalten?«

»Sie ist die Frau von LeRoy Washington, und LeRoy ist mein Freund. Als er ins Gefängnis gesteckt wurde, habe ich ihm versprochen, mich um sie zu kümmern.« Rourke bedachte seinen Partner mit einem harten, herausfordernden Blick. »Für dich und deine Frau würde ich dasselbe tun.«

»Aber sie ist doch bloß eine …« Fio unterbrach sich und zwischen seinen Wangenknochen und seinen Ohren zeigten sich tiefrote Flecken. »Du würdest vor Gericht gehen und ihr unter Eid dieses Alibi verschaffen?«

»Sie hat ihn nicht umgebracht.«

»Ja. Das behauptest du.«

Der Sumpf lag schwarz und dick unter einem Himmel, der mit Regen drohte.

Rourke manövrierte den Streifenwagen über die letzten Huckel und Löcher in der Straße und hielt dann vor Lucilles Bootshaus am Deich. Der Motor des Wagens tickte vor Hitze und roch nach brennendem Öl.

Sie schauten gemeinsam durch die Windschutzscheibe die Zypressen am gegenüberliegenden Ufer an. Astgabeln wie Hexenbesen fegten an den tiefhängenden dunklen Wolken vorbei, Wind kam auf.

Lucille schaute die Bäume an, sie wollte Rourke nicht ansehen.

Nach einer Weile fragte sie: »Warum hast du für mich gelogen?«
»Du weißt, warum.«
»Für LeRoy.«
»Und für dich.«
Sie schüttelte den Kopf und ließ ihn dann in den Nacken kippen. Sie hob einen Arm und hielt ihn ins trübe Licht, das durch das Fenster fiel, drehte ihn immer wieder um und schien zu staunen, schien ihren eigenen Arm zum ersten Mal zu sehen.
»Als ich in der Pailet Lane aufgewachsen bin«, sagte sie, »haben die Tanten und Mamas immer darüber geredet, dass ich hell würde. Aber sie haben mir das nie richtig erklärt. Sie haben mir nie gesagt, egal, wie hell ich werden kann, egal, wie viel weißes Blut ich in mir habe, ich werde doch immer ein Nigger sein. Ein Tropfen afrikanisches Blut, mehr ist nicht nötig, damit die Welt des weißen Mannes mich Nigger nennen kann. Damit ich ein Nigger *bin*.«
»Luce …«
»Nein.« Sie ließ ihren Arm auf ihren Schoß sinken und schloss die Augen. »Du weißt nicht, wie das ist. Du glaubst, du wüsstest das, aber das stimmt nicht. Du kannst nicht wissen, welche Angst ich in diesem Raum hatte, als ich da auf dem Schemel hockte und an den Fußboden angekettet war. Der weiße Mann, der versucht noch immer, die Farbigen als Sklaven zu halten, und das Gefängnis von Angola kommt euch da wie gerufen. Wann hat irgendwer mit schwarzer Haut denn in Louisiana jemals eine faire Verhandlung gehabt? Wann hast du zuletzt erlebt, dass eine Jury einem Neger glaubt und nicht einem Weißen, ganz zu schweigen von einem Bullen?«
Sie öffnete die Augen und drehte sich dann um, um ihn endlich anzusehen, und er fuhr zurück, als er den nackten Hass in ihrem Blick entdeckte. »Du hast weiße Haut und bist ein Bulle«, sagte sie. »Also erzähl mir bloß nicht, du wüsstest, wie das ist.«

Sie wollte aussteigen, aber er packte ihr Handgelenk. »Du hast Recht, Luce – ich bin ein Bulle, und zwar einer, der eben für dich alles aufs Spiel gesetzt hat. Und deshalb wirst du mir hier und jetzt erzählen, warum Charlie St. Claire am Dienstagabend dermaßen außer sich war, dass er voller Panik davongestürzt ist und seine Ehe mit der schönsten Frau der Welt annullieren wollte, um dann just diesen Tag damit zu beenden, dass er sich mit einem Rohrmesser die Kehle aufschlitzen ließ. Warum eine Annullierung, Luce? Sag mir das.«

»Ich weiß nicht, warum. Ich war Mr. Charlies Niggersklavin fürs Bett, wieso sollte er mir irgendwas über seine Frau erzählen?«

Sie hatte in diese Behauptung ungeheuer viel echte Leidenschaft gelegt, aber Rourke sah verwirrte Angst über ihr Gesicht huschen, als er das Wort »Annullierung« genannt hatte. Er packte ihr Handgelenk noch fester und ließ seine Stimme grausam klingen. »Bring mich ja nicht auf die Idee, dich wieder in die Stadt zu fahren.«

Sie starrte ihn an, ohne mit der Wimper zu zucken, und er spürte, wie die Muskeln und Sehnen in ihrem Handgelenk sich anspannten, als sie die Faust ballte. »Großer Gott, du bist Mr. Charlie so ähnlich, du könntest glatt sein Bruder sein – ihr seid beide aus Stein. Er hat mir die ganze Zeit erzählt, dass er mich liebte wie eine Ehefrau, aber trotzdem hat er mich einfach zur Nutte gemacht. Hat die ganze Zeit geprahlt, was er alles für mein ›Volk‹ tut, als ob das meine Gefühle für ihn ändern konnte. ›Ich bin ein Kämpfer für den Neger‹, hat er immer zu mir gesagt, meistens, nachdem er mich gerade in den Mund gefickt hatte, und ich konnte hören, wie gern er das sagte, denn dann kam er sich vor wie der gütige Massa.«

Sie riss sich von ihm los. Sie schaute die roten Stellen an ihrem Handgelenk an, die sie den Handschellen und danach seinen Fingern verdankte, dann schaute sie wieder zu ihm auf und verzog ihren Mund zu etwas, das nicht die geringste Ähnlichkeit mit einem Lächeln hatte. »Fühlst du dich jetzt auch so, Mr. Day – wie der gütige Massa?«

Sie stieg aus und er sah ihr hinterher, als sie auf den Deich kletterte und auf der anderen Seite verschwand. Er glaubte, dass er den puren Hass in ihren Augen niemals vergessen würde.

Vierzehntes Kapitel

Das Labor des Leichenbeschauers lag im Souterrain des Criminal Court Buildings, direkt neben den Farbigentoiletten. Wer die Höhle des Leichenfressers betrat, wurde vom Gestank von Formaldehyd und Verfall getroffen wie von einem Schlag. Die beiden elektrischen Ventilatoren konnten die faulige Luft nur ein wenig in Bewegung setzen.

Moses Mueller stand hinten im Raum und versuchte, mit einem Stemmeisen eine Holzkiste zu öffnen. Er schaute auf, als die kahle Glühbirne Rourkes Schatten vor ihm an die Wand warf – eine Wand, die verblasste rote Streifen aufwies, von denen Rourke hoffte, dass es sich nicht um uralte Blutflecken handelte, was jedoch vermutlich der Fall war.

»Ach, da haben wir ja Lieutenant Rourke«, sagte der Leichenfresser. »Der über den Obduktionsbericht diskutieren möchte. Gut, gut.« Er hob einen Finger wie ein Professor, der auf einen wichtigen Punkt hinweisen will. »Aber wenn Sie mir noch einen Moment Zeit lassen würden.«

Er riss das Stemmeisen hoch und das Holz zerbrach mit einem Kreischen. »Sie hören sicher gern, dass ich für uns zwei hervorragende neue Erfindungen gekauft habe: ein Helixometer und ein Vergleichsmikroskop. Wir werden von nun an auch in diesem gottverlassenen südlichen Hinterwald ballistische Tests vornehmen können.«

Seit Moses Mueller ein Jahr zuvor seinen Posten als Leichenbeschauer angenommen hatte, hatte er auf eigene Kosten für das

Labor jegliche neue, experimentelle forensische Ausrüstung angeschafft – nachdem er erkannt hatte, dass er den Behörden die nötigen Summen wohl kaum würde entlocken können. Rourke fragte sich, wie viel Geld der Leichenfresser wohl hatte. Der Mann zog sich an wie ein Landstreicher, besaß jedoch einen grünen Packard mit Chauffeur und genug Bargeld, um es für ein Vergleichsmikroskop und ein Helidings aus dem Fenster zu werfen.

Die Erwähnung der Ballistik hatte Rourkes Neugier geweckt und deshalb trat er vor, um sich das Gerät genauer anzusehen, trotz allem, was das seine Nase kosten würde. An der Unterlippe des Leichenbeschauers baumelte eine Zigarette, doch trotz des Rauchs, der seinen Kopf umschwebte, der Pomade in seinen schwarzen Haaren und der gelben Flecken von Tiger Cologne an seinem Kragen roch er noch immer wie etwas, das gerade aus einem Grab gekrochen ist.

Der Leichenfresser keuchte nach dem Kraftaufwand, der vonnöten gewesen war, um die Holzkiste zu öffnen. Nägel quietschten, als sie herausgezogen wurden, doch alles, was Rourke in der Kiste sehen konnte, war fest zusammengepresstes Stroh.

»Mit diesen beiden Instrumenten kann ich eine Kugel aus der Waffe eines Verdächtigen mit der vergleichen, die wir im Leichnam des Opfers gefunden haben. Was sagen Sie dazu, Lieutenant? Wirklich schade, dass bei unseren letzten Morden keine Schusswaffen im Spiel waren.«

»Das wissen wir nicht.«

Der Leichenbeschauer warf den Kopf in den Nacken und musterte Rourke nachdenklich. »Na, ich glaube doch, wir können mit Sicherheit behaupten, dass Mr. St. Claire nicht an einer Schusswunde gestorben ist.« Er richtete sich stöhnend auf, legte das Stemmeisen auf die Kiste und wischte sich mit einem schmutzigen Taschentuch den Schweiß von der Stirn. »Sind Sie abermals in ein Handgemenge verwickelt worden, Lieutenant?

Sie haben Blutflecken an der Manschette und aus den Fingerknöcheln ihrer rechten Hand scheint frisches Blut auszutreten.«
»Die sind heute Abend auf Roibin Dohertys Nase gestoßen.«
»Ach, hervorragend. Sergeant Dohertys Nase – wirklich hervorragend. Und jetzt zu den Fotos. Ich habe mir eine Theorie darüber gemacht, wie der unglückselige Mr. St. Claire Dienstagnacht seine letzten irdischen Momente verbracht haben könnte.«
Er führte Rourke zu einer Korktafel und sein breiter Rücken schlingerte dabei wie ein in schwere See geratener Schlepper. Sie mussten um zwei Seziertische aus Stahl herumnavigieren. Auf einem lag ein mit einem fleckigen Laken bedeckter Leichnam, dessen Körperflüssigkeiten in die Kanäle gesickert waren, die zu einem mit Zigaretten verstopften Abfluss führten. Auf dem anderen Tisch lag das, was von Vinny McGinty noch übrig war.
Rourkes Schritte wurden unsicher. Er hatte bei der Arbeit schon viele Tote gesehen und es immer schrecklich gefunden, aber der Anblick von Vinny, der reduziert zu einem Stück Schlachtfleisch auf dem Tisch des Leichenbeschauers lag, traf ihn tief. Der Junge war ein Verlierer gewesen, ein Schmiergeldeintreiber und Drogenkonsument, und sein Handgelenk wies keinen tätowierten blauen Stern auf, aber er und Rourke kamen aus derselben Gegend. Rourke sah Vinny an und sah dabei zu viel von sich selbst.
Wenigstens haben sie Bridey nicht hergebracht, dachte Rourke. Er wusste nicht, ob er das ertragen hätte.
Der Leichenfresser drehte sich um, als er bemerkte, dass Rourke ihm nicht mehr folgte. »Bei dem da bin ich noch nicht einmal ganz fertig mit den einleitenden Arbeiten«, sagte er. »Erwürgt mit Draht, vermutlich einer Klaviersaite, vor mindestens zwei Wochen, vielleicht auch mehr. Markierungen im Verdauungstrakt könnten uns dabei helfen, den Todeszeitpunkt genauer

festzulegen, wenn wir wüssten, was er als Letztes gegessen hat. Die fahle Färbung deutet an, dass sein Leichnam noch bewegt wurde, als sein Herz schon nicht mehr schlug. Ach, und sein Leichnam sollte gefunden werden. Das Seil um sein Bein war angeschnitten worden, damit es irgendwann riss.«

»Mein Knochen«, sagte Rourke, als er neben den Leichenfresser vor die Korktafel trat.

Der Leichenfresser kniff die Augen zusammen, weil der Rauch sein Gesicht einhüllte. »Verzeihung?«

»Er sollte von mir gefunden werden«, sagte Rourke.

»Ach«, sagte der Leichenfresser, als habe er verstanden. Rourke hätte gern gewusst, ob das der Fall war, er selbst kapierte nämlich gar nichts.

Die Fotos von St. Claires Leichnam und dem Zimmer, in dem er gestorben war, waren ordentlich nebeneinander angebracht worden und nahmen die gesamte Tafel ein. Sie waren mit einer Kamera mit Fadenkreuz aufgenommen worden, das es ermöglichte, Dinge wie die Entfernung des Leichnams von der Tür zu messen.

»Mr. St. Claires Wunden«, sagte der Leichenfresser, »passen zu dem am Tatort gefundenen Rohrmesser. Der Schnitt in seinem Unterleib war vermutlich der erste, da er nicht an der Bewegung hindert, und deshalb hat er vielleicht noch versucht, seinem Angreifer zu entgehen.«

Er griff zu einem Bleistift und zeigte damit auf ein Foto von Blutflecken an der Wand. »Wenn die Blutung erst eingesetzt hat, wenn das Messer für den nächsten Hieb zurückgezogen wird, dann sehen Sie, wie wir hier, Tropfmuster – diese kleinen Flecken oben an den Wänden und an der Decke, die lange, enge Bögen bilden. Das Blut wird von der Waffe fortgeschleudert, wenn diese geschwungen wird. Diese Muster beschreiben für uns die Schwingbewegung, ob sie von oben nach unten oder von links nach rechts stattgefunden hat. Und wie ich angenom-

men habe, handelt es sich bei unserem Angreifer um einen Rechtshänder.«
Der Leichenfresser holte röchelnd Atem und ließ seine Kippe auf den Boden fallen. »Ich sollte an dieser Stelle erwähnen, dass Mrs. St. Claires Kleid zwar überaus viele Blutflecken aufweist, doch keine in Tropfmuster.«
»Was bedeutet?«
»Was bedeutet, dass entweder nicht sie das Messer geschwungen hat oder dass das Tropfmuster zufällig nicht auf ihr Kleid aufgetroffen ist.«
Der Leichenfresser nahm sich eine neue Zigarette. Er zog sich die Lunge voll Rauch, hielt ihn für einen Moment ein und stieß ihn dann durch die Nase aus. »Der Angriff beginnt. Mr. St. Claire versucht fortzulaufen, versucht sich zu verteidigen. Seine Hände sind zerschnitten, er verliert einen Finger. Das Messer wird über seine Leiste gezogen, eine Arterie teilweise durchtrennt und deshalb haben wir arterielle Spritzer. Diese Spritzer ziehen sich über den Boden. Hier, und hier und hier, denn er rennt noch immer, und das Blut spritzt, verstehen Sie, und ergibt diese zahlreichen stacheligen Ausläufer der Spuren. Aber dann kommt der tödliche Schnitt – der, der sich quer über seine Kehle zieht.«
Der Leichenfresser zeigte auf ein weiteres Foto, diesmal eine Großaufnahme von Charles St. Claires schwarzer, klaffender Todeswunde. »Er ist jetzt zu Boden gestürzt, schlägt in seiner Qual um sich und Blut strömt aus seinem Mund.«
»Und über den Mörder?«
»Das hätte sich nicht vermeiden lassen. Ja, das Blut strömt – es sprudelt geradezu. Er fängt an, in seinem eigenen Blut zu ertrinken, er stirbt. Aber noch immer ist für Mr. St. Claire nicht alles zu Ende. Sein Angreifer stößt noch einmal zu. Diesmal zieht er – und das mit ziemlicher Kraft, voller Wut gewissermaßen – das Messer über die Brust seines Opfers und die Klinge bleibt zumindest für

einen Moment an einer Rippe hängen. Ein Lungenflügel wird angestochen und Mr. St. Claire stirbt weiter …« Seine Worte verloren sich, als er sich in die beschriebene Szene vertiefte. Er schien selbst in der Sklavenhütte zu stehen und den Augenblick von Charles St. Claires entsetzlichem Tod zu erleben.

Der Leichenfresser kniff die Augen zusammen und sein Blick wurde wieder klar. Er tippte mit seinem Bleistift auf das Foto der Mordwaffe. »Hier haben wir das Indiz, das ganz besonders auf Mr. St. Claires Gattin hinweist: ihren blutigen Fingerabdruck auf dem Messer. Ort und Richtung der identifizierten Linien des Abdrucks zeigen, dass er entstanden sein kann, als die Triebkraft des Messers plötzlich verschwunden war, als es gegen den Knochen stieß und die Hand vom Griff auf die Klinge rutschte. Die Wunde in ihrer Handfläche kann dabei ebenfalls entstanden sein. Und ein Teil des Blutmusters auf ihrem Kleid passt zu dem blutigen Nebel, der sich verbreitet, wenn ein Lungenflügel durchstoßen wird.«

»Und was ist mit ihrer Geschichte?«, fragte Rourke. »Kann sie sich dermaßen mit Blut verschmiert und geschnitten und ihren Fingerabdruck auf die Klinge gesetzt haben, während sie versuchte, das Messer aus ihm herauszuziehen?«

»O ja. Wenn er noch lebte, als sie zu ihm kam, wie sie behauptet. Und ihre Hand könnte durchaus ausgerutscht sein, als sie versucht hat, das Messer aus ihm herauszuziehen. Das Messer wurde ja auch nicht in ihm gefunden. Hier haben wir die Stärke einer Anklage gegen Mrs. St. Claire und ihre Schwäche. Das Blut auf ihrem Kleid, ihr Daumenabdruck auf dem Messer und die Wunde in ihrer Hand – das alles weist darauf hin, dass Mrs. St.Claire die Angreiferin war. Aber es weist auch – wenn auch mit geringerer Wahrscheinlichkeit – darauf hin, dass ihre Version der Ereignisse zutrifft. Die zwei Stunden zwischen dem Tod des Opfers und seiner Entdeckung durch die Haushälterin lassen sich, wenn auch nur dürftig, mit einem Schock erklären.«

Rourke stieß ein kurzes, schnaubendes Lachen aus. »Das würde eine Jury bestimmt gern hören – vermutlich war sie es, möglicherweise war sie es nicht.«
Eins von den Fastlächeln des Leichenfressers huschte über sein Gesicht. »Jurys können wirklich schwierig sein, vor allem dann, wenn Wissenschaft im Spiel ist. Ich möchte Ihnen raten, Lieutenant, ein überzeugendes Motiv zu entdecken. Am besten eins, bei dem grundlegende menschliche Empfindungen wie Eifersucht oder Gier im Spiel sind. Jurys lieben Motive.«
Rourke bohrte die Hände in die Taschen, schaute die Toten an und wandte seinen Blick dann wieder ab. »Motive kann ich liefern. Ich habe offenbar sogar freie Auswahl.«
»Und ich kann Ihnen noch einige nennen.« Der Leichenfresser steckte sich die Zigarette in den Mund und ächzte und polterte sich seinen Weg durch das Labor zu einem tiefen, zerschrammten Emaillebecken. Daneben standen ein mit grauenhaften, blutverschmierten Instrumenten bedecktes Tablett und ein Stahlgefäß, das mit der Art Horror gefüllt war, der aus einem Schlachthof zu stammen scheint. Rourke verschluckte einen Seufzer und zwang sich zum Hinschauen. Er hasste blutige Stücke toter Dinge wirklich zutiefst.
»Die inneren Organe des Opfers«, der Leichenfresser zeigte mit großer Geste auf das blutige Chaos. »Jemand hat Charles St. Claire mit einem Rohrmesser ermordet, aber der Mann war ohnehin schon zum Tode verurteilt. Er vergiftete sich selbst mit Wermut und Absinth, die er exzessiv getrunken hat. Außerdem weisen der entzündete Zustand seiner Nasenschleimhäute und der Anfang einer Perforierung der Nasenscheidewand auf chronischen Kokainkonsum hin.«
Der Leichenfresser gab sich jetzt große Mühe, nur das Gefäß voller Organe anzusehen und nicht das Gesicht des Mannes, der neben ihm stand, und Rourke bedachte sich mit einem Lächeln der Selbstverachtung. »Ich gehe davon aus, dass Sie von mei-

nem eigenen kleinen Flirt mit diesem Glücksstaub gehört haben.«
»Nach dem Tod Ihrer Frau.« Der Leichenfresser hob den Kopf und blickte Rourke in die Augen. »Es ist hart, so jung, so früh die Menschen zu verlieren, die wir lieben. Aber ich nehme an, für Sie ist das Schlimmste inzwischen vorbei?«
Rourke zeigte jetzt sein Lächeln, das aber immer noch nicht glücklich aussah. »Ich habe noch immer meine bösen Nächte, aber ich ziehe nicht mehr los, um mit Alligatoren zu ringen.«
»Mr. Casey Maguire gilt Ihnen nicht als Alligator?«
Rourke lachte und fragte sich, wieso der Klatsch sich bei der Truppe immer so schnell verbreitete – er und Maguire hatten ihre kleine Auseinandersetzung doch erst an diesem Morgen gehabt.
Der Leichenfresser lachte ebenfalls, was aber in einen von der Zigarette verursachten Hustenanfall umschlug. »Vielleicht haben Sie mit Kokain geflirtet, Lieutenant, aber Charles St. Claire ist bis zum Äußersten gegangen. Er war durch und durch süchtig nach dem Zeug, und die Symptome dieser Sucht sind geistiger Abbau, Verwirrung, Paranoia, abrupte und tiefgreifende Stimmungsschwankungen und Halluzinationen. Wir könnten sagen, dass es das pure Elend gewesen sein musste, mit diesem Mann zusammenzuleben.«
»So sehr, dass man ihn aus diesem Elend erlösen musste?«
»Die Versuchung könnte sich einstellen, möchte ich meinen.«
Über das Gesicht des Leichenfressers huschte ein Ausdruck, der durchaus Belustigung bedeuten konnte. »Mehr Futter, auf dem die Jury herumkauen kann, nicht? Und ich habe noch etwas.«
Er reichte Rourke eine mit einem Deckel versehene flache Glasschüssel und ein Vergrößerungsglas. »Das habe ich unter dem Nagel des abgetrennten Fingers gefunden.«
Rourke betrachtete den Inhalt der Schüssel durch das Vergrößerungsglas, während der Leichenfresser ihm erzählte, was er

da sah. »Ein Splitter von weißem Emaille, von der Sorte, mit der Keramik glasiert wird. Und eine lila Paillette von knapp unter einem Zentimeter Durchmesser, die von einem Ballkleid oder einem Kostüm stammen kann.«

»Aber das Kleid, das sie in dieser Nacht getragen hat, war nicht mit Pailletten besetzt.«

»Nein.«

»Kann er das schon früher gehabt haben?«

»Den weißen Emaillesplitter vielleicht. Aber die Paillette war mit beträchtlicher Gewalt unter seinen Nagel gerammt worden, so tief, dass das Nagelbett durchbohrt war. Das muss wehgetan haben – so sehr, dass er sie sicher sofort herausgeholt hätte. Wenn er nicht von einem anderen, schlimmeren Schmerz abgelenkt gewesen wäre.«

Die lila Paillette kam ihm vage bekannt vor, aber Rourke konnte sie nicht unterbringen. Sie passte zu nichts anderem aus dieser Nacht.

Rourkes Blick wanderte von dem mit dem Laken bedeckten Leichnam auf dem Seziertisch – jetzt einem Stück blutigen, zerhackten Fleisches – zu den Fotos, die Charles St. Claires entsetzliche letzte Momente zeigten. Es war ein schlimmer Tod gewesen, ein schlimmer Mord. Die Tat eines Menschen, der keinen Halt gekannt hatte.

»Warum?«, fragte er und wusste gar nicht, dass er das laut gesagt hatte.

»Wenn das eine rhetorische Frage sein soll«, sagte der Leichenfresser, dessen Blick ebenfalls an den Fotos haftete, »dann müsste ich antworten, dass so ungefähr jeder Mensch das getan haben kann, aus ungefähr jedem Grund. Selbst im tiefsten Herzen können wir niemals wirklich wissen, welche üblen Taten wir in einem Zustand der Angst oder der Wut begehen könnten. Oder der Leidenschaft. Aber Sie als Polizist müssen doch besser als alle anderen wissen, wie sehr das stimmt.«

Das wusste Rourke. Seit er in seinem ersten Dienstjahr gesehen hatte, wie eine Frau ihr neugeborenes Baby in eine Waschbütte voll kochendem Wasser gesteckt hatte, wusste er, dass es keine Grenzen gibt für die hässlichen, grausamen und einfach üblen Dinge, die Menschen anderen Menschen antun können, sogar denen, die sie doch eigentlich lieben sollten.

»Wenn Sie also wissen möchten«, sagte der Leichenfresser, »ob ich glaube, dass die neue Cinderella zu einem Rohrmesser gegriffen und immer wieder und wieder auf den nackten Leib ihres Mannes eingehackt hat, bis er tot und in seinem eigenen Blut ertrunken war ... dann müsste ich sagen, die forensischen Untersuchungen weisen darauf hin, dass sie das getan hat.«

Er schaute Rourke an und zwinkerte ihm durch den Rauchschleier zu, der zwischen ihnen schwebte. Diesmal war sein Lächeln unverkennbar, aber Rourke wusste nicht, ob es ihm gefiel.

»Andere sind aufgrund von viel schwächeren Indizien gehängt worden.«

Sie schien auf ihn gewartet zu haben. Sie stand in Sans Souci auf der oberen Galerie und sah ihn kommen, unter einem Himmel, der verletzt aussah und in ein seltsames, rauchiges grünes Licht getaucht war.

Er fuhr auf seiner Indian vor und hielt unter der letzten Eiche vor dem Haus. Er schaute zu ihr hoch. Sie machte kehrt und ging ins Haus, doch er wusste, dass sie zu ihm kommen würde, und deshalb wartete er.

Er hörte ihren Schritt auf der Austernschalenauffahrt, ehe sie aus dem Schatten trat. An diesem Abend war sie ganz und gar ein Vamp aus Hollywood. Sie trug eine glänzende weiße Tunika mit langen Perlensträngen über schwarzen Pluderhosen und die Absätze ihrer Schuhe waren dünn und scharf wie Dornen. Ein mit Ziermünzen besetztes Stirnband schimmerte in ihrem dunklen Bubikopf. Sie sah strenger aus als am Vortag und doch

wirkte sie verletzt, ihre Augen waren wachsam, als hätten aller Verrat, alle Lügen von ihm gestammt und nicht von ihr.
Sie blieb vor ihm stehen. Er konnte den kommenden Regen und den Kalk der zerstoßenen Austernschalen riechen. Sie setzte sich auf das Motorrad, streifte seinen Schritt mit ihrer Hüfte und er roch nur noch sie.
Sie hatte schon früher vor ihm auf dem Motorrad gesessen. Durch das Pizatti Tor und in den City Park, über die von Palmen umsäumte Anseman Avenue, vorbei an den üppigen nacktbusigen Statuen. In einer späten Nacht in dem Sommer, in dem sie ein Paar gewesen waren, hatte sie sich ausgezogen und für ihn neben einem Abbild einer antiken Göttin posiert. Er hatte ihren Körper schöner und weißer gefunden als den der Göttinnen.
Sie verließen den Park bei der Black Bridge, wo die Bahnlinie den Sumpf durchquerte, und stiegen vom Motorrad, um auf die Deichkrone zu klettern. Unter ihnen brannten in den Bootshäusern die Kerosinlampen durch den aufziehenden Regen. Remy stand vor einem pflaumenblauen Himmel, in dem Blitze wie Adern pulsierten. Donner krachte und der Wind packte ihre Haare und schlug die Perlenschnüre der Tunika gegen ihre Hüften.
»Wie wär's mal wieder mit einer Wette, Remy?«, fragte er. »Der Zug wird bald über die Brücke fahren. Wir könnten doch sehen, ob wir ihn noch immer schlagen können.«
Sie starrte ihn aus großen, klaren Augen an. Blitze zuckten. »Weißt du, was am Rennen so witzig ist, Day?«, fragte sie, als um sie herum der Donner explodierte. »Wenn du erst einmal angefangen hast, kannst du nicht mehr aufhören. Egal wie müde du bist oder wie groß deine Angst ist, niemand lässt dich aufhören.«
Der Wind war jetzt so stark, dass sie ins Schwanken kam, und dann öffneten sich die Wolken. Große flache Regentropfen

schlugen auf das Wasser auf, als werfe Gott Felsen aus dem Himmel. Es war kein kleiner Regen; er misshandelte Rourkes Hände und Gesicht, doch sie hatte ihr Gesicht zum Himmel gewandt und schien geschlagen werden zu wollen.

Sie hatten ein Stück voneinander entfernt gestanden, doch nun ging er zu ihr. In den zwei Tagen seit der Ermordung ihres Mannes war der Bluterguss dunkler geworden und hatte sich am Rand gelblich verfärbt.

»Worüber habt ihr zwei euch in dieser Nacht gestritten, Remy?«

Sie erstarrte unter seiner Hand und entzog sich seiner Berührung.

»Wann hat er dich geschlagen, Liebling? Ehe er dir erzählt hat, dass er eure Ehe annullieren lassen wollte, oder danach?«

Er beobachtete sie genau und wartete auf ihr Erstaunen. Was er jedoch sah, war Angst. Die Angst jagte mit derselben Gewalt wie der Wind über ihr Gesicht und brachte sie ebenso ins Schwanken.

Sie schlang sich die Arme um den Leib, wie um sich selbst zusammenzuhalten. Ihre gejagten Augen glühten in ihrem Gesicht.

»Hat Charles das aller Welt erzählt? Warum? Hat er den Grund genannt?«

»Versuch doch mal, ihn zu erraten.«

Sie schloss die Augen und wandte sich ab und ihr Kopf kippte wie unter einem schweren Gewicht nach vorn. »Ich weiß es nicht. Ich weiß nicht einmal mehr, warum er mich überhaupt geheiratet hat. Ich dachte, er begehrte mich, aber ihm war wohl der Neid anderer Männer wichtiger. Er wollte, dass ich mit dem Filmen aufhörte und nur ihm gehörte, und er hoffte, ich würde sofort schwanger werden, aber ich habe … ich wollte kein Kind und ich wollte auch die Schauspielerei nicht aufgeben, und dann schienen einfach alle möglichen anderen Dinge zwischen uns zu stehen.«

»Was für andere Dinge? Seine anderen Frauen? Deine anderen Männer?« Blitze jagten über den Himmel und sahen aus wie das Aufleuchten einer Kugel, die aus dem Gewehrlauf zum Vorschein kommt, weiß und tödlich. »Oder Julius?«
Ihr Rücken war krumm und angespannt, der Knochen in ihrem Nacken zeichnete sich unter der blassen Haut ab. »War das so, Remy? Hat Julius' Tod sich zwischen euch gedrängt?«
Er begann, das andauernde Schweigen mit dem rauen, raschelnden Rhythmus des Regens zu messen. Die Laternen in den Bootshäusern flackerten. Ein runder Blitz rollte durch das überflutete Zuckerrohr und zerbrach vor einem Pfeiler auf der Brücke in zischende Scherben.
Langsam hob sie den Kopf und sah ihn an. »Es gibt keinen anderen Mann.«
»Das ist sicher ein ganz neues Erlebnis für dich«, sagte er und wollte aufhören zu reden, fürchtete jedoch, dass ihm das nicht gelingen würde. Auch ihm war sie nicht treu gewesen. In dem Sommer, in dem sie ein Paar gewesen waren, hatte sie auch Julius gevögelt.
Auf irgendeine Weise war sie dicht an ihn herangetreten. Auf irgendeine Weise legte sie die Hände auf sein Schlüsselbein und er spürte ihre Hitze durch sein dünnes, feuchtes Batisthemd hindurch. »Day, bitte nicht. Ich habe solche Angst und ich brauche dich, und ich kann es nicht ertragen, dass du mich hasst.«
Er kannte sie, wusste, wie sie sein konnte. Sie würde jetzt mit ihm spielen, feststellen, wie weit sie seine Seele besitzen konnte, und sie machte das so gut, besser, als er es jemals erlebt hatte. Er sagte sich, dass er sie zu gut kannte, denn wenn er auch nur für einen Moment dächte, dass sie ihn wirklich brauchte, dann würde er sich nicht helfen können. Er würde anfangen, nach Möglichkeiten zu suchen, um aus jeder Lüge, die sie je erzählt hatte, eine Wahrheit zu machen.
Sie streifte seinen Hals mit ihren Lippen und er wehrte sich

nicht, denn das Risiko war immer so süß, selbst dann, wenn es grausam war. Er drehte den Kopf, damit seine eigenen Lippen in ihrem Haar verweilen konnten. »Ich habe schon vor langer Zeit aufgehört, dich zu hassen, Baby, falls ich dich je gehasst habe. Aber was mir nicht so gut gelingt, ist das Vergessen. Ich muss immer wieder an den letzten Nachmittag denken, an uns beide auf der Weideninsel, wo wir uns geliebt haben und du in meinen Armen geweint hast ...« *Und während dieser ganzen Zeit lag Julius St. Claire in der Sklavenhütte, mit einer Kugel im Kopf, einer Pistole in der Hand und dem Geschmack deines Mundes auf seinem.* »Ich muss einfach immer wieder daran denken, dass du am nächsten Tag verschwunden bist, und das ohne ein einziges Abschiedswort.«

Er spürte wieder das Wispern ihrer Lippen und dann berührten sie ihn nicht mehr, alles war bereits zur Erinnerung geworden. Tiefe Traurigkeit überschattete ihr Gesicht, doch ihre Worte waren hart. »Vielleicht solltest du mir dafür dankbar sein, dass ich dich verschont habe.«

Er versuchte, ihr seine eigene Härte entgegenzubringen, aber er fühlte sich innerlich zerrissen und es tat weh. »Warum? Weil ich noch nicht tot bin?«

»So ungefähr.«

Fünfzehntes Kapitel

Der Juniabend, an dem die Totenwache für Remy Lelouries Vater abgehalten wurde, war so heiß, dass man die Hitze fast hören konnte: Die Luft schien zu keuchen und Schweißtropfen fallen zu lassen. Alle bewegten die Fächer des Beerdigungsunternehmens vor den Gesichtern, die so rot waren wie Rote Beete, und alle kamen in ihrer dunklen Trauerkleidung vor Hitze fast um.

Das Gesicht ihrer Mama jedoch, fand Remy, war grau. Fast so grau wie das Gesicht des Mannes, der tot in seinem Sarg lag. Ihr Daddy.

Na ja, er war insofern ihr Daddy gewesen, als er eines Nachts sein Ding zwischen die Beine ihrer Mama gesteckt und ein kleines Zeichen seiner Wertschätzung hinterlassen hatte. In New Orleans erhielt die Stammkundschaft in Metzger- oder Lebensmittelläden immer eine *lagniappe,* eine kleine Gratiszugabe als Dank für die Treue, ein Büschel Petersilie vielleicht oder einen Lutscher. Und das waren Belle und Remy – eine *lagniappe* ihres Vaters für ihre Mama. Danke, meine Gute, und mach's gut, Liebling.

Er war an verdorbenem Gumbo gestorben, ihr Daddy. Das sagte zumindest der Arzt, während Mamma Rae vermutlich eine andere Geschichte erzählen könnte. Wenn Remy hätte entscheiden können, dann hätten sie einen meilenweiten Bogen um diese Totenwache gemacht, aber Mama hatte gewollt … sie wusste nicht, was ihre Mama gewollt hatte. Was sie getan hatte, war, schadenfroh zu lachen, doch jetzt, als Remy sah, wie ihre Mama den toten Mann in seinem Sarg ansah, war sie sich nicht mehr so sicher. Solche Augen waren manchmal bei Frauen zu sehen, die nach Laudanum süchtig waren.

Remy Lelourie schaute sich im Salon um. Die in schwarzen Krepp gehüllten Spiegel und Bilder an der Wand, die angehaltenen Uhren. Der schwarz lackierte Sarg ihres Daddys balancierte auf zwei Stühlen. Zu seinen Füßen lag ein Hufeisen aus roten Nelken, über seinem Kopf brannte ein Ewiges Licht. Es waren nicht sehr viele Trauergäste gekommen. Nur einige Geschäftspartner ihres Daddys, dann sie selbst, Belle und Mama. Ja, und natürlich die Gastgeberin. Mrs. Maeve Rourke. Die Geliebte ihres Vaters und seit sechzehn Jahren die Betreuerin seines Hauses und seines Herzens. Großer allmächtiger Gott, bestimmt wurde schon überall darüber geredet.

Obwohl die parfümierten Kerzen brannten und großzügig von Fliederwasser und Eau de Cologne Gebrauch gemacht worden war, breitete sich inzwischen ein Geruch im Raum aus. Aber das passierte bei jedem Tod, der in New Orleans zwischen März und November stattfand, denn dann brach den Trauergästen fast immer der Schweiß aus. *Diese Frau* schwitzte nicht nur wie eine Dampflokomotive, sie sah absolut hager und fahl aus. Der Geschmack ihres Daddys war wirklich unbegreiflich.

Remy war so in den Anblick aller anderen Gegenstände und Menschen vertieft, dass sie den Moment verpasste, in dem der Junge hereinkam. Plötzlich war er einfach da, er stand mit seinem Hut in der Hand vor dem Sarg und blickte auf ihren toten Daddy hinab.

Sie hatte ihn sieben oder acht Jahre zuvor zuletzt gesehen. Er hatte damals stundenlang vor ihrem Haus herumgelungert und sie und Belle beobachtet. Remy hatte ihn gehasst, hatte die bloße Vorstellung seiner Existenz auf dieser Welt gehasst und hatte beschlossen, dass sie ihn nicht grausamer quälen konnte, als wenn sie ihn ignorierte. Diesem Plan war jedoch nur teilweise Erfolg beschieden gewesen. Sie hatte ihn so gekonnt ignoriert, dass er nicht mehr gekommen war, um sich von ihr quälen zu lassen.

Da er sich jetzt ganz und gar auf ihren toten Daddy konzentrierte, brauchte sie ihn nicht zu ignorieren. Sie wusste, dass er ein Jahr älter als sie war, neunzehn also, aber er hatte den Körper eines ausgewachsenen Mannes. Früher hatte sie sein Gesicht zu süß und hübsch gefunden, wie einen Engel auf einem Heiligenbild. Jetzt gefiel es ihr noch weniger – es war zu stark von kühnen, kompromisslosen Kanten geprägt. Auch sein Mund gefiel ihr nicht, der war zu selbstsicher.

Er hatte offenbar ihren Blick gespürt, denn sein Kopf hob sich und ihre Augen begegneten einander. Ihr kam es vor, als habe sie ihren Finger in eine Steckdose gesteckt, einfach um festzustellen, wie sich das anfühlte. Es war ein physischer Ruck, nach dem sie erschüttert war, hohl im Bauch, verängstigt und doch seltsam belebt. Sie wandte ihren Blick ab und schaute ihn dann wieder an. Er wagte mehr als sie, denn er hatte nicht weggeschaut.

Er starrte sie einen Moment länger an, als sie das ertragen konnte, und dann schaute er an ihr vorbei.

Porzellan fiel zu Boden und zerbrach und brachte den ohnehin schon totenstillen Raum zum Schweigen. Alle fuhren herum. Maeve Rourke stand in der Tür, zu ihren Füßen lagen die Scherben des Teeservices und Teelachen. Das Klirren schien für einen Moment nicht nur Unterhaltung und Atem angehalten zu haben, sondern auch die Zeit.

»Day«, sagte sie, und auch ihre Stimme klang zerbrechlich. Sie lief ihm entgegen, mit ausgestreckten Armen, wie um ihn wie ein Kind an ihre Brust zu ziehen.

»Nicht«, sagte er, das war alles. Er machte auf dem Absatz kehrt und verließ das Haus, lässig und selbstsicher, achtlos sogar, wie jemand, der zufällig vorbeigekommen war.

Remy Lelourie lief hinter ihm her, obwohl sie damit fast zu lange gewartet hätte. Sie musste durch die Haustür und über die halbe Conti Street rennen, um ihn einzuholen.

»Daman Rourke«, rief sie und nannte ihn damit zum ersten Mal beim Namen. Selbst dann, wenn sie bisher an ihn gedacht hatte, war er immer nur *der Sohn dieser Frau* gewesen.

Er blieb stehen und drehte sich langsam um, wirkte jetzt steifer, und sie erkannte seinen Gesichtsausdruck, weil sie selbst auch schon oft so empfunden hatte. Der Ausdruck sagte, schluck dein Blut herunter und zeig deinen Feinden nicht, dass du verletzt bist.

»Wo willst du hin?«, fragte sie.

Er zeigte mit der Hand auf ein Motorrad, das gegen die Laterne an der Straßenecke lehnte. »Einfach losfahren.«

»Nimm mich mit«, sagte sie und fügte dann hinzu: »Du weißt, dass du das möchtest.«

Auf dem Sitz war eigentlich nicht genug Platz für zwei, und deshalb saß sie mehr oder weniger auf seinem Schoß und hatte ihren Rock über ihre Knie hochgezogen. Sie spürte, wie das Vibrieren des Motors sich durch seinen Körper in ihren fortpflanzte. Seine Oberschenkel waren hart und der Sommerwind war feucht und heiß, und als sie in die Villere abbogen und auf den Congo Square zuhielten, wusste sie, dass sie diesen Jungen und keinen anderen lieben würde, und das für immer.

Er fuhr zur Black Bridge, wo die Bahnlinie den Sumpf durchquerte, und dort stiegen sie vom Motorrad. Er kletterte auf die Stahlbrücke und überließ es ihr, ob sie ihm folgen wollte. Sie setzten sich auf den Gehweg wie die farbigen Jungen, die sie von dort aus anglotzten, ließen ihre Beine über die Seite baumeln und schauten zum See hinüber. Im Westen schoben sich Gewitterwolken zusammen und der Himmel hatte die seltsame Farbe alten Blutes angenommen. Er war so heiß, dass die Luft knisterte.

Eine Brasse durchbrach unten die Wasseroberfläche und er beugte sich vor, um besser sehen zu können. Er stemmte die Handflächen neben seinen Oberschenkeln auf den Boden und sie sah, dass seine Hände von Schnitten übersät waren – von frischen Wunden und alten Narben.
»Deine Hände«, sagte sie und ergriff eine davon. »Was hast du mit deinen Händen gemacht?«
Er schaute sie an, verwirrt über ihre Leidenschaft, dann lachte er. »Was bist du doch für eine vornehme Miss. Hast du nie zugesehen, wie Austern verladen werden? Ich arbeite in diesem Sommer auf einem Austernfischer.«
Er versuchte, seine Hand zu befreien, aber sie wollte nicht loslassen. Sie drehte seine Hand um, um seine Handfläche zu betrachten, und sah auf der Innenseite seines Handgelenks den blauen, achtzackigen Stern. Fast hätte sie laut aufgekeucht, weil sie ein niederschmetterndes Verlustgefühl verspürte. Er gehörte schon einer anderen.
Sie ließ ihn los. Sie strich ihren Rock glatt. »Warum bist du zur Totenwache gekommen?«, fragte sie.
»Weil ich ihn tot sehen wollte.« Er sagte das ganz gelassen und ohne Entschuldigung oder Erklärung, und dafür bewunderte sie ihn.
»Angeblich ist er schreiend gestorben«, sagte sie und lächelte, denn auch er sollte keine Zweifel über ihre Gefühle in dieser Angelegenheit haben.
Er starrte sie einen Moment lang an, weniger geschockt als abschätzend. »Er war dein Daddy«, sagte er endlich.
»Ach? Aber warum sollte es mich interessieren, was ihm passiert? Ist *sie* dir vielleicht wichtig?«
»Ja«, sagte er. Es ärgerte sie, dass er seine Gefühle nicht versteckte, dass er mutig genug war, um sie nicht zu verstecken.
Blitze zerrissen den Himmel. Sie hörte ein Grollen und hielt es für fernen Donner, doch dann ging ihr auf, dass ein Zug kam.

Gleich darauf sah sie ihn: den vorderen Scheinwerfer und den Schienenräumer und den hervorquellenden schwarzen Qualm. Die Schienen unter ihnen fingen an zu vibrieren und zu summen.

»Wie mutig bist du wirklich, Daman Rourke?«, fragte sie. Sie sah seinen Mund das Wort *was* formen, aber sie konnte ihn nicht hören, weil gerade jetzt die Lokomotive einen schrillen Pfiff ausstieß. Wieder zuckte ein Blitz und ließ die Welt für einen Moment kreideweiß aussehen. »Bist du je mit einem Zug um die Wette gerannt?«

Er lachte sie nicht aus und erklärte sie nicht für verrückt, wie das jeder andere getan hätte. Er schaute den Zug an, der auf sie zugedröhnt kam, und dann auf das andere Ende der Brücke. Er dachte nach. »Das würden wir niemals schaffen«, sagte er.

»Wetten, dass!«, rief sie und sprang auf. Sie kletterte auf die Schienen und rannte los.

Die Schienen sangen und bebten und der Kies zwischen den Schwellen rollte und sprang unter ihren Füßen. Aus den Augenwinkeln sah sie seinen Hemdsärmel aufleuchten und sie lachte. Dann dachte sie, sie müsse mit ihrem Atem sparsam umgehen – der Zug kam immer näher, die Lokomotive brüllte, der Dampf zischte, die Kolben hämmerten, die Eisenstangen ruckten und zuckten wie der Herzschlag eines Drachens.

Sie stieß mit dem Absatz ihres Halbstiefels gegen eine Schwelle und stürzte, landete auf Händen und Knien. Die Lokomotivenpfeife schrie, die ganze Welt zitterte.

Seine Triebkraft hatte Daman Rourke an der Stelle vorbeigetragen, an der sie gestürzt war, aber er lief zu ihr zurück, und sein Gesichtsausdruck sagte ihr, wie nah der Zug inzwischen gekommen war.

Er packte ihren Arm, zerrte sie auf die Füße, schleuderte sie nach vorn und dann über die Brückenkante und ihr lachender Schrei ertrank im Lärm der Lokomotive. Sie spürte den Windstoß, den der vorüberfahrende Zug auslöste, und ihre Ohren dröhnten. Blitze zuckten und nahmen dem Himmel jegliche Farbe.

Sie landeten auf dem Deich, schlugen hart auf den Boden auf, rollten dann den mit Gras bewachsenen Abhang hinunter, aneinander gepresst, Arm in Arm wie Liebende. Sie konnte die raue Baumwolle seines schweißnassen Hemdes spüren, die harten, festen Muskeln seiner Brust und das Schlagen seines Herzens.

Er stieß sich von ihr ab und fiel auf den Rücken. Seine Brust hob und senkte sich im Rhythmus seines keuchenden Atems. »Meine Güte, das war blödsinnig«, sagte er schließlich. »Blödsinnig.«

Sie schaute ihm jedoch ins Gesicht und konnte die wilde und gottlose Freude in seinen Augen sehen.

Am nächsten Abend wartete sie auf dem Deich auf ihn, an der Anlegestelle der Austernboote. Sie sah zu, wie er den Fang des Tages auslud, sich an einer Pumpe wusch und dann mit der übrigen Mannschaft einen Eimer Wasser teilte. Sie wusste, dass er sie gesehen hatte, aber er ließ sie warten. Das spielte für sie keine Rolle, sie hätte es ebenso gemacht. Es war ein Spiel. Das schönste Spiel, das sie sich vorstellen konnte, denn das Risiko war so hoch.

Sie glaubte, er werde nun endlich zu ihr kommen, als er sich von dem umgedrehten Fass erhob, auf dem er gesessen hatte, doch er schaute an ihr vorbei und sein Gesichtsausdruck änderte sich. Dann sah sie, dass zwei junge Männer und ein rothaariges Mädchen zu ihm gingen, mit ihm sprachen, mit ihm lachten. Die Rothaarige war offenkundig mit einem der anderen Jungen zusammen, aber das spielte keine Rolle – Remy hasste sie, heftig, leidenschaftlich. Sie hasste alle drei wegen der Vertrautheit, die sie mit Daman Rourke teilten und die so greifbar war wie die Sommerhitze, und sie wusste, sie würde, wenn sie genau hinschaute, feststellen, dass auch ihre Handgelenke mit einem blauen, achtzackigen Stern gezeichnet waren. Sie gehörten ihm und er gehörte ihnen, und sie würden für immer einen Teil von ihm besitzen, den Remy niemals auch nur würde anrühren dürfen.

Erst nachdem die drei ihn verlassen hatten, kam er endlich zu ihr herübergeschlendert. Er blieb stehen, hakte einen Daumen in seine Jeanstasche und schob eine Hüfte in einer protzigen und dermaßen maskulinen Weise vor, dass sie gelacht hätte, wenn diese Pose nicht so wirkungsvoll gewesen wäre.

»Hallo, Remy«, sagte er. »Wie geht's denn so, Mädel?«

Sie starrte ihn ausgiebig an, so lange, dass er sie vermutlich schon für verrückt hielt, und dann fragte sie: »Würdest du nicht manchmal gern einfach wegrennen? Einfach auf einen Zug aufspringen und dich dahin fahren lassen, wo immer er hinfährt?«

»Na ja, mit einem Zug zu fahren wäre bestimmt viel toller als mit ihm um die Wette zu rennen«, sagte er und lächelte.

Sie hatte das Lächeln kommen sehen. Doch als es dann über sein Gesicht huschte, war sie auf die Intensität ihrer Empfindungen nicht vorbereitet gewesen. Sie hätte schreien und mit den Fäusten gegen seine Brust hämmern mögen. Sie wollte seinen Mund küssen und dieses Lächeln für immer einfangen, es zu ihrem alleinigen Besitz machen.

Sie starrte seinen Mund an und sah, wie seine Lippen sich bewegten, und sie wusste, dass er etwas sagte, konnte jedoch nichts hören, weil ihr Herz so heftig in ihren Ohren hämmerte.

»Wohin möchtest du denn weglaufen, Remy Lelourie? Du musst lernen, die schönen Stellen in der Nähe von deinem Zuhause zu finden.«

»Die gibt es nicht.«

»Natürlich gibt es sie.« Wieder lächelte er sie an und streckte

ihr seine Hand hin. »Komm mit, dann zeige ich dir eine. Das ist eine Wette.«
Sie legte ihre Hand in seine und ließ sich dahin führen, wo immer er sie hinführen wollte. Sie konnte die Stärke seiner Finger fühlen, die ihre umgaben, die Narben und die Schwielen.
Im Osten von New Orleans gab es einen Sumpf, dessen Wasser dunkel und ruhig war und in dem die Zypressen dicht an dicht standen. Sie fuhren mit seinem Motorrad so weit wie möglich hinein und legten die restliche Strecke mit einem Kanu zurück. Die Sonne über dem Sumpf war neblig und sanft und tunkte die Welt in ein grüngoldenes Licht. Die Art, in der er das Kanu um die Sandbänke und durch das überflutete Zuckerrohr manövrierte, sagte ihr, dass er wusste, wohin er wollte. Beim Paddeln wurden Insekten von Zuckerrohr und Seerosenblättern hochgeschreckt und Libellen standen über dem Wasser in der Luft. Sie sah die gepanzerten Rücken der Nadelfische und die schwarzen Köpfe der Mokassinschlangen, die aus den glasigen Lachen unter dem dichten Überhang der Bäume herauslugten.
Als sie die Weideninsel erreichten, wusste sie, dass das sein Ziel gewesen war. Drei uralte Trauerweiden standen nebeneinander auf einer spitz zulaufenden Sandbank. Ihre langen hängenden Zweige, die miteinander verwoben und verflochten waren, hatten in der Mitte des Sumpfes eine trockene, grüne Höhle gebaut. Die Schatten der schmalen Blätter bewegten sich in klaren, wechselhaften Mustern über einen von Lauberde und Moos weichen Grund. Remy stand mitten in der Weidenhöhle und drehte sich langsam um. Sie dachte, dass Grün, wenn diese Farbe einen Geruch hätte, so riechen würde, scharf und erdhaft. Sie wusste ohne zu fragen, dass er schon seit Jahren zu dieser Insel kam – um zu träumen, seine Wunden zu lecken und einfach nachzudenken. Und um allein zu sein – ja, vor allem deshalb.
Sie musste ihn jedoch dazu bringen, das in Worte zu kleiden. »Hast du jemals andere mit hergenommen?«

»Nein«, sagte er, streckte die Hand aus und ließ die Rücken seiner Finger ihre Wange in einer Berührung streifen, die ein Versprechen und ein Bedauern zugleich zu enthalten schien.
In diesem Sommer waren sie oft in die Weidenhöhle zurückgekehrt. Manchmal spielte er für sie Saxophon. Dann schaute sie zu, wie der Puls in seiner Kehle vibrierte, und dachte, dass sie dort ihren Mund hinpressen wollte, genau auf die Stelle, wo sein Herz schlug, und dass ihr Mund für immer dort bleiben sollte.

Einmal fanden sie eine Mokassinschlange, die auf einem der unteren Zweige schlief. Ihre braungelb gefleckte Haut verschwamm fast mit der Baumrinde und deshalb entdeckten sie das Tier nicht sofort. Day wollte einen Stock suchen, um die Schlange damit hochzuheben und ins Wasser zu werfen, doch sie packte ihn am Arm und hielt ihn fest. Er hatte seinen Ärmel bis zum Ellbogen hochgekrempelt und die Welt schien plötzlich nur noch aus seiner glatten, heißen Hand zu bestehen.
»Nein, verjag sie nicht«, sagte sie. »Ich bring sie zu Mamma Rae.« Sie hatte einen kleinen geflochtenen Korb bei sich, der mit belegten Broten gefüllt war, und die kippte sie jetzt auf den Boden und hielt ihm den Korb hin. »Wir können sie hier reinstecken.«
Er starrte sie an und sie spürte tief unten in ihrem Bauch eine flatternde Erregung. Dann wanderte sein Blick von ihr zu der Schlange und sie sah, wie er innerlich erstarrte.
»Mamma Rae sagt, dass Schlangen nur dann zum Voodoo taugen, wenn du sie mit den bloßen Händen fängst«, sagte sie mit leiser, herausfordernder Stimme. »Na los, Daman Rourke. Das ist eine Wette.«
Er lächelte. »Dann halte auf jeden Fall den Korb bereit.«
»Mamma Rae sagt, du musst sie verzaubern, indem du sie anstarrst, ohne mit der Wimper zu zucken.«

Sein Lachen war ein wenig heiser und er wischte sich die Hände an seinen Oberschenkeln ab. »Meine Güte.«
Er ging in die Hocke, um mit der Schlange auf Augenhöhe zu kommen, und starrte. Er starrte dermaßen, dass seine Augenlider sich halb schlossen und die Adern an seinem Hals sich unter der Haut abzeichneten. Die Schlange starrte zurück. Ihre Augen sahen aus wie Splitter einer Bierflasche.
Der dicke, muskulöse Leib der Schlange wand und schlängelte sich. Ihr Kopf schnellte vor und ihr weißes Maul öffnete sich mit einem Zischen, das wie Wasser klang, das auf einen rot glühenden Herd spritzt. Ihre Zunge jagte über den zwei mit Gift gefüllten Zähnen hin und her.
»Du hast gerade weggeschaut«, sagte sie.
»Scheiße«, sagte Day ganz leise. Er öffnete die Hände und wippte auf seinen Fußballen.
Remy hatte noch niemals eine so schnelle Bewegung gesehen. Seine Hand schnellte vor, packte die Schlange am Hinterkopf und schwenkte sie umher, voll auf Remy zu, weshalb Remy kurz aufschrie. Das weiße Maul der Schlange war weit geöffnet, ihre Zunge tanzte und ihr dicker, verquollener Leib jagte hin und her. Day schrie etwas über den Korb, aber da streckte sie ihm diesen schon entgegen.
Er schleuderte die Schlange so energisch in den Korb, dass es sich wie ein Peitschenhieb anhörte. Remy knallte den Deckel darauf und schob den Verschluss vor.
Sie knieten einander gegenüber auf dem Boden der Weidenhöhle und der Korb hüpfte umher, als die Schlange sich herumwarf und zischte und in das mit Baumwollstoff ausgelegte Flechtwerk biss. Day keuchte, als er sie anstarrte, und seine Augen waren so weit aufgerissen, dass sie einen weißen Rand zeigten. Und sie wusste, dass er Hunger auf mehr hatte.
Sie wusste jetzt, wie sie ihn in ihren Besitz bringen konnte, wie sie ihn für immer an sich reißen würde. Sie waren einander

gleich, sie und Daman Rourke, an ihren tiefsten, dunkelsten Stellen waren sie einander gleich.

Als sie einige Tage später den Korb auspackte, holte sie keine belegten Brote heraus. Sie legte die beiden vergoldeten französischen Revolver nebeneinander, einen vor sich und einen vor Daman Rourke, und neben jeden Revolver legte sie dann eine einzige Patrone. In der Weidenhöhle schien ein dunkelgelbes Licht. Nur eine Stunde früher hatte es einen Regenguss gegeben und es nieselte noch immer. Tropfen prallten auf den grünen Baldachin über ihren Köpfen. Die Luft roch nach feuchten Zypressen und Moos.

»Ein St. Claire hat mit einem von diesen Revolvern meinen Urgroßvater im Duell erschossen«, sagte sie.

Er hob einen hoch und ließ seine Finger über die durch eine dünne Ölschicht blau funkelnde Mündung wandern. »Damit haben sie bestimmt keine Duelle ausgefochten. Das sind doch Revolver.«

Seltsamerweise machten seine Zweifel ihr ebenso sehr Angst, wie sie sie wütend machten. »Du hast doch keine Ahnung. Natürlich haben sie das gemacht. Mein Urgroßvater hat bei einer Faropartie Sans Souci an einen St. Claire verloren, und deshalb haben sie sich duelliert – aber das spielt jetzt alles keine Rolle. Ich habe in einem Buch über dieses Spiel gelesen. Es ist wie Roulette. Du steckst eine einzige Kugel in den Teil, der sich dreht …«

»Den Zylinder«, sagte er. »Und du steckst eine Patrone in die Ladeklappe. Was dann am anderen Ende herauskommt, ist die Kugel.«

Sie rümpfte die Nase. »Oh, ich bitte um Entschuldigung. Dann drehst du den *Zylinder* einige Male um und hältst dir die Knarre an die Schläfe und drückst ab. Und entweder heißt es dann, peng, du bist tot, oder klick, du bist nicht tot.«

Sie saßen einander gegenüber, mit gespreizten Knien, die sich fast berührten. Er betrachtete die Waffe in seiner Hand und sie sah, wie seine Kehle sich bewegte, als er schluckte. »Du bist total verrückt, Remy, Mädel.«

»Wir machen es zusammen.« Sie griff zum zweiten Revolver. Ihre Hand zitterte, aber sie zwang sie zum Stillhalten. »Es ist eine Wette, Day. Das ist eine doppelte Wette.«

Sie luden die Revolver und ließen die Zylinder einmal und dann noch einmal herumwirbeln, denn solange die Zylinder wirbelten, drehte sich auch ihre Welt und sie konnten nicht sterben. Vor der Weidenhöhle strömte jetzt wieder der Regen. Es hörte sich an, als würden Kieselsteine ins Wasser geworfen. Oder Schrotkörner.

Der Hahn knackte laut unter ihrem Daumen, als sie ihn anspannte. Sie hob den Revolver an ihre Schläfe, aber er packte ihr Handgelenk und zog die Waffe wieder nach unten.

»Nein, nicht so. Steck dir den Lauf in den Mund. Sonst überlebst du am Ende mit nur einem halben Kopf.«

Sie hätte gern gefragt, woher er das wisse, aber er hatte sich schon den Revolverlauf in seinen eigenen Mund gesteckt und seine Augen waren anderswo – an einem dunklen, gefährlichen und verführerischen Ort.

Sie schloss ihren eigenen Mund um den Lauf. Der war kühl und fettig und schmeckte bitter. Der Regen hatte wieder aufgehört, so plötzlich, wie er eingesetzt hatte. Es war jetzt so still, dass sie hörte, wie ein Frosch von einer Zypresse ins Wasser sprang.

Sie sah zu, sah seinen Finger, sah, wie der sich anspannte und drückte und in Gedanken schrie sie *Nein!*, als der Hahn mit leisem Klicken fiel.

Ihre Augen hatten sich geschlossen, und sie weinte bereits, als ihr eigener Finger abdrückte. Das Klicken, mit dem der Hahn auf die leere Kammer auftraf, hallte in ihren Ohren wie ein Donnerschlag.

Sie spürte, wie seine Hand ihr die Waffe abnahm, und sie öffnete ihre Augen und sah sein Gesicht. Sie dachte, jetzt küsst er mich, und dann küsste er sie.

Regenwasser tropfte von Weiden und Zypressen in das stille Sumpfwasser. Lauberde und Moos machten den Boden unter ihrem Rücken weich. Er öffnete die lange Reihe der winzigen Perlenknöpfe ihrer Hemdbluse, einen nach dem anderen, und seine Finger zitterten dabei so sehr, dass sie ihm helfen musste. Er öffnete ihre Bluse, schob seine Hand unter ihr Hemd, hob eine Brust heraus, senkte den Kopf, küsste sie und leckte die Brustwarze mit der Zunge. Dann küsste er ihren Mund und sie atmeten ineinander hinein.

Er schob seine Hand unter ihren Rock, ließ sie ihr Bein hochwandern, vorbei an Strumpf und Strumpfband zur nackten Haut ihres Oberschenkels und weiter, in den Schlitz in ihrer Unterhose. Sie presste sich an ihn und hätte geschrien, wenn sie sich nicht die Faust vor den Mund gehalten hätte.

Das ist zu viel, dachte sie. Zu viel. Das kann uns umbringen, wenn wir nicht vorsichtig sind.

Sechzehntes Kapitel

Aus der New Orleans *Morning Tribune,* Donnerstag, 14. Juli 1927:

Warum sitzt Cinderella nicht im Gefängnis?
von Wylie T. Jones

Die Reichen und Berühmten sind zweifellos etwas anderes als Sie und ich.

Vor mehr als sechsunddreißig Stunden wurde in einer alten Sklavenhütte auf seiner Plantage Sans Souci der brutal zugerichtete Leichnam von Mr. Charles St. Claire entdeckt, doch die Polizei zögert seltsamerweise noch immer, was die Verhaftung der nächstliegenden Verdächtigen betrifft – Mr. St. Claires Gattin, Remy Lelourie.

Der Hollywoodfilmstar wurde blutüberströmt neben dem Leichnam gefunden, die Mordwaffe, ein Rohrmesser, lag neben ihr auf dem Boden, ihr blutiger Daumenabdruck auf der Klinge. Die Polizei geht davon aus, dass sie nach dem Mord zwei volle Stunden mit dem Leichnam allein war, doch sie hat nicht Alarm geschlagen und kann die verstrichene Zeit nur mit »Verwirrung« und »Schock« erklären.

Die farbige Haushälterin der St. Claires hat außerdem früher in dieser Nacht einen heftigen Wortwechsel zwischen dem Ehepaar gehört, und das offenbar nicht zum ersten Mal. Mr. St. Claires Sozius schließlich sagt aus, Mr. St. Claire habe in letzter Zeit mit dem Gedanken gespielt, die Auflösung seiner Ehe in Form einer Annullierung zu beantragen.

Sie haben in den Seiten dieser Zeitung über Mr. St. Claires freisinnige Exzesse in den Kneipen und in der farbigen Demimonde unserer Stadt gelesen. Die Hollywoodkulissen und Villen, in denen Remy Lelourie noch vor kurzer Zeit zu Hause war, sind berüchtigt für verantwortungsloses und unmoralisches Verhalten. Allein im vergangenen Jahr wurde die Schauspielerin für den Selbstmord eines jungen Mannes verantwortlich gemacht und in zwei Scheidungsfällen als Grund aufgeführt.

Wir könnten vielleicht in den gottlosen Leben dieser beiden Menschen den Auslöser für Tragödie und Verzweiflung und ja, sogar für den Tod sehen. Doch trotz aller Indizien bleibt die Polizei seltsam – und schamlos – untätig und stumm.

Ruhm und Schönheit der neuen Cinderella sind legendär, aber das dürfte sie nicht vor der Verhaftung schützen, schon gar nicht, wenn es beim vorliegenden Verbrechen um Mord und noch dazu um einen blutrünstigen tückischen Mord geht.

Aus der New Orleans *Times-Picayune,* Sonderausgabe, Donnerstag, 14. Juli 1927:

Granate tötet Polizistenwitwe

Eine Granate, die gestern Nacht aus dem offenen Fenster eines Automobils geschleudert wurde, explodierte auf der Vordergalerie von Mrs. Bridget O'Maras Haus in der Prytania Street. Die Dreißigjährige war nach der Explosion sofort tot.

Der Friede in dieser ruhigen Wohngegend im Garden District wurde am Mittwoch um 23.25 zerstört. Zeugen haben einige Sekunden vor der Explosion Autoreifen quietschen gehört und ein großes schwarzes Automobil mit zwei Männern gesehen, das den Tatort unmittelbar danach verließ. »Es gab einen lauten Knall und dann Flammen und Rauch«, sagt ein Nachbar, der aus Angst vor Racheakten seinen Namen nicht nennen möchte. »Die ganze Straße hat gebebt. Ich dachte, das Ende der Welt sei gekommen.«

Die Polizei teilt mit, dass im Moment noch nichts über die Identität der Verbrecher und das Motiv für diese Tat bekannt ist. Man nimmt jedoch an, dass der Angriff nicht Mrs. O'Mara galt, sondern einem Polizisten, dem Mordermittler Lieutenant Daman Rourke, der zu diesem Zeitpunkt vor Mrs. O'Maras Haus auf der Straße stand.

Lieutenant Rourke, von dem bis Redaktionsschluss kein Kommentar zu bekommen war, erlitt eine Gehirnerschütterung, Schnittwunden und Blutergüsse. Er gehört zu den wichtigsten Ermittlern im Mordfall Charles St. Claire, aber die Polizei geht derzeit nicht von einem Zusammenhang zwischen beiden Ereignissen aus.

Mrs O'Mara war die Witwe eines weiteren Mordfahnders, Sergeant Sean O'Mara, dessen Boot vor zwei Monaten, als er zum Fischen auf dem Lake Pontchartrain unterwegs war, plötzlich verschwand, und der als tot gilt.

Daman Rourke war noch immer zwei Glas Scotch von der Betrunkenheit entfernt.

Zum Glück war das ein Problem, mit dem der Schwamm ohne Schweißausbrüche fertig wurde, und das sogar spät in einer heißen Julinacht. Der Schwamm war der härteste Teil der Stadt – einige Blocks an der Girod Street in Flussnähe, wo die Prahmschiffer ihre Saufereien und Hurereien erledigten. Seit der Prohibition hatten die Spelunken und Saloons sich hinter Türen mit Gittern und Gucklöchern verkrochen, aber sie waren noch immer vorhanden und verkauften Fusel und Koks und Schmerz.

Sein Vater hatte sich zu seinen wildesten Touren immer in den Schwamm begeben, um dann so ungefähr am dritten Tag von Rourke wieder nach Hause geholt zu werden. Mit zehn Jahren hatte er einmal eine Gruppe von Frauen durchqueren müssen, die vor den schwingenden Gittertüren der Kneipe im Straßenkot knieten, während sein Vater drinnen auf dem mit Sägespänen bedeckten Boden in einer Kotzelache seinen Rausch ausschlief. Die Frauen, ihrem Aussehen nach allesamt Matronen aus dem Garden District, sangen Lieder über Enthaltsamkeit und Jesu Licht und verteilten weiße Bänder, die als Gelöbnis der Reinheit und als Schutz vor alkoholischen Getränken galten. Sie hatten auch Daman Rourke eins geben wollen, aber der hatte sich mit gesenktem Kopf durch die Gruppe hindurchgedrängt und sie nach besten Kräften ignoriert. Er hätte gerne geglaubt, dass Besserung und Erlösung, über die sie sangen, möglich seien, aber er war bereits eines Besseren belehrt worden.

Er schlenderte jetzt über dieselbe Straße, auf Beinen, die ein wenig zu wackelig waren, und mit einem Kopf, in dem illegaler Schnaps und harte Erinnerungen durcheinander schwammen. Er steuerte ein ganz besonderes Ziel an, aber zuerst wollte er nur noch einen Scotch zwischen sich und die Betrunkenheit legen. Noch einen und mehr nicht, denn er hatte eine Grenze – ja, er konnte jederzeit anhalten. Und wenn er nicht anhielt, na, dann würde er eben neue Gründe suchen müssen, aus denen er sich selbst hassen könnte, wenn ihm die alten nicht mehr reichten.

Obwohl der Sturm sich gelegt hatte, strömte das Wasser weiterhin durch den Rinnstein und Wasser tropfte von Dachbalken und aus Regenrinnen. Der Nachthimmel hatte sich geklärt und der Mondsichel einen gelben Ring wie einen Heiligenschein verpasst. Rourke durchquerte eine nach Katzenpisse stinkende Gasse, stieg die krumm getretene Hintertreppe einer baufälligen viktorianischen Mietskaserne hinauf und betrat durch ein Loch in der Wand etwas, das sich Konzert-Saloon nannte, weil es dort eine Tanzfläche und Leute gab, die sich als Musikkapelle ausgaben.

Er ging zum Tresen, der nur aus einem groben Brett bestand, das über Fässer gelegt worden war. Er fing den Blick einer Biermelkerin auf, einer Frau, die für jedes Getränk, das sie verkaufte, eine kleine Summe bezog und ihr Einkommen mit Besuchen in den oberen Zimmern erweiterte. Solche Besuche kosteten drei Dollar.

Der Schnaps, den die Frau ihm brachte, sah aus wie ein Pferdeeinreibemittel und schmeckte auch so, aber er trank trotzdem. Als er das leere Glas auf den Tresen stellte, fiel sein Blick auf sein Spiegelbild in einem Spiegel mit einer Reklame für Carters Kleine Leberpillen. Es überraschte ihn nicht weiter, dass ihn von dort sein Vater anstarrte.

Es war schon lange nach Mitternacht, und sicher schlief Katie. Doch vorhin, ehe sie ins Bett gegangen war, hatte sie bestimmt ihrer Oma dabei geholfen, die Pfirsiche für die Eiscreme zu schälen und klein zu schneiden, und dabei hatte sie auf ihren Daddy gewartet. Denn sie wollte noch immer an Versprechen glauben, seine Katie.

Um das alte Lagerhaus aus Wellblech zu erreichen, musste man sich durch einen Metallzaun mit zerbrochenen Streben zwängen und eine mit Flaschenscherben, verfaulenden Zeitungen und Rattenkot übersäte Baulücke überqueren.

Eine einsame kahle Glühbirne baumelte über der offenen Tür, hinter der ein fetter Mann in einer Kittelschürze auf einem Klappstuhl saß, einen Dollar Eintrittsgeld kassierte und eine Eintrittskarte von einer Rolle riss. Hinter ihm lag zum Ersticken heiße und vom Rauch neblige Dunkelheit. Erst im Inneren des Lokals sah man den Kampfplatz, der von blutverschmierten Brettern umgeben war und von brennenden Pechfackeln angeleuchtet wurde.

Grob zusammengeschusterte Bretterbänke waren in der düsteren Höhle in zehn Reihen angeordnet und auf diesen Brettern drängten sich Männer aller Farben – Neger, Mulatten, Rothäute und Weiße –, reichten Biereimer und -flaschen herum, wetterten gegen das Haus und gegeneinander und brüllten den beiden Männern, die an gegenüberliegenden Seiten des Kampfplatzes knieten, ihre guten Ratschläge zu. Jeder dieser Männer hielt einen am Schwanz beschnittenen und im Nacken rasierten Kampfhahn fest. Die Vögel, die Blut witterten, glucksten leise und tief und scharrten mit ihren Kampfsporen im Dreck herum.

An einer Stelle, die die beste Aussicht auf den Kampfplatz bot, stand ein einzelner Sessel und darin thronte eine stattliche Figur in einem langen weißen, mit Ziermünzen besetzten Kleid. Ein hoher steifer Kragen umgab ihr Gesicht wie ein Glockenrand und ihre Haut fing das Licht der Fackeln ein und erstrahlte darin im gedämpften Glanz von leicht angelaufenem Messing. Ihre glatten schwarzen Haare fielen auf ihre Schultern und rahmten tiefe, schräg stehende Augen ein.

Ein riesiger Neger stand hinter ihr und durchsuchte die vollgedrängte, laute Dunkelheit mit Augen, die wie geschälte Eier leuchteten. Ein breites Messer hing an einem Lederriemen um seinen Hals und vor einer Brust, die von Muskeln durchsetzt war und von öligem Schweiß glitzerte.

Rourke wusste, dass sie ihn schon in dem Moment entdeckt hatte, als er seinen Dollar bezahlt und durch die Tür gekommen war, aber sie täuschte Überraschung vor, als er auf sie zuging, sie lächelte feucht mit ihrem üppigen, bemalten Mund und klimperte mit Augenwimpern, die so dick waren wie Staubwedel. Erst wenn man ganz dicht vor Miss Fleurie stand, bemerkte man ihre großen Hände und den Adamsapfel in ihrem muskulösen Hals.

»Na, wenn das nicht Lieutenant Daman Rourke ist, so wie wir alle leiben und leben. Die meisten Männer gehen in die Kirche, wenn sie gerade am Tod vorbeigeschrammt sind. Du suchst dein Heil offenbar lieber in der Gosse.«

Sie sprach mit einer heiseren Stimme, in der manche noch eine Spur von Yankee-Akzent zu finden behaupteten. Schon seit Jahren liefen Wetten über Miss Fleuries Wesen und ihre Herkunft, aber sie verriet nichts. Sie wollte nicht einmal zugeben, dass sie ein Mann war, und falls sie jemals mit Männern oder Frauen ins Bett ging, so schwiegen jedenfalls auch diese.
Rourke lächelte, als er sich auf einen Bankrand in ihrer Nähe setzte, obwohl der Alkohol, die späte Stunde und seine wehen Rippen ihn inzwischen todmüde gemacht hatten. »Es ist immer eine Freude, dich zu sehen, Miss Fleurie.«
Sie verzog ihren roten Mund zu einem perfekten Oh. »Ooooh, Miss Fleurie, jetzt kriegt sie aber Ärger«, sagte sie und strich sich mit einer Hand, an der ein kichererbsengroßer Diamantring funkelte, die schwarzen Haare in den Nacken.
Miss Fleurie besorgte den Schnaps, der in den Spelunken und Kneipen und Freudenhäusern der Farbigen verkauft wurde, und sie versorgte Junkies aller Rassen mit feinen Kicks, denn bei ihr gab es besseres Kokain, Opium und Marihuana als irgendwo sonst in der Stadt.
Doch zu ihrem eigenen Kick besaß sie eine der beliebtesten Kneipen im French Quarter, eine, die Touristen und die Leute von der Uni anzog. Wenn sie nicht bei einem Hahnenkampf oder auf der Rennbahn weilte, dann war Miss Fleurie nachts zumeist im Rosa Zebra anzutreffen. Sie hatte aus ihrer Kneipe und aus sich selbst eine der Hauptattraktionen der Stadt gemacht und bot ihren gutbetuchten Kunden einen Einblick ins böse Leben; Musik im Charleston-Rhythmus, Gin Fizz und eine Aufsehen erregende, prunkvolle Drag Queen.
Ihr Ruhm beruhte aber noch auf einer weiteren Leistung und die teilte sie mit Mordermittler Daman Rourke: Sie waren die beiden besten *bourrée*-Spieler von New Orleans. Sie hatten allerdings nie gegeneinander gespielt, was nur daran lag, dass Rourke sich schon seit Jahren im Rosa Zebra nicht mehr hatte

blicken lassen und dass Miss Fleurie sich grundsätzlich nur dort an den *bourrée*-Tisch setzte.
Auf ein Signal des Schiedsrichters hin hatten die Trainer ihre Vögel in die Mitte der Kampffläche geschleudert. Die beiden Hähne, einer aschgrau, der andere schwarz mit goldenen Sprenkeln, sprangen in die Luft und landeten unter Flügelschlagen und Sporenklirren Schnabel an Schnabel. Der Graue sackte den ersten Treffer ein, er versenkte seinen Sporn tief im Rücken seines Widersachers. Blut quoll hervor und spritzte in hellen Tropfen durch die Luft, glitzerte wie rote Kristalltränen und traf auf Miss Fleuries Gesicht und den Stehkragen ihres Abendkleides auf.
»Der Kampf ist ihr Leben«, sagte sie. »Wenn diese Hähne nicht kämpfen können, dann gehen sie vor Kummer einfach ein.«
Rourkes Lächeln änderte sich und zeigte für einen Moment echte Belustigung. »Und ansonsten kommen sie im Kampf ums Leben.«
Miss Fleurie stieß ein leises Geheul aus, das tief aus ihrer Kehle kam. Sie hatte sich nicht die Mühe gemacht, sich das Blut aus dem Gesicht zu wischen. Der Schwarze hatte den Grauen jetzt am Kamm gepackt und zu Boden geworfen. Seine Flügel schlugen, sein Schnabel stieß zu, die Sporen rissen und durchbohrten.
»Wo wir schon gerade von Kampfhähnen reden, hast du in letzter Zeit mal über Casey Maguire nachgedacht?«, fragte Rourke. »Denn ich glaube, er hat ein Auge auf deine kleine Scheibe vom Schnapskuchen geworfen. Das habe ich gestern kapiert, als er versucht hat, dir einen Mord unterzuschieben.«
Ihr Mund verzog sich zu einem schmalen Lächeln. »Man nimmt, was vielleicht etwas bringt«, sagte sie. Ihm fiel auf, dass sie nicht fragte, um welchen Mord es dabei gehe.
Sie drehte sich zu dem Riesen hinter ihr um und tippte seinen Arm an. »Geh in die Kneipe nebenan und hol uns was zu trinken, Liebling. Einen Manhattan für Miss Fleurie und für den Gentleman einen Scotch.«

Sie sah ihm hinterher und wandte sich dann wieder Rourke zu. Sie schlug ihre schlanken, mit Seidenstrümpfen bekleideten Beine übereinander und schob dabei eine Zigarette in eine fast fünfzehn Zentimeter lange Spitze. Dann beugte sie sich zu Rourke vor, um sich Feuer geben zu lassen.

Seine Hand schloss sich um ihr Handgelenk und hielt die Zigarette ruhig, während er sie mit einem Streichholz anzündete, doch als sie sich aufrichtete und zurückweichen wollte, festigte er seinen Griff. »Du wirst mir alles erzählen, was du über Vinny McGinty und Charles St. Claire weißt.«

Sie hob ihre gezupften und mit Bleistift nachgezogenen Augenbrauen. »Über wen?«

Er presste ihr Handgelenk hart zusammen, sodass Fleisch an Knochen rieb. Sie war zäh und konnte das eine Weile ertragen, aber er drückte immer härter, bis er in ihren Augen den Schmerz sah.

Sie ließ ihren Blick von seinen Augen zu der Hand um ihr Handgelenk und dann zurück zu seinen Augen wandern. Auf dem Kampfplatz schleppte der schwarze Hahn einen gebrochenen Flügel hinter sich her, wollte aber trotzdem nicht aufgeben. Wieder griff er an, sporenklirrend, flügelschlagend, wild. Gebrüll und Anfeuerungsrufe prallten von den Blechwänden ab. Die heiße Luft stank nach Blut und Schweiß.

»Du bist zu spitzfindig für Miss Fleurie, Herzchen«, sagte sie. »Die hat gedacht, wir bezahlen für Saft, um nicht ausgepresst zu werden.«

»Aber ich stehe nicht auf deiner Lohnliste, Herzchen. Und da könnte ich doch ein Gesetz aus dem Hut ziehen und dich verhaften, weil du dagegen verstoßen hast. Dann schleife ich deinen süßen Arsch ins Zuchthaus und stecke dich in einen Zweierkäfig zu dem größten, gemeinsten Maishacker, den ich finden kann. Oder ist das noch immer zu spitzfindig für dich?«

Aus ihren Augen leuchtete Verachtung, ihr Mund jedoch war

jetzt verzerrt und grau, weil er ihr so wehtat. Die Menge brüllte los, als die Kampfhähne ein weiteres Mal übereinander herfielen. Ein Nebel aus Blut und zerfetzten Federn hing in der Staubwolke über dem Kampfplatz.

»Sie haben sich beide gern Koks in die Nase gezogen und Miss Fleurie war ihre Schneekönigin«, sagte sie, dann verzog ihr Mund sich zu einem spöttischen Lächeln. »Und jetzt kannst du mich verhaften.«

Er erwiderte ihr Lächeln, zwar weiterhin aasig, aber er hatte sie jetzt losgelassen. »Das wusste ich schon«, sagte er. »Erzähl mir was Neues.«

Sie hob ihr Handgelenk und betrachtete die Spuren, die seine Finger auf ihrem goldenen Fleisch hinterlassen hatten. Sie sahen aus wie eine Kette aus lila Trauben. Die Kampfhähne rissen einander derweil wirklich in Fetzen. Sie stießen und schlugen und bohrten.

»Was gibt es sonst noch über Vinny McGinty zu sagen? Geh aus der Tür, spuck in die Gosse und aller Wahrscheinlichkeit nach triffst du einen, der genauso ist wie er. Er war aber ein zahlender Kunde, deshalb weiß ich wirklich nicht, warum ich ihn hätte umbringen sollen.«

Ihre Hand war ganz ruhig, als sie die Zigarettenspitze an ihren Mund hob und einen tiefen Zug tat. Sie behielt den Rauch für zwei Herzschläge in der Lunge, dann ließ sie ihn langsam wieder entweichen. »Mr. Charlie war auch nichts wirklich Besonderes. Er war ein böser Junge, der ein lieber Junge sein und doch nicht auf sein böses Vergnügen verzichten wollte. Aber ich mochte ihn eigentlich, wenn ich ihm seinen Koks in diese Wohnung in der Rampart Street gebracht habe.« Sie verzog spöttisch den Mund und stieß, zusammen mit neuem Rauch, ein Lachen aus. »Warum siehst du Miss Fleurie deshalb so an? Meinst du, du bist der Einzige, der Freunde hat? Mr. Charlie hat Miss Fleurie immer hereingebeten und hat mit ihr einen getrunken wie mit einer Weißen, hat mit ihr geredet, als ob sie nicht aus einer Freak-Show stammte, und wir haben beide so getan, als wüssten wir nicht, was für ein Spiel er wirklich spielte.«

Ihre Augen wanderten zum Kampfplatz. Die Augen des schwarzen Hahns waren zerstochen worden, aber er kämpfte weiter und versuchte, einen Feind, den er nicht mehr sehen konnte, zu zerfetzen und zu durchbohren. »Aber in letzter Zeit ging es Charles St. Claire nur noch ums Highsein. Er war so weit gekommen, dass er seine Seele um eine Flocke für die Nase verkauft hätte.«

»Wenn ihr miteinander geredet habt«, sagte Rourke, »worum ging es dann?«

»Darum, worüber alle reden. Wie heiß es war, welche Börsenspekulationen man gerade empfehlen konnte.« Das Lächeln, das ihren Mund umspielte, vertiefte sich zu einem der Selbstverachtung. »Er wollte von Miss Fleurie die ganze Zeit einen Kuss, damit er etwas zu erzählen hätte.«

»Hat er dir vielleicht auch erzählt, wen er ansonsten küsste?«

Sie schaute ihn jetzt wieder an. »Du meinst, außer Lucille Durand?«

»Ja, außer ihr.«

Ihre schräg sitzenden Augen verengten sich in ihren Augenwinkeln und blickten spöttisch drein. »Oh, er hatte noch eine andere, das schon. Nur müsstest du inzwischen wissen, dass Miss Fleurie keine ist, die andere verrät. Wenn du etwas willst, dann musst du darum spielen. Du und ich am *bourrée*-Tisch Sonntagnacht im Rosa Zebra.«

Damit konnte sie ihm ein verwirrtes Lachen entlocken. »Was hast du denn geraucht?«

»Du lieferst mir ein Spiel. Ich liefere dir den Namen. Ein Zweihundert-Dollar-Pot mit einem unteren Limit von zwanzig Dollar.«

Gütiger Jesus. Rourke spürte, wie in seinem Nacken sein Blut zu singen begann. Bei einer solchen Runde könnte er alles verlieren, was er besaß, bis hinunter zu seinen Alligatorenschuhen. Er sagte sich, er werde das nicht tun, wolle diesmal nicht am Abgrund balancieren, diesmal nicht, o nein, denn das machte er nun schon seit allzu vielen Tagen und es war nicht gut für ihn, ebenso wenig wie Kokain. Er sagte sich, dass er aufhören werde, dass er jetzt aufhören werde, aber er log.

Jetzt lachten ihre Augen ihn aus. »Miss Fleurie sagt immer, du musst durch Spielen bezahlen.«

Rourke lächelte. »Ich werde dir den Hintern hohl hauen, Süße.«

Sie machte einen Schmollmund und bewegte ihre Hand wie einen Fächer vor ihrem Gesicht hin und her. »Ooooh. Mädchen dürfen doch noch ihre Träume haben.«

Der Leibwächter mit dem breiten Messer brachte die Getränke, aber Rourke hatte sich schon halb erhoben. Sie hielt ihn auf, indem sie ihm die Hand in den Rücken legte. Er drehte sich langsam um und für einen Moment schien ihre Hand sich an sein Leinenjackett anzuklammern. Dann sank sie auf ihren Schoß.

»Ich habe gelogen«, sagte sie. »Manchmal verschenkt Miss Fleurie ja doch etwas ... Vinny McGinty redete immer davon, dass er nach Chicago gehen wollte, und als er vor ein paar Wochen verschwunden ist, dachte Miss Fleurie, jetzt hätte er es gemacht. Aber als sie Vinny das letzte Mal sah, hatte dieser Junge schreckliche Angst, so sehr, dass er nicht mal *high* werden mochte. Er wollte nur den Namen eines guten Anwalts, und deshalb hat Miss Fleurie ihm einen Drachentöter empfohlen.«

Er blickte aufmerksam in ihr Gesicht, aber mehr wollte sie nicht sagen. Sie zog an ihrer Zigarette, vor ihrem Gesicht hing blauer Rauch und sie betrachtete den Rauch mit ausdruckslosen Augen.

»Ich hoffe, Miss Fleurie hat nicht auf den Grauen gesetzt«, sagte er.

Sie fuhr herum und schaute zum Kampfplatz hinüber, wo der schwarze Hahn einen goldgesprenkelten Flügel durch den Dreck schleifen ließ und eine gespornte Kralle tief in den Hals seines Gegners gebohrt hatte. Er warf seinen erblindeten, blutüberströmten Kopf in den Nacken und krähte triumphierend.

Siebzehntes Kapitel

»Er war pleite«, sagte Fio.

Rourke hatte gerade eine heiße, mit Hackfleisch gefüllte Tortilla an den Mund heben wollen, hielt aber auf halbem Wege inne und starrte seinen Partner an. Sie saßen auf einer Eisenbank unter den Bananenbäumen auf dem Jackson Square und gönnten sich am Ende eines Freitags, der sich als heiß und mühsam und lang erwiesen hatte, eine Runde Abendbrot.

Die *Morning Tribune* vom Vortag mit der Schlagzeile: »Warum sitzt Cinderella nicht im Gefängnis?« hatte fünfmal mehr Exemplare absetzen können als die Konkurrenz. Weshalb die anderen vier Zeitungen der Stadt an diesem Morgen beim Erwachen allesamt dieselbe Erleuchtung gehabt hatten: Sie würden auf der Straße jeden Tag mehr verkaufen können, solange die Saga des Filmidols mit dem brutal ermordeten Ehemann sich dahinzog, und ein Jahrhundertprozess würde diese Story dann erst wirklich ausschlachten.

Die Morgenausgaben und Extrablätter dieses Tages hatten Wylie T. Jones' Schlagzeile aufgegriffen und sich ausgiebig über alle Indizien verbreitet, die auf die Schuld der Ehefrau hinwiesen. Sie betonten, dass niemand, so schön oder berühmt diese Person auch sein mochte, über Gesetz und Gerechtigkeit erhaben sein dürfe. Durch die Druckerschwärze in Rage gebracht, hatte sich die öffentliche Meinung wie ein tollwütiger Hund gegen Remy Lelourie gewandt, und plötzlich fragten Bürgermeister, Stadtrat, Staatsanwaltschaft und Polizei sich gegenseitig, warum sie noch immer nicht festgenommen worden sei.

»Charlie St. Claire war pleite, bis dann Cinderella aufgetaucht ist«, präzisierte jetzt Fio seine erste Aussage. Der große Bulle schien an diesem Tag alles leicht und lässig zu nehmen, aber Rourke konnte zwischen sich und seinem Partner jetzt doch eine leise Spannung wahrnehmen. Es würde lange dauern, dachte er, bis er das Vertrauen seines Partners zurückerobern könnte – falls das überhaupt möglich war – und dabei waren noch nicht einmal alle Lügen und alle Ausflüchte ans Tageslicht gekommen.

»St. Claire stand in jedem Wettbüro dieser Stadt in der Kreide«, sagte Fio. »Und er spielte fast jede Nacht *bourrée* und stopfte den Topf voll, als ob es kein Morgen gäbe. Er knallte sich mit Glücksstaub die Birne zu, glaube ich, und hielt sich am Ende für unbesiegbar. Soweit ich feststellen konnte, hat er in den fünf Monaten seit der Hochzeit über hunderttausend Dollar von ihrem Geld durchgebracht. Um alte und neue Schulden zu bezahlen.«

Rourke ließ den Kopf in den Nacken sinken und schaute zu den Türmen der Kathedrale hoch. Ihm war heiß, er hatte Schmerzen und war müde, weil er von einem riesigen Lincoln überfahren worden war, weil Sommer in New Orleans war, weil er seit Jahren nicht mehr richtig geschlafen hatte und den ganzen Tag lang in den Innereien der Stadt herumgekrochen war, um festzustellen, was Vinny McGinty solche Angst eingejagt hatte und wieso er geglaubt hatte, ein Drachentöter wie Charles St. Claire könne ihm helfen.

Und später an diesem Abend würde er auch noch Brideys Totenwache über sich ergehen lassen müssen.

»Vielleicht hat er Cinderella dazu gebracht, ihn zu heiraten, weil er ihren Schotter in die Hand kriegen wollte«, sagte Fio. »Vielleicht wusste er etwas über sie, konnte sie unter Druck setzen, und dann hat sie vielleicht den Tisch umgedreht und etwas über ihn in Erfahrung gebracht und er hatte Schiss und hielt die Annullierung für einen Ausweg und – oh, verdammt, mir wird ganz schwindlig von diesem Dreck.«

Rourke öffnete die Augen und beugte sich über seine gespreizten Knie, um in seine Tortilla zu beißen. »Du irrst dich aber auf jeden Fall, Fio. Sie hatte einfach Heimweh und er war so lieb und überhaupt. Hat ihr auf so rührende Weise den Hof gemacht.«

»Das hat sie dir erzählt?«

»Zusammen mit anderen Lügen.«

Fio zündete sich eine Zigarre an und schnippte das Streichholz zu einer um Krümel bettelnden Taube hinüber. »Sie hatte so viele Gründe, ihn umzubringen, dass ich mich frage, warum sie so lange gewartet hat. Diese Farbige, die ihnen den Haushalt macht, Miss Beulah – die sagt, sie hatten in der letzten Nacht einen üblen Streit, jede Menge Geschrei und Gebrüll.«

»Das passt zu dem Bluterguss in ihrem Gesicht.«

»Ja. Das junge Glück. Ach, und am Tag davor hat so eine Eule, eine liebuh …«

»*Le hibou.*«

»Ja. Also, die heulte bei helllichtem Tage und das bedeutet, dass jemand sterben wird.« Fio riss die Augen auf. »Und verdammt, genau das ist passiert.«

Rourke lachte und schüttelte den Kopf, stöhnte dann aber auf, als diese Bewegung den Whiskeykater, der sich hinter seinen Augen niedergelassen hatte, zum Leben erweckte. In der vergangenen Nacht hatte er zwar ein Glas vor der Trunkenheit aufgehört, aber leiden musste er trotzdem.

Eine harte weiße Sonne knallte auf den Platz. Die heiße, feuchte Luft vibrierte durch das Blöken der Hupen, das Scheppern der Straßenbahnen, das Pfeifen der Viehtreiber und die Rufe der Straßenhändler. Rourke sah zu, wie zwei Straßendiebe einem Mann in einem gestreiften Jackett die Brieftasche stahlen, als der von einem Mädchen abgelenkt war, das kleine in Papier gewickelte Veilchensträuße verkaufte. Es war zu heiß, um miesen kleinen Taschendieben hinterherzujagen, und das hier war ohnehin nicht seine Aufgabe. Er hatte Mordfälle zu klären. Wahrheit und Gerechtigkeit und Ehre und dieser ganze Scheiß.

»Trotz all seiner Fehler«, sagte Fio gerade, »war dieser St. Claire offenbar ein teuflisch guter Jurist. Angeblich hat er einmal in einem Plädoyer behauptet, der Angeklagte habe nicht nur einmal aus Versehen abgedrückt, sondern ein Dutzend Mal. Der Typ musste zwischendurch eine Pause einlegen und neu laden, aber die Jury hat St. Claire die Geschichte trotzdem abgekauft, stell dir vor.«

An einer Ecke gegenüber des French Market war jetzt eine improvisierte Band angetreten und hatte schon zu steppen angefangen. Ein Waschbrett, Topfdeckel und Blechbüchsen schepperten »Way down yonder in New Orleans«. Die Kronkorken, mit denen die Jungen ihre Schuhe besetzt hatten, schlugen auf den Ziegelboden auf und sprühten Funken. Die Jungen rissen die Münder auf und riefen »hi-de-hi, ho-de-ho ...«.

»Ich stelle mir vor«, sagte Fio, »die Cinderella hat irgendeinen kleinen Schwarzen mit dem Rohrmesser zu diesem Scherenschleifer geschickt, mit dem du gesprochen hast. Wenn wir den Jungen finden, dann können wir ihr Vorsatz nachweisen und dann können wir sie kreuzigen.«

Der Junge mit dem Waschbrett hatte sein Instrument nun abgestellt, um sich mit dem ganzen Körper dem rhythmischen Steppen hingeben zu können. Diesmal rief Rourke ihn nicht bei Namen. Er stand auf und ging auf ihn zu, lässig, eine Hand in der Tasche, ohne ihn überhaupt nur anzusehen.

Der Junge entdeckte ihn und stürzte los. Er versuchte, den Markt zu überqueren, und knallte mit einer Frau zusammen, die ein geflochtenes Tablett voller Kokospralinen trug. Rosa, weiße und braune Pralinen wurden wie beim Flohhüpfen durch die Luft gewirbelt. Danach stieß der Junge gegen eine Pyramide aus Warzenmelonen. Rourke, sein Verfolger, sprang über die

rollenden Früchte, schwenkte dabei den Arm, traf einen Okraberg und löste eine Lawine aus.
Der Junge schaute sich um und sah, dass Rourke aufholte. Er jagte über die Straße und auf den Fischmarkt. Rourke konnte der Spur seines Zerstörungswerks problemlos folgen: Der Mann, der ein Fischmesser schwenkte und Verwünschungen brüllte, die klirrenden, zitternden Waagschalen, die Riesenschildkröte, die aus ihrer Kiste ausgebrochen war und gewichtig und stetig auf die offene Tür und die Freiheit zuhielt.
Rourke jagte den Jungen vom Hof und in die Straße. Er hörte einen Ruf, das hektische Klingeln einer Straßenbahn, er roch den brennenden Geruch von Bremsen, die auf den Schienen zum Stillstand kommen. Der Junge lief zwischen Autos und Lastwagen, Pferdekarren und Lieferwagen hin und her, dann jagte er um die Ecke der Royal Street – einer Straße voller Läden für gebrauchte Möbel und Antiquitäten.
Dann machte der Junge den Fehler, sich noch einmal umzuschauen, und rannte voll in einen Tisch voller Alligatorenschädel hinein. Er stolperte, blieb mit dem Fuß in einem Paar klaffender Kiefer hängen und trat auf scharfe, gezackte Zähne. Er schrie auf, blieb jedoch nicht stehen, obwohl er jetzt übel hinkte. Er humpelte durch einen Durchgang für Lieferanten, dicht gefolgt von Rourke.
»Verdammt, LeBeau«, Rourke versuchte zu brüllen, obwohl er bereits heftig keuchte. »Bleibst du jetzt endlich stehen?«
Der Junge gehorchte nicht, deshalb schoss Rourke vorwärts und packte ihn um die Mitte. Sie krachten auf die Pflastersteine. Rourke kam oben zu liegen und hörte und spürte, wie aller Atem aus dem Jungen entwich wie aus einem punktierten Reifen. Rourkes zerschundene Rippen schrien vor Schmerz.
Er drehte den Jungen auf den Rücken. Dessen dünne, flache Brust zitterte schlimmer als ein aufgespießter Katzenwels, seine Augen waren hervorgequollen und sein Mund stülpte sich

hervor, als er versuchte, Luft einzusaugen. Als Rourke sich schon Sorgen machte, der Kleine könne hier vor seinen Augen eingehen, zuckte die magere Brust noch einmal sehr hart, dann holte er tief, keuchend und röchelnd Atem.

Rourke packte ihn am Arm, zog ihn auf die Füße und über eine schmale Treppe, die zur Küchentür eines Restaurants führte. Die Luft war in diesem von Ziegelmauern umgebenen Durchgang kühler und fast feucht. Durch die Gittertür sickerte der Geruch von gebratenem *panné* und Krabbengumbo.

Der Junge erwiderte Rourkes Blick, wandte sich ab und schaute ihn dann wieder an. LeBeau war LeRoys Bruder und deshalb wusste Rourke, dass er vierzehn war, wenn er auch durch seinen schmächtigen Bau und das runde, stupsnasige Gesicht eher aussah wie zwölf.

»Ich hätte dir eins auf den Kopf geben sollen«, sagte Rourke. »Wieso, zum Teufel, bist du dermaßen losgewetzt? Hast du nicht den anderen Bullen gesehen, mit dem ich zusammen war? Das hätte dir eine Kugel im Rücken einbringen können.«

LeBeaus rechtes Auge zuckte, aber er konnte doch seine Lippen zu einem recht hämischen Grinsen verziehen. »Und was hast du jetzt vor? Mir eine Kugel in den Bauch geben?«

»Führ mich ja nicht in Versuchung.«

Der Junge sah weiterhin trotzig aus, sein Auge jedoch zuckte noch etwas heftiger.

»Also fangen wir an«, sagte Rourke mit seiner gemeinsten Straßenbullenstimme. »Ich glaube, ich weiß, warum du vor Schiss davonstürzt.«

»Mann, ich hab keine Ahnung, wovon du da redest.«

»Ich rede darüber, dass ich weiß, dass du im Sumpf Frösche gestochen hast, und zwar in der Nacht, als Mr. St. Claire ermordet wurde.«

»Da war ich nicht da draußen. Das muss eine Verwechslung sein.«

»Hast du gesehen, dass jemand aus der alten Sklavenhütte auf der Rückseite von Sans Souci gerannt ist?«

»Ich sag doch, ich war in der Nacht nicht da draußen.«

Der Gebrauchtkleiderladen am Anfang der Gasse öffnete für den Nachmittagsverkauf. Jemand trat auf die Straße heraus und band das Seil los, mit dem eine aufgerollte Markise befestigt war, die sich mit einem Knallen wie bei einem Gewehrschuss öffnete. Der Junge wäre dabei fast aus der Haut gefahren.

Rourke lächelte. »Und angeblich soll man doch nie den Schuss hören, der einen umbringt.«

Der Junge schluckte so hart, dass seine Kehle klickte, und er riss seinen Blick von Rourke los. Sein Auge zuckte jetzt so heftig, dass sich die Bewegung über seinen ganzen Körper fortpflanzte.

»LeBeau ...«

»Ich war in der Nacht nicht Frösche fangen, das hab ich doch schon gesagt.«

Manchmal hatte er das Gefühl, einem Alligator eine Schlinge über den Kopf zu streifen. Manchmal musste man dieses knotige Problem von der anderen Seite her angehen. »In letzter Zeit mal von deinem Bruder LeRoy gehört?«, fragte Rourke.

LeBeaus Schultern senkten sich erleichtert, weil das Thema nun gewechselt worden war. Er wischte sich seine feuchten Handflächen am Overall ab. »Er schreibt ab und zu an Oma und ich muss ihr die Briefe vorlesen.«

»Hat dein Bruder irgendwas über Miss Lucille gehört, was ihn wütend gemacht hat?«

Der Blick des Jungen jagte zu Rourke hin und dann wieder fort. »Keine Ahnung, was du meinst. Lucille hat nichts getan.«

»Hat LeRoy dich gebeten, zu Mamma Rae zu gehen, vielleicht, weil er für Mr. St. Claire einen Voodoozauber wollte?«

LeBeau schüttelte den Kopf, aber diese Reaktion kam erst spät und wirkte kaum überzeugend.

Rourke griff nach den Zigaretten und der Streichholzschachtel, die er immer in der Jackentasche hatte, obwohl er nicht rauchte. Er bot LeBeau eine an, und während der Junge sich Feuer gab, sprach er auf ihn ein und warf ihm Stichwörter hin.

»Hast du deinen Bruder schon mal in Angola besucht? Hat er dir je erzählt, wie es da zugeht? Arbeiten auf Kartoffelfeldern und im Zuckerrohr von früh morgens bis spät abends, der Schweiß brennt dir in den Augen und die Sonne kocht dir das Gehirn weich. Dann schaust du eines Tages den Oberbullen nicht freundlich genug an, oder vielleicht ziehst du den Kopf nicht tief genug ein und nennst ihn nicht rasch genug ›Sir‹, und er schlägt dich dafür blutig und steckt dich für eine Woche ins Loch, mit einem Keks und einer Hand voll Gemüse und einem Eimer Wasser pro Tag und sonst nichts.«

Die Hand des Jungen zitterte ein wenig, als er an seiner Zigarette zog. »Warum sagst du …« Er hustete. »Worauf willst du hinaus?«

»Na ja, ich wollte dich vielleicht ein wenig auf die Folgen deines Verhaltens vorbereiten. Verstehst du, ich weiß zum Beispiel, dass du *gris-gris* in Mr. St. Claires Bett gelegt und auf seine Galerie ein Salzkreuz gemalt hast. Ich habe alle Beweise, die ich und eine Jury brauchen, und das Gesetz findet so was überhaupt nicht lustig, o nein. Das nennt sich Hausfriedensbruch, auch wenn es sich um einen Schuppen und eine Galerie handelt, das spielt keine Rolle, das kann dir trotzdem fünfzehn Jahre einbringen. Und wenn du Glück hast, dann stecken sie dich vielleicht in denselben Schlafsaal wie deinen Bruder und er kann deinen Kirschenarsch beschützen.«

Der Junge nagte an seiner Unterlippe, dann fuhr er sich mit dem Handrücken über den Mund. »Aber ich wusste doch nichts von diesem Gesetz. Hausfrieden … oder wie das nun heißt. Ich hab das wirklich nicht gewusst.«

»Nein, wahrscheinlich nicht. Aber den Richter wird das vermutlich nicht weiter besänftigen können.«

Rourke nahm den Hut ab, überrascht, weil er ihn noch immer hatte. Er fächelte sich damit Luft ins Gesicht, drückte seine Hüfte gegen das Treppengeländer und schaute den Jungen nicht mehr an, während er jetzt langsam die Angelschnur einholte. »Meine Güte, ich kann dir sagen, diese Sommerhitze ist wirklich brutal. Ich bin so fertig und kaputt, dass ich nicht mehr weiß, ob ich komme oder gehe. Es passiert mir schon fast, dass ich vergesse, was ich noch vor einer Minute ganz sicher gewusst habe.« Langsam wandte er dann den Kopf und nagelte den Jungen mit seinem Blick an die Wand. »Am Dienstag, vor zwei Nächten, nach neun Uhr abends, als du auf Froschjagd warst – was hast du da noch mal in Sans Souci beobachtet?«

Rourke konnte fast sehen, wie sich die Waagschalen im Kopf des Jungen hin und her bewegten, die Waagschalen, die er seit seiner Geburt im Umgang mit dem Weißen Mann zu benutzen gelernt hatte. Er sah, wie LeBeau das, was er hergeben musste, gegen das abwog, was er behalten zu können hoffte.

»Ich habe einen Schrei gehört«, sagte er endlich. »Wie den einer Eule. Aber dann kam etwas aus der Hütte über den Hof gerannt. Ich weiß nicht, was es war, ehrlich, ich weiß es nicht, aber ein Mensch war es nicht. Es war ganz weiß und verschwamm irgendwie mit den Bäumen und hatte Schlangen statt Haare.«

»Bist du sicher, dass dieses Ding aus der Hütte gerannt kam und nicht hineinwollte?«

»Ganz sicher. Kam aus der Tür geschossen und lief dann über den Hof.«

»Hast du danach dann noch etwas anderes gesehen – ist zum Beispiel ein Mensch aus dem Herrenhaus in die Hütte gelaufen?«

»Nein, Sir. Aber ich hab auch gar nicht mehr länger abgewartet.«

Rourke schob eine Zwanzigdollarnote in die Overalltasche des Jungen. »Noch eins. Hat dir in letzter Zeit mal jemand ein Rohrmesser gegeben und dich damit zu dem Scherenschleifer auf der Esplanada geschickt?«

LeBeau verzog in ehrlicher Verwirrung das Gesicht. »Was? Wieso denn das? Jetzt wird doch gar kein Zuckerrohr geschnitten.«

Rourke packte den Jungen an der Schulter. »Vielen Dank, LeBeau. Und jetzt verzieh dich«, sagte er und versetzte ihm einen kleinen Stoß, als er sich nicht schnell genug bewegte. »Na los, weg hier. Und lass die Finger vom Voodoo.«

LeBeau war gerade durch den Hinterausgang der Gasse verschwunden, als Fio um die vordere Ecke getrottet kam. Die Brust des riesigen Mannes bebte, sein Gesicht war feucht und rot von der Hitze. In der Hand hielt er seine 38-Policeman's Special.

Er blieb vor Rourke stehen. Er musste dreimal nach Luft schnappen, ehe er etwas sagen konnte. »Mann, ihr Südländer seid doch die puren Scherzkekse. Einfach kleine Bimbos quer durch die Hölle jagen, und das zur heißesten Tageszeit …«

»Er heißt LeBeau Washington«, sagte Rourke. »Der kleine Bruder meines Freundes LeRoy.«

Fio wandte sich ab, holte wieder Atem und stieß ihn dann langsam aus. »Na gut. LeBeau Washington. Und wirst du mir jetzt sagen, was das alles soll?«

»In der Nacht, in der unser Freund den Löffel abgegeben hat, war LeBeau in der Nähe von Sans Souci mit einem Kanu zum Fröschefangen, vermutlich zusammen mit anderen Jungen, deren Namen er aber niemals freiwillig nennen würde. Er sagt, er hätte einen Schrei gehört, und dann kam etwas Weißes durch die Bäume geschwebt, aus der Hütte heraus. Es hatte Schlangen statt Haare auf dem Kopf.«

»Kein Scheiß?« Fio steckte den Revolver in seinen Schulterhalfter und schloss die Klappe. »Dann ist der Fall gelöst. Es war der Gowman.«

»Farbiger Klatsch behauptet, dass Mamma Rae den guten alten Mr. Charlie mit diesem Zauber belegt hat. Sie könnte in dieser Nacht dort draußen gewesen sein …«

»Um ihn umzubringen? Ein kleiner Mord, um das Voodoogeschäft anzukurbeln?«
»Oder vielleicht wollte sie ein *gris-gris* abliefern und hat etwas gesehen.«
»O Jesus«, Fio rieb sich den Nacken und schüttelte den Kopf. »Sag es nicht, denk es nicht einmal. Ich will nicht zu dieser Hexe gehen. Weißt du, was dem letzten Bullen passiert ist, der Mamma Rae kassieren wollte? Sie hat seinen Schwanz verhext, und als er dann mal eben pissen gehen wollte, hatte er das verdammte Ding in der Hand, es ist einfach abgefallen und – worüber lachst du eigentlich?«
»Das ist nie passiert. Das ist einfach so eine lokale Geschichte, wie die von dem Hurrikan, der eine alte Frau durch einen Zaun getragen hat, ohne ihr auch nur einen Knochen zu brechen. Und die von dem Baby, das mit Kopf und Füßen und Schwanz eines Alligators geboren wurde.«
»Das Gatorbaby hat's auch nie gegeben?«
»Nix da.«
»Hm. Das sagst du. Aber du lügst. Du lügst mit einem Lächeln, aber du lügst.«

Sie konnten ihn spüren und riechen, den warmen braunen Atem des Flusses. Und das Horn eines Schleppers blies eine traurige, tiefe Note, die einsame Stellen berührte. Der Abendhimmel verfärbte sich gerade zu einem staubigen Rosa, als sie die *batture*-Siedlung erreichten, wo Mamma Rae lebte. *Traiture,* Voodoohexe, Jujufrau.
Seit sie zur mächtigsten *tanton macoute* von New Orleans geworden war, hatte sie mit ihrer schwarzen Magie vermutlich ein Vermögen gescheffelt, doch ihr Haus unterschied sich in nichts von den anderen aus Treibholz zusammengehauenen Behausungen, die sich am schlammigen Ufer den Platz mit Weiden und Prahmen teilten, mit toten Nadelfischen und verfaulendem

Zuckerrohr. Sie wurden beobachtet, als sie weitergingen, Augen lugten an Torpfosten vorbei, durch verkommene Gardinen. Die Luft stank nach Schweineschwarte, die in einem Eisenkessel gebraten wird.

Sie schien sie in ihrem so genannten Vorgarten bereits zu erwarten – einem mit peruanischem Stechapfel und Grasschmalz überwucherten Flecken. Sie war eine alterslose Frau mit Augen wie schwarze Perlen und kleinen, schwarzbläulich funkelnden Locken. Ihre dicke Oberlippe wölbte sich über ihrem Kautabak.

»Ich hatte schon früher mit euch gerechnet«, sagte sie mit tiefer, klangvoller Stimme. Die Zikaden, das registrierte Rourke jetzt, hatten ihr wütendes Zirpen plötzlich verstummen lassen.

»Und dabei«, sagte er, »war doch das Letzte, was ich gesagt habe, dass LeBeau die Finger vom Voodoo lassen sollte.«

Sie starrte ihn aus Augen an, die leer und lodernd zugleich waren, dann wanderte ihr Blick langsam weiter zu Fio, zu seinem Schritt, und sie schnalzte mit der Zunge. »Du kannst die Hände aus der Tasche nehmen, weißer Mann. Wenn ich dein Dings verhexen wollte, dann könnten deine Hände es auch nicht retten.« Dann lachte sie, trat einen Schritt zurück und stemmte sich die Faust auf die Hüfte. Sie trug einen schlichten schwarzen Rock mit einer roten Schärpe, ein weißes Männerhemd, das am Hals offen war, und ein Halsband aus Schlangenknochen. Daran hing, zwischen ihren Brüsten, ein in Silber eingefasster Alligatorenzahn. Der Zahn zitterte und bebte, obwohl sie wirklich nicht schwer atmete.

»Wenn ihr zu Besuch gekommen seid«, sagte sie, »dann hat es keinen Zweck, hier zwischen den Moskitos zu stehen.« Sie drehte sich um und führte ihre Besucher durch Schlamm und Zuckerrohr über einen Weg, den nur sie sehen konnte. Sie hatte noch immer eine gute Figur und die zeigte sich in ihren Bewegungen: Sie schwenkte die Hüften und ließ ihre Arme langsam und lässig hin- und herschwingen.

Mamma Raes Hütte stand auf Pfählen. Sie führte die Männer die wackeligen Stufen zu einer verzogenen Tür mit einem altmodischen Drahtriegel hoch. Drinnen war es dunkel, die einzigen Lichtquellen waren das halbe Dutzend ranziger Talgkerzen, die in mit Wasser gefüllten Untertassen auf dem Altar standen. In alten Tagen waren Sklaven zu Frauen wie ihr gegangen und hatten um ein Mittel gebeten, mit dem sie die Herrschaft über die Gedanken ihrer Herren gewinnen konnten. Jetzt brauchten sie Hilfe bei den Lotteriezahlen, ein Pulver, das verhinderte, dass die Spermien eines Mannes sich festsetzten, einen Trank, um diesen oder jenen Mann seiner Frau wegzunehmen.

Aber sie war auch Heilerin: Sie konnte das Feuer eines Fiebers dämpfen und einen Bauchkrampf lockern. Sie konnte Warzen verschwinden lassen.

Sie goss einen zähflüssigen selbst gemachten Wein in Marmeladengläser und reichte jedem eins. Sie hätte eine Gastgeberin in einem Salon in der Stadt sein können, wenn ihr Zimmer nicht mit Kürbissen, einem Schimmelschwanz, abgebrochenen Horn- und Knochenstücken, getrockneten Eidechsen und Kröten eingerichtet gewesen wäre. Ein aus schwarzem Wachs plump zurechtgehauenes Atzmännlein saß mitten auf dem Altar.

Mund und Augen der Jujufrau lächelten nicht, als sie die Männer ansah, aber trotzdem schien ihr ganzes Gesicht zu lachen.

»Ich nehme an, ihr Polizisten wollt wissen, wo ich in der Nacht war, als der weiße Kreole sich hat umbringen lassen.«

»Dann hast du dir sicher auch schon eine Antwort überlegt«, sagte Fio. Er war nur gerade über die Türschwelle getreten und hatte sein Glas unberührt auf die Fensterbank gestellt.

»Ich war hier. Hab was gegessen und bin dann schlafen gegangen.«

»Aha.« Fio wippte auf seinen Fußballen hin und her und ließ das Streichholz, auf dem er herumkaute, aus einem Mundwinkel in den anderen wandern. »Die Leute sagen, du hast Mr. St. Claire behext.«

»Die Leute bitten mich manchmal um einen Gefallen. Ich bin eine hilfsbereite Seele.«

»Ja, die pure barmherzige Schwester«, sagte Fio. »Und diese Gefallen, um die die Leute dich bitten, was können das für welche sein?«

»Was die Leute so wollen, Herr Polizist. Ich geb den Leuten einfach, was sie wollen.«

Sie schnalzte noch einmal mit der Zunge und rieb sich die Fingerknöchel der einen mit dem Daumen der anderen Hand. Sie trug einen Kupferring – zwei miteinander verschlungene Schlangen, die sich paarten und dabei gegenseitig töteten. Rourke kannte den Ring noch von dem Tag in seiner Jugend, als sie sie tätowiert hatte. Und dann musste er aus irgendeinem Grund an die Ringe denken, die Nonnen tragen, um ihre Ehe mit Christus und ihren Glauben zu symbolisieren.

Rourke konnte Fios Blick spüren, schwieg aber. Er wollte seinen Partner die Fragen stellen lassen, die Mamma Rae niemals beantworten würde. Sie würde ihnen trotzdem etwas erzählen. Alle erzählten immer etwas, auch durch das, was sie nicht sagten.

Als habe sie seine Gedanken gelesen, schaute sie ihn jetzt an. Ihre Augen brannten nun wie Kohlen in ihrem Gesicht und er spürte ihre Macht, von der er wusste, dass sie aus einer düsteren Stelle in ihm selbst stammte.

»Mein Wein schmeckt dir nicht?«, fragte sie und Rourke lächelte, denn er hatte noch nie eine Herausforderung unbeantwortet gelassen.

Er hatte angenommen, dass der Wein süß sein würde, aber das war nicht der Fall. Er schmeckte nach der schwarzen Erde eines Grabes, nach im Zorn vergossenem Blut, nach der heißen, feuchten Stelle zwischen den Beinen einer Frau. Ein Schluck

und schon fühlte er den Wein in seinem eigenen Blut brennen, wurde er von innen her geschmolzen.
Ihre Stimme war jetzt leise und spöttisch und hallte auf seltsame Weise in dem kleinen, voll gestopften Zimmer wider. »Was glaubst du denn, was ich in den Wein gemischt habe? *Cassolette* von irgendeiner Frau, ha. Du hast Angst, ich könnte dafür sorgen, dass du vor Liebe den Verstand verlierst?«
Rourke lächelte wieder und trank noch einen Schluck. Seine Haut loderte jetzt. Sein Herz überschlug sich in seiner Brust. »Auf jeden Fall wäre das ein glücklicher Tod«, sagte er.
Sie nickte und lachte. »Mmmm-ha. Macht dich verrückt vor Liebe.« Sie schaute sich um und rief Fio, der noch immer an der Tür stand und Rourke jetzt besorgt musterte, zu: »Was ist mit dir, Herr Polizist? Ich könnte dir ein wenig Pferdesaat geben. Dann steht das Ding, um das du dir solche Sorgen machst, gerade wie eine Bohnenstange.«
Rourke hätte sich gern ihren Voodoo-Altar angesehen, doch statt hinzugehen hatte er das Gefühl, hinzuschweben. Weihwasserkessel, Heiligenstatuen aus Gips, ein Eimer mit heiligem Sand. Eine Mokassinschlange, die sich um ein Stück Korallenriff gewunden hatte. Er hielt die Schlange für tot und ausgestopft, doch dann bewegte sie sich und öffnete den Mund. Die gespaltene Zunge jagte hin und her, die Giftzähne glitzerten im Kerzenlicht und für einen wilden Moment hätte er fast die Hand danach ausgestreckt, um sie zu fangen und ihren giftigen Biss zu spüren. Die alten Leute behaupten, die Voodoopriesterin habe ihre Kraft gewonnen, als sie sich mit einer Schlange gepaart habe.
Sie war jetzt dicht neben ihn getreten. Ein starker, stickiger Geruch umgab sie, wie man ihn in billigen Absteigen findet, wo nur ganz selten die Betten frisch bezogen werden.
Er merkte, dass er sich umdrehte, fast ohne es zu wollen, und sie ansah. Sie nahm eine Blechdose aus dem Regal neben seinem

Kopf und spuckte ihren Kautabak hinein. Er registrierte, dass neben der Dose eine kleine Schale gestanden hatte, die mit der gleichen Art von roten Beeren gefüllt war, wie er sie in Heloise Lelouries Rosenkranz gesehen hatte. Er hob die Schale hoch, um sich die Erbsen genauer anzusehen.

»Wenn du diese Liebesbohnen willst, dann kannst du sie haben. Wären ein schönes Armband für deine Dame.«

»Ich habe keine Dame mehr.«

Mamma Rae beugte sich zu ihm vor. Ihr Geruch war überwältigend. »Nimm die Liebesbohnen trotzdem mit, nur musst du wissen, worauf du dich einlässt. Sie können hübsch aussehen, als Halsband oder Armband oder Rosenkranz. Aber sie sind auch giftig, diese Liebesbohnen, wenn du sie zermahlst und unter etwas Süßes mischst, damit sie leicht durch die Kehle gleiten.«

Sie hob die Hand und ließ ihren Finger über seine Wange fahren. Ihr Nagel war lang und scharf und schwarz lackiert und sie drückte gerade fest genug zu, um die Haut ein wenig zu ritzen. »Wenn du einem Mann Liebesbohnen gibst, dann wird er schreiend sterben.«

Er packte ihr Handgelenk und zog ihre Hand von seinem Gesicht. Dann schloss er ihre Finger um sein leeres Marmeladenglas. Langsam entzog sie ihm ihre Hand und erlaubte ihm dabei, ihr Fleisch zu berühren. Das ließ das Feuer in ihm auflodern wie ein Blasebalg.

Er starrte ihre Hand an und wollte wieder von ihr berührt werden, wollte, dass diese Nägel seinen Rücken zerkratzten. Doch ihre seidenweiche Haut hatte auch eine sanfte Erinnerung in ihm geweckt. An die schwarzen Hände der lächelnden Frau mit der Zahnlücke, die ihn großgezogen hatte. Die in jeder Hinsicht seine Mama gewesen war, nur nicht in Blut und Namen.

Er konnte nur mit Mühe sprechen, und als er dann etwas sagte, überraschte es ihn, wie wenig verrückt er sich anhörte. »Ich habe gehört, dass du den besten Brombeerlikör in ganz New

Orleans herstellst. Und das war nicht übertrieben. Ich wünsche dir noch einen guten Abend, Mamma Rae.«

Fio schien davon auszugehen, dass sie ihre Pflicht erfüllt hatten, denn er stand jetzt schon draußen. Rourke blieb oben auf der Treppe stehen und drehte sich zu der Frau um. »Hast du in letzter Zeit mal von LeRoy Washington gehört?«

»LeRoy ist oben in Angola. Und glaubst du wirklich, ich würde dir je erzählen, für wen ich hexe und wozu?«

Er lächelte langsam. »Das hast du mir gerade erzählt.«

Sie trat neben ihn auf die Treppe. Die Dachbretter ihrer Hütte warfen jetzt so tiefe Schatten, dass er ihr Gesicht nicht sehen konnte, aber er konnte eine Spannung wahrnehmen, die ihn an die Hitzewellen einer Teerstraße erinnerte. Das gehörte nicht mehr zu ihrem Jujuspiel. Bei jeder anderen hätte er es für Angst gehalten.

»Dann erzähl ich dir vielleicht noch mehr, als du wissen willst.« Ihre Stimme war jetzt sanft und leise, nicht einmal Fio konnte sie noch hören. »Vielleicht erzähle ich dir von einer weißen Frau, die immer wieder ihre kleinen Mädchen schickt, um Zauber gegen ihren Daddy zu holen. Sie hat dafür gesorgt, dass die Kleinen ihren Daddy so sehr gehasst haben, wie ich das noch nie erlebt habe. Und dann kommt eines Tages eins von diesen kleinen Mädchen, kommt zu mir und sagt, jetzt ist mein Daddy tot, Mamma Rae, aber ich habe einen wilden blonden Jungen gefunden und der soll mich für immer lieben. Für immer ist für immer, Herzchen, sage ich zu ihr. Und wenn du ihn später mal loswerden möchtest? Aber sie hat nur gelacht.«

Sie beugte sich dicht zu ihm vor, lachte und er konnte den Kautabak in ihrem Atem riechen. »Warum sagst du jetzt nichts, wenn du so klug bist, wie du glaubst? Du liebst die Kleine noch immer? Du bist noch immer verrückt vor Liebe zu dieser Remy Lelourie?«

Achtzehntes Kapitel

In New Orleans ist die Vergangenheit keine zerfallende Erinnerung. Sie lebt im Herzschlag der Menschen als konstanter, mit der Seele übereinstimmender Widerhall von allem, was gestern war, vom Leben vor unserer Zeit. Der Sünden der Väter und Mütter und deren Vätern und Müttern. *La famille.* Denn wir erinnern uns an begangene Sünden besser als an irgendwelchen Segen. Deshalb packen wir unsere sündige Vergangenheit und begraben sie lebendig in Mausoleen wie denen auf den St.-Louis-Friedhöfen. In eleganten, überirdischen Grabstätten, die aber trotzdem Gräber sind. Wir halten die Sünden geheim, wir halten sie begraben, aber wir halten sie auch fest, mit Herz und Seele, unseretwillen und für *la famille.*

Die Geheimnisse wurden flüsternd durch die Jahre weitergereicht, nur selten wurde ein Name laut genannt. Das Flüstern kannte nur »ihn« oder »sie«, aber Namen waren auch nicht nötig, um die gelernten Lektionen zu vermitteln. Heloise Lelourie hatte das Flüstern schon gehört, als sie noch gar nicht alt und klug genug gewesen war, um die Wahrheit und die Lügen zu verstehen, die diese Worte formulierten. Es waren die namenlosen, geflüsterten Geister der Vergangenheit, an die Heloise sich in ihrer Jugend vor allem erinnerte. Die gebeichteten, aber nicht vergessenen oder vergebenen Sünden.

Sie litt unter dem Leiden der Lelouries. So empfindlich da unten war sie, das arme Ding. Sie sagte, er sei in diesen Dingen ein Gentleman. Nachdem das Baby geboren worden war, hat er sie

kaum je noch belästigt. Er hatte die ganze Tatkraft der Lelouries. Hat Bataten aus dem Boden gezogen wie ein Farbiger, aber er fand, keine Schande sei so schrecklich, dass sie nicht ertragen werden könnte, wenn Gott es so wollte, und kein verdammter Yankee werde ihn als geschlagenen Mann erleben.
Und alles, alles landete im bourrée-*Topf. Verloren in einer einzigen Nacht. Sie musste den Schmuck ihrer Mama verkaufen und das hat ihr wohl das Herz gebrochen.*
Sie heiratete einen Amerikaner und zog ins Yankeeviertel, und ihre Mama sprach nie wieder ein Wort mit ihr. Auf der Beerdigung weinte sie dann Blut … Doch, es war wirklich Blut. Meine eigene Mama hat es gesehen. Angeblich hat sie noch immer das befleckte Taschentuch, es liegt in ihrem Gebetbuch, das sie zur Kommunion bekommen hat.
Er hatte die Lelourie-Farbe, aber diese Nase, o mein Gott. Diese Nase hätte seinem Daddy aus dem Gesicht geschnitten sein können.
Sie hatte immer stolz den Kopf erhoben und lebte im Schweigen. Was hätte sie auch sonst tun sollen?
Am liebsten jedoch hörte Heloise Geschichten über Sans Souci und darüber, wie die Familie es verloren hatte. Als sie alt genug war, bedrängte sie ihre Mama und ihre Tanten und wollte Einzelheiten hören, über die diese nicht sprechen konnten. Sie las die alten Briefe, die Besitzurkunden und die vergilbten Zeitungsausschnitte. Sie betrachtete Fotografien und Daguerreotypien, und langsam bekamen die geflüsterten Geister Gesichter, Namen. Vor allem ein Gesicht, ein Name ließ ihr keine Ruhe – Henri Lelourie, der Großvater von Reynard, ihres Vetters zweiten Grades, und damit ihr Großonkel. Henri Lelourie, der Mann, der Sans Souci verloren hatte und so jung und tragisch gestorben war.
Eines Tages fing Heloise damit an, zu den Orten zu pilgern, wo das alles passiert war, denn sie wollte sich vorstellen, wie es ge-

wesen war. Nicht, wie es *wirklich* gewesen, sondern wie es erzählt, von einer Generation an die nächste weitergereicht worden war, wenn über Brombeerlikör und *café au lait* Geheimnisse geflüstert wurden.
Fleischeslust und Verrat und Mord.

Als Erstes ging sie immer nach Sans Souci, zu diesem wunderschönen Haus mit den tiefen Galerien und den eleganten weißen Säulen. Der erste Lelourie, der dieses Land der Sümpfe, des gelben Fiebers und der heißen Nächte betreten hatte, hatte es erbaut und allein deshalb wäre es ein ganz besonderes Haus gewesen. Und Sans Soucis Schönheit bezauberte, verführte, nahm gefangen.
Heloise stand oft auf der Straße, schaute zu dem Haus hinüber und stellte sich eine Reihe von Damen vor, Mamas und ihre Töchter, eine Generation nach der anderen, die über die Galerie gingen, dabei ihre Fächer vor ihren Gesichtern hin- und herbewegten und deren Reifröcke wie Glocken hin- und herschwangen. Die Wahrheit war, dass Sans Souci nur einer Generation von Lelouries ein Zuhause geboten hatte. Nach zwanzig Jahren war die Familie auf eine größere Plantage weiter oben am Fluss übergesiedelt, in ein Haus mit breiten griechischen Säulen, Marmorböden und einer Wendeltreppe. Sie waren damals reich, diese Lelouries, mit ihren zehntausend Morgen Zuckerrohrpflanzungen.
Aber sie hatten Sans Souci behalten; sie hatten es immer behalten wollen, denn sie hatten es im Blut. Das Ganze hatte auch einen praktischen Aspekt, denn Sans Souci bot den Lelourie-Vätern und -Söhnen ein Quartier, wenn sie nach New Orleans kamen, um eine Schüssel von Alvarez' berühmtem Louisiana-Gumbo zu verzehren und ein oder zwei oder drei Gläser *le petit gouave* zu trinken. Um Zuckerrohr und Melasse zu verkaufen und um vom Auktionsblock in der Börse Sklaven zu erwerben.

Um auf den Quarteronenbällen in der Salle d'Orleans ihre Sorgen wegzutanzen.

Die Salle d'Orleans war jetzt das Kloster der Heiligen Familie, eines Ordens von strengen schwarzen Nonnen. Ein Hort der Frömmigkeit, mit verschossenen grünen Jalousien und einem Steintor, das auf den Park der St.-Louis-Kathedrale blickte. Bei ihren Wallfahrten in die Vergangenheit setzte Heloise sich auf die Steinbank im Park, schaute zum Balkon des Klosters hoch und stellte sich die längst vergangenen Jahre vor, in denen dort dunkle Schönheiten gestanden hatten und keine Nonnen. Dunkle Schönheiten, die die nächtliche Brise genossen und ihr Lächeln hinter kokett tänzelnden Fächern verborgen hatten.

Dann führte Heloises Wallfahrt sie von diesen Quarteronenbällen ihrer Vorstellung unweigerlich zu dem Haus in der Conti Street und zu den Ereignissen, die sich drei Generation zuvor, im Winter 1855, abgespielt hatten.

Damals hatten sie es *plaçage* genannt; die fleischliche Vereinigung eines Weißen und einer Farbigen. Sie lernten sich auf einem Quarteronenball kennen, unter einem Kristallleuchter, und er tanzte mit ihr zum Kratzen einer Fiedel, quer über einen wie Glas funkelnden Boden. Sie sah verführerisch aus in ihren bunten Seiden- und Satinkleidern, prachtvoll mit Federn und Juwelen geschmückt. Er traf dann die angemessenen Absprachen mit ihrer Mama, kaufte ihr noch mehr Kleider und ein kleines Haus am Vieux Carré und besuchte sie dann dort bis zu seiner Hochzeit und manchmal auch noch später.

Ein Mann hat seine Bedürfnisse – er kann nicht dagegen an. Aber sie sagt, in dieser Hinsicht war er ein Gentleman. Nachdem das Baby geboren worden war, hat er sie kaum je belästigt.

Sie war sicher wie eine Dame erzogen worden, diese farbige Geliebte des Plantagenbesitzers, so verfeinert wie die weiße

Kreolin, die er eines Tages heiraten würde, und sie hatte dieselben Träume: einen Mann zu finden, der reich genug war, um sie zu beschützen und für sie zu sorgen, und dem auch ihr Herz nicht gleichgültig sein würde. Nur konnte, und das war der Unterschied zwischen der Farbigen und der Kreolin, der Mann ihrer Träume sie niemals zu seiner Ehefrau machen, und wenn es zwischen ihnen Liebe gab, dann durfte diese nur in der Hitze der Nacht eingestanden werden.

Henri Lelourie jedoch hatte sich in diesem Winter 1855 verliebt. Henri Lelourie, verliebt in eine Farbige.

Nein, es muss ein Liebeswahn gewesen sein und er galt keinem Mädchen, das mit bloßen braunen Schultern, mit raschelndem rotem Satinkleid, mit dunklen, einladenden Augen den Cotillon tanzte. Henri Lelourie hatte sich in eine Sklavin verliebt, die barfuß auf den Zuckerrohrfeldern seines Schwagers arbeitete. Henri Lelourie war damals ein verheirateter Mann, ein Kind war unterwegs, aber dennoch hatte er die kleine Nigger-Feldarbeiterin geliebt, das wurde zumindest geflüstert.

Sie schien ihn verhext zu haben, sein Herz und seine Seele. Er verlor seine Ehre, er verlor den Verstand, er verlor Sans Souci. Aber er musste sie haben.

Als seine Plantage in Schwierigkeiten kam und er dringend Kapital brauchte, hatte er Sans Souci für Geld und diese eine Sklavin an seinen Schwager Pierre St. Claire verkauft. »Eine Mulattin, an die sechzehn Jahre, Haut mittel- bis dunkelbraun, mit vollständigem Gebiss, kräftigen Gliedern und starkem Rücken, in guter Verfassung.«

Eine Mulattin, eine Sklavin, und dennoch hatte Henri Lelourie sie in Seide gekleidet und in einem kleinen Haus in der Conti Street untergebracht. Dort verbrachte er eine Nacht nach der anderen, als müsse er sich um keine Plantage kümmern, als habe er keine schwangere Ehefrau. Selbst nach der Geburt seines Erben, eines kränklichen kleinen Knaben, blieb er bei seiner

Sklavin in New Orleans und vernachlässigte sein Zuhause, seine Frau, seinen Sohn.
Das Haus in der Conti Street hatte Heloises ganze Kindheit hindurch leer gestanden und war abgeschlossen gewesen, aber sie hatte sich trotzdem vorzustellen versucht, wie sie damals gelebt hatten – Henri Lelourie und seine farbige Geliebte, seine Sklavin, deren niemals aufgeschriebener Name längst schon vergessen war. Ihr Name war vergessen, nicht aber ihre Sünde. Hinter dem hauchdünnen Moskitonetz in diesem Bett der miteinander verflochtenen Seidenlaken, was hatte sie ihm gegeben, das er von seiner Frau nicht bekommen konnte? Wilden, ungezügelten Genuss? Oder war sie fügsam und nachgiebig gewesen, als sie sein Gewicht ertragen und seinen Körper in ihren aufgenommen hatte, ihren Herrn, ihren Michie Henri? Es heißt unter denen, die nicht zu *la famille* gehören, das Haus sei wegen einer Partie Faro verspielt worden, aber das ist eine Lüge. Sans Souci war für die Liebe einer Sklavin verloren worden.
Oh, sie war ein bezauberndes Mädchen, diese Nigra. Und ihr wisst doch, wie sie sein können – wie rollige Katzen. Es war also kein Wunder, dass Pierre St. Claire sie auch haben musste, obwohl sie ihm nicht mehr zur Verfügung stand. Deshalb hat das Duell unter den Eichen stattgefunden. Nicht wegen eines Betrugs beim Spiel, sondern wegen eines Betrugs in der Liebe.
Die Duelleichen standen noch immer da, und Heloise konnte sie sich ansehen und sich vorstellen, wie es gewesen war. Wie ein Leichentuch aus Gaze senkte die Morgendämmerung sich über die knotigen und verkrümmten Äste. Schwaden von grauem Moos schwebten im Nebel. Überröcke lagen im Gras und zwei Männer gingen voneinander weg, ihre Stiefel versanken tief in der feuchten Erde, schwer hingen die Pistolen in ihren Händen. Ein Ruf verscheucht verwirrte Vögel, die Männer drehen sich um, feuern. Auf einem weißen Hemd erblühen scharlachrote Blumen.

Henri – am Ende konnte er seinen Freund, den Bruder seiner Gattin und den Onkel seines Sohnes, nicht töten – hatte in letzter Sekunde seinen Arm hochgerissen und in die Luft gefeuert. Pierre, betrunken, verängstigt oder durch sein Verlangen nach der jungen Sklavin in den Wahnsinn getrieben, hatte gezielt, um zu töten. Angeblich hatte Henri im Sterben noch gesagt: *Versprich mir, dich um sie zu kümmern.* Ob er dabei seine treue Ehefrau oder seine treulose Geliebte meinte, war ein Geheimnis, das ihn ins Grab begleitete.

Das erzählte wenigstens eine Geschichte, doch es gab noch eine andere. Dass Pierre St. Claire eines Morgens früh im Schutz der Duelleichen auf Henri gewartet und ihm dann in den Rücken geschossen habe, als er vorüberreiten wollte. Er habe ihn kaltblütig mit einem von zwei zueinander gehörigen vergoldeten französischen Revolvern umgebracht.

Doch ob es sich nun um Meuchelmord oder um ein Duell gehandelt hatte – wenn Heloise sich vorstellte, was danach passiert war, sah sie immer die junge Sklavin, die im Haus in der Conti Street wartete. Sie stellte sich vor, wie die junge Frau einen Schritt auf der Vordertreppe hörte, dann ein Türklopfen. Eine Stimme sagte ein Wort, einen Namen, und die Sklavin brach in Tränen aus. Doch hatte es sich dabei um Tränen der Trauer gehandelt? Oder um Freudentränen?

Das Mausoleum hob Heloise sich für das Ende ihrer Pilgerfahrt auf. Das Mausoleum der Familie Lelourie auf dem alten St.-Louis-Friedhof Nr. 3. Dieses weiß getünchte Steinmonument, in dem Geheimnisse und Sünden begraben lagen. Im Mausoleum der Lelouries waren die Gebeine von fünf Generationen untergebracht, auch die von Henri, dem Großvater, den ihre Vettern und Kusinen nie gekannt hatten. Der im Winter 1855 von einem St. Claire ermordet worden war.

Heloises eigener Großvater – Henris jüngerer Bruder – hatte sich auf seiner Kavalierstour in Paris aufgehalten, als die Tragö-

die eingetreten war. Er war Monate später heimgekehrt und hatte Sans Souci verloren und die Plantage bis über beide Ohren in Schulden vorgefunden. Sein Bruder lag im Grab und die Frau seines Bruders hatte sich einer wilden Trauer ergeben, die schon fast an Wahnsinn heranreichte. Der kleine Sohn seines Bruders dagegen bekam schon seinen ersten Zahn.
In diesem Jahr hatte ein früher Frost die Zuckerrohrernte zerstört, und einige Jahre darauf hatten der Krieg und die Yankees auch noch den Rest erledigt.

Hinter Sans Souci hatten in jenen alten Zeiten zehn Sklavenhütten gestanden, aber Heloise hatte nur noch eine erlebt. Dieser Anblick verstörte sie und sie musste sich immer daran erinnern, dass die Hütte nichts mit ihr zu tun hatte. Die Vorstellung, dass das Schicksal einfach vom Zufall der Geburt abhing, war zu beängstigend. Die Vorstellung, dass die Entfernung zwischen einer Geburt in der Hütte und in einem Schlafzimmer im Herrenhaus nicht größer war als der Hof, der zwischen beiden überquert werden musste.
Die Hütte verstörte sie, machte ihr Angst, und doch versenkte sie sich auf ihren Wallfahrten manchmal in deren Anblick. Die Familie fand das wirklich seltsam von ihr.
Das ist typisch für Livias Tochter. Immer zerbricht sie sich ihren armen Kopf über diese alte Geschichte.
Livias Tochter. Sie war viel weniger Heloise als Livias Tochter, denn wer sich in New Orleans nach der Familie eines Mädchens erkundigt, fragt als Erstes nach ihrer Mama. Wer ist deine Mama? Ach, du bist Livias Tochter. In New Orleans verliert eine Frau niemals ihren Mädchennamen, nicht in ihrem Bekanntenkreis. Der Name, unter dem sie geboren wird, bleibt ein Leben lang an ihr haften, und bei Heloise hätte es ohnehin keine Rolle gespielt, da sie einen Lelourie heiraten sollte.
Reynard Lelourie. Sie hatte ihn ihr Leben lang gekannt. Ihre

Mamas waren schon in der Wiege miteinander befreundet gewesen, hatten gemeinsam bei Madame Picard die Schule besucht und später mit zwei Vettern eine Doppelhochzeit gefeiert. Mit Lelouries. Heloise hatte bei ihrer Taufe in St. Stephen das weiße, mit irischer Spitze üppig besetzte Taufkleidchen getragen, in dem ein Jahr zuvor Reynard getauft worden war.

Ihre Mamas hatten sie sich gewünscht, die Ehe der beiden, und die jungen Leute wären nie auf die Idee gekommen, sich nach etwas anderem zu sehnen. Für Heloise war die bloße Vorstellung unmöglich – ihr Herz hätte Reynard ans Ende der Welt begleitet. Sie liebte ihn, um seinetwillen und weil er der Enkel von Henri Lelourie war, dessen traurige Geschichte sie als Kind so fasziniert hatte.

Heloise war mit den Lelourie-Farben geboren worden, den blonden Haaren und den grauen Augen, wie Steine unter Wasser, das hatte Reynard einmal zu ihr gesagt. Seine eigenen Augen waren dunkel und schwer durch die tieftraurigen Stimmungen, die ihn so romantisch aussehen ließen. Sie wäre nie auf die Idee gekommen, dass diese traurigen Stimmungen etwas mit ihr zu tun haben könnten.

Sie kannte ihn zwar ihr Leben lang, aber das hatte sie doch nicht darauf vorbereitet, wie sehr sie ihn nach ihrer Heirat lieben würde. Sie war nicht darauf vorbereitet gewesen, wie ihr Körper brennen, wie ihr Herz zittern könnte. Sie beschnitt die Rosen in ihrem Garten und liebte ihn. Sie kniete zum Abendgebet auf ihrer Gebetsbank und liebte ihn. Sie klöppelte ein Mützchen für das erwartete Baby und liebte ihn. Er war so rücksichtsvoll, als sie schwanger wurde. »Ich werde dich nicht belästigen«, sagte er, und sie dachte, trotz ihrer Enttäuschung, natürlich tut er das nicht, denn die Lelouries waren in dieser Hinsicht immer schon Gentlemen, und sie liebte ihn.

Heloise litt am Problem der Lelouries – sie war unten herum zart. »Du hast eine abgeknickte Gebärmutter«, hatte ihre Mama gesagt. »Auch die Mama deines Daddys hat schrecklich darunter gelitten, wie du weißt, und ihre arme Mama ist daran gestorben.« Ja, dachte Heloise, das Baby, das in ihr wuchs, werde sie sicher umbringen. Eines Morgens würde sie das Kind zusammen mit ihrer abgeknickten Gebärmutter hervorwürgen, und dann würde sie sterben.

Von der Irin erfuhr sie erst nach ihrem *accouchement*. Die Geburt hatte so lange gedauert und war so hart gewesen und alles war ganz anders, als sie sich das vorgestellt hatte. Das Baby sah aus wie eine rote, verschrumpelte alte Hülsenfrucht, und als es in ihre Arme gelegt wurde, empfand sie nichts für ihr Kind, rein gar nichts. Sie fühlte sich nur erschöpft und schwer, in ihrem Herzen und an ihrem Leib, und dann hörte sie das Geflüster:

Sie ist Irin. Und selber angeblich auch verheiratet. Aber wir wissen ja, dass diese kleinen Seitensprünge nie lange andauern. Ein Mann hat seine Bedürfnisse, und auf jeden Fall wird er die arme Heloise in nächster Zeit nicht belästigen.

Sie brachte ihm gegenüber dieses Thema nie zur Sprache. Sie hielt ihren Kopf stolz und hoch erhoben und lebte schweigend mit dem Geheimnis. Wenn sie weinte, dann nur, wenn sie allein war, und jedes Mal untersuchte sie ihr Taschentuch danach auf blutige Tränenspuren.

Sie lebte zwei Jahre damit, lebte damit durch das Elend einer weiteren Schwangerschaft, die harte Geburt einer weiteren Tochter. Als sie schwach und fieberkrank im Bett lag, träumte sie davon, wie sie mit ihren beiden Töchtern über die breiten grauen Bretter der Galerie von Sans Souci ging.

Als sie die Augen öffnete, sah sie das Gesicht ihres Mannes, der auf sie herabblickte. Er saß neben ihrem Bett und seine gefalteten Hände baumelten zwischen seinen gespreizten Knien. Er hatte seine Schultern ein wenig hochgezogen und das ließ ihn auf seltsame Weise verletzlich erscheinen, wie einen kleinen Jungen, der mit einer Bestrafung rechnet. Ihr ging auf, dass es zwischen ihnen immer zu viel gegeben hatte, das sie verschwiegen hatten, zu viel uneingestandene Trauer und stumme Grübeleien. Wie eine Art seelische Inzucht.

Doch als sie das dachte, stand er auf, wandte sich von ihr ab und redete. Über die Irin. Sie hatte einen Namen, diese Frau. Maeve. Es war ein Schock für Heloise, diesen Namen von den Lippen ihres Mannes zu hören, sie hatte das Gefühl, von einer blutenden, eiternden Wunde sei der Verband abgerissen worden.

Diese Frau, Maeve, hatte ihren Mann und ihre Kinder verlassen. Er hatte sie im Haus in der Conti Street untergebracht und wollte von nun an dort mit ihr zusammenleben. Er wollte sie nicht mehr wie bisher zwei- oder dreimal die Woche besuchen. Nein, sie wollten wie Mann und Frau zusammenleben, Reynard und diese Maeve. Obwohl das doch unmöglich war, denn *sie* war seine Frau. Sie war Heloise Lelourie, Reynards Frau, Livias Tochter.

»Warum?«, fragte sie und dieses Wort schien wie ein Schrei im Zimmer widerzuhallen.

Sie sah, wie sich in seinen Augen Tränen bildeten und wie winzige Kristalle nach unten fielen. Sie wusste nicht, ob sein Schmerz echt war. Er weinte so leicht, auch über Kleinigkeiten. Sie hatte erlebt, dass der Tod einer Opernheldin ihn zu Tränen gerührt hatte. Aber trotzdem konnte er das Herz einer Frau erbarmungslos ermorden, ganz einfach, indem er sie aus seinem Leben ausschloss.

Er breitete hilflos die Hände aus. »Ich will sie.«

Und dann öffnete sich irgendwo in Heloise eine Wunde. Sie spürte sie bluten, spürte, wie ihr Lebensblut in ihre Brust strömte. »Du hast sie doch«, sagte sie, und sie hätte diese Worte geschrien, wenn sie die Kraft gehabt hätte, obwohl sich das für eine Dame nicht gehörte. »In den Nächten, wenn ich in diesem

Bett gelegen und auf dich gewartet habe, während du zu ihr gegangen bist. Ich habe dir mein … mein …« Was hatte sie ihm gegeben? Nur ihr Herz, ihre Träume, alles, was sie war, und alles, was sie hätte werden können. »Was willst du denn noch mehr von mir? Was kann ich dir denn noch geben?«
Er hatte sich von ihr abgewandt, aber jetzt wandte er sich ihr wieder zu. Sein Gesicht war tränennass, es glänzte im trüben Wintersonnenschein, der durch das Fenster fiel. Aber dennoch zeigten seine Augen eine Härte, eine Entschlossenheit.
»Du verstehst das nicht«, sagte er. »Ich will dich nicht.«

Von Scheidung konnte natürlich keine Rede sein. Das brauchte nicht erwähnt zu werden. Er ging, und sie versuchte sich einzureden, dass er sie in Gedanken schon längst verlassen hatte. Du musst damit leben, sagte sie sich außerdem. Du musst einfach damit leben. Keine Schande ist so entsetzlich, dass sie nicht ertragen werden kann, wenn Gott das so will.
Sie ging in die Messe und zündete vor den Statuen der Jungfrau Maria und des Heiligen Michael, des Schutzpatrons der Familien, Kerzen an. Sie baute auf ihrer schwarzen Anrichte aus Walnussholz einen Altar auf, und im flackernden Licht der Kerzen betete sie um die Kraft, es zu ertragen. In schwachen Momenten, in ihren vielen schwachen Momenten, betete sie, Reynard möge sich wieder in sie verlieben. Doch dann erkannte sie eines Tages, nicht durch einen plötzlichen gedanklichen Donnerschlag, sondern eher wie in einem langsamen Erwachen: Er hat mich nie geliebt.
Trotzdem lehrte sie Remy und später Belle, wie Pralinen hergestellt werden, denn die hatte er zu gern gegessen, und sie schickte ihre Töchter mit süßen Geschenken zu ihm. Zu jedem Feiertag, jedem Geburtstag und zu besonderen Anlässen schickte sie die Kinder, und jedes Mal hoffte sie, dass Schuldgefühle oder Pflichtbewusstsein oder Anstand ihn zu ihr zurückbringen

würden. Es spielte keine Rolle mehr, ob er sie liebte, sie wollte ihn nur zurückhaben.

Sie wusste nicht, wie es passiert war, dass sich im Laufe der Jahre ihre Gebete änderten, dass deren Anliegen sich änderte. Dass sie nicht mehr betete, Gott solle ihrem Mann die Augen öffnen, sondern Gott solle ihn ins blinde Elend stürzen. Nein, mehr noch. Er sollte so sehr leiden, wie sie gelitten hatte, sie wollte ihm den bohrenden Schmerz der Einsamkeit zeigen, der einem vergeudeten Leben, einem ausgebluteten Herzen entspringt. Er sollte nachts schreiend aus einer Seelenqual hochfahren, die nur vom Tod geheilt oder herausgeschnitten oder gelindert werden konnte.

Und eines Tages hatten ihr nicht einmal diese bitteren Gebete noch gereicht.

Also ging sie zu Mamma Rae, der Voodoopriesterin, die ihr einige Liebesbohnen gab. Sie machte an diesem Morgen aus den meisten Bohnen einen Rosenkranz, und am Abend stellten sie und die Mädchen eine Portion Pralinen her, denn der Daddy der Kleinen hatte am nächsten Tag Geburtstag.

Und während sie die Nüsse in den kochenden Zucker rührte, betete Heloise um den Tod. Zuerst um seinen, dann um ihren.

Neunzehntes Kapitel

Aus der New Orleans *Morning Tribune,* Sonderausgabe, Freitag, 15. Juli 1927:

Neue Verbrechen, alte Skandale
von Wylie T. Jones

Ein weiterer Tag geht dem Ende entgegen und noch immer ist nach dem Mord, dem am Dienstag Mr. Charles St. Claire zum Opfer gefallen ist, keine Verhaftung vorgenommen worden.
Boden und Wände der alten Sklavenhütte in Sans Souci sind mit Seifenlauge und Wasser geschrubbt worden, aber die Flecken sind noch vorhanden. Und das ist nur gut und richtig so, denn sie geben Zeugnis davon ab, dass dort ein grauenhaftes Verbrechen begangen worden ist, während der Gerechtigkeit noch immer nicht Genüge getan wird. Während sich die Indizien gegen Mr. St. Claires Gattin, die Filmschauspielerin Remy Lelourie, weiter anhäufen, zögert die Polizei noch immer, ihre Pflicht zu tun.
Wovor fürchtet sie sich? Remy Lelourie ist jung und schön und wird von der ganzen Welt verehrt, aber Justitia sollte taub sein. Justitia sollte blind sein. Fürchtet sie den Skandal – die Schande, »eine von uns« aller Welt als Mörderin vorzuführen?
Doch Schande und Skandal waren niemals Fremde im Leben dieses Leinwandidols. Die wilden, lasterhaften Partys in Hollywood, die Affären mit ihren Filmpartnern, die extravagante Vergeudung ihres Reichtums, ihrer Jugend und ihrer Schönheit

sind im Laufe der Jahre auf den Seiten zahlloser Zeitungen und Hochglanzmagazine dargestellt worden. Selbst ihre Tage als unschuldiges Kind hier in New Orleans wurden vom Skandal gestreift, als ihr Vater Heim und Familie verließ, um in aller Offenheit mit einer verheirateten Frau zusammenzuleben, einer Frau, die ihrerseits Mann und Kinder verlassen hatte. Es heißt, die Sünden der Väter sollten nicht an den Kindern gerächt werden. Lieutenant Daman Rourke von der Mordfahndung scheint diese Ansicht zu teilen, denn seine eigene Mutter war die Geliebte von Mr. Lelourie.

Vielleicht kann Lt. Rourke also erklären, warum Mr. Charles St. Claires brutal verstümmelter Leichnam morgen zur letzten Ruhe gebettet werden wird, während seine Mörderin noch immer auf Erden weilt – schön, reich, berühmt und frei.

Bridget Mary Kinsella O'Mara lag in einem schwarz lackierten Sarg im Wohnzimmer ihrer Mutter. Auf dem Kaminsims flackerten Kerzen vor einer Gipsfigur des Heiligen Michael und mehrere mit einem Rosenkranz umwickelte Kerzen brannten neben Brideys Kopf. Zu ihren Füßen ruhte ein riesiger Kranz aus weißen Magnolienblüten, die von einem Baum im Hinterhof stammten und von den liebenden Händen ihrer Mutter und Schwester gewunden worden waren.

Die beiden Frauen hatten außerdem den Spiegel über der Anrichte aus Walnussholz und die Türklinken mit schwarzem Krepppapier verhüllt. Bei der Arbeit hatten sie an die vielen Freunde und Verwandten gedacht, die sich zur Totenwache einfinden und den Kranz und das Trauerhaus sehen würden, und für Bridey sollte alles so sein, wie es sich gehörte.

Doris Kinsella saß jetzt mit starrem Rücken in einem Sessel neben dem Sarg ihrer Tochter, ihre Hände umklammerten ein Taschentuch und waren auf ihrem Schoß zu einer Faust geballt. Sie weinte nicht; lange Minuten hindurch schien sie nicht einmal zu atmen, doch dann keuchte sie dermaßen laut auf, dass das Kreuz, das sie um den Hals trug, auf ihrer Brust einen Sprung machte. Sie schüttelte die Hände der Trauergäste und ließ sich von ihnen die Wange küssen. Neben ihr stand ein leerer Sessel. Freunde und Verwandte würden ihn der Reihe nach füllen, mit ihr sprechen und dann wieder gehen. Alle achteten darauf, dass sie niemals zu lange allein war.

Ihre ältere Tochter Abby reichte Tabletts mit Käsebroten herum und schenkte den Frauen, die sich in Gruppen zusammengetan hatten und über Lebensmittel und Babys redeten und den vielen Regen dieses Sommers, der die Wurzeln der Blumen in ihren Gärten verfaulen ließ, Tee, Kaffee und Brombeerlikör ein. Sie warteten, bis Brideys Schwester außer Hörweite war, dann entfaltete sich geflüsterter Klatsch wie eine Tuchbahn.

Der Sarg musste geschlossen werden. Es war einfach unmöglich, sie gut genug herzurichten, das arme Ding.

Er war bei ihr, in ihrem Haus, mitten in der Nacht, und ihr wisst ja wohl alle, was das bedeutet.

Ich sage noch immer, dass ihr Mann nicht bei einem unerwarteten Sturm ertrunken ist. Er ist mit irgendeinem Kneipenflittchen durchgebrannt, das kann ich euch sagen.

Und es würde mich auch nicht überraschen, wenn er mitten in der Nacht zum Bombenwerfen vor ihrem Haus aufgetaucht wäre. Nachdem er erfahren hatte, dass sie es hinter seinem Rücken mit Daman Rourke getrieben hat.

Die Männer waren durch das Schlafzimmer in die Küche gewandert, wo ein Eimer Bier zwischen Eisstücken im Spülbecken thronte und auf dem Tisch ein Tablett voller Tonpfeifen und eine Schüssel Tabak aufgestellt worden waren. Die Männer tunkten Zinnbecher in den Eimer und reichten die mitgebrachten Schnapsflaschen herum, und bald war die Luft gesättigt von Rauch und dem malzigen Geruch nach Bier und Whiskey.

In New Orleans durfte keine Gelegenheit, so feierlich der Anlass auch sein mochte, schweigend verstreichen, und Brideys Totenwache bildete da keine Ausnahme. Menschen liefen laut redend durch die offene Tür im Haus ihrer Mama und wurden von einem Durcheinander aus Rufen und Bemerkungen begrüßt. Doch als Daman Rourke seinen Einzug hielt, legte sich der Lärm und erstarb zu leisem Gemurmel. Sie starrten ihn zwar nicht an, denn das hätte von schlechten Manieren gezeugt, aber er empfand das Gewicht ihrer kollektiven Aufmerksamkeit wie einen Schlag ins Gesicht.

Sein Blick richtete sich auf den Sarg und wandte sich dann wieder ab. Er wünschte sich so verzweifelt, nicht hier zu sein, hatte aber trotzdem kommen müssen. Deshalb konzentrierte er sich darauf, einen Fuß vor den anderen zu setzen, um zu Brideys Mama zu gelangen, ihr sein Mitgefühl auszusprechen und wieder verschwinden zu können.

Mrs. Kinsella richtete ihre ganze Aufmerksamkeit auf das Taschentuch auf ihrem Schoß. Zu spät ging ihr auf, dass es sich bei dem Mann, der neben ihr im Sessel saß, ihre Hand nahm und ihr sanft etwas ins Ohr flüsterte, um Casey Maguire handelte. Wie am Vortag im Lokal fühlte Rourke sich wie hin- und hergerissen zwischen der Gewissheit, dass Maguires Gedanken und Wille hinter der Granate steckten, die Bridey das Leben genommen hatte, und einem fast verzweifelten Bedürfnis danach, das Gegenteil beweisen zu können.

An diesem Abend jedoch zeigte Maguires Gesicht nur Trauer und eine gewisse Wachsamkeit. Rourke starrte ihn für die Zeit von zwei langsamen, harten Herzschlägen an, dann richtete er seinen Blick auf den gesenkten Kopf von Brideys Mama. Erschrocken registrierte er, wie weiß ihre Kopfhaut an den Stellen war, wo sie durch ihre dichten roten Haare durchschienen.

Sie schaute auf, als Rourke vor sie hintrat, sagte jedoch nichts. Die Trauer hatte ihre Augen verhärmt und ihre Haut grau werden lassen wie zu Asche verbrannte Kohle.

Er wusste, dass sie ihm vermutlich ins Gesicht spucken würde, wenn er versuchte, ihre Wange zu küssen. Er wusste nicht einmal, ob sie seine Hand akzeptieren würde, und deshalb beschloss er in letzter Minute, sie ihr nicht hinzuhalten, um sie beide zu schonen.

Aber er musste auf jeden Fall etwas sagen. »Mrs. Kinsella«, setzte er an, aber mehr fiel ihm dann einfach nicht ein. Seine Gedanken gerieten durcheinander und ergaben keinen Zusammenhang. Für diese Situation gab es ja doch keine Worte. Er könnte ihr sagen, dass er zerschrammt war, blutete, von Schuldgefühlen und Trauer zerbrochen war, aber das würde ihr niemals genug sein.

Er spürte Casey Maguires bleiche Augen an seinem Hals brennen, während Brideys Mutter aus tränennassen Augen, die keine Vergebung kannten, zu ihm aufblickte. Sie würde niemals die guten Manieren vergessen und ihn zum Verlassen ihres Hauses auffordern, aber ihre Augen verrieten ihm, wie gern sie das getan hätte.

Er wandte sich von ihr ab und wäre fast gegen Brideys Sarg gestoßen. Er musste den Kerzenleuchter packen, damit der nicht umfiel. Der unangenehm süßliche Geruch der Magnolien verschlug ihm den Atem.

Er wollte Wohnzimmer und Sarg verlassen, aber es war noch zu früh, um wieder zu gehen, und in der Küche wimmelte es nur so von Kollegen. Durch die Schiebetür konnte er Roibin Doherty sehen. Der alternde Sergeant redete laut, lachte und bewegte eine Hand wie ein Schiedsrichter, der einen Schlagmann aufs Spielfeld holt. Auf seiner Nase klebte ein großes Pflaster. Während Rourke ihn noch beobachtete, beugte er eine Hüfte über den Tisch und machte sich über eine Schüssel mit Maisbrot und Kohl her. Dieses Mal sah der Mann nicht einmal halbwegs betrunken aus, aber Rourke wollte trotzdem nicht in seine Nähe geraten.

Stattdessen ging er zum Kaminsims mit dem improvisierten Altar. St. Michael, der Familien behüten sollte, hatte hier Drecksarbeit geleistet.

Die Figur des Heiligen schien vor seinen Augen zu schmelzen, sich zu einer schwarzen Blutlache aufzulösen. Etwas in ihm löste sich und wieder trieb er davon. Er sagte sich, es müsse am Wein liegen, den er früher an diesem Abend getrunken hatte. An Mamma Raes Gebräu. Er kam sich selbst wie tot vor, wie der lebende Leichnam aus der Sage. Und seine Knochen schienen sich wie die des Heiligen Michael aufgelöst zu haben, während sein Blut verfault war.

Jemand berührte seinen Arm und er wandte sich langsam um, denn ihm war noch immer schwindlig und er fühlte sich wie betäubt. Die Frau, die ihn ansah, war ihm bekannt und doch eine Fremde. Eine etwas ältere, mitgenommenere Version von Bridey.

»Abby«, sagte er und versuchte, sich zu fassen, doch seine Worte schienen noch immer irgendwo verloren zu gehen.

Sie hielt ein Glas Brombeerlikör in einer Hand, die von Hausarbeit und Mutterpflichten rot und zerschunden war. Sie war mit einem Maurer verheiratet, hatte fünf Kinder und wohnte in Eastlake in einem Haus, das diesem hier glich wie ein Ei dem anderen.

Sie folgte seinem Blick und hielt ihm das Likörglas hin. »Möchtest du einen Schluck?«

»Nein«, sagte Rourke, der einen Schauder nicht unterdrücken konnte. »Ich … nein, danke.«

Ihr Mund zitterte, als sie versuchte zu lächeln. »Na, das schmeckt auch wirklich schrecklich.« Sie trank aber trotzdem einen Schluck. »Ich wollte gerade meiner Kusine Joyce aus Slidell … ich wollte ihr von dem kleinen Alligator erzählen, den du früher gehabt hast. Wie du und Bridey ihn einmal an die Leine genommen habt und mit ihm durch die St. Charles gewan-

dert seid und alle reichen alten Tanten da unten fast zu Tode erschreckt habt. Was ist danach eigentlich aus dem Vieh geworden?«
»Ich habe ihn in den Sumpf gebracht und freigelassen.«
Es freute ihn, dass er endlich einen kompletten, zusammenhängenden Satz herausgebracht hatte. Und jetzt wollte er wirklich gehen.
Er versuchte, höflich beiseite zu treten, doch sie hielt ihn fest. Als er wieder zusammenschauerte, ließ sie ihn wieder los.
»Day«, sagte sie, »Mama ist seit Daddys Tod nicht mehr sie selber ...«
»Nicht.« Er holte tief Atem. »Du brauchst dich nicht für etwas zu entschuldigen, das keine Entschuldigung braucht. Deine Mama hat ganz Recht. Ich hätte Bridey in Ruhe lassen müssen.«
Sie schüttelte energisch den Kopf. »Meine Schwester hat euch geliebt, euch alle – ihre ›Seelenfreunde vom blauen Stern‹, so hat sie euch genannt. Sie hat sich für Sean entschieden, aber sie hat immer gesagt, sie hätte euch alle drei geheiratet, wenn das möglich gewesen wäre.«
Er musste wirklich gehen. Er konnte sein Zittern nicht mehr unterbinden.
»Sie hatte Sean verloren«, sagte Abby jetzt. »Ob er nun ertrunken ist oder sie verlassen hat, er war aus ihrem Leben verschwunden. Sie brauchte dich und du hast ihr gut getan.«
Er war offenbar ohne einen Blick oder ein Wort von ihr weggegangen, denn jetzt stand er plötzlich draußen, allein auf der engen Galerie. Die Nacht war erfüllt vom Zirpen der Heuschrecken und in den Magnolienbäumem schwirrten so viele Glühwürmchen herum, dass es aussah, als hätten sie die Sterne vom Himmel gefischt. Erst vor zwei Nächten hatte er hier auf diesen Stufen gesessen und auf Bridey gewartet. Er war mit ihr nach Hause gegangen, hatte sie geliebt und verloren.
Sein Kopf fiel in den Nacken und er schaute auf. Zwischen den

Bäumen schimmerten einige Sterne am Himmel auf. Seine Augen brannten und deshalb schloss er sie, aber das konnte seinen Schmerz nicht lindern.
Bridey.
Sie war sein Leben lang in jeder Lage seine Freundin gewesen. Und deshalb würde er sie für immer lieben.
Hinter ihm knackte Holz. Verwirrt fuhr er herum. Roibin Doherty torkelte durch die Tür, lachte über seine Schulter zurück, blieb aber stehen, als er Rourke entdeckte. Hinter ihm trat Fiorello Prankowski aus dem Haus.
Der Sergeant lächelte, als er Rourke von Kopf bis Fuß musterte. In halb nüchternem Zustand wirkte er noch gemeiner, noch gefährlicher. Im trüben Licht, das durch die Tür fiel, glitzerten seine Augen wie Milchglas. »Du bist wie die Scheißpest, Rourke«, sagte er. »Pausenlos liegen Tote um dich herum.« Er machte einen weiteren Schritt und hielt sein Gesicht dicht an Rourkes. So dicht, dass Rourke in den Furchen auf seinen Wangen die grauen Bartstoppeln sehen konnte, und er sah auch, wie sich die Nasenlöcher des anderen blähten, wenn der atmete, und seine rote feuchte Zunge und seine Lippen, wenn er etwas sagte. »Du schwitzt, Junge. Das rieche ich.«
»Wir riechen alle, Roibin. Es ist heiß«, sagte Fio. Er legte dem älteren Mann den Arm um die Schultern und steuerte ihn an Rourke vorbei die Treppe hinunter. »Na los, ich geb dir ein Bier aus.«
Rourke sah zu, wie sie zusammen über die Straße gingen, zur Kneipe an der Ecke. Wieder schloss er die Augen und fühlte sich plötzlich mehr als nur todmüde. »Scheiße«, murmelte er vor sich hin.
Ein weiteres Geräusch hinter ihm in der Tür spürte er eher, als dass er es gehört hätte. Diesmal drehte er sich langsamer um. Casey Maguire stand auf der Schwelle. Das schwarze Krepppapier umrahmte seinen Kopf und betonte die düstere Bleiche sei-

nes Gesichtes. Er schien zu still dazustehen, so als fürchte er sich vor einer Bewegung. Als habe er allen Mut und alle Tatkraft verloren.

Daman Rourke stand mit gesenktem Kopf vor dem Grab seiner Frau.

Mond und Sterne brannten heiß durch die Nacht. Hinter dem Friedhof schienen Dächer, Schornsteine und Baumwipfel wie mit Säure aus einem Himmel von der rotschwarzen Farbe angelaufenen Kupfers herausgeätzt worden zu sein. Nichts bewegte sich, kein Windhauch. Doch trotzdem tanzten und schlingerten Schatten zwischen den Reihen aus weiß getünchten Ziegelmausoleen und Granitsarkophagen. Eine Stadt der Toten.

Während der ersten Jahre nach Jos Tod hatte er oft den alten St.-Louis-Friedhof Nr. 1 hinter der Basin Street aufgesucht und mit den Fingern die Buchstaben ihres in den Marmor eingelassenen Namens gestreift, und es hatte so wehgetan, als schnitze er sich diesen Namen ins Herz. Aber schon damals hatte ein Teil von ihm gewusst, dass er mehr als um Jo um jede Frau trauerte, die ihn jemals verlassen hatte.

Als sie aus der Nacht heraus auf ihn zutrat, eine Frau in schwarzer Seide, die zwischen den hohen Säulengängen der Gräber einherwanderte, schien sie deshalb einem seiner Träume zu entspringen.

»Ich wusste, dass ich dich hier finden würde«, sagte sie.

»Remy«, antwortete er, ihr Name war nur ein Flüstern. Er dachte, dass er vermutlich noch immer von Mamma Raes Wein beeinflusst sei. Sein Blut schien zu brennen und die Welt kam ihm so grell und kantig vor wie eine Glasscherbe. Er hätte sie gern berührt, hätte seine Hände über ihre Brüste wandern lassen und seine Lippen in ihre Halsgrube gepresst.

Er wollte von ihr berührt werden und wartete darauf, aber sie wandte sich ab und betrachtete Jos Grab.

»Woran ist sie gestorben?«
»Sie hatte einen Defekt in der Herzwand«, sagte er. Seine Stimme klang fremd, sogar für ihn selber.
»Und jetzt hast du eine weitere Liebe verloren. Mrs. O'Mara. Das habe ich in der Zeitung gelesen … zwischen den Zeilen.«
Sie wandte sich wieder ihm zu und das Sternenlicht ließ ihre Augen funkeln. Er ahnte in ihr eine tiefe, dunkle und schöne Traurigkeit. Er sah wie durch einen Nebel aus Spiegelscherben, wie sie ihre Hand hob. Sie ließ ihre Fingerspitzen über seine Wangenknochen wandern und berührte seinen Mund.
»Die Menschen ändern sich nicht«, sagte sie. »Schon gar nicht aus der Nähe. Sie wirken nur verfeinerter.«
Er packte ihr Handgelenk und drückte ihre Hand zwischen ihnen nach unten. Dann lag plötzlich seine Hand in ihren Haaren und sein Mund senkte sich über ihren.
Er konnte fast nicht aufhören. Er festigte seinen Griff um ihre Haare, zog ihren Kopf zurück, zog ihren Mund von seinem. »Gütiger Jesus, was willst du von mir?«
Sie rieb ihre Brüste an seinem Brustkasten, rieb ihren Bauch an seinem, langsam und sinnlich. »Traust du dich, deine Frauen ohne Bedingungen zu lieben, Day? Oder beurteilst du sie nach dem Schlimmsten, was sie je getan haben?«
Er ließ ihre Haare los, eine Hand glitt zu ihrer Wange hinunter, seine Finger streiften ihren feuchten, geöffneten Mund. Er wusste, dass er immer von ihr besessen sein würde, egal, was passierte.
»Ich kann dich nicht retten, Remy«, sagte er.
Sie keuchte auf, legte ihre Handflächen an seine Brust und schob sich sanft von ihm fort. Ihr Mund verzog sich zu einem Lächeln, das in seinem Schmerz entsetzlich war. »Na, dann vielleicht ein andermal.«
Und dann verließ sie ihn und wurde zu einem vagen Schatten, der zwischen alten zerfallenen und eingesunkenen Mausoleen

dahinhuschte, die baufällige Friedhofsmauer streifte und sich im feuchten schwarzen Samt einer Südstaatennacht verlor.

Die Sonne bleichte am nächsten Morgen den Himmel aus, als der Leichenzug mit Charles St. Claires sterblichen Überresten von der Esplanade Avenue abbog und durch die weiten Eisentore des St.-Louis-Friedhof Nr. 3 fuhr.
Der Sarg wurde aus dem Leichenwagen gehoben und über einen schmalen, mit Ziegelsteinen gepflasterten Weg zum Mausoleum der St. Claires getragen – einer gewaltigen Anlage mit Miniatursäulen, Ziergiebeln und doppelten Bronzetüren mit großen schmiedeeisernen Klinken. Priester und Messdiener führten den Zug an, und die Witwe ging im Schatten des Sarges hinterher. Ihr folgte ein langer Zug von Trauergästen, der sich wie eine träge, von der Sonne benommene Schlange zwischen den hohen, eng stehenden weiß getünchten Grabstätten dahinwand. Die Reporter der Boulevardpresse drängten sich zusammen und machten Hunderte von Schnappschüssen vom tragischen Gesicht der Witwe und dem Sarg.
Nur die beiden Bullen beobachteten das Ganze aus respektvoller Entfernung.
»Das gehört dazu, dich zum Partner zu haben«, sagte Fiorello Prankowski gerade. »Du bist immer wieder für eine Überraschung gut. Stimmt das, was gestern im *Morning Call* gestanden hat, dass Remy Lelouries Daddy durchgebrannt ist, um mit deiner Mama in Sünde zu leben?«
Als Rourke keine Antwort gab, redete Fio mit immer tiefer grollender Stimme weiter. »Und hast du diese Tatsache einfach vergessen oder gilt sie als eins dieser Südstaatengeheimnisse, die in diesem Fall wie Pilze nach einem heißen, dampfenden Regen aus dem Boden schießen?«
»Das ist alles so lange her, mehr nicht«, sagte Rourke.
»Hm.« Fios Blick verbrannte Rourke noch einen Moment län-

ger, dann wandte er sich ab. Er nahm den Hut ab und fächelte sich damit Luft zu. »Jesus, was für eine Scheißhitze.«
Es war wirklich heiß. Rourke spürte, wie die Hitze der Ziegelsteine durch seine Schuhsohlen stieg. Dieser Friedhof war nur einige Blocks vom Bayou St. John entfernt und sie konnten die von der Sonne gekochten Algen riechen und die Frösche quaken hören.
»Ich würde gern den Wichser kennen lernen, der sich diese Regel aus den Fingern gesogen hat«, sagte Fio.
Er wartete einen Moment, dann redete er weiter, als habe Rourke pflichtgemäß gefragt: »Was für eine Regel?«
»Die Regel, nach der wir hart arbeitenden Mordpolypen an einem heißen Samstagmorgen im Juli unsere Ärsche auf den Friedhof schleppen müssen, weil vielleicht der Mörder bei der Beerdigung aufkreuzt. Da die meisten Opfer von Bekannten abgemurkst werden, ist es doch logisch, dass der Mörder bei der Beerdigung dabei ist, oder? Aber hast du je erlebt, dass ein Mörder bei einer Beerdigung zusammengebrochen wäre und gestanden hätte?«
»Als meine Großmutter noch jung war«, sagte Rourke, »hat ein Bankier seine Frau ermordet, hat das auf der Beerdigung gestanden, als der Priester an der Stelle mit dem Jammertal angekommen war, hat sich eine Kugel in den Kopf gejagt und ist ins offene Grab gefallen. Sie haben ganz einfach an Ort und Stelle das Mausoleum versiegelt. Haben zwei Leichen mit einer Beerdigung erledigt.«
Fio glotzte ihn so hart an, dass seine Augen davon wehtun mussten. »Das ist doch eine von den erfundenen Sagen aus New Orleans, oder?«
In New Orleans wurden Beerdigungen noch durch die Überzeugung kompliziert gemacht, dachte Rourke, dass alle, die den Toten auf irgendeine Weise gekannt hatten, egal, wie entfernt oder vage, ob sie mit ihm oder seinen Geschwistern zur Schule

gegangen oder mit seiner Mama oder seiner Großmutter befreundet gewesen waren, seine Beerdigung besuchten. Wenn der Tote viele Beziehungen hatte, dann fand sich die halbe Stadt ein, um ihm das letzte Geleit zu geben.
Und wenn jemand ein wunderschönes Hollywoodstarlet heiratet und sich dann auf grausame Weise ermorden lässt, dann kann man auch gleich Eintrittskarten verkaufen.
Remy Lelourie war schön in ihrem schlichten schwarzen Kleid, das sie unvorstellbar bleich und zerbrechlich aussehen ließ, und ihrem schleierlosen Hut. Denn sie wollte der Welt ja ihr Gesicht zeigen. Das Gesicht der verratenen Unschuld. Mit einer untröstlichen und doch unterdrückten Trauer, denn sie gehörte der kreolischen Aristokratie an. Hier konnte nicht die Rede sein von Weinen und Heulen und Haareraufen.
In der vergangenen Nacht hatten ihre Haare nach süßen Oliven gerochen. Sie war keine von Drogen hervorgerufene Halluzination gewesen. Er konnte noch immer ihren Körper an seinem fühlen, ihren Mund schmecken.
Er wusste, warum sie gekommen war, was sie von ihm gewollt hatte. Sie war wie ein Wolf, der in eine Falle geraten ist und sich die Pfote abnagt, um sich zu befreien. Er hatte ihr gesagt, dass er sie nicht retten könnte, hatte ihr eingeredet, er wolle das auch nicht. Sie war hier nicht die Einzige, die lügen konnte.
»Manche Familien haben feste Trauergäste ernannt«, sagte Rourke.
Fio wischte sich mit ausgestrecktem Daumen den Schweiß aus dem Hut. »Hä?« Er schaute zu Rourke hoch, kniff die Augen zusammen, um sie vom Schweiß zu befreien, und setzte sich den Hut wieder auf den Kopf. »Ach, sag mir das lieber nicht. Ich will es gar nicht hören.«
»Jemanden aus der Familie, eine unverheiratete Tante zum Beispiel. Sie schaut in den Zeitungen nach, wer verstorben ist und wann Totenwache und Beerdigung stattfinden, und wenn es nur

eine entfernte Bekanntschaft ist, dann geht sie als Vertreterin der gesamten Familie. Auf diese Weise wird dem Toten die gebührende Achtung erwiesen und niemand hat unnötige Scherereien.«

»Na, das ist doch absolut wunderbar. Jetzt müssen wir auch noch in Betracht ziehen, dass der Mörder sich hier von einem dazu beauftragten Familienmitglied vertreten lässt. Nichts da. Nein. Ich bleibe bei meiner Überzeugung, dass unsere Cinderella ihn umgebracht hat. Sie ist die Witwe, wir haben die ganze Zeit gewusst, dass sie auftauchen würde, und deshalb brauchen wir auch nicht mit Überraschungen zu rechnen.«

Der Sarg war jetzt im Mausoleum verschwunden und das seinerseits war unter einem Berg von Kränzen und Blumensträußen fast verborgen. Die Trauergäste zerstreuten sich nur langsam. Fio wollte noch mit dem Priester sprechen, der sowohl für die Lelouries als auch für die St. Claires als Seelsorger fungierte. Rourke setzte sich auf eine kleine grüne Drahtbank im Schatten des jämmerlichen Schattens, den die weiß getünchte Ziegelmauer des Friedhofs warf. Er hatte Fio gesagt, er wollte sich ausruhen und seine schmerzenden Rippen pflegen, aber er hatte seine besondere Beerdigungsgewohnheit. Wenn der Tote erst einmal begraben war, sah er sich gern die Trauergäste an.

Als Erste tauchte Miss Fleurie auf.

Rourke hatte sie in der Trauergemeinde nicht gesehen, zweifellos wäre ihm sonst ihr langes lila Kleid mit den schwarz gefärbten Reiherfedern aufgefallen. Sie hatte eine einzige weiße Rose mitgebracht, legte diese jedoch nicht zu den vielen anderen Blumen. Sie drückte sie einer Marmormadonna in die ausgestreckten betenden Hände. Sie blieb wie zu einem stummen Gruß für einen Moment stehen und ging dann weiter.

Als Nächstes kam die Witwe, aber wenn sie sich gewünscht hatte, einen Moment ungestört zu trauern, dann wurde der ihr nicht gewährt. Jean Louis Armande hatte offenbar versteckt hinter dem Mausoleum gewartet, denn er trat hervor, sowie die Witwe ihn erreicht hatte. Der Anwalt beugte sich über ihre Hand, küsste sie und hielt sie für einen kleinen Moment zu lange fest. Er sprach und sie hörte zu, dann hob sie die Hand und berührte damit ganz leicht und sanft seine Wange. Wieder sagte er etwas, vielleicht äußerte er eine Bitte, denn er spreizte dabei flehend die Hände. Sie hörte zu, schüttelte den Kopf. Darauf packte er ihre Hand, küsste sie hart, wandte sich ab und wäre fast über die Kante der Grabstätte gestolpert.

Sie sah ihm hinterher, dann wandte sie sich wieder dem Mausoleum zu. Sie legte die Hand auf die offene Bronzetür, ging aber nicht hinein in das Gewölbe, in dem Julius St. Claire bereits seit sieben Jahren lag. Er fragte sich, wie viel von beiden Brüdern sie noch immer in ihrem Herzen trug; er fragte sich, ob man die Menschen betrauern kann, die man getötet hat.

Dann wurde er auf eine Bewegung weit hinten auf dem Friedhof aufmerksam. Sein Blick brannte im Hitzedunst und wurde durch seinen Schweiß getrübt, aber er sah, dass eine Frau in einem formlosen, verschossenen schwarzen Kleid langsam und unentschlossen über den schmalen Ziegelpfad ging.

Ihre Schritte wurden unsicher, als sie Remy sah. Für einen Moment glaubte Rourke, sie werde sich abwenden, aber sie ging weiter. Remy sah sie und schien auf sie zu warten, doch als die andere sie erreicht hatte, wechselten sie weder ein Wort noch eine Berührung. Minuten vergingen, in denen sie nebeneinander vor dem Mausoleum der St. Claires standen, während die Sonne gnadenlos brannte und die feuchte Luft immer schwerer wurde. Doch als Rourke schon glaubte, sie würden ewig so stehen bleiben, schienen sie sich gleichzeitig alles anders überlegt zu haben und fielen einander um den Hals.

Von seinem Beobachtungsposten unter der rissigen und zerfallenden Friedhofsmauer aus hatte Rourke den Eindruck, dass Belle Lelourie mehr Trost brauchte und auch erhielt.

Zwanzigstes Kapitel

Ihr Leben lang hatte Belle Lelourie sich gewünscht, einmal die Mardi-Gras-Königin zu sein.

Sie verbrachte Stunden damit, sich das vorzustellen. Eines Tages, eines Tages, eines Tages. Eines Tages würde sie in einem rosa Satinkleid und einem breitkrempigen Hut mit einem lang herunterhängenden Band auf dem weißen Balkon des Boston Clubs stehen. Die Königin von Rex. Die Menge unten würde voller Bewunderung zu ihr hochblicken und sagen, schaut, da ist Belle Lelourie, das schönste Mädchen in New Orleans.

Sie liebte die Umzüge. Jeder Wagen war ein funkelndes Meisterwerk aus goldenen Blättern, silbernem Papier und Seide und Satin in allen Farben des Regenbogens, ein von Einhörnern gezogenes magisches Königreich. »Das sind keine Einhörner, du Einfaltspinsel«, sagte Remy immer. »Das sind Maulesel mit weißem Umhang und die Hörner sind aus Pappmaché. Das sind dieselben Maulesel, die morgen wieder die Müllwagen ziehen werden.« Belle aber verschloss ihre Ohren vor den gehässigen Worten ihrer Schwester.

Die Leute auf den Wagen warfen Glasperlen und Goldmünzen in die Menge, und Remy machte immer gewaltigen Lärm, sprang auf und ab, fuchtelte mit den Armen und schrie: »Werfen Sie hierhin, Mistah!« Belle interessierte sich nicht für diese billigen Gaben. Sie brauchte keine Glasperlen, denn sie würde eines Tages echte tragen.

In einer Mardi-Gras-Nacht jedoch, als sie zwölf war, passierte etwas, das wunderbar und unheimlich zugleich war.
Sie hatte die nächtlichen Umzüge immer am meisten geliebt, denn dann konnte nicht einmal Remy leugnen, wie zauberhaft alles war. Die Neger in ihren roten Gewändern trugen die Fackeln, mit denen die Wagen erleuchtet wurden, und die Fackeln wogten und loderten, als die Neger im Rhythmus der Bands tanzten und umherstolzierten. Große Kränze aus schwarzem Rauch wirbelten durch die Nacht und die Wagen schwammen auf Feuerringen vorbei. Der hämmernde Rhythmus der Trommeln, die wogenden Tänzer, die wirbelnden Flammen – das alles wühlte etwas in Belle auf.
Diese Nacht jedoch war etwas ganz Besonderes.
In dieser Nacht schwebte der König von Comus, eingehüllt in einen funkelnden doppelten Regenbogen, auf einer gazefeinen weißen Wolke vorüber. Remy, die gehässig wie immer war, lachte und sagte: »Na, schau dir diesen blöden alten Furzer an. Der ist doch blau wie eine Sau im Pfirsichgarten«, gerade, als der König etwas ganz Erstaunliches tat. Er beugte sich von seinem hohen goldenen Thron herab, zeigte mit seinem diamantenen Zepter auf Belle und lächelte.
Belle starrte ihn an, riss vor Überraschung Mund und Augen auf und sah zu spät, dass der Mann, der neben dem König stand, ihr eine Kette aus lila Perlen zuwarf. Die Perlen trafen ihre Brust und fielen zu Boden, und die Menge drängte sich um Belle zusammen, um dieses ganz besondere Schmuckstück an sich zu reißen. Sie stießen sie in den Wagen und sie wäre fast zwischen die Eisenräder des Prahms gefallen. Sie stolperte, drehte sich und kam dem zischenden Öl, das von den wirbelnden Fackeln tropfte, zu nahe, so dass ihr Mantel Feuer fing.
Plötzlich war Remy da, packte sie um die Taille und warf sie auf die von Mauleselkot und zertrampelten Perlen übersäte Straße. Remy erstickte die Flammen mit ihrem Hut und ihren Händen,

und Belle wäre sehr dankbar gewesen, wenn ihre Schwester nicht auf so verrückte Weise gelacht und gesagt hätte: »Meine Güte, Belle. Du wärst fast zu knusprigem Speck gebraten worden, wie Jeanne d'Arc.« Dabei hatte sie diesen seltsamen Ausdruck, der manchmal in ihre Augen trat. Belle hatte Angst davor, davor, was Remy sagte und tat, und vor diesem Blick in ihren Augen.

Jedes Jahr am Mardi Gras, wenn der letzte Umzug beendet war, und selbst in dem Jahr, in dem sie sich verbrannt hatte, stand Belle vor der Französischen Oper in der Bourbon Street und sah zu, wie die Königinnen von Rex und Comus mit ihrem Hofstaat in schwarz lackierten Kutschen zum Ball eintrafen. Und dann wiederholte sie ihre Worte wie ein Mantra, wie ein Gebet: Eines Tages, eines Tages, eines Tages werde ich das sein. Eines Tages würde sie ein Kleid aus Staubperlen und französischer Spitze und weiße Tanzschuhe aus Satin an den Füßen tragen – und ach, würden diese kleinen Schuhe nach dieser Nacht nicht ganz und gar zertanzt sein? Der aufregendste Moment würde Schlag Mitternacht einsetzen, wenn ein junger Mann mit der wunderschönen mit Juwelen und Pailletten besetzten Maske eines Prinzen sie auf die Tanzfläche führen würde. Sie würde natürlich vorgeben, ihn nicht zu erkennen, aber sie würde Bescheid wissen. Ihre behandschuhte Hand würde in seiner zittern, und sein starker Arm würde um ihre Taille liegen. Und er würde ihr ein Geständnis ins Ohr flüstern: Ich liebe dich schon mein Leben lang, hübsche kleine Belle Lelourie, und jetzt ist es höchste Zeit, dich zu meiner Frau zu machen. Höchste Zeit, dass du endlich nach Hause kommst und bei mir auf Sans Souci lebst. Und sie würde das Glück kennen lernen. Das vollkommene Glück.

Belle wurde nicht davon überrascht wie von einem plötzlichen Donnerschlag. Sie kam ganz langsam – wie ein Unheil verkündendes Grollen aus weiter Ferne, hinter heimtückischen schwarzen Wolken, die ganz plötzlich Regen über die Menschen hereinbrechen lassen konnten, während die Menschen sie noch nicht einmal bemerkt hatten: die Erkenntnis, dass sie niemals zur Königin gewählt, dass sie niemals auch nur zum Ball eingeladen werden würde.

Schuld daran war natürlich der Skandal. Der Skandal, den niemand jemals erwähnte, der ihr Haus jedoch füllte wie unsichtbarer Schimmelbefall, der alles modern und die Luft faulig stinken ließ. Es spielte keine Rolle, dass sie eine Lelourie und so hübsch wie einfach nur möglich war. Ihr Vater lebte in einem anderen Haus mit einer Person, die nicht seine Frau war, ihre Mutter war eine Eremitin, ihre Schwester wild und verrückt. Kein Mädchen mit einem solchen Hintergrund würde jemals zur Mardi-Gras-Königin gewählt werden.

Und dann kam ein noch schlimmerer Verrat. Remy stahl ihren Prinzen.

Als Julius St. Claire mit seinen Besuchen bei ihnen zu Hause anfing, glaubte sie, er komme ihretwegen. Sie machte sich so schön wie möglich für ihn und holte ihre Partymanieren hervor, obwohl sie in seiner Gegenwart ganz nervös war und kaum einen Atem über ihre Lippen brachte, von einem Wort ganz zu schweigen. Erst nach einiger Zeit ging ihr auf, dass sein Blick sich immer auf Remy richtete, wenn die in der Nähe war, dass er immer über Remy redete, dass er Remy umwarb, Remy, Remy, Remy.

Und wenn es nach Julius St. Claire gegangen wäre, dann hätte Remy Sans Souci bekommen. Doch ehe das passieren konnte, hatte Julius sich das Leben genommen, war Remy durchgebrannt und Belle ganz allein übrig geblieben.

Es spielte keine Rolle, dass sie, Belle Lelourie, zu etwas anderem erzogen worden war, dass sie Königin und Dame hatte sein sollen und Ehefrau. Sie wusste, welche der fünf Gabeln neben ihrem Teller für die Austern bestimmt war, welche für die Schildkröte und welche für die Mango – sollte sie je zu einer Dinnerparty eingeladen werden, was nie passierte. Sie konnte »Variationen aus den Opern« und »Napoleons großen Marsch« auf dem Klavier spielen, doch weil niemand außer ihr und ihrer Mama das hörte, wurde die Musik immer vom schalen Schweigen verschluckt. Auch am heißesten Sommertag ging sie nie ohne Hut und Handschuhe in die Stadt. Nur hatte sie keine Freundinnen, die unter der Uhr von D. H. Holmes auf sie warteten und mit ihr essen und einkaufen gehen konnten, und die Verkäuferin am Parfümtisch schaute sie immer ungeheuer mitleidig an, und deshalb ging sie schließlich überhaupt nicht mehr in die Stadt. Sie arbeitete im Garten. Sie bohrte ihre Hände in die weiche, lehmige Erde, wühlte eine seltsame Ruhelosigkeit in sich selbst auf und fragte sich, wie sie dermaßen von Gefühlen erfüllt und trotzdem innerlich so leer sein konnte.

Abends saß sie mit Mama im Wohnzimmer, klöppelte Spitzen und fertigte Kreuzstichstickereien an, um Kissenbezüge und Laken und Tischdecken für ihre Aussteuer zu verschönern. In ihrem Schlafzimmer stand eine Wäschetruhe aus Zedernholz, in der jedes fertige Leinenstück verstaut wurde. Eines Tages war die Truhe so voll, dass der Deckel sich nicht mehr schließen ließ. An diesem Tag weinte sie wie das Kind, das sie nicht mehr war, presste ihr Gesicht gegen ihre geballten Fäuste, schlug mit diesen Fäusten auf den Truhendeckel ein, der sich nicht schließen lassen wollte, und wünschte sich den Tod.

Sie hatte auch früher schon geweint, an dem Tag, als Julius sich das Leben nahm, obwohl sie ihm vorher schon längst böse Dinge gewünscht hatte. Sie hatte darum gebetet, dass er leiden sollte, so, wie sie für das Leiden ihres Vaters gebetet hatte. Julius sollte bereuen, was er ihr angetan hatte, dass er ihr Remy vorgezogen hatte, und er hatte sicher bitterlich bereut, sonst hätte er sich doch nicht erschossen. Danach jedoch wurde ihr bewusst, dass alle Hoffnung, die sie in ihre Aussteuer gesteckt hatte, ihm gegolten hatte, und nun, nachdem er für immer von ihr gegangen war, konnte die Truhe auch leer bleiben. Und dann war Remy durchgebrannt und hatte sie mit Mama allein gelassen, hatte sie allein gelassen.

Es war an einem Sommernachmittag einige Jahre später, sie beschnitt gerade die Rosen in ihrem Garten, als sie eine ganze Parade von Autos und Kutschen bemerkte, die an ihrem Haus vorüberfuhren und langsamer wurden. Einige Leute zeigten sogar auf sie oder winkten ihr zu und sie konnte sich nicht vorstellen, warum. Am Skandal konnte es sicher nicht liegen, nicht nach all den Jahren, wo ihr Daddy doch längst tot und begraben war. Es machte ihr wirklich Angst, das Verhalten dieser Leute, und sie wollte schon ins Haus rennen, als sie Ruthie entdeckte, die junge Farbige, die für die Nachbarsfamilie arbeitete. Ruthie trat auf die Galerie, um nachzusehen, worum der ganze Lärm sich drehte.

Belle winkte und rief einige Male leise nach ihr, aber Ruthie, dieses törichte Geschöpf, glotzte den Verkehr auf der Straße an und achtete nicht im Geringsten auf anderes. Deshalb musste Belle fast schon brüllen, obwohl Damen doch niemals brüllen. Endlich verließ Ruthie schlendernd die Galerie und ließ sich Zeit auf dem Weg zum Zaun, weshalb Belle vor Aufregung außer sich war, als sie endlich dort ankam. »Hallo, Miss Belle«, sagte Ruthie. »Wieso verstecken Sie sich denn hinter dem Baum?«

Ruthie hatte viele kleine schwarze Leberflecken auf ihren Wangenknochen und riesige Struwwelpeteraugen. Belle fragte sich schon, ob diese Augen sie auslachten. Nur hatte sie noch nie erlebt, dass Ruthie sich solche Frechheiten erlaubt hätte.

Und es wäre ihr in diesem Moment auch egal gewesen; es machte ihr viel zu sehr zu schaffen, dass diese vielen Menschen an ihrem Haus vorüberfuhren und anhielten, um zu glotzen. »Weißt du, wer diese vielen Menschen sind, Ruthie? Was wollen die alle hier? Und warum glotzen sie so?«

»Ich glaub, die wollen einfach Sie und Ihr Haus sehen, weil Sie doch mit der neuen Cinderella verwandt sind.«
Belle zwang sich ein Lachen ab. »Ach, was für ein Unsinn, Ruthie. Cinderella ist ein Märchen. Aber keine Person.«
»Nein, Ma'm. Ich meine, doch, Ma'm. Heut Morgen hat ganz viel über sie in der Zeitung gestanden. Ham Sie das nich gesehn? Warten Sie, dann geh ich sie holen.«
Noch ehe Belle auch nur »ja« und »danke« sagen konnte, war Ruthie im Haus verschwunden und tauchte kurz darauf mit der zusammengefalteten *Times-Picayune* wieder auf. »Das könn' Sie behalten, Miss Belle«, sagte sie und reichte die Zeitung über den Zaun. »Wir ham das alle schon gelesen.«
Belle fand es so schwer, die Zeitung auseinander zu falten, dass sie ungeduldig wurde und sie fast zerrissen hätte.
Die Schlagzeile ergab für sie zunächst überhaupt keinen Sinn: MÄDCHEN AUS NEW ORLEANS DER NEUE STERN AM HIMMEL ÜBER HOLLYWOOD. Doch das Foto, das vier Spalten bedeckte, traf sie wie ein Schlag gegen die Brust. Es konnte einfach nicht wahr sein und war es doch. Remy, ihre Schwester Remy, die eine Art Ball zu besuchen schien, denn sie trug ein Abendkleid mit einer langen Schleppe und ein Diadem im Haar. Belle konnte die Buchstaben kaum sehen, so sehr zitterten ihre Hände. Dann sprang ein Absatz ihr ganz einfach ins Auge:
Schon nach wenigen Augenblicken in ihrer Nähe, in denen wir sprachlos und bezaubert diese makellose Haut, diesen sinnlichen Mund anstarren, müssen wir erkennen, dass Miss Remy Lelourie zweifellos die schönste Frau der Welt ist.
Belle lief mit der Zeitung ins Haus, ging in die Küche und vergrub sie tief im Abfall, unter Kaffeesatz, Eierschalen und Fischgräten. Danach war ihr wohler zumute. Als sie die Zeitung nicht mehr sehen konnte, war ihr Magen nicht mehr so unruhig und ihre Brust nicht mehr so hohl.
Ihre Schwester war also in irgendeinem Film aufgetreten – aber

Remy machte immer wilde, verrückte Dinge. Keine echte Dame würde sich jemals öffentlich dermaßen zur Schau stellen, und Remy würde ihr Verhalten eines Tages vermutlich zutiefst bereuen. Kein anständiger Junge aus New Orleans würde jemals eine heiraten, die so etwas getan hatte. Und was den Mann betraf, der über Remy geschrieben hatte, na, sicher hatte die Zeitung ihn missverstanden, das war alles. Niemand hätte doch jemals so etwas über ihre Schwester Remy gesagt. Schließlich hatten sich früher alle Leute nur mit Belle befasst. Sie war diejenige, die Belle genannt worden war.

Doch danach schien Remys Gesicht überall aufzutauchen. Mama sagte, Remy führe sich schamlos auf, wenn sie sich in diesen Filmen zur Schau stellte. In diesen vulgären Unterklasseunterhaltungen. Belle sagte ihrer Mama, sie habe gehört, dass Remy in diesem einen Film fast nackt gewesen sei, in dem Film, in dem sie zu allem Überfluss auch noch in einem Harem war, als Sklavin irgendeines arabischen Scheichs, also eines Dunkelhäutigen. Schändlich, einfach schändlich. Remy würde eines Tages bereuen, bereuen, bereuen, bereuen. Belle fühlte sich wohler, wenn sie sich vorstellte, dass Remy es eines Tages bereuen würde. Für einen Moment fühlte sie sich nicht mehr so elend und innerlich nicht mehr so leer, wenn sie sich vorstellte, wie sehr Remy bereuen würde.

An dem Abend, an dem Remy zur Premiere von *Jazz Babys* nach New Orleans zurückgekehrt war, musste Belle einfach zum alten Bahnhof in der Union Street gehen. Der Umfang der dort wartenden Menge schockierte sie – das waren doch so viele Menschen wie bei einem Karnevalsumzug. Und alle fingen an zu schreien, sowie der Zug in den Bahnhof einfuhr: Re-my, Remy, Re-my Le-lourie, und sie schrien, pfiffen und riefen ihren Namen. Sie wurden nur noch lauter, als sich die Zugtür öffnete und Remy von strahlendem Licht eingehüllt wurde. Überall leuchtete das Blitzlicht auf und Remy lächelte und hob ihre

Hand auf eine Weise, die graziös und schüchtern zugleich war. Belle sah das alles durch einen Tränenstrom, der ihre Augen verbrannte. Wie hatte das passieren können, wie war es möglich, dass Remy etwas so viel Glanzvolleres geworden war als eine Mardi-Gras-Königin?

Einundzwanzigstes Kapitel

Aus dem Leitartikel der New Orleans *Times-Picayune*, Samstag, 16. Juli, 1927:

Lasst die Gerechtigkeit ihren Lauf nehmen

Während unsere Kollegen von der Konkurrenz den Vertretern von Gesetz und Ordnung deren scheinbare Zögerlichkeit bei der Festnahme des Filmidols Remy Lelourie wegen Mordes vorwerfen, halten wir von der *Times-Picayune* den Zeitpunkt für einen Moment gelassener Überlegung für gekommen. Am vergangenen Dienstag wurde eine grauenhafte Tat begangen, ein so blutrünstiges und brutales Verbrechen, dass wir bei dem Gedanken an Mr. Charles St. Claires letzte Augenblicke nur zittern können. Doch ebenso wenig wie Armut und Unwissenheit zu voreiligen Schlüssen führen sollten, sollten Schönheit und Ruhm irgendein Urteil vorwegnehmen lassen. Es ist eine ernsthafte Angelegenheit, wenn der Staat einen seiner Bürger vor Gericht stellt, um sich für ein schweres Verbrechen zu verantworten. Eine dermaßen ernste Angelegenheit, dass man dabei mit großer Sorgfalt und Gründlichkeit und vor allem mit Fairness vorgehen muss. Indizien müssen gesammelt und Zeugen befragt werden. Anklage muss erhoben werden, und danach muss eine unvoreingenommene Jury über Schuld oder Unschuld entscheiden. Wenn Remy Lelourie an den ihr vorgeworfenen Taten unschuldig ist, hat sie vor Gericht nichts zu befürchten, denn dort werden die Wahrheit ans Licht gebracht und der Gerechtigkeit Genüge getan werden.

Man kann doch immer auf ein gutes Ende hoffen, dachte Daman Rourke, auch, wenn es nicht wahrscheinlich ist. Doch immer, wenn er einen Fuß in die Champagner- und Seidenstrümpfewelt seiner verstorbenen Frau setzte, hatte er das Gefühl, in ein unvollendetes Märchen geraten zu sein. Er und Jo, zwei Hochzeitskuchenfiguren, die für immer unter einer Glasglocke gefangen waren. Sie hatte nicht einmal so lange gelebt, dass er sich vorstellen konnte, wie es weitergegangen wäre.

Er stellte den Bearcat vor der Vorkriegsvilla seiner Schwiegereltern im dunkelgrünen Schatten einer Eiche ab. Er drehte den Motor aus und die Welt versank in dem Schweigen der Vornehmheit und Eleganz, die den Rose Park prägten. Wenn er die Ohren spitzte, würde er vielleicht das Klimpern eines Klaviers oder einen Sprung in ein Schwimmbecken hören können, doch in dieser Gegend wies nichts darauf hin, dass es ein Samstagnachmittag im Sommer war.

Rourke drehte sich auf seinem Sitz um, um Katie anzusehen. Sie war entzückend in ihrem weißen Kleid mit dem mit gelben Sternen und blauen Ankern verzierten breiten, viereckigen Matrosenkragen – der Inbegriff der Weiblichkeit, solange man die verdreckte Baseballkappe auf ihrem Kopf ignorierte.

Er lächelte sie an und sie antwortete mit strahlendem Lächeln.

»Hast du Opas Geburtstagsgeschenk?«, fragte er.

Sie verdrehte die Augen, da das Geschenk einwandfrei sichtbar auf ihrem Schoß lag. Sie hatte für Weldon Carrigan, den Superintendenten des New Orleans Police Department, eine Wasserpistole gekauft.

»Aber iss diesmal nicht wieder so viel Eis, dass du am Ende in die Hortensien kotzen musst«, ermahnte er sie.

Wieder verdrehte sie die Augen. »Daaaaddy! Das ist doch ewig und drei Tage her, da war ich noch ein Baby!«
»Wie dem auch sei«, sagte er und gab sich Mühe, sich wie eine Südstaatendame anzuhören. »Und versuch doch mal, den Abend durchzustehen, ohne deinem Vetter Gordon die Nase blutig zu hauen.«
»Aber Gordon zwingt mich doch dazu, Daddy. Er macht immer alle Welt schlecht und ist einfach doof.«
»Das ist kein Grund, ihn zu verprügeln. Und sorg dafür, dass deine Kusine Annabel nicht wieder einen hysterischen Anfall kriegt.«
Der Inbegriff der Weiblichkeit schnaubte wütend. »Ich kann doch nichts dafür, dass die doofe Trine alles glaubt, was ich ihr erzähle!«
Rourke lachte und zog an ihrem Mützenschirm. »Richtig. Was habe ich mir nur eingebildet? Komm, sonst fängt die Party noch ohne uns an.«
Als er auf die andere Seite ging, um Katie aus dem Wagen zu holen, entdeckte er jenseits der breiten Straße tief im dunkelgrünen Schatten der Eichen ein verstaubtes Model T. Es war nicht die Sorte Automobil, die man normalerweise im Rose Park sah, und deshalb war es Rourke aufgefallen. Als er die Blechkiste genauer musterte, sah er einen Mann am Haus der Carrigans vorbei und über den Weg zum Lieferanteneingang laufen.
Der Kopf mit dem grauen Hut war von ihm fortgedreht und schaute zum Haus hinüber, aber der unsichere, schlingernde Gang eines halb mit Schnaps abgefüllten Mannes war nicht zu verkennen. Der Mann spuckte Tabaksaft in den Rinnstein, dann öffnete er die Tür des Model T und setzte sich hinter das Lenkrad.
Rourke schaute dem qualmenden Auspuffrohr und dem hüpfenden Reservereifen des Model T hinterher, bis beide um die

Ecke zur St. Charles Street verschwunden waren. Später an diesem Abend würde er sich hinsetzen und mit dem Mordermittler Roibin Doherty ein offenes Gespräch über alte Zeiten führen müssen.

Katie beschloss, das Geburtstagslied zu üben, als sie durch das hohe, verschnörkelte Eisentor und über einen Plattenweg auf ein Haus mit dicken, stattlichen Säulen, einer tiefen Marmorgalerie und einer Tür mit Bleiglasfenstern zugingen. Ein Schwarzer in Smoking und weißen Handschuhen erwartete sie unten an der Treppe. Er begleitete sie zum Kutschentor und durch einen Torbogen, der von zwei steinernen Löwen bewacht wurde.

Rourke hörte den Ruf »Ich schlage auf!« vom Tennisplatz und danach den Schlag gegen den Ball. Sie erreichten eine Rasenfläche, die durch einen Baldachin aus Eichen und Palmen vor der ärgsten Hitze geschützt war. Die Luft roch festlich: nach Rosen, nach frisch begossener Erde, nach dem ganzen Schwein, das an einem Spieß gebraten wurde.

Ganz und gar weiß gekleidete Kellner mit Tabletts voller Limonadengläser liefen über das kurz gemähte Gras. Wenn dieses Fest so verlief, wie es sich gehörte – und in diesem Stadtteil verlief immer alles so, wie es sich gehörte –, dann war die Limonade in den Gläsern mit der Silberkante großzügig mit illegalem Gin versetzt worden.

Katie hatte ihre Großmutter entdeckt und stürzte auf sie zu. Sie tanzte vor Aufregung, weil sie den Jasminstrauß überreichen wollte, den sie aus eigenem Antrieb gepflückt und mitgebracht hatte, denn, wie sie sagte, Opa sollte an diesem Tag nicht als Einziger ein Geschenk erhalten. Die Blumen waren während der Fahrt ein bisschen zerdrückt und müde geworden, aber Katies Großmutter Rose Marie stieß einen Ruf der Begeisterung aus, roch daran und steckte die zerzauste Gabe dann in die gelben

Rosen, die in einer graugrün glasierten Vase auf einem schmiedeeisernen Tisch zwischen Korbmöbeln mit gestärkten weißen Bezügen perfekt arrangiert waren.
Kusine Annabel, die doofe Trine, packte Katie an der Hand und zerrte sie zu einer Partie Federball, die neben dem Schwimmbecken ausgefochten wurde. Im hellblauen Wasser schwamm, wie Rourke sah, bereits einiges an Federvieh mit den Federn nach oben.
Er ging zu seiner Schwiegermutter und sie drehte sich um, um ihn zu begrüßen, noch immer atemlos von dem Wirbelwind, zu dem Katie in ihrer Erregung leicht werden konnte. Rose Marie Carrigan war eine kleine Frau, ganz weiß und rosa und weich wie ein Erdbeerbaiser. Er dachte oft, dass sie innerlich auch weich sei, aber das war vermutlich unfair. In ihrer Welt lernten Damen früh, ihre scharfen Kanten zu glätten.
»Guten Abend, Mama Carrigan«, sagte er, nahm ihre beiden Hände und beugte sich über sie, um sie auf die Wange zu küssen. Sie war so glatt wie ein Rehlederhandschuh, ihre Wange, und duftete ein wenig nach Jasmin.
»Day, mein Lieber. Wie schön, dich zu sehen.« Sie schaute zu ihm hoch und ihre Hände zitterten für einen Moment in seinen, ehe sie sie ihm entzog. Er hatte sie immer schon nervös gemacht, auch dann, wenn er das gar nicht wollte. »Weldon möchte unbedingt kurz mit dir sprechen«, sagte sie. »Ich soll dich bei deinem Eintreffen sofort zu ihm schicken …« Ihre Stimme verlor sich, als ihr Blick sich auf die Suche nach ihrem Mann machte, und zwischen ihren bleichen Augen tauchte wie ein Daumenabdruck eine besorgte Falte auf.
»Ich werde versuchen, das wie ein Mann hinzunehmen«, sagte Rourke.
Ihr Blick jagte zu ihm zurück und die Falte zwischen ihren Augen vertiefte sich. »Ach, du meine Güte.«
»Das sollte nur ein Scherz sein. Bestimmt ist es nichts Ernstes.«

Er schaute sich um und bewunderte die Farbtupfer, die an eine unordentlich arrangierte Malerpalette erinnerten: gelber Jasmin, rosa Kamelien, orange Azaleen, lavendelblauer Zierwein an einem Spalier. »Dein Garten ist wunderschön. Ich kenne in ganz New Orleans keinen schöneren.« Er schaute sie wieder an und bedachte sie mit seinem strahlendsten Lächeln. »Und ich soll von Mama grüßen.«

Farbe stieg in Rose Marie Carrigans Wangen und sie bewegte nervös ihre Hand. »Ich hoffe, deiner armen Mama geht es nicht so schlecht. Solche Sommererkältungen können eine arge Plage sein.«

»Sie ist vor allem enttäuscht, weil sie das Fest verpasst«, sagte er und spielte seine Rolle in diesem Ritual südstaatlichen Verhaltens. Jede Einladung, die an ihn und Katie erging, war höflich auch immer an seine skandalöse Mutter gerichtet, die sich immer höflich entschuldigte. Auf diese Weise wurden alle Gefühle geschont und doch wurde der gute Ton gewahrt und Grobheit und Verlegenheit geschickt vermieden.

Weitere Gäste traten ein und Rose Marie Carrigan musste sie begrüßen, was Rourke die Möglichkeit bot, sich auf die Suche nach seinem Schwiegervater zu machen. Er ließ sich Zeit und ging zuerst zu dem Springbrunnen unter den Bäumen, die für den Abend bereits mit Lampions behängt worden waren.

Jo war hier überall, und das tat weh, so wie eine alte Wunde manchmal bei feuchtem Wetter auch nach vielen Jahren noch wehtut. Wasser strömte aus der Marmortrompete eines Engels und er hörte ein Lachen. Ein dunkelhaariges Mädchen mit Florentinerhut hatte sich umgewandt und einen Herzschlag lang gehörte das Gesicht unter der breiten Strohkrempe Jo.

Die Dunkelhaarige unterhielt sich mit jemandem auf der anderen Seite des Springbrunnens. Er beobachtete sie durch die regenbogenbunte Gischt und hoffte, sie werde sich noch einmal umschauen.

Als ihm aufging, was er da tat, wandte er sich ab und wäre fast mit seinem Schwiegervater zusammengestoßen. Die beiden Männer starrten einander für einen Moment an und kosteten die Erinnerung an eine alte und bittere Abneigung, dann lächelte Rourke und streckte die Hand aus. »Herzlichen Glückwunsch zum Geburtstag, Sir.«

»Ich kriege eine Wasserpistole«, sagte Weldon Carrigan in aufgesetztem Flüstern. »Aber ich darf das nicht verraten, das ist nämlich eine Überraschung.«

»Sie hat sie heute Morgen schon an einem Weichling namens Ernie ausprobiert. Der war auf jeden Fall überrascht.«

Sein Schwiegervater lachte, als er eine Zigarre aus seiner Westentasche zog, aber Rourke kamen die Augen unter der dicken, schwarzen Hecke aus Augenbrauen müde und besorgt vor. Die Dunkelhaarige mit dem Florentinerhut schaute sich jetzt über ihre Schulter hinweg um, lachte und winkte jemandem hinter ihm zu; sie hatte überhaupt keine Ähnlichkeit mit Jo oder irgendeiner anderen, die er kannte.

Weldon Carrigan hatte das Ritual des Zigarrenansteckens nun beendet. Er schaute auf und der Blick, der sich auf seinen Schwiegersohn richtete, war hart. »Ich möchte dir sagen, dass wir das, was Mrs. O'Mara passiert ist, sehr ernst nehmen …«

»Ich auch«, sagte Rourke mit einem Lächeln, das scharf war wie eine Glasscherbe.

Carrigan stach mit dem Finger in die Luft vor Rourkes Brust. »Es wird eine vollständige Untersuchung geben, denn niemand kommt mit einem Mord an jemandem von uns durch. Aber ich möchte, dass du dich aus der Sache raushältst, verdammt. Wenn ihr Mann …«

»Sean O'Mara ist tot.«

Carrigan seufzte, trat einen Schritt zurück und nickte. »Ich kann ja verstehen, warum du glauben musstest, dass er tot ist, wo ihr doch befreundet wart. Teufel auch, ich werfe dir ja gar

nicht vor, dass du mit der Frau geschlafen hast«, fügte er gleich darauf hinzu. »Jo ist schon so lange tot.«
Wieder schwiegen beide und Rourke wartete nun auf einen Tadel für den Auftritt mit den Maguires in Tonys Lokal.
»Inzwischen werden wir weiterhin das Haus deiner Mama rund um die Uhr von ein paar Plattfüßen bewachen lassen«, sagte Carrigan stattdessen und sein Blick wanderte zu Katie hinüber, die gerade versuchte, ihren Federball die Furcht des Herrn zu lehren. »Himmel, das hier scheint wirklich ein langer heißer Sommer zu werden.«
Jo war an einem Oktobertag gestorben. In Rourkes Erinnerung spielen weiße Wolken über den Baumwipfeln und sie trägt ein gelbes Kleid und einen breiten Florentinerhut. Sie hat ein kleines herzförmiges Muttermal am Hals, genau unter ihrem Ohr. Manchmal, wenn er sie liebte, versuchte er, es abzusaugen.
»… heute Morgen mit dem Staatsanwalt gesprochen«, sagte Carrigan gerade. »Er glaubt, genug für Haftbefehl und Klageerhebung zu haben. Der Haftbefehl wird am Montag erlassen – gegen Remy Lelourie für vorsätzlichen Mord an ihrem Ehemann.«
Rourke nahm sich ein Glas mit Silberrand vom Tablett eines vorbeikommenden Kellners. Die Limonade war wirklich großzügig angereichert und so kalt, dass sie ihm Kopfschmerzen machte. »Bist du sicher, dass ihr so weit seid?«, fragte er. »Als wir zuletzt darüber gesprochen haben, bist du vor dem Gedanken so energisch zurückgescheut wie eine Nonne vor einem Bordell.«
»Findest du das eigentlich komisch?«, fauchte Carrigan als Antwort. »Es ist nämlich überhaupt nicht komisch.«
Es war nicht komisch.
Sie hatte gerade dort drüben gestanden, unter dem Mimosenbaum, und sie hatte gelacht. In einer Erinnerung lacht Jo, dreht sich mit seinem Namen auf den Lippen zu ihm um, ihre Hutkrempe kippt langsam nach oben, sie lacht noch einmal, und fast

sieht er ihr Gesicht, fast, und dann setzt ihr Herz aus. Sie hatte gelacht, sich zu ihm umgedreht und gelacht, und ihr Herz – voller Löcher, die niemand sehen konnte – hatte geschlagen und dann damit aufgehört.

»Nein, du hast Recht«, sagte sein Schwiegervater und sah wieder erschöpft aus. Die Erschöpfung zeichnete seinen Mund und seine Augen und ließ ihn älter aussehen als seine fünfundfünfzig Jahre. »Wir haben die forensischen Untersuchungen. Wir haben Mittel, Motive und Möglichkeit. Aber trotz der vielen selbstgefälligen Ratschläge, die uns heute Morgen die *Times-Picayune* erteilt hat, sind wir für einen Prozess nicht gerüstet und werden das vielleicht niemals sein. Die neue Cinderella wird in der Minute gewonnen haben, in der sie den Gerichtssaal betritt.«

»Vielleicht hat sie ihn deshalb umgebracht«, sagte Rourke. »Weil sie wissen wollte, ob sie damit durchkommt.«

Ihr Herz setzt aus, sie stirbt, und die Schallplatte, zu der ihr getanzt habt, endet, ehe ihr fertig seid. Erst später geht dir auf, dass die Musik eben erst begonnen hatte. Sie hat dich verlassen, ehe du sie jemals kennen lernen konntest.

Sie stirbt, aber die Sterne leuchten weiter und die Sonne steht immer noch an Julimorgen in Louisiana heiß am Himmel. Sie stirbt, und das ändert nichts daran, wie sich der Wind in deinen Haaren anfühlt, wie du dich nach einem Schnaps oder nach einer Frau oder nach dem gelegentlichen wilden Tanz am Abgrund sehnst.

Der Himmel zeigte jetzt das tiefe Lila einer reifen Pflaume und versprach für den späteren Abend noch mehr Regen, als Rourke hinter dem staubigen alten Model T hielt, das vor einem ganz besonders üblen Block auf der Rousseau Street im Irischen Kanal geparkt war.

Eine einsame, struppige Palme raschelte im leichten Wind, als

er den von Unkraut überwucherten Hof überquerte, und der starke, beißende Geruch von kochendem Kohl strömte aus dem offenen Küchenfenster des Nachbarhauses. Roibin Dohertys Bootshaus war aus dem Treibholz alter Prahme gebaut worden, die zerbrochen und den Fluss herabgeschwemmt worden waren, und so sah es auch aus.
Rourke klopfte dreimal, bekam aber keine Antwort. Er wollte das Schloss schon aufbrechen, doch das erwies sich als unnötig. Die Tür öffnete sich unter seiner Hand von selbst, die rostigen Angeln stöhnten.
Die Rollos vor den Fenstern waren herabgelassen und deshalb war es im Zimmer dunkler als draußen in der heraufziehenden Nacht. Rourke schloss hinter sich die Tür und machte einen Schritt in den Raum hinein. Er lauschte und hörte draußen den Gesang der Heuschrecken im Unkraut und den tropfenden Wasserhahn über dem Spülbecken. Das Haus stank nach dem Schweiß eines Betrunkenen.
Er machte drei langsame, vorsichtige Schritte und stieß gegen einen Körper, der schwer und still auf dem Boden lag.

Zweiundzwanzigstes Kapitel

Rourke fiel auf die Knie und blieb dort. Er zog die Pistole aus dem Halfter, hörte aber weiterhin nur tropfendes Wasser und singende Heuschrecken. Auf der Straße befahl eine schrille Stimme einem Jimmy, sofort nach Hause zu kommen.

Rourkes Augen hatten sich gut genug an die Dunkelheit gewöhnt, um ihm die grauen Umrisse einer Lampe auf dem Tisch vor einem Sofa zu zeigen. Er machte sich unter dem Lampenschirm zu schaffen, fand die Kette, riss daran und ein gelbes Licht füllte das schäbige Zimmer.

Roibin Doherty lag mit ausgestreckten Armen und Beinen auf einem zerfaserten Flickenteppich, neben einem braunen Polstersessel, der vor allem aus nackten Federn und hervorquellendem Polster bestand, und einem umgekippten Spucknapf, der gekauten Red Man enthalten hatte. Seine verfilzten grauen Haare waren von Schweiß und Blut durchtränkt; aus seinem kleinen Mund quoll Spucke, Tabaksaft und Blut.

Was keine Überraschung war, wenn man das Einschussloch in seiner rechten Schläfe und die .38 Policeman Special in seiner rechten Hand sah. Rourke drückte seine Finger gegen Dohertys Hals. Dessen Fleisch fühlte sich kalt und tot an.

Rourke ließ sich auf seine Hacken zurücksinken und atmete rasch und tief durch. Schweiß ließ seinen Blick verschwimmen und seine Augen brennen.

Langsam erhob er sich und schaute sich in dem kleinen, mit Abfall übersäten Zimmer um. Er sah leere Red-Man-Packungen und Fuselflaschen, einen Stapel pornographischer Postkarten und eine ungeöffnete Dose Pokerchips. Der Kaffeetisch jedoch war abfallfrei und schien sogar kürzlich erst vom Staub befreit worden zu sein. In der Mitte lag, wie ein Ausstellungsgegenstand, ein abgegriffener Ordner, auf den vorne mit Tinte *Julius St. Claire* geschrieben worden war und der das Siegel der Crescent-City-Polizei trug.

Rourke öffnete den Ordner mit seinem Pistolenlauf. An dessen Inhalt waren ein Zellophanumschlag mit einer benutzten Kugel und einer Geschosshülse und darunter der Bericht eines Leichenbeschauers geheftet. *Alles weist auf Selbstmord oder ungewollten, selbst verursachten Tod durch einen Schuss hin. Die Wunde roch verbrannt und wies Schmauchspuren auf. Der Revolver in der Hand des Verstorbenen war erst vor kurzer Zeit abgefeuert worden …* Rourke ließ den Ordner wieder zufallen. In der Küche fand er Hühnerknochen, eine von erstarrtem Fett weiß glasierte Bratpfanne und jede Menge Kakerlaken.

Er ging ins Schlafzimmer und der Geruch von altem und ungewaschenem Bettzeug schlug ihm entgegen. Einen weiteren Schlag verpasste ihm dann das, was er gegenüber des rostigen eisernen Bettgestells an der Wand sah.

Die Wand war tapeziert mit Zeitungsausschnitten, brüchigen und sich aufrollenden Fotos und mit auf fleckige, zerrissene Zettel gekritzelten Notizen. Einige der Ausschnitte und Fotos zeigten Remy Lelourie, doch die meisten hatten mit ihm zu tun: mit seiner High-Society-Hochzeit und den Ankündigungen von Katies Taufe und ihrer Erstkommunion, die erst vor einem Monat stattgefunden hatte, außerdem mit Presseberichten über die Aufsehen erregenderen Fälle, an denen er gearbeitet hatte. Die neuesten drehten sich um den Mord an Charles St. Claire und waren mit Heftzwecken auf früheren befestigt worden, die bis in sein erstes Jahr als Ermittler zurückreichten.

Rourke starrte die Wand an und fühlte sich unwohl. Er wollte

sich schon abwenden, als ein Zeitungsausschnitt seinen Blick einfing.
Er steckte die Hand nach der Heftzwecke aus, um den Abschnitt von der Wand zu nehmen, als sich die Vordertür quietschend öffnete.
Rourke riss die Heftzwecke aus dem Ausschnitt und musste das Stück Papier, das zu Boden flatterte, auffangen. Ruhig faltete er es zusammen und steckte es in seine Hosentasche. Er entsicherte gerade den Hahn seiner Waffe, als er hörte, wie ein Streichholz angerissen wurde, und den Rauch einer Castle Morro roch.
Rourke steckte seine Pistole weg und ging zurück ins Vorderzimmer. Er versuchte gar nicht erst, leise zu sein, schließlich stand sein hellgelber Bearcat vor der Tür. Er blieb in der Tür zwischen Küche und Wohnzimmer stehen, steckte die Hände in die Tasche und lehnte sich an den Türpfosten.
Fiorello Prankowski hockte neben dem Toten auf dem Boden.
»Irgendwer sollte die Bullen rufen«, sagte Rourke.
Fio schob den Hut in den Nacken und schaute auf. Seine Lippen kräuselten sich um die Zigarre, die er zwischen seinen Zähnen zermalmte. »Das ist ja seit neuestem mein Problem. Ich dachte, wir wären die Bullen.«
»Er war schon tot, als ich gekommen bin.«
»Ja, ja, das sagen sie alle.« Fio nahm die Zigarre aus dem Mund und schaute wieder den Toten an. »Einschussloch in seinem Kopf, Knarre in der Hand. Selbstmord, so wahr ich lebe und atme.«
»Sieht so aus.« Rourke stieß sich vom Türpfosten los. »Solltest lieber mal einen Blick ins Schlafzimmer werfen.«
»Ach, Mann. Wieso denn?« Fio richtete sich schwerfällig auf und Rourke trat beiseite, um ihn durchzulassen. »Wenn da noch ein Toter liegt, dann steig ich aus.«
Er blieb eine ganze Weile verschwunden und bei seiner Rückkehr schienen neue Sorgen die alten Furchen vertieft zu haben.

»Ich weiß, der Typ konnte dich nicht leiden und wir können nicht für alle Miss Amerika sein, aber bei Jesus, das ist unheimlich.« Er schaute sich im Zimmer um und beschrieb auf der Stelle eine Drehung. »Dieses ganze Haus ist unheimlich. Ich meine, ein Detective Sergeant wird nicht mit Knöpfen bezahlt, das wissen wir doch, und nach den vielen Jahren im Job müsste er so einiges eingesackt haben. Also wieso haust der hier wie ein Penner?«

Rourke zuckte mit den Schultern. »Er hat auf Pferde gewettet und war weder clever noch vom Glück begünstigt. Ich habe gehört, dass die Haie in letzter Zeit ihre Zähne in seine Eier geschlagen hatten.«

»Ja, das hab ich auch gehört.« Fio betrachtete wieder den Leichnam und stemmte die Hände in die Seiten. »Ich glaube trotzdem nicht, dass ein Geldeintreiber das hier gemacht hat. Das ist nicht ihre Art. Wenn die einen Typen fertig machen, dann sorgen sie dafür, dass es wie eine Lektion aussieht und nicht wie Selbstmord.«

Rourke lehnte sich mit den Händen in den Taschen an die Wand, starrte den milchigen Film an, der sich über den Augen des toten Bullen bildete, und schwieg.

»He, komm schon, Partner. Ich muss mir hier ganz allein diese Geschichten aus den Fingern saugen«, sagte Fio. »Erzähl mir mal, wie du das alles siehst.«

»Ich weiß es nicht«, erwiderte Rourke, was ausnahmsweise einmal die unverblümte Wahrheit war.

Fio schaute ihn langsam und vorsichtig an. Dann richtete sein Blick sich auf den Ordner, der sorgfältig mitten auf dem Kaffeetisch aufgestellt worden war. Bei diesem Anblick täuschte er übertriebene Überraschung vor, machte aber keine Bewegung, um den Ordner aufzuheben.

Vermutlich, dachte Rourke, hatte Fio genau den Ordner sehen sollen. »Jetzt schau ihn dir schon an«, sagte er.

Fio fuhr sich mit der Innenseite des Daumens über die Nase. »Brauch ich nicht. Ich kann mir schon vorstellen, was drin ist. Doherty und ich haben gestern nach der Totenwache noch eine Runde gebechert. Wir haben über alte Zeiten gesprochen. Und er konnte mir ganz schön viel über den Sommer von 1916 erzählen.«
Im Sommer 1916 war Rourke neunzehn gewesen und hatte doppelte Schichten gearbeitet – morgens auf den Bananenbooten, abends bei den Austernfischern. Er hatte Geld verdient, um irgendwann aufs College zu gehen und vielleicht Anwalt zu werden statt nur Plattfußbulle wie sein Alter. Im Sommer 1916 war er hoffnungslos und verzweifelt in ein Mädchen verliebt gewesen, das vielleicht mehr als nur ein wenig verrückt gewesen war. Ein Mädchen, das seine eigene Verrücktheit schürte.
»In dem Jahr haben die Red Sox die Brooklyn Dodgers in der World Series erledigt«, sagte Rourke. »Vier Spiele gegen eins.«
»Ja. Und nach dem, was Doherty mir erzählt hat, war es auch der Sommer, in dem du Julius St. Claire im Schlafzimmer der alten Sklavenhütte von Sans Souci in den Kopf geschossen und dann dafür gesorgt hast, dass es wie Selbstmord aussah.«
Im Sommer 1916 hatten Sergeant Roibin Doherty und einige Kollegen Rourke im Parish Prison in ein Verhörzimmer geschleift und ihn so übel mit Totschlägern und Socken voller Murmeln verprügelt, dass er noch Wochen später Blut gepisst hatte. Er hatte verhindern können, dass er ihnen das eine erzählte, was die Schläge beendet hätte, aber gegen sein Geschrei hatte er nichts machen können.
Fio starrte ihn jetzt an. Rourke erwiderte den Blick des anderen, schwieg aber.
»Fickst du Remy Lelourie?«, fragte Fio.
»Im Moment?« Rourke lächelte. »Nein.«
Fio rieb sich den Hinterkopf und stieß einen tiefen, traurigen Seufzer aus. »Doherty hat nämlich geglaubt, dass du sie im

Sommer 1916 gefickt hast. Du und Julius St. Claire, ihr alle beide, bis du nicht mehr teilen mochtest. Oder bis ihr beschlossen habt, das auf die altmodische Weise zu regeln – wie zwei schnellziehende Cowboys. Verstehst du, zu dem Revolver in Julius' Hand gab es offenbar noch ein Gegenstück, was bedeutet, dass zwei von der Sorte vorhanden waren. Der eine landete in Julius' toter Hand, der andere verschwand noch am selben Tag. Erstaunlich, was?«

Rourke ging zum Kaffeetisch und hob den Ordner hoch. Er riss den Zellophanumschlag ab und warf ihn Fio zu. »Hier ist die Geschosshülse aus der Kammer des Revolvers, den Julius St. Claire in der Hand hatte, und die Kugel, die seinen Kopf zerfetzt hat. Die Pistole hängt heute an der Wand im vorderen Salon von Sans Souci. Also gib doch alles dem Leichenfresser, vielleicht kann der ja mit seiner feschen neuen ballistischen Ausrüstung etwas daraus machen.«

Fio fing den Umschlag auf. »Und was würde das bedeuten? Jemand, dessen Alter Bulle war, wird doch clever genug sein und wissen, dass wir feststellen können, ob eine Knarre abgefeuert worden ist – und einfach ein bisschen herumtricksen.«

»Ja, aber wenn beides nicht zusammenpasst, dann kannst du auf jeden Fall einen Verdächtigen von der Liste streichen. Dann weißt du, dass Julius nicht Julius umgebracht hat.«

»Was immer uns das bringt«, sagte Fio. »Ich glaube nicht, dass du es warst. Du kannst vielleicht mit gezogener Knarre reinstürzen, aber du würdest danach nicht versuchen, ungeschoren davonzukommen. Ich hab nicht mal erlebt, dass du einen Gratiskaffee angenommen hättest – du bist so verdammt rein und lauter. Nein, wenn du einen Mord begehst, dann finden sie dich neben dem Leichnam, wo du schon das Seil drehst, an dem sie dich aufhängen werden.«

Rourkes spöttisches Lächeln galt allein sich selbst. »Deine gute Meinung über mich ist wirklich rührend, Fio.«

»Lass dir das aber lieber nicht zu Kopf steigen. Vielleicht fickst du sie im Moment nicht, aber ich glaube, ihr beide spielt irgendein total krankes Spiel, du und Remy Lelourie. Kopf, und der Mord wird ihr nicht angelastet, Zahl, und du bringst sie dafür in den Knast. Ich wette, du weißt nicht mal, auf welche Seite der Münze du wirklich hoffst.«

Doch, das wusste er. Egal, wie viele Lügen er ihr und sich selbst aufgetischt hatte, das wusste er.

Er bohrte die Hand in die Tasche und seine Finger schlossen sich um den Zeitungsausschnitt. Er dachte daran, wie sie am Vorabend auf dem Friedhof ausgesehen hatte, als sie so verzweifelt versucht hatte, ihn zu verführen. Er dachte an ihre Traurigkeit, die so düster und erschreckend gewesen war.

Ich kann dich nicht retten, Remy.

»Was?«, fragte Fio, der Rourkes Gesichtsausdruck gesehen hatte.

Rourke zog die Hand aus der Tasche. »Das hier steckte an der Schlafzimmerwand. Ein Foto von Remy Lelourie auf einem Mardi-Gras-Ball, ungefähr eine Woche nach ihrer Hochzeit im Februar.«

Ohne die Bildunterschrift hätte jedoch niemand raten können, dass es sich um Remy handelte, denn sie trug eine kunstvoll gearbeitete Mardi-Gras-Maske: ein Medusengesicht mit Schlangen als Haaren.

·

Die überlebensgroße Frau auf der Leinwand tanzte auf einem riesigen Klavier Charleston mit fliegenden Beinen und hüpfenden Perlen, ihr gemalter Mund warf der Welt Handküsse zu.

»Einfach geil!«, schrie ein Mann im Publikum der Zelluloidfrau zu, und als habe sie ihn gehört, lachte sie und er erwiderte ihr Lachen. »Ich liebe meine Frau, aber oh, du Göre!«

Jazz Babys. Es war der letzte Film, den Remy Lelourie vor ihrer Hochzeit gedreht hatte, eine witzige, aber seltsam leere Geschichte über ein witziges, aber seltsam leeres Mädchen, das in Hollywood ein Glamourleben führt. Daman Rourke beobachtete dieses schöne Gesicht, das in kurzen, entlarvenden Schüssen von der Kameralinse eingefangen wurde. Er überlegte sich, dass die Zuschauer nicht nach Wahrheit verlangten, sondern nach verführerischer Lüge.

Der Film war noch nicht zu Ende, aber er erhob sich trotzdem und verließ den Saal durch eine von schweren Portieren eingerahmte Tür. Er ging die mit einem Teppich bedeckte Treppe mit den Kristallleuchtern hinunter und gelangte in ein Foyer, in dem das Licht eines massiven Kronleuchters wieder und wieder in riesigen Spiegeln an gelben Samtwänden reflektiert wurde. Zwischen den Spiegeln war ihr Gesicht zu sehen.

Es war zu sehen auf Studioaufnahmen, auf Filmplakaten, auf Zeitungsausschnitten. Neue Bilder zeigten die trauernde Witwe auf den Stufen vor Sans Souci. Ein Foto stammte von dem Abend im vergangenen Februar, als sie nach New Orleans zurückgekehrt war. Sie stieg im alten Union Street Bahnhof aus dem Zug und trug einen schwarzen Glockenhut und einen grauen Mantel mit Pelzkragen. Es war eine echte Winternacht gewesen, kalt und feucht, so wie es nur in New Orleans sein kann, eine feuchte Kälte, die in die Knochen eindringt. Und doch hatten Hunderte von Menschen sie erwartet, mehr noch als vor einigen Jahren Valentino empfangen hatten. Rourke hatte in dieser kalten Winternacht ganz hinten gestanden, am Rande der Menge. Sie hatte ihn nicht gesehen.

Am nächsten Abend hatte sie nach der Premiere von *Jazz Babys* im Blauen Saal des Roosevelt Hotels mit ihrem zukünftigen Ehemann Tango getanzt, und danach hatte sie die Menge durch einen Charleston auf dem Klavier entzückt, als lebendig gewordenes Jazz Baby. Auch dieser Moment war auf einem Bild an der Wand verewigt.

Es gab noch einen anderen Ausschnitt, den Rourke sich immer

wieder ansehen musste. Er stammte aus einer französischen Zeitschrift und war an einem Strand an der Riviera aufgenommen worden. Remy trug einen für amerikanische Verhältnisse skandalösen Badeanzug, der nicht nur ihre Schultern, sondern einen großen Teil ihrer Brüste und ihre Beine bis zu den Oberschenkeln entblößte. Sie versuchte, den schäumenden Brechern auszuweichen, und schaute sich lachend über ihre Schulter um. Ein Mann ganz am Bildrand schaut ihr zu – irgendein Filmregisseur, wie unter dem Bild stand. Sein Gesicht zeigt den gejagten, verzweifelten Ausdruck eines Mannes, der zwar ihr Bett teilt, aber der auch weiß, dass er niemals auch nur einen kleinsten Teil von ihr bekommen wird, der wirklich eine Rolle spielt.

Der Film ging jetzt zu Ende und die Orgel spielte einen Hochzeitsmarsch. Rourke stieß die Glastüren von Loew's State Theater auf und betrat den nassen Bürgersteig der Canal Street.

Er schlug seinen Kragen hoch, um sich vor dem Regen zu schützen, der aus einem nebligen Himmel fiel. Er ging hinüber und folgte den Straßenbahnschienen. Der Regen strömte wie Tränen über die Schaufenster, die flatternden Palmenblätter malten Schattenpuppen ins Gras. Ein Windstoß ergriff ein Stück Zeitung und schlug es gegen Rourkes Beine. Er bückte sich, um es aufzuheben, und sah ihr Gesicht.

Die Straßenbahnschienen fingen an, unter einer Bahn, die er noch nicht sehen konnte, zu summen und zu beben. Er stand wie verloren da, der Regen tropfte von seiner Hutkrempe, und dann kam die Straßenbahn aus der Nacht heraus auf ihn zugescheppert. Sie blieb an der Ecke stehen und ein Paar stieg aus. Er konnte der Art, wie sie einander ansahen, entnehmen, dass die Straßenbahn sie zu einem Bett führen sollte. Sie waren jung, so jung, dass es durchaus ihr erstes Mal sein konnte.

Er sah zu, wie sie Arm in Arm weitergingen, wie sie sich aneinander schmiegten, um unter einen Schirm zu passen, so dicht,

dass sie eigentlich jetzt schon als ein Fleisch gelten konnten. Rourke schloss die Augen und sah das Gesicht von Remy Lelourie. Nicht das Gesicht der kessen Biene auf der Kinoleinwand oder das der vom Blut ihres Mannes überströmten Witwe. Er sah das von der Liebe errötete Gesicht eines Mädchens, dem die sonnengefleckten Schatten von Weidenblättern über die bleiche Haut der Brüste wanderten.
Er fragte sich, ob dieser Junge, der jetzt auf dem Weg ins Bett war, begriff, dass du die erste Frau, die du fickst, wohl niemals vergessen wirst. Die Erste, die du liebst, wird immer einen Teil deiner Seele besitzen.

Licht flutete durch die hohen Fenster und sammelte sich auf den Zedernbrettern der Galerie von Sans Souci. Er betrachtete sie durch die regennassen Fensterscheiben. Sie saß auf dem Sofa, hatte ihre Beine anzogen. Sie las, den Kopf leicht gesenkt, ihr Profil der Nacht zugewandt. Und doch kam sie ihm weniger wirklich vor als das Zelluloidbild, das er eben erst auf der Leinwand gesehen hatte.
Sie blickte auf und sah ihn – einen Mann, der im dunklen Schatten dastand und sie beobachtete. Jede andere Frau auf der Welt hätte geschrien, sie jedoch nicht.
Sie erhob sich langsam und kam auf ihn zu. Er hörte, wie sie sich am Riegel zu schaffen machte, sein Blick jedoch war auf sie gerichtet. Sie trug ein dünnes Negligé aus weißer Seide. Er konnte die dunklen Schatten ihrer Brustwarzen und ihrer Schamhaare sehen.
Endlich ging die Tür auf. Sie trat einen Schritt zurück, dann noch einen und noch einen. »Day«, sagte sie, nur das, und er trat über die breite Schwelle hinein wie in ein lang vergangenes Leben.
Er ging zu ihr hin, ganz dicht, ohne sie jedoch zu berühren. Er blickte auf sie herab und hatte das Gefühl, die dunkle Seite des

Mondes anzustarren, die im Wasser tief unten in einem Brunnen widergespiegelt wird. Sie war ein Mysterium – unermesslich, unsichtbar, nicht zu durchschauen.

»Und wenn ich ihn nun umgebracht habe, Day«, flüsterte sie herausfordernd wie zu einer Wette. »Wenn ich das nun war?«

»Baby, mir ist das egal«, sagte er, und dann lachte er und ging mit ihr in die Nacht.

Er nahm sie auf dem Boden, mit rascher, roher Lust. Oder sie nahm ihn. Hunger flackerte auf, klare weiße Blitze jagten über ihr Gesicht, durch ihre Augen. In der Zerstörung lag Schönheit, in der Angst Verführung.

Er atmete keuchend, sein Körper zitterte. Er spürte, wie sich die Haut über seinen Gesichtsknochen anspannte. Sie küssten einander und er hatte das Gefühl, dass sie versuchten, sich gegenseitig das Leben auszusaugen. Sie versuchten, einander überall zu berühren, mit Mund, Zunge, Händen, alles berührte sich, streichelte, schmeckte überall nach ihr, ihre Brüste, ihr Bauch, seine Haare, die über ihren Bauch streiften, sein Mund, der die süße Stelle zwischen ihren Beinen fand.

Er öffnete ihre Beine und sie hob die Hüften, als er hart in sie eindrang. Er fing ihren Schrei mit seinem Mund auf. Sie schlang die Beine um ihn und zog ihn tiefer in sich hinein. Er presste seinen offenen Mund gegen ihre Haut, schmeckte ihren Hals, spürte den wilden, heftigen Rhythmus ihres Blutes. Und dann kam er tief und hart und lange in ihr.

Als er zu sich kam, lag sein feuchtes Gesicht auf ihrem heißen, zitternden Bauch. Ihre Finger hatten sich mit seinen Haaren verflochten.

Er dachte an den Moment vor vielen Jahren, als sie ihn verlassen hatte. Wie er lange still dagelegen und die Weidenblätter über seinem Kopf angestarrt hatte, wie er in der feuchten Hitze des Flussarms geschwitzt hatte, mit ihrem Geschmack im Mund, ihrem Geruch an seinen Fingern, in seinen Haaren. Er

hatte am ganzen Körper Schmerzen gehabt, als habe sie Wunden an allen Stellen hinterlassen, die sie berührt hatte, innere und äußere Wunden.
Vielleicht hatte er geweint, als sie ihn verlassen hatte, aber das glaubte er eigentlich nicht. Er war damals viel jünger gewesen.

Dreiundzwanzigstes Kapitel

Der Geruch von geronnener Milch erfüllte die Küche des Hauses in der Conti Street, als Augusta die Dickmilch quirlte, um kreolischen Quark herzustellen. Sie stand vor dem Spülbecken, hatte dem Raum den Rücken zugekehrt und quirlte so heftig, dass die Röcke um ihre breiten Hüften schwangen und der Löffel gegen die Schale schlug, als wütender Kontrapunkt zu dem lieblichen Läuten der Glocken, die zur Sonntagmorgenmesse riefen.

Katie tunkte ihr *beignet* in ein Glas Milch und grinste ihren Vater über den Tisch hinweg an. Er zwinkerte ihr zu.

»Ham Sie was ins Auge gekriegt, Mr. Day?«, fragte Augusta. »Wenn Sie was im Auge haben, können Sie nicht zur Rennbahn gehen. Ziemlich windig heute. Könnte Ihnen Dreck ins Gesicht werfen. Würde Ihr Auge schlimmer machen.«

Rourke öffnete den Mund zu einer Antwort, besann sich dann aber eines Besseren und füllte ihn mit Haferbrei. Er hatte frei, würde den Tag mit seiner Katie verbringen und jeglichem Ärger ausweichen, selbst wenn dieser Jagd auf ihn machen sollte.

»Miss Katie, sag deinem Daddy, dass er nicht zur Rennbahn darf, wenn er was im Auge hat.«

Katie, die geglaubt hätte, der Mond sei aus Dickmilch, wenn Augusta ihr das gesagt hätte, starrte ihm ins Gesicht, um festzustellen, ob er wirklich etwas im Auge hatte.

»Mit meinem Auge ist alles in Ordnung, Herzchen. Miss Augusta findet, dass ein Daddy mit seiner kleinen Tochter nichts beim Rennen verloren hat, und das will sie mir mitteilen. Man nennt das einen Wink mit dem Zaunpfahl.«

Augusta schnaubte. »Da gehen doch bloß Abschaum und Gangster und Männer hin, die ihren armen Kindern das Brot aus dem Mund verspielen.«

Rourke schob seinen Stuhl zurück. »Und der Tag wird nicht jünger. Also hol deinen Hut, Katie, und gib deiner Oma einen Abschiedskuss.«

Katie sprang vom Stuhl und hüpfte vor Aufregung lachend aus der Küche. Augusta beschäftigte sich weiterhin mit der Dickmilch und kehrte Rourke den Rücken zu.

»Augusta!«

Sie wischte sich die Hände an ihrer Schürze ab und drehte sich um. Ihre starken afrikanischen Züge waren ausdruckslos, ihre Augen jedoch weich vor Sorge.

»Ich muss einige gebrochene Versprechen wieder gutmachen«, sagte Rourke. »Ich gehe mit ihr nur dahin, wo sie hinmöchte.«

»Und sie sagt nur, was sie glaubt, dass Sie hören wollen – so sehr liebt sie ihren Daddy. Aber Sie wissen, das ist nicht alles. Sie behandeln sie nicht gut, Mr. Day. Überhaupt nicht gut.«

Rourke wurde eine Antwort auf diese bittere Wahrheit erspart, denn Katie kam in die Küche gestürmt, ihre dicken braunen Zöpfe flogen hinter ihr her und ihr Mund war zu einem verschmitzten Lächeln geöffnet. Manchmal liebte er sie so sehr, dass es wehtat, sie anzusehen.

Sie gingen durch die Hintertür, über den Hof und auf den Kutschweg. Auf der Conti Street war an diesem Morgen allerlei los. Die Prostituierten waren mit ihren Veranden beschäftigt, schrubbten sie mit Pisse und streuten roten Ziegelstaub auf den Bürgersteig, was ihnen für die kommende Woche Glück bringen sollte. Die Zuhälter und Spieler, barfuß und im Unterhemd, lungerten auf den schattigen Galerien herum und spielten Poker und Cotch.

Ein blinder junger Mann saß unter der Blechmarkise der Kneipe an der Ecke und spielte auf einer Posaune süßen Jazz. Rourke gab Katie ein Zehncentstück, das sie in den Hut des Musikers werfen sollte. Der Mann drehte seinen Kopf zu ihr hin, lächelte dankbar, und die Sonnenstrahlen ließen seine dunklen Brillengläser aufleuchten.

Sie holten Rourkes Stutz Bearcat aus der Garage hinter der Ecke der Basin Street und fuhren über die Old Shell Road zum Lake Pontchartrain. Auf dem Kanal zu ihrer rechten Seite wimmelte es nur so von Krabbenbooten, Austernfischern und Kähnen, die Ziegel und Kohlen transportierten. Auf der linken Seite strahlten die rosa und weißen Blüten der Oleanderbüsche. Der Wind war sonnenwarm und weich in ihren Haaren, und Rourke wusste nicht so recht, was mehr leuchtete, der Tag oder ihr Lächeln.

Sie mieteten sich ein kleines Segelboot und fuhren auf den See hinaus. Der Wind ließ den Bug das dunkelgrüne Wasser zerteilen und Blasen aufsteigen, die glucksten und ein Lied anstimmten. Rourke warf den Kopf in den Nacken, um Pelikane und Reiher auf sonnengoldenen Flügeln unter dem Himmel entlangfliegen zu sehen. Er ließ seine Augen geschlossen weitertreiben, spürte die warme Sonne auf seinen Augenlidern und tief in sich und stellte sich vor, was es für ein Gefühl wäre, alles loszulassen, im Wind zu treiben, einfach so.

In der vergangenen Nacht hatte er alles losgelassen. Dieses Mädchen wieder zu lieben, dieses verrückte, wilde Mädchen, hatte ihm das Gefühl gegeben, mit der Faust in ein Feuer zu schlagen und keinen Schmerz zu spüren, nicht einmal dann, als das Fleisch von seinen Knochen schmolz. Die Hitze des Deliriums, für die später ein grauenhafter Preis bezahlt werden musste. Aber daran wollte er jetzt nicht denken. Das Jetzt war für Katie bestimmt.

Nach der Segeltour kauften sie sich in einem der Restaurants

am Seeufer Austernbrote und Limonade, picknickten im Schatten eines Mimosenbaums und teilten Brotstücke mit den Vögeln. Rourke beobachtete jedes Lächeln, jede Kopfbewegung seiner Tochter, er lauschte ihrem Lächeln, sonnte sich in ihrer Freude und fragte sich, wie es möglich war, dass er, wenn er mit seiner Katie zusammen war, Momente von so intensivem und reinem Glück erlebte, dass es fast unerträglich war.
Sie erreichten die Rennbahn gerade noch so früh, dass Rourke seine Bullenbeziehungen ausnutzen und Katie durch die Ställe führen konnte, wo sie die Pferde streichelte und einige Jockeys und Trainer kennen lernte. Als die Startzeit näher rückte, suchten sie sich Plätze dicht bei der Ziellinie. Die Palmblätter und die Fahnen der Haupttribüne wehten in der Brise. Der Lärm der Menge ebbte ab und umfloss sie wie eine Meeresbrandung.
Rourke schloss für einen Moment die Augen und nahm den Geruch von Pferdeschweiß, Kot und Hafer und die lehmige Süße der frisch geharkten und gesprengten Rasenfläche in sich auf. Es war ein Parfüm, das sein Blut ebenso rasch in Wallung bringen konnte wie die Hitze eines Frauenmundes, der den seinen berührte.
Er gab Katie ein Programm und bat sie, sich ein Pferd auszusuchen, das sie beim ersten Rennen anfeuern könnten. Sie zeigte auf Nummer 8 und er musste sie für diese wahnwitzige Entscheidung einfach umarmen.
»Katie, Herzchen, dieser Klepper hat in seinem ganzen Leben noch niemandem Geld gebracht.«
»Aber sie heißt Glückszauber, Daddy.«
Glückszauber erlebte den glücklichsten Tag ihres Lebens und gewann um Nasenlänge. Was den wenigen glücklichen Narren, die auf sie gesetzt hatten, einen Gewinn von achtzehn zu eins eintrug.
Er reichte Katie wieder das Programm und ließ sie den nächsten

Sieger aussuchen. Und versuchte dabei, das Geld zu vergessen, das ein Loch in seine Tasche brannte, den Zug, der den Bahnhof verließ, das Feuer in seinem Blut, das so heiß war wie der Kuss einer Frau. Nein, heißer.

»Feini-Heini«, sagte Katie.

Er lachte und kam sich jetzt ein bisschen verrückt vor. »Feini-Heini würde das Ziel wahrscheinlich nicht einmal erkennen, wenn er darüber stolperte. Und außerdem, was ist das denn für ein Name für ein Rennpferd?«

»Das ist ein toller Name, Daddy. Du hast doch keine Ahnung.«

Das Lachen verschwand und machte einem sanften Schmerz Platz, als er in ihr leuchtendes, nach oben gekehrtes Gesicht schaute. Seine Katie. Ich weiß, dass ich dich liebe, das hätte er gern gesagt. Was er nicht wusste, war, warum diese Worte ihm immer so schwer fielen.

Und verdammt, auch Feini-Heini trug den Sieg davon. Als das Pferd über die Ziellinie jagte, sprangen sie beide auf und ab und brüllten, als hätten sie hundert Dollar auf die glatte, kastanienbraune Pferdehaut gesetzt. Rourke hob Katie hoch, schwenkte sie im Kreis und sang: »Oh! Oh! Oh! Was für ein tolles Mädchen!« Das war ihr so peinlich, dass sie ihm – für ein Mädchen ziemlich hart – in den Bauch boxte und sagte: »Sei nicht so blöd!«

Danach fand sie keine Gewinner mehr, aber das schien keine Rolle zu spielen. Sie freute sich über die Pferde, die um die letzte Biegung fegten und dann auf die Ziellinie zudonnerten, die Seidenkleidung der Jockeys flatterte, Grassoden wurden hochgewirbelt.

Katie lachte, lachte.

Er war zu glücklich, und das machte ihm Angst. Er spürte es schon kommen, wie eine Wolke, die über die leere blaue Himmelsschüssel trieb, um die Sonne zu verschlingen. Der dunkle Rand der Melancholie würde sein Glück verschlingen, denn er wusste, er wusste immer, dass etwas so Schönes nicht von Dauer sein konnte, dass er es nicht verdient hatte, dass etwas Gutes von Dauer wäre.

Seine Stimmung verdüsterte sich und er merkte dabei gar nicht, dass auch der Himmel sich verdüsterte. Der Wind trug jetzt den Geruch von Regen mit sich, die Luft wurde dicht und schwer. Dicke lila Wolken schoben sich im Westen zusammen und verschlangen die Sonne, verschlangen den Tag, verschlangen den schönen Augenblick.

Katie schob ihre Hand in seine und lehnte sich an ihn, wie um aus seinem soliden Gewicht Trost zu schöpfen. »Wird es jetzt schon Abend, Daddy?«

»Erst in vielen Stunden, Liebling. Jetzt kommt einfach nur ein bisschen Regen auf«, sagte er. Trotzdem schmiegte sie sich noch dichter an ihn.

»Ich will nicht, dass es Abend wird«, sagte sie, so leise, dass er es kaum hören konnte.

Er schaute auf sie hinab, auf den Knopf oben auf ihrer Baseballkappe. Sie war von der Sonne gebleicht und von Dreck verkrustet. »Katie, fürchtest du dich plötzlich vor der Dunkelheit?«

»Nein.« Sie starrte zu Boden und bohrte mit dem Fuß im Gewirr von Wettzetteln und Butterbrotpapieren.

Er legte die Hand unter ihr Kinn und hob ihr Gesicht zu ihm auf. Sie versuchte, tapfer auszusehen, aber ihr Mund zitterte. »Ich hab Angst, dass der Gowman wieder kommt.«

»Hör mal zu, Baby.« Er hockte sich neben sie, damit sie ihm ins Gesicht schauen und damit er ihr die Hände auf die Schultern legen, sie beruhigen, sie trösten konnte. »Es gibt keinen Gowman. Das ist einfach eine Sage. Eine erfundene Geschichte.«

»Aber ich habe ihn gesehen, Daddy.«

Er packte ihre Schulter fester, zog sie dichter an sich heran. Er küsste ihre Stirn, ihre Wange, ihren dicken Zopf, der sich um ihren Hals wickelte. Der Zopf roch nach Sonne. »Du hattest einen bösen Traum, das ist alles. Ich weiß, dass sie uns manchmal wirklich vorkommen, unsere bösen Träume, aber wenn du dich wehrst, dann laufen sie weg.«

Und du lügst, dachte er, du lügst, um für ein kleines Mädchen die Ungeheuer zu vertreiben, und du fürchtest dich vor dem Tag, an dem sie alt genug sein wird, um all die Ungeheuer zu sehen, denen du dich nicht gestellt hast, dein ganzes schlimmes Versagen. Und noch mehr jedoch fürchtest du dich vor dem Tag, an dem sie feststellt, dass manche Ungeheuer mehr Mut verlangen, als irgendwer aufzubringen ertragen kann.

Ein weicher, duftender Regen fiel aus dem lila Zwielicht, als sie von der Garage nach Hause gingen. Durch Fensterblenden und Türspalten sickerte Licht. Wo Fenster offen standen, winkten Spitzengardinen wie eine rufende Hand.

Als sie in die Conti Street einbogen, hörten sie das Klicken von Billardkugeln und leise Banjoklänge aus der Eckkneipe, doch die Gegend war ansonsten fast menschenleer. Ein einsamer Bulle stand im Torweg vor ihrem Haus, der andere war vermutlich von Augustas Kaffee und einem Teller ihrer roten Bohnen mit Reis in die Küche gelockt worden.

Der blinde Posaunist wollte gerade Feierabend machen. Er kniete auf dem Bürgersteig unter der lecken Markise und versuchte, sich und sein Instrument trocken zu halten, während er die Münzen aus seinem Hut nahm und seinen Instrumentenkasten öffnete.

Das verräucherte, durchscheinende Kneipenschild ließ blaues Licht über sein Gesicht pulsieren. Er wandte sich um und das Licht ließ seine Augen funkeln.

Seine Augen.

Rourke packte Katie um die Taille, ließ sich fallen, drehte sich um, als sie auf den Boden aufprallten, um den Sturz für sie abzumildern, und versuchte, seine .38 aus dem Halfter zu ziehen. Der Posaunist griff in den Instrumentenkasten und nahm ein Maschinengewehr heraus, feuerte, und die Kugeln jagten aus der Dämmerung auf sie zu wie Wetterleuchten, das über den Himmel huscht.

Vierundzwanzigstes Kapitel

Das Maschinengewehr spuckte Feuer. Kugeln trafen auf den Ziegelboden auf, zerschlugen Glas und bohrten sich mit schrillem, pfeifendem Lärm in einen Turm aus Mülltonnen.

Im Haus auf der anderen Straßenseite schlug eine Tür und ein Mann mit weichem schwarzem Filzhut kam auf eine eingesunkene Galerie vor dem ersten Stock gerannt. Funken sprühten aus dem groben Cowboyrevolver in seiner Hand und weitere Kugeln bohrten sich in die Wand über Rourkes Kopf.

Er drückte sich flacher auf den Boden. Katie hatte er in die Ecke gepresst, zwischen die schmiedeeiserne Veranda des Nachbarn und eine Ziegelmauer, und konnte sie mit seinem Körper schützen. Rourke stützte seinen Revolver auf das Geländer und zielte auf den Posaunisten, der auf sie zulief, während sein Maschinengewehr weiterhin Metall spuckte. Der Kopf des Mannes explodierte in einem Gewirr von Blut und Knochen.

Rourke fuhr herum und feuerte zur Galerie hoch, einmal, zweimal, während der Bulle im Torweg auf ein Knie fiel und seinen Revolver in den Filzhutträger entleerte. Der Kopf des Mannes kippte in den Nacken und sein Rücken krümmte sich, als rote Blüten auf seiner Brust aufsprangen. Er drehte auf Zehenspitzen eine Pirouette und fiel dann über das Geländer der Galerie durch eine verschlissene Leinwandmarkise in einen Topf voller Geranien, der unter ihm zerbrach.

Eilige Schritte klatschten über den feuchten Bürgersteig und ein weiterer Mann mit einem schwarzen Filzhut bog um die

Ecke der Burgundy Street, das Maschinengewehr in seiner Hand brüllte, sein Lauf hob sich. Straßenlaternen und Fenster explodierten zu einem Hagel aus Glassplittern.
Rourke und der Bulle im Torweg waren bereits herumgefahren, zielten, feuerten. Der Mann wirbelte herum und wollte zur Burgundy zurückrennen, doch vorher ließ er noch einmal sein Maschinengewehr aufbrüllen.
Der Bulle zuckte zusammen, als ein roter Nebel aus seiner Kehle spritzte. Er schien für einen Moment in der Luft zu hängen, dann sank er wie jemand, der sanft einschläft, auf den Bürgersteig.
Langsam trieb Rauch durch die Luft, gesättigt vom Geruch nach Kordit und Ziegelstaub. Glas klirrte, eine Mülltonne rollte los und knallte gegen einen Laternenpfahl. Für einen Moment war alles still, dann läuteten die Glocken der Kathedrale zum Engel des Herrn.
Katie war die ganze Zeit vollständig stumm geblieben. Rourke ließ seine Hände über ihren Körper fahren, er suchte nach nassem Blut, nach zerfetztem Fleisch, nach gebrochenen Knochen. Ihre Augen waren weit aufgerissen und starrten ins Leere, dann richteten sie sich auf sein Gesicht und sie schrie auf und schrie immer weiter.
Der zweite Polizist kam mit gezücktem Revolver aus dem Torweg gestürzt und Rourke hätte fast wie im Reflex auf den Hahn gedrückt und den Knaben erschossen.
Der junge Bulle kam zum Stehen und schaute sich um, seine Augen quollen hervor und leuchteten weiß durch die Dämmerung. »Jesus«, flüsterte er. »O Jesus, o Jesus …«
Auf der Burgundy Street wurde ein Automotor angelassen, Reifen kreischten und spuckten Schmutz und Kieselsteine. Eine Hupe blökte.
Rourke schob seine schreiende Tochter in die Arme des anderen Bullen. »Bring sie ins Haus. Nach ganz hinten. Und hol Verstärkung.«

Rourke überzeugte sich noch kurz davon, dass der andere ihm gehorchte, dann wirbelte er herum, rannte die Straße entlang und entriss dem toten Posaunisten das Maschinengewehr. Er bog um die Ecke und sah einen schwarzen Lincoln davonfahren, die Rücklichter verschwanden im nebligen Regen.
Der fliehende Lincoln hatte einen kirschroten Cadillac dazu gebracht, beim Ausweichen auf den Bürgersteig und in einen Obststand zu fahren. Rourke rannte zu dem Wagen und riss die Tür auf.
Der Fahrer – so wie er aussah wohl ein Student, der in den Slums etwas erleben wollte – zog sich das Monokel aus dem Auge, öffnete den Mund und stieß einen schrillen Schrei aus. Rourke packte ihn am weiten Revers seines Mantels aus Tweedimitat und zerrte den noch immer schreienden Mann auf die Straße. Dann sprang er in den Cadillac und schaltete den Rückwärtsgang ein.
Beeren und Pfirsiche kullerten vom Dach und trafen auf die Motorhaube auf. Er drehte mit einer Hand das Steuerrad und riss mit der anderen die Tür zu, vollzog mit dem Wagen eine heftige, abgebremste Vollwendung und streifte eine Pyramide aus leeren Milchkannen. Die rückwärtige Stoßstange verfing sich im Henkel einer Kanne und Rourke zog sie einige Häuser weit Funken sprühend hinter sich her.
Der Lincoln war an der Ecke der St. Ann rechts abgebogen und hielt auf den Jackson Square und den Fluss zu. Der Fahrer beherrschte sein Metier. Es war Sonntagabend und wenig Verkehr, doch noch immer waren Automobile, leichte Karren, Lieferwagen und Pferdefuhrwerke in den engen, gepflasterten Straßen des Viertels unterwegs. Der Lincoln wich diesen Hindernissen nicht nur geschickt aus, er nutzte sie außerdem als Schild, den er zwischen sich und seinen Verfolger schob.
Rourke lächelte und trat das Gaspedal des Cadillac nach unten. Die Gesichter verwirrter Fußgänger schauten auf, als er mit

kreischendem Motor und heulenden Reifen an ihnen vorüberschoss. Regentropfen schlugen gegen die Windschutzscheibe und durchschnitten das Licht der vorderen Scheinwerfer. Straßenlaternen leuchteten ab und zu den fliehenden Lincoln an und ließen die Silhouetten von zwei Köpfen sehen.
Einer der Köpfe bewegte sich und schob sich durch das Autofenster, gefolgt von Schultern, Armen und einem feuernden Maschinengewehr. Rourke fuhr im Zickzack, Kugeln zerschrammten die rechte Seite des Cadillac und sein Heckfenster explodierte zu einem Wirbel aus Glasscherben.
Der schwarze Lincoln durchquerte die Royal Street und jagte auf den Jackson Square, genau durch die schmaler werdende Lücke zwischen einer Straßenbahn und einem Leichenwagen, der von einem Pferd mit schwarzem Federschmuck gezogen wurde.
Rourke ließ den Cadillac hinterherjagen, aber die Lücke schloss sich jetzt sehr schnell. Der Schienenräumer der Straßenbahn und der flatternde Kopfputz des Pferdes waren höchstens noch zwei Meter voneinander entfernt. Die Straßenbahn schepperte und wackelte und ruckelte.
Ein Meter achtzig.
Die schwarzen Federn wogten und tropften im Regen.
Eins fünfzig.
Rourke packte das Lenkrad, trat aufs Gaspedal und summte »Toot, Toot, Tootsie, goodbye«.
Er schoss so schnell zwischen Straßenbahn und Leichenwagen hindurch, dass der Wagen hin und her zuckte wie eine Mokassinschlange. Er streifte die Straßenbahn und sah die Zähne des Fahrers, als der zu einem Schrei den Mund aufriss. Rourke ließ den Cadillac auf den offenen Platz fegen und hinterließ ein Chaos aus miteinander verhakten Stoßstangen und wütendem Hupen.
Er hatte ein Stück des Schienenräumers mitgerissen. Das Metall verfing sich zwischen einem Rad des Cadillac und der Stoß-

stange und fungierte als Bremse. Der Wagen bockte und zuckte unter Rourkes Händen und fuhr über den Bürgersteig auf die mit Säulen bestandene Ecke des French Market zu, der geschlossen und menschenleer war, Gott sei Dank. Der Stoß lockerte das Metallstück unter der Stoßstange und der Wagen jagte mit einem Gebrüll des befreiten Tempos durch den einen Säulengang in die Markthalle hinein und durch die andere wieder hinaus, diagonal durch den Metzgergang. Blutige Rinderhälften knallten gegen die Windschutzscheibe, dann befand er sich wieder auf der gepflasterten Straße und hielt auf den Fluss und das Deichende zu, wo Masten vor dem düsteren, verregneten Himmel dahinzogen.

Das offene Fenster des Lincoln spuckte eine weitere Maschinengewehrsalve aus und die Kugeln zerfetzten die Olivenbäume auf dem Platz, ehe der fliehende Wagen vor dem Deich nach rechts gerissen wurde. Er schlingerte um die regennasse Ecke und steuerte dann, gefolgt von Rourke, über die Uferstraße die Villenviertel an.

Der Lincoln war durch sein Schlingern auf die falsche Straßenseite geraten und fast mit einem mit Zuckerfässern beladenen Lastwagen zusammengestoßen. Der Lastwagen geriet ebenfalls ins Schlingern und knallte gegen einen anderen Wagen, der eben an den Landungsbrücken mit Bananen beladen worden war. Fässer rollten und kullerten, zerbrachen und gaben Zucker frei, während die Bananenstauden nur so flogen, als die beiden Wagen gegeneinander prallten und die Straße blockierten.

Eingeklemmt zwischen Lagerhallen auf der einen und dem Deich auf der anderen Seite, hatte Rourke nur zwei Möglichkeiten: entweder in das Gewirr aus Pferden, zerbrochenen Wagen, Zuckerfässern und zerquetschten Bananen hineinzubrettern oder die Flügel auszubreiten und alles zu überfliegen.

Er riss das Lenkrad zum Deich hinüber und drehte den Motor auf. Der Cadillac schlingerte und legte sich schräg, unmöglich schräg, bis Rourke das Gefühl hatte, nur noch auf zwei Reifen zu fahren, immer weiter den mit Gras bewachsenen Hang hoch, bis er entweder auf die andere Seite kippen oder wie eine Rakete in den Himmel jagen müsste.

Die Vorderreifen des Cadillac drehten sich wie wild, griffen in die leere Luft, doch dann trug die Schwerkraft den Sieg davon und das Fahrgestell knallte mit markerschütterndem Krach auf den Boden.

Rourke fuhr so schnell über die schmale Deichkrone, wie er es nur wagte. Er grub Furchen in nasses grünes Gras und Butterblumen und streifte die Weidenbäume am Deichrand. Auf der einen Seite zog sich unter ihm der endlos breite braune Mississippi mit seinen Sandbänken dahin. Auf der anderen Seite sah er Eisenbahnschienen und eine Uferstraße, die sich mit Lastwagen und Mauleselkarren der Bauern füllte, die für den Markt des kommenden Tages ihre Ware in die Stadt brachten. Vor ihm, viel zu weit vor ihm, war der schwarze Lincoln.

Der plötzlich zur Howard Avenue hinüberschoss, fort vom Fluss.

Rourke riss das Lenkrad herum und trat das Gaspedal durch. Der Cadillac flog von der Deichkrone und Rourke dachte, gütiger Jesus, jetzt muss ich sterben.

Der Wagen durchbrach einen hauchdünnen Vorhang aus kobaltblauem Regen, jagte über die Eisenbahnschienen und hätte fast einen Lieferwagen voll mit Seetang behangener Körbe mit kleinen Austern gestreift. Er prallte so hart auf die Straße auf, dass Rourkes Kopf fast das Autodach durchschlagen hätte und die hintere Stoßstange mit lautem Klirren zu Boden fiel. Nur durch irgendein vom Teufel bewirktes Wunder platzten die Reifen nicht. Sie fanden auf der nassen Kies- und Teeroberfläche keinen Halt. Rourke drehte den stotternden Motor auf und der Cadillac schlingerte nach rechts, parallel zur Biegung der Eisenbahnstrecke.

Vor sich sah er die Hecklichter des Lincoln die Straße verlassen. Sie sprangen und hüpften über das Spinngewebe von Schienen und Weichen des Union Bahnhofs und verschwanden in den Rauchwolken, die aus dem Schornstein der Lokomotive quollen.

Rourke jagte durch die ziegelrote Bahnhofsarkade, um den anderen den Weg abzuschneiden, und jagte dabei ein Taxi gegen einen Telegraphenmast. Der Lincoln antwortete mit einem Kugelhagel und dem stotternden *pop-pop-pop* des Maschinengewehrs. Rourke blieb dem Gegner auf den Fersen und bretterte über die Eisenbahnschienen. Wieder hackte das Maschinengewehr los und in einem weißen Blitz platzte ein Lokomotivenscheinwerfer.

Rourke jagte den Lincoln noch einige Meilen durch die Straßen der Innenstadt, vorbei an Eckläden und Restaurants, an Bruchbuden, Queen-Anne-Villen und Kreolenhäusern, wo die Familien sich sicher gerade zu einem ruhigen Sonntagabendessen hingesetzt hatten. Sie jagten über die regenglatten Lehm- und Kiesstraßen auf den See zu, bis dann die Häuser hinter ihnen lagen und sie sich auf der Old Shell Road befanden, über die Rourke am Morgen zusammen mit Katie gefahren war. Auf der rechten Seite blinkten die Lichter der Boote auf dem New-Basin-Kanal. Auf der linken waren die Oleanderbüsche zu kauernden Schatten geworden.

Dann ging es durch sumpfige Zypressenhaine weiter und die Straße schien einfach kein Ende nehmen zu wollen und sich immer tiefer in die Nacht dahinzuziehen. Sie nahm jedoch ein Ende, wie alles ein Ende nimmt. Bei einer Brücke, die im Badeort West End Park über den Kanal führte, wo man die heißen Stadtstraßen vergessen und sich vor der Bühne ein Sousa-Konzert anhören oder auf einer riesigen Freilichtleinwand einen Film ansehen konnte. Man konnte bei Mannessier's mit Blick auf den See essen, mit dem Dampfer *Susquehanna* einen Aus-

flug unternehmen oder unter einem Sommermond Black Bottom tanzen.
Sie jagten jetzt durch den Park, über eine kurvenreiche Straße, die Reifen mahlten und wirbelten Muscheln und Kieselsteine auf. Mitten im Park schoss eine elektrische Fontäne Wasser in allen Regenbogenfarben zum rauchgrauen Himmel hoch.
Selbst an diesem regnerischen Sonntagabend hatten einige Familien sich vor diesem kaleidoskopischen Anblick versammelt und der Lincoln steuerte voll auf sie zu.
Im letzten möglichen Moment jedoch wich er auf das Hufeisen aus Gras aus, das den Springbrunnen umgab. Rourke, der ihm dicht auf den Fersen lag, reagierte um Sekundenbruchteile zu spät.
Den Jungen im gelben Regenmantel, der gerade für seinen Hund einen Ball in die Luft warf, überfuhr er nur deshalb nicht, weil er das Lenkrad herumriss und das Gaspedal durchtrat. Auf diese Weise konnte er gerade noch ausweichen. Rubinrote, smaragdgrüne und saphirblaue Wassertropfen ergossen sich über die Windschutzscheibe. Vor Rourke ragte die Bühne und die Rückseite der riesigen Filmleinwand auf.
An diesem Abend gab es kein Konzert, die Bühne war leer. Der Filmvorführer jedoch war in Remy Lelourie verliebt, und obwohl er seit dem Mord ihre Filme immer wieder gezeigt hatte, hatte er noch immer nicht genug von ihr. Stunde um Stunde schickte er ihr Bild in die Nacht hinaus, selbst dann, wenn er der einzige Zuschauer war.
Rourke versuchte nicht einmal anzuhalten. Er zielte mit dem Cadillac auf die Stützstreben der Leinwand, fuhr darüber wie über eine Rampe und traf mit siebzig Stundenkilometern auf die Leinwand auf. Die spitze Vorderfront des Wagens durchbrach den gestärkten Stoff und zerfetzte Cinderellas schönes Gesicht.
Der Cadillac jagte zwanzig Fuß weit durch die Luft und traf dann unmittelbar vor dem Lincoln auf den Boden auf.

Die Bremsen des Lincoln kreischten, als der Wagen von der Straße schlingerte. Das Gesicht des Mannes mit dem schwarzen Filzhut geriet ins Licht des Filmprojektors und er hob die Hand, um seine Augen zu schützen. Das Lenkrad rutschte aus seiner anderen Hand und der Wagen steuerte voll auf den See zu.

Sein Tempo trug ihn über die Treppe zum Ufer, über die Uferbefestigung und auf den breiten Pier. Ein Reifen platzte, doch die Bremsen hatten offenbar ihren Geist aufgegeben, denn der Wagen fuhr immer weiter, auf eine Badehütte zu, deren steiles, spitzes Dach die verwitterten Bretter des Piers berührte. Er fuhr immer weiter, auf das Dach, als sollte er wie ein Stein von einer Schleuder über den See geschossen werden, wo ein Dampfer mit untätigem Schaufelrad gerade ins Dock fuhr. Der Lincoln säbelte den oberen Teil des hohen Dampferschornsteins ab und segelte weiter zehn Fuß durch den verregneten Himmel. Dann explodierte sein Benzintank zu einem Ball aus roten, gelben und blauen Flammen.

Als Rourke das Ende des Piers erreicht hatte, waren die Überreste des Lincoln im tiefen, schwarzgrünen Wasser versunken. Auf dem Dampfer spielte eine mechanische Orgel weiterhin Ragtime, doch der Gestank von verbranntem Metall und Benzin hing schwer über dem leise schwappenden Wasser.

Eine junge Frau, die durch ein Restaurantfenster diese Szene beobachtet hatte, trat jetzt neben Rourke. Regen tropfte von den silbernen Fransen an ihrem Rocksaum und aus ihrem Bubikopf. Sie lächelte ihm mit ihrem roten, beschwipsten Mund zu und bot ihm einen Schluck aus dem Flachmann an, der unter ihrem schwarzen Spitzenstrumpfband steckte.

Casey Maguire hatte sich sein sonntägliches Krabbenkochen vor seinem Sommercamp am See nicht ruinieren lassen. Schließlich war Sommer und deshalb war er auf Regen vorbereitet gewesen. Er baute auf dem Vorderrasen ein riesiges rot gestreiftes Zelt auf, dessen Seiten aufgerollt werden konnten, um Luft hereinzulassen. Im Zelt wurden Lampions aufgehängt, Picknicktische mit Zeitungen und mit Bergen von würzigen Krabben und Krebsen, Baguettes und dünnen *boudin*-Scheiben bedeckt. Schweinerippen warten auf einem Blechfass darauf, gegrillt zu werden.

Der Schnaps war natürlich der beste, den ein Schieber überhaupt nur ins Land schmuggeln konnte, Markenware, unverdünnt, direkt vom Schiff.

Das Camp war eigentlich gar kein Camp – so nannten nur die Leute in New Orleans, die sich welche leisten konnten, ihre Sommerhäuser. Casey Maguires Sommerhaus stand auf Pfählen im Wasser und war über einen langen Holzpier zu erreichen. Es war ein geräumiges zweigeschossiges Bauwerk, um das sich eine mit Betten zum Schlafen und Schaukelstühlen zum Dösen gefüllte und mit Zuckerrohrstangen, Krebsfallen und Fischnetzen vollgemüllte Veranda zog.

Rourke fuhr in dem von Kugeln durchsiebten, ramponierten und zerschrammten roten Cadillac auf den Rasen. Metall kratzte über Metall, als er die Tür aufstieß, um auszusteigen. Das Maschinengewehr hielt er in der Hand.

Seine Schuhe zertraten das hohe nasse Gras und zerquetschen Bananenblätter und Palmwedel. Er betrat das Zelt mit den offenen Seiten und traf wie auf Brideys Totenwache zwei Nächte zuvor auf eine verwirrt schweigende Versammlung. Viele der Gesichter hier waren dieselben. Die meisten Gäste, die Casey Maguire zur Krabbenkocherei ins Sommercamp einlud, stammten aus der alten Nachbarschaft. Vor Jahren hatte er Rourke einmal erzählt, dass er sich gern an seine Herkunft erinnere.

Bei Brideys Totenwache hatte Maguire einen dunkelblauen Seidenanzug samt Schlips getragen. Jetzt trug er modisch weite weiße Oxfordhosen, einen feschen Hut und zweifarbige Schuhe. Und doch stand er allein da, in brutaler Ruhe, als habe er bereits gewartet.

Seine Augen wanderten von Rourkes Gesicht zum Gewehr in dessen Händen und dann zurück zum Gesicht.

Rourke richtete das Maschinengewehr auf Maguires Bauch. »Du mieser Scheißschwanzlutscher«, sagte er und seine Stimme schrammte durch die Kehle. »Meine kleine Tochter war bei mir.«

»Day«, Maguire hob die Hände und spreizte sie ein wenig. »Ich weiß nicht, worum es hier geht, aber du hast ein MG in der Hand und hier sind Unschuldige anwesend. Frauen, Kinder.«

Das schwarze Leuchten war da, tief in seinen bleichen Augen, doch es schien eher dem Schmerz zu entspringen als der Wut oder Furcht. »Ich schwöre bei Jesus, was immer ich deiner Ansicht nach getan habe, du irrst dich.«

Langsam hob Rourke den Lauf des Maschinengewehrs und streifte damit Maguires Gesicht, rieb damit sanft über Maguires Wange, um dann die Mündung hart gegen den Knochen zu pressen. »Deine Killer haben mich verpasst, Case, aber ich habe sie fertig gemacht. Allesamt, und der einzige Grund, warum ich dir nicht hier und jetzt ein Scheißloch ins Gedärm brenne, ist, dass sie das Ganze ohne eine Schramme überlebt hat.«

»Nein, das ist nicht der Grund«, sagte Maguire langsam und besonnen. »Du bringst mich noch nicht um, weil du nicht sicher bist, ob ich schuldig bin, und du bist ein zu ehrenwerter Mann, um einen Mord zu begehen.« Er legte die Hand um den Gewehrlauf und schob ihn langsam beiseite. »Vergiss das Ganze, Day. Vergiss es.«

Rourke schüttelte den Kopf, lächelte und zeigte die Zähne. »Wenn wir tot sind.«

Er trat einen Schritt und dann noch einen zurück. Er drehte sich um und warf das Gewehr weg, schleuderte es wütend aus der offenen Zeltseite und das Gewehr drehte sich in der Luft um und beschrieb einen hohen, weiten Bogen.

Rourke verließ das Zelt und ging über den Rasen, vorbei am Cadillacwrack und hinunter zum Wasser, wo die zerfetzten Palmen in der salzigen Brise raschelten und ein Reiher zwischen den Katzenschwänzen Futter suchte. Regen funkelte wie gesponnenes Glas über dem Wasser.

Rourke brach in Zittern aus. Seine Rippen taten höllisch weh und er war unerträglich erschöpft.

Er hob die Hände an seine Augen und rieb sie sich so hart, dass er eigentlich in den Knochen einen Abdruck hätte hinterlassen müssen. Katie, Katie … aber es ging ihr doch gut. Unverletzt, Gott sei Dank, nicht einen Kratzer. Und sie war stumm geblieben, bis sie ihm ins Gesicht geschaut hatte, und dann hatte sie geschrien. Was, um Gottes willen, hatte Katie in seinem Gesicht gesehen, das ihr diesen schrecklichen Schrei entlockt hatte?

»Sir?«

Langsam ließ Rourke die Hände sinken und schaute auf. Vor ihm stand ein großer, breitschultriger Farbiger. Der Mann war wie ein Fischer gekleidet, hatte jedoch die platten Augenbrauen und um die Augen die grauen Narben des ehemaligen Boxers.

»Mistah Maguire möchte morgen mit Ihnen reden«, sagte der Mann. »Mistah Maguire – dem gehört hier das Haus«, fügte er hinzu, da er Rourkes absolut verständnislose Miene falsch gedeutet hatte. Rourke dachte noch immer an Katie. Er wollte nach Hause gehen und sie in den Arm nehmen, wenn sie das erlaubte, sie in den Arm nehmen, bis sie eingeschlafen war.

»Scheiße«, sagte Rourke. »Ich habe ihm nichts mehr zu sagen.«

Der Fischer verlagerte sein gewaltiges Gewicht und ließ seinen Blick zwischen dem Zelt und Rourkes Gesicht hin- und herwandern. »Bitte, Sir. Mistah Maguire sagt, ich soll Ihnen sagen, dass er morgen um zwölf bei den Fliegenden Pferden sein wird.«

Rourke nickte, obwohl er kaum zugehört hatte. Die Fliegenden Pferde waren ein Karussell im Audubon Park, ein relativ sicherer Treffpunkt, an dem tagsüber immer eine Menschenmenge versammelt war. Doch das war erst morgen und morgen war noch eine Ewigkeit entfernt. Im Moment wollte er nur nach Hause, Katie in den Arm nehmen, die liebevolle Wärme ihres lebenden Fleisches spüren und ihren süßen Kleinmädchenatem riechen. Er war unglaublich müde, denn später in dieser Nacht würde er noch ins Rosa Zebra gehen und um einen horrenden Einsatz gegen eine gerissene und rücksichtslose Miss Fleurie *bourrée* spielen müssen, die ihm vielleicht sagen konnte, was er wissen wollte, und vielleicht auch nicht.

Um ein Uhr morgens war die Musik im Rosa Zebra wild, der Schnaps floss, die Mädels waren hübsch und willig. Sie tranken Manhattan Cocktails und Gin Fizz und rauchten Zigaretten, die in langen, mit Rheinkiesel besetzten Spitzen steckten, tanzten zur Musik einer Band mit hektischem blechernem Rhythmus und spielten mit Fingern mit lackierten Nägeln an ihren langen Perlenketten herum. Sie machten rote Schmollmünder und warfen ihren Scheichs, die an Tresen und Spieltischen mit Dollars um sich warfen wie mit Konfetti, Kusshände zu.

In einer früheren Inkarnation war das Rosa Zebra eine ganz normale Bourbon-Street-Bar mit ein paar kleineren Attraktionen gewesen, den *bourrée*-Partien, die jede Nacht im Hinterzimmer stattfanden, und den zwei großen Zebrafellen, die einander von den vergoldeten Wänden her ansahen. Dann war die Prohibition gekommen, und Miss Fleurie war ihr gefolgt. Die *bourrée*-Partien wurden brutal, die weißen Streifen des Zebras wurden schockrosa gemalt, und die ehemals normale Bar war als Rosa Zebra wieder geboren.

Bevor sie jedoch zum Rosa Zebra geworden war, damals, als es einfach eine Tränke in der Bourbon Street war, hatte dort Daman Rourke am Mardi Gras des Jahres 1919 seine spätere Frau kennen gelernt. Sie war vielleicht mit einem anderen gekommen, doch sie war mit Rourke gegangen.

Obwohl sie vor dieser Nacht nie ein Wort miteinander gewechselt hatten, wusste Rourke, wer sie war, denn er hatte sie wenige Wochen zuvor zum ersten Mal gesehen. Er hatte das Haus der Carrigans am Rose Park aufsuchen müssen, denn auf einem Fest war ein Diamantenarmband verschwunden. Weldon Carrigan war damals noch nicht Superintendent gewesen, aber trotzdem sehr wichtig, und deshalb hatte der Captain gleich vier Bullen hingeschickt, drei Ermittler und Rourke, der erst vor wenigen Monaten aus dem Krieg zurückgekehrt und neu bei der Truppe war.

Die ganze Nachbarschaft hatte den kalten, düsteren Tag fröhlich werden lassen, indem sie Laternen in die Eichen gehängt hatte, und die Luft war erfüllt mit dem Geruch der Weihnachtsbäume, die von Dienstmännern verbrannt wurden. Rourke und die Ermittler standen im Foyer, wo Mrs. Carrigan ihnen aufgeregt erklärte, ein dummes Missverständnis sei geschehen. Das Armband war gar nicht gestohlen, sondern verloren worden, ein defekter Verschluss, wissen Sie, und nun war es wieder gefunden worden, und es tut mir so Leid, Sie belästigt zu haben …

Als er dort in der weiten Halle mit der Kassettendecke und den mit Reben bemalten Wänden und poliertem Boden stand, der wie Eis glitzerte, konnte Rourke in den vorderen Salon blicken, wo das Fest stattfand. In einer Gruppe von Studenten in Collegehemden und Debütantinnen mit Handschuhen und Perlen fiel ihm ein Mädchen auf. Sie lachte und sie hatte eine weiße Kamelie in ihrem dunklen Haar.

Er sah zu, wie sie zu einem gravierten Silbermesser griff und den Königskuchen anschnitt, wie sie sich die lila Glasur von den Fingern leckte und die anderen mit der Frage neckte, wer das Stück mit der Babyfigur aus Porzellan erhalten und damit zum König oder zur Königin des Tages gekrönt werden würde. Er merkte erst, dass er in die offene Salontür getreten war, um sie besser sehen zu können, als sie aufschaute und ihre Blicke einander begegneten. Sie starrten einander so lange an, dass ihre Wangen erröteten, dann schlug sie die Augen nieder und versteckte sie hinter ihren Lidern. Ihr kleines Lächeln jedoch hielt noch einen Moment vor.

Sie ist daran gewöhnt, bewundert zu werden, dachte er, und begehrt. Dass sie als unberührbar und als nicht für ihn bestimmt galt, steigerte sein Begehren nur noch.

Beim nächsten Mal sah er sie auf der anderen Seite eines *bourrée*-Tisches im Hinterzimmer einer Bar in der Bourbon Street. Sie und ihr Bekannter, der ebenfalls aus einem Villenviertel stammte, hatten ihren Mardi-Gras-Ball verlassen, um sich in den wilderen Stadtteilen zu amüsieren und nach Aufregung zu suchen. Rourke war gekommen, um zu spielen und Geld zu gewinnen, sollte er Glück haben und seine Sache gut genug machen.

Sie schaute ihrem Bekannten über die Schulter, noch immer in dem Kleid, mit dem sie den Kostümball besucht hatte, und sah zu, wie Rourke Karten gab. Ihr Gesicht war errötet, ihre Augen schauten ein wenig verängstigt, denn das hier war nicht der richtige Aufenthaltsort für eine Debütantin, und das wusste sie genau. Dann schaute sie auf und wieder begegneten ihre Blicke einander wie damals im Haus ihres Vater. Und er wusste, dass er sie haben würde, und zwar bald.

Einen Monat nach der *bourrée*-Partie im Rosa Zebra waren sie verheiratet. Ein Jahr und ein Baby später war sie tot.

Daman Rourke lehnte am Mahagonitresen, stützte sich auf seine Ellbogen, hatte den Absatz seines Alligatorschuhs hinter der Messingstange verhakt und sah zu, wie die Mädchen den Black Bottom tanzten. Er war seit Jos Tod nicht mehr hier gewesen, erkannte jetzt aber, dass es nicht nötig gewesen wäre, diese Bar zu meiden. Die Erinnerungen, die in diesem Scheich-und-Königin-von-Saba-Spielland lebten, waren nicht seine.

Aus dem Augenwinkel heraus sah er Miss Fleurie durch die

Menge auf ihn zukommen. Ihr mit Perlen und Pailletten besetztes Kleid war so rosa wie die bemalten Streifen der Zebras. Sie beugte sich zu ihm vor und küsste ihn ausgiebig auf den Mund. »Ich hoffe, du hast heute deine Eier mitgebracht, Herzchen. Denn Geld, das Angst hat, gewinnt nie.«
Sie winkte dem Barkeeper zu, der zwei Gläser Champagner aus einer Flasche mit einem französischen Etikett füllte. Sie nippte vorsichtig daran, legte dann den Kopf schräg und hob eine sorgfältig gezupfte Augenbraue: »Du trinkst nicht?«
»Ich spare mich auf.«
Ihr Kopf kippte in den Nacken, als sie loslachte, und das Licht der Messinglampen ließ ihren muskulösen Hals aufleuchten. »Ooooh! Und dabei hat Miss Fleurie noch nicht einmal ihre Zähne gezeigt!«
Sie leerte ihren Champagner in zwei Zügen und griff zu dem Glas, das sie für Rourke eingeschenkt hatte. Ihr belustigter Blick wanderte zu einem der Tische in der Nähe, wo einem Charlestongirl gerade eine Cocktailkirsche aufs Kleid gefallen war und ihr Scheich nun versuchte, die Kirsche zu retten, ohne die Hände zu benutzen. Ihre Freundinnen kreischten und lachten über diese Waghalsigkeit. Ihr Gesicht war von zu vielen Martinis und von Lippen und Zunge des Jungen auf ihrer bloßen Haut so rot angelaufen wie die Kirsche.
Miss Fleurie trank den Champagner aus und nahm die Flasche. »Diese armen, jämmerlichen, verrückten Kinder«, sagte sie. »Denen wollen wir doch mal zeigen, wie dieses Spiel gespielt werden sollte.«

Das *bourrée*-Spiel steht in einem beängstigenden Ruf, denn wenn man verliert, dann kann man gewaltig hoch verlieren. Es ist ein Halsabschneiderspiel, und wer wirklich gut werden will, darf keine Grenzen und keine Furcht kennen und sich keinen Haltepunkt setzen.

Dieses Spiel sollte am besten mit mindestens fünf Teilnehmern gespielt werden und es fiel Miss Fleurie nicht schwer, drei junge Männer mit gut betuchten Vätern an den Spieltisch zu holen. Es war kein besonderer Spieltisch, er bestand einfach aus billigem, mit verblasstem grünem Filz bedeckten Kiefernholz, umgeben von schlichten Stühlen mit Rohledersitzen. Über dem Tisch hing an einer alten Ankerkette eine Blechlampe.

Jeder gab als Einsatz zwanzig Dollar in den Topf und Miss Fleurie gab rundenweise Karten, bis jeder Spieler fünf hatte. Dann drehte sie ihre fünfte Karte um, um die Trumpffarbe zu ermitteln: Es war eine Kreuzfünf. Einer der reichen Jungen stieg sofort aus, die anderen machten weiter und die Wetten begannen. Rourke warf eine normale Karte ab – ein Wurf, zu dem den meisten Spielern Mut oder Kenntnisse fehlten – und hatte das Glück, dafür eine Trumpfkarte zu ziehen. Da Miss Fleurie selber zwei Karten gezogen hatte, machte er einen weiteren kühnen Zug und spielte seine höchste Trumpfkarte aus, eine Königin, in der Hoffnung, Miss Fleurie möglichst bald ihre einzige Trumpfkarte zu entziehen. Dieser Versuch machte sich bezahlt und er hatte die erste Runde gewonnen. In der nächsten würde sie den Topf füllen und Einsatz und Wetten aller anderen übernehmen müssen. Während Rourke soeben um siebenhundert Dollar reicher geworden war.

Er könnte bei der nächsten Runde jedoch auch gewaltig verlieren und deshalb lachte Miss Fleurie, denn in der Bourbon Street mochte es zwar ein Uhr morgens sein, aber die Nacht war noch jung und ihr Blut schäumte ebenso, glaubte Rourke, wie seins.

»Ooooh Baby«, säuselte sie und machte für ihn einen Kussmund. »Ich wusste, dass du gut bist, aber niemand hat mir verraten, *wie* gut.«

Früher Morgennebel kroch durch die engen Pflasterstraßen. Daman Rourkes Absätze kratzten an seinen ausgefransten Ner-

ven. Beim Spiel hatte er niemals Angst, danach brauchte er aber Stunden, um wieder zur Ruhe zu kommen.
Er ging zum Jackson Square und setzte sich auf eine Bank unter den Bananenbäumen. Er stemmte die Ellbogen auf seine gespreizten Oberschenkel, beugte sich vor und schlug die Hände vors Gesicht. Sein Gesicht fühlte sich rau und müde und wund an, als seien die Knochen verletzt worden.
Er hatte von Miss Fleurie fast zehntausend Dollar und einen Namen gewonnen.

Fünfundzwanzigstes Kapitel

Charles St. Claire war seit einem Monat mit Belles Schwester verheiratet, als er zum ersten Mal im Haus in der Esplanade Avenue einen Besuch machte.

Mama lag mit ihrer Migräne im Bett, deshalb musste Belle sich allein um ihn kümmern. Sie konnte ihm außer Zitronensprudel nicht viel anbieten, aber damit war er zufrieden. Es war ein seltsames Gefühl für sie, in die Küche zu gehen, die Zitronensäurekristalle anzurühren und Eis zu zerhacken. In ihr herrschte eine Unruhe, als ob sie einen Mund voll Schmetterlinge verschluckt hätte.

Aus ihrer Kindheit hatte sie nicht viele Erinnerungen an ihn. Es kam ihr jetzt, wo sie darüber nachdachte, seltsam vor, dass sie sich nicht auf Charles verlegt hatte, nachdem Julius eine solche Enttäuschung gewesen war. Aber sie hatte wirklich kaum je an ihn gedacht. Julius hatte immer bei ihnen gesessen, um Remy anzuschmachten, aber Charles hatte sich nur selten blicken lassen. Die St. Claires waren zwar entfernte Verwandte, aber sie waren doch immer ein wenig auf Distanz geblieben wegen des Skandals und der alten Duellgeschichte, und Charles war ihr ohnehin als grober, übellauniger Junge erschienen. Jetzt fragte sie sich allerdings, ob sie ihn vielleicht falsch beurteilt hatte.

Als sie mit dem Sprudel in den Salon zurückkehrte, errötete sie, als sie entdeckte, dass er in das Bild von Sans Souci vertieft war, das Mama eingerahmt und über den Kaminsims gehängt hatte.

»Remy muss sehr glücklich darüber sein, dass sie jetzt mit dir dort leben kann«, sagte sie, vor allem, weil ihr nichts Besseres einfiel. »Sie hat dieses Haus immer so geliebt.«

Sein Lachen verwirrte sie. »Liebe Belle, liebe *ehrliche* Belle, ich merke durchaus, dass du nicht behauptest, sie habe immer mich so geliebt, und du hast sicher Recht in deiner Annahme, was uns beiden diese Ehe so bringt. Deine Schwester hat Sans Souci und ich bin der stolze Besitzer der schönsten Frau der Welt.«

Belle konnte nicht verstehen, wie er so etwas sagen und dabei lachen konnte. Sie wusste nicht, was sie ihm entgegnen sollte, deshalb bedachte sie ihn mit einem kleinen, schüchternen Lächeln. Das Lächeln, mit dem er antwortete, war so herzlich und warm, dass es sie an allen leeren Stellen berührte.

Danach kam er jede Woche ein- oder zweimal. Manchmal saßen sie mit Mama im Salon und es tat Belle auf eine süße Weise weh zu sehen, wie ihre Mutter, die sich so sehr nach der Gesellschaft eines anderen Menschen im Haus sehnte, sich unter seinen oberflächlichen Komplimenten und seinem Lächeln öffnete wie eine Tulpe in der Sonne. Normalerweise jedoch empfing Belle Charles St. Claire allein im Garten, und als sie sich an seine Anwesenheit gewöhnt hatte, arbeitete sie bisweilen, während sie sich unterhielten. Genauer gesagt, zumeist redete er und sie hörte zu.

Sie glaubte, er trage tief im Innern eine Wunde mit sich herum, die er niemandem zeigte. Sie konnte manchmal Anzeichen dafür entdecken und bei gewissen Themen schien er am ganzen Leib Schmerzen zu empfinden: bei Erinnerungen an seine Kindheit auf Sans Souci, an Julius, der sich damals mit dem alten französischen Revolver erschossen hatte. Doch sie glaubte, dass sein Schmerz tiefer reichte, bis zu etwas, das keinen Namen hatte, einem amorphen Schatten, der sogar für Charles ungesehen und ungehört blieb.

Einmal sagte er zu ihr: »Seit so langer Zeit passiert mir nun schon alles, ohne irgendeinen Gedanken meinerseits, ohne meinen Willen oder meinen Wunsch, und jetzt ist es mir egal, es ist mir einfach egal.« Sie hätte gern gewusst, ob die Welt ihm so erschien wie ihr, wie ein Haus ohne Menschen, ohne Möbel, ohne Licht und Leben und sogar ohne Erinnerungen. Sie hätte gern gewusst, ob auch er sich dabei ertappte, wie er in diesem düsteren Haus von Zimmer zu Zimmer ging, ohne dabei ein Geräusch zu verursachen oder auch nur die Luft zu bewegen.

Sie fing an, für diese Stunden im Garten zu leben, und das Leben blieb stehen an den Tagen, an denen er nicht kam. Die Zeit wurde zu einer Pause zwischen ihrer letzten und ihrer nächsten Begegnung.

An einem Tag im Mai kniete sie auf dem Boden, um Chrysanthemen in einen Tontopf zu pflanzen. Dann stand sie zu schnell auf, und da war er, schlang den Arm um ihre Taille, um sie aufzufangen, und sie hätte gern aufgehört zu atmen. Sie wusste, dass sie sie nicht haben dürfte, diese Gefühle, aber sie waren vorhanden und sie ließ sie gewähren. Er war der Jemand, auf den sie ihr ganzes Leben gewartet hatte. Oder vielleicht weniger er als die Gefühle, die er in ihr erweckt hatte.

Er ließ seinen Arm um ihre Taille liegen, obwohl das nicht richtig war, und sagte: »Du solltest häufiger ausgehen, Belle. Soll ich dich einfach für morgen bei Antoine zum Mittagessen einladen? Würde dir das gefallen?« Und so geschah es dann.

Seit seinem ersten Besuch hatte sie auf diesen Moment gewartet. Sie hatte darauf gewartet, ohne zu wissen, dass sie wartete, und zu einem bestimmten Zeitpunkt war das Warten in ein tieferes Gefühl umgeschlagen und jetzt war das Warten vorüber. Es war vollbracht.

Er ging mit ihr zu Antoine und sie traten durch den Hintereingang ein, den für Gentlemen, die sich mit Damen trafen, mit denen sie nicht zusammen gesehen werden wollten. Und deshalb wusste sie genau, was er vorhatte, und noch einmal dachte sie: Es ist vollbracht.

Sie saßen in einem mit rotem Leder ausgeschlagenen Séparée so dicht beieinander, dass sie sein Bein an ihrem spürte und seine Rasiercreme roch. Er ließ eine rohe Auster in ein Glas Bourbon fallen. Das sei ein Aphrodisiakum, sagte er lächelnd, und sie kam sich beim bloßen Hören dieses Wortes bereits elegant und verrucht vor. Sie wurde von ihm neu geformt, aufs Neue erfunden.

Danach gingen sie unter einem Regenschirm durch die engen Straßen des French Quarter. Sie fragte sich, ob das Haus, in das er sie jetzt führte, Ähnlichkeit mit dem ihres Daddy in der Conti Street haben würde, ob es in seiner Familie von den Vätern an die Söhne weitergereicht würde, seit den Tagen der *plaçage.* Sie würde Remy gegenüber kein schlechtes Gewissen haben, würde nicht daran denken, dass dieser Mann der Gatte ihrer Schwester war. Remy hatte ihr zuerst Julius weggenommen und dann all ihre Träume gestohlen. Es war nur recht und billig, dass sie im Gegenzug etwas von Remy bekam.

Sie betraten durch ein eisernes Tor einen Hofplatz und gingen durch einen gewölbten Torweg aus Ziegeln. Sie konnte den Fluss, die feuchten Ziegelmauern und die verschimmelnden Hülsen der Pecanüsse riechen, die im vergangenen Herbst von den Bäumen gefallen waren. Sie stiegen die Treppe zum oberen Stock in einer umgebauten Stadtvilla mit Kutschentor hoch, und kaum hatte sich die Tür flüsternd hinter ihnen geschlossen, da lag sie auch schon in seinen Armen.

Sie küssten einander und sie spürte, wie seine Wange ihre ein wenig rau streifte, roch seinen warmen Hals.

»Deine Haare riechen nach Regen«, sagte er.

»Oh«, sagte sie, mit atemloser, verängstigter Stimme. »Es regnet ja auch.«

Er lachte, küsste sie wieder, presste seinen Mund auf ihren, und

sie empfand jetzt viel zu viel, um noch aufhören zu können. Ganz tief in ihr saß dieses Gefühl, dass ihr nichts anderes übrig blieb, als nachzugeben.
Sie war achtundzwanzig und wusste trotzdem noch nicht, was sie erwarten sollte – Mama hatte das Wort *schwanger* immer nur geflüstert aussprechen können und nie erwähnt, was sich zwischen einem Mann und einer Frau im Bett abspielt. Als es vorüber war, drückte er sie an sich, streichelte ihre Haare, sagte, es tue ihm Leid, aber für ein Mädchen sei es beim ersten Mal immer schmerzhaft.
Dann stand er auf und schlüpfte in seine Hosen und einen Seidenschlafrock mit Paisleymuster. Er steckte sich eine Zigarette an, ging hinaus auf den Balkon und stützte die Ellbogen auf das Geländer. Es regnete jetzt nicht mehr.
Sie sah ihm beim Rauchen zu. Das Bettzeug war nass von der feuchten Luft und von ihnen, von dem, was sie getan hatten. Das Bettzeug roch nach dem Patschuliöl, mit dem er seine Haare kämmte, und nach etwas Erdigem, das sie an den lehmigen Boden in ihrem Garten erinnerte.
Ich habe einen Liebhaber, dachte sie, und empfand Glück. Das vollkommene Glück.

Am nächsten Tag erwartete sie ihn bei sich zu Hause, aber er kam nicht. In ihr wuchs Hysterie heran wie Dampf, der in einer Flasche gefangen ist.
Nach zwei Wochen konnte sie es nicht mehr ertragen. Sie zog die Sachen an, die sie für ihn gekauft hatte, ein grünes Kleid aus Seidenkrepp mit Schalkragen und Schlangenhautschuhen. Sie hatte sich einen grauen Glockenhut zugelegt, weil der gerade modern war, aber er wollte einfach nicht richtig sitzen. Das lag an ihren langen Haaren, die hochgesteckt werden mussten und unter dem Hut keinen Platz fanden. Sie würde sich jedoch niemals die Haare schneiden lassen. Er hatte ihr ja schließlich erzählt,

dass ihm die neue Mode der Bubiköpfe und der flachen Brüste, die Mädchen wie Jungen aussehen ließen, nun gar nicht gefiel.

Sie fuhr mit der Straßenbahn ins French Quarter. Es regnete wieder, es goss dermaßen, dass die Straßen stellenweise überflutet waren. Das Wasser strömte über die niedrigen Bürgersteige aus Ziegelsteinen in die Läden hinein und es umspülte die Treppen der kreolischen Häuser. Der Regen ergoss sich durch die Regenrinnen, folgte den Galerien und schoss als Wasserfall von den schrägen Dächern herab. Die nassen Palmen und die Zweige der Pecabäume schlugen im Wind hin und her.

Erst als sie an seine Wohnungstür klopfte, durchnässt und zitternd wie eine halb ertrunkene Katze, fiel ihr ein, dass sie keinerlei Grund zu der Annahme hatte, er könne hier sein, in diesem Haus, in diesem Moment. Deshalb war sie überrascht, als sofort die Tür geöffnet wurde, so als habe er sie erwartet.

Als die Tür zu der Art von Schweigen geöffnet wurde, das sich ausbreitet, nachdem auf einer Beerdigung die Glocken verstummt sind.

Sie wollte etwas sagen, doch er hob die Hand. »Ich weiß nicht, was in dich gefahren ist, dass du ungebeten hier auftauchst«, sagte er mit einer Stimme, die so grausam hätte klingen sollen wie seine Worte, was jedoch nicht der Fall war. »Ich fürchte jedoch, ich muss dich bitten, wieder zu gehen. Ich erwarte Besuch.«

Sie versuchte zu atmen, doch ihre Lunge fühlte sich dick und nass an. »E-es tut mir Leid«, sagte sie. »Aber ich … du warst so lange nicht mehr bei uns, und ich …« Aber er schloss schon die Tür und im trüben Licht hatte sein Gesichtsausdruck etwas Schreckliches. Es lag keine Trauer darin, kein Schmerz, kein Bedauern. Sein Gesicht war ganz einfach leer.

Als Nächstes fand sie sich dann mitten in ihrem Garten wieder, während der Regen ihr Hände und Gesicht zerschnitt.

Sie fiel im Lehm auf die Knie und fing an, die Blumen, die sie im Laufe der Jahre so liebevoll gepflanzt und gepflegt hatte, mit den Wurzeln wieder herauszureißen. Sie riss und riss und sie dachte, wie sie das noch bereuen würden, er und Remy. Bereuen, bereuen, bereuen.

Sie öffnete den Mund und der Schrei füllte ihn dermaßen aus, dass sie keine Luft bekam. Sie versuchte, ihn herauszureißen, den Schrei herauszureißen, aber der saß fest, und endlich machte sie ihren Mund wieder zu, ließ sich auf ihre Hacken zurücksinken und legte ihre lehmigen Hände in den Schoß. Es regnete noch immer, und ihr kam der unendlich entsetzliche Gedanke, dass das hier, dieser eine Moment in ihrem Leben, alles war, was es jemals geben würde.

Belle hatte jetzt schon sehr lange gesprochen und geweint und sie war heiser. Sie kniete im Lehm und ihre Hände arbeiteten in dem Blumenbeet vor dem Haus, das sie mit ihrer Mama teilte, dem verwüsteten, verstümmelten Beet, sie vergruben sich tiefer und tiefer in der Erde, bis ihre Arme bis zu ihrem Ellbogen verschwunden waren.

»Aber du bist zu ihm zurückgekehrt«, sagte Daman Rourke mit sanfter Stimme. »Am Dienstagabend. An dem Tag, an dem er ermordet wurde.«

Belle zog ihre Hände aus der feuchten Erde und schlug mit den Fäusten darauf ein. »Ich fürchte, du irrst dich. Charles war mir verhasst. Verhasst. Ich wollte ihn nie mehr wiedersehen!«

Rourke saß neben ihr, unten auf der Treppe zur Galerie, im vom Dach geworfenen Schatten. Es war erst acht Uhr morgens, aber die Luft war bereits heiß und atemlos und von Feuchtigkeit gesättigt. Er hatte nach der *bourrée*-Partie keine Zeit gehabt, um zum Duschen und Rasieren nach Hause zu gehen, und er hatte nicht geschlafen, hatte seit Jahren nicht geschlafen, so kam es ihm vor. Sein Mund fühlte sich an wie alte Socken und er fühlte sich am ganzen Körper wie gerädert.

»An diesem Abend hat es heftig geregnet und deshalb waren eure Regenschirme am nächsten Tag noch immer ein wenig nass«, sagte er weiterhin mit sanfter Stimme. Er hatte die Unterarme um seine gespreizten Knie geschlungen und ließ seine Hutkrempe durch die Finger wandern. Was die Frau, die im Blumenbeet kniete, sagte, schien ihn nicht sonderlich zu interessieren. »Deine Mama hat behauptet, ihr wärt in der Kirche gewesen, doch mein Partner hat euren Priester gefragt, ob ihr an dem Abend in der Messe wart, und er hat Nein gesagt.« Jetzt hob Rourke den Kopf und schaute ihr in die Augen. Sein Lächeln war einfach bezaubernd und ein wenig neckend. »Es ist eine schreckliche Sünde, über etwas so Heiliges wie die Messe zu lügen.«

Sie öffnete den Mund und die Haut um ihre Augen und ihre Nase wurde weiß. Er glaubte, sie werde aufschreien oder ihn wütend anbrüllen, aber sie lachte. Dieses Lachen überraschte ihn, weil es so wild war, doch zugleich ließ es ihr Gesicht verträumt aussehen, zeigte ihm für einen Moment das Mädchen, das sie einst gewesen war.

»Ach, ich weiß, was du denkst.« Sie schob sich verschwitzte Haarsträhnen aus dem Gesicht und hinterließ dabei einen Erdfleck auf ihrer Stirn. Die von ihr umgewühlte Erde hatte einen scharfen, feuchten Geruch wie ein alter Keller. »Ich habe mit dem Mann meiner Schwester geschlafen. Um Himmels willen, was kann es da noch für eine schlimmere Sünde geben? Aber die gibt es. Es gibt viel, viel schlimmere Sünden.« Sie bohrte ihre Hände wieder tief in die Erde, zog sie dann heraus, bohrte und zog, bohrte und zog. »Es ist doch schlimmer, eine alte Jungfer zu sein, die ein Baby bekommt, findest du nicht?«

Draußen auf der Straße drehte der Gemüseverkäufer seine Morgenrunde, die Hufe seines Esels klapperten über das Pflaster, eine Waage klirrte und er rief: »Probieren Sie meine Okra und meine Bohnen, meine Daaaameeeh!«

Ein Baby.

Eine Schar von Spottdrosseln flog über den Hof und suchte dann im Gras nach Insekten. Belle hatte ein fröhliches Blumenbouquet gepflanzt, weißen Jasmin und lavendelblauen wilden Wein, gelben und roten Hibiskus, rosa und blaue Hortensien.

Ein Baby. Miss Fleurie hatte nichts von einem Baby gesagt, aber vielleicht wusste sie ja nichts davon. Vielleicht hatte auch Charles St. Claire davon erst in der Nacht erfahren, in der er ermordet worden war.

»Ich habe eine Aussteuertruhe voller hübscher Sachen für eine Braut«, sagte Belle gerade. »Aber für ein Baby habe ich nichts.«

Rourke holte tief Atem und wählte seine Worte voller Sorgfalt: »Du hast es Mr. St. Claire gesagt«, sagte er. »Am Dienstag, als du ihn aufgesucht hast. Da hast du ihm von dem Baby erzählt.«

Ihr Mund war jetzt schlaff, ihr Atem flach, ihre Hände kratzten fast panisch im Boden herum. »Mir wurde morgens schlecht – anfangs wusste ich nicht einmal, warum. Mama hat alles durchschaut, weil mir schlecht war und weil ich seit einiger Zeit keine Lappen mehr brauchte. Ich war so aufgeregt, nachdem Mama mir das alles erklärt hatte, denn ich wusste, Charles würde einfach begeistert sein, wenn er davon erfuhr. Jeder Mann wünscht sich einen Sohn, und er hatte mir mehr als einmal erzählt, dass Remy ihm keinen schenken wollte. Remy war grausam zu ihm, jawohl.«

Eine Brise war aufgekommen, aber die bestand nur aus heißem Wind. Rourke spürte, wie der Schweiß an ihm herunterlief und sein Hemd an seiner Haut kleben ließ. Die Sonne stand jetzt hoch genug über dem Dach, um Belle in ihrer erbarmungslosen Hitze und ihrem Licht einzufangen. Ihr Gesicht wies um Nase und Mund herum tiefe Furchen auf, die wie mit Holzkohle gezogen zu sein schienen. Grellrote Streifen zogen sich um ihren Hals wie Striemen. Er dachte daran, dass er sie niemals wirklich gemocht hatte, und das bereute er jetzt, als ob seine Sympathie sie hätte retten können.

»Aber es muss doch im ersten Moment für Mr. St. Claire ein Schock gewesen sein«, sagte Rourke. »Als du es ihm gesagt hast.«

»Er hat gelacht. Er hat einfach nur gelacht und gelacht und gelacht, und dann musste ich auch lachen, es war einfach zu ansteckend.« Sie lachte auch jetzt, es klang wie ein schriller Vogelschrei. Ihre Hände gaben ihr wildes Wühlen im Boden auf.

Sie legte den Kopf schräg und eine kleine Furche trat zwischen ihre Augenbrauen, als habe sie plötzlich etwas begriffen. »Dann war er plötzlich nur noch gemein«, sagte sie. »Wie beim Mal davor. Er sagte, ich müsse gehen, müsse ihn in Ruhe lassen, und er sagte solche Gemeinheiten, dass er es wirklich bereuen sollte. Irgendwer musste dafür sorgen, dass er bereut.«

»Und wie hast du das gemacht? Wie hast du ihn zur Reue bewogen?«

Sie strich die Erde jetzt glatt, drückte sie mit ihren Händen flach, wie um den Schaden zu reparieren, den sie dort angerichtet hatte. »Remy. Remy sollte das übernehmen.«

Die Palmen draußen auf neutralem Boden raschelten trocken in der heißen Brise, doch Rourke war innerlich dermaßen erkaltet, dass er jetzt wirklich zitterte. »Du hast deiner Schwester von Charles und von dem Baby erzählt«, sagte er.

Belle nickte. »Mama und ich, wir sind zusammen nach Sans Souci gegangen, um mit Remy zu sprechen. Ja, und jetzt weiß ich es wieder, es hat geregnet. Mama hat meiner Schwester erklärt, dass es eine Lösung gibt. Sie sagte, wir könnten alle drei zusammen für eine Weile weggehen, und nach unserer Rückkehr sollte Remy das Baby dann als ihres ausgeben.«

Belle versank für einen Moment in ein spannungsgeladenes Schweigen, dann runzelte sie die Stirn und verzog den Mund zu einer harten und ein wenig hämischen Grimasse. »Sie nimmt mir immer alles weg, Remy, meine ich. Sie hat Julius in den Selbstmord getrieben und dann allen eingeredet, sie sei die

Schönheit in der Familie. Es ist grausam und gemein, dass sie mir auch noch mein Baby wegnehmen will.«

Rourke setzte den Hut auf und erhob sich langsam. »Hat sie gesagt, dass sie das tun will, das Baby als ihr eigenes aufziehen?«

Belle schaute zu ihm hoch und kniff in der Sonne die Augen zusammen. Das gab ihrem bleichen, schweißnassen Gesicht ein raffiniertes Aussehen, das nicht zu ihren verträumten, fast gesungenen Worten passte. »Bereuen, hat sie gesagt. Bereuen, bereuen, bereuen. Sie hat gesagt, Charles würde bereuen, dass er mir die vielen Gemeinheiten gesagt und meine Gefühle so sehr verletzt hat.«

Rourke spürte in sich ein Ziehen, eine steigende Erregung, wie sie dann einsetzte, wenn die Puzzlestücke eines Falles endlich anfingen, einen Sinn zu ergeben. Diesmal jedoch hatte die Erregung eine so scharfe Kante, dass sie schnitt, sie schnitt so scharf wie ein Rohrmesser.

Er war Bulle und deshalb hatte er immer mit der Möglichkeit rechnen müssen, dass Remy Lelourie ihren Mann ermordet hatte, vor allem, wo er sie kannte, wo er wusste, befürchtete, erinnerte. *Wenn sie es einmal getan hat …* Bis zu diesem Moment jedoch war ihm nicht klar gewesen, wie verzweifelt er gehofft hatte, sie habe diesen Mord nicht begangen, wie er im tiefsten Inneren den Glauben an ihre Unschuld in diesem Fall *gebraucht* hatte, um weiter mit dem Wissen leben zu können, wie sehr er sie liebte.

Es war keine Eifersucht gewesen, dachte Rourke, nicht die Eifersucht einer Ehefrau auf einen Schurken von Mann, der sie betrügt und belügt. Es hatte nichts mit Julius zu tun, mit einer Entdeckung, mit dem Haus oder mit Geld. Remy hatte sich aus einem Grund, den nur New Orleans verstehen würde, mit einem Rohrmesser über Charles St. Claire hergemacht. Er hatte ihre kleine Schwester verführt, hatte ihrer kleinen Schwester einen Bastard gemacht, hatte sie dann brutal zurückgewiesen und im Stich gelassen. Familie ist das, wo wir hineingeboren werden, nicht das, was wir heiraten. Eine Frau ist bis zu ihrem Todestag und noch weit, weit darüber hinaus bei ihrem Mädchennamen bekannt. Sie waren Heloises Töchter. Remy und ihre kleine Schwester Belle.

Wenn Remy Lelourie zur Mörderin ihres Mannes geworden war, dann deshalb, weil er *la famille* verletzt hatte.

Sechsundzwanzigstes Kapitel

Über beiden Türen des Beichtstuhls brannte das rote Licht, weshalb sich Rourke zum Warten in eine Kirchenbank setzte.

Die Old Church of the Immaculate Conception war kühl und roch nach feuchtem Stein, Kerzenwachs und Weihwasser. Er ließ den Kopf zurücksinken und schloss die Augen. Er fühlte sich so zerschlagen, als hätte jemand ihm die Knochen aus dem Leib genommen und als Baseballschläger benutzt.

Er sehnte sich verzweifelt nach Schlaf, musste sich vorher jedoch bei den Fliegenden Pferden mit Casey Maguire treffen und später an diesem Abend eine Verhaftung vornehmen: Remy Lelourie, wegen vorsätzlichen Mordes an Charles St. Claire. Er hatte den Captain dazu überredet, bis nach Einbruch der Dunkelheit und bis zum Redaktionsschluss der ersten Morgenzeitungen zu warten. Er wollte nicht, dass sie unter Blitzlichtgewitter in Handschellen zum Parish Prison gezerrt würde, während die Reporter ihr Fragen ins Gesicht schleuderten.

Sie hatten zu gut gearbeitet, er und Fio, hatten die Anklage gegen sie Stein um Stein aufgebaut, bis sie sie damit in eine Gefängniszelle eingemauert hatten. Und während der ganzen Zeit hatte er sich an seinen Glauben geklammert, an das Credo, das seine Arbeit leitete: dass es um die Ermordeten ging, dass sie Anspruch darauf hatten, dass die Welt erfuhr, warum sie gestorben waren und wer sie umgebracht hatte. Seine Aufgabe war es, für die Toten zu sprechen, aber das bedeutete nicht, dass es dieses Mal nicht wehtun würde.

Vor langer Zeit hatte er sich in einem Sommer in ein Mädchen voller Leidenschaft und Angst verliebt, und dieses Mädchen war vielleicht mehr als nur ein wenig verrückt gewesen und hatte mit großer Begeisterung seine eigene Verrücktheit geschürt. In diesem Sommer war er einfach süchtig nach ihr gewesen und sie hatte ihn immer noch in ihrer Gewalt.

Doch etwas anderes besaß eine noch größere Macht über ihn, überlegte er, eine Erregung, das wilde Rauschgefühl, das sich immer einstellte, wenn er die Hölle herausforderte. Sie waren sich gleich, er und Remy Lelourie, und deshalb hätte sie es wissen sollen. *Und wenn ich ihn nun umgebracht habe, Day?* hatte sie gefragt. *Wenn ich das getan habe?*

Sie hätte daran denken müssen, dass er niemals irgendeiner Herausforderung auswich.

Rourke hörte die Beichtstuhltür ächzen und öffnete die Augen. Eine Nonne in schlichter schwarzer Tracht, an deren Gürtel ein schwarzer Rosenkranz hing, kam zum Vorschein. Sie ging zur Bronzestatue des Heiligen Petrus, kniete nieder und fügte eine leichte Berührung ihrer Lippen den Tausenden von Küssen hinzu, die während der vergangenen siebzig Jahre dem Fuß des Heiligen zuteil geworden waren. Rourke konnte sich nicht vorstellen, welche Sünden eine Nonne zu beichten haben könnte, noch dazu an einem Montagmorgen, aber dann überlegte er sich, dass vielleicht nicht einmal Nonnen vor allen Versuchungen des Bösen gefeit waren.

Die Nonne ging jetzt zum Altar, kniete abermals nieder und begann mit ihren Bußübungen. Rourke erhob sich und betrat den Beichtstuhl, den sie eben verlassen hatte. Der schwache Duft von Rosenwasser hing in der engen dunklen Kammer.

Er konnte hören, wie der Priester murmelnd dem Sünder auf der anderen Beichtstuhlseite die Absolution erteilte. Er wartete in der Dunkelheit und glaubte für einen Moment, sein Herz schlagen, es aussetzen und stottern zu hören. Dann wurde die hölzerne Tür zurückgeschoben und er konnte den Priester durch das vergitterte Fenster erkennen. Der Priester seufzte und rutschte auf seinem Platz hin und her, ungeduldig vielleicht, denn die Beichtstunde war fast vorüber. Die goldene Stickerei auf seiner Stola glitzerte im trüben Licht, das durch den Türspalt sickerte. Das Licht definierte das Gesicht des Priesters: das runde irische Kinn, die hohe Stirn, die kurze Nase.

Dieses Gesicht war so anders als sein eigenes und das galt auch für jeden anderen Zug von Father Paul Rourke. Sie waren einander so unähnlich, er und Paulie, und doch standen sie einander so nah. In der verbrannten, müden Weise von Menschen, die gemeinsam Katastrophen überlebt haben wie Wirbelstürme und Zugunglücke.

In dieser warmen, drückenden Stille konnte er plötzlich nicht mehr sprechen. Es gab keine Worte.

»Der Anfang ist manchmal schwer, das weiß ich«, sagte der Schatten hinter dem Gitter, mit väterlichem, von Humor gemildertem Verständnis. »Bitte doch einfach Unseren Herrn um seinen Segen, und dann warten wir ab, was passiert.«

In Demut und Reue bekenne ich meine Sünden.

Es gab keine Worte. Er könnte Geständnisse aus dem Ärmel schütteln wie ein Betrunkener, der sich in Selbstmitleid suhlt, aber er würde doch nicht das Gefühl haben, ihm sei die Absolution erteilt worden.

»Egal«, sagte er. »Es war eine harte Woche.«

»Day? Bist du das? … Nein, lauf jetzt nicht weg«, fügte sein Bruder rasch hinzu, denn Rourke machte sich bereits an der Türklinke zu schaffen.

Er konnte die Tür nicht öffnen und hätte fast die Faust durch die Mahagonitäfelung gestoßen. »Day, du musst aufhören, dir das alles anzutun«, sagte sein Bruder. »Es ist schon jemand für die Sünden aller Welt am Kreuz gestorben.«

Rourke stolperte aus dem Beichtstuhl, stürzte durch den Mittelgang davon und stieß mit der Hüfte gegen einen Bankpfosten. Er riss die mit Bronze besetzten Türen auf und blieb unsicher stehen, geblendet von der grell auflodernden weißen Mittagssonne.

Die Fliegenden Pferde hausten in einem phantasievollen weißen Holzhaus mit Bleiglasfenstern und einer Kuppel. Rourke öffnete die Klappe seines Schulterhalfters und durchquerte auf Zehenspitzen den weiten, gewölbten Eingang. Er kam sich wie Tom Mix vor, der zum Showdown um zwölf Uhr mittags dem Schurken gegenübertritt. Er brauchte jetzt nur noch ein Pferd namens Tony.

Die mechanische Orgel des Karussells spielte »Der Mann am fliegenden Trapez«. Schrille Töne quollen aus den Dampfpfeifen, um durch die heiße Sommerluft davonzuschweben. Kinderlachen füllte das Gebäude, lauter und schriller als die Pfeifen. Er entdeckte Casey Maguire, der allein auf einer Bank neben dem Hamburgerkarren saß.

Rourke betrachtete die Menschen in der Umgebung des Alkoholschiebers. Vor dem Hamburgerkarren stand ein kleines Mädchen mit rotgelben Locken wie Orangenschalen, das einen Jungen mit einer Mardi-Gras-Maske an der Hand hielt – die Maske war das Gesicht eines grinsenden Teufels mit lila Hörnern und gelben Hauzähnen. Neben der Bank stand ein Trio von Nonnen, Barmherzige Schwestern in staubigen blauen Wolltrachten mit weißen Hauben, die sie aussehen ließen wie eine vorübersegelnde Flotte. Ihre Gesichter leuchteten rosa vor Aufregung, als sie die hölzernen Pferde im Kreis galoppieren sahen.

Rourkes Blick wanderte wieder und wieder durch das restliche Gebäude, dann ging er langsam zu der Bank und setzte sich neben Maguire. Sie veranstalteten einen kurzen Wettbewerb im Anstarren, und Maguire wandte sich als Erster ab.

»Du siehst aus wie die Hölle«, sagte der Alkoholschieber.

Rourke fand, dass Maguire auch nicht gerade glücklich und gesund aussah. Bartstoppeln klebten wie Ruß an der Wange des Mannes und seine Haut hing teigig und lose herunter. Seine Augen waren blutunterlaufen und glasig.
In Maguires Wange zuckte ein Muskel, während er dem Karussell zusah. »Verstehst du, dieses Gespräch, unsere Begegnung hier – die sind nie passiert«, sagte er.
Rourke schaute aus der offenen Tür. Das Moos der Eichen hing in der Hitze schlaff herunter. Die Sonne knallte auf Gras, Blumenbeete und Kiesweg, aber die Einheimischen wussten, dass es am Abend wieder regnen würde.
»Ich hab Saft genug, um dafür zu sorgen, Day.«
Rourke drehte den Kopf und betrachtete Maguires abgewandtes Gesicht. »Bist du mit der Chicagotruppe im Bett?«
Ein trockenes Lächeln voller Selbstverachtung verzog die Mundwinkel des anderen. »Wieso sollte ein Irenjunge aus New Orleans mit diesem Yankee-Itaker Al Capone Geschäfte machen?«
»Richtig«, sagte Rourke. »So hab ich mir das vorgestellt.« Er verspürte keine Überraschung, sondern nur in Knochen und Gedärm eine tiefe Wachsamkeit. Casey Maguires erster Job hatte darin bestanden, in dem Schlachthof, der jetzt ihm gehörte, Hühner zu rupfen, aber er hatte sich eigentlich nie auf dem engen, geraden Pfad der Tugend befunden. Seine Verbrechen waren jedoch von der billigen Sorte gewesen, bis die Volstead Akte zum Gesetz des Landes geworden war. Dann hatte er sich innerhalb von sechs Monaten eine Bootsflotte, Lagerhäuser, Abfüllhallen und den Alkoholimport für die ganze Golfküste unter den Nagel gerissen. Und das Geld für eine dermaßen weitreichende Operation hätte er niemals aus eigenen Kräften aufbringen können.
»Weißt du noch, damals im Riesenrad«, sagte Rourke, »als ich springen wollte und du meinen Arsch gerettet hast? Ich stell

mir vor, dass du mit dem Rad hochgefahren und abgesprungen bist, als es gerade wieder nach unten ging, und jetzt bist du mitten in dem langen Absturz.«

Der Geruch von verbrannten Zwiebeln schwebte vom Hamburgerkarren zu ihnen herüber. Der Junge mit der roten Teufelsmaske lachte jetzt und jagte seine kleine Schwester und sie schrie und lachte wild durcheinander.

»Manchmal«, sagte Maguire, »übertrittst du eine Grenze, die du erst siehst, wenn du schon auf der anderen Seite stehst.«

»Welche Grenze hatte Vinny McGinty übertreten?«

Maguire stieß einen tiefen, seufzenden Atemzug aus wie jemand, der lange damit gewartet hat, weil er Angst vor dem Schmerz hat, der jetzt einsetzt. »Mein Bruder Bobby Joe und Vinny haben im Irischen Club bei den Boxkämpfen die Kasse gemacht und dann hat sich herausgestellt, dass Vinny bei den Einkünften abgeschöpft hat. Bobby Joe hat ihn offenbar dabei erwischt, und deshalb hat Vinny ihn umgebracht. Noch vor ein paar Wochen dachte ich, es wäre dieser Niggerboxer gewesen. Und als ich dann festgestellt habe, dass es doch dieser kleine Wichser Vinny gewesen ist, wusste ich, was ich zu tun hatte. Bobby Joe war mein kleiner Bruder, verdammt noch mal. Willst du mir vielleicht sagen, du würdest den Mörder deines Bruders nicht umbringen?«

»Ganz zu schweigen davon, dass die Chicagotruppe einen Großteil der geklauten Einnahmen für sich beansprucht. Ja, ich kann verstehen, dass ein Bursche wie Mr. Capone, ein Kerl, der einen gewissen Ruf zu verlieren hat, überhaupt nicht glücklich wäre, wenn er auf irgendeine Weise hörte, dass einer von deinen Jungs ihn in den Arsch gefickt hat und du nicht eingeschritten bist.«

»Wie gesagt, ich habe getan, was ich tun musste.«

»Und Bridey? War sie auch etwas, das du tun musstest?«

Maguires einzige Reaktion bestand darin, dass seine Augen sich für einen Moment schlossen, doch das traf Rourke tiefer, als das einem Schluchzen möglich gewesen wäre. »Brideys Tod war ein Unfall. Einer von den Jungs aus Chicago war hier, um ihren Geldanteil abzuholen, und er hat gehört, wie ich Dampf darüber abgelassen habe, dass ich einen Bullen an den Hacken habe, der mir Ärger macht. Und als Nächstes höre ich, dass diese Itakerkiller hier aufkreuzen, um mir zu helfen.«

Rourke begriff jetzt, wie und warum das hatte passieren können. Seit sie im Jahre 1890 mit einem Fußtritt aus der Stadt befördert worden war, hatte die Mafia versucht, sich ihren Weg zurück in die Stadt zu kaufen, zu erschmeicheln und zu tricksen. Casey Maguire war das Beste, was New Orleans in Richtung Gangsterboss zu bieten hatte, und wenn sie einen Mann mit Maguires Beziehungen und Saft in ihrer Schuld hatte – wenn dieser Mann ihnen mit Haut und Haaren *gehörte* –, dann konnte die Chicagotruppe immerhin mit einem schönen fetten Stück des lokalen Verbrechensgeschäfts rechnen.

»Ich habe versucht, ihnen klarzumachen, dass es fürs Geschäft besser wäre, dir einfach Angst zu machen«, sagte Maguire. »Und eine Granate oder so was vor Brideys Haus abzuwerfen.« Er stützte die Ellbogen auf seine Knie und beugte sich wie zum Gebet über seine gefalteten Hände. »Ihr solltet doch hinten im Schlafzimmer sein. Was, zum Teufel, hatte sie auf der Galerie zu suchen? Und wieso warst du auf der gottverdammten Straße? Jesus!«

Rourke starrte Maguires Schädelspitze an. »Verdammte Schläger mit MGs haben gestern Abend auf mich und meine kleine Tochter geschossen.«

Maguire riss seine Hände mit einer abrupten, heftigen Bewegung auseinander und hob den Kopf, um Rourke in die Augen zu blicken. »Ich weiß, ich weiß, Day. Was soll ich sagen? Ich rede so mit dir, von Bruder zu Bruder, wie in alten Tagen, damit ich ihnen sagen kann, dass du die Finger von mir lässt und dass sie die Finger von dir lassen können. Vielleicht können wir dann beide aus diesem Dreck herauskommen, ohne dass uns unsere Ärsche auf einem Tablett überreicht werden.«

»Scheiß drauf.«

Maguire lachte. »Ich hab gewusst, dass du das sagen würdest.«

»Was ist mit Charles St. Claire?«

»Was soll mit ihm sein? Ich gebe zu, dass ich einen Typen umgebracht habe, der es, verdammt noch mal, verdient hatte, und schon willst du mir jede Leiche unterjubeln, die ihr habt? Wie ist es möglich, dass die ganze Welt weiß, dass die neue Cinderella Charlie St. Claire umgelegt hat, nur du nicht?«

Rourkes Handgelenk brannte und er schaute es an. Er hatte so hart über die Tätowierung gerieben, dass dort die Haut jetzt rot und entzündet aussah.

Maguire war aufgesprungen. »Du weißt genau, was passiert ist und warum«, sagte er. »Und du willst nur dieses scheißperverse Bedürfnis befriedigen, immer Bulle zu sein. Du musst damit aufhören. Um deinetwillen, Day, hör damit auf.«

Rourke ließ den anderen noch einige Schritte machen, ehe er etwas sagte, so laut, dass seine Stimme durch das Geschrei der Kinder und den Lärm der mechanischen Orgel zu hören war. »Case.«

Maguire drehte sich um. Die Bleiglasfenster malten rote und blaue Flecken in sein Gesicht, was ihn gespenstisch zerschrammt und blutig aussehen ließ.

»Bridey ist wichtig«, sagte Rourke. »Alle Ermordeten sind wichtig – sogar Typen wie Vinny McGinty. Auf irgendeine Weise werde ich dich hochgehen lassen.«

»Ich kann mir vorstellen, dass er dir das erzählt hat«, sagte Weldon Carrigan. »Und ich kann mir vorstellen, dass es mehr oder weniger so passiert ist, aber das ist auch alles. Wir haben andere Dinge zu erledigen.«

Der Superintendent der Polizei saß hinter einem vergoldeten Mahagonischreibtisch in seinem Büro in der City Hall, umgeben von poliertem Holz, vornehmem Leder und einem Kranz von Havannarauch. Rourke starrte auf ihn hinunter und schwieg.

»In wenigen Stunden werden wir einen Drecksfilmstar wegen Mordes verhaften«, sagte Carrigan jetzt. »Und dann wird die Hölle losbrechen. Also kann ich es wirklich nicht brauchen, dass du dich mit einem Fall befasst, von dem ich dir gesagt habe, du solltest ihn vergessen.«

Rourke schwieg noch immer.

»Jetzt komm schon, Day. Kein Arsch schert sich auch nur einen Rattenfurz um Vinny McGinty. Der war weniger als ein mieser Versager und hat für den Mord an Bobby Joe Maguire bekommen, was er verdient hatte. Was wir nicht brauchen, sind noch weitere Leute von der Chicagotruppe, die hier mit Granaten und MGs auftauchen, um irgendwelche Rechnungen über irgendeinen blöden Spieleinsatzquatsch zu begleichen. Hast du gehört, was Al Capone mit dem einen von seinen Schlägern gemacht hat, der ihm ins Handwerk pfuschen wollte? Er hat ihm vor den Augen von zwanzig anderen Schlägern den Schädel eingeschlagen, zum Henker.«

»Immerhin scheint er zumindest eine vage Vorstellung von Schuld und Sühne zu haben.«

Weldon Carrigans dichte braune Augenbrauen zogen sich über seinen eng sitzenden Augen zusammen. »Komm mir hier bloß nicht mit solchen Sprüchen, Junge.«

Rourke wandte sich von seinem Schwiegervater ab. Er ging über den dicken Perserteppich zu dem von grünen Samtportieren eingerahmten Fenster, das den Blick auf die Statuen und Palmen des Lafayette Squares freigab. Blaue Eichelhäher und Spottdrosseln jagten im sonnenbleichen Licht hin und her. In der Ferne zitterten die Türme der St.-Louis-Kathedrale im Hitzedunst.

»Was ist mit LeRoy Washington?«, fragte er.
»Was soll mit ihm sein?«
Rourke hätte mit der Faust fast die Fensterscheibe durchschlagen. Stattdessen spreizte er vor dem Glas die Finger und spürte die brennende Hitze der Sonne. »Gütiger Jesus, der Mann sitzt fünfzig Jahre in Angola für etwas, das er nicht getan hat.«
Der Ledersessel des Superintendenten ächzte leise, als der sich vorbeugte, um eine Zigarre aus dem aus Zedernholz geschnitzten Befeuchter auf seinem Schreibtisch zu nehmen. »Der Chicagotruppe wird es egal sein, dass Maguire die Sache mit seinem Geldeintreiber bereinigt hat. Das war nämlich eher später als früher. Er hat es passieren lassen. Verdammt, Al Capone wird vermutlich davon ausgehen, dass Maguire die ganze Zeit auch selbst Geld abgezapft und erst beschlossen hat, den armen Vinny zu opfern, als es Schwierigkeiten gab, und damit kann er durchaus richtig liegen. Das ist ein großer, hässlicher toter Hund, Day, und wir sollten ihn begraben sein lassen. Wir werden New Orleans nicht der Gefahr eines Bandenkrieges mit Blutbad aussetzen, bloß weil irgendein wertloser Nigger eine Runde Pech einfährt.«
Rourke stieß ein bitteres Lachen aus und wandte sich vom Fenster ab. Er musste die Hände in die Taschen bohren, um sie am Zittern zu hindern. »Und was ist mit Bridey O'Mara und deinen schönen und ehrsamen Worten darüber, dass niemand damit durchkommt, einen von uns umzubringen?«
Die Wangen seines Schwiegervaters verfärbten sich wie von einem Sonnenbrand. Er wandte seinen Blick von Rourkes ab und beschäftigte seine Hände damit, die silberne Seidenhülse von der Zigarre zu schälen und deren Ende mit dem schmalen Silbermesser an seiner Uhrkette abzuschneiden. »Du hast mir doch erklärt, wie Maguire das alles beschrieben hat. Es war ein Versehen. Manchmal müssen wir einfach weitermachen, um zurechtzukommen, Day.«

Rourke zog einen Vierteldollar aus der Tasche und warf ihn auf den makellosen grünen Löschfilz, zwischen einen Brieföffner aus Perlmutt und eine Briefmarkendose aus Onyx. »Hier«, sagte er.

Weldon Carrigan griff zu der Münze und drehte sie auf seiner Handfläche hin und her. »Wieso das?«

»Ein Vierteldollar«, Rourke lächelte. »Ich gehe davon aus, dass deine Ehre ungefähr so viel wert ist.«

Siebenundzwanzigstes Kapitel

Daman Rourke hatte sich im Kugelhagel über die Straße gewälzt, hatte Killer mit Maschinengewehren durch die ganze Stadt gejagt, hatte bis zum Morgengrauen in illegalen Kneipen ausgeklügelte *bourrée*-Partien durchgezogen, aber erst nach seinem Besuch in der City Hall kam er sich wirklich besudelt vor.
Er ging nach Hause, um sich unter der Dusche abzuschrubben, dann ging er zum Rasieren zu seinem Lieblingsfriseur. Er kam sich vor wie bei einer Todesspirale in einer Spad, im freien Fall durch den Raum, den Steuerknüppel so fest umklammert, dass die Fingernägel weiß werden, das Gebrüll des Motors und des Windes gegen seine Ohren gepresst. Innerlich jedoch war er seltsam gedankenleer und das war ihm nur willkommen – er wollte nicht an LeRoy Washington denken, der sich auf dem Baumwollfeld abplackte und dabei von einem Wärter mit gezogenem Gewehr beobachtet wurde, wollte nicht an Remy Lelourie denken, die, wie LeRoy, die nächste Dämmerung durch das vergitterte Zellenfenster sehen würde.
Eine feuchte Brise zog vom Fluss her durch die offene Tür des Frisiersalons und brachte den Geruch von Kaffee, Bananen und noch mehr Regen mit sich. Er ließ sich in dem tiefen schwarzen Ledersessel zurücksinken und lauschte auf das Geplapper des Frisörs und das Zischen des Rasiermessers, das über dem Rasierriemen hin- und hergezogen wurde.
»Ich sag Ihnen, setzen Sie Ihr Geld beim Achten auf Candy Dancer und dann können Sie sich in Schotter wälzen, Mann. Sie

werden *beaucoup* Champagner picheln und mit einer Yacht über den Pontchartrain segeln.«

Rourke öffnete die Augen und betrachtete den großen Cajun mit seinem wilden Schnurrbart im gefleckten Spiegel. Jean Baptiste Mouton fungierte als Rourkes Buchmacher und als sein Barbier. »Wenn ich noch mehr Geld auf diesen Versager setze«, sagte Rourke, »dann steh ich am Ende an der Straßenecke, schütte mich mit Fusel voll und verkaufe Bleistifte.«

Jean Baptiste stieß aus der Tiefe seines Bauches ein Lachen aus, das seine langen schwarzen Schnurrbartspitzen erzittern ließ. Er umwickelte Rourkes Gesicht mit einem heißen, dampfenden Handtuch. »Sie werden mehr Diamanten tragen, als Carter Pillen hat, wissen Sie. Und die Leute werden Sie kommen sehen, noch ehe Sie das Haus verlassen haben.«

»Sie werden mich kommen sehen, weil ich Reklametafeln mit der Aufschrift ›Joe's Imbiss‹ tragen werde.«

Ein Absatz scharrte über die Türschwelle und ein Schatten fiel über den Spiegel. »Day, mein Alter. Wie sieht's aus heute?«

»Ganz locker und angenehm«, sagte Rourke nach kurzem Zögern, da er den Unterton in der Stimme seines Partners gehört hatte.

Fiorello Prankowski zog seine Lippen vom Ende der Castle Morro zurück, die zwischen seinen Zähnen klemmte. »Ja, ja, das glaub ich dir gern.« Er nickte zu Jean Baptiste hinüber. »Verzieh dich für einen Moment, ja?«

»Ich hol eine Tasse Kaffee«, sagte Jean Baptiste und verschwand pfeifend aus dem Salon.

Fio legte seine Zigarre auf die fleckige Marmorablage unter dem Spiegel und griff zu dem Rasiermesser, das Jean Baptiste gerade geschärft hatte. Er testete den Schliff der Klinge an seinem Daumen und hieb dann mit dem Messer wie mit einem Spielzeugschwert durch die Luft – wobei er Rourkes Nase nur um Haaresbreite verpasste.

»Alles okay bei dir?«, fragte Fio endlich, während er in einem Rasierbecher mit einem Pinsel herumquirlte und dicken Schaum produzierte. »Ich frage nur, weil ich heute Morgen pfeifend auf die Wache komme, nachdem ich einen schönen ruhigen Sonntagabend mit meiner Frau und den Kindern verbracht und mich über unsere neue Zimmerorgel gefreut habe, und da redet alles über meinen Partner. Redet darüber, wie er letzte Nacht beschossen worden ist und sich darüber geärgert hat und dass jetzt halb New Orleans und der gesamte West End Park aussehen wie am Morgen nach einem Hurrikan.«
Er zog das Handtuch von Rourkes Gesicht und fing an, den Schaum aufzutragen. Die Dachshaarborsten waren weich, die Seife roch nach Zedernholz, Dampf schwebte heiß und feucht durch die Luft und vermischte sich mit der Brise vom Fluss. Rourke erlaubte seinen Augen, geschlossen zu bleiben und ihre eigenen Wege zu gehen, während er sich Fios routinemäßige Klagen anhörte.
»Ist schon komisch, so einen Plattfuß vor dem Haus einer Verdächtigen Wache halten zu lassen, damit sie sich nicht mitten in einer Mordermittlung in Luft auflöst – wenn du siehst, dass Leute gehen, siehst du sie auch kommen. Ich kann nur sagen, ich hoffe, du hast ein Auge offen gehalten, als du sie gefickt hast.«
»Vielleicht sollten wir diese Straße lieber nicht einschlagen, Fio.«
»Sicher, interessiert uns doch nicht, ob es korrekt ist, wenn ein Mordermittler mit der Hauptverdächtigen schläft. Fangen wir einfach woanders an. Wir haben jetzt endlich einige Antworten auf die Anfragen, die wir nach Kalifornien geschickt haben. Und sie gibt dem Begriff *femme fatale* wirklich eine ganz neue Bedeutung, diese neue Cinderella. Da gibt's so einen viel versprechenden jungen Hauptdarsteller, der sich mit seinem Wagen von einer Klippe gestürzt hat, als sich herausstellte, dass sie ihn mit etwas betrogen hat, das Produktionsassistent genannt wird.

Und da gibt's eine Frau, die im Gefängnis sitzt, weil sie versucht hat, ihrem Mann den Schniedel abzuschießen, weil er sich scheiden lassen und du weißt schon wen heiraten wollte.«
Fio säuberte das Rasiermesser, klappte es zusammen, legte es vorsichtig neben seine schwelende Zigarre auf die weiße Marmorablage und drehte sich zu Rourke um.
»So. Alles erledigt, und gerade noch rechtzeitig. Vor uns liegt nämlich ein anstrengender Montagnachmittag. Viel zu erledigen, Leute besuchen, Verhaftungen vornehmen.«
Rourke blieb bewegungslos sitzen und schaute Fio im Spiegel hinterher. Gleich darauf sprang er auf, setzte seinen Hut auf, schob für Baptiste eine Dollarnote unter einen Pomadentopf und ging ebenfalls.
Fio wartete neben der Tür auf ihn. Er fächelte sich mit seinem Hut Luft ins Gesicht und auf seine dicken Schultern, einen Fuß hatte er neben dem rotweiß gestreiften Türpfosten des Frisörs an die Wand gestemmt. Rourke blieb stehen, wandte sich halb um und sah ihn an. Fios Haare standen wie sandfarbene Dornen von seinem Kopf ab und die Säcke unter seinen besorgten Augen fielen bis auf seine Wangenknochen hinunter.
»Sie schlitzt dir die Kehle auf«, sagte Fio. »Oder du steckst dir die Knarre in den Mund. Aber auf jeden Fall bringt sie dich um, Partner.«
Rourke lächelte. »Ja, das weiß ich. Aber bis es so weit ist, wollen wir uns noch amüsieren. Gehen wir doch mal den Leichenfresser besuchen.«

Der Schuss explodierte und warf im Raum ein Echo. Das blaue Batisthemd wurde zerfetzt, die Brust darunter zuckte und zitterte. Der mit Watte ausgestopfte Mann wäre zu Boden gestürzt, wenn er nicht an einem Pfahl festgebunden gewesen wäre.
Der Leichenfresser entfernte die Kugel aus der Puppe und brachte sie den beiden Ermittlern. Rourke hielt noch immer Roibin

Dohertys .38 Special in seiner ausgestreckten Hand und sah zu seinem Entsetzen, dass der Lauf zitterte. Dann verpflanzte sich das Zittern in seine Hand und er konnte nichts dagegen tun.
Er ließ den Arm sinken und schaute zu Fio hinüber, doch er war nicht entdeckt worden, sein Partner konzentrierte sich ganz und gar auf den Leichenfresser.
»Das Vergleichsmikroskop«, sagte der Leichenfresser und hüllte seinen Kopf in eine Wolke aus Zigarettenrauch, »wird uns verraten, ob zwischen einer aus der Knarre abgefeuerten Kugel, die der Sergeant in der Hand hielt, und der, die in seinem Kopf gefunden wurde, eine Übereinstimmung besteht. Wir können zwei Hälften unterschiedlicher Kugeln unter derselben Linse aneinander legen und beide aus nächster Nähe miteinander vergleichen.«
Der Leichenfresser griff zu einem Gerät, das mit einem Reagenzglas Ähnlichkeit hatte und mit einer Lampe und einem Vergrößerungsglas versehen war. »Wir werden jedoch als Erstes das Innere des Revolverlaufs mit dem Helixometer untersuchen.«
Rourke hatte vergessen, dass er die .38 in der Hand hielt. Der Griff lag hart und rund und kühl in seiner Hand, aber er zitterte noch immer. Das Zittern saß jetzt nur tiefer.
»Sie werden«, sagte der Leichenfresser und beugte sich zu ihm vor, und Rourke hielt den Atem an, als er den harschen, feuchten Körpergeruch des Mannes wahrnahm, »die Spiralfurchen – die Riffelung – auf der Innenseite des Laufes erkennen. Und die Hügel, die erhobenen Teile zwischen den Furchen. Die hinterlassen ihre klare Prägung auf jeder Kugel, die aus dieser Waffe abgegeben wird.«
Rourke betrachtete das Instrument den Anweisungen des Leichenbeschauers entsprechend, sah aber nicht wirklich. Schweiß brannte in seinen Augen und ab und zu hatte er das Gefühl, sein Herz gegen seinen Brustkasten hämmern zu hören. Nur noch diesen Abend überstehen, dachte er, dann ist alles vorüber.

Er reichte Fio Pistole und Helixometer und ließ sich vom Leichenfresser zum Vergleichsmikroskop schieben. Das runde, schwitzende Gesicht des Leichenbeschauers glänzte vor Aufregung.

»Sehen Sie sich die typischen Riffelmuster der Kugel auf dem Bild zu Ihrer Rechten an – sechs Hügel und ein Rechtsknick – und vergleichen Sie sie mit dem Bild links. Das linke Bild zeigt unsere Testkugel; das rechte das Geschoss, das ich aus Sergeant Detective Dohertys Gehirn herausgefischt habe. Wie Sie sehen, besteht ein klarer Unterschied. Und das ist noch nicht alles.«

Der Leichenfresser richtete seinen schwabbeligen Torso auf und stöhnte und ächzte bei dieser Anstrengung. Er ersetzte die Bilder unter dem Mikroskop durch andere. »Wenn eine Waffe abgefeuert wird, dann trifft die Zündnadel auf die Rückseite der Messinghülse auf, die wiederum einen Zünder in der Patrone auslöst, aber das wissen Sie ja sicher. Was Sie vielleicht nicht wissen, ist, dass die Zündnadel auf der Hülse eine charakteristische und individuelle Markierung hinterlässt. Wenn Sie sich bitte die untere Kante der Hülse auf Ihrer Rechten ansehen mögen – die von der verbrauchten Patrone stammt, die wir im Zylinder von Sergeant Dohertys .38 gefunden haben –, dann sehen Sie eine winzige hervorstehende Unregelmäßigkeit, die Folge eines fehlerhaften Verschlussstückes in der Waffe, aus der der Schuss abgegeben wurde. Das Bild auf der linken zeigt die Testpatrone, die diese Unregelmäßigkeit nicht aufweist.«

»Mit anderen Worten«, sagte Fio, »dieser ganze Hokuspokus erzählt uns, dass Roibin Doherty sich nicht selber umgebracht hat.«

Der Leichenfresser schaute durch einen blauen Schleier aus Tabaksrauch zu Fio hoch. »Mit seiner eigenen .38 Policeman's Special jedenfalls nicht.«

Fio gab sich alle Mühe, um nicht zu Rourke hinüberzublicken, aber schon gruben sich neue bekümmerte Furchen in sein Gesicht. Da ein Selbstmord ausgeschlossen war, hatte Roibin Dohertys Tod soeben von »unter verdächtigen Umständen« auf »Mord« übergewechselt, und Fios Partner war zum Hauptverdächtigen geworden.

»Der Weg, den die Kugel durch das Gehirn genommen hat, passt ebenfalls nicht zu einem Selbstmord«, sagte der Leichenfresser. »Es handelt sich jedoch um eine Kontaktwunde. Pulververbrennungen und Schmauchspuren waren zu sehen und ein rundes Muster umgab die Einschussstelle. Zweifellos wurde der Lauf irgendeiner Waffe hinter dem Ohr gegen den Kopf gepresst und dann wurde zur Exekution abgedrückt. Der Versuch, es wie Selbstmord aussehen zu lassen, war meiner Ansicht nach eine ziemliche Schlamperei.«

Fio verdrehte die Augen. »Du meine Güte. Ich nehme an, der Mörder hatte keine Ahnung, dass wir unseren Wundermann hier haben, der uns alle Stellen zeigen kann, wo der Trottel Scheiß gebaut hat.«

Der Leichenfresser starrte Fio lange ins Gesicht, ohne auch nur mit der Wimper zu zucken, dann sagte er: »Wie Sie gewünscht haben, Lieutenant Prankowski, habe ich die Sache auch mit Ihrem alten Fall verglichen. Dem Selbstmord von Mr. Charles St. Claires Bruder, war das nicht so? Wissen Sie, die französischen Zündnadelrevolver gehörten zu den ersten, die in sich geschlossene Patronen benutzten, bei denen Kugel, Pulver und Zündkapsel allesamt in einer Messinghülse steckten. So gegen 1853, würde ich sagen.«

Fios Blick huschte zu Rourke hinüber und eine wütende Farbe stieg seinen Hals hoch. »Warum bleiben Sie nicht einfach auf der Fährte, Mr. Mueller?«

»Die Fährte, Mr. Prankowski, ist folgende: Ja, es gibt eine Übereinstimmung. Der Revolver, den Sie mir gegeben haben, hat mit größter Wahrscheinlichkeit die Kugel abgefeuert, die Sie mir ebenfalls gegeben haben.«

»Also hätte Julius am Ende Julius doch umbringen können«, sagte Rourke. Sein Blick richtete sich auf Fio, doch seine Stimme war so ausdruckslos wie sein Gesicht.
»Also, na ja …« Fio zeigte auf das Vergleichsmikroskop des Leichenfressers. »Wenn du diesen Hokuspokus glauben willst.«
Rourke lächelte, diesmal jedoch nur mit seinen Augen. »Ich habe einmal gehört, dass Glaube vor allem eine Frage des Verlangens ist.«
Fio hielt seinem Blick noch einen Moment stand, dann bohrte er die Hände in die Hosentaschen und schaute zu Boden. »Ich glaube, ich sollte es dem Captain wohl schonend beibringen, dass sich Roibin Doherty das Loch nicht selber in den Kopf gepflanzt hat.«
Der Leichenfresser wartete, bis die Labortür sich hinter Fios breitem Rücken geschlossen hatte, dann wandte er sich wieder Rourke zu. »Sie möchten jetzt sicher wissen, was es mit der Pflanze auf sich hat, die Sie mir zur Analyse geschickt haben. Es handelt sich um *Abrus precatorius*, allgemein bekannt als Paternostererbse oder Liebesbohne. Keine einheimische Pflanze, kommt jedoch in Florida vor und wird bisweilen zur Herstellung von Schmuck und Rosenkränzen verwendet. Sie enthält außerdem ein äußerst starkes Gift, das jedoch als Mordmittel nicht so leicht zu verwenden wäre. Man müsste die Erbse zuerst zu einem Pulver zermahlen und in etwas Essbares mischen, am besten etwas Süßes, um Wirkung zu erzielen.«
»Pralinen«, sagte Rourke und dachte an den Liebhaber seiner Mutter, der am Tag nach seinem fünfzigsten Geburtstag in einen Sarg gebettet war, und an den Rosenkranz aus Paternostererbsen, der noch immer im Salon der Damen Lelourie von den Armen des Heiligen Michael hing.
»Oh, sicher, Pralinen«, sagte der Leichenfresser. »Ein grauenhaft süßer Tod, zweifellos.«
»Er ist schreiend gestorben.«

An diesem Abend kam nach Einbruch der Dunkelheit ein heftiger Wind auf. Er schüttelte die schwarzen Äste der Eichen auf Sans Souci und riss an den Bananenbäumen. Donner grollte laut und wütend und ein brutaler Regen schlug auf die Fensterscheiben ein. Der schwarze Himmel bebte unter den Blitzen.
Der Strom war ausgefallen. Remy Lelourie stand in der Dunkelheit mit dem Rücken zur Tür und sah dem Sturm zu. Sie war gekleidet, als erwarte sie Besuch, in ein langes schwarzes Samtkleid, und im kobaltblauen Licht sah er nur die leuchtend weiße Haut ihres Rückens, ihrer Schultern und ihres Nackens. Es war erotischer, als wenn sie nackt gewesen wäre.
Er war wie schon früher ohne anzuklopfen hereingekommen, aber sie hatte seine Anwesenheit offenbar gespürt, denn sie drehte sich um und fragte: »Day?«, als draußen wieder der Blitz zuschlug und weißes gezacktes Licht wie die Scherben eines zerbrochenen Spiegels über ihr Gesicht jagte.
Dann schaute sie in seine Augen und alles Blut strömte aus ihrem Gesicht. Sie wusste jetzt, was er sagen würde, und sie fürchtete sich davor – vielleicht schon seit Jahren. Deshalb hatte sie ihn damals verlassen. Und hätte, sich selbst zuliebe, fortbleiben sollen.
»Ich habe gesehen, wie du Julius umgebracht hast«, sagte er.

Achtundzwanzigstes Kapitel

Im Sommer 1916 war er verliebt gewesen und hatte sich elend gefühlt.

Remy Lelourie.

Ihre Seele war wild, ihr Herz war frei, ihr Körper war spendabel – doch in ihrem tiefen Inneren war sie beschädigt. Sie kannte keine Grenzen, wirklich keine. Sie hätte alles gewagt.

Er wusste, dass er nicht ihr erster Liebhaber war. Sie stand zu ihrer Vergangenheit und folgte ihren Wünschen, so war sie eben. Sie hatte Julius St. Claire gefickt, ehe sie Rourke kennen gelernt hatte, und er hatte den wirklich üblen und hässlichen Verdacht, dass sie ihn auch noch weiterfickte. Es lag an diesem Haus, das redete er sich jedenfalls ein. Sans Souci. Sie war von diesem Haus auf wahnsinnige Weise besessen, und das hatte ihre halb verrückte Mama ihr wie ein giftiges Samenkorn ins Herz gepflanzt. Wenn sie ihn verließ, dann wegen Julius St. Claire und Sans Souci.

An diesem unerträglich heißen und stickigen Sommerabend, nachdem er den letzten Kasten Austern auf den Lastwagen geladen hatte, schaute er zur Wasserpumpe hinüber, wo sie ihn normalerweise erwartete, doch sie war nicht da und er wusste, o ja, er wusste genau, wo er sie finden würde.

Er fuhr mit seinem Motorrad los, hinten herum, über die Straße am Flussarm. Er ließ sein Rad am Straßenrand stehen und ging durch Piniengestrüpp und Zuckerrohr. Die Heuschrecken sangen so laut, dass die Luft davon vibrierte. Die Hitze kam

ihm vor wie harte Schläge gegen seine Schultern und seinen Nacken.
Er ging gerade an der alten Sklavenhütte vorbei, als er einen kleinen spitzen Schrei hörte, den kleinen Schrei, den sie beim Sex immer ausstieß, und er hasste sich, weil er das tat, und er hasste sie, weil sie ihn dazu gebracht hatte, weil er sie mehr liebte als Stolz und Ehre, aber er ging auf die Rückseite der Hütte zu dem offenen Schlafzimmerfenster.
Er versteckte sich hinter einem Bambusdickicht und schaute hinein.
Und sah eine Revolvermündung, sah Julius St. Claires Hinterkopf zu einer roten Wolke explodieren, sah Knochensplitter und Gehirnfetzen und Blut aufwirbeln, hochspritzen. Einen Bruchteil einer Sekunde später hörte er es dann auch, hörte den Knall der Kugel, hörte das Blut auf Boden, Wände und Möbel aufklatschen, hörte Julius, dem der halbe Kopf fehlte, zu Boden stürzen.
Rourke wand sich und kniff die Augen zusammen, wie geblendet von einem plötzlichen grellen Licht. Er fuhr vom Fenster zurück, presste seinen Rücken gegen das Bambusdickicht und keuchte auf. Doch schon jetzt versuchte er in Gedanken zu erfassen und zusammenzufügen – wie plötzliche Bilder, die der Blitz aufzeigt –, was er gesehen hatte, ehe die Gewehrmündung aufgeflammt und Julius St. Claires Kopf explodiert war.
Remy war nackt und kniete auf dem Bett, Julius St. Claire hockte ihr gegenüber. Julius weint, stößt wimmernde Tiergeräusche aus und hält einen der alten vergoldeten französischen Revolver in seiner starren Hand. Der Lauf zeigt nach unten. Remys Gesicht ist weiß, aber ihre Augen brennen heiß, und der andere, identische Revolver befindet sich in ihrer Hand. Ihre Hand hebt sich, zielt mit der Waffe auf Julius, hebt sich langsam und feuert dann in Julius' Gesicht. Die Mündung flammt auf wie ein heißer Blitz am Himmel.

Rourke hörte jetzt, wie sie sich drinnen bewegte, hörte ihr Keuchen und das Knacken der Bodenbretter. Er roch Kordit und Blut, er roch wirklich das Blut. O gütiger Jesus. Was hatte sie getan?
Er wollte nicht wieder hinschauen, aber das musste er einfach. Sie hatte sich jetzt angezogen und beugte sich über Julius' Leichnam, der vom Stoß der Kugel vom Bett und auf den Boden geschleudert worden war. Sie redete jetzt auf ihn ein, in einem klagenden Singsang, tut mir Leid, Julius, tut mir so Leid, bitte, ach, bitte, und während sie säuselte, nahm sie behutsam den Revolver aus Julius' Hand und ersetzte ihn durch den, mit dem sie geschossen hatte. Den anderen, nicht abgeschossenen, schob sie tief in ihre Rocktasche. Als sie sich aufrichtete, sah er, dass ihr Gesicht mit Tränen und Blut besudelt war.
Sie zerteilte den Perlenvorhang in der Tür, erstarrte, wandte sich um und schaute aus dem Fenster. Sie hatte ihn offenbar nicht hinter dem Bambusdickicht stehen sehen, denn sie drehte sich wieder um und verschwand durch die klirrenden Perlen.
Er sah, wie sie auf das Herrenhaus zulief, die Hand hatte sie noch immer tief in ihrer Rocktasche vergraben. Sie verschwand zwischen den Bäumen aus seinem Blickfeld. Gleich darauf hörte er Wasser platschen und Holz auf Holz aufschlagen. Er warf durch das Fenster noch einen Blick auf Julius, aber der war zweifellos tot, schließlich fehlte ihm der halbe Kopf. Rourke wäre nie auf die Idee gekommen, selbst in die Hütte zu gehen, er war ja schließlich ein Bullensohn.
Er fuhr hinüber zur Weidenhöhle, denn er wusste, dass auch sie irgendwann dort auftauchen würde. Das alles gehörte zu ihrem Spiel, das Risiko, die Gefahr, der Vorgeschmack des Todes, und dann der Sex, und alles war inzwischen unzertrennlich miteinander verbunden. Er überlegte sich, dass er zu ihr sagen müsste: »Ich habe gesehen, wie du Julius umgebracht hast«, ehe er ihren Leib berührte. Aber er wusste, dass er das niemals tun würde. Er wollte, dass sie ihn so sehr liebte, dass sie ihn um Hilfe,

um Trost, um Absolution bitten würde. Sie würde kommen, aber nicht, weil diese Dinge ihr wichtig wären.
Als das rauchige Licht der Dämmerung über den Zypressenwipfeln hing, kam sie dann. Sie sagte nichts, er konnte nichts sagen. Sie hatte sich gesäubert, aber er glaubte noch immer, Julius' Blut an ihr riechen zu können, und das Blut seines eigenen Herzens kam ihm verfault vor. Er empfand heftige Abscheu gegen sie, gegen ihre Tat, und zugleich erfüllten ihn eine verzweifelte Sehnsucht, ein Hunger nach ihr, so groß, dass er glaubte, zerspringen, in eine Million blutige Stücke und Knochensplitter zerspringen zu müssen, wenn er sie nur berührte.
Doch dann berührte sie ihn und er zersprang nicht. Sie fanden einander auf dem Boden der Weidenhöhle, zogen sich gegenseitig langsam aus, wie um ihren keuchenden Atem und ihr jagendes Blut Lügen zu strafen. Sie drückte ihn auf den Rücken und setzte sich rittlings auf ihn, hob sich auf die Knie und senkte sich dann langsam über ihn. Er spürte, wie sie sich dehnte und dann um ihn schloss, und er schaute in ihre Augen, die heiß und zu hell waren. Und obwohl er versuchte, das andere von sich wegzuhalten, war es doch immer wieder da, Fragmente, zerfetzte Bilder. Julius' Fuß, der im Todeskampf auf den Boden knallte, Julius' Blut, das auf ihre bloßen Brüste spritzt, Julius' weiße Finger, die sich vom Revolver lösen. Er sah den Revolver in ihrer Hand explodieren, sah sie Julius ermorden, wieder und wieder. Und er spürte die ganze hoffnungslose Liebe, die er ihr entgegenbrachte, und eine große Angst vor ihr in sich aufsteigen wie eine düstere, nasse Blase, aufsteigen und anschwellen und zwischen ihren Oberschenkeln zur Befreiung zerbersten.
Als sie gegangen war, blieb er auf dem Rücken liegen, mit dem Geruch von Sumpfwasser und Zypressen und Blut in der Nase, mit ihrem Geruch in der Nase.
Er hatte sie retten wollen, aber er wusste nicht, wie. Er konnte nicht einmal sich selbst retten.

»Warum?«, fragte er elf Jahre später, als Blitze über den wolkenschweren Himmel jagten und Donnerstöße wie Gewehrschüsse knallten. Der Schmerz in ihrem Gesicht war unerträglich, auch wenn er nicht daran glaubte. »Warum hast du das getan?«

Sie schüttelte nur den Kopf, obwohl sie weinte. Wenigstens weinte sie, auch wenn er sich nicht darauf verlassen konnte, dass ihre Tränen echt waren.

»Eure Pistolen zeigten beide nach unten«, sagte er. »Aber dann hast du deine gehoben und ihm ins Gesicht geschossen. Wenn es ein Spiel war, dann hast du aufs Mieseste falsch gespielt, Liebling. Aber es war kein Spiel, oder? Es war kein Spiel.«

Ihre geschlossenen Augen zuckten. »Nein. Es war kein Spiel.«

»Um Gottes willen, Remy.« Er trat einen Schritt auf sie zu, als wolle er ihr alles mit Macht entreißen, die Wahrheit, die Lügen, alles.

Sie wirbelte von ihm fort.

Er sah den Kristallkrug mit Mint Julep auf dem Kamin erst, als sie das Gefäß hochhob und gegen den gelben Marmor schleuderte. Whiskey und Eis, Minzblätter und Kristallscherben regneten auf den Boden. In ihrer Hand hielt sie ein grobes, zackiges Stück Glas. Wieder sprangen Blitze über den Himmel und färbten die Eichbäume weiß.

»Du täuschst dich so sehr in mir, Day.« Blut tropfte von ihrer Hand, die die tödliche Glasscherbe hielt. »So sehr, so sehr. Was soll ich bloß tun, um dir das zu beweisen? Mich umbringen?« Die Scherbe funkelte, jagte über ihr Handgelenk, und eine Reihe von hellroten Blutstropfen quoll aus ihrer bleichen Haut. »Nein, das wäre zu leicht. Ich werde zerstören, was ich bin.«

Er hatte sich bereits auf sie gestürzt, konnte aber ihr Handgelenk nicht packen, und deshalb schloss er gerade noch rechtzeitig seine Hand um die Glasscherbe, um zu verhindern, dass sie sich damit die Wange aufschnitt. Das Glas bohrte sich tief in seine Finger und ihre Willenskraft war so groß, dass sie ihn noch zwei Herzschläge lang weiter schnitt, ehe sie aufschrie und die Scherbe wegwarf.

Er starrte sie an und aus seiner Hand strömte Blut auf den Boden.

Sie schüttelte energisch den Kopf und ihre Tränen spritzten. »Von mir aus soll die ganze Welt mich hassen, nur du nicht. Du nicht.«

Gütiger Gott. »Remy, nicht ...«

Sie hielt ihm die Hand vor den Mund, die zerschnittene Hand, und er konnte ihr Blut schmecken. »Ich habe aufgeschaut und da warst du«, sagte sie. »Am Sarg meines Daddys – so etwas Tapferes hatte ich noch nie gesehen. Ich hätte dir gern das Herz aus dem Leib geschnitten und es gegessen.«

Seine Lippen bewegten sich durch das Blut in ihrer Hand. »Das hast du.«

»Hast du geweint, als ich dich verlassen habe?«

»Nein.«

»Dann sollst du auch jetzt nicht um mich weinen.«

Weil er es gewusst, weil er es erwartet hatte, hörte er es auch als Erster – durch Regen und Wind und Donner hindurch ertönte das Knirschen von Reifen in der Auffahrt aus Austernschalen. Das Licht der Autoscheinwerfer jagte durch die nasse, rauchige Nacht und in das dunkle Zimmer.

Ihre Augen weiteten sich, als sie für einen Moment vom Licht des Streifenwagens eingefangen wurden, dann senkte sie den Kopf. Ihre Hand fiel nach unten und sie wandte sich von ihm ab.

Er wartete schweigend mit ihr, während die Haustür aufgerissen wurde und Schritte durch die Halle trampelten.

»Jesus Christus«, sagte Fio, als er Rourke sah. »Wollte sie dich auch noch ermorden?«

»Nein. Das war ein Unfall.« Aber es war kein Unfall und keine

Schauspielerei gewesen. Sie hätte sich selber verstümmelt, um ihm zu beweisen ... was eigentlich? Ihre Unschuld?
Aber er hatte sie gesehen, mit seinen eigenen Augen hatte er sie morden gesehen.
Wenn sie es einmal getan hatte ...
Er ging nach draußen auf die Galerie und gleich darauf wurde sie aus dem Haus geführt. Irgendwer hatte ihre Wunden mit Taschentüchern verbunden und ihr Handschellen angelegt.
Sie blieb vor ihm stehen und schaute zu ihm hoch, als sei er bereits zur Erinnerung geworden. Sie hob beide Hände, wobei die Handschellen klirrten, und berührte seinen Hals mit ihren Fingern.
»Wir können das ertragen, Day. Das wird so sein wie bei der Schlange – wir brauchen sie nur ohne mit der Wimper zu zucken anzustarren, dann gibt sie nach.«

Am nächsten Morgen kehrte er mit einigen Streifenpolizisten, die Badeanzüge trugen, nach Sans Souci zurück. Er zeigte ihnen den Regenwasserspeicher und sah zu, wie sie hineinstiegen.
Das Gewitter hatte sich mit der Nacht verzogen, aber es goss noch immer, die Regentropfen wühlten das schwarze Wasser im Speicher auf. Er konnte im Wind die feuchte Erde riechen.
Die anderen brauchten nur wenige Minuten, um die weiß emaillierte und mit lila Pailletten besetzte Karnevalsmaske zu finden. Medusa mit den Schlangenhaaren. Durch den schräg fallenden Regen sahen die Schlangen lebendig aus.
Und weil er wusste, dass dieser dort lag, bat er sie, noch einmal in den Speicher zu steigen und nach einem vergoldeten französischen Zündnadelrevolver zu suchen.

Neunundzwanzigstes Kapitel

Ein brutaler Regen strömte gegen das Fenster, durch das Remy Lelourie ein zerfetztes Bruchstück von schmutziggrauem Himmel sehen konnte. Im trüben Licht war sie zu dünn und schmächtig, sie sah aus wie ein armes Waisenkind mit ihrem formlosen braunen Baumwollhemd und dem kurzen Bubikopf. Sie drehte sich um, als er hinter sich die Tür schloss. Ihr Gesicht war verschwollen, nass und rot, ihre Augen waren vom Weinen aufgedunsen. Sie hatte nicht nur geweint, sie hatte gebrüllt.

Rourke starrte sie zu lange an und ihr Mund verzog sich zu einem schmerzlichen Lächeln. »Du schaust mich an wie einen auf ein Brett gesteckten Schmetterling und willst wissen, ob ich die Flügel noch bewegen kann.«

Er versuchte zu lächeln, aber er glaubte nicht so recht, dass ihm das gelang. »Tut mir Leid.« Dann ging ihm auf, dass er immer noch mit dem Rücken zur Tür stand und seine bandagierte Hand auf der Klinke liegen hatte. Er machte einige Schritte ins Innere des kleinen Verhörzimmers und trat dichter an sie heran. »Schaffst du das hier einigermaßen?«

Sie schaute an ihrer Gefängniskleidung hinunter. »Cinderella, ehe der Prinz kam.«

»Remy …«

»Danke, dass du gekommen bist, Day. Ich hatte Angst, du würdest das nicht tun.« Sie hob den Kopf. Ein helles, gequältes Licht funkelte in ihren Augen. »Ich kannte doch das Protokoll nicht –

wie kann eine Frau den Polizisten, der sie verhaftet, um einen Gefallen bitten.«
Er versuchte, Gefühle und Gedanken aus seinem Gesicht zu verbannen. »Alles, was du zu mir sagst, kann vor Gericht verwendet werden, Remy. Eigentlich solltest du nur in Anwesenheit deines Anwalts mit mir sprechen.«
Sie kniff die Augen zusammen und nickte. »Ich wollte doch nur ...« Plötzlich stieß sie einen kleinen Verzweiflungsschrei aus, krümmte sich und schlang die Arme um den Leib.
Er trat einige Schritte auf sie zu und hätte sie um ein Haar berührt. Er zeigte auf den zerschrammten Eichentisch und die vier Metallstühle im Raum. »Vielleicht solltest du dich setzen.«
Sie entschied sich für den Stuhl unter dem Fenster und er nahm ihr gegenüber Platz. Das Zimmer roch nach schalem Rauch und ganzen Jahrgängen des harschen Schweißes, der der Angst entströmt und der sich in den Wänden mit dem abblätternden beigen Anstrich festgesetzt hatte. Eine ihrer Hände lag mit der Handfläche nach unten vor ihr auf dem Tisch, die Hand, die wie seine zerschnitten worden und nun verbunden war. Der Tisch war mit Tassenringen übersät und mit Zigarettenenden angesengt worden; die Finger ihrer verbundenen Hand sahen zart und vergänglich aus, durchscheinend, als würden sie von innen beleuchtet.
Sie zitterte wie in kalter Luft. Er sah zu, wie ihre Augen sich mit Tränen füllten, und dann sah er weiter zu, wie sie fielen.
Sie atmete tief und keuchend ein. »O Gott, Day. Ich habe solche Angst.«
»Hast du ihn umgebracht?«
Sie stieß ein würgendes Geräusch aus, dann zuckte ihr Kopf hart hin und her und Tränen platzten auf ihrer Hand. »Ja«, flüsterte sie, und er stieß so heftig den Atem aus, als hätte sie ihn in die Brust geboxt.
Sie hatte ihr Kinn gegen ihren Hals gepresst und deshalb konn-

te er nur ihre Haare sehen. »Ich habe ihn draußen in der Sklavenhütte erschossen, mit dem französischen Revolver«, flüsterte sie mit kaum hörbarer Stimme. »Das hast du doch gesehen.«
Er kam wieder zu Atem und der füllte ihn so rasch, dass er sich unwohl fühlte, ein wenig seekrank.
»Ja, das habe ich gesehen«, sagte er leise. »Aber ich rede jetzt über Charles. Habt ihr euch darüber gestritten, was er deiner Schwester angetan hat?«
Sie riss den Kopf hoch. »Woher weißt du das?« Ihre Augen waren so verängstigt, dass sie hervorquollen. »O Gott, das war mein Fehler, nur mein Fehler. Ich konnte nicht so sein, wie er mich wollte, und deshalb haben wir uns gegenseitig wehgetan, immer wieder, es war ein grauenhaftes, schreckliches Spiel. Er hat Belle benutzt, um mir eins auszuwischen – er konnte so ein Schwein sein. So ein gemeines, grausames Schwein.«
Ihre Schultern senkten sich und sie beugte sich wieder vorwärts. Sie umfasste ihre Ellbogen und wiegte sich ein wenig hin und her. »Du glaubst doch jetzt nicht, Belle hätte ihn umgebracht?«, fragte sie mit weicher Stimme. »Belle wäre niemals zu einer so schrecklichen Tat fähig.«
Rourke war da anderer Meinung, aber er sagte: »Nein, Belle könnte das nicht. Aber du hast es für sie getan, du hast Charles für Belle getötet. Weil er ihr ein Baby gemacht hat.«
Wieder schaute sie zu ihm hoch, starrte ihn an, ihre Augen wanderten durch sein ganzes Gesicht.
»Die Welt kann ein ungeheuer einsamer Aufenthaltsort sein, findest du nicht, Day? Selbst dann, wenn du dich eigentlich ganz obenauf fühlen müsstest. Wenn alles ganz schlimm wurde, dann habe ich die Augen zugemacht und mir unsere Weideninsel vorgestellt, und wenn ich sie dann vor mir sah, habe ich dich in die Mitte gesetzt und dich ausgezogen und hingelegt, und dann habe ich mich zu dir gelegt und du hast mich in die Arme genommen, mich einfach in die Arme genommen.«

»Remy …«
»Nein.« Dieses Wort kam mit der Kraft eines Schreis heraus, obwohl sie leise sprach. »Sag mir nichts, was ich nicht ertragen kann.« Sie streckte die Hand aus und berührte seine, die auf dem Tisch lag. »Angeblich hatten die Indianer besondere Orte, die sie allein aufsuchten, um den Großen Geist anzubeten und an denen keine Lügen erlaubt waren. Für mich ist sie so ein heiliger Ort, Day, unsere Weideninsel. Sie ist das Einzige, was mir heilig ist. Ich schwöre dir bei dieser Insel, Day, dass ich Charles nicht umgebracht habe.«
Ihre Finger streichelten seinen Handrücken. Er hatte eine schreckliche Angst vor der Wahrheit, die er aus ihrem Herz kommen spürte und die er in ihren Augen sah, denn er war sich so sicher, dass sie log. Er würde es nicht ertragen können, sich jetzt den Glauben an sie zu gestatten und dann enttäuscht zu werden.
Er wusste, was in ihr lebte und dass es düster war. Düster und traurig und verrückt. Sie konnte mit einem Zug um die Wette laufen und eine geladene Pistole zwischen ihren Kopf und den eines anderen halten. Sie konnte diesen anderen vor Lust und Verlangen dermaßen in den Wahnsinn treiben, dass er bis auf Gedärm und Knochen alles hergegeben hätte, um sie zu bekommen.
Er hatte gesehen, wie sie Julius umgebracht hatte. Sie hatte ihn umgebracht und war danach kaltblütig genug gewesen, sich daran zu erinnern, dass die Bullen feststellen konnten, ob eine Waffe abgeschossen worden war. Deshalb hatte sie die Revolver vertauscht, um einen Selbstmord vorzuschützen.
Sie hatte diesen Jungen ermordet und war dann weggelaufen und zu einer der berühmtesten Frauen der Welt geworden, denn sie konnte eine Million Gesichter von Remy Lelourie durch eine Kamera auf die Kinoleinwand werfen, bis die Phantasie aller Zuschauer befriedigt war.

Sie konnte alles sein, was man sich wünschte.
Sie konnte unschuldig sein.
Gott sollte ihm helfen, aber er glaubte ihr.

Draußen goss es jetzt, als sei ein Loch in den Himmel gerissen worden. Der Regen sprudelte durch die Rinnsteine und an den Galerien entlang und schoss von den schrägen Dächern. Im French Quarter hatte das Wasser bereits die niedrigen Bürgersteige aus Ziegelsteinen überflutet und umspülte die Treppen vor Läden und Wohnhäusern.

Rourke ging langsam durch die Canal Street zum Fluss. Er kletterte auf den Deich und blieb dort im erbarmungslosen Regen stehen. Die Wolken bedrängten ihn, schwer und in Nebelschwaden gehüllt. Unter ihm strömte der Fluss dahin, hoch und schnell und lehmgelb. Zweige und Holzstücke wurden mitgerissen und bildeten kleine schäumende, perlende Wirbel.

Genau eine Woche zuvor war Charles St. Claire in der alten Sklavenhütte hinten auf Sans Souci mit einem Rohrmesser zu Tode gehackt worden. Meistens tut man einfach seine Arbeit. Man mustert den Leichnam, stellt ein paar Fragen und findet dann den Mörder oder auch nicht; aber man spricht für die Ermordeten, wenn man den Mörder findet, denn diese Aufgabe hat man nun einmal. Er hatte das Gefühl, seit Charles St. Claires Tod zehn Leben gelebt zu haben, die meisten davon hart und grausam, wie das Leben meistens eben war. Er dachte immer wieder, er müsste das nun endlich lernen, aber das tat er nicht.

Wenn sie unschuldig war, dann war jemand anders schuldig.

Und deshalb musste er die Sache angehen wie einen um sich schnappenden Alligator, nämlich von hinten her.

Heloise Lelourie. Die vermutlich schon einen Mord begangen hatte, sie hatte den Mann, der sie verlassen hatte, mit Pralinen vergiftet, die mit Liebesbohnen angereichert worden waren. Sie würde Charles St. Claire als ebensolchen Mann sehen – Verräter, Ehebrecher, einen Mann, der ihre beiden Töchter verletzt hatte, der eine mit der anderen betrog, der einer Lelourie einen St.-Claire-Bastard aufgezwungen hatte. *La famille Lelourie* bedeutete ihr alles. *La famille,* Sans Souci und alle Sünden der Vergangenheit, die mit den Toten in ihren Häusern voller Geheimnisse begraben worden waren.

Belle. Die in Schmerz und Angst und Wut ihren geliebten Garten zerwühlte. Die ausgenutzte und verschmähte Frau, die schwangere, einsame Frau, und kein Mardi-Gras-König würde ihr beim Umzug seine Huldigung erweisen.

Lucille. Das, was ihr Charles St. Claire zwei Jahre lang angetan hatte, konnte genauso gut als Vergewaltigung bezeichnet werden. Lucille, die ihren Vergewaltiger mit einer seelenläuternden Reinheit hasste und die in der Nacht des Mordes angeblich krank und allein zu Hause war.

Mamma Rae, Voodoopriesterin und *loup-garou,* falls man das glauben mochte, hatte Mr. Charlie für LeRoy mit einem Zauber belegt. LeRoy hatte oben in Angola in Erfahrung gebracht, dass seine Frau seit zwei Jahren für ihn herumhurte. LeRoy und LeBeau und Mamma Rae. Lucille.

Besonders leicht für manche Leute, ihre Probleme zu lösen, wenn dieser Bock schwarz ist.

Tante Adenise, mit dem Elend in ihrem Haus und ihren schwarzen Gefühlen, die Fledermäuse vor dem Mond sah und für die der Flussarm sich blutrot verfärbte.

Ein Gedanke krallte sich fest, tief hinten in seinen Gedanken.

Einer hat was davon gesagt, dass es doch verrückt ist, das so zu machen, statt den armen toten Jungen einfach wie einen Stein zu versenken und nicht mal einen Kräusel auf dem Wasser zu hinterlassen. Und dann sagte der andere was über dich. Nämlich, dass sie dem niggerliebenden Bullen Rourke einen Kno-

chen hinwerfen müssen, sonst wirst du weiterbuddeln, bis du das ganze Skelett gefunden hast.
Vinny McGinty, sein Knochen.

Die Stahltreppe klirrte unter Rourkes Füßen, als er immer zwei Stufen auf einmal zu den Untersuchungszellen hochjagte, wo Remy Lelourie bis zur offiziellen Anklageerhebung untergebracht worden war. Er lehnte an der fleckigen, feuchten Mauer, hörte Schreie und Schluchzen, das klirrende und knallende Gefängnisleben, und wartete ungeduldig darauf, dass die Wärterin die Tür aufschloss.
Das ganze Haus riecht wie ein Gefängnis, dachte er – Schweiß und Angst und Verzweiflung.
Die Zelle, die von einer einsamen kahlen Glühbirne hinter einem kleinen Gitter beleuchtet wurde, war in den Ecken schattig. Remy hatte, die Beine bis ans Kinn angezogen, auf der Betonplatte gesessen, die als Pritsche ausgegeben wurde. Sie stand auf, als die Tür klirrend aufgerissen wurde.
Die Haut um ihre Augen sah wund aus, die um ihren Mund war straff gespannt und grau. Sie erhob sich langsam, als er die Zelle betrat, ihr Blick suchte seinen. Die Hoffnung, die für einen Moment über ihr verzweifeltes Gesicht huschte, tat ihm unbeschreiblich weh.
Nachdem er den ganzen Weg vom Fluss zurück durch den strömenden Regen gerannt war, konnte er sie jetzt nur anstarren. In der Stille konnte er das Wasser von seinem Mantel und seiner Hutkrempe tropfen hören.
Er begriff nicht, wie er jemals an ihr hatte zweifeln, wie er auch nur einmal mit dem Gedanken hatte spielen können, sie zu verletzen.
Er warf einen Blick auf den Gang, um sich davon zu überzeugen, dass die Wärterin außer Hörweite war. »Auf irgendeine Weise werde ich dich hier rausholen.« Das hatte er eigentlich

nicht sagen wollen, aber es klang richtig. Vor elf Jahren war er dazu nicht in der Lage gewesen, doch jetzt konnte er sie retten. »Denk immer daran, egal, was passiert, denn ich brauche bloß mein Dienstabzeichen vorzuzeigen, um dich aus dieser Zelle hier zu holen. Danach ist es nicht weiter schwer, dich im Golf auf ein Schiff zu schaffen, das dich nach Mexiko oder Südamerika bringen kann.«

Sie trat so dicht vor ihn hin, dass nur eine Handbreit sie noch voneinander trennte. Ihr Gesicht zeigte eine seltsame Trauer, so, als sei ihr tiefes Geheimnis jetzt endlich ans Licht gekommen. »Hast du noch immer nicht begriffen, wie sehr ich dich liebe?« Sie hob die Hand und berührte seinen Mundwinkel mit ihren Fingern. »Ich würde niemals erlauben, dass du für mich dein Leben ruinierst. Und außerdem vergisst du, wer und was ich bin. Es gibt doch keinen Ort auf der Welt, an dem mich niemand kennt.«

Er schloss die Finger um ihren Hals und hielt ihre Hand fest und nun konnte er seinen Kopf drehen und seine Lippen über ihre Fingerknöchel fahren lassen. »Mit manchen Staaten gibt es keine Auslieferungsabsprache und es muss ja nicht einmal so weit kommen.« Wieder küsste er ihre Hand, dann ließ er sie los. »Hat dein Mann jemals einen Mandanten namens Vinny McGinty erwähnt?«

Sie legte ihren Kopf leicht auf die Seite, wie sie das immer machte, wenn sie nachdachte. »Nein, ich glaube nicht. Nicht in meiner Gegenwart jedenfalls.«

»Und was ist mit einem Mann namens LeRoy Washington?«

»LeRoy Washington«, sagte sie nach kurzem Zögern. »Ein schwarzer Boxer, der ins Gefängnis musste, weil er seinen Manager ermordet hatte? Ich glaube, Charles ist einige Tage vor seinem Tod nach Angola gefahren, um mit ihm zu sprechen. Ich kann mich an diesen Abend erinnern, weil es ein guter Abend war, und davon hatten wir seit langer Zeit nur noch wenige. Er war ganz aufgeregt, Charles, meine ich, als er nach Hause kam, und er wollte Champagner trinken. Wir tranken einige Gläser und dann haben wir eine Platte aufgelegt und getanzt.«

»Hat er gesagt, warum er so aufgeräumt war? Denk gut nach, Remy. Das könnte wichtig sein.«

Sie bohrte ihre Zähne in ihre Unterlippe und schloss die Augen. Als sie sie wieder öffnete, schüttelte sie den Kopf. »Charles hat eigentlich nie über seine Arbeit gesprochen. Nein, warte … Wir hatten die Kerzen in den Wandleuchtern am Kamin angezündet. Er hob sein Glas und schaute durch den Champagner die Kerzen an, wie man das macht, um sich die Perlen anzusehen. Dann hat er gelacht und so ungefähr gesagt, Kain hätte sich wirklich für allerlei zu verantworten.«

Zuckerrohr- und Reisfelder zogen sich am nächsten Morgen unter einem wolkenschweren Himmel dahin, doch anders als am Vortag bedeutete das keinen Regen. Rourke hatte seinen eigenen Stutz Bearcat Speedster einem Streifenwagen vorgezogen und das Gaspedal durchgedrückt. Fiorello Prankowski hing auf dem Beifahrersitz, biss die Zähne aufeinander, umklammerte seine Knie und starrte voller Panik durch die mit Insekten beklebte Windschutzscheibe.

»Du kannst den 'cat nicht langsamer machen«, sagte Rourke, »indem du ein Loch in den Boden trittst. Die Bremse ist hier bei mir.«

Fio zeigte seine Zähne. »Was sagt ihr hier unten noch alle? Brassy ma …«

»Brassa ma chu.«

»Genau. Also, *brassa ma* Yankee *chu.«*

Rourke lächelte und sang »Ma, he's making eyes at me«. Fio grummelte weiter vor sich hin.

Einige Meilen flogen dahin, dann sagte Fio: »Wirst du mir je erzählen, warum wir diese kleine Spritztour unternehmen?«

»Angeblich hat Al Capones Truppe im letzten Jahr hundertundfünf Millionen eingesackt.«

Fio stieß einen Pfiff aus. »Mann, dafür gibt's 'ne Menge Zimmerorgeln.«

»Und wie macht er den ganzen Schotter?«

Fio sah Rourke kurz an. »Himmel, mal nachdenken. Was könnte das wohl sein? Alkoholschmuggel, Prostitution, Wucherzinsen, Schutzgelder, Erpressung und Wetten. Solche Kleinigkeiten.«

»Boxkämpfe«, sagte Rourke.

»Ja, in dem klebrigen Kuchen hat er im ganzen Land die Finger stecken.«

»Und stell dir vor, du bist hier unten in New Orleans und hast einen Club und unterstützt ein paar Boxer, und dann denkst du, du könntest ein bisschen von Onkel Als Kuchen abzupfen, vielleicht sogar ein paar Kämpfe tricksen, um dir ein bisschen Urlaub zu gönnen, denn Onkel Al schwimmt doch in Geld, dem fällt das ganz bestimmt nicht auf.«

»Wir reden hier aber nicht von Hühnerfutter«, sagte Fio. »Auch hier unten in New Orleans können solche Boxkämpfe einige hunderttausend Dollar einbringen. Ein Typ wie Al Capone kommt nicht so hoch, wenn er die Kleinigkeiten nicht im Auge behält. Und niemand lässt sich gern verarschen.«

»Ein cleverer Typ«, sagte Rourke, »würde seine Gier also unterdrücken. Er würde sich seinen Anteil vom Boxerkuchen abschneiden und den Rest lässig und locker weiterreichen, wie ihm aufgetragen worden ist.«

»Wenn ich Casey Maguire wäre«, sagte Rourke, »und beim Rumschmuggel schon ein Vermögen machen könnte, dann würde ich alles andere aufgeben, um da weiterzukommen.«

»Nur ist das nicht passiert. Die Chicagotruppe hat nicht all ihr Geld bekommen – das hat Maguire mir selbst erzählt. Er hat alles auf den armen Vinny geschoben, aber was, wenn es sein

Brüderchen Bobby Joe war, das die Kasse abgeschöpft und Kämpfe getrickst hat? Ein paar Tage vor seinem Tod ist Charles St. Claire nach Angola gefahren, um mit LeRoy Washington zu reden, der fünfzig Jahre Zwangsarbeit absitzen muss, weil er Bobby Joe Maguire umgebracht haben soll. Als St. Claire danach zurückkam, hat er seiner Frau erzählt, dass Kain sich für allerlei verantworten muss.«

Fio starrte Rourkes Profil an und sagte dann endlich: »Willst du damit sagen, dass Casey Maguire seinen eigenen Bruder umgebracht hat?«

»Kains Sünde – der Brudermord. Bobby Joe hat Eintrittsgelder gestohlen, die für die Chicagotruppe bestimmt waren. Als er das festgestellt hat, hatte Casey Maguire vermutlich Visionen von Al Capone, der mit einem Baseballschläger auf seinen Kopf zielt, und deshalb hat er in einem Anfall von Wut und Panik seinem Brüderchen den Hals umgedreht.«

Ein Junge, der mit einem Trecker über ein braches Feld huckelte, winkte ihnen zu. Ein Heuwagen schaukelte in südlicher Richtung vorüber. Eine Schar von Staren flog von den Telefondrähten auf und zog vor dem grauen Himmel davon. »Aber jemand hat ihn dabei gesehen«, sagte Rourke.

Fio streckte seinen Finger wie einen Gewehrlauf aus und schnalzte dann mit der Zunge. »Vinny McGinty.«

»Zwei Jemande«, Rourke ließ seinen Fuß auf das Gaspedal knallen und der Motor des Bearcat dröhnte auf. »Vinny – mein Knochen – und LeRoy Washington.«

Dreißigstes Kapitel

Rourke wendete auf einer öligen Straße, die durch ein fast undurchdringliches Dickicht aus Eichen und Pinien hindurchführte. Fio füllte seine Backen mit Luft und stieß diese dann mit einem Seufzer wieder aus. Er konnte das hohe Ziegeltor mit der schmiedeeisernen Inschrift ZUCHTHAUS nicht durchqueren, ohne von der Urangst gequält zu werden, dass er hier seine eigene Zukunft sah.

Sie kamen an einer Gruppe von angeketteten Sträflingen vorbei, die unten am Fluss ein Feld urbar machen sollten und mit Äxten und Schaufeln auf Baumstümpfe einhackten. Die Reihe der schuftenden, schwitzenden Männer wurde von berittenen Gefangenenwärtern bewacht, die sich abgesägte doppelläufige Schrotgewehre in die Hüften stemmten. Die Wärter mussten die Zeit der Häftlinge absitzen, die während ihrer Dienstzeit ausbrachen, und deshalb wurden niemals Warnschüsse abgegeben. Die Wärter versuchten es immer sofort mit dem Todesschuss. Die Häftlinge auf dem Feld waren ohnehin die miesen Nummern, die gefährlichen, die durch ihre schwarzweiß gestreiften Kittel und ihre roten Strohhüte gekennzeichnet wurden.

Rourke hielt vor dem Gefängniseingang, im Schatten des hölzernen Geschützturms, an. Er und Fio zeigten ihre Dienstabzeichen vor, die mit Eisenstangen verriegelten Tore öffneten sich, sie wurden durchgewunken und der tief hängende Bearcat holperte über ein Viehrost.

Rourke parkte im Schatten eines alten Steingebäudes, in dem die Schwarzen untergebracht waren. Er blieb noch einen Moment sitzen und hielt das Lenkrad fest. Das Hemd unter seinem Jackett klebte an seinem Rücken fest. Aus der Gefängnisküche strömte der Geruch von kochendem Kohl.

»Glaubst du wirklich, dass dieser Nig – dieser LeRoy Washington bei seinen Antworten auch nur in die Nähe der Wahrheit kommen wird?«, fragte Fio.

Rourke schaute über die weiten, flachen Felder der Gefängnisfarm, über Zuckerrohr- und Batatenfelder. Eine Gruppe von Gefangenen ging zwischen den Rohrreihen hindurch und trug Hacken über den Schultern. Sie hatten die Rücken gekrümmt, ließen die Köpfe hängen und starrten den Boden an.

Fio stieß die Tür auf und bugsierte sich aus dem Wagen. »Na, mir wird er garantiert nicht sein Herz ausschütten, mir erzählt schließlich niemand was. Ich werd lieber eine Runde mit dem Wärter quatschen. Der hat bestimmt eine Flasche selbst gebrannten Fusel in seiner Schreibtischschublade. Das ist hier ja schließlich ein Gefängnis.«

Ein Vertrauenshäftling mit zerfressenen braunen Zähnen brachte Rourke in einen Dienstraum neben dem Schlafsaal. Das ganze Haus stank nach altem Schweiß und den uralten Toiletten, die mit Eimern ausgespült werden mussten. Der Vertrauensmann warnte Rourke mit wahrer Wollust vor seiner Begegnung mit einer miesen Nummer. »Müssen ihn brechen oder umbringen, sagt der Boss. Sitzt diesmal schon fast fünfzehn Tage im Loch. Hätte vielleicht den Rekord gebrochen, wenn Sie nicht gekommen wären.«

Das Loch war von diesem Zimmer aus nicht zu sehen, aber Rourke wusste, worum es sich dabei handelte. Es bestand aus drei Schwitzkästen, die auf einem brachen Feld auf einer Betonrampe standen. Sie waren zu klein, um darin zu stehen oder zu liegen, und der Insasse konnte nur mit angezogenen Knien und

einem Pisseimer zwischen den Füßen dasitzen. Einfach sitzen und kochen und versuchen, durch das fingerhutgroße Luftloch in der Eisentür genug zu atmen, um zu überleben.
Das Zimmer, in das der Vertrauensmann ihn führte, war von der Größe eher ein Wandschrank, es war möbliert mit einem Holztisch, zwei Holzstühlen und einem riesigen Aschenbecher. Die kotzgelben Wände waren von Rost gestreift und von Schimmel gefleckt.
LeRoy wurde erst nach einiger Zeit gebracht. Er schleppte sich zwischen zwei Aufsehern dahin, seine Beine waren so verkrampft, dass er niemals allein hätte gehen können. Seine Haare trieften vor Schweiß und seine gestreiften Hosen waren von Schmutz und verkrustetem Blut gefleckt. Er trug kein Hemd und offene Insektenbisse bedeckten seine bloße Brust und seine Arme. Einige waren dermaßen entzündet, dass sie bluteten und Eiter absonderten. Rourke hatte davon gehört, dass hier Häftlinge zur Strafe bei den Ameisenhügeln auf dem Deich festgebunden wurden, aber bisher hatte er nicht glauben wollen, dass das mehr als nur ein Gerücht war.
Einer der Aufseher ging sofort wieder, der ältere aber blieb und blickte Rourke übellaunig an. Er hatte ein plattes, von tiefen Aknenarben durchfurchtes Gesicht und bleiche Schlitzaugen wie Kürbiskerne. »Hier ist der Bimbo, mit dem Sie plaudern wollten«, sagte er. Er schlug LeRoy mit seinem schwarzen Lederknüppel so hart ins Kreuz, dass dieser aufstöhnte. »Und du, Junge – benimm dich gefälligst, sonst stecken wir deinen Niggerarsch so lange ins Loch, dass du nur noch mit den Füßen zuerst wieder rauskommst.« Wieder schlug er LeRoy mit dem Lederknüppel ins Kreuz, diesmal jedoch noch härter. »Na, was sagst du, Junge?«
»Ja, Sir, Boss«, sagte LeRoy mit einer vor Durst brüchigen Stimme. Er schaute Rourke aus violetten, geschwollenen Augen an, die aussahen wie das geplatzte Fleisch verrottender Früchte. Er

saugte Luft in sich auf, als sei diese die letzte, die auf der Welt noch vorhanden war.

Rourke versuchte, seine Gefühle nicht zu zeigen, um seinen Freund nicht zu beschämen. »Hol einen Eimer Wasser und dann verzieh dich«, sagte er zu dem Aufseher. »Na los«, fügte er hinzu, als der andere sich nicht schnell genug in Bewegung setzte. In Rourkes Stimme lag eine wütende Drohung.

Der Aufseher hatte das Zimmer kaum verlassen, als LeRoy sich an der Wand heruntersinken ließ und anfing, sich die Krämpfe aus den Beinen zu reiben, sein Gesicht verzog sich vor Schmerzen, die er vorher nicht gezeigt hatte. Rourke schaute aus dem kleinen Gitterfenster. Es stand offen, um etwas Luft ins Zimmer zu lassen, aber diese Luft war heiß, feucht und tot.

Der Aufseher brachte einen überlaufenden Eimer Wasser und ging dann wieder, zumindest bis zur anderen Seite der verschlossenen Tür.

»Fang lieber langsam an«, sagte Rourke, als LeRoy das Wasser so schnell kippte, dass er fast nicht schlucken konnte. LeRoy sah ihn an, trank dann aber nur noch einen Schluck und goss sich den Rest über den Kopf.

Er wischte sich mit dem Fingerrücken Schweiß und Wasser aus den Augen, dann nickte er zu dem Bücherstapel hinüber, den Rourke mitgebracht und auf dem Tisch aufgebaut hatte. »Wenn die für mich sein sollen, Day, dann hast du Zeit und Geld vergeudet. Ich habe meine Leseerlaubnis eingebüßt und rechne nicht damit, sie jemals wieder zu sehen.« Seine Stimme änderte sich und klang gedehnt und tonlos. »Der Boss meint, ich vergess, wer ich bin. Sagt, das kommt dabei raus, wenn Niggers was lernen dürfen. Vergessen, wer sie sind und müssen ins Loch gesteckt werden, damit sie's wieder kapieren.«

Vor langer, langer Zeit, in den guten alten Tagen, hatten sie bis spät in die Nacht auf dem Deck von LeRoys Hausboot gesessen und über Philosophie und Logik diskutiert. Rourke war damals noch ein Plattfuß auf Streife gewesen und hatte tagsüber das College besucht, doch LeRoy hatte Bücher gelesen, von denen Rourke nicht einmal die Namen kannte. Wenn er wollte, konnte LeRoy »gebildetes Weiß« sprechen, wie er das nannte. »So weiß wie jedes Scheißmitglied vom Boston Club.« Die Weißen, das hatte LeRoy ihm einmal gesagt, fühlten sich gar nicht wohl, wenn ihre farbigen Dienstboten und Feldarbeiter sich besser ausdrückten als sie selbst, und deshalb hatten die Neger aus bitterer Erfahrung gelernt, auf jeden Fall den Eindruck zu vermitteln, dass sie wussten, wo ihr Platz war.

In Gegenwart von Weißen sprach LeRoy zumeist die Sprache seines Volkes und erinnerte sich daran, wo sein Platz war, das aber aus Stolz, nicht aus Furcht.

»Ich spreche mit dem Aufseher«, sagte Rourke. »Erinnere ihn daran, dass er mir einen Gefallen schuldet, und dann sehen wir, ob du die Leseerlaubnis nicht zurückkriegst.«

LeRoys Lippe kräuselte sich. »Ja, mach das.«

LeRoy griff zu der Schachtel Zigaretten und den Streichhölzern, die auf dem Bücherstapel lagen. Er schüttelte eine Zigarette heraus und zerteilte dann behutsam ein Streichholz, denn Streichhölzer waren im Gefängnis fast so wertvoll wie die Zigaretten selber.

»Ein paar davon sind Joints«, sagte Rourke. »Überleg dir also genau, wann und wo du rauchst.«

LeRoy lachte hohl. »Mann, du bist vielleicht einer. Kommst hier einfach so mit Dope in der Tasche in den Knast getanzt – die könnten doch beschließen, dich hier zu behalten.«

Sie tauschten ein Lächeln, dann ließ LeRoy sich langsam auf einen Stuhl sinken. Er legte Zigarette und Streichholz unberührt zurück auf den Tisch. Seine Hände umklammerten seine Oberschenkel und er starrte den Boden an.

Als er den Kopf wieder hob, zeigte sein Gesicht den Ausdruck eines Ertrinkenden. »Du kommst doch nicht zweimal in einem

Monat den ganzen Weg hierher, noch dazu, wo gar kein Besuchstag ist, nur um mir guten Tag zu sagen. Geht es um Lucille? Ist Lucille etwas passiert?«

»Der geht es gut. Ich habe erst heute Morgen kurz mit ihr gesprochen, ehe ich mich auf den Weg zu dir gemacht habe. Sie schickt dir ihre ganze Liebe.«

LeRoy hatte inzwischen seinem Gesichtsausdruck ein wenig Gefängnishärte zurückgeben können. Rourke wusste, dass er es nicht ertragen konnte, von Lucilles Liebe zu hören, an diese Liebe zu denken, wo er doch noch weitere achtundvierzig Jahre auf sie verzichten musste.

»Charles St. Claire ist tot«, sagte Rourke und knallte LeRoy damit die schlechte Nachricht voll vors Kinn, wo der sie zweifellos auch haben wollte. »Irgendwer hat sich ein Rohrmesser geschnappt und ihm die Kehle aufgeschlitzt. Ich dachte, du solltest das wissen, er war ja schließlich dein Anwalt.«

LeRoy starrte vor sich hin und umklammerte weiterhin seine Oberschenkel. Ein hartes, schwarzes Funkeln war in seine Augen getreten.

»Ich habe Luce heute Morgen gefragt, ob du über sie und Charlie Bescheid weißt«, sagte Rourke, schlug dem Mann damit noch einmal ins Gesicht und hasste sich deshalb. »Sie sagt, ja.«

LeRoy lachte rau. »Was glaubst du wohl – dass sie dir das alles erzählt hat und mir nicht? Wenn ich jetzt ihr Zuhälter bin, weil ich es gewusst habe, dann bin ich das eben.« Er richtete einen starren Finger auf Rourkes Gesicht. »Und du auch.«

»Sie hat das alles doch nur aus Liebe zu dir getan.«

LeRoy kniff die Augen zusammen und verzog die Lippen zu einer Grimasse, die seine Zähne freilegte. »Mann, das weiß ich. Aber wenn ich einen Scheißanwalt meine Frau ficken lassen muss, damit ich hier rauskomme, dann von mir aus. Von mir aus«, sagte er und nickte dabei so heftig mit dem Kopf, dass die Sehnen an seinem Hals wie Seile hervorstanden.

Dann sprang er so heftig auf, dass der Stuhl über den Boden rutschte. »Scheiße. Wenn deine Schale geknackt wird, Day, dann bist du drinnen noch immer Bulle. Was hätte ich denn tun sollen, he? Dieser Wichser war meine einzige Hoffnung, wieso hätte ich ihn von irgendwem aufschlitzen lassen sollen?«

LeRoys Mund verzog sich zu einem harten, gemeinen Lächeln. »Das wollte ich mir für später aufbewahren. Für dann, wenn ich draußen bin. Wenn ich es selbst machen kann.«

»Ich weiß, dass du Charles St. Claire keinen Mörder auf den Hals geschickt hast.«

LeRoy war im Zimmer hin und her gegangen und hatte Rourke den Rücken zugekehrt, aber jetzt fuhr er herum. »Und wieso bist du dann hier?«

»Ich will wissen, wer Bobby Joe Maguire wirklich umgebracht hat.«

LeRoy warf den Kopf in den Nacken und brach in ein hämisches Knastlachen aus. »Die Wahrheit! Ihr glaubt doch, dass kein Nigger einem Weißen jemals irgendwas erzählen würde, was Ähnlichkeit mit der Wahrheit hat, und da habt ihr Recht, klar?«

Er starrte Rourke kurz an, dann ließ er seine Schultern sinken. Er drehte sich um und ging zum Fenster. Er hob die Hände und umklammerte die Gitterstäbe mit seinen großen Händen, als könne er sie mit purer Willenskraft auseinander stemmen.

»Neulich haben sie einen neuen Fisch ins Lager gebracht – so einen armseligen mageren Wicht, der höchstens siebzehn sein konnte. Er fragte mich, ob ich der LeRoy Washington bin, der beim Carnival of Champions Ricky Martson in der siebten Runde geschlagen hat, und ich hab Nein gesagt. So ein verängstigter Junge will ein bisschen reden und hofft, dass ich ihn nicht lebendig fresse, und ich schau ihm glatt ins Auge und lüge, ganz ohne Grund.« Er lachte bitter. »Hier ertappst du dich bei einer Lüge nach der anderen. Es gibt ganz einfach keine Wahrheit.«

Rourke konnte nichts sagen, was sich nicht wie eine Lüge angehört hätte. Er hatte in letzter Zeit den Eindruck, dass man am Ende aller Sünden schuldig wird, die einem vorgeworfen werden, wenn man nur oft genug beschuldigt und bestraft wird. Die Sünden gehören einem dann so sicher, als habe man sie wirklich begangen.

»Eine Frau muss mit einem Leben im Gefängnis oder vielleicht sogar mit dem elektrischen Stuhl rechnen, wegen eines Verbrechens, das sie gar nicht begangen hat«, sagte Rourke. »Die Wahrheit könnte sie retten.«

LeRoys Rücken erstarrte, aber er wandte sich nicht um. »Ist sie weiß?«

»Ja.«

»Und warum, zum Teufel, soll mich das dann interessieren?«

»Die Wahrheit«, forderte Rourke erbarmungslos.

LeRoys Kopf fiel nach vorn und presste sich gegen die Gitterstäbe.

Die Stille im Zimmer schien zu vibrieren.

»Ich bin in dieser Nacht zurück in die Trainingshalle gegangen«, sagte er dann endlich. »Um mir Bobby Joe vorzuknöpfen, weil er mir den Diebstahl vorgeworfen hatte – und, Mann, ich habe keine Ahnung, was ich mir dabei gedacht hatte.« Er stieß ein leeres Lachen aus. »Als ob ich einen weißen Mann zu irgendwas überreden könnte. Aber es spielte auch keine Rolle, denn da war schon der Bär los. Bobby Joe und sein großer Bruder fetzten sich, weil Bobby Joe mit dem Boxclub so viel Scheiß gebaut hatte. Als Nächstes sehe ich, wie Boss Maguire Bobby Joe mit bloßen Händen erwürgt, und ich denke nur noch, dass ich meinen schwarzen Arsch hier wegschaffen muss. Aber als ich losstürze, knalle ich voll gegen Maguires Laufburschen, der immer um die Trainingshalle rumhing. Vinny Soundso.«

»Vinny McGinty.«

LeRoy richtete sich auf und ließ die Gitterstäbe los, seine Hände fielen kraftlos nach unten. Er drehte sich um und schaute Rourke an. »Wahrscheinlich erzählst du mir jetzt, dass der auch tot ist.«

Rourke nickte und LeRoy nickte mit ihm, um das Unvermeidliche zu bestätigen. Dann aber winkte er kurz, um das Unvermeidliche beiseite zu schieben. »Auf jeden Fall habe ich diesen Vinny weggestoßen und bin weggerannt, nach Hause auf mein Boot. Für den Rest der Nacht lag ich dann neben Lucille im Bett. Ich war schweißgebadet und dachte immer nur, dass ich ein toter Mann bin, weil ich das gesehen habe, und als Nächstes klopft die Bullerei bei mir an und sagt, ich hätte Mr. Bobby Joe umgebracht.«

LeRoy humpelte zurück zum Tisch. Er betrachtete die Bücher, die Rourke mitgebracht hatte. Er fuhr mit der Hand über das oberste und wandte sich dann ab. »Als sie mich zum Gefängnis gebracht hatten, habe ich gefragt, ob ich mit dir sprechen dürfte, und sie sagten richtig freundlich, ja klar, und ich dachte, Mann, was für ein Glück, dass ich mit einem Bullen befreundet bin. Aber du bist nicht gekommen und schließlich tauchten die beiden Bullen wieder auf, die mich verhaftet hatten, und schleppten mich in den Keller, zu den farbigen Klos. Da wurde ich ans Wasserrohr angekettet, sie haben die Tür abgeschlossen und dann wie die Besessenen auf mich eingeschlagen.«

»Diese Polizisten – kanntest du die?«

»Ich kannte den einen, weil er sich fürs Boxen interessiert hat. Er saß immer in der ersten Reihe und wettete ganz hoch, und nachher kam er dann zur Ecke und hat rumgeflucht. Ein Ire namens Doherty. Den anderen kannte ich nicht.« LeRoy fuhr herum und Rourke glaubte, in seinen Augen Hass aufflackern zu sehen, denselben puren Hass, den er bei Lucille beobachtet hatte. »Aber dieser Wichser war Linkshänder und bei jedem Schlag konnte ich seinen blauen Stern sehen.«

Rourke schob die Hände in die Taschen, ließ sich an die Wand sinken und schloss die Augen. Ein würgendes Schuldgefühl erfüllte ihn und riss an seinem Gedärm. »Ich wäre gekommen, wenn sie mir Bescheid gesagt hätten«, sagte er mit belegter Stimme. »Das weißt du.«

»In dieser Nacht wusste ich das nicht – da hab ich nur die blauen Sterne gesehen. Deinen, den des anderen Bullen, Boss Maguires. Ich wusste es erst am nächsten Morgen, als du in meine Zelle gekommen bist und ich in deine Augen geschaut habe, aber da war es zu spät.« LeRoys Mund versuchte zu lächeln, brachte aber nur eine grauenhafte Totenkopfgrimasse zustande. »Denn inzwischen hatte ich deine kostbare Wahrheit schon aufgegeben.«

»Ich sage diesen beiden Bullen – Doherty und diesem tätowierten Laufburschen –, was ich in der Nacht im Trainingssaal gesehen habe«, erzählte LeRoy. Er saß auf dem harten Holzstuhl und starrte den Boden an, seine Hände hingen zwischen seinen Knien. »Ich sage ihnen, dass Boss Maguire selbst seinen Bruder umgelegt hat. Als ich damit fertig bin, gehen sie, und ich bin noch immer an der Toilette angekettet und blute wie ein geköpftes Küken den ganzen Boden voll. Ein paar Stunden vergehen wie in der Hölle und dann kommen die beiden Bullen zurück, nur haben sie diesmal einen Boss bei sich und der sagt mir, was weiter passieren wird.«

Rourke stieß sich von der Wand ab, an der er mit den Händen in der Tasche gelehnt hatte. »Da hast du wirklich ein Supergeschäft gemacht. Du hältst die Klappe und kriegst dafür fünfzig Jahre Zwangsarbeit.«

»Besser als der elektrische Stuhl, und kein weißer Richter und keine weiße Jury würden doch je meine Version der Wahrheit glauben. Keine Wahrheit, die ich gesehen habe, hätte diese weißen Bullen davon abgehalten zu beweisen, dass ich Bobby Joe Maguire umgebracht habe, wenn sie das so gewollt hätten.«

Er verschränkte die Hände, löste sie dann wieder voneinander und starrte seine Fäuste an. »Sie haben mir gesagt, was sie meiner Familie alles antun könnten. Oma aus ihrem Haus werfen. Lucille auf die Straße schicken. Mein kleiner Bruder LeBeau … mein Gott, erst ein paar Wochen zuvor war drüben in 'bama ein acht Jahre alter Junge gelyncht worden. Ich wusste, was sie uns allen antun könnten, und außerdem hätten sie mich ja doch wegen dieses Mordes den Fluss hoch geschickt. Ich konnte nichts dagegen machen – und das sind die wahrsten Worte, die ich bisher gesagt habe.«

»Aber du musst Charles St. Claire bei seinem letzten Besuch hier etwas von der Wahrheit gesagt haben.«

»Ich habe ihm gar nichts erzählt. Das gehörte zu der Abmachung, die ich getroffen hatte, um meine Familie zu beschützen – ich durfte es niemandem sagen. Ich habe den vornehmen Herrn Charles St. Claire seit über einem Monat nicht mehr gesehen, Mann. Der hat für mich immer nur Anträge gestellt, aus denen niemals etwas geworden wäre, und sich ansonsten die Zeit damit vertrieben, meine Frau zu ficken.«

Rourke dachte, er hätte das sehen müssen, hätte wissen müssen, dass er Lügen und Ungerechtigkeit freien Lauf gelassen und nichts unternommen hatte.

»Als ich an dem ersten Morgen im Gefängnis zu dir gekommen bin«, sagte er und seine Stimme klang brüchig. »Da hättest du es mir sagen müssen. Ich hätte eine Lösung gefunden.«

»Ich sag dir doch, es gab keine Lösung.« LeRoy hob den Kopf. Sein Gesicht war jetzt grau, blutleer. »Und außerdem hätte ich dir dann meinen miesen Teil der Wahrheit sagen müssen – dass ich seit Jahren für Bobby Joe auf Kommando Kämpfe verloren und andere auf Absprache gewonnen hatte. Du und Lucille, ihr seid zu meinen Kämpfen gekommen und habt mich bewundert, als ob ich irgendwann mal Weltmeister werden würde, ihr habt euer Geld und euer Zutrauen auf mich gesetzt. Und es war mir

wichtig, dass ihr auf mich stolz wart, du und sie – Mann, ich fand das so wunderbar –, und die ganze Zeit wusste ich ja doch, dass ich nicht besser war als alle anderen.«
Sein Blick riss sich von Rourkes los. Er sprang wieder auf und ging noch einmal ans Fenster. Der Gefängnishof war jetzt leer, die Luft auf unheimliche Weise bewegungslos, so wie das manchmal unmittelbar vor einem Sturmausbruch passieren kann.
»Du weißt, wie ich von außen war«, sagte LeRoy. »Wie ich andere dafür verachtet habe, dass sie ihre eigene Hautfarbe hassten, dass sie sich selbst für das Elend, das die ihnen einbrachte, verantwortlich gemacht haben. Du wirst wie ein Nigger behandelt, habe ich ihnen gesagt, dann verhältst du dich wie ein Nigger und schon bald bist du dann ein Nigger.
Ich dachte, ich hätte wirklich den Durchblick, dachte, ich hätte mein Leben im Griff. Hatte mir versprochen, anders zu werden als mein Daddy, nicht abzuhauen und meine Frau und meine Kinder im Stich zu lassen, so wie er. Aber was ich Lucille angetan habe – das kommt aufs selbe raus. Ich hatte mir versprochen, niemals vor dem weißen Mann zu kriechen, aber ich bin gekrochen, großer Gott, hier krieche ich an jedem Tag meines Lebens.«
»Nein«, sagte Rourke. »Was vorhin aus dem Loch kam, das war ein Mann.«
LeRoy drehte sich um und Rourke sah, dass seine Augen so flach wie Glas waren, von der Anstrengung, seine Gefühle in sich zu halten. »Du denkst ganz anders, Day, als jeder weiße Mann, den ich je gekannt habe. Und du fühlst wie keiner, den ich je gekannt habe. Aber du und ich, wir können die Welt nicht ändern, und bisher ist noch nie ein weißer Mann geboren worden, der geglaubt hat, dass alle anderen unter ihrer Haut wirklich genauso wären wie er.« Jetzt hätte er fast die Kontrolle über sich verloren. Seine Augen funkelten und leuchteten feucht und

er musste sie energisch zusammenkneifen. »Tut mir Leid, dir das sagen zu müssen, und ich mache dir wirklich keine Vorwürfe, das musst du mir glauben – aber ich habe nie über die Tatsache hinwegkommen können, dass ich, wenn ich dich ansehe, eben einen weißen Mann sehe.«

Rourke hätte ihm gern gesagt, dass er sich irrte, aber er konnte keine Worte finden für die Lüge, die dabei herausgekommen wäre. Keine Worte und keine Hoffnung. Vielleicht, dachte er, wenn einem genug Leute oft genug eine Lüge erzählten, dann würde man sie glauben und dann würde sie zur Wahrheit werden. Vielleicht war die Wahrheit nur eine Glaubenssache. Wenn man die Worte glaubte, wie immer sie lauten mochten, dann würden die Worte nach einiger Zeit die Lügen in die einzige Wirklichkeit verwandeln, die einem blieb.

Vielleicht war nirgendwo eine wirkliche Wahrheit zu finden.

Rourke hörte draußen jemanden einen Befehl kläffen und die Wärter fingen an, vor der Tür herumzulärmen. Ließen ihre Stiefel über die Steintreppe scharren, klapperten mit dem Schlüsselring. »Ich werde Casey Maguire für den Mord an seinem Bruder hochnehmen«, sagte er. »Und danach kannst du als freier Mann dieses Gefängnis verlassen.«

LeRoy verzog den Mund. »Frei, ja? Wie willst du das denn schaffen? Die Einzigen, die wirklich erzählen könnten, was in dieser Nacht passiert ist, sind ich und Vinny McGinty. Er ist tot, und ich bin ein Nigger, und Gerichte hier in Louisiana glauben nicht an die Aussagen von Toten und Niggern.«

»Ich schnapp ihn mir, so oder so. Und inzwischen sei vorsichtig mit den Bossen. Lass dich nicht wieder ins Loch stecken.«

LeRoy bewegte langsam den Kopf hin und her. »Ich hab das Kriechen satt, Day.«

»Das ist kein Kriechen. Du wartest nur auf einen wichtigeren Kampf.«

»No, Sir. Es reicht.«

Die Tür wurde geöffnet, der Oberaufseher kam herein und zog dabei seine Hose über seinen Schmerbauch. Er bedachte Rourke mit einem Blick des puren Ekels und LeRoy mit einem Grinsen, das diesem für später die Hölle verhieß. »Na los, Junge«, sagte er und schlug sich mit seinem schwarzen Lederknüppel in die Handfläche. »Aus dem Loch bist du herausgekommen, aber das heißt nicht, dass du nicht mehr arbeiten müsstest.«
Rourke streckte die Hand aus und LeRoy schüttelte sie. Der Aufseher zog einen dicken Speichelklumpen aus der Tiefe seiner Kehle nach oben und pflanzte ihn zwischen die beiden auf den Boden.
Rourkes Augen ließen LeRoys Gesicht nicht los. »Sei vorsichtig.«
»Das Versprechen, das du mir gemacht hast, als sie mich hergeschickt haben, dass du dich um Lucille kümmern wolltest – darauf verlass ich mich«, sagte LeRoy, dann ließ er Rourkes Hand los und ging vor dem Aufseher aus dem Zimmer, obwohl es ihm streng verboten war, jemals vor einem Weißen durch eine Tür zu gehen, schon gar nicht vor einem Boss.
Der Aufseher starrte LeRoy aus brennenden, wütenden Augen an und Rourke dachte, wenn der Mann LeRoy jetzt auch nur anhauchte, dann würde er, Rourke, ihn umbringen. Dann huschte der Blick des Aufsehers zu Rourkes Gesicht hinüber und ihm war anzusehen, dass er sich dafür entschied, Ruhe zu bewahren. Er spuckte noch einmal auf den Boden, zog seine Hose wieder hoch und bewahrte Ruhe.

Der Bearcat sprang über den Viehrost, das Tor fiel ins Schloss, Riegel wurden klirrend vorgeschoben und das Zuchthaus des Staates Louisiana lag hinter ihnen.
»Mann, ich bin immer froh, wenn ich wieder auf der schönen Seite dieser Gitter bin«, sagte Fio, vor allem zu sich selbst.
Der Himmel war jetzt dunkler, die Luft schwerer und doch war kein Regen in Sicht. Rourke dachte immer wieder, dass zwi-

schen ihm und LeRoy Dinge ungetan geblieben waren, Worte ungesagt.

Eine Staubwolke erhob sich vor ihnen auf der Straße und sie hatten ihn bald genug erreicht – einen Lastwagen, der Häftlinge zu den Gruppen brachte, die zwischen den Zuckerrohrreihen Gras jäteten. Einer davon, der auf der Rückklappe saß und mit den Beinen baumelte, war LeRoy. Er trug jetzt wieder ein Hemd und einen Strohhut.

Er schaute zum Eichendickicht und dem Fluss hinüber, hatte seine Hände auf die Klappe gestemmt und etwas an seiner Haltung war anders – sie erinnerte an eine zu straff gespannte Gitarrensaite, die beim ersten Zupfen reißen könnte.

»Nein«, sagte Rourke laut, als ob der andere ihn hören könne. »Tu das nicht.«

»Was ist denn los?«, fragte Fio und fluchte dann, als Rourke den Bearcat in einen höheren Gang schaltete und das Gaspedal durchtrat.

Rourke wollte den Bearcat zwischen LeRoy und den Gefängniswagen bringen, vielleicht sogar den LKW von der Straße abdrängen, um den Aufsehern das Schießen zu erschweren. Doch LeRoy sprang nicht in Richtung Deich und Fluss, wie er erwartet hatte, sondern ins Zuckerrohrfeld.

LeRoy landete im Straßengraben und traf mit lautem Platschen auf das Brackwasser auf. Er rannte einige Meter am Graben entlang, bis das Ufer flach genug war, um hinaufzuklettern. Seine Füße und Hände klammerten sich an Erde und Unkraut fest, dann war er oben und warf sich zwischen die dicken Rohrreihen. Der Aufseher, der mit den Häftlingen auf der Ladefläche gestanden hatte, brüllte und feuerte, doch der Wagen bewegte sich noch und sein Schuss ging weit vorbei.

Die Zuckerrohre reichten LeRoy bis zu den Schultern, aber er machte keinen Versuch, sich zu ducken oder sich zu verstecken – er rannte einfach immer weiter. Ein Aufseher, der mit einer

Gruppe von angeketteten Männern mitten auf dem Feld war, erhob sich in den Steigbügeln und feuerte erst sein eines Schrotgewehr ab, dann das andere. LeRoys Hemd flatterte und zuckte, zerriss und blutete, und er rannte noch immer. Dann feuerten alle Gewehre, es hörte sich an, als sei eine ganze Serie von Böllern auf einmal angezündet worden, und ein rauchiger Dunst senkte sich über das Feld.

Rourke hatte den Bearcat zum Halten gebracht und rannte jetzt auch, traf wie LeRoy auf den Straßengraben auf und stürzte sich dann zwischen die dichten Rohrreihen mit ihren starren, schwertähnlichen Blättern. Er hörte Fio rufen: »Nicht schießen! Nicht schießen!«, als die Schrotkugeln um ihn herumtanzten, die hohen grünen Stangen zerfetzten und Erde hochwirbelten. Aber er rannte immer weiter, als brauche er LeRoy nur einzuholen und sie beide wären gerettet.

Vielleicht lag es an den vielen Schrotkugeln, die in seinen Rücken gerammt wurden, vielleicht lag es an LeRoy Washingtons fürchterlichem Stolz, der einfach nicht aufgeben wollte – auf jeden Fall rannte er noch über drei Meter weiter, als er einwandfrei schon tot war.

Einunddreißigstes Kapitel

Die aufgequollenen lila Wolken zitterten im Wetterleuchten und ein heißer Wind fuhr durch die dichten grünen Zuckerrohrfelder. Die Rohre raschelten und die scharfen Blätter leuchteten im grellen weißen Licht wie Messer auf.

Rourke hatte schon zwanzig Meilen auf der Rückfahrt nach New Orleans hinter sich gebracht, als er an den Straßenrand fuhr. Er stieg aus dem Wagen und setzte sich dann sofort auf das Trittbrett, weil seine Beine ihn nicht tragen wollten. Er verschränkte die Arme vor seinem Bauch und beugte sich vor, umklammerte seinen Leib, als habe irgendwer soeben mit einem Messer seine Innereien freigelegt.

Immer wieder sah er LeRoys blutiges Gesicht und seine leeren, starrenden Augen vor sich, sah dieses Bild kurz aufleuchten, intensiv, hell wie ein Leuchtfeuer, leuchten, leuchten, alles andere überlagernd. Eine Fliege war um LeRoys offenen Mund herumgekrochen.

»Warum hat er das getan?«, fragte Fio endlich. Er lehnte an der Stoßstange des Bearcat und hatte die Arme übereinander geschlagen. »Der arme Wichser hatte doch nicht die geringste Chance.«

Rourke hob langsam den Kopf und saß endlich gerade, seine Hände hingen locker zwischen seinen gespreizten Beinen. Seine Augen brannten, sein Hals tat weh und er konnte nicht tief genug atmen. »Vielleicht wollte er im Kampf fallen.«

»Ja, das könnte es sein«, sagte Fio. »Ich würde das nicht schaffen, aber das könnte es sein.«

Fio stieß sich von der Stoßstange ab und ging zum Straßengraben. Er maß ihn mit Blicken ab, schwenkte dann die Arme und sprang hinüber. Dann ging er einige Reihen weiter, zu einer Stelle, wo das Zuckerrohr süßer war, und schnitt mit seinem Taschenmesser ein Stück ab.

»Das ist noch nicht reif genug«, rief Rourke ihm zu, aber Fio hatte das nicht gehört oder es war ihm egal.

Rourke sah zu, wie Fio mit dem Rohr in der Hand auf den Wagen zukam. Er sah zu, wie Fio unten ein Stück abtrennte, es schälte, dann einen Ring abschnitt und in den Mund steckte. Fio kaute darauf herum, der Saft tropfte ihm aus den Mundwinkeln und er schloss die Augen, weil es so süß schmeckte, genau wie ein Kind es getan hätte.

Das gehörte zu einer Kindheit in Louisiana, dachte Rourke, ein Stück Zuckerrohr frisch vom Feld zu essen. Er hatte es getan und LeRoy hatte es sicher auch getan, aber es war eins der vielen Dinge, die sie nie zusammen getan hatten.

»Ich nehme also an, wir haben richtig getippt«, sagte Fio, als er sich mit seinem Taschentuch den klebrigen Saft vom Mund wischte. »Brüderchen Bobby Joe hat die Kämpfe getrickst und bei den Einkünften abgeschöpft und Maguire hat ihn dabei erwischt. Maguire hat die Nerven verloren oder einfach beschlossen, das Problem auf die einfachste Art zu lösen. Er wusste, dass er den Dreck aufräumen musste und dass die Chicagotruppe nicht erfahren durfte, was sich hier unten in New Orleans abgespielt hatte, sonst würden sie aus seinem Arsch Leberhaschee machen. In dieser Hinsicht hat er dir die Wahrheit erzählt – nur hat Bobby Joe die ganze Soße angerührt, nicht dieser arme Trottel Vinny McGinty. Vinny hat nur zufällig alles spitzgekriegt ... er und LeRoy Washington.«

Wieder zerfetzten Blitze den Horizont. Der Wind roch nach heißem Straßenteer und frisch geschältem Zuckerrohr. »Vinny war schon einer von Maguires Schlägern«, sagte Rourke, einerseits zu Fio, vor allem aber zu dem Gott, der Blitze über den Himmel und Schrotkugeln in Menschenrücken schickte. »Und bei Vinny war dann alles *bonaroo*, bis auf Weiteres jedenfalls.«

»Wenn das New Orleans für ›alles paletti‹ sein soll, dann ja«, sagte Fio. »Und LeRoy Washington war einfach ein wertloser Nigger, dessen Wort nicht zählt. Jemand, dem sie die ganze Kiste aufpacken konnten.«

Rourkes Hände ballten sich zur Faust. »Und der den Bullen, die ihn verhaftet haben, gesagt hat, was er gesehen hatte – dass Casey Maguire zum Mörder seines eigenen Bruders geworden war.« Es würde ihm wohl immer wehtun, dass LeRoy ihm nicht die Wahrheit anvertraut, dass er sich nicht darauf verlassen hatte, dass Rourke versuchen würde, ihn zu retten.

Fio zuckte mit den Schultern. »Ja, das hat er Sean O'Mara und Roibin Doherty erzählt. Pech für deinen Freund, dass Maguire gerade diese beiden mitsamt Dienstabzeichen kaufen konnte.«

»Sie gehörten ihm schon.« Rourkes Handgelenk fing an zu brennen. Ihm ging auf, dass er an der Tätowierung herumgerieben hatte, und er zwang sich dazu, damit aufzuhören.

»Miss Fleurie sagt, dass Vinny aus irgendeinem Grund schreckliche Angst hatte und sich nach einem Anwalt erkundigen wollte«, sagte Rourke. Weißes Licht jagte über den Himmel, schneller als ein Herzschlag. »Sie hat ihn zu Charles St. Claire geschickt.«

Fio warf das letzte Stück Zuckerrohr in den Graben. »Charles St. Claire, der Drachentöter, der selbst erschlagen wurde. Dein Gefühl, dass alles irgendwie zusammenhängt – die Überfälle auf dich und Vinny McGinty, dass St. Claire aufgeschlitzt worden ist – hinter allem steckt Casey Maguire, und Mann, jetzt sind wir angewichst. Wir haben die neue Cinderella für etwas eingebuchtet, was sie gar nicht getan hat.«

Etwas zupfte an den Kanten von Rourkes Gedanken und war wieder verschwunden. Bilder huschten wie im Film durch seinen Kopf, schwarzweiße Fragmente und stumme, ruckhafte Bewegungen. LeRoy rannte, stürzte, starb, lag blutüberströmt in einem Zuckerrohrfeld und eine Fliege kroch in seinen offenen Mund.

Fio stieß durch die Nase ein hohles Lachen aus. »Mir fiel nur gerade ein … St. Claire hat gesagt, dass er und Al Capone die gute alte Crescent City wieder auf die Beine bringen würden, und das ist ihnen gelungen. O Mama, das ist ihnen gelungen.«

Es war jetzt schon ziemlich dunkel. Die Luft knisterte und roch nach Schwefel. Rourke stand auf und ging zur Straßenmitte. Die Straße schnitt sich wie schwarzer Trauerflor durch die Felder.

Er spürte, dass Fio hinter ihn trat.

»Ich war doch angeblich sein Freund.«

Er hörte, dass Fio sich bewegte, atmete, und wie sich gleich darauf eine schwere Hand auf seine Schulter legte. »Das warst du.«

Die Blitze tanzten jetzt über den Himmel, einer nach dem anderen, rasch und hektisch wie eine Göre beim Charleston. Heiß und fetzig.

»Dann lass uns Maguire und seine Schläger hochnehmen«, sagte Rourke. »Und ihn fragen, was das für ein Gefühl ist, wenn man den eigenen Bruder umbringt.«

»O Mann«, sagte Fio.

Rourke lächelte.

Noch immer kam kein Regen. In New York passierte es manchmal, dass die schwarzen Wolken sich aufeinander türmten, die Menschen zu Boden drückten, und wenn die Hitze sich in ihnen zusammenstaute, bis das Blut in den Adern zu kochen schien, kam noch immer kein Regen.

Die Hölle auf Erden, das hatte Daman Rourke immer schon gewusst, war ein selbst erschaffener gedanklicher Zustand, aber wenn man diese Abstraktion in etwas Physisches verwandeln wollte, dann musste die Hölle auf Erden ein Schlachthof sein. Ein Schlachthof in New Orleans, an einem Juliabend, wenn es regnen müsste und nicht regnete.

Vor dem Schlachten wurden die Kühe durch einen Schlag auf den Kopf betäubt. Man konnte hören, wie die Kühe zu Boden gingen, mit den Beinen um sich schlugen und manchmal schrien.

Die Kühe wurden an großen Haken aufgehängt und über Fließbänder zu Männern in von geronnenem Blut steifen Schürzen geschickt, die die Tiere mit vom Gebrauch zackigen und schwarzen krummen Messern zerhackten. Die Schlachter schlitzten die Kuh vom Schwanz bis zur Kehle auf und das Messer zerschnitt Haut, Muskel, Fett und Knochen mit einem reißenden Geräusch. Funkelndes weißes und rosa Gedärm fiel zu Boden, Blut lief durch den Abfluss und überall hing der harsche Geruch des Todes.

Casey Maguire führte seine vielen Geschäfte von einem kleinen verglasten Büro eines solchen Schlachthofes. Die legalen, wie eben den Schlachthof, und die illegalen: die Schiebereien und den Alkoholschmuggel. Maguire war von Natur aus kein übermäßig sadistischer und grausamer Mann, aber ihm war klar, dass jemand, der mit dem Anblick und dem Geruch von Blut und Tod und Metzelei konfrontiert wird, sich auch seiner Angst stellen muss. Zerschnitten, in Stücke gehackt, zerlegt, blutend und mit schrecklichen Schmerzen zu sterben – das ist eine urtümliche Form von Angst.

Rourke achtete nicht auf die blutigen Kadaver, die an ihren quietschenden Haken an ihm und Fio vorüberjagten. Er sah nur Casey Maguire, der vor seinem verglasten Büro stand, das auf die Schlachthalle herausblickte, und sich mit einem Mann in blutüberströmter Schlachterschürze unterhielt. Rourke hatte den Geschmack eines kalten, öligen Revolverlaufs im Mund. Sein Blut sang eine lange, hohe, traurige Note und die Welt war

von einer verschärften Klarheit. Sie bestand nur noch aus krassen Kanten, hellen Farben und pulsierenden Bewegungen.
Paddy Boyle und vier weitere Handlanger lungerten in dem verglasten Büro herum und spielten an einem breiten, grauen Metallschreibtisch Karten. Sie schauten kurz auf, als sie die Bullen bemerkten, dann konzentrierten sie sich wieder auf ihr Spiel.
Der Boden unter Rourkes Füßen vibrierte vom Getöse des Fließbandes. Eine Kuh wimmerte im Todeskampf. Trotz der riesigen Ventilatoren war es elend heiß.
Rourke dachte gerade, sein Zorn sei ein lebendiges, atmendes Wesen, da drehte Casey Maguire den Kopf und ihre Blicke begegneten sich. Für einen Moment sprach das Gesicht des anderen Bände; Rourke schmeckte süßen Messwein und spürte die Schwindel erregende Bewegung eines Riesenrades.
Rourke hob die Hand, um Fio zum Stehen zu bringen, dann ging er allein auf Casey Maguire zu, durch die halbe Schlachthalle hindurch. Rourke hatte sein Lächeln mit dem Guter-Alter-Junge-Charme gefüllt, aber jetzt kippte sein Horizont und er verspürte wieder diese innere Unruhe wie eine Seekrankheit.
»Na, Case«, sagte er. »Wie läuft's denn so?«
Maguires Mund verzog sich zu einem antwortenden Lächeln, doch aus seinen Augen leuchtete die Kälte. »Bisher toll, bis ihr miesen Ärsche von Bullen mich wieder stört. Was soll ich denn diesmal verbrochen haben?«
Rourke hielt sein Lächeln fest, als sein Blick über den Kopf des anderen hinweg zu den beiden Gerbtonnen wanderte. Scheinbar interessiert sah er zu, wie ein Kuhkadaver an seinem Haken herumgeschwenkt und mit lautem Zischen in das brennende Wasser getaucht wurde.
Dann schaute er wieder Maguire an, um dessen Augen beobachten zu können. Er spürte, wie sich in ihm eine Spannung aufbaute wie vor einem Sturz vom Hochseil – ein langer, dünner Schrei.

»Ich wollte dir sagen, dass du ein Scheißlügner bist«, sagte Rourke. »Und dass du deinen eigenen Bruder umgebracht hast.«

Maguires Augen flackerten, als sie sich langsam abwandten. »Jesus, pfeifst du dir neuerdings wieder Schnee rein? Ich hab dir doch gesagt, dass das Vinny war. Was immer du dir jetzt für eine Geschichte aus den Fingern gesaugt hast, ich glaube nicht, dass du viele Abnehmer für sie finden wirst.«

Rourke lächelte wieder. »Ich kann es mit Al Capone versuchen. Ihm meine Geschichte schenken, zusammen mit einem nagelneuen Baseballschläger.«

Über Maguires Wangenknochen zuckte ein Muskel, so als habe er mit den hinteren Zähnen plötzlich auf eine Nuss gebissen, doch der Blick, den er nun auf Rourke richtete, war von einer seltsamen Verwirrung erfüllt. »Immer ein gottverdammter Bulle, Day. Warum kannst du nicht einfach mal loslassen?«

Rourke starrte diesen Mann an, der einst, vor langer Zeit, sein Freund gewesen war, den er wie einen Bruder geliebt hatte. »Weil sie wichtig sind«, sagte er. »Bobby Joe, Sean, Vinny, Charles St. Claire … unsere Bridey. Die Toten sind wichtig.«

»Bridey.« Maguire schloss für einen Moment die Augen, und als er sie wieder öffnete, sah Rourke in ihrer Tiefe eine aufrichtige Qual. »Das mit Bridey hätte nie passieren dürfen – die Chicagotruppe ist daran schuld. Ich habe dir die Wahrheit gesagt. Abgesehen davon, warum ich Vinny umbringen musste.«

»Und davon, dass du Bobby Joe umgebracht hast, weil er Gewinne abgeschöpft und Kämpfe gezinkt hat.«

Paddy Boyle verließ das verglaste Büro, hielt sich aber im Hintergrund und wartete ab, ob der Boss ihn brauchen würde. Rourke schaute ihn kurz an und konzentrierte sich dann wieder auf Maguire. Er wusste, dass Fio hinter ihm stand, einsatzbereit, aber doch weit genug entfernt, damit der Alkoholschieber sich nicht bedroht zu fühlen brauchte.

»Vinny war mein Knochen«, sagte Rourke. »Du hast alles so gedreht, dass seine Leiche gefunden wurde, weil ich den Mord an Bobby Joe nicht einfach zu den Akten legen würde. Ich sollte denken, dass du Vinny umgebracht hast, wenn auch aus dem falschen Grund – dass du deinen Bruder rächen wolltest. *La famille.* Du hast gewusst, dass du in dieser Stadt für einen solchen Mord niemals vor Gericht gestellt werden würdest, und sowieso hast du immer größeren Schiss davor gehabt, dass Al Capone und die Chicagotruppe dahinter kommen könnten, dass dein kleiner Bruder sie reichlich bestohlen hat.«

Maguires Kopf fuhr ein wenig zurück. Er ballte die Fäuste und Rourke hörte, dass Fio ein paar Schritte näher kam. »Dieser blöde kleine Wichser. Wir hatten es gerade geschafft und er hätte für ein paar Kröten fast alles wieder ruiniert.«

»Ja, wir können wirklich sagen, dass Verbrechen sich hier in New Orleans nicht auszahlen«, sagte Rourke langsam und gedehnt.

Jetzt lachte Maguire. Er senkte den Blick, sah, dass er die Fäuste noch immer geballt hatte, öffnete sie und spreizte seine langen Finger. »Kannst du dir vorstellen, dass ich vor Bobby noch nie irgendwen umgebracht habe? Wenn ich mehr Übung gehabt hätte, hätte ich es wohl nicht vor Zeugen gemacht, denn dann wird die Sache wie eine Scheißdominopartie. Dieser Nigger und Vinny haben mich dabei gesehen, der Nigger sagt's zwei Bullen und als Nächstes hab ich eine Scheißlohnliste von Jungs, die nur für teures Geld die Klappe halten wollen.«

»Und dann wurden sie gierig«, sagte Rourke.

»Sean wurde gierig. Vinny hat sich bis zu den Augäpfeln zugedröhnt und Schiss gekriegt. Dieser Wichser Roibin Doherty bot an, sie für mich beiseite zu schaffen, und war zu blöd, um sich denken zu können, dass er dann als Nächster fällig wäre. Scheiß Domino.«

Ein Lächeln, halb ironisch, halb hämisch, verzog den Mund des

Schiebers, als er Rourke ansah, und er schüttelte den Kopf, als seien jetzt keine Überraschungen mehr möglich. »Aber so clever du auch bist, ich glaube nicht, dass du ohne Hilfe hergefunden hast. Ich wette, das habe ich deiner kleinen Jugendliebe Remy Lelourie zu verdanken.«

Unter Rourkes Füßen kippte der Horizont. Durch pure Willenskraft konnte er ihn wieder gerade drücken. »Was hat sie damit zu tun?«

Maguire lächelte und schüttelte wieder den Kopf. »Es überrascht mich, Day. Du kennst sie doch so gut, aber du hast dich offenbar nicht gefragt, wen sie gefickt hat, nachdem ihre Ehe zu Bruch gegangen ist. So klein wie New Orleans ist, mussten wir einander doch finden, meinst du nicht? Ich und die neue Cinderella? Auf diese Weise konnte ich Ruhm ficken und sie Gefahr.«

Wieder kippte der Horizont und Rourke musste die Augen zusammenkneifen, um klar sehen zu können. »Du lügst«, sagte er.

»Ach ja? Als wir eines Tages zusammen im Bett lagen, Remy Lelourie und ich, hatte sie diesen wilden Blick in den Augen und dieses Summen in sich, wie von einer elektrischen Leitung. Klingt das nach der Remy Lelourie, die wir beide kennen? Und dann soll ich ihr das Schlimmste sagen, was ich je getan habe, und ich Idiot erzähle ihr, dass ich meinen Bruder umgebracht habe. Und dann ist sie an der Reihe und sagt, das Schlimmste bei ihr war, Daman Rourke zu lieben.«

Der Abgrund jagte jetzt auf Rourke zu wie ein brüllender Güterzug. Ein Teil von ihm registrierte, dass Paddy Boyle endlich auf sie zukam. Er konnte Fios Atem hören, er roch Fios Schweiß, als der andere Bulle die Lücke zwischen ihnen schloss und nun neben ihn trat.

Maguire breitete die Arme aus und trat einen Schritt zurück. »Sie hat uns aufgestachelt«, sagte er. »Hat uns gegeneinander ausgespielt, Day. Siehst du das nicht?«

Paddy Boyle hatte sein Maschinengewehr in der Hand, blieb jedoch stehen und lehnte es an eine Gerbtonne, was bedeutete, dass er zumindest nicht mit Ärger rechnete. Das .45 Kaliber-Thompson-Maschinengewehr mit seinem 50-Runden-Trommelmagazin wog so viel wie ein Vorschlaghammer und es war die pure Pest, es mit sich herumschleppen zu müssen.

»Uns aufgestachelt … und alles so hingetrickst«, sagte Maguire jetzt und trat noch einen Schritt zurück. »Ich mach die Drecksarbeit, du machst mich fertig. Und ihr kann keiner mehr was anhaben.«

Paddy Boyle riss auf einem Stück Sandpapier, das an der Wand angenagelt war, ein Streichholz an und gab sich Feuer. Er ließ das Streichholz in eine Blutlache fallen und es zischte, als es hineinfiel. Er drehte sich um, schaute Rourke ins Gesicht und wandte sich dann ab. Boyles Gesicht sah gar nicht gut aus – geschwollen und in schwarzen Kreuzstichen genäht, sein Mund lila und mit Blutbläschen besetzt, seine Vorderzähne dermaßen schräg abgebrochen, dass sie aussahen wie ein Alligatorgebiss.

»Lass das, Day«, sagte Maguire. »Lass das.«

Rourke schob langsam und gelassen die Hände in die Taschen. Er hörte Fio hinter sich einen Schritt machen und wich zur Seite aus, näher an die Gerbtonnen heran.

Er lächelte. »He, Paddy. Ist mir wirklich gelungen, dich hässlich werden zu lassen. Ist mir das gelungen, Fio?«

»Hässlich wie ein Schweinehintern«, sagte Fio.

Rourke spürte Maguires Augen, die jetzt zwischen ihm und Fio hin- und herjagten, doch er schaute weiterhin Boyle an. »Hässlich wie eine Gefängnisratte.«

Das Einzige, was Rourke überraschte, war, dass der Mann versuchte, ihn mit der flachen Hand zu schlagen, wie eine Frau das gemacht hätte. Er packte Boyles erhobenen Arm am Handgelenk und zog seine eigene Hand zusammen mit einem kleinen Lederbeutel voller Lederschlaufen und Kugellager aus der Tasche. Er riss den Arm hoch und schlug den Beutel mit voller Kraft in Boyles ohnehin schon zerstörtes Gesicht. Er spürte und hörte Knochen und Knorpel in der Nase des Mannes zersplittern, während seine verbliebenen Zähne mit einem Geräusch wie zerknickte Stöcke abbrachen.

Die Wucht des Schlages warf Boyle seitwärts gegen Fio, der ihn am Schlips packte, im Kreis schwenkte und als Schild benutzte, als einer von Maguires Handlangern mit feuerndem MG aus der Bürotür gejagt kam.

Die erste der .45er Kugeln traf Boyle im Kreuz und hinterließ neben seinem Rückgrat eine getüpfelte Linie, die bis zum Kopf reichte, während der Gewehrlauf vom Rückstoß der Salven aufgerichtet wurde. Boyles Körper zuckte wie eine Marionette, dann explodierte sein Kopf.

Casey Maguire hatte einen groben Cowboyrevolver hinter seinem Rücken hervorgezogen, als er Rourkes Namen gebrüllt hatte, und Rourke lag schon auf dem Boden. Er rollte sich auf die Gerbtonnen zu, riss seinen 38-Special aus dem Schulterhalfter, feuerte, und drei rote Blumen öffneten sich auf Maguires Brust.

Rourke jagte auf der anderen Seite der Gerbtonnen hervor und schnappte sich das MG, das noch immer an der Wand lehnte. Seine Hand schloss sich um den Griff und seine Finger drückten bereits auf den Abzug, als er die Waffe hob und auf den Schläger in der Bürotür richtete. Der Mann tanzte, als die 45er Kugeln seine Brust zerfetzten und Eingeweide und Blut in einer nebligen Wolke aufstoben.

Die anderen Laufburschen waren hinter der Wand zwischen Fenstern und Metallschreibtisch in Deckung gegangen. Fio feuerte im Schutz eines Rinderkadavers seinen 38-Special ab, während Rourke den Finger am Abzug ließ und das schwere Maschinengewehr seinen ganzen Leib schüttelte. Die Schüsse dröhnten wie Kanonenfeuer in seinen Ohren.

Die Kugeln trafen und zerschlugen die Fenster. Fliegende Glasscherben und Holzsplitter jagten durch die Luft und prallten von den Wänden ab. Die Männer im Büro erwiderten das Feuer und ihre Geschosse wurden mit lautem Schmatzgeräusch von den Kadavern zurückgeworfen. Die Luft füllte sich mit Schwaden aus Fleischfetzen und Blut.

Bei diesem Tornado von Lärm und Verwüstung brauchte Rourke einen Moment, um zu registrieren, dass der Hahn des MG auf eine leere Kammer fiel. Die Bewegung hinter ihm ahnte er eher, als dass er sie gehört hätte.

Er fuhr herum, als sich hinter der zweiten Gerbtonne ein Riese von Mann in einer blutigen Lederschürze erhob. Rourke sah die Mündung eines alten Colt Peacemaker auf sein Gesicht zielen und wusste, dass jeden Moment der Hahn fallen und die Kugel aus dieser Mündung auf ihn zujagen würde.

Rourke warf dem Schlachter das MG ins Gesicht und der Mann konnte gerade noch ausweichen. Doch dann kam ein klaffender, blutender Kadaver an seinem Haken angeschwirrt und knallte gegen den Rücken des Schlachters. Dessen Colt ging los und die Kugel flog so dicht an Rourkes Kopf vorbei, dass seine Haare sich im Luftzug bewegten – dann kippte der Schlachter vornüber in die siedend heiße Brühtonne.

Der Mann kam wie ein Geysir aus dem kochenden Wasser geschossen, er schrie, schlug mit den Armen um sich, und Fio feuerte ihm ins Gesicht.

Danach versank das Schlachthaus in unheilschwangerem Schweigen, nur das Klirren fallender Glasscherben, das Zischen des heißen Wassers, das aus einer Tonne auf den blutüberströmten Boden floss, und das Quietschen des Fließbandes, das über ihnen weiter seiner Bahn folgte, waren noch zu hören.

»Gebt auf, Jungs«, rief Fio allen zu, die im Büro vielleicht noch am Leben waren.

Schweigen war die Antwort, dann fiel ein Stück Holz auf den

Boden. Danach hörten sie das Klirren weiterer Glasscherben, als etwas durch das zerbrochene Fenster geflogen kam, auf den Boden aufprallte und langsam auf sie zurollte.

Eine Chicago-Ananas.

Rourke war schon wieder aufgesprungen und rannte durch den Kugelhagel darauf zu, seine Füße rutschten und schlitterten durch die Blutlachen. Er hörte Fio »Scheiße« schreien, dann feuerte Fios .38 los und gab ihm Deckung. Kaum hatte Rourkes Hand sich um die Granate geschlossen, als er sie auch schon durch das Bürofenster schleuderte, sich auf den Boden fallen ließ und seine Ohren mit beiden Händen bedeckte. Die kleine Bombe explodierte, als sie auf den Schreibtisch aufprallte, und zerfetzte das Metall, das dabei durchdringend zu schreien schien.

Dieser Schrei zerriss das ohrenbetäubende Schweigen, während die Welt sich mit dem Geruch von Kordit und Rauch und blutigem, zerhacktem Fleisch füllte.

Für einen Moment stand die Zeit still, dann hörten sie draußen rennende Füße und heulende Sirenen. Rourke schaute Fio quer durch die Schlachthalle hindurch an. Fios Gesicht war von Rinderblut überzogen, seine sandfarbenen Haare ragten in starren Büscheln auf. Seine verdrehten Augen waren einfach nur noch weiß.

»Bist du jetzt glücklich?«, fragte Fio mit krächzender Stimme.

Rourke gab ihm keine Antwort. Er lief geduckt über den blutigen, mit Trümmern übersäten Boden, kniete neben Casey Maguire nieder und versuchte, die Löcher in dessen Brust mit seinen Händen zu schließen.

Caseys Augen öffneten sich und sahen ihn an. »Ich schwöre beim blauen Stern«, sagte er mühsam, und bei jedem Wort traten blutige Blasen auf seine Lippen. »Ich habe Charles St. Claire nicht umgebracht. Dieses Miststück hat uns gegeneinander ausgespielt. Sie hat dafür gesorgt, dass ich schuldig aussehe.«

Rourke presste seine Hände in die Wunden. Das Blut quoll durch seine Finger, versiegte dann aber schließlich.
Er erhob sich und ging durch die Schlachthalle zur offenen Tür, durch die schwarze, schwere Wolken zu sehen waren, die sich auf eine heiße Nacht vorbereiteten. Es würde noch immer keinen Regen geben.

Zweiunddreißigstes Kapitel

Lucille stand an Deck ihres Hausbootes und nahm die Wäsche von der Leine, die zwischen den Auslegerbooten gespannt war. Sie lächelte, als sie ihn die Laufplanke überqueren sah, doch dann sah sie sein Gesicht und das viele Blut an seinem ganzen Leib.

Er stand vor ihr und seine Hände hingen nutzlos und unbeholfen neben ihm herunter. Er spürte, wie sein Gesicht sich verhärtete, um das, was er ihr sagen würde, für ihn selbst erträglich zu machen. Er stand vor ihr und zerstörte ihr Leben mit wenigen Worten und es war unmöglich, das schmerzlos hinter sich zu bringen.

Sie hörte zu, starrte ihn an und ihr Gesicht war jetzt leer, ausdruckslos. »Du bist schuld«, sagte sie.

Er schaute sie wieder an und wieder gab es keine Worte mehr für ihn. Er konnte nicht sagen, wieso er schuld war, aber er wusste, dass sie Recht hatte.

Sie stemmte die Fäuste in die Seiten und warf dann den Kopf in den Nacken wie zu einem Schrei, doch sie brachte keinen Ton zustande.

Er trat dichter an sie heran und berührte sie, und ihr Gesicht löste sich auf. Er versuchte, sie an sich zu ziehen, während sie sich wehrte, mit ihren Fäusten auf ihn einhämmerte und ein Geräusch ausstieß, das wie ein zerreißendes Stück Stoff klang, ein Geräusch, das sich in Worte auflöste, die er nicht verstand und die er dann doch verstand.

»Du hast ihn umgebracht, Day. LeRoy hat dich geliebt und du hast ihn umgebracht.«
Auf irgendeine Weise konnte er seine Arme um sie schließen und sie an sich ziehen, so als sollten sie beide hier sterben, an einem heißen Sommerabend am Bayou St. John.

Rourke lag im Dunkeln auf dem Bett. Er hatte die Schuhe ausgezogen und sein Hemd aufgeknöpft und auf seinem nackten Bauch stand ein Glas Whiskey. Es war sein eigenes Bett und er war dort allein.
Die Hitze pochte noch immer erbarmungslos durch die Nacht. Er war vom Hausboot zum Sumpf gegangen, um LeRoys Großmutter und seinem Bruder LeBeau Bescheid zu sagen. Danach hatte er noch zur Wache gemusst, ehe er endlich nach Hause gehen konnte, und die ganze Zeit hatte er den Geruch von Tod und Blut wahrgenommen. Er konnte es auch sehen und er brauchte dazu nicht einmal die Augen zu schließen. Er sah einzelne Szenen in erstarrten, dreidimensionalen Bildern, wie Stereoskop-Photographien.
Rote Blumen, die sich auf Casey Maguires Brust öffneten. Eine Fliege, die um LeRoys offenen, blutverschmierten Mund herumkroch. LeRoy, der tot in einem Zuckerrohrfeld lag und aussah, als habe er niemals gelebt.
Remy mit Tränen und Zärtlichkeit in den Augen, die in seine Augen schaute und log, log, log.
Wir hatten die Kerzen in den Wandleuchtern am Kamin angezündet. Er hob sein Glas und schaute durch den Champagner hindurch das Licht an, wie man das macht, um sich die Perlen anzusehen. Dann hatte er gelacht und so ungefähr gesagt, Kain hätte sich wirklich für allerlei zu verantworten.
Sie log und spielte Casey Maguire gegen ihn aus.
Rourke war es zuerst nicht wichtig erschienen, obwohl es doch wichtig gewesen war – dass LeRoy gesagt hatte, er habe seinem

Anwalt nichts gesagt, habe den Mann seit über einem Monat nicht mehr gesehen. Remy Lelourie hatte die ganze Zeit gewusst, dass Maguire seinen Bruder umgebracht hatte, und deshalb hatte sie eine Möglichkeit ersonnen, um Rourke nach Angola zu schicken, wo er diese Tatsache vielleicht selbst in Erfahrung bringen würde. Und dann würde er ihrer Meinung nach noch einen Schritt weitergehen und daraus folgern, dass der Alkoholschieber auch Charles St. Claire umgebracht hatte. Sie hatte alles so getrickst, dass es an ihm hängen blieb.

Daman Rourke lag im Dunkeln und das Whiskeyglas ruhte warm und schwer auf seinem Bauch. Er überlegte, dass er selbst jetzt noch nicht glauben konnte, dass sie es wirklich getan hatte – dass sie ihren Mann ermordet und auch alles andere getan haben sollte. Sie hatte ihn immer um den Finger gewickelt, bis es ihm egal war, was die Wahrheit war und was eine Lüge, er wusste nur, wenn er ihr lange genug und aufmerksam genug zuhörte ... Remy Lelourie.

Er war fast schon eingenickt, als er von dem Schreien geweckt wurde.

Sofort sprang er auf und griff zu seinem Revolver. Er stürzte die Treppe der *garçonnière* hinunter und dann über den Hof ins Haus. Dort stand Katie mitten in der Diele und schrie im Schlaf. Er hob sie auf seinen linken Arm, stützte sie mit seiner Hüfte, und diese Bewegung weckte sie so weit auf, dass sie verstummte. Sie schaute ihn aus erschöpften, schlaftrunkenen Augen an und er berührte ihre Stirn mit seinen Lippen, um festzustellen, ob sie Fieber hätte. Seit dem Schusswechsel war sie nicht ganz in Ordnung gewesen – war nervös und verängstigt und hatte leichtes Fieber.

»Der Gowman wollte mich holen, Daddy.«

»Ganz ruhig, Herzchen. Ich bin hier und nichts kann dir etwas tun.«

»Aber ich habe ihn gesehen, Daddy.«
Er zog an der Kette der kleinen Kristalllampe auf dem schmalen Tisch vor der Wand und ein sanftes gelbes Licht umflutete sie. »Siehst du. Weit und breit kein Gowman. Nur du und ich.«
Die Schlafzimmertür seiner Mutter wurde geöffnet und sie betrat die Diele. Sie blieb einen Moment lang stehen, verwirrt und selbst kaum halb wach, doch dann weiteten sich ihre Augen, als sie Katie auf seinem linken Arm und den Revolver sah, der noch immer in seiner verbundenen rechten Hand vor seinem Oberschenkel hing.
»Sie hatte einfach nur einen bösen Traum«, sagte er zu seiner Mutter. Er küsste seine Tochter auf den Kopf und der fühlte sich unter seiner Wange heiß an.
Maeve zog den Kragen ihres Morgenrocks fester zusammen, als ob ihr kalt wäre, obwohl ein Schweißfilm ihre Stirn überzog. Sie war barfuß und ihre Haare hingen als dicker Zopf über ihre Schulter. Sie sah jung und verängstigt aus, so als sei sie selber eben erst aus einem Angsttraum erwacht. »Ich koche ihr eine Tasse heiße Milch«, sagte sie.
Katies Lippen bewegten sich an seinem Hals zu einem leisen Schnarchen, als sie sich enger an ihn schmiegte, ihre Beine um seine Hüften schlang und ihre Arme fester um seinen Hals schloss. »Nein, schon gut, Mama«, sagte er leise und sanft. »Ich glaube, sie ist überhaupt nicht richtig wach geworden. Geh du wieder schlafen und ich setze mich solange zu ihr.«
Seine Mutter blieb für einen Moment schweigend stehen. Ihr Atem schien angehalten zu haben. Dann nickte sie und sagte: »Es war nur ein böser Traum.«
Er trug seine Tochter zurück auf ihr Zimmer und legte sie ins Bett. Er küsste ihre Wangen und ihre beiden Augenlider. Er legte den Revolver auf den Nachttisch und drehte den Ventilator um, sodass er sie nicht direkt anwehte. Er hörte, wie sich die Zimmertür seiner Mutter schloss, und dann, wie zur Antwort,

wie der Revierbulle draußen mit seiner Holzkeule auf den Boden schlug. Das war einer der ältesten Bräuche der Stadt – ein Signal dafür, dass alles gut ist und dass jemand Wache hält.
Rourkes Herz hämmerte jetzt wieder wild drauflos, als er sich neben seine schlafende Tochter legte. Seine Rippen schmerzten, schließlich hatte er sich über den Boden der Schlachthalle gewälzt. Die Wunde in seiner Hand brannte wie Feuer. Der Rausch jagte jedoch weiterhin durch sein Blut – der Kick, der Gefahr und Vernichtung entsprang.
Er drehte den Kopf und starrte seinen Revolver auf dem Nachttisch an. Der Metalllauf glitzerte im Licht, das durch die Tür zur Diele hereinsickerte.
Katie seufzte im Schlaf und dieses Geräusch ertrank im Wasser, das plötzlich gegen die Fensterscheiben schwappte. Es regnete.

Am folgenden Morgen lehnte Daman Rourke an der Ziegelsäule neben dem Eingang zum Criminal Courts Building und musterte die Menschenmenge, die sich um das Parish Prison zusammendrängte. Die Menge psalmodierte mit der Hitze und dem Rhythmus von Trommeln: Re-my, Re-my, Re-my Lelourie.
Der Sprechgesang löste sich zu Jubelrufen und Pfiffen auf, als die Menge hin und her wogte, sich teilte und Remy Lelourie auftauchte. Eine weiße Rose wurde durch die Luft geworfen und landete vor ihren Füßen, dann noch eine und noch eine, bis der Himmel schließlich Rosen regnen ließ.
Fiorello Prankowski schob seinen Kopf in den Nacken, um alles besser sehen zu können. »Scheißpresse«, sagte er. »Die kennen keinen Anstand. Eine Woche lang erzählen sie uns, wir sollten unseren Arsch hochkriegen und sie festnehmen, und jetzt machen sie uns Vorwürfe deshalb, weil es ein anderer war.«
Rourke bohrte seine Hände tiefer in seine Taschen und drückte sich gegen die Säule, als müsse er das Gebäude auf seinen Schultern tragen. Er sah zu, wie sie in einen entengrünen Pierce

Arrow steigen wollte, den er noch nie gesehen hatte, doch dann hielt sie einen Moment inne, hob ihr strahlendes Gesicht zum Himmel und lächelte.

»Vinny McGinty hat wahrscheinlich gedacht, wenn er zu einem Anwalt geht und dem erzählt, was passiert ist, dann denkt Maguire, dass es nichts mehr bringt, ihn umzulegen«, sagte Fio, dem noch immer der Fall durch den Kopf ging. »Jesus Christus … als ob er sich nicht denken könnte, dass ein winselnder Schläger plus ein wichtigtuerischer Anwalt zwei Leichen ergibt.«

»Nur ist es nicht so passiert«, sagte Rourke. »Er hat mir noch im Sterben gesagt, dass er Charles St. Claire nicht umgebracht hat.«

»Und das glaubst du ihm?«

»Er hat es beim blauen Stern geschworen.«

Fio ließ den Kopf in den Nacken kippen und schaute Rourke an, um der Sache auf den Grund zu kommen. Um Rourke auf den Grund zu kommen. Rourke wandte sein Gesicht weiterhin ab und versuchte nicht, ihm dabei behilflich zu sein.

»Das sind keine angenehmen Gedanken, Partner«, sagte Fio endlich. »Denn wenn Casey Maguire den alten Charlie nicht umgebracht hat, dann muss es jemand anders getan haben.«

Rourke schwieg. Die Menge drängte sich um den Wagen und wollte sie nicht fahren lassen. Ein kleines Mädchen in einer gestärkten weißen Kittelschürze hielt eine Magnolienblüte ans Fenster. Remy Lelourie beugte sich lachend heraus und griff mit beiden Händen danach, wie um alle zu umarmen. Sie gehörte wieder der Menge. War die rehabilitierte Unschuld.

Fio seufzte und zog sich seine Hutkrempe in die Stirn. »Wenn sie es doch war, dann kann ihr jetzt nichts mehr passieren.«

Rourkes Blick folgte dem Pierce Arrow, als der losfuhr und hinter der Ecke verschwand. Ihr kann nichts mehr passieren. Am Vortag hatten sie Casey Maguire in der Schlachthalle vor Gericht gestellt, verurteilt und hingerichtet. Er und Fio waren jetzt Helden, die Presse hatte ihren Reißer, das Department konnte den Mordfall St. Claire zu den Akten legen und der neuen Cinderella konnte nichts mehr passieren.

Die Menge zerstreute sich jetzt, zertrampelte weiße Rosen lagen auf dem Boden und schwammen in der Gosse im Regenwasser. Rourke fragte sich, was sie jetzt, wo alles vorbei war, wohl tun würde. Sie wird weggehen, dachte er, zurück zum guten Leben der Champagnerbäder und Tangos und Partys in der lila Morgendämmerung. Er fragte sich, ob sie sich diesmal wohl von ihm verabschieden würde.

»Also, Partner, hier führen wir ja wirklich ein aufregendes Gespräch darüber, wie wir vermutlich diesen Fall verpatzt haben«, sagte Fio. »Aber ich mache für heute Feierabend. Kann einfach nicht mehr. Ich gehe nach Hause, das werde ich tun. Und spiel vielleicht ein Lied oder zwei auf meiner Zimmerorgel.«

»Spiel auch eins für mich«, sagte Rourke und lächelte, doch sein Herz war nicht dabei.

Rourke schaute Fio hinterher, stieß sich dann von der Säule ab und begann seine heiße Wanderung durch die Saratoga Street zur City Hall. Er ließ sich im Büro seines Schwiegervaters anmelden und ging dann ohne einen Gruß zum Fenster.

Die Palmen und Standbilder auf dem Lafayette Square waren noch immer vorhanden, doch an diesem Morgen unterhielt eine improvisierte Ragtime-Band die Bummler auf den Parkbänken. Die mit Kronkorken besetzten Schuhe ließen beim Tanzen das Pflaster Funken sprühen. Er war sich nicht sicher, aber er hielt den Jungen, der das Waschbrett bearbeitete, für LeRoys kleinen Bruder LeBeau.

»Schinkenknochen, Schinkenknochen, weißt du's schon?
Meine Mutter kauft mir ein Chamäleooon.«

»Na, guten Morgen, Day«, sagte Weldon Carrigan zu seinem Rücken.

Rourke drehte sich um, drückte seine Schulter gegen den hölzernen Fensterrahmen und schlug die Fußknöchel übereinander.
»Offiziell muss ich dir für dein Verhalten in diesem Maguire-Chaos einen Tadel aussprechen«, sagte der Superintendent, öffnete die unterste Schublade seines Mahagonischreibtisches und zog eine Flasche Bourbon und zwei Kristallschwenker heraus. »Die Zeitungen schreiben von einem Blutbad im Schlachthof. Die Polizei stürmt mit feuernden Waffen, ein halbes Dutzend Bürger tot – aber Gott sei Dank keine unschuldigen.«
Er goss in jedes Glas einige Fingerbreit Bourbon und schob eins an die Tischkante auf Rourke zu. »Inoffiziell jedoch habt ihr unser aller Ärsche gerettet, Day. Zum einen wird es keinen Jahrhundertprozess geben.«
Er lächelte und hob sein Glas, trank einen Schluck und schien den Bourbon zu genießen. Doch der Genuss verging ihm, als Rourke nicht nach seinem eigenen Glas griff. »Seit wann lehnst du Alkohol vor Mittag ab?«
Rourke bedachte seinen Schwiegervater unter seinem Hut hervor mit einem harten Blick, fühlte sich innerlich jedoch besudelt durch seine bloße Anwesenheit in diesem Raum, so als habe er die Hand in einen Spucknapf gesteckt. »Was feierst du hier eigentlich, Weldon? Ich hätte gedacht, du würdest Casey Maguire und die Schmiergelder, die er der ganzen City Hall gezahlt hat, vermissen. Oder hat sich schon ein Nachfolger für ihn eingestellt?«
Sein Gegenüber verzog für einen Moment wütend das Gesicht, dann lächelte er dermaßen charmant, dass er sich in dieser Hinsicht durchaus mit Rourke messen konnte. »Ich finde, du solltest jetzt nach Hause gehen, Day. Dir vielleicht ein paar Tage frei nehmen. Es war eine lange, harte Woche.«
»LeRoy Washington ist tot. Auf der Flucht erschossen.«
Carrigan musterte sein Glas und drehte es einige Male im Kreis,

ehe er einen weiteren Schluck trank. »Ich fürchte, ich – ach, doch. Dieser unglückliche Negerjunge, der wegen des Mordes an Bobby Joe Maguire ins Gefängnis gesteckt worden war.«

»Er war kein Junge.«

Carrigan hob den Kopf und schaute Rourke in die Augen. Sein Gesicht zeigte noch immer seinen üblichen verbindlichen Ausdruck, der seine eiserne Härte verstecken sollte, doch unter seinem rechten Auge zuckte ein kleiner Muskel. »Was willst du mir hier eigentlich sagen?«

»Ich rede von LeRoy Washington und dem Oberbullen, der ihn aufgesucht hat, als er an einer Toilette angekettet war und vor einer Mordanklage mit der Überschrift ›todsicher‹ stand. Ein Oberbulle mit Saft genug, um einen Deal zu machen, der einen Farbigen wegen Mordes an einem Weißen in den Knast bringt und nicht auf den elektrischen Stuhl.«

Eine leichte Röte wanderte langsam über Weldon Carrigans Wange und der Muskel unter seinem Auge beschleunigte sein Tempo.

»Und ich rede von einem Bullen namens Roibin Doherty«, fuhr Rourke fort, »der am Abend deines Geburtstagsfestes vor meinen Augen dein Haus verlassen hat und der dann fünf Stunden darauf tot war. Er wurde mit einer .38 erschossen. Mit einer Bullenwaffe. Abgesehen von dem einen Mal, wo er die Nerven verloren und seinen Bruder erwürgt hat, hat Maguire lieber morden lassen. Er hat Doherty benutzt, um sich von Sean und Vinny zu befreien, und da frage ich mich natürlich, wer ihm Doherty vom Hals geschafft hat.«

Carrigan stellte vorsichtig sein Bourbonglas auf den Tisch und schob es zwischen die Briefkastendose aus Onyx und die Zigarrenkiste aus Zedernholz. »Ich glaube, du hörst jetzt lieber auf, Junge, solange du noch einen Job hast.«

Rourke lachte, aber er musste dieses Lachen mit Mühe herauswürgen. »Red kein Blech, Weldon. Wir wissen beide, dass du mich niemals feuern würdest. Du hast viel zu viel Schiss davor, was ich deiner Ansicht nach beweisen kann.«

Er richtete sich langsam auf, trat vor den Schreibtisch, beugte sich so weit vor, dass Carrigan sich in seinem Sessel zurücklehnen musste, und riss sich dann zusammen. »Aber meinen Vierteldollar will ich zurückhaben«, sagte Rourke.

Weldon Carrigan starrte ihn wütend an. Sein Gesicht zeigte jetzt die eiserne Faust ohne Handschuh, aber wenn er etwas verstand, dann das Spiel der Macht, und im Moment lag die ganz und gar bei Rourke.

»Wovon redest du nun wieder?«, fragte der Superintendent. »Von welchem Vierteldollar?«

Rourke lächelte. Es war keins seiner reizenden Lächeln. »Dem Vierteldollar, den ich dir für deine Ehre gegeben habe – da hatte ich zu viel bezahlt.«

Seine Rippen taten immer noch so weh, dass er nicht Saxophon spielen konnte, und deshalb ging Rourke fliegen.

Er riss die Spad nach oben, bis die Erde nur noch aus braunen, blauen und grünen Flecken bestand, einer impressionistischen Palette, die ein gleichgültiger Gott angelegt hatte. Der Wind klang in seinen Ohren wie ein einziger Schrei und der sterbende Tag gab dem Himmel die Farbe von an der Sonne getrocknetem Blut. Hier oben konnte er die Weite des Universums spüren und begreifen, wie dünn, wie zerbrechlich das Band war, das ihn damit verknüpfte.

Hart genug fliegen, weit genug, schnell genug, dann reisst dieses Band.

Die Sterne leuchteten wie heiße Funken am schwarzen Himmel auf, als er später an diesem Abend nach Sans Souci fuhr.

Er stellte die Indian am Ende der Austernschalenauffahrt ab und ging auf die Rückseite des Hauses zu. Die Luft war noch

immer gespannt und schien abzuwarten, als er den Hof überquerte. Es war so windstill, dass jedes Blatt der Pecanussbäume und Eichen aussah wie in Metall geätzt.
Er stieg auf die Veranda der alten Sklavenhütte und blickte zu dem Flussarm hinüber. Das Wasser sah aus wie eine schwarze Glasscheibe, in der sich der Mond widerspiegelt.
Neun Nächte zuvor war Charles St. Claire dort gestorben, war in seinem eigenen Blut ertrunken. Kurz zuvor jedoch hatte er vielleicht hier auf der Veranda gestanden und zugesehen, wie der miese alte Mond aufging, um dann im Flussarm zu schwimmen. Vielleicht hatte er seinen Mörder aus der heißen, feuchten Dunkelheit, aus der Mitternachtshitze auf sich zukommen sehen.
Rourke kniff die Augen zusammen und der Mond im Wasser zerbrach in tausend Stücke.
Er ging hinein.
Er blieb für einen Moment in der Dunkelheit stehen und er glaubte, den keuchenden Atem zu hören, den aufsteigenden Schrei zu hören, der in seiner eigenen Kehle brach, glaubte, das Messer zu spüren und im heißen Blut, das seinen Mund füllte, den Tod zu schmecken.
Er konnte hören, wie das Rascheln der Bananenblätter und der schnarrende Gesang der Heuschrecken zu atemberaubender Stille verstummten. Er hörte verfaulendes Holz unter einem Schritt stöhnen …
Er fuhr herum.
Ihr Gesicht war weiß und schön im Mondlicht, doch ihre Augen brannten wild. Verrückt.
Sie kam über die Veranda und durch die Tür auf ihn zu. Er atmete erst wieder, als er sah, dass ihre Hände leer waren.
Sie kam auf ihn zu und sein Herz raste, es hämmerte jetzt noch heftiger. Sie trug dasselbe weiße Satinnegligé wie in der Nacht, als sie sich auf dem Boden von Sans Souci geliebt hatten, das Negligé und sonst nichts.

Als sie ihm die Hände um den Hals legte, versuchte er nicht, sie daran zu hindern. Sie zog seinen Kopf zu ihrem Mund und kostete ihn mit ihrem Mund, küsste ihn, bewegte ihre Zunge mit seiner. Ihre Hände zogen ihn dichter an sich heran und sie presste ihn an sich. Ihre Haut war heiß.

Er hob die Hände, umschloss ihre Handgelenke und stieß sie von sich fort.

Sie zitterte am ganzen Leib und schaute ihn an, als wolle sie ihn verschlingen. »Du weißt nicht, wie das ist«, sagte sie, »Jahre und Jahre auf dich gewartet zu haben und dann immer noch weiter warten zu müssen.«

Er fuhr sich einmal und dann noch einmal mit dem Handrücken über den Mund, aber er konnte sich von ihrem Geschmack nicht befreien. »Du hast gut gespielt, Baby«, sagte er. »Du hattest mich wirklich davon überzeugt, dass du es nicht warst.« Wieder fuhr er sich mit der Hand über den Mund. Seine Hände zitterten. »Ich glaube, ich hätte kapieren sollen, dass du die ganze Zeit gelogen hast, als du mir einreden wolltest, dass es keinen anderen gibt.«

Sie starrte ihn schweigend an und ihr Anblick war wie der Klang eines Saxophons, der einen zerschneidet, wenn man allein ist.

Sie schloss für einen Moment die Augen und ihr Mund verzog sich, vor Schmerz, vor Reue – es spielte keine Rolle, denn er glaubte, dass das, was er sah, so weit in der Ferne lag, dass es nicht einmal von dieser Welt war.

»Da musste ich dich einfach belügen, Day. Du hättest mir überhaupt kein Wort mehr geglaubt, wenn ich dir gesagt hätte, dass ich mit Casey Maguire schlafe.«

»O gute Frau, das hast du richtig erkannt.« Sein Lachen klang scharf und verletzte ihn mehr als sie.

Sie hob die Hand an ihre Kehle und rieb sich den Hals, als sei das Geheimnis dort begraben, unmittelbar über ihrem Schlüsselbein.

»Du verstehst das nicht«, sagte sie. »Anders als über ihn konnte ich nicht an dich herankommen. Er hatte deinen blauen Stern.«
Gütiger Jesus.
»Und ich habe dir erzählt, Charles sei nach Angola gefahren, um mit diesem farbigen Jungen zu sprechen, weil ich aus dem Gefängnis herauswollte. Mir kam das als eine Möglichkeit vor, dir klarzumachen, dass Casey Maguire alles getan haben könnte, aber ich selbst habe keinen Mord begangen. Diesmal nicht.« Sie lächelte, aber das Lächeln zerbrach und wurde zu etwas anderem. »Ich habe dich belogen, Day, immer wieder, aber ich bitte dich immer noch, dass du mir glauben musst. Dass du an mich glauben musst.«
Diesmal war sein Lachen zerhackt, verzweifelt. »Baby, dir glauben zu wollen war für mich nie ein Problem.«
Sie hob die Hand und berührte ihn, ganz leicht streiften ihre Finger über seine Wange. »Dann glaub mir. Glaub mir, liebe mich. Liebe mich, Daman Rourke, wenn du dich traust.«
Dann verließ sie ihn. Sie ging aus der Tür, ohne sich umzusehen, und er fühlte sich seltsam beraubt und leer, wie nach einem unerfüllten Versprechen.

Dreiunddreißigstes Kapitel

Aus dem Leitartikel der New Orleans *Times-Picayune,* Freitag, 21. Juli 1927:

Bleibt in Chicago, Jungs

New Orleans hat abermals allen organisierten Verbrecherbanden den klaren Bescheid erteilt, einen Bogen um diese Stadt zu machen. Mr. Casey Maguire und seine Truppe von Alkoholschiebern, die die Mafia finanziert, gerieten am Mittwochabend in einen Schusswechsel mit der Polizei, bei dem sechs von ihnen, darunter auch Mr. Maguire, ums Leben kamen. Als die heldenhaften Vertreter des Gesetzes – die Grund zu der Annahme hatten, der Alkoholschieber stecke hinter dem brutalen Mord, dem in der vergangenen Woche der angesehene Anwalt Mr. Charles St. Claire zum Opfer gefallen ist – Mr. Maguire in seinem Schlachthof aufsuchten, um ihn zu befragen, geriet einer von dessen Männern in Panik und eröffnete das Feuer, was ein wahres Blutbad zur Folge hatte. Diesmal jedoch mussten die Verantwortlichen den höchsten Preis für ihre Vergehen entrichten. Ja, wirklich, auf diese Weise wurde eine Botschaft an Mr. Capone und seinesgleichen geschickt, an diese Kriminellen, die vielleicht mit dem Gedanken spielen, ihre schmutzigen Geschäfte auf New Orleans auszudehnen: Lasst jegliche Hoffnung fahren, die ihr hier eintretet. Bleibt in Chicago, Jungs.

Vor einigen Tagen hat unsere Zeitung diejenigen zur Vorsicht gemahnt, die auf rasche Verhaftung im Mordfall St. Claire drängten. Wir haben darauf hingewiesen, dass alle Ermittlungen sorgfältig, gründlich und fair durchgeführt werden müssen. Mrs. Remy Lelourie St. Claire wurde am späten Montagabend wegen des Mordes an ihrem Gatten verhaftet. Zwei Tage darauf hat Mr. Maguire, der sich seiner Verhaftung wegen desselben Verbrechens widersetzte, damit vor aller Welt seine Schuld eingestanden. Gestern wurde Mrs. St. Claire so rasch wie möglich aus dem Gefängnis entlassen. Wie wir auf diesen Seiten schon gesagt haben: Die Wahrheit kommt ans Licht und der Gerechtigkeit wird Genüge getan.

Charles St. Claires zerfetzte Kehle klaffte offen und seine Augen starrten blicklos in Rourkes. Er lag in seiner ganzen nackten und preisgegebenen Würdelosigkeit da, mit blutigem Rücken und bleichem, verstümmeltem Leib.

Wer hat dich umgebracht, Charlie St. Claire, und warum?

Rourke klappte den Ordner zu und legte ihn in den Korb für ungelöste Fälle, zu den anderen Ermordeten, für die noch niemand die Stimme erheben konnte.

Draußen hing eine buttergelbe Sonne am späten Samstagabendhimmel, die von einem austernblauen Himmel zu schmelzen und zu tropfen schien. Er fuhr nach Hause in die Conti Street, holte sich den Eismacher und alles, was dazu gehörte, und setzte sich mit Katie und seiner Mama unter die Mimose auf dem Hof. Maeve gab die Pfirsichcreme in die Gefrierkanne und reichte Katie dann die blaue Kelle zum Ablecken, dann übernahm Rourke die Sache. Er steckte den Stößel in die Kanne und befestigte ihn, dann legte er die Kanne in den Eimer mit dem zerstoßenen Eis. Er neckte Katie damit, dass sie kurbeln müsse, und sie erwiderte, dass sei eine Daddyarbeit. Deshalb lächelte er und fing an zu kurbeln, langsam und locker, wie es sich gehörte, während er innerlich ruhelos und gespalten war und der Ordner im Korb für ungelöste Fälle ihm keine Ruhe ließ.

Er sagte sich, dass er am Montag einfach ganz neu anfangen würde. Er würde mit den Selbstverständlichkeiten beginnen, mit dem, was auf der Hand lag; er würde mit dem Leichenfresser sprechen und die forensischen Ergebnisse durchsehen, würde die Stücke des Puzzlespiels zu neuen Mustern zusammenlegen und versuchen, sie auf andere Weise zu sehen als bisher.

Das Wasser im Springbrunnen machte süße Musik und eine Brise, die nach Sommer, heißem Staub und Teer roch, wehte durch den Torweg. Katie setzte sich neben ihn auf die Bank und er sah, dass sie sich ein durchbohrtes Zehncentstück um den Knöchel gebunden hatte.

»Warum trägst du denn dieses Glücks-*gris-gris*, Herzchen?«

Sie verstummte und zuckte dann mit den Schultern. »Damit der Gowman mich nicht holt.«

Er wusste nicht, was er zu ihr sagen sollte. Er konnte nicht immer wieder behaupten, dass es keinen Gowman gäbe, wenn sie so hartnäckig an dessen Existenz glaubte. Er kurbelte weiter und beschloss, wenigstens an diesem Abend einfach alles loszulassen.

In diesem Moment waren draußen auf der Straße ein Banjo und eine Harmonika zu hören, eine der improvisierten Paraden, die in der Kneipe nebenan beginnen konnten, wenn die Gäste in Stimmung gekommen waren. Katie rannte in den Torweg, um sich alles anzusehen.

»Diese Angst macht sie wirklich krank«, sagte Maeve, als Katie außer Hörweite war. Seine Mutter saß auf der Springbrunneneinfassung und hatte die Arme um ihre angezogenen Beine geschlungen. Sie trug einen breiten Strohhut und sah jung darunter aus, jung und glücklich.

»Ich weiß nicht, was ich machen soll, Mama«, sagte Rourke. »Wie kann man eine Nichtexistenz beweisen?«

»Vielleicht sollten wir mit ihr zum angeblichen Wohnort des Gowman gehen, um ihr zu zeigen, dass er da nicht ist.«

»Wir?«, fragte er leicht neckend. »Himmel, du bist doch ein solches Stadtmädel, du würdest dich gleich verirren und den Krokodilen als Fraß dienen.«
Sie ließ ihre Beine los und richtete sich in gespielter Empörung auf. »Ich kann dir sagen, dass ich nicht immer ein Stadtmädel war. Wir können LeBeau Washington bitten, uns nächste Woche mal in seinem Boot mitzunehmen. Wir könnten ein Picknick machen, wir vier.«
Die Kurbel wollte sich jetzt kaum noch bewegen, er musste sich mit ganzer Kraft dagegenstemmen. Es war ein gutes Gefühl für seine Muskeln. Die Welt duftete nach Pfirsichen.
Der Banjospieler hatte Katie entdeckt und brachte ihr ein Ständchen. »Sie ist alt genug«, sagte er, »um begriffen zu haben, dass es etwas geben kann, das wir nicht sehen können und das trotzdem existiert.«
»Vielleicht. Aber sie hat dieses Bedürfnis nach klaren Verhältnissen, unsere Katie. Genau wie du.«
Eins der Mädchen auf der Straße zeigte Katie, wie man Charleston tanzt. Katies Zöpfe flogen, ihre Knie stießen immer wieder gegeneinander. Als er ihr jetzt zusah, sah er nicht Jo in ihr und auch sonst nichts, sondern die Frau, die sie einmal sein würde.
Sie blieb plötzlich stehen, wie eine Marionette, deren Fäden zerschnitten worden sind. Rourke lief ein Schauder der Angst den Rücken hinunter, für den es keinen Grund gab, abgesehen davon, dass er sich von nun an immer vor Kugeln fürchten würde, die aus einem rauchigen Regen auf seine Katie zujagen könnten.
Er sah zu, wie sie durch den Torweg auf den Hof kam. Ihr Gesicht war weiß, ihre Lippen zitterten. Er lief schon auf sie zu, als LeBeau aus dem ziegelroten Schatten hinter ihr auftauchte. Der Junge umklammerte seinen Strohhut mit bebenden Fäusten, sein Gesicht war vom Weinen geschwollen.

»Miss Lucille schickt mich«, sagte er. »Ich soll sagen, Miss Augusta, sie ist tot.«

Die Sonne hatte den ganzen Tag den Flusslehm gebacken und jetzt hing ein Geruch von Reife und Verfall in der Luft. Das Hausboot schwamm stumm auf dem grünen, stillen Wasser. Es sah wie verlassen aus.

Maeve ging zielsicher über die Laufplanke, als sei das nicht das erste Mal. Katie blieb an der Kante stehen und traute sich nicht weiter. Das ruckhafte Zittern ihrer Brust machte Rourke Angst, doch ihre Augen waren weit offen und trocken. Er konnte sich nur neben sie hocken, ihr Gesicht mit seinen Händen umschließen und sie küssen.

»Ich kann hier bei ihr bleiben, Mr. Day«, sagte LeBeau. »Wir könnten Frösche fangen. Hier gibt's Frösche so groß wie Baseballs, Miss Katie.« Er streckte seine Hand aus und sie schien sich erleichtert von ihrem Vater abzuwenden. Sie legte ihre Hand in die des Jungen und brachte sogar ein kleines Lächeln zustande.

»Ich zeig Ihnen welche von den dicksten Fröschen, die Sie je zu sehn kriegen werden«, sagte LeBeau. »So groß wie Baseballs.«

Rourke ging allein über die Laufplanke. In der Tür blieb er stehen und schaute zum Bett hinüber. Die Decke war bis zu Augusta Durands Kinn hochgezogen worden, doch ihre Arme lagen darüber. Sie waren auf der Brust verschränkt. Die stolzen Knochen ihres Gesichts zeichneten sich wie ein Relief vor dem Kissenbezug ab, der von den Händen ihrer Tochter sauber geschrubbt und von der Sonne Louisianas weich gebleicht worden war.

Augusta hatte den vergangenen Abend bei ihrer Tochter verbracht, um Lucille in ihrer Trauer um ihren Mann beizustehen. LeRoys Bruder LeBeau hatte ihnen erzählt, wie schwer Lucille das nahm, dass sie im Regen an Deck saß und dass ihr Schluchzen sich anhörte wie eine Flasche, die unter den Füßen eines Menschen zertreten wird. Sie hatten alle Angst gehabt, Lucille könne sich etwas antun, und deshalb, hatte LeBeau gesagt, war Augusta über Nacht geblieben, und dann war Augusta mitten in der Nacht einem Schlaganfall erlegen.

Rourke sah Lucille und seine Mama am Fuße des Bettes stehen, einander gegenüber. Ein unsicheres Schweigen hing zwischen ihnen, dann fragte Lucille: »Und was glauben Sie, was Sie für mich tun können, wenn dieses ganze Elend irgendwann vorbei ist?«

Maeve zuckte zusammen, als sei sie geschlagen worden. »Deine Mutter … Augusta war meine Freundin.«

»Na, jetzt ist sie weg, erloschen wie eine Kerze im Regen. Wenn Sie ihr etwas sagen wollten, dann sind Sie zu spät gekommen.«

Lucille schien seine Anwesenheit in der Tür gespürt zu haben, denn sie drehte sich um. Einen Moment lang starrte sie ihn an, mit den Augen einer Frau, die bis zur anderen Seite der Hölle gegangen ist, wo die sengende, erbarmungslose Sonne uns zu purer Asche verbrennen kann.

»Ich will auch von Ihnen nichts, Mr. Day«, sagte sie. »Aber wenn Sie mir Ihren Respekt zeigen wollen, dann können Sie mein Haus verlassen. Ja, das können Sie.«

Rourke ging wieder an Deck und trat an die Achterreling. Er sah zu, wie Katie und LeBeau durch das Zuckerrohr wanderten und Wolken von Insekten aufjagten, wie ihre Gestalten in den feuchten Hitzewellen verschwammen, die aus dem Wasser aufstiegen.

Er schaute zurück durch die offene Tür und sah, dass seine Mutter sich in den Stuhl neben dem Bett gesetzt hatte. Sie saß schweigend da, mit im Schoß gefalteten Händen und gesenktem Kopf, wie im Gebet, obwohl sie in Rourkes Anwesenheit niemals mit gefalteten Händen und gesenktem Kopf mit Gott gesprochen hatte.

Ihre Schultern zuckten heftig, dann beugte sie sich vor und nahm Augustas Gesicht in ihre beiden Hände. Es war keine sanfte Berührung, sondern eine harte, verzweifelte. Maeve hielt das Gesicht der anderen in ihren Händen, wie er es mit Katies Gesicht gemacht hatte, als solle Augusta diese Berührung noch im Tod spüren. Als könnten die Hände um ihr Gesicht Augusta klarmachen, was Maeve ihr sagen wollte.

Vierunddreißigstes Kapitel

Um sein erstes Baby aus sich herausschneiden zu lassen, war sie zu einer Frau in der Pailet Lane gegangen. Diese Frau hatte es in der Küche gemacht. Lucille lag auf dem wackeligen alten Holztisch und schaute hinauf zu einer rostgefleckten Decke, zu einer trüben, kahlen Glühbirne, die nicht mehr lange brennen würde, denn sie flackerte wild. Aber vielleicht stimmte auch einfach mit Lucilles Augen etwas nicht. Damals zog sie sich eine Infektion zu, die sie schwach und krank machte und die immer wieder zu Blutungen führte.

Als Mr. Charlie von ihrer nächsten Schwangerschaft erfuhr, versprach er, einen Arzt in die Wohnung in der Rampart Street kommen und die Sache dort in Ordnung bringen zu lassen.

Mr. Charlie. Sie nannte ihn immer nur Mr. Charlie. Sicher wusste er nicht, dass dieser Name schwarzer Slang für einen weißen Mann und durchaus nicht als Kompliment gemeint war.

Sie hasste ihn aus tiefstem Herzen, hasste ihn für das, wozu er sie gemacht, und für das, was er LeRoy weggenommen hatte. Hasste ihn, weil er weiß war und weil er sie auf diese Weise anschaute, mit diesem *Liebe mich, liebe mich* im Blick, der in seine Augen trat, und weil er nicht begreifen konnte, dass ihr ganzes Leben von ihrer Hautfarbe definiert wurde. Wer wie ich schwarz geboren ist, dachte sie, wenn er sie so ansah, könnte auch gleich in Sünde geboren worden sein, denn die Weißen können mit uns machen, was sie wollen, und wir können sie höchstens davon abhalten, indem wir sterben.

Manchmal war ihr Hass so stark, dass sie sich mit bloßen Fäusten hätte totschlagen mögen. Er war in ihr gewachsen, dieser Hass, so, wie ein Sumpf wächst. Das Wasser überflutet langsam das Land und als Nächstes stehen wir vor den schwarzen Skeletten von toten Zypressen und die Krokodile schnappen nach unseren Hacken. Ein Sumpf kommt aus dem Hinterhalt angekrochen, genau wie die schlimmste Sorte Hass.

Manchmal klammerte er sich an sie, umarmte sie auf eine Weise, die nichts damit zu tun hatte, was sich zwischen ihren Körpern abspielte. In diesem dunklen Zimmer, auf diesem Bett mit seiner Bettwäsche aus weichem irischem Leinen, klammerte er sich an sie, und sie schaute durch das hauchdünne Moskitonetz zu, wie der Mond vor dem Fenster vorbeizog. Manchmal fiel auch schräger Regen durch den Lichtbogen der Straßenlaterne und sie suchte Zuflucht bei der Gewissheit, wer und was sie war.

»Halt mich«, flüsterte er ihr in der Nacht zu. »Halt mich einfach fest.«

Sie hatte das, was sich zwischen ihnen auf dem Bett mit dem Moskitonetz abspielte, als Sache betrachten wollen, wie eine Prostituierte das machte, aber das hatte er nicht zugelassen. Oder vielleicht hatte ihr eigener Stolz es nicht zugelassen, denn sie ertappte sich dabei, dass sie alles Mögliche für ihn tat. So als ob er ihr wichtig sei und sie ihm. Sie kochte rote Bohnen und Reis und briet *sac-à-lait* und er sagte, »das riecht ja vielleicht gut«, wenn er hereinkam, und küsste sie in den Nacken und umschloss ihre Brüste mit seinen Händen. Oder sie half ihm beim Baden, wusch ihm den Rücken, fuhr mit ihren Händen über seine glatte, nasse Haut, atmete den Dampf und seinen Geruch ein, berührte ihn, spürte ihn.

Sie hörte zu, wenn er über sein Lieblingsthema sprach, seine Arbeit, und ihr ging auf, dass er wirklich viel für ihre Leute tat

– ein weißer Anwalt, der sie vor einem weißen Richter vertrat, der das Gesetz des Weißen Mannes gegen den Weißen Mann anwandte, wenn es möglich war. Sie wusste nicht, warum er das tat, was ihn dazu trieb, aber er tat es nun einmal. Sie begriff nicht, wie er ihr das alles antun und doch diesen Sinn für Gerechtigkeit, für Anstand in sich haben konnte. Deshalb zwang sie sich, ihn dafür zu verachten.

Als sie eines Abends auf ihn wartete, ging sie auf den Balkon hinaus, stützte ihre Ellbogen auf das schmiedeeiserne Geländer und genoss die Verheißung der Abkühlung, die die einsetzende Dämmerung und der Jasminduft, der aus dem Hof unter ihr hochstieg, mit sich brachte. Irgendwo auf der anderen Straßenseite spielte jemand Saxophon, »Sweet Georgia Brown«, und die Innigkeit der Musik zog die Worte einfach aus ihr heraus. Als sie mit Singen fertig war, war die Nacht gekommen und legte sich sanft über ihr Herz.

Sie drehte sich um und er stand in der Tür, eine Schulter gegen den Pfosten gelehnt, die Hände in der Hosentasche. Sein weißes Leinenhemd glühte in der Dunkelheit blau und die Gefühle in seinem Gesicht konnten nicht missverstanden werden.

»Weißt du, wie die Räder in einem Getriebe funktionieren?«, fragte er.

Sie schüttelte den Kopf, nicht, weil sie keine Ahnung von Getrieben gehabt hätte, sondern weil sie nicht wollte, dass er über diese Gefühle sprach, die sich auf seinem Gesicht zeigten.

»Wie die Zahnräder des einen Rades in die des anderen greifen, sodass das eine Rad das andere antreibt – so fühle ich mich, wenn ich bei dir bin. Dass nicht nur mein Rad in deins greift, sondern dass du die treibende Kraft meines Lebens bist. Oder sein könntest.« Er richtete sich gerade auf, lachte kurz und zuckte mit den Schultern. »Himmel, ich weiß nicht, ob es möglich gewesen wäre, das noch unromantischer auszudrücken. Ich weiß es nicht ...« Er schwenkte jetzt seine Hand, als hätten seine Worte die Luft zwischen ihnen getrübt. »Ich sage mir, dass es einfach nicht sein kann, dass es unmöglich ist, aber es ist nun einmal so. Ich liebe dich, Lucille.«

Sie ließ ihre Augen hart blicken und verzog hämisch den Mund, doch ihre Beine zitterten so sehr, dass sie sich gegen das verschnörkelte schmiedeeiserne Balkongeländer lehnen musste. »Sie brauchen mir keine Lügen zu erzählen, Mr. Charlie. Sie wissen, Sie kriegen, was Sie wollen, auch wenn Sie mir keine Lügen erzählen.«

Sie glaubte, er werde jetzt wütend auf sie sein, wünschte sich das sogar, doch sein Gesicht verzog sich vor Schmerz und seine Augen flehten sie an, *Liebe mich, liebe mich, sag, dass du mich liebst.* Sie sagte sich, das sei seine Schwäche, dieses Bedürfnis, geliebt zu werden, ein Hunger, der ihn zur Grausamkeit trieb und ihn schon längst jegliche Ehre gekostet hatte.

Er schloss die Lücke zwischen ihnen und sie erstarrte in Erwartung seiner Berührung. Trotzdem schauderte sie zusammen, als seine Finger ganz leicht ihre Wangenknochen entlangfuhren.

»Wenn du weiß wärst«, sagte er, »würde ich dich heiraten.«

Sie riss sich von ihm los, denn das konnte sie nicht ertragen. »Ach, Mr. Charlie, Sie wissen nicht, was Sie da sagen. Das wissen Sie nicht.«

Aber er hatte es gesagt und es sollte alles zwischen ihnen ändern.

Sie ertappte sich dabei, dass sie in den seltsamsten Momenten an ihn dachte und ihr Herz sich auf eine harte, schmerzhafte Weise zusammenkrampfte, die sie nicht verstehen konnte. Das konnte passieren, wenn sie einen Kissenbezug auswrang, um ihn dann auf die Wäscheleine zu hängen, oder wenn sie auf dem Markt Melonen aussuchte. Wenn sie über den regenglatten Bürgersteig lief, während ein nach Jasmin duftender Wind in ihren Haaren spielte. Manchmal träumte sie nachts, dass Lippen und Hände eines Mannes sie berührten, und dieser Mann war nicht immer LeRoy. Manchmal war es Mr. Charlie.

Wenn du weiß wärst.

Die Erinnerung an diese Worte traf ihr Herz wie ein Peitschenhieb. Es war schlimm genug, LeRoy immer wieder mit ihrem Körper zu verraten, aber dieser Verrat griff viel tiefer. Sie wollte etwas sein, das sie nicht war.

Er gab sich Mühe, schaffte es aber nicht immer, sich rechtzeitig aus ihr herauszuziehen, und obwohl Mamma Rae ihr Zaubermittel und Mixturen gegeben hatte, war es bekannt, dass dies nicht immer half.

Und es war doch eine Überraschung gewesen, als sie eines Morgens aufstehen wollte und gleich wieder aufs Bett zurückfiel, weil ihr Magen sich umdrehte und in ihrem Kopf alles umherwirbelte. Sie presste sich die Fingerknöchel gegen den Mund und wusste nicht, ob sie einen Schrei oder ein Schluchzen unterdrückte. Ein Baby. Sie war schwanger mit dem Baby des Massa. Schon wieder.

Beim ersten Mal hatte sie ihm nichts gesagt, sondern die Sache selbst bereinigt. Doch danach, als es ihr so schlecht gegangen war, hatte er alles erfahren und sie versprechen lassen, ihm das nie wieder zu verschweigen.

Deshalb hielt sie ihr Versprechen, obwohl es ihr sehr schwer fiel und die Worte wie zähe Dörrfleischstücke in ihrem Hals stecken blieben. Dort drohten sie, sie zu erwürgen, als sie die Härte in seinem Gesicht und seinen Augen sah, die den brutalen Zug in ihm zeigten, der ihn anfangs dazu gebracht hatte, sie zu nehmen.

»Wir müssen das natürlich loswerden«, sagte er.

Sie stand vor ihm, konnte nicht atmen und schwankte benommen hin und her. Wofür hielt er sie eigentlich? Für die verliebte Närrin, nach der sie aussah. Was glaubte er? Dass sie sich dieses

Baby wünschte, das Kind eines Weißen, während ihr LeRoy noch weitere achtundvierzig Jahre in Angola verbringen musste? Das Kind eines Weißen, ein kleines Mädchen, das später seine Haut betrachten und feststellen würde, wie hell sie war, und sich dann fragen müsste, wer sein Daddy gewesen sein mochte. Und die Kleine würde wissen, dass es keine Rolle spielte, *wie* hell ihre Haut war, denn ihre Haut war der Grund, weshalb ihr Daddy nichts mit ihr zu tun haben, weshalb ihr Daddy sie nicht haben wollte.

Doch was sie traf, war die Art, wie er redete, und der Ausdruck in seinem Gesicht, in seinen Augen, als sei hier die Rede von Abfall, der in der Gosse weggespült werden musste. Von einem Ungeheuer, dass aus ihr herausgeschnitten werden musste.

In diesem Moment war der Hass, den sie gegen ihn empfand, so tief und so schwarz, so lebendig wie das Kind, das in ihrem Leib heranwuchs.

Der Arzt hatte einen Specknacken mit Wülsten wie rosa Würstchen und dunkle Augen mit schweren Lidern. Er hatte diese Art mancher weißer Männer, ihr immer wieder zu verstehen zu geben, wo ihr Platz war. Die Art, wie er sie berührte, die Art, wie er sie ansah, gaben ihr das Gefühl, besudelt zu sein. Die Person, mit der der Massa es treibt. Und am Ende hatte er ihr ebenso große Schmerzen zugefügt wie die Frau aus der Pailet Lane.

Danach lag sie in der azurblauen Dämmerung auf Laken, die weich und kühl waren und sich glatt anfühlten. Durch das Fenster konnte sie hinter den Fensterblenden des Hauses gegenüber Licht funkeln sehen. Irgendwer briet zum Abendessen ein Huhn. Sie hörte im Nebenzimmer den Arzt und Mr. Charlie, hörte das Klirren von Gläsern und etwas, das auf Holz klopfte.

»Na, damit wäre das erledigt«, sagte der Arzt. »Und gerade noch rechtzeitig. Himmel, Charles, wird die Welt nicht von genug

Niggerlein verdreckt, oder musst du unbedingt auch noch welche machen?« Und Mr. Charlie lachte.
Er lachte.
Sie konnte ihm verzeihen, dass er sie zur Hure gemacht hatte, sie konnte ihm den Mord an ihren Kindern verzeihen, aber dieses Lachen war unverzeihlich. Dieses Lachen würde sie ihm niemals vergeben.

Fünfunddreißigstes Kapitel

Es war Montag früh am Morgen. Der Mord an Charles St. Claire lag fast zwei Wochen zurück und Rourke fand den Leichenfresser auf einem Hocker vor dem zerkratzten Emailleabfluss, wo er mit einem Skalpell an etwas herumschnitt, das Ähnlichkeit mit einem Menschenherzen hatte.

»Lieutenant Rourke. Gerade der Mann, den ich sehen wollte«, sagte der Leichenbeschauer. Er kam mühselig auf die Beine und hüllte sich dabei in Rauch. »Ich weiß ja, dass der Fall St. Claire offiziell geklärt ist, aber …«

»Ist er nicht.«

Die Leichenfresser hob ein wenig die Augenbrauen, sagte jedoch nur: »Ach was.«

Rourke ging zur Korkwand, wo die Bilder vom Tatort noch immer befestigt waren. Er betrachtete den verstümmelten, ausgestreckt daliegenden Leichnam mit seiner klaffenden Halswunde, den schwarzen Blutspritzern an der Wand, den dunklen Lachen auf dem geölten Holzboden. »Fußspuren«, sagte er laut. »Haben die Fußspuren eigentlich irgendein Ergebnis erbracht?«

»Welche Fußspuren?«, fragte der Leichenfresser. »Die, die während des Mordes entstanden sind, oder die der Streifenpolizisten, die mit ihren breiten Plattfüßen überall rumgetrampelt sind? Ich konnte drei Fragmente wiederherstellen, die vom Opfer stammen, und einen fast perfekten Abdruck von Mrs. St. Claires rechtem großen Zeh, der sich direkt neben dem Leichnam befand.«

»Wir wissen also nicht, ob eine dritte Person in der Nacht des Mordes in der Hütte war, ehe die Polizei eingetroffen ist?«
»Außer der Hausangestellten, die den Leichnam entdeckt hat? Nein, das lässt sich weder überzeugend beweisen noch widerlegen.«
Rourke starrte die Fotos an, dachte nach, zuckte dann mit den Schultern und schüttelte den Kopf. »Was wollen Sie von mir?«
Der Leichenfresser kniff hinter dem Schleier aus Zigarettenrauch die Augen zusammen. »Wie?«
»Sie haben gesagt, Sie wollten mich sehen.«
»Oh. Ja, sicher.« Der Leichenfresser ging zu dem Tisch mit den Mikroskopen und durchwühlte einen Stapel von Lichtbildern. »Ich habe Mrs. St. Claire in der Mordnacht kurz getroffen, als ich bei der Hütte eintraf. Ihr Kollege, dieser riesige Pole, sprach gerade mit ihr, und ich kam dicht genug an ihr vorbei, um ihr Parfüm zu registrieren. Es war ein sehr prägnantes, Sandelholz und Maiglöckchen und ein Hauch Moschus. Der Geruch dieses Parfüms hing in den Haaren des Opfers und sie hatte diesen Bluterguss auf der Wange – ah, hier haben wir's«, fügte er hinzu und zog mit großer Geste einige Dias aus dem Stapel.
»Dieser Bluterguss, wissen Sie – der hat meinem Unterbewusstsein einfach keine Ruhe gelassen, doch im letzten Moment, ehe der Leichenwagen den Toten zum Einbalsamieren bringen sollte, ging mir auf, wonach ich eigentlich hätte suchen sollen. Ich konnte nur noch eine kurze Untersuchung durchführen und einige Proben sicherstellen und an diesem Wochenende konnte ich mich endlich genauer damit befassen. Ich muss sagen, es hat mich sehr befriedigt, als ich feststellen konnte, wie richtig es war, meinen Vorahnungen zu folgen. Folgen Sie Ihren Vorahnungen, Lieutenant Rourke?«
»Aber immer.«
Der Leichenbeschauer zog an seiner ewigen Zigarette, schob ein Dia unter ein Mikroskop und schaltete das Gerät ein. »Forensi-

sche Tests können uns verraten, Detective, dass Mr. St. Claire in der Zeit zwischen seinem letzten Bad und seinem Tod ausgiebigen sexuellen Verkehr mit einem weiblichen Wesen gehabt hat.«

Rourke betrachtete das Mikroskop voller Skepsis. »Gütiger Jesus, Sie haben doch seinen Schwanz nicht aufgeschnitten, oder?«

Der Leichenfresser versuchte zu lachen, doch es klang eher wie eine Salve. »Nein, nein. Das war nicht nötig. Aber ich habe an seinem Organ Reste von getrockneten Spermien und Vaginalsekreten gefunden. Und zwei weibliche Schamhaare, die an seinen festhingen. Es muss ein gewalttätiger oder zumindest außergewöhnlich heftiger Akt gewesen sein, denn die Haare waren mit den Wurzeln ausgerissen.«

»Wollen Sie mir damit sagen, dass Charles St. Claire unmittelbar vor seiner Ermordung eine Vergewaltigung begangen hat?«

»Eine Vergewaltigung oder einen ungeheuer groben Liebesakt. Ja. Dieser Bluterguss, wissen Sie, und der Geruch ihres Parfüms in seinen Haaren haben mir keine Ruhe gelassen.«

Rourke dachte an Remy, die auf den befleckten Leinenlaken lag, verhärmt, zerschrammt, mit vom Schreien gebrochener Stimme. Er dachte an sie, wie er sie in dieser Nacht gesehen hatte, blutüberströmt.

»Wenn er sie geschlagen, sie vergewaltigt hat …«, sagte Rourke und registrierte in seiner Stimme eine plötzliche mörderische Grobheit.

»Sie meinen, dann könnte es sich um Notwehr gehandelt haben. Aber ein Staatsanwalt würde dagegen anführen, dass sie seine Frau war, was ihm eheliche Rechte gab. Ein Staatsanwalt würde anführen, dass sie keinen gesetzlichen Anspruch darauf hatte, ihm diese Rechte zu verweigern, und schon gar nicht, ihn zu ermorden. Ich spreche natürlich hypothetisch, als sei der Fall noch nicht geklärt, als hätten wir nicht alle längst entschieden,

dass Mr. St. Claire von einem Alkoholschieber ermordet worden ist und nicht von seiner Frau.«
Rourke beugte sich vor und hielt sein Auge an das Mikroskop. In der Vergrößerung erschien das Haar als gekräuselter Behälter, der mit einer dunklen, faserigen Masse gefüllt war. Er konnte die weiße Knolle der Wurzel sehen. Er wusste, dass er diese Frage stellen musste, obwohl er sie eigentlich nicht stellen wollte. Vielleicht hatte Case doch Recht gehabt. Vielleicht sollte er einfach alles loslassen.
»Könnte dieses Haar von einer Negerin stammen?«
»Eine interessante Frage, aber meines Wissens lässt sich das nicht immer feststellen.« Der Leichenfresser kratzte sich die Wange und versank für einen Moment in Gedanken. »Die Schamhaare des reinen afrikanischen Negers wären vielleicht erkennbar. Doch die des amerikanischen Negers, nach so viel Vermischung mit der weißen Rasse ...« Er zuckte mit den Schultern. »Ich kann nur sagen, dass diese Haare von einem Menschen stammen, nicht von einem Tier, dass sie aller Wahrscheinlichkeit nach von einer Frau stammen und dass ihre Pigmentierung annehmen lässt, dass sie nicht viel älter als dreißig gewesen sein kann.«
Was auf sie alle zutrifft, dachte Rourke. Remy, Lucille, Belle. Belle ... gütiger Himmel. Hatte Remy ihn bei der Vergewaltigung ihrer Schwester ertappt?

Wolkenschleier hüllten die ersten Sterne in Gaze, als Daman Rourke später an diesem Abend nach Sans Souci fuhr. Er hielt auf der Uferstraße und ging zwischen Eichen und Pecanussbäumen zum Haus. Seine Schuhe knirschten, wenn sie verfaulende Samenkapseln zertraten. Eine sanfte, leichte Brise wehte, wie der Atem eines schlafenden Babys.
Durch die offenen Fenstertüren strahlte Licht auf die Galerie. Er sah zuerst die Schatten, dann die Frauen – Remy, Belle und

Heloise –, die langsam über die grau gestrichenen Bretter aus Zedernholz gingen. In der tieflila Dämmerung hätten sie auch Geister aus einer anderen Zeit sein können. Ihre Stimmen erreichten Rourke an seinem Standpunkt zwischen den Bäumen als Flüstern, wie das Rascheln von Reifröcken und das Klicken und Flattern von Fächern.

Er hätte gern gewusst, ob sie über das erwartete Baby sprachen. Es würde Belle bald anzusehen sein, und deshalb würde sie fortgehen müssen. Wenn Remy bereit war, das Kind als ihr eigenes auszugeben, dann würde auch sie fortmüssen. Es wäre nicht das erste Mal, dass in einem Haus wie Sans Souci ein solches Arrangement getroffen wurde. Belles Baby würde zu einem der Geheimnisse von *la famille* werden – die einzelnen Familienmitglieder konnten einander zwar an die Gurgel gehen, wussten aber, dass im Notfall die Familie zu ihnen halten würde.

Heloise, Remy, Belle. *La famille.* In die Familie wirst du hineingeboren, du heiratest nicht hinein. Eine Frau ist bis zu ihrem Todestag und noch lange, lange später unter ihrem Mädchennamen bekannt.

Eine Mutter und ihre beiden Töchter machen Pralinen für den Daddy, der sie verlassen hat.

Er ist schreiend gestorben.

Rourke dachte an die Mardi-Gras-Maske, die im Regenwasserspeicher gelegen hatte, und an den weißen Emaillesplitter und die lila Paillette unter Charles' Fingernagel. Es war ein geplanter Mord gewesen. Vielleicht hatten sie ihn zu dritt umgebracht. Oder vielleicht war, wie Vinny, Remy Lelourie der Knochen gewesen, diejenige, die schuldig aussehen sollte, damit die beiden anderen ungeschoren davonkamen.

Worüber immer die Damen Lelourie an diesem Abend gesprochen haben mochten, jetzt waren sie auf jeden Fall fertig damit. Rourke sah zu, wie Belle und ihre Mutter die Treppe von der

Galerie herunterkamen und über die Austernschalenauffahrt zur Esplanade Avenue und nach Hause gingen. Wenn sie in seine Richtung schauten, dann entdeckten sie ihn nicht.
Er ging nicht zum Herrenhaus, sondern blieb zwischen den Bäumen stehen und betrachtete die jetzt leere Galerie, so wie er gern nach einer Beerdigung das Grab betrachtete. Deshalb stand er noch immer dort, als Lucille Durand über den Deich kam und zur eingefallenen Veranda der alten Sklavenhütte ging.
Sie ging hinein, kam aber gleich darauf wieder zum Vorschein. Sie stand auf der Veranda und schaute zum Herrenhaus hinüber. Rourke folgte ihrem Blick und sah, dass Remy Lelourie wieder auf die Galerie getreten war. Die beiden Frauen schauten einander über den grünen Rasen und die Blätter der Bananenbäume hinweg an. Sie bildeten ein beunruhigendes Dreieck, fand Rourke – die weiße Frau auf der Galerie des Herrenhauses, die schwarze Frau auf der Veranda der alten Sklavenhütte und der Mann, der beide aus seinem Versteck zwischen uralten Südstaateneichen heraus betrachtete, von denen das Moos herabhing wie Ketten von Tränen.

Die Greater Liberty Baptist Church kochte in der Sommerhitze. Obwohl Türen und Fenster geöffnet waren und alle Ventilatoren sich drehten, war es drinnen erstickend heiß. Die Luft war gesättigt vom Geruch nach Rum und süßlichen Parfüms, von schmelzender Stärke und dem bei der Totenwache servierten Hühnergumbo.
Die Damen aus der Pailet Lane bewegten ihre Pappfächer hin und her und berührten ihre feuchten Wangen mit der Rückseite ihrer Handgelenke. Lucille, die in der vordersten Bankreihe saß, weinte nicht. Sie starrte den Sarg ihrer Mama aus Augen an, die zu Stein erstarrt waren.
Daman Rourke, der mit seiner eigenen Mama und seiner Toch-

ter ganz hinten in der Kirche saß, dachte bei ihrem Anblick, dass Lucille das Gefühl haben müsste, alles Gute, das es in ihrem Leben noch gegeben hatte, liege in diesem Sarg.

Der Reverend Jackson Powell war ein Mann, der seine Kanzel überragte und dessen tiefe Stimme wie ein Basssaxophon von den Dachbalken und den weiß getünchten Wänden widerhallte.

»Augusta Durand war eine gute Seele«, verkündete er mit erhobenen Händen, als wolle er jedes Amen und jedes Halleluja, das zur Antwort ertönte, damit an sich reißen. »Eine gute Seele und eine gute Frau, die ihre Ansicht gesagt, die Güte ihres Herzens geteilt und ihren Erlöser den Herrn Jesus Christus im Himmel geliebt hat. Amen.«

Rourke hielt das für das schönste und wahrste Kompliment, das er jemals gehört hatte. Sie war eine gute Seele gewesen.

Der Sarg wurde mit einem Leichenwagen, dessen Pferde mit schwarzen Federn geschmückt waren, zum Friedhof gebracht. Alle gingen hinterher und die Begräbniskapelle spielte »Näher, mein Gott, zu dir«. Die Trommler hatten Taschentücher unter die Schnarrsaiten ihrer Trommeln geklemmt, was dumpfe Schläge im Takt der Pferdehufe ergab.

Die Durand-Familie besaß kein weiß getünchtes Mausoleum aus Ziegelsteinen. In einer Ecke des Friedhofs kam der Trauerzug vor einer offenen Gruft zum Stehen, die wie ein Ofen geformt war und hoch oben in der Ziegelmauer saß. Die Träger schoben den Sarg hinein, Holz kratzte gegen Ziegel. Reverend Powell sprach und seine melodische Stimme machte aus seinen Worten eine Siegeshymne.

»Und ob ich schon wanderte im finstern Tal, fürchte ich kein Unglück; denn du bist bei mir, dein Stecken und Stab trösten mich.«

Die Trommler zogen die Taschentücher unter den Schnarrsaiten hervor, ließen ihre Stöcke rollen und die Band stimmte »When the Saints« an. Die Trauergemeinde öffnete unter dem wolkenlosen Himmel die Regenschirme und verließ tanzend den Friedhof.

Rourke blieb mit Katie und seiner Mutter zurück. Seine Mutter hatte für ihre eigenen Toten Blumen mitgebracht, Teerosen und Jasmin. Er füllte an einem Wasserhahn eine patinagrüne Vase für sie mit Wasser.

Sie ging mit den Blumen zum Familiengrab der Lelouries, mit seinem tanzenden Marmorputto und der Wand, in der die Namen ihrer skandalösen Vergangenheit in den Stein eingraviert waren: REYNARD LELOURIE, ihr Liebhaber, MAUREEN, die Tochter, die sie ihm geboren hatte. Seine kleine Schwester, vor vielen Jahren seiner Mutter und ihrem Liebhaber geboren. Er hätte gern gewusst, wie sie jetzt wohl aussehen würde, diese Frucht der Sünde von Maeve und Reynard, wenn sie eine erwachsene Frau geworden wäre. Diese Schwester, die die Hälfte seines Blutes teilte und auch die Hälfte von Remys Blut, wie ihm plötzlich aufging.

Maeve bückte sich, um die Blumenvase in der *immortelle* des Grabes unterzubringen, dem unverwüstlichen Gedenkkranz aus Metall, der noch existieren würde, wenn alle Knochen zu Staub zerfallen und sogar die Erinnerungen gestorben waren. Er wusste nicht, was sie dachte, empfand. Sie schwieg, so wie sie immer geschwiegen hatte.

Sie saßen im heißen Schatten unter einem Feigenbaum auf einer Steinbank, während Katie auf dem Plattenweg Himmel und Hölle hüpfte. »Als du ein Junge warst«, sagte seine Mutter, »habe ich dich wohl immer nur auf dem Friedhof gesehen.«

Etwas Ähnliches hatte sie schon einmal zu ihm gesagt, er wusste jedoch nicht mehr, wann. Er hatte keine Erinnerungen an seine Mutter aus der Zeit, ehe sie sie verlassen hatte. Er hatte sie nur dieses eine Mal gesehen, als sein Vater ihn mitgeschleift hatte, damit er sie nackt im Bett ihres Liebhabers sah. Sie hatten erst am Tag nach der Beerdigung seines Vaters miteinander gesprochen, doch da war er schon fünfzehn und bildete sich ein, sie nicht mehr zu brauchen.

Im Irischen Kanal wird dem aufgebahrten Leichnam eine Untertasse auf die Brust gesetzt, auf die Verwandte und Bekannte Münzen legen, Geld für den Bestatter. Mike Rourkes Söhne dagegen hatten keine Wohltätigkeit gebraucht. Ihr Vater war einen Heldentod gestorben. Er hatte seine Pflicht erfüllt und versucht, im Hafen eine Messerstecherei zwischen zwei Krabbenfischern zu beenden. Jeder Polizist, Feuerwehrmann und Politiker in der ganzen Stadt hatte seine Beerdigung besucht.

Rourke war am nächsten Abend noch einmal allein auf den Friedhof gegangen. Auch an diesem Tag war es heiß gewesen und das Gemurmel der Insekten im Unkraut vor den zerbröckelnden kalkweißen Mauern hatte der Hitze scheinbar eine Stimme geschenkt.

Sie hatten einander bei den Öfen überrascht, wo die vielen Trauergäste ganze Berge von Blumensträußen hinterlassen hatten und wo ein goldrotes Banner mit der Aufschrift CRESCENT CITY POLICE über die Wand drapiert war. Er wollte nicht mit ihr zusammen dort sein, wollte sich von ihr aber auch nicht verjagen lassen. Deshalb blieb er in der heißen Sonne vor dem Grab seines Vaters stehen, schweigend, während die Hitze des Plattenweges durch seine Schuhsohlen drang und Schweiß über sein Gesicht strömte.

Dann hatte sie ihn angesprochen, die ersten Worte, die er in seiner Erinnerung je von ihr gehört hatte. Sie hatte ihn gefragt, ob er jetzt nicht zu ihr ziehen wollte, jetzt, wo er allein war, wo Paulie im Seminar war und sein Daddy bei Jesus im Himmel war.

Er hatte ihr ins Gesicht gelacht.

Dann, Jahre später, vor einem anderen Grab, als ein leiser und vage duftender Regen fiel und die Steine unter seinen Füßen sich feucht und kalt anfühlten, ebenso wie sein Herz feucht und kalt war, und er seine Frau vermisste ... ja, da hatte sie das gesagt, jetzt wusste er es wieder. *Wir sollten uns nicht immer nur auf Friedhöfen treffen.*

»Dein Vater war im tiefsten Herzen ein guter und anständiger Mann.«

In Gedanken versunken hatte er Katie beobachtet, doch jetzt wandte er langsam den Kopf und sah seine Mutter an. So gelassen, wie sie jetzt da saß, ihr Gesicht von Trauer gezeichnet und doch auf seltsame Weise auch leer, fragte er sich allerdings, ob er sich das nur eingebildet haben könnte, denn er glaubte auch, die Feigenblätter über ihren Köpfen rascheln zu hören, obwohl er keinen Wind spürte.

In den Jahren, seit Rourke mit seiner kleinen Tochter zu ihr ins Haus ihres Liebhabers gezogen war, hatten sie nie über seinen Vater gesprochen, und das war ihm nur recht gewesen. Denn die unausgesprochenen Worte und die nicht zur Kenntnis genommenen Gedanken ersparten ihm das Geständnis, dass sein jetziges Leben ihm wie ein Verrat erschien.

»Er war ein guter Mann«, sagte sie noch einmal und diesmal sah er, dass ihr Mund diese Worte formte.

Er wartete darauf, dass sie noch mehr sagte, doch was würde das sein? Dass sie bereue, traurig, gleichgültig sei? Sie hatte sich zwischen ihren Söhnen und ihrem Liebhaber entscheiden müssen und hatte den Liebhaber gewählt. Sein Vater hatte sich zwischen ihnen und der Flasche entscheiden müssen und hatte die Flasche gewählt.

Sie hatte ihr Gesicht vor seinen Blicken verborgen, doch jetzt wandte sie den Kopf und schaute ihm in die Augen.

»Ich habe Reynard Lelourie geliebt«, sagte sie und in ihren Augen sah er eine Empfindung, in der sich Qual und Ekstase mischten. »Ach, ich habe ihn so sehr geliebt. Mit meinem ganzen Wesen habe ich ihn geliebt. Ich will nicht einmal behaupten, ich hätte nicht dagegen angekonnt, denn das wäre nicht die Wahrheit. Ich wollte ihn lieben, ich habe es geschehen lassen. Ich habe mich dafür entschieden. Und ich will nicht sagen, dass ich es bereue, denn ich bereue nicht, keine Sekunde. Keine Sekunde.« Sie unterbrach sich, schloss die Augen und gleich darauf sammelte sich auf ihren Wimpern eine Träne und fiel auf ihre Wange.

Er legte nicht den Arm um sie und berührte sie auch nicht auf andere Weise. »Das ist vorbei«, sagte er. »Und beide sind tot.«

Sie kniff die Augen fester zusammen, atmete dann langsam aus und nickte. »Ja. Sie sind tot.«

Sie blieben noch eine Weile dort sitzen und versanken wieder in das vertraute und weniger gefährliche Schweigen. Er wollte sie schon fragen, ob sie bereit für den Heimweg sei, als sie aufstand und zu dem Grab mit dem tanzenden Marmorengel zurückging.

Sie öffnete die Tür und ging hinein, um mit den Fingern über den in den Stein eingravierten Namen MAUREEN zu fahren. »Nach ihrer Geburt hatte ich sie kurze Zeit bei mir. Ich habe meine Nase an ihrer Wange gerieben und die war weich. Ihre Haare waren so weich unter meiner Hand.«

Schritte kamen hinter ihnen über den Plattenweg und sie drehten sich um. Lucille kam auf sie zu, blieb vor dem Tor zur Grabstätte stehen und ging dann hinein, als wollte auch sie die Namen lesen und mit der Hand berühren. Ihr Gesicht war gerötet, mit einem harten Ausdruck.

Maeve hob den Arm, wie um die junge Frau in den Arm zu nehmen und an sich zu ziehen, doch dann ließ sie ihn wieder sinken.

»Ich will nach Angola und das Grab von meinem LeRoy sehen«, sagte Lucille. »Könnte ich Sie bitten, mich hinzufahren, Mr. Day? Würden Sie mir diesen einen Gefallen tun?«

Er hätte sie so gern auf irgendeine Weise berührt, wusste aber, dass sie das nicht erlauben würde. »Morgen, wenn du willst«, sagte er. »Wir fahren morgen.«
»Das wäre schön«, sagte sie und ging zurück über den Plattenweg, ohne die beiden anderen auch nur noch eines einzigen Blickes zu würdigen.

Dichter Nebel kam vom Fluss herüber, als sie durch das Tor des Zuchthauses fuhren. Die alten Steingebäude sahen in der Feuchtigkeit schwarz aus. Die Luft war so still und schwer, dass alle Geräusche abprallten und ein Echo warfen – das Klappern des Metalltores, der einschüchternde Ruf eines bewaffneten Aufsehers und, unpassenderweise, das Weinen eines Babys in einem der kleinen Häuser aus Verschalungsbrettern, in denen die Gefängniswärter und ihre Familien lebten. Die »Freien«, wie die Häftlinge sie nannten.
»Ich habe im Sommer noch nie solchen Nebel erlebt«, sagte Rourke und versuchte, Lucilles Blick von den trostlosen Bauten abzulenken. Sie hatte die Arme um den Leib geschlungen und sich zu ihm vorgebeugt. »Ich hoffe, LeBeau ist gescheit genug, um in dieser Suppe nicht mit dem Boot auf den Sumpf zu fahren, sonst wird das kein tolles Picknick für ihn und Mama und Katie.«
»LeBeau hat kein Wort über das Boot gesagt«, sagte Lucille, die ihn aber noch immer nicht ansah. »Als ich ihn zuletzt gesehen habe, war er mit Angelrute und Ködereimer auf dem Weg zur Black Bridge.«
Der Friedhof bestand vor allem aus hölzernen Markierungen mit einigen wenigen verrosteten Blechbüchsen voller verwelkter Blumen. Rourke hatte sich im Torhaus nach LeRoys Grab erkundigt. Sie stiegen aus dem Auto und hatten es bald gefunden. Es war der frischeste Grabhügel. Lucille betrachtete den feuchten Erdrücken und ihr Gesicht war wieder versteinert.

»Das ist ein schrecklicher Ort«, sagte sie schließlich.
»Ich kann ihn für dich nach New Orleans bringen lassen. Du kannst ihn neben deiner Mama beisetzen, wenn du willst.«
Sie nickte langsam und vorsichtig, als ob ihr sonst der Kopf herunterfallen könne. »Du sollst wissen, dass ich dir keine Vorwürfe mehr mache. Ich weiß, dass du ihm nicht eingeredet hast wegzulaufen, damit die Aufseher ihm in den Rücken schießen können.«
Er steckte die Hand aus und berührte unter ihren Haaren ihren Nacken, eine einfache, tröstliche Geste. »Es ist mir aber lieber, du machst mir Vorwürfe statt dir selbst. Nichts, was wir getan haben, ist daran schuld, und das gilt auch für LeRoy.«
Sie schlang wieder die Arme um ihren Leib. »Ach, ich habe viel getan. Viel. Und ich habe gemordet. Wenn hier jemand vor Gericht gestellt und wegen Mordes nach Angola geschickt werden sollte, dann ich.«
Sie wiegte sich hin und her, hin und her, und bewegte dabei auch ihren Oberkörper. Stumme Tränen liefen über ihre Wangen.
»Luce. Hat Mr. Charlie dir ein Baby gemacht?«
Ein tiefes Stöhnen entrang sich ihrer Kehle und sie wiegte sich schneller hin und her. Ihre Haare peitschten von einer Seite zur anderen. »O großer Gott, Mr. Day. Wie? Wie hast du das herausgefunden?«
»Das war einfach so geraten. Du warst krank und drei- oder viermal pro Woche zwei Jahre lang ist eigentlich zu viel, um immer Glück zu haben«, sagte er und dachte an Belle, bei der ein einziger Nachmittag gereicht hatte.
Lucille stieß ein hartes Lachen aus. »Du hast die Sachen nie auf sich beruhen lassen können. Du bohrst darin herum und stellst alles auf den Kopf, bis du die Wahrheit gefunden hast, und wie hässlich die Wahrheit ist, das ist dir egal.«
Sie hielt jetzt still und starrte vor sich hin, in den leeren Nebel hinein. »Er hat mir ein Kind gemacht, ja. Zweimal. Und beide

Male habe ich es aus mir herausschneiden lassen. Aber beim letzten Mal, beim letzten Mal wurde mir so schlecht. So schlecht. Ich bin aus Mr. Charlies Wohnung weggegangen, aber ich hab es nicht weit geschafft. Ich blutete wieder ganz schrecklich und wollte nur noch bis zum Haus in der Conti Street kommen. Aber du und meine Mama, ihr wart nicht zu Hause, nur Miss Maeve war da und ich weiß nicht, was dann passiert ist, ich bin sicher in Ohnmacht gefallen. Denn als Nächstes bin ich dann aufgewacht und lag in meinem alten Bett von früher, als ich noch ein kleines Mädchen war. Ich konnte Mama und Miss Maeve in der Diele hören. Sie redeten miteinander und auch Miss Maeve weinte. Sie glaubten, ich wäre zu krank, um zuzuhören, aber an dem Tag hab ich erfahren, woher ich meine helle Haut habe.«

Sie hob den Arm, drehte ihn um und lachte. Hart, böse. »Nicht, dass dieses Wissen etwas ändern kann. Daran, was ich bin. Lucille, die Hure des Weißen Mannes.«

»Nein, das bist du nicht.«

»Erzähl du mir bloß nicht, was ich nicht bin.« Ihre Hand ballte sich zur Faust und sie legte sie sich an die Brust. »Ich konnte nicht aus dem Bett dieses Weißen Mannes wegbleiben. Ich war noch krank, aber ich konnte nicht wegbleiben. Ich habe schon bald wieder bei ihm übernachtet und am nächsten Morgen blutete ich wieder, und Mr. Charlie hatte Angst und hat diesen weißen Doktor geholt. Und dieser Doktor tut, was er tun muss, und dann geht er wieder nach vorn und er und Mr. Charlie fangen wieder an, reden darüber, dass die Welt keine kleinen Nigger mehr braucht, dass es davon wirklich genug gibt. Mit demselben Mund, mit dem er immer wieder gesagt hat, wie sehr er mich liebt, hat Mr. Charlie seinen eigenen Kindern diese schrecklichen Namen gegeben.

Als der Doktor dann gegangen war, bin ich aufgestanden und zu Mr. Charlie hinübergegangen. Ich dachte, er sollte wissen, wen er da Nigger nennt, wessen Babys er umgebracht hat. Also hab ich ihm gesagt, dass Mr. Reynard Lelourie mein Daddy war, aber er hat nur gelacht, das hatte ich schon erwartet. Hat gesagt, dass in New Orleans jede Menge Nigger mit Lelourie- und St.-Claire-Blut herumlaufen. Dass das nichts bedeutet. Dass kein St. Claire jemals irgendeinen Nigger seinen Verwandten nennen wird. Ich wartete, bis er genug gelacht und gebrüllt hatte und dann habe ich gelacht.«

Sie warf den Kopf in den Nacken und Rourke sah, dass ihr wieder die Tränen kamen, dass ihr Hals zuckte, und er konnte nur dastehen, als habe ihn jemand getreten.

»Denn dann hab ich ihm gesagt, wer meine Mama ist. Meine Mama ist Miss Maeve, hab ich gesagt, und was ist also deine Frau, Mr. Charlie, ha, Mr. Hochwohlgeborener Weißer Mann? Wenn Miss Maeve meine Mama ist und Reynard Lelourie mein Daddy war, was für eine Farbe hat dann deine Frau?«

Auch diesmal klopfte er nicht an die Tür. Er ging ins Haus, durch die Diele und zu ihrem Schlafzimmer. Sie saß vor ihrer Frisierkommode und legte sich eine Perlenkette um. Er starrte ihren Nacken an, ihren dunklen Haarflaum.

Langsam hob sie den Kopf und ihre Blicke begegneten einander im Spiegel. Sie drehte sich nicht um.

»Mein Partner Fio hat einmal die Theorie entwickelt, dass du ein schreckliches Geheimnis hast, das die Welt nicht erfahren darf, und dein Mann ist auf irgendeine Weise dahinter gekommen, und deshalb hast du ihn umgebracht.«

Sie schwieg und er glaubte, die Schatten unter ihren Wangenknochen dunkler werden zu sehen, doch ansonsten war sie bleich, so bleich.

»Ich habe Lucille heute nach Angola gefahren.«

Sie zuckte zusammen, als sie Lucilles Namen hörte, und langsam schlossen sich ihre Augen, obwohl sie ansonsten bewe-

gungslos wie Stein blieb. Dann sagte sie: »Was hat sie dir erzählt?«
»Warum du sie umgebracht hast – Julius und Charles. Was sie nicht herausfinden durften, Remy, Liebling. Was niemand erfahren soll, wenn es nach dir geht – dass Lucille Durand deine Schwester ist.«

Sechsunddreißigstes Kapitel

Ein seltsames grünes Licht hüllte an diesem Sommertag des Jahres 1916 die Wipfel von Eichen und Zypressen ein. Die Geister des Flussarms schienen sich dort versammelt zu haben. Es war plötzlich still geworden, wie vor Erwartung. Sogar die Heuschrecken legten im Zirpen eine Pause ein.

Remy Lelourie war auf ihrem Weg zur Sklavenhütte stehen geblieben und schaute sich zum Herrenhaus um. Sans Souci. Das Haus schien im gespenstisch grünen Licht zu schimmern, schien nicht aus Holz und Stein erbaut worden zu sein, sondern aus Wünschen und Sehnsüchten. Ihre Liebe zu diesen eleganten Säulen und geschwungenen Galerien war ihr mit der Muttermilch eingegeben worden, war ein Teil von ihrem Fleisch und Blut. Ihr Leben lang war Sans Souci das Einzige gewesen, dem sie ein Gefühl der Zusammengehörigkeit entgegengebracht hatte, und doch würde es niemals ihr gehören.

Die Tür der Hütte stand offen, doch drinnen konnte sie niemanden sehen. »Julius?«, fragte sie mit sanfter Stimme und einem seltsamen Unwillen dagegen, die heiße Stille zu brechen.

Eine plötzliche Armbewegung ließ die Perlen klirren und das verwirrte sie.

»Sieh an«, sagte Julius St. Claire. »Wenn das nicht Remy Lelourie ist! Du hast also doch beschlossen, zu unserem kleinen Stelldichein zu erscheinen!«

Seine Haarspitzen trieften vor Schweiß, sein Gesicht war blass

und kränklich. Er zitterte wie im Fieber. Er kam einen Schritt auf sie zu und sie sah den alten französischen Revolver in seiner Hand.
Sie sah nach, ob der Hahn gespannt war. Das war er.
Sie ließ ihren Blick von der Waffe zu seinem Gesicht hoch wandern. Seine schwarzen Pupillen hatten das Blau seiner Augen fast verschlungen. Er machte ihr Angst. Der Julius, den sie kannte, war ein lieber, herzensguter Junge, der ihr erst am Vortag einen Heiratsantrag gemacht und sie sanft, so sanft, als sei sie zerbrechlich, auf den Mund geküsst hatte. Sie hatte ihn verführt, als sie beide sechzehn waren, aber er behandelte sie weiterhin wie eine zarte, immer einer Ohnmacht nahen Blüte südstaatlicher Weiblichkeit, obwohl er es doch eigentlich besser wissen müsste.
»Und wirst du mich erschießen, wenn meine Antwort Nein lautet«, fragte sie. Sie fürchtete sich jetzt ein wenig, aber die Situation gefiel ihr auch.
Das Geräusch, das aus seiner Kehle kam, sollte ein Lachen sein. Er schwankte ein wenig. »Es tut mir Leid, das sagen zu müssen, Liebling, aber ich muss meinen Heiratsantrag zurückziehen. Solche Abmachungen sind ungültig, verstehst du, wenn die junge Dame, um die es geht, eine andere ist, als sie zu sein scheint.«
Sie musste lachen. »Aber Julius, ich habe nie versucht, das zu sein, was ich zu sein scheine. Doch ich sehe schon, ich bin hier nicht mehr erwünscht und deshalb will ich nur noch schnell …«
»Nein!« Der Revolver hob sich und zielte auf ihr Gesicht. »Ich habe gesagt, dass ich dich nicht mehr heiraten will, aber das heißt nicht, dass ich dich nicht noch einmal haben will, zur Erinnerung an alte Zeiten. Also geh jetzt ins Schlafzimmer, Liebling. Los!«, schrie er und schwenkte wild den Revolver, als sie keine Bewegung machte.
Sie ging so dicht an ihm vorbei, dass ihr Arm seinen Bauch

streifte, als sie den Perlenvorhang teilte und das Schlafzimmer betrat. Sie sah, dass der andere Revolver auf dem Bett lag. Ein Gefühl der Leichtigkeit überkam sie, das der Angst, die jetzt wie eine elektrische Strömung durch ihren ganzen Leib jagte und der Erregung entstammte.

Dieses Spiel beherrschte sie, sie hatte es schließlich erfunden.

»Zieh dich aus«, sagte er.

Sie zog Rock, Hemdbluse, Unterhemd und Unterhose aus und ließ sie einfach zu Boden fallen. Dann stand sie nackt, die Hände in die Seiten gestemmt, vor ihm.

Er starrte sie eine Ewigkeit lang an. Der Lärm der Heuschrecken, die draußen vor dem Fenster im Bambus zirpten, füllte jetzt das Zimmer. Die Hitze des Abends wirkte wie Hunderte von heißen, keuchenden Atemzügen.

Plötzlich verzerrte sich sein Gesicht und er stöhnte: »O Gott, Gott. Du bist so weiß, deine Haut ist so weiß. Wenn ich die Wahrheit nicht mit eigenen Augen gesehen hätte …« Er stieß einen harten Würgelaut aus. »Ich habe dich geliebt. Ich *habe* dich geliebt.«

Wieder zuckte der Revolver in seiner Hand und fast hätte sein Finger auf den Abzug gedrückt. Sie zuckte zusammen, aber nur innerlich, sodass er es nicht sehen konnte.

»Wenn du mich vergewaltigen willst, Julius, dann los.«

»Dich vergewaltigen? Ich will mit dir sterben, Remy, Liebling, will dich in den Tod mitnehmen. Sie werden uns Arm in Arm auf diesem Bett finden, zwei Liebende, die in diesem Leben nicht zusammen sein und die Trennung doch nicht ertragen konnten, aber ich will dich nicht vergewaltigen, niemals. Ich will dich noch immer … aber das dürfte ich doch gar nicht. Ich dürfte mich nicht mehr damit besudeln, dass ich mit einer Nigra ins Bett gehe.«

»Was? Das meinst du doch nicht … was?«, fragte sie noch einmal. Sie schüttelte den Kopf, ihre Lippen kräuselten sich auf seltsame Weise und sie hatte das Gefühl, dass mit ihrem Herzen etwas nicht stimmte. Es setzte aus, dann schlug es langsam und unregelmäßig weiter.

»Gestern Nacht«, sagte er und weinte jetzt, die Tränen vermischten sich mit dem Schweiß auf seinem Gesicht. »Gestern Nacht habe ich meinem Vater gesagt, dass wir heiraten werden, und heute Morgen ist er mit mir in die Bibliothek gegangen und hat mir alles gezeigt. Hat mir alles über euch Lelouries erzählt.«

Er trat einen Schritt auf sie zu und schloss damit die Lücke zwischen ihnen. Er hielt ihr den Revolver unter das Kinn und zwang ihren Kopf nach oben.

»So weiß, dein Gesicht ist so weiß, und doch hat er mir gezeigt … hat er mir …« Er bohrte die Gewehrmündung in das weiche Fleisch unter ihrem Kinn. »Er hatte ihre Papiere aufbewahrt, den Verkaufsschein, den Geburtsschein, das alles hat mein Urgroßvater aufbewahrt. Das Duell, Remy. Du kennst die Geschichte dieses Duells. Mein Urgroßvater Pierre hat deinen Urgroßvater Henri mit diesem Revolver unter den Duelleichen erschossen. Und Pierres Schwester, die mit Henri verheiratet war, hat vor Kummer fast den Verstand verloren, weil sie zuerst ihren Mann und dann ihr Baby verloren hat. Doch diese Sklavin hatte ein Kind mit sehr heller Haut, es sah einfach weiß aus und deshalb haben sie es ins Herrenhaus geholt und als Pierre Lelouries Kind ausgegeben. Als das Kind deines Urgroßvaters, Remy, Mädchen. Wir haben das Geheimnis bewahrt, sagt mein Daddy, für *la famille* und weil wir es versprochen hatten, aber wir bewahren auch die Wahrheit. Und deshalb wird kein St. Claire jemals seinen Namen dadurch schänden, dass er sich mit dem besudelten Blut der Lelouries einlässt.«

Sie schloss die Augen, als könne sie seine Worte ausschließen, wenn sie ihn nicht sah. Sie wollte nicht verstehen, was er da sagte, aber sie verstand es, sie verstand es. Diese Geschichten über ihre Mama, die jedes Jahr die Orte aufsuchte, an denen alles passiert war, die Duelleichen, das Haus in der Conti Street. Es kam ihr vor wie eins dieser Valentinstagsherzen, die in zwei Stücke gerissen werden, die die Liebenden dann wieder zusammenfügen müssen. Ihre Mama hatte ihr ein halbes Herz gegeben, jetzt lieferte Julius die andere Hälfte. Die Stücke passten zusammen, aber der Riss war noch da.

Sie spürte, wie der Revolverlauf über ihre Wange zu ihrem Mund wanderte und sich dann dagegen presste. Sie schmeckte Öl und Metall und registrierte den scharfen, vertrauten Geruch von Furcht. Sie öffnete die Augen rechtzeitig, um seinen Kopf zu sehen, der sich zu ihrem herabbeugte, wie um sie zu küssen, sie zu küssen oder sie zu töten.

»Ich habe dich geliebt«, sagte er mit tränenüberströmtem Gesicht. Er presste ihr den Revolver noch immer gegen den Mund, zerkratzte ihr damit die Lippen und klopfte gegen ihre Zähne. »Ich wollte dich heiraten, aber jetzt kann ich nur noch mit dir sterben. Leg dich aufs Bett, Remy.«

Langsam wich sie einen Schritt zurück und dann noch einen. Ihr Blick jagte zwischen seinem Gesicht und dem Finger am Abzug hin und her. Als die Rückseite ihrer Oberschenkel gegen das Bett stieß, setzte sie sich darauf und griff nach dem zweiten Revolver.

Julius kam auf sie zu.

Sie spannte den Hahn. »Nicht.«

Er kam weiter auf sie zu, setzte sich zu ihr aufs Bett. »Wir werden jetzt zusammen sterben, Remy. Das musst du wollen, ich weiß, dass du das willst. Das hier wird unser Brautbett sein, das einzige, das wir jemals haben werden.«

Sie atmete schnell und ihre Hände zitterten. Aber sie würde nicht sterben. Nicht für ihn.

»Zwing mich nicht, es für dich zu machen, Remy, bitte. Zwing mich nicht, zwing mich bitte nicht.«

Seine Hand mit dem Revolver hing jetzt nach unten, aber sie wusste, was passieren würde, sie wusste, dass der Lauf sich heben, dass sie bald die runde klaffende Öffnung der Mündung sehen würde. Sie sah ihren Tod schon in seinen Augen.
Sie richtete ihren Revolver auf sein Gesicht und schoss.

»Ich hätte dir an unserem letzten Abend in der Weidenhöhle fast alles erzählt. Aber ich dachte, wenn du mich so anschauen würdest, wie Julius das getan hatte, dann hätte ich mich von ihm auch umbringen lassen können. Es gab einen Teil von dir, den ich niemals berühren konnte, verstehst du, sosehr ich das versuchte. Und ich hatte solche Angst, dass dieser Teil von dir aufhören würde, mich zu lieben, wenn du jemals die Wahrheit erführest.«
Sie saß ganz ruhig vor ihrer Frisierkommode, doch er kniete jetzt vor ihr nieder, presste sein Gesicht gegen ihren Bauch, drückte sie an sich wie einen Verband, der eine Blutung stoppen kann.
Ich werde dich immer lieben, dachte er, sagte es jedoch nicht, denn er hatte das Gefühl, das Recht dazu verspielt zu haben.
Ihre Hand streichelte seine Haare, wieder und wieder, streichelte ihn. Er hob den Kopf. Sie schaute jetzt aus großen, dunklen Augen auf ihn herab und in ihrem Hals hämmerte hart und schnell ihr Puls.
»Ich wäre mit dir durchgebrannt«, sagte er und die Worte hörten sich seltsam an, als seien ihre Kanten abgebrochen. »Oder ich wäre geblieben und hätte für dich gelogen, wenn dir das lieber gewesen wäre.«
Sie beugte sich vor, nahm sein Gesicht in ihre Hände und streifte seine Lippen mit ihrem Daumen. Dann beugte sie sich noch weiter vor und legte ihren Mund fast ehrerbietig an die Stelle, wo ihr Daumen gewesen war. Er hob die Arme, schlang sie um ihre Schultern und sie legte ihr Kinn auf seinen Kopf. Der Ne-

bel vor dem Fenster war jetzt dick und umhüllte sie so warm wie eine Gebärmutter.

Er wusste nicht, wie lange sie einander auf diese Weise umarmten. Langsam zog sie sich dann zurück, ihre Hände zögerten einen Moment, berührten ihn und ließen ihn dann los. Er sah sie an und glaubte, niemals einen solchen Schmerz empfunden zu haben.

»Remy ...«

»Nein, Day. Was ich getan habe, war falsch.« Sie hob den Arm und betrachtete ihre Haut und er dachte daran, wie Lucille ihren Arm gehoben und über helle Haut gesprochen hatte. »Dein Partner, dieser Polizist, hatte Recht – ich könnte es nicht ertragen, wenn alles herauskommen würde. Ich sage mir immer wieder, dass Julius mich mit dem alten französischen Revolver umgebracht hätte, wenn ich nicht zuerst geschossen hätte, aber ich kann mich nicht mehr daran erinnern, wie alles wirklich passiert ist. Ich weiß nur, dass ich nicht entlarvt werden wollte.«

Sie ließ ihre Hand auf den Schoß sinken und ihr Gesicht verzog sich auf eine seltsam verträumte Weise, als erinnerte sie sich an jemanden, der vor langer Zeit weit weg an einem anderen Ort gewesen war. »Es war so seltsam und beängstigend – plötzlich nicht der Mensch zu sein, für den du dich immer gehalten hattest. Etwas zu sein, das dir dein Leben lang als hässlich und besudelt geschildert worden war. Etwas Minderwertiges in den Augen der Welt, die du immer gekannt hattest. Ich war ein Feigling, ich weiß, aber ich bin weggelaufen. Ich wusste nur, wenn ich versuchte, hier zu bleiben und das zu sein, wofür ich mich immer gehalten hatte, und gleichzeitig zu verstehen, was ich wirklich war – dann würde ich zerrissen werden, bis alles, was noch von mir übrig war, in Stücke gehen würde. So wie das Gesicht des armen Julius.«

Rourke hätte sie gern wieder in den Arm genommen. Er fühlte

sich bis in seine Seele hinein geschunden, aber auf seltsame Weise auch geläutert. Er wollte ihr das alles sagen, aber kein Wort würde an ihre Gefühle heranreichen können. Er dachte an ihre Welt, daran, wie diese Welt war, was diese Welt Lucille und LeRoy angetan hatte, wie Lucille ihm gesagt hatte, dass er das niemals verstehen würde, denn er war ja kein Farbiger.

»Es hat aber nicht geklappt«, sagte sie. »Das Weglaufen. Ich sah eine Aufschrift an einer Theatertür – nur für Weiße – und hätte lachen können bei dem Gedanken, wenn die anderen das wüssten, dann würde ich nicht durch diese Tür gehen dürfen, um mein weißes Ich auf einer Kinoleinwand zu sehen. Ich hörte einen Radiosprecher, der sagte, die Neger ›müssten wissen, wo ihr Platz ist‹, und ich fragte mich: Wo ist mein Platz? Bei diesem weißen Mann im Radio oder bei ihnen, bei den Negern, und ich schämte mich und kam mir schmutzig vor und dann verachtete ich mich, weil ich so empfand. Ich fragte mich: Wo ist meine Würde? Wo ist mein Stolz? Aber ich konnte nicht den Mut finden, ich selbst zu sein, und fühlte mich schrecklich einsam.«

»Du bist der tapferste Mensch, den ich kenne, und jetzt bist du nicht mehr allein«, sagte er.

Sie schüttelte den Kopf. »Nein, nein, Belle und Mama dürfen das nie erfahren«, sagte sie, denn sie hatte ihn missverstanden. »Du darfst ihnen das nie sagen, Day. Du weißt doch, wie sie sind, was sie zu denken und zu sein und zu empfinden gelernt haben, und du weißt, dass sie es niemals ertragen könnten. Es gibt nur vier, die das Geheimnis kennen – alle anderen sind tot. Ich und du und Lucille, und natürlich Lucilles Mama. Deine Mama.«

Wieder dachte Rourke daran, wie Lucille ihren Arm ins Licht gehalten hatte. Die Damen Lelourie hatten eine helle Haut erwischt und durften deshalb das Geheimnis für sich bewahren, Lucille jedoch musste es vor aller Welt ertragen.

Remys Augen schauten jetzt ins Leere und erwärmten sich mit

einem seltsamen Lächeln. »Ich bin weggelaufen, nachdem ich Julius erschossen hatte, aber irgendetwas wollte mich einfach nicht fortbleiben lassen. Ich dachte immer wieder daran, dass ich unbedingt nach Hause wollte, und sei es nur für kurze Zeit, und an diesem Abend auf dem Premierenfest ging mir auf, dass Charlies Daddy gestorben war, ohne das hässliche Geheimnis der Lelouries an ihn weiterzureichen. Er war an diesem Abend so reizend zu mir, bemühte sich um mich, und deshalb dachte ich …«

Sie unterbrach sich und schüttelte den Kopf, während sie einmal ganz leicht mit ihren Fingerspitzen über seine Wange strich. »Nein, das ist ein bisschen gelogen. Ich wollte sie an der Nase herumführen, wollte einen St. Claire und ganz New Orleans an der Nase herumführen, so wie ich die ganze Welt an der Nase herumführte, wollte sie für ihre Schilder und ihre Gesetze und ihre Blindheit bezahlen lassen. Dafür sorgen, dass sie *mich* liebten. Und ich wollte mich auch der Herausforderung stellen, Day. Einer doppelten Herausforderung, ich wollte sehen, ob ich damit durchkommen würde. Aber dann hat Charles die Wahrheit erfahren. Meine Schwester hat sie ihm gesagt. Meine Schwester Lucille.«

Sie verlor sich in Gedanken, aber ihre Hand streichelte wieder sein Gesicht, wieder und wieder, und er wollte nicht weitergehen, zum nächsten Ort, wo sie ihm erzählen würde, dass Charles wie Julius hatte sterben müssen. »Nicht«, sagte er, aber sie hörte nicht, oder vielleicht hatte sie ihn nicht verstanden.

»Julius«, sagte sie, und als sie diesen Namen nannte, brach ihre Stimme. »Dass er wusste, wer ich war, hatte ihn zerbrochen. Aber Charles war immer noch Charles. Ich dachte immer, in Charles gebe es keine weiche, keine verletzliche Stelle. Aber das stimmte nicht. Er hat mir einmal gesagt, ich käme ihm vor wie ein trauriges Buch, das er vor langer Zeit gelesen und geliebt hatte. Aber er dachte an Lucille, wenn er mich ansah, wenn er mit mir schlief, obwohl ihm das erst ganz am Ende klar geworden ist. Er liebte Lucille, so weit er überhaupt jemanden lieben konnte. In der Nacht, als er die Wahrheit erfahren hatte, kam er betrunken und aufgeputscht und wütend, aber auch seltsam erregt und begeistert zu mir. Er sagte, er werde es allen und überall erzählen, dass die schönste Frau der Welt, diese Frau, die sie alle seit Jahren verehrten, eine Negerin sei. Und dann würde er glücklich zusehen, wie sie alle zusammenzuckten und sich wanden. Er lachte darüber und dann schlug er mich. Er hat mich vergewaltigt und danach geweint wie ein Kind, hat mit den Fäusten auf den Boden geschlagen. Und dann ist er zur Hütte hinübergegangen.«

Ein seltsames Lächeln umspielte jetzt ihren Mund, ein Lächeln, das aus Schmerz und Zärtlichkeit geboren war. »Und da bist du, Day, und denkst noch immer, ich sei ihm dorthin gefolgt, sei ihm gefolgt und hätte ihn ermordet.«

»Das spielt keine Rolle«, sagte er.

Sie hob die Hand und presste ihre Finger in seine Halsgrube, wie um sich davon zu überzeugen, dass er noch lebte. »Doch, das tut es. Für dich würde es immer eine Rolle spielen. Ich habe begriffen, wie wichtig es für dich ist, als du mich verhaftet hast, als ich mich vom Fenster abwandte und dein Gesicht sah, sah, was in deinen Augen lag, als du mich angeschaut hast. Du hast mich angesehen, als ob dir der Gowman erschienen wäre, um deine Seele zu holen.«

»Der Gowman«, wiederholte er und dann fügte sich in seinen Gedanken plötzlich alles zusammen. Die Stücke griffen wie feine Zahnräder ineinander, als er auf dem Boden ihres Schlafzimmers kniete, während der Nebel gegen die Fenster drückte und eiskaltes Blut aus seinem Herzen strömte.

Die Mardi-Gras-Maske und der weiße Emaillesplitter und die lila Paillette unter dem Nagel von Charles St. Claires abgetrenntem Finger.

LeBeau, der in der Mordnacht ein Wesen mit weißen Schlangen statt Haaren aus der Sklavenhütte hatte kommen sehen. Katie, die in dieser Nacht schlafgewandelt war und den Gowman gesehen hatte. Katie, die ihm immer wieder erzählte, dass sie den Gowman im Haus in der Conti Street gesehen habe.

»O Gott. Katie!«

Siebenunddreißigstes Kapitel

Auch große Sünden fangen mit kleinen Vergehen an, das hatte Maeve Rourkes Mutter immer gesagt. Ihre Mutter, die ihrem Leben mit einem Rasiermesser ein Ende gesetzt hatte. Hatte sie in dem Moment, ehe sie den ersten Schnitt machte, an all die anderen Momente und kleinen Vergehen und Entscheidungen gedacht, die dem vorausgegangen waren?

Es gab Momente mit Reynard, in den ersten Jahren, in denen Maeve ehrlich glaubte, alles zu haben, was sie sich je gewünscht hatte. Als sie feststellte, dass sie von ihm schwanger war, hatte sie sogar noch mehr. Es gibt einen Moment, wenn das Kind den Mutterleib verlässt, den eigentlichen Moment der Geburt, in dem die Frau einen Schmerz empfindet, der dem Tod ähnelt, einen Moment, wenn das Kind von ihr getrennt und doch noch ein Teil ihres Körpers ist, und dieser Moment bleibt für immer bei ihr. Das Kind ist geboren, lebt, stirbt vielleicht noch vor seiner Mutter, aber dieser Moment wird immer ein Teil ihres Herzens sein.

Sie war so hübsch, die kleine Maureen, etwas Hübscheres konnte man sich kaum vorstellen. Mit ihren Fingern und Zehen und großen hellen Augen. Anfangs konnte niemand sehen, was an ihr anders war, aber dann vergingen die Tage, und es war unmöglich, es nicht zu sehen – ihre Haut, ihre Haare, ihren Mund und ihre Nase. An dem Tag, als zwischen ihr und Reynard erstmals die Wahrheit laut ausgesprochen wurde, als sie der Wahrheit ins Gesicht schauten, hatte er seine kleine Tochter angestarrt, seine kleine Negertochter, die da in ihrer Korbwiege lag, und er hatte ein Gesicht gemacht, als seien alle ihre Sünden zum Leben erwacht.

Maeve hatte ihn beiseite gedrängt und das Baby aus der Wiege gerissen. Ihre Finger bohrten sich so hart in die Decken, dass die kleine Maureen vor Schmerz und Angst schrie. Sie wickelte die Decken eng um die molligen strampelnden Beinchen, setzte sich mit dem Kind in einen Sessel vor dem Fenster und drückte es an sich, ganz fest. »Geh weg«, sagte sie zu Reynard. »Geh weg.«

Sie saß im Sessel, wiegte sich hin und her, hin und her, und schaute aus dem Fenster. Die Blenden des Hauses gegenüber waren frisch gestrichen und leuchteten. Ein Mann mit einem Banjo saß unter der Blechmarkise der Eckkneipe und spielte einen lebhaften Jig, um den Zuhörern ein paar Münzen zu entlocken. Der Sonnenschein malte Regenbogen in die Pfützen, die vom Regenguss des Morgens noch übrig waren, doch für Maeve gab es auf der ganzen Welt kein Licht mehr und ihr war kalt.

Es war die Zeit des Tages, zu der wir die Nacht heraufziehen spüren, obwohl die Sonne sich noch immer an die Dächer anklammert, als sie hinter sich Reynards Schritte hörte. Sie wollte ihn wieder wegschicken, tat es aber nicht. Er kniete vor ihr nieder, schob sich zwischen sie und das Fenster, und deshalb musste sie ihn ansehen.

»Du kannst sie nicht behalten, Maeve«, sagte er. »Du zerstörst mich, wenn du sie behältst.«

Das wusste sie. Sie wusste, wie es in New Orleans zuging, sie wusste, was mit Reynard geschehen würde, wenn die Welt plötzlich erführe, dass unter seiner weißen Haut farbiges Blut durch seine Adern gepumpt wurde.

»Ich habe mit der Wäscherin gesprochen«, sagte Reynard. »Mit Augusta Durand. Sie ist bereit, das Kind zu übernehmen und als ihr eigenes großzuziehen.«

Sie gehört mir, wollte Maeve sagen, verlangen. Aber sie schwieg.
An dem Tag, an dem auf dem St.-Louis-Friedhof, in der Familiengruft derललouries, der leere Sarg beigesetzt und der Name MAUREEN in den Stein eingraviert wurde, erkannte sie, dass sie ihm verzeihen oder aufhören musste, ihn zu lieben.

Sie fragte sich, warum er sie nicht beschuldigte, mit einem anderen geschlafen zu haben, mit einem Farbigen, aber dann erzählte er ihr von einer Geschichte, die seit Jahren in der Familie Lelourie weitererzählt wurde. Dass sein Großvater sich in eine Sklavin verliebt, sie in das Haus in der Conti Street gebracht und dort mit ihr gelebt hatte, bis er in dem Duell gefallen war. »Ich stamme sicher von ihr ab, aus diesem Haus«, sagte Reynard und sein Gesicht verzerrte sich vor Schock, Entsetzen und einer seltsamen Art des Erstaunens. »Ich habe Negerblut. Sklavinnenblut.«
Danach kam er ihr vor wie jemand, der vom Krebs zerfressen wird. Sie ertappte ihn oft dabei, wie er in den Spiegel schaute, und sie wusste, dass er nach Anzeichen für sein Leiden suchte. Wie habe ich mich verändert?, fragte er sie dann. Ich habe dasselbe Gesicht, denselben Geist, dieselbe Seele. Was hat sich geändert?
Sie erwachte mitten in der Nacht. Er stand am Fenster und sagte wie zu sich selbst: »Was wohl aus ihr geworden ist?« Und Maeve wusste, dass er an diese Sklavin dachte. Sie haben ihr das Baby weggenommen, hätte sie ihm gern geantwortet, und das hat ihr das Herz gebrochen. Das ist aus ihr geworden.
Hinter dem Haus gab es einen Anbau, in dem früher die Küche gewesen war, und darüber lagen die Kammern, in denen Dienstboten und Sklaven geschlafen hatten. Er verbrachte Stunden in diesen Zimmern und nach einiger Zeit empfand sie einen Zorn auf ihn, der sich in ihrem Bauch anfühlte wie eine geballte

Faust. Welche Schwäche war das von ihm, die es ihm unmöglich machte, mit seinem Wissen zu leben? Für ihn hatte sie alle ihre Kinder aufgegeben, Paulie und Day und die gemeinsame kleine Tochter, die jetzt einen neuen Namen hatte, Lucille. Sie hatte jedes ihrer Kinder für ihn aufgegeben und doch eine Möglichkeit gefunden, damit zu leben.

Eines Abends kam er, nachdem er im Anbau gewesen war, zu ihr in den Salon, wo sie mit einem Buch saß, und hielt ein Zuckerrohrmesser in der Hand. Die Klinge war rostig, schwarz angelaufen und vom langen Liegen im Kartoffelkeller unter der alten Küche stumpf. »Meine Familie erzählt immer«, sagte er, »dass sie auf dem Feld Zuckerrohr schnitt, als mein Daddy sie zum ersten Mal sah.«

Später sah Maeve, dass er das Messer gereinigt und geschliffen hatte.

Als sie und Augusta nach der Abtreibung das Blut von den Beinen ihrer Tochter wuschen, dachten sie zum ersten Mal daran, Charles St. Claire umzubringen. Dieser Mann hatte ihr fast den Tod gebracht, ihrer Lucille. Ihn zu töten wäre nur ein Akt der Gerechtigkeit.

Der Gerechtigkeit und der Sühne.

Sie zogen Karten. Die höhere sollte gewinnen, um Gott entscheiden zu lassen, und Gott wählte Maeve.

Maeve hatte nicht vor, selbst zu sterben oder ins Gefängnis zu gehen, und deshalb bereiteten sie und Augusta sich vor, überlegten sich alles ganz genau. Wie sie vorgehen wollten, welche Hinrichtungsmethode die passende wäre. Und wie sie sich vor der Entdeckung schützen könnten.

Augusta machte die besseren Pläne. Sie dachte an das Rohrmesser, an den weißen Umhang und die Mardi-Gras-Maske – diese auffällige Medusa mit den Schlangenhaaren – für den Fall, dass sie von irgendwem gesehen würden.

Die Nacht war von lebhaften Geräuschen erfüllt. Die Heuschrecken schrien, die Frösche quakten im Flussarm, der Wind ließ die Blätter der Bananenbäume rascheln und Regenreste von den Dächern tropfen.
Augusta hatte einen Plan ersonnen, um ihn aus dem Haus zu locken. Aber dann kam er ganz von selbst und ging über den Hof zur Sklavenhütte.
Maeve folgte ihm.

Sie wartete eine Weile im Schatten der Eichen, der wie eine dunkle Blutlache auf den Rasen fiel, dann ging sie auf die Seite der Hütte, wo das Schlafzimmer lag.
Sie legte den weißen Umhang ab und versteckte ihn im Bambusdickicht, wo er keine Blutflecken abbekommen würde, dieser weiße Umhang, den Augusta aus einem von der Wäscheleine des Bordells im Nachbarhaus in der Conti Street gestohlenen Bettlaken genäht hatte.
Sie legte den weißen Umhang ab und darunter war sie nackt.
Sie kletterte durch das Fenster und ging zum Bett. Sie setzte sich auf das Bett, hinter das Moskitonetz. Ihr Atem dampfte hinter ihrer Maske und ließ ihr Gesicht heiß werden, ansonsten aber war sie kalt, ganz kalt. Sie wartete, bis sie den richtigen Moment für gekommen hielt.
Sie hörte zu, wie er sich im Nebenzimmer bewegte. Einmal hörte sie ihn lachen. Als der Moment gekommen war, schloss sich ihre Hand ganz fest um das Rohrmesser. Dann stand sie auf und ging zu ihm.
Sie schwenkte das Rohrmesser, wieder und wieder, sie zerschnitt ihn, sie tötete ihn, tötete ihn, tötete ihn, tötete ihn.

Die Zypressen waren im gelben Licht nass und schwarz. Nebel klammerte sich an ihre überfluteten Wurzeln und hing wie feuchte Watte von den kahlen Zweigen. Daman Rourke schob sein Boot durch Gras und Zuckerrohr, spitzte die Ohren, hörte nichts. Meilenweise Wasser und Sumpf und ertrunkene Zypressen, und sie konnten überall sein.

Er sagte sich, dass Maeve ihre Enkelin viel zu sehr liebte, viel zu sehr, um ihr etwas antun zu können. Aber das Herz ist niemals rational, wenn es um unsere Kinder geht, und deshalb hatte er das Gefühl, sich im tiefen Wasser zu bewegen und keine Luft mehr zu haben und dass er das alles niemals überleben würde.

Er spürte eine Berührung an seinem Oberschenkel und sah vor sich Remys Gesicht im Nebel schwimmen. »Wir finden sie«, sagte Remy. »Sie tut doch nur, was sie angekündigt hat – kommt mit Katie her, um sie davon zu überzeugen, dass es keinen Gowman gibt. Egal, wie groß ihre Angst vor der Entdeckung auch sein mag, niemals würde sie Katie etwas antun.«

Er atmete, nickte, doch er sah nur Charles St. Claire mit den vielen klaffenden Wunden in seinem toten, weißen Fleisch auf dem Boden der Sklavenhütte liegen. Das hatte sie getan.

Er hörte ein Rascheln und ein Platschen und fuhr so heftig herum, dass vor seinen Augen alles verschwamm. Er sah einen weißen Kranich, der aus dem Sumpf aufflog und dessen Flügel von dem unirdischen Licht golden gefärbt wurden.

Katie, die immer schlafwandelte. Sie musste in jener Nacht in der Diele gewesen und für einen Moment halb erwacht sein und dann hatte sie gesehen, wie ihre Großmutter mit der Mardi-Gras-Maske und etwas Weißem ihr Schlafzimmer verließ. Sie hatte geglaubt, den Gowman zu sehen, und er hatte ihr nicht geglaubt. Sie hatte es ihm erzählt, aber er hatte ihr nicht geglaubt.

Ein lauter, klagender Schrei wurde durch den Nebel zu ihm hingetragen, gefolgt von einem Platschen, wie von einem Körper, der ins Wasser fällt. Daman Rourke hatte endlich seine Grenze gefunden, die Stelle, wo es nicht mehr weiterging, hatte die scharfe schwarze Kante gesehen, wo die Angst schlimmer war, als Herz und Seele es ertragen konnten. Die Hölle war kein Phantasieprodukt mehr, sondern der Ort, an dem er jetzt brannte.

Er stieß das Kanu in Richtung des Schreis weiter und betete, flehte Gott an, versprach, gelobte und schwor, während er von seiner Angst überflutet, ertränkt, umgebracht wurde.

Dann tauchte der Bug eines Kanus aus dem weißen, von der Sonne durchdrungenen Nebel auf. Er hielt es für leer, doch dann sah er sie, sie kauerte auf dem Boden und hatte die Knie ans Kinn gezogen.

Er wäre fast ins Wasser gefallen, als er in das andere Boot überwechselte. Er schlang die Arme um sie und drückte sie so fest an sich, dass er ihr dabei den Atem aus der Brust presste.

Er hörte ein Schluchzen und ihm ging auf, dass es von ihm selbst stammte.

»Oma ist ins Wasser gefallen«, sagte Katie.

Er wich so weit zurück, dass er die Hände um ihren Kopf legen und ihr in die Augen blicken konnte. Ihre Augen waren von Tränen und Angst erfüllt und er drückte sie wieder an sich, drückte sie an sich, bis ihre Brust gegen seinen Hals gepresst wurde und er sie keuchen hörte, doch sie lebte, sie lebte.

Sie legte ihm die Handflächen auf die Schultern und stieß ihn von sich ab. »Daddy, du musst Oma suchen.«

»Das mache ich, Herzchen«, sagte er. »Das mache ich.«

Sie suchten sie im dicken grünen Wasser und im klebrigen, saugenden Sumpfgras. Doch sie konnten sie nicht finden.

Wir werden alle verfolgt, dachte Daman Rourke, von den Dämonen der schlechten Entscheidungen, die vor vielen Jahren getroffen wurden, von uns selbst und von den Menschen, die vor uns da waren. Das Herz eines anderen Menschen können wir niemals wirklich kennen. Es ist in uns allen vorhanden – alles Gute und alles Schlechte auf der Welt. Wir unterscheiden uns nur durch unsere Entscheidungen und am Ende müssen wir diese Entscheidungen allein treffen.

Er würde niemals alle Gründe für die Handlungen seiner Mutter kennen. Er dachte, dass dieselbe aus Liebe geborene Wut, die sie dazu gebracht hatte, einen Mann mit einem Rohrmesser in Fetzen zu hacken, auch daran schuld war, dass sie sich selbst zerstört hatte, um ihn und Katie zu verschonen.

La famille.

Er wusste, dass er sich sein Leben lang den Kopf über sie und die Frage zerbrechen würde, welche Teile von ihr er in sich selbst trug.

Eines Abends öffneten die Mittagsblumen sich im Schatten des Deichs und die Brise brachte einen Hauch von Kühle mit sich, ein Versprechen, dass die heißen Tage des Sommers irgendwann enden würden. An diesem Abend kauften er und Katie und Remy sich Krabben und Reis mit Leberstückchen und gingen damit und mit seinem Saxophon zum Hausboot auf dem Bayou St. John. Sie aßen und tranken aus einem Krug mit saurer Maische, und als der Himmel dunkel genug wurde, um den ersten Stern aufleuchten zu lassen, griff er zu seinem Saxophon und schickte einen süßen, tiefen Ton über das Wasser, und Lucille legte allen Schmerz in ein Lied.

Er sah Remys Gesicht an, das bleich war im Licht des sterbenden Tages, des sterbenden Sommers. Für die, die hier aufwachsen, dachte er, ist es so sehr ein Teil des Lebens, dass wir es nicht einmal sehen. Die Aufschriften auf den Trinkwasserbrunnen, die Wandschirme in den Straßenbahnen, alle Orte, an denen sie nicht einmal durch die Tür gehen dürfen. Sie leben unter uns, kochen unser Essen, putzen unsere Häuser, wiegen unsere Kinder in den Schlaf, aber wir sehen sie nicht. Bis »sie« eines Tages du werden oder die, die du liebst.

LeRoy hatte Recht gehabt. Wir leben auf dieser Welt und entweder sehen wir es nicht oder wir sagen uns, dass wir nichts

ändern können und lassen los. Doch LeRoy hatte auch Unrecht gehabt. Wir können die Welt ändern. Auf irgendeine Weise müssen wir eine Möglichkeit finden, um die Welt zu ändern.
Später in dieser Nacht, als sie im Bett lagen und er sie im Arm hielt, sagte er: »Werde meine Frau, Remy.« Sie weinte und sagte dann: »Das Gesetz verbietet eine Heirat zwischen einem Weißen und einer Negerin.«
Und er sagte: »In dieser Stadt wird das Gesetz pausenlos gebrochen.«
Er zog seinen Arm unter ihr hervor, setzte sich auf, schaute in ihr Gesicht und küsste ihren Mund. Und er dachte, dass er sie niemals verlassen würde, egal, was auch passierte.

Eines Morgens im Oktober, als der Himmel von hartem, sprödem Blau war und der Geruch nach verbranntem Holz in der Luft hing, brachte die Post eine Karte mit einer brasilianischen Briefmarke. Auf der Karte war eine Frau zu sehen, die auf einem Felsen sitzt, aufs Meer hinausschaut und der Kamera den Rücken zukehrt. Auf der anderen Seite war in Druckbuchstaben die Adresse des Hauses in der Conti Street geschrieben, mehr nicht, aber mehr wäre auch nicht nötig gewesen.
Ein Sohn wird seine Mutter immer erkennen.

Danksagungen

Ungeheuren Dank bin ich meinem Agenten, Aaron Priest, schuldig, der mir bei der Arbeit an diesem Buch sehr geholfen hat. Bestimmt war er manchmal verzweifelt, aber er hat weder mich noch den Roman aufgegeben. Mein Dank gilt auch Maureen Egen und Frances Jalet-Miller für ihre großartige Lektoratsarbeit.

Lindsay Casablanca danke ich ein weiteres Mal für ihre Hilfe bei den Recherchen; eventuelle Fehler sind mir zuzuschreiben.

Ich habe mir die dichterische Freiheit genommen, die Fliegenden Pferde des Audubon Park in die Geschichte aufzunehmen, obwohl sie erst zwei Jahre später das Licht der Welt erblickt haben. Außerdem habe ich einen Ausflug zur Rennbahn Fair Grounds in den Sommer verlegt und damit die Tatsache, dass die Saison dort vom 1. Januar bis zum Karnevalsdienstag dauerte, bewusst ignoriert. Beides gehört zu meinen Lieblingskindheitserinnerungen an New Orleans, und deshalb habe ich selbstsüchtig beschlossen, sie in meinen Roman aufzunehmen.

Schließlich möchte ich der Stadt New Orleans dafür danken, dass sie mir im Laufe der Jahre so viele wunderschöne Momente und Erinnerungen geschenkt hat.